MARCEL PROUST

A LA RECHERCHE DU TEMPS PERDU

TOME VIII

LE
TEMPS RETROUVÉ

nrf

PARIS

Librairie Gallimard

ÉDITIONS DE LA NOUVELLE REVUE FRANÇAISE

3, rue de Grenelle, (vime)

S. P.

LE TEMPS RETROUVÉ

ÉDITIONS DE LA NOUVELLE REVUE
FRANÇAISE

ŒUVRES DE MARCEL PROUST

MARCEL PROUST

*A LA RECHERCHE DU
TEMPS PERDU*

TOME VIII

LE
TEMPS RETROUVÉ

PARIS

Librairie Gallimard

ÉDITIONS DE LA NOUVELLE REVUE FRANÇAISE

3, rue de Grenelle (VIme)

L'ÉDITION ORIGINALE DE CET OUVRAGE A ÉTÉ TIRÉE A MILLE
TROIS CENT SOIXANTE-QUATORZE EXEMPLAIRES ET COMPREND :
CENT VINGT-NEUF EXEMPLAIRES RÉIMPOSÉS DANS LE FORMAT
IN-QUARTO TELLIÈRE, SUR PAPIER VERGÉ PUR FIL LAFUMA-
NAVARRE AU FILIGRANE n. r. f., DONT DOUZE HORS COM-
MERCE MARQUÉS DE A A L ET QUATRE EXEMPLAIRES NOMI-
NATIFS TIRÉS SPÉCIALEMENT POUR LA FAMILLE DE MARCEL
PROUST, ET CENT TREIZE EXEMPLAIRES DESTINÉS AUX BIBLIO-
PHILES DE LA NOUVELLE REVUE FRANÇAISE, NUMÉROTÉS DE I A
CXIII, MILLE DEUX CENT QUARANTE-CINQ EXEMPLAIRES IN-OCTAVO
COURONNE SUR PAPIER VÉLIN PUR FIL LAFUMA-NAVARRE DONT
QUINZE HORS COMMERCE MARQUÉS DE a A o, MILLE DEUX CENTS
DESTINÉS AUX AMIS DE L'ÉDITION ORIGINALE NUMÉROTÉS DE 1 A
1200, ET TRENTE EXEMPLAIRES D'AUTEUR, HORS COMMERCE,
NUMÉROTÉS DE 1201 A 1230.

IL A ÉTÉ TIRÉ EN OUTRE TRENTE EXEMPLAIRES IN-OCTAVO COU-
RONNE, SUR PAPIER VÉLIN PUR FIL LAFUMA-NAVARRE, DONT UN
EXEMPLAIRE NOMINATIF ET VINGT-NEUF EXEMPLAIRES NUMÉROTÉS
DE I A XXIX. CES EXEMPLAIRES SONT DESTINÉS AUX SOUSCRIP-
TEURS DE LA " COLLECTION DE M. DE NORPOIS ".

LE TEMPS RETROUVÉ

CHAPITRE I

TANSONVILLE

Toute la journée, dans cette demeure de Tansonville un peu trop campagne qui n'avait l'air que d'un lieu de sieste entre deux promenades ou pendant l'averse, une de ces demeures où chaque salon a l'air d'un cabinet de verdure, et où sur la tenture des chambres, les roses du jardin dans l'une, les oiseaux des arbres dans l'autre, vous ont rejoints et vous tiennent compagnie — isolés du moins — car c'étaient de vieilles tentures où chaque rose était assez séparée pour qu'on eût pu si elle avait été vivante, la cueillir, chaque oiseau le mettre en cage et l'apprivoiser, sans rien de ces grandes décorations des chambres d'aujourd'hui où sur un fond d'argent, tous les pommiers de Normandie sont venus se profiler en style japonais, pour halluciner les heures que vous passez au lit, toute la journée je la passais dans ma chambre qui donnait sur les belles verdures du parc et les lilas de l'entrée, sur les feuilles vertes des grands arbres au bord de l'eau, étincelants de soleil et la forêt de Méséglise. Je ne regardais en somme tout cela

avec plaisir que parce que je me disais, c'est joli
d'avoir tant de verdure dans la fenêtre de ma
chambre jusqu'au moment où dans le vaste tableau
verdoyant, je reconnus, peint lui au contraire en
bleu sombre, simplement parce qu'il était plus loin,
le clocher de l'église de Combray, non pas une figu-
ration de ce clocher, ce clocher lui-même, qui mettant ainsi sous mes yeux la distance des lieues et
des années, était venu, au milieu de la lumineuse
verdure et d'un tout autre ton, si sombre qu'il
paraissait presque seulement dessiné, s'inscrire dans
le carreau de ma fenêtre. Et si je sortais un moment
de ma chambre, au bout du couloir j'apercevais,
parce qu'il était orienté autrement, comme une
bande d'écarlate, la tenture d'un petit salon qui
n'était qu'une simple mousseline mais rouge, et
prête à s'incendier, si un rayon de soleil y
donnait.

Pendant nos promenades Gilberte me parlait de
Robert comme se détournant d'elle, mais pour aller
auprès d'autres femmes. Et il est vrai que beaucoup encombraient sa vie, et comme certaines cama-
raderies masculines pour les hommes qui aiment les
femmes, avec ce caractère de défense inutilement
faite et de place vainement usurpée qu'ont dans la
plupart des maisons les objets qui ne peuvent servir
à rien.

Une fois que j'avais quitté Gilberte assez tôt, je
m'éveillai au milieu de la nuit dans la chambre de
Tansonville, et encore à demi endormi j'appelai :
« Albertine ». Ce n'était pas que j'eusse pensé à elle,
ni rêvé d'elle, ni que je la prisse pour Gilberte. Ma
mémoire avait perdu l'amour d'Albertine, mais il
semble qu'il y ait une mémoire involontaire des

8

membres, pâle et stérile imitation de l'autre, qui vive plus longtemps comme certains animaux ou végétaux inintelligents vivent plus longtemps que l'homme. Les jambes, les bras, sont pleins de souvenirs engourdis. Une réminiscence éclose en mon bras m'avait fait chercher derrière mon dos la sonnette comme dans ma chambre de Paris. Et ne la trouvant pas, j'avais appelé : « Albertine » croyant que mon amie défunte était couchée auprès de moi, comme elle faisait souvent le soir et que nous nous endormions ensemble, comptant au réveil sur le temps qu'il faudrait à Françoise avant d'arriver, pour qu'Albertine pût sans imprudence tirer la sonnette que je ne trouvais pas.

Robert vint plusieurs fois à Tansonville pendant que j'y étais. Il était bien différent de ce que je l'avais connu. Sa vie ne l'avait pas épaissi, comme M. de Charlus, tout au contraire, mais opérant en lui un changement inverse lui avait donné l'aspect désinvolte d'un officier de cavalerie — et bien qu'il eût donné sa démission au moment de son mariage — à un point qu'il n'avait jamais eu. Au fur et à mesure que M. de Charlus s'était alourdi, Robert (et sans doute il était infiniment plus jeune mais on sentait qu'il ne ferait que se rapprocher davantage de cet idéal avec l'âge), comme certaines femmes qui sacrifient résolument leur visage à leur taille et à partir d'un certain moment ne quittent plus Marienbad (pensant que, ne pouvant espérer garder à la fois plusieurs jeunesses, c'est encore celle de la tournure qui sera la plus capable de représenter les autres) était devenu plus élancé, plus rapide, effet contraire d'un même vice. Cette vélocité avait d'ailleurs diverses raisons psychologiques, la crainte

9

d'être vu, le désir de ne pas sembler avoir cette
crainte, la fébrilité qui naît du mécontentement de
soi et de l'ennui. Il avait l'habitude d'aller dans
certains mauvais lieux, où comme il aimait qu'on
ne le vît ni entrer, ni sortir, il s'engouffrait pour
offrir aux regards malveillants des passants hypo-
thétiques le moins de surface possible, comme on
monte à l'assaut. Et cette allure de coup de vent
lui était restée. Peut-être aussi schématisait-elle
l'intrépidité apparente de quelqu'un qui veut montrer qu'il n'a pas peur et ne veut pas se donner le
temps de penser.

Pour être complet il faudrait faire entrer en ligne
de compte le désir , plus il vieillissait, de paraître
jeune et même l'impatience de ces hommes, toujours
ennuyés, toujours blasés, que sont les gens trop
intelligents pour la vie relativement oisive qu'ils
mènent et où leurs facultés ne se réalisent pas.
Sans doute l'oisiveté même de ceux-là peut se traduire par de la nonchalance. Mais, surtout depuis
la faveur dont jouissent les exercices physiques,
l'oisiveté a pris une forme sportive, même en dehors
des heures de sport et qui se traduit par une viva-
cité fébrile qui croit ne pas laisser à l'ennui le temps
ni la place de se développer.

Devenant beaucoup plus sec, il ne faisait presque
plus preuve vis-à-vis de ses amis, par exemple vis-
à-vis de moi, d'aucune sensibilité. Et en revanche
il avait avec Gilberte des affectations de sensible-
ries, poussées jusqu'à la comédie, qui déplaisaient.
Ce n'est pas qu'en réalité Gilberte lui fût indifférente. Non, Robert l'aimait. Mais il lui mentait
tout le temps, et son esprit de duplicité, sinon le
fond même de ses mensonges, était perpétuellement

10

découvert. Et alors il ne croyait pouvoir s'en tirer qu'en exagérant dans des proportions ridicules, la tristesse réelle qu'il avait de peiner Gilberte. Il arrivait à Tansonville obligé, disait-il, de repartir le lendemain matin pour une affaire avec un certain Monsieur du pays qui était censé l'attendre à Paris et qui, précisément, rencontré dans la soirée près de Combray, dévoilait involontairement le mensonge au courant duquel Robert avait négligé de le mettre, en disant qu'il était venu dans le pays se reposer pour un mois et ne retournerait pas à Paris d'ici là. Robert rougissait, voyait le sourire mélancolique et fin de Gilberte, se dépêtrait — en l'insultant — du gaffeur, rentrait avant sa femme, lui faisait remettre un mot désespéré où il lui disait qu'il avait fait un mensonge pour ne pas lui faire de peine, pour qu'en le voyant repartir pour une raison qu'il ne pouvait pas lui dire, elle ne crût pas qu'il ne l'aimait pas (et tout cela, bien qu'il l'écrivît comme un mensonge, était en somme vrai), puis faisait demander s'il pouvait entrer chez elle et là, moitié tristesse réelle, moitié énervement de cette vie, moitié simulation chaque jour plus audacieuse, sanglotait, s'inondait d'eau froide, parlait de sa mort prochaine, quelquefois s'abattait sur le parquet comme s'il se fût trouvé mal. Gilberte ne savait pas dans quelle mesure elle devait le croire, le supposait menteur à chaque cas particulier, et s'inquiétait de ce pressentiment d'une mort prochaine, mais pensait que d'une façon générale elle était aimée, qu'il avait peut-être une maladie qu'elle ne savait pas et n'osait pas à cause de cela le contrarier et lui demander de renoncer à ses voyages. Je comprenais du reste d'autant moins pourquoi il se faisait que Morel fût reçu comme l'enfant de la maison, partout où étaient les Saint-Loup, à Paris, à Tansonville.

Françoise qui avait déjà vu tout ce que M. de Charlus avait fait pour Jupien et tout ce que Robert de Saint-Loup faisait pour Morel n'en concluait pas que c'était un trait qui reparaissait à certaines générations chez les Guermantes, mais plutôt — comme Legrandin aimait beaucoup Théodore — elle avait fini, elle personne si morale et si pleine de préjugés, par croire que c'était une coutume que son universalité rendait respectable. Elle disait toujours d'un jeune homme, que ce fût Morel ou Théodore : « il a trouvé un Monsieur qui s'est toujours intéressé à lui et qui lui a bien aidé. » Et comme en pareil cas les protecteurs sont ceux qui aiment, qui souffrent, qui pardonnent, Françoise, entre eux et les mineurs qu'ils détournaient, n'hésitait pas à leur donner le beau rôle, à leur trouver « bien du cœur ». Elle blâmait sans hésiter Théodore qui avait joué bien des tours à Legrandin, et semblait pourtant ne pouvoir guère avoir de doutes sur la nature de leurs relations car elle ajoutait : « Alors le petit a compris qu'il fallait y mettre du sien et y a dit : prenez-moi avec vous, je vous aimerai bien, je vous cajolerai bien, et ma foi ce monsieur a tant de cœur que bien sûr que Théodore est sûr de trouver près de lui peut-être bien plus qu'il ne mérite, car c'est une tête brûlée, mais ce Monsieur est si bon que j'ai souvent dit à Jeannette (la fiancée de Théodore) : « Petite, si jamais vous êtes dans la peine, allez vers ce Monsieur. Il coucherait plutôt par terre et vous donnerait son lit. Il a trop aimé le petit Théodore

pour le mettre dehors, bien sûr qu'il ne l'abandon-
nera jamais. »

C'est au cours d'un de ces entretiens, qu'ayant
demandé le nom de famille de Théodore qui vivait
maintenant dans le Midi, je compris brusquement
que c'était lui qui m'avait écrit pour mon article du
Figaro cette lettre d'une écriture populaire et d'un
langage charmant dont le nom du signataire m'était
alors inconnu.

De même estimait-elle plus Saint-Loup que Morel
et jugeait-elle que malgré tous les coups que Morel
avait faits, le marquis ne le laisserait jamais dans la
peine, car c'est un homme qui avait trop de cœur
ou alors il faudrait qu'il lui soit arrivé à lui-même de
grands revers.

Saint-Loup insistait pour que je restasse à Tansonville et laissa échapper une fois, bien qu'il ne
cherchât visiblement plus à me faire plaisir, que ma
venue avait été pour sa femme une joie telle qu'elle
en était restée, à ce qu'elle lui avait dit, transportée
de joie tout un soir, un soir où elle se sentait si triste
que je l'avais, en arrivant à l'improviste, miraculeusement sauvée du désespoir, « peut-être du pire »,
ajouta-t-il. Il me demandait de tâcher de la persuader qu'il l'aimait, me disant que la femme qu'il
aimait aussi, il l'aimait moins qu'elle et romprait
bientôt. « Et pourtant », ajouta-t-il avec une telle
félinité et un tel besoin de confidence que je croyais
par moments que le nom de Charlie, allait malgré
Robert « sortir » comme le numéro d'une loterie,
« j'avais de quoi être fier. Cette femme qui me donna
tant de preuves de sa tendresse et que je vais sacrifier à Gilberte, jamais elle n'avait fait attention
à un homme, elle se croyait elle-même incapable

13

d'être amoureuse. Je suis le premier. Je savais
qu'elle s'était refusée à tout le monde tellement
que quand j'ai reçu la lettre adorable où elle me
disait qu'il ne pouvait y avoir de bonheur pour elle
qu'avec moi, je n'en revenais pas. Évidemment,
il y aurait de quoi me griser, si la pensée de voir
cette pauvre petite Gilberte en larmes ne m'était
pas intolérable. Ne trouves-tu pas qu'elle a quelque
chose de Rachel ? » me disait-il. Et en effet j'avais
été frappé d'une vague ressemblance qu'on pouvait
à la rigueur trouver maintenant en elles. Peut-être
tenait-elle à une similitude réelle de quelques traits
(dûs par exemple à l'origine hébraïque pourtant si
peu marquée chez Gilberte) à cause de laquelle
Robert, quand sa famille avait voulu qu'il se mariât,
s'était senti attiré vers Gilberte. Elle tenait aussi
à ce que Gilberte ayant surpris des photographies
de Rachel, cherchait pour plaire à Robert à imiter
certaines habitudes chères à l'actrice, comme d'avoir
toujours des nœuds rouges dans les cheveux, un
ruban de velours noir au bras, et se teignait les
cheveux pour paraître brune. Puis sentant que ses
chagrins lui donnaient mauvaise mine, elle essayait
d'y remédier. Elle le faisait parfois sans mesure.
Un jour où Robert devait venir le soir pour vingt-
quatre heures à Tansonville, je fus stupéfait de la
voir venir se mettre à table si étrangement différente de ce qu'elle était non seulement autrefois,
mais même les jours habituels, que je restai stupéfait comme si j'avais eu devant moi une actrice,
une espèce de Théodora. Je sentais que malgré
moi je la regardais trop fixement dans ma curiosité
de savoir ce qu'elle avait de changé. Cette curiosité
fut d'ailleurs bientôt satisfaite quand elle se moucha,

14

car malgré toutes les précautions qu'elle y mit,
par toutes les couleurs qui restèrent sur le mou-
choir, en faisant une riche palette, je vis qu'elle était
complètement peinte. C'était cela qui lui faisait
cette bouche sanglante et qu'elle s'efforçait de rendre
rieuse en croyant que cela lui allait bien, tandis que
l'heure du train qui s'approchait sans que Gilberte
sût si son mari arriverait vraiment ou s'il n'enver-
rait pas une de ces dépêches dont M. de Guermantes
avait spirituellement fixé le modèle : « Impossible
venir, mensonge suit », pâlissait ses joues et cernait
ses yeux. « Ah ! vois-tu, me disait-il avec un accent
volontairement tendre qui contrastait tant avec sa
tendresse spontanée d'autrefois, avec une voix
d'alcoolique et des modulations d'acteur, Gilberte
heureuse, il n'y a rien que je ne donnerais pour cela.
Elle a tant fait pour moi. Tu ne peux pas savoir. »
Et ce qui était le plus déplaisant dans tout cela
était encore l'amour-propre, car Saint-Loup était
flatté d'être aimé par Gilberte, et sans oser dire
que c'était Morel qu'il aimait, donnait pourtant sur
l'amour que le violoniste était censé avoir pour lui
des détails qu'il savait bien exagérés sinon inventés
de toute pièce, lui à qui Morel demandait chaque
jour plus d'argent. Et c'était en me confiant Gilberte qu'il repartait pour Paris. J'eus du reste
l'occasion pour anticiper un peu, puisque je suis
encore à Tansonville, de l'y apercevoir une fois
dans le monde, et de loin, où sa parole, malgré
tout vivante et charmante, me permettait de
retrouver le passé. Je fus frappé de voir combien
il changeait. Il ressemblait de plus en plus à sa
mère. Mais la manière de sveltesse hautaine qu'il
avait hérité d'elle et qu'elle avait parfaite, chez lui,

15

grâce à l'éducation la plus accomplie, s'exagérait, se figeait ; la pénétration du regard propre aux Guermantes lui donnait l'air d'inspecter tous les lieux au milieu desquels il passait, mais d'une façon quasi inconsciente, par une sorte d'habitude et de particularité animale ; même immobile, la couleur qui était la sienne plus que de tous les Guermantes, d'être seulement de l'ensoleillement d'une journée d'or devenue solide, lui donnait comme un plumage si étrange, faisait de lui une espèce si rare, si précieuse qu'on aurait voulu la posséder pour une collection ornithologique ; mais quand de plus cette lumière changée en oiseau se mettait en mouvement, en action, quand par exemple je voyais Robert de Saint-Loup entrer dans une soirée où j'étais, il avait des redressements de sa tête si joyeusement et si fièrement huppée sous l'aigrette d'or de ses cheveux un peu déplumés, des mouvements de cou tellement plus souples, plus fiers et plus coquets que n'en ont les humains, que devant la curiosité et l'admiration moitié mondaine, moitié zoologique qu'il vous inspirait, on se demandait si c'était dans le faubourg Saint-Germain qu'on se trouvait ou au Jardin des Plantes et si on regardait un grand seigneur traverser un salon, ou se promener dans sa cage un merveilleux oiseau. Pour peu qu'on y mît un peu d'imagination le ramage ne se prêtait pas moins à cette interprétation que le plumage. Il disait ce qu'il croyait grand siècle et par là imitait les manières des Guermantes. Mais un rien d'indéfinissable faisait qu'elles devenaient les manières de M. de Charlus. « Je te quitte un instant, me dit-il, dans cette soirée où Madame de Marsantes était un peu plus loin. Je vais faire un

16

doigt de cour à ma nièce. » Quant à cet amour dont il me parlait sans cesse, il n'était pas d'ailleurs que celui pour Charlie, bien que ce fût le seul qui comptât pour lui. Quel que soit le genre d'amours d'un homme, on se trompe toujours sur le nombre des personnes avec qui il a des liaisons, parce qu'on interprète faussement des amitiés comme des liaisons, ce qui est une erreur par addition, mais aussi parce qu'on croit qu'une liaison prouvée en exclut une autre, ce qui est un autre genre d'erreur. Deux personnes peuvent dire : « la maîtresse de X..., je la connais », prononcer deux noms différents et ne se tromper ni l'un ni l'autre. Une femme qu'on aime suffit rarement à tous nos besoins et on la trompe avec une femme qu'on n'aime pas. Quant au genre d'amours que Saint-Loup avait hérité de M. de Charlus, un mari qui y est enclin fait habituellement le bonheur de sa femme. C'est une loi générale à laquelle les Guermantes trouvaient le moyen de faire exception parce que ceux qui avaient ce goût voulaient faire croire qu'ils avaient au contraire celui des femmes. Ils s'affichaient avec l'une ou l'autre et désespéraient la leur. Les Courvoisier en usaient plus sagement. Le jeune vicomte de Courvoisier se croyait seul sur la terre et depuis l'origine du monde à être tenté par quelqu'un de son sexe. Supposant que le penchant lui venait du diable, il lutta contre lui, épousa une femme ravissante, lui fit des enfants... Puis un de ses cousins lui enseigna que ce penchant est assez répandu, poussa la bonté jusqu'à le mener dans des lieux où il pouvait le satisfaire. M. de Courvoisier n'en aima que plus sa femme, redoubla de zèle prolifique et elle et lui étaient cités comme le meilleur ménage de

17

Paris. On n'en disait point autant de celui de Saint-Loup, parce que Robert, au lieu de se contenter de l'inversion, faisait mourir sa femme de jalousie en cherchant sans plaisir des maîtresses !

Il est possible que Morel, étant excessivement noir, fut nécessaire à Saint-Loup comme l'ombre l'est au rayon de soleil. On imagine très bien dans cette famille si ancienne un grand seigneur blond, doré, intelligent, doué de tous les prestiges et recélant à fond de cale un goût secret, ignoré de tous, pour les nègres. Robert, d'ailleurs, ne laissait jamais la conversation toucher à ce genre d'amours qui était le sien. Si je disais un mot : « Oh ! je ne sais pas, répondait-il avec un détachement si profond qu'il en laissait tomber son monocle, je n'ai pas soupçon de ces choses-là. Si tu désires des renseignements là-dessus, *mon cher*, je te conseille de t'adresser ailleurs. Moi, je suis un soldat, un point c'est tout. Autant ces choses-là m'indiffèrent, autant je suis avec passion la guerre balkanique. Autrefois cela t'intéressait, l'histoire des batailles. Je te disais alors qu'on reverrait, même dans les conditions les plus différentes, les batailles typiques, par exemple le grand essai d'enveloppement par l'aile de la bataille d'Ulm. Eh bien ! si spéciales que soient ces guerres balkaniques, Lullé-Burgas c'est encore Ulm, l'enveloppement par l'aile. Voilà les sujets dont tu peux me parler. Mais pour le genre de choses auxquelles tu fais allusion, je m'y connais autant qu'en sanscrit. » Ces sujets que Robert dédaignait ainsi, Gilberte au contraire, quand il était reparti, les abordait volontiers en causant avec moi. Non certes relativement à son mari car elle ignorait, ou feignait d'ignorer tout. Mais elle s'étendait volontiers sur

18

eux en tant qu'ils concernaient les autres, soit qu'elle y vît une sorte d'excuse indirecte pour Robert, soit que celui-ci, partagé comme son oncle entre un silence sévère à l'égard de ces sujets et un besoin de s'épancher et de médire, l'eût instruite pour beaucoup. Entre tous, M. de Charlus n'était pas épargné ; c'était sans doute que Robert, sans parler de Morel à Gilberte, ne pouvait s'empêcher, avec elle, de lui répéter, sous une forme ou sous une autre ce que le violoniste lui avait appris. Et il poursuivait son ancien bienfaiteur de sa haine. Ces conversations que Gilberte affectionnait me permirent de lui demander si dans un genre parallèle, Albertine, dont c'est par elle que j'avais entendu la première fois le nom, quand jadis elles étaient amies de cours, avait de ces goûts. Gilberte refusa de me donner ce renseignement. Au reste, il y avait longtemps qu'il eût cessé d'offrir quelque intérêt pour moi. Mais je continuais à m'en enquérir machinalement comme un vieillard qui, ayant perdu la mémoire, demande de temps à autre des nouvelles du fils qu'il a perdu.

Un autre jour je revins à la charge et demandai encore à Gilberte si Albertine aimait les femmes. « Oh ! pas du tout. — Mais vous disiez autrefois qu'elle avait mauvais genre. — J'ai dit cela moi, vous devez vous tromper. En tout cas si je l'ai dit, — mais vous faites erreur — je parlais au contraire d'amourettes avec des jeunes gens. A cet âge-là du reste cela n'allait d'ailleurs probablement pas bien loin. »

Gilberte disait-elle cela pour me cacher qu'elle-même, selon ce qu'Albertine m'avait dit, aimait les femmes et avait fait à Albertine des propositions.

Ou bien (car les autres sont souvent plus renseignés sur notre vie que nous ne croyons) savait-elle
que j'avais aimé, que j'avais été jaloux d'Albertine
et (les autres pouvant savoir plus de vérité que nous
ne croyons, mais l'étendre aussi trop loin et être
dans l'erreur par des suppositions excessives, alors
que nous les avions espérés dans l'erreur par l'absence de toute supposition) s'imaginait-elle que je
l'étais encore et me mettait-elle sur les yeux, par
bonté, ce bandeau qu'on a toujours tout prêt pour
les jaloux ? En tous cas, les paroles de Gilberte depuis
« le mauvais genre » d'autrefois jusqu'au certificat
de bonne vie et mœurs d'aujourd'hui suivaient une
marche inverse des affirmations d'Albertine qui
avait fini presque par avouer des demi-rapports avec
Gilberte. Albertine m'avait étonné en cela, comme
sur ce que m'avait dit Andrée, car pour toute cette
petite bande j'avais d'abord cru avant de la connaître à sa perversité, je m'étais rendu compte de
mes fausses suppositions comme il arrive si souvent
quand on trouve une honnête fille et presque ignorante des réalités de l'amour dans le milieu qu'on
avait cru à tort le plus dépravé. Puis j'avais refait
le chemin en sens contraire, reprenant pour vraies
mes suppositions du début. Mais peut-être Albertine avait-elle voulu me dire cela pour avoir l'air
plus expérimentée qu'elle n'était et pour m'éblouir
à Paris du prestige de sa perversité comme la première fois à Balbec par celui de sa vertu. Et tout
simplement, quand je lui avais parlé des femmes
qui aimaient les femmes, pour ne pas avoir l'air de
ne pas savoir ce que c'était. comme dans une conversation on prend un air entendu si on parle de
Fourrier ou de Tobolsk encore qu'on ne sache pas

20

ce que c'est. Elle avait peut-être vécu près de l'amie de Mlle Vinteuil et d'Andrée, séparée par une cloison étanche d'elles qui, croyaient qu'elle n'en était pas, ne s'était renseignée ensuite — comme une femme qui épouse un homme de lettres cherche à se cultiver — qu'afin de me complaire en se faisant capable de répondre à mes questions, jusqu'au jour où elle avait compris qu'elles étaient inspirées par la jalousie et où elle avait fait machine en arrière, à moins que ce ne fût Gilberte qui me mentît. L'idée me vint que c'était pour avoir appris d'elle, au cours d'un flirt qu'il aurait conduit dans le sens qui l'intéressait, qu'elle ne détestait pas les femmes, que Robert l'avait épousée, espérant des plaisirs qu'il n'avait pas dû trouver chez lui puisqu'il les prenait ailleurs. Aucune de ces hypothèses n'était absurde, car chez des femmes comme la fille d'Odette ou les jeunes filles de la petite bande, il y a une telle diversité, un tel cumul de goûts alternants, si même ils ne sont pas simultanés, qu'elles passent aisément d'une liaison avec une femme à un grand amour pour un homme, si bien que définir le goût réel et dominant reste difficile. C'est ainsi qu'Albertine avait cherché à me plaire pour me décider à l'épouser, mais elle y avait renoncé elle-même à cause de mon caractère indécis et tracassier. C'était en effet sous cette forme trop simple que je jugeais mon aventure avec Albertine, maintenant que je ne voyais plus cette aventure que du dehors.

Ce qui est curieux et ce sur quoi je ne puis m'étendre, c'est à quel point, vers cette époque-là, toutes les personnes qu'avaient aimées Albertine, toutes celles qui auraient pu lui faire faire ce qu'elles auraient voulu, demandèrent, implorèrent, j'oserai dire mendièrent, à défaut de mon amitié, quelques relations avec moi. Il n'y aurait plus eu besoin d'offrir de l'argent à Madame Bontemps pour qu'elle me renvoyât Albertine. Ce retour de la vie se produisant quand il ne servait plus à rien, m'attristait profondément, non à cause d'Albertine, que j'eusse reçue sans plaisir si elle m'eût été ramenée, non plus de Touraine, mais de l'autre monde, mais à cause d'une jeune femme que j'aimais et que je ne pouvais arriver à voir. Je me disais que si elle mourait, ou si je ne l'aimais plus, tous ceux qui eussent pu me rapprocher d'elle tomberaient à mes pieds. En attendant, j'essayais en vain d'agir sur eux, n'étant pas guéri par l'expérience qui aurait dû m'apprendre — si elle apprenait jamais rien — qu'aimer est un mauvais sort comme ceux qu'il y a dans les contes contre quoi on ne peut rien jusqu'à ce que l'enchantement ait cessé.

« Justement, reprit Gilberte, le livre que je tiens parle de ces choses. C'est un vieux Balzac que je pioche pour me mettre à la hauteur de mes oncles, *la Fille aux yeux d'Or*. Mais c'est absurde, invraisemblable, un beau cauchemar.

« D'ailleurs, une femme peut, peut-être, être surveillée ainsi par une autre femme, jamais par un homme. — Vous vous trompez, j'ai connu une femme qu'un homme qui l'aimait était arrivé véritablement à séquestrer ; elle ne pouvait jamais voir personne, et sortait seulement avec des serviteurs dévoués. — Hé bien, cela devrait vous faire horreur à vous qui êtes si bon. Justement nous disions avec Robert que vous devriez vous marier. Votre femme vous guérirait et vous feriez son bonheur. — Non, parce que j'ai trop mauvais caractère. — Quelle

22

idée ! — Je vous assure ! J'ai du reste été fiancé, mais je n'ai pas pu. »

Je ne voulus pas emprunter à Gilberte *La Fille aux yeux d'Or* puisqu'elle le lisait. Mais elle me prêta, le dernier soir que je passai chez elle, un livre qui me produisit une impression assez vive et mêlée. C'était un volume du journal inédit des Goncourt.

J'étais triste ce dernier soir en remontant dans ma chambre de penser que je n'avais pas été une seule fois revoir l'église de Combray qui semblait m'attendre au milieu des verdures dans une fenêtre toute violacée. Je me disais : « Tant pis, ce sera pour une autre année si je ne meurs pas d'ici là », ne voyant pas d'autre obstacle que ma mort et n'imaginant pas celle de l'église qui me semblait devoir durer longtemps après ma mort comme elle avait duré longtemps avant ma naissance.

Quand, avant d'éteindre ma bougie, je lus le passage que je transcris plus bas, mon absence de disposition pour les lettres, pressentie jadis du côté de Guermantes, confirmée durant ce séjour dont c'était le dernier soir — ce soir des veilles de départ où l'engourdissement des habitudes qui vont finir cessant, on essaie de se juger — me parut quelque chose de moins regrettable, comme si la littérature ne révélait pas de vérité profonde, et en même temps il me semblait triste que la littérature ne fût pas ce que j'avais cru. D'autre part, moins regrettable me semblait l'état maladif qui allait me confiner dans une maison de santé, si les belles choses dont parlent les livres n'étaient pas plus belles que ce que j'avais vu. Mais par une contradiction bizarre, maintenant que ce livre en parlait, j'avais envie de les voir.

Voici les pages que je lus jusqu'à ce que la fatigue
me fermât les yeux :

« Avant-hier tombe ici, pour m'emmener dîner
chez lui, Verdurin, l'ancien critique de la Revue,
l'auteur de ce livre sur Whistler où vraiment le faire,
le coloriage artiste de l'original Américain est souvent rendu avec une grande délicatesse par l'amoureux de tous les raffinements, de toutes les *joliesses*
de la chose peinte qu'est Verdurin. Et tandis que
je m'habille pour le suivre, c'est, de sa part, tout un
récit où il y a par moments, comme l'épellement
apeuré d'une confession sur le renoncement à écrire
aussitôt après son mariage avec la « Madeleine »
de Fromentin, renoncement qui serait dû à l'habitude
de la morphine et aurait eu cet effet au dire de
Verdurin, que la plupart des habitués du salon de
sa femme, ne sachant même pas que le mari eût
jamais écrit, lui parlaient de Charles Blanc, de
Saint-Victor, de Sainte-Beuve, de Burty, comme d'individus auxquels ils le croyaient, lui, tout à fait
inférieur. « Voyons, vous Goncourt, vous savez bien
et Gautier le savait aussi que mes salons étaient
autre chose que ces piteux *Maîtres d'autrefois* crus
un chef-d'œuvre dans la famille de ma femme. »
Puis, par un crépuscule où il y a près des tours du
Trocadéro comme le dernier allumement d'une
lueur qui en fait des tours absolument pareilles aux
tours enduites de gelée de groseille des anciens
pâtissiers, la causerie continue dans la voiture qui
doit nous conduire quai Conti où est leur hôtel que
son possesseur prétend être l'ancien hôtel des Ambassadeurs de Venise et où il y aurait un fumoir
dont Verdurin me parle comme d'une salle transportée telle qu'elle, à la façon des *Mille et une Nuits*,

24

d'un célèbre palazzo, dont j'oublie le nom, *palazzo* à la margelle du puits représentant un couronnement de la Vierge que Verdurin soutient être absolument du plus beau Sansovino et qui servirait pour leurs invités, à jeter la cendre de leurs cigares. Et ma foi, quand nous arrivons, dans le glauque et le diffus d'un clair de lune vraiment semblable à ceux dont le peinture classique abrite Venise, et sur lequel la coupole silhouettée de l'Institut fait penser à la Salute dans les tableaux de Guardi, j'ai un peu l'illusion d'être au bord du Grand Canal. L'illusion est entretenue par la construction de l'hôtel où du premier étage on ne voit pas le quai et par le dire évocateur du maître de maison affirmant que le nom de la rue du Bac — du diable si j'y avais jamais pensé — viendrait du bac sur lequel des religieuses d'autrefois, les Miramiones, se rendaient aux offices de Notre-Dame. Tout un quartier où a flâné mon enfance quand ma tante de Courmont l'habitait et que je me prends à « *raimer* » en retrouvant, presque contigu à l'hôtel des Verdurin, l'enseigne du « Petit Dunkerque », une des rares boutiques survivant ailleurs que vignettées dans le crayonnage et les frottis de Gabriel de Saint-Aubin où le xviiie siècle curieux venait asseoir ses moments d'oisiveté pour le marchandage des jolités françaises et étrangères et « tout ce que les arts produisent de plus nouveau », comme dit une facture de ce petit Dunkerque, facture dont nous sommes seuls je crois, Verdurin et moi, à posséder une épreuve et qui est bien un des volants chefs-d'œuvre de papier ornementé sur lequel le règne de Louis XV faisait ses comptes, avec son en-tête représentant une mer toute vagueuse, chargée de vaisseaux, une mer aux vagues ayant l'air d'une illustration de l'Édition des Fermiers Généraux de l'Huître et des Plaideurs. La maîtresse de la maison qui va me placer à côté d'elle me dit aimablement avoir fleuri sa table rien qu'avec des chrysanthèmes japonais, mais des chrysanthèmes disposés en des vases qui seraient de rarissimes chefs-d'œuvre, l'un entre autres fait de bronze sur lequel des pétales en cuivre rougeâtre sembleraient être la vivante effeuillaison de la fleur. Il y a là Cottard, le docteur et sa femme, le sculpteur polonais Viradobetski, Swann le collectionneur, une grande dame russe, une princesse au nom en or qui m'échappe et Cottard me souffle à l'oreille que c'est elle qui aurait tiré à bout portant sur l'archiduc Rodolphe et d'après qui j'aurais en Galicie et dans tout le nord de la Pologne une situation absolument exceptionnelle, une jeune fille ne consentant jamais à promettre sa main sans savoir si son fiancé est un admirateur de la Faustin.

« Vous ne pouvez pas comprendre cela, vous autres Occidentaux, jette en manière de conclusion la princesse qui me fait l'effet ma foi d'une intelligence tout à fait supérieure, cette pénétration par un écrivain de l'intimité de la femme ». Un homme au menton et aux lèvres rasés, aux favoris de maître d'hôtel, débitant sur un ton de condescendance des plaisanteries de professeur de seconde qui fraye avec les premiers de sa classe pour la Saint-Charlemagne et c'est Brichot, l'universitaire. A mon nom prononcé par Verdurin il n'a pas une parole qui marque qu'il connaisse nos livres et c'est en moi un découragement colère éveillé par cette conspiration qu'organise contre nous la Sorbonne, apportant jusque dans l'aimable logis où je suis fêté la

26

contradiction, l'hostilité d'un silence voulu. Nous passons à table et c'est alors un extraordinaire défilé d'assiettes qui sont tout bonnement des chefs-d'œuvre de l'art du porcelainier, celui dont, pendant un repas délicat, l'attention chatouillée d'un amateur, écoute le plus complaisamment le bavardage artiste — des assiettes de Yung-Tsching à la couleur capucine de leurs rebords, au bleuâtre, à l'effeuillé turgide de leurs iris d'eau, à la traversée vraiment décoratoire, par l'aurore d'un vol de martins-pêcheurs et de grues, aurore ayant tout à fait ces tons matutinaux qu'entreregarde quotidiennement, boulevard Montmorency, mon réveil — des assiettes de Saxe plus mièvres dans le gracieux de leur faire, à l'endormement, à l'anémie de leurs roses tournées au violet, au déchiquetage lie-de-vin d'une tulipe, au rococo d'un œillet ou d'un myosotis, des assiettes de Sèvres engrillagées par le fin guillochis de leurs cannelures blanches, verticillées d'or, ou que noue, sur l'à-plat crémeux de la pâte, le galant relief d'un ruban d'or, enfin toute une argenterie où courent ces myrtes de Luciennes que reconnaîtrait la Dubarry. Et ce qui est peut-être aussi rare, c'est la qualité vraiment tout à fait remarquable des choses qui sont servies là-dedans, un manger finement mijoté, tout un fricoté comme les Parisiens, il faut le dire bien haut, n'en ont jamais dans les plus grands dîners, et qui me rappelle certains cordons bleus de Jean d'Heurs. Même le foie gras n'a aucun rapport avec la fade mousse qu'on sert habituellement sous ce nom, et je ne sais pas beaucoup d'endroits où la simple salade de pommes de terre est faite ainsi de pommes de terre ayant la fermeté de bouton d'ivoire japonais, le patiné de ces petites

27

cuillers d'ivoire avec lesquelles les Chinoises versent l'eau sur le poisson qu'elles viennent de pêcher. Dans le verre de Venise que j'ai devant moi, une riche bijouterie de rouges est mise par un extraordinaire Léoville acheté à la vente de M. Montalivet et c'est un amusement pour l'imagination de l'œil et aussi, je ne crains pas de le dire, pour l'imagination de ce qu'on appelait autrefois la gueule, de voir apporter une barbue qui n'a rien des barbues pas fraîches qu'on sert sur les tables les plus luxueuses et qui ont pris dans les retards du voyage le modelage sur leur dos de leurs arêtes, une barbue qu'on sert non avec la colle à pâte que préparent sous le nom de sauce blanche, tant de chefs de grande maison, mais avec de la véritable sauce blanche, faite avec du beurre à cinq francs la livre, de voir apporter cette barbue dans un merveilleux plat Tching-Hon traversé par les pourpres rayages d'un coucher de soleil sur une mer où passe la navigation drôlatique d'une bande de langoustes, au pointillis grumeleux, si extraordinairement rendu qu'elles semblent avoir été moulées sur des carapaces vivantes, plat dont le marlî est fait de la pêche à la ligne par une petit Chinois d'un poisson qui est un enchantement de nacreuse couleur par l'argentement azuré de son ventre. Comme je dis à Verdurin le délicat plaisir que ce doit être pour lui que cette raffinée mangeaille dans cette collection comme aucun prince n'en possède à l'heure actuelle derrière ses vitrines : « On voit bien que vous ne le connaissez pas, me jette mélancoliquement la maîtresse de maison, et elle me parle de son mari comme d'un original maniaque, indifférent à toutes ces jolités, un maniaque, répète-t-elle, oui, absolument cela, un maniaque qui

28

aurait plutôt l'appétit d'une bouteille de cidre, bue dans la fraîcheur un peu encanaillée d'une ferme normande. » Et la charmante femme à la parole vraiment amoureuse des colorations d'une contrée, nous parle avec un enthousiasme débordant de cette Normandie qu'ils ont habitée, une Normandie qui serait un immense parc anglais, à la fragrance de ses hautes futaies à la Lawrence, au velours cryptomeria, dans leur bordure porcelainée d'hortensias roses, de ses pelouses naturelles, au chiffonnage de roses soufre dont la retombée sur une porte de paysans où l'incrustation de deux poiriers enlacés simule une enseigne tout à fait ornementale, à la libre retombée d'une branche fleurie dans le bronze d'une applique de Gouthière, une Normandie qui serait absolument insoupçonnée des Parisiens en vacances et que protège la barrière de chacun de ses clos, barrières que les Verdurin me confessent ne pas s'être fait faute de lever toutes. A la fin du jour, dans un éteignement sommeilleux de toutes les couleurs où la lumière ne serait plus donnée que par une mer presque caillée ayant le bleuâtre du petit lait — mais non, rien de la mer que vous connaissez, proteste ma voisine frénétiquement en réponse à mon dire que Flaubert nous avait menés mon frère et moi à Trouville, rien, absolument rien, il faudra venir avec moi, sans cela vous ne saurez jamais — ils rentraient, à travers les vraies forêts en fleurs de tulle rose que faisaient les rhododendrons, tout à fait grisés par l'odeur des jardineries qui donnaient au mari d'abominables crises d'asthme, oui, insista-t-elle, c'est cela, de vraies crises d'asthme.

Là-dessus, l'été suivant, ils revenaient, logeant toute une colonie d'artistes dans une admirable

habitation moyenâgeuse que leur faisait un cloître
ancien loué par eux, pour rien. Et ma foi, en entendant cette femme qui, en passant par tant de milieux
vraiment distingués, a gardé pourtant dans sa parole
un peu de la verdeur de la parole d'une femme du
peuple, une parole qui vous montre les choses
avec la couleur que votre imagination y voit, l'eau
me vient à la bouche de la vie qu'elle me confesse
avoir menée là-bas, chacun travaillant dans sa
cellule, et où dans le salon, si vaste qu'il possédait
deux cheminées, tout le monde venait avant le
déjeuner pour des causeries tout à fait supérieures,
mêlées de petits jeux, me refaisant penser à celles
qu'évoque ce chef-d'œuvre de Diderot, les lettres
à Mademoiselle Volland. Puis, après le déjeuner,
tout le monde sortait, même les jours de grains
dans le coup de soleil, le rayonnement d'une ondée
lignant de son filtrage lumineux les nodosités d'un
magnifique départ de hêtres centenaires qui mettaient devant la grille le *beau* végétal affectionné
par le xviiie siècle, et d'arbustes ayant pour boutons fleurissants dans la suspension de leurs rameaux
des gouttes de pluie. On s'arrêtait pour écouter le
délicat barbotis, énamouré de fraîcheur, d'un bou-
vreuil se baignant dans la mignonne baignoire
minuscule de nymphembourg qu'est la corolle d'une
rose blanche. Et comme je parle à Mᵐᵉ Verdurin
des paysages et des fleurs de là-bas délicatement
pastellisés par Elstir : « Mais c'est moi qui lui ai fait
connaître tout cela, jette-t-elle avec un redressement colère de la tête, tout, vous entendez bien,
tout, les coins curieux, tous les motifs, je le lui
ai jeté à la face quand il nous a quittés, n'est-ce
pas, Auguste ? tous les motifs qu'il a peints. Les

30

objets, il les a toujours connus, cela il faut être
juste, il faut le reconnaître. Mais les fleurs, il n'en
avait jamais vues, il ne savait pas distinguer un
altéa d'une passe-rose. C'est moi qui lui ai appris
à reconnaître, vous n'allez pas me croire, à reconnaître le jasmin. » Et il faut avouer qu'il y a quelque
chose de curieux à penser que le peintre des fleurs
que les amateurs d'art nous citent aujourd'hui
comme le premier, comme supérieur même à Fantin-
Latour, n'aurait peut-être jamais, sans la femme
qui est là, su peindre un jasmin. « Oui, ma parole,
le jasmin ; toutes les roses qu'il a faites, c'est chez
moi ou bien c'est moi qui les lui apportais. On ne
l'appelait chez nous que Monsieur Tiche, demandez
à Cottard, à Brichot, à tous les autres, si on le traitait
ici en grand homme. Lui-même en aurait ri. Je lui
apprenais à disposer ses fleurs, au commencement
il ne pouvait pas en venir à bout. Il n'a jamais su
faire un bouquet. Il n'avait pas de goût naturel
pour choisir, il fallait que je lui dise : « Non, ne
peignez pas cela, cela n'en vaut pas la peine, peignez
ceci. » Ah ! s'il nous avait écoutés aussi pour l'arrangement de sa vie comme pour l'arrangement
de ses fleurs et s'il n'avait pas fait ce sale mariage ! »
Et brusquement, les yeux enfiévrés par l'absorption
d'une rêverie tournée vers le passé, avec le nerveux
taquinage, dans l'allongement maniaque de ses
phalanges, du floche des manches de son corsage,
c'est, dans le contournement de sa pose endolorie,
comme un admirable tableau qui n'a je crois jamais
été peint, et où se lirait toute la révolte contenue,
toutes les susceptibilités rageuses d'une amie outra-
gée dans les délicatesses, dans la pudeur de la femme.
Là-dessus elle nous parle de l'admirable portrait

qu'Elstir a fait pour elle, le portrait de la famille
Collard, portrait donné par elle au Luxembourg
au moment de sa brouille avec le peintre, confes-
sant que c'est elle qui a donné au peintre l'idée de
faire l'homme en habit pour obtenir tout ce beau
bouillonnement du linge et qui a choisi la robe de
velours de la femme, robe faisant un appui au
milieu de tout le papillotage des nuances claires
des tapis, des fleurs, des fruits, des robes de gaze
des fillettes pareilles à des tutus de danseuses.
Ce serait elle aussi qui aurait donné l'idée de ce
coiffage, idée dont on a fait ensuite honneur à l'artiste, idée qui consistait en somme à peindre la
femme, non pas en représentation, mais surprise
dans l'intime de sa vie, de tous les jours. « Je lui
disais, mais dans la femme qui se coiffe, qui s'essuie
la figure, qui se chauffe les pieds, quand elle ne croit
pas être vue, il y a un tas de mouvements intéressants, des mouvements d'une grâce tout à fait
léonardesque ! » Mais sur un signe de Verdurin
indiquant le réveil de ces indignations comme
malsain pour la grande nerveuse que serait au fond
sa femme, Swann me fait admirer le collier de
perles noires porté par la maîtresse de la maison
et achetées par elle, toutes blanches, à la vente d'un
descendant de Mme de La Fayette à qui elles auraient
été données par Henriette d'Angleterre, perles deve
nues noires à la suite d'un incendie qui détruisit
une partie de la maison que les Verdurin habitaient
dans une rue dont je ne me rappelle plus le nom,
incendie après lequel fut retrouvé le coffret où
étaient ces perles, mais devenues entièrement noires.
« Et je connais le portrait de ces perles, aux épaules
mêmes de Mme de La Fayette, oui, parfaitement,

leur portrait, insista Swann devant les exclamations des convives un brin ébahis, leur portrait authentique, dans la collection du duc de Guermantes. » Une collection qui n'a pas son égale au monde, proclame-t-il, et que je devrais aller voir, une collection héritée par le célèbre duc qui était son neveu préféré, de Mme de Beausergent sa tante, de Madame de Beausergent, depuis Mme d'Hayfeld, la sœur de la marquise de Villeparisis et de la princesse de Hanovre. Mon frère et moi nous l'avons tant aimé autrefois sous les traits du charmant bambin appelé Basin, qui est bien en effet le prénom du duc. Là-dessus, le docteur Cottard, avec une finesse qui décèle chez lui l'homme tout à fait distingué, ressaute à l'histoire des perles et nous apprend que des catastrophes de ce genre produisent dans le cerveau des gens des altérations tout à fait pareilles à celles qu'on remarque dans la matière inanimée et cite d'une façon vraiment plus philosophique que ne feraient bien des médecins le propre valet de chambre de Mme Verdurin, qui dans l'épouvante de cet incendie où il avait failli périr, était devenu un autre homme, ayant une écriture tellement changée qu'à la première lettre que ses maîtres, alors en Normandie, reçurent de lui leur annonçant l'événement, ils crurent à la mystification d'un farceur. Et pas seulement une autre écriture, selon Cottard, qui prétend que de sobre cet homme était devenu si abominablement pochard que Mme Verdurin avait été obligée de le renvoyer. Et la suggestive dissertation passa, sur un signe gracieux de la maîtresse de maison, de la salle à manger au fumoir vénitien dans lequel Cottard me dit avoir assisté à de véritables dédoublements de la personnalité, nous citant le cas d'un de ses malades qu'il s'offre aimablement à m'amener chez moi et à qui il suffisait qu'il touchât les tempes pour l'éveiller à une seconde vie, vie pendant laquelle il ne se rappelait rien de la première, si bien que, très honnête homme dans celle-là, il y aurait été plusieurs fois arrêté pour des vols commis dans l'autre où il serait tout simplement un abominable gredin. Sur quoi Mme Verdurin remarque finement que la médecine pourrait fournir des sujets plus vrais à un théâtre où la cocasserie de l'imbroglio reposerait sur des méprises pathologiques, ce qui, de fil en aiguille, amène Mme Cottard à narrer qu'une donnée toute semblable a été mise en œuvre par un amateur qui est le favori des soirées de ses enfants, l'Écossais Stevenson, un nom qui met dans la bouche de Swann cette affirmation péremptoire : « Mais c'est tout à fait un grand écrivain, Stevenson, je vous assure M. de Goncourt, un très grand, l'égal des plus grands. » Et comme sur mon émerveillement des plafonds à caissons écussonnés provenant de l'ancien palazzo Barberini, de la salle où nous fumons, je laisse percer mon regret du noircissement progressif d'une certaine vasque par la cendre de nos « londrès », Swann, ayant raconté que des taches pareilles attestent sur les livres ayant appartenu à Napoléon Ier, livres possédés, malgré ses opinions antibonapartistes, par le duc de Guermantes, que l'empereur chiquait, Cottard, qui se révèle un curieux vraiment pénétrant en toutes choses, déclare que ces taches ne viennent pas du tout de cela, mais là, pas du tout, insiste-t-il avec autorité, mais de l'habitude qu'il avait d'avoir toujours dans la main, même sur les champs de bataille, des pastilles de réglisse, pour calmer ses douleurs de foie. Car il avait une maladie de foie et c'est de cela qu'il est mort, conclut le docteur. »

Je m'arrêtai là, car je partais le lendemain et d'ailleurs, c'était l'heure où me réclamait l'autre maître au service de qui nous sommes chaque jour, pour une moitié de notre temps. La tâche à laquelle il nous astreint, nous l'accomplissons les yeux fermés. Tous les matins il nous rend à notre autre maître, sachant que sans cela nous nous livrerions mal à la sienne. Curieux, quand notre esprit a rouvert ses yeux, de savoir ce que nous avons bien pu faire chez le maître qui étend ses esclaves avant de les mettre à une besogne précipitée, les plus malins, à peine la tâche finie, tâchent de subrepticement regarder. Mais le sommeil lutte avec eux de vitesse pour faire disparaître les traces de ce qu'ils voudraient voir. Et depuis tant de siècles, nous ne savons pas grand'chose là-dessus, — Je fermai donc le journal des Goncourt. Prestige de la littérature ! J'aurais voulu revoir les Cottard, leur demander tant de détails sur Elstir, aller voir la boutique du petit Dunkerque si elle existait encore, demander la permission de visiter cet hôtel des Verdurin où j'avais dîné. Mais j'éprouvais un vague trouble. Certes, je ne m'étais jamais dissimulé que je ne savais pas écouter ni dès que je n'étais plus seul, regarder ; une vieille femme ne montrait à mes yeux aucune espèce de collier de perles et ce qu'on en disait n'entrait pas dans mes oreilles. Tout de même ces êtres-là, je les avais connus dans la vie quotidienne, j'avais souvent dîné avec eux, c'étaient les Verdurin, c'était le duc de Guermantes, c'étaient les Cottard, chacun d'eux m'avait paru aussi commun qu'à ma grand'mère ce Basin dont elle ne se doutait guère qu'il était le neveu chéri, le jeune héros délicieux, de Mme de Beausergent, chacun d'eux m'avait semblé insipide ; je me rappelais les vulgarités sans nombre dont chacun était composé... « Et que tout cela fît un astre dans la nuit !!! »

Je résolus de laisser provisoirement de côté les objections qu'avaient pu faire naître en moi contre la littérature ces pages des Goncourt. Même en mettant de côté l'indice individuel de naïveté qui est frappant chez le mémorialiste, je pouvais d'ailleurs me rassurer à divers points de vue. D'abord, en ce qui me concernait personnellement, mon incapacité de regarder et d'écouter, que le journal cité avait si péniblement illustrée pour moi, n'était pourtant pas totale. Il y avait en moi un personnage qui savait, plus ou moins bien regarder, mais c'était un personnage intermittent, ne reprenant vie que quand se manifestait quelque essence générale, commune à plusieurs choses, qui faisait sa nourriture et sa joie. Alors le personnage regardait et écoutait, mais à une certaine profondeur seulement, de sorte que l'observation n'en profitait pas. Comme un géomètre qui, dépouillant les choses de leurs qualités sensibles ne voit que leur substratum linéaire, ce que racontaient les gens m'échappait, car ce qui m'intéressait, c'était non ce qu'ils voulaient dire, mais la manière dont ils le disaient, en tant qu'elle était révélatrice de leur caractère ou de leurs ridicules ; ou plutôt c'était un objet qui avait toujours été plus particulièrement le but de ma recherche parce qu'il me donnait un plaisir spécifique, le point qui était commun à un être et à un autre. Ce n'était que quand je l'apercevais que mon esprit — jusque-là sommeillant même derrière l'activité apparente de ma conversation dont l'animation masquait pour les autres un total engourdissement spirituel — se mettait tout à coup joyeusement en chasse, mais ce qu'il poursuivait alors — par exemple l'identité du salon Verdurin, dans divers lieux et divers temps — était situé à mi-profondeur, au delà de l'apparence elle-même, dans une zone un peu plus en retrait. Aussi le charme apparent, copiable, des êtres m'échappait parce que je n'avais plus la faculté de m'arrêter à lui, comme le chirurgien qui, sous le poli d'un ventre de femme, verrait le mal interne qui le ronge. J'avais beau dîner en ville, je ne voyais pas les convives, parce que quand je croyais les regarder je les radiographiais. Il en résultait qu'en réunissant toutes les remarques que j'avais pu faire dans un dîner sur les convives, le dessin des lignes tracées par moi figurait un ensemble de lois psychologiques où l'intérêt propre qu'avait eu dans ses discours le convive ne tenait presque aucune place. Mais cela enlevait-il tout mérite à mes portraits puisque je ne les donnais pas pour tels ? Si l'un de ces portraits dans le domaine de la peinture met en évidence certaines vérités relatives au volume, à la lumière, au mouvement, cela fait-il qu'il soit nécessairement inférieur à tel portrait ne lui ressemblant aucunement de la même personne, dans lequel mille détails qui sont omis dans le premier seront minutieusement relatés, deuxième portrait d'où l'on pourra conclure que le modèle était ravissant tandis qu'on l'eût cru laid dans le premier, ce qui

peut avoir une importance documentaire et même
historique, mais n'est pas nécessairement une vérité
d'art. Puis ma frivolité, dès que je n'étais pas seul,
me faisait désirer de plaire, plus désireux d'amuser
en bavardant que de m'instruire en écoutant, à
moins que je ne fusse allé dans le monde pour interroger sur quelque point d'art, ou quelque soupçon
jaloux qui m'avait occupé l'esprit avant ! Mais
j'étais incapable de voir ce dont le désir n'avait pas
été éveillé en moi par quelque lecture, ce dont je
n'avais pas d'avance désiré moi-même le croquis
que je désirais ensuite confronter avec la réalité.
Que de fois, je le savais bien même si cette page de
Goncourt ne me l'eût pas appris, je suis resté incapable d'accorder mon attention à des choses ou à
des gens qu'ensuite, une fois que leur image m'avait
été présentée dans la solitude par un artiste, j'aurais
fait des lieues, risqué la mort pour retrouver. Alors
mon imagination était partie, avait commencé
à peindre. Et ce devant quoi j'avais bâillé l'année
d'avant, je me disais avec angoisse, le contemplant
d'avance, le désirant : « Sera-t-il vraiment impossible de le voir ? Que ne donnerais-je pas pour cela ! »
Quand on lit des articles sur des gens, même simplement des gens du monde, qualifiés de « derniers
représentants d'une société dont il n'existe plus
aucun témoin », sans doute on peut s'écrier : « Dire
que c'est d'un être si insignifiant qu'on parle avec
tant d'abondance et d'éloges, c'est cela que j'aurais
déploré de ne pas avoir connu si je n'avais fait que
lire les journaux et les revues, et si je n'avais pas
vu « l'homme », mais j'étais plutôt tenté en lisant
de telles pages dans les journaux de penser : « Quel
malheur, alors que j'étais seulement préoccu e

38

de retrouver Gilberte ou Albertine — que je n'aie pas fait plus attention à ce monsieur, je l'avais pris pour un raseur du monde, pour un simple figurant, c'était une figure ! » Cette disposition-là, les pages de Goncourt que je lus me la firent regretter. Car peut-être j'aurais pu conclure d'elles que la vie apprend à rabaisser le prix de la lecture, et nous montre que ce que l'écrivain nous vante ne valait pas grand'chose ; mais je pouvais tout aussi bien en conclure que la lecture au contraire nous apprend à relever la valeur de la vie, valeur que nous n'avons pas su apprécier et dont nous nous rendons compte seulement par le livre combien elle était grande. A la rigueur, nous pouvons nous consoler de nous être peu plu dans la société d'un Vinteuil, d'un Bergotte puisque le bourgeoisisme pudibond de l'un, les défauts insupportables de l'autre ne prouvent rien contre eux, puisque leur génie est manifesté par leurs œuvres ; de même la prétentieuse vulgarité d'un Elstir à ses débuts. Ainsi le journal des Goncourt m'avait fait découvrir qu'Elstir n'était autre que le « Monsieur Tiche » qui avait tenu jadis de si exaspérants discours à Swann, chez les Verdurin. Mais quel est l'homme de génie qui n'a pas adopté les irritantes façons de parler des artistes de sa bande, avant d'arriver (comme c'était venu pour Elstir et comme cela arrive rarement) à un bon goût supérieur. Les Lettres de Balzac, par exemple, ne sont-elles pas semées de termes vulgaires que Swann eût souffert mille morts d'employer ? Et cependant il est probable que Swann, si fin, si purgé de tout ridicule haïssable eût été incapable d'écrire la *Cousine Bette* et le *Curé de Tours*. Que ce soit donc les mémoires qui aient tort de donner du charme

à leur société alors qu'elle nous a déplu est un problème de peu d'importance, puisque même si c'est
l'écrivain de mémoires qui se trompe, cela ne prouve
rien contre la valeur de la vie qui produit de tels
génies et qui n'existait pas moins dans les œuvres de
Vinteuil, d'Elstir et de Bergotte.

Tout à l'autre extrémité de l'expérience, quand
je voyais que les plus curieuses anecdotes, qui font
la matière inépuisable, divertissement des soirées
solitaires pour le lecteur, du journal des Goncourt,
lui avaient été contées par ces convives que nous
eussions à travers ces pages envié de connaître
et qui ne m'avaient pas laissé à moi trace d'un souvenir intéressant, cela n'était pas trop inexplicable
encore. Malgré la naïveté de Goncourt qui concluait
de l'intérêt de ces anecdotes à la distinction probable de l'homme qui les contait, il pouvait très bien
se faire que des hommes médiocres eussent eu dans
leur vie, ou entendu raconter, des choses curieuses
et les contassent à leur tour. Goncourt savait écouter, comme il savait voir, je ne le savais pas. D'ailleurs, tous ces faits auraient eu besoin d'être jugés
un à un. M. de Guermantes ne m'avait certes pas
donné l'impression de cet adorable modèle des grâces
juvéniles que ma grand'mère eût tant voulu connaître et me proposait comme modèle inimitable
d'après les mémoires de Mme de Beausergent. Mais
il faut songer que Basin avait alors sept ans, que
l'écrivain était sa tante et que même les maris qui
doivent divorcer quelques mois après vous font un
grand éloge de leur femme ; une des plus jolies poé-
sies de Sainte-Beuve est consacrée à l'apparition
devant une fontaine d'une jeune enfant couronnée
de tous les dons et de toutes les grâces, la jeune

Mlle de Champlâtreux qui ne devait pas avoir alors dix ans. Malgré toute la tendre vénération que le poète de génie qu'est la comtesse de Noailles portait à sa belle-mère, la duchesse de Noailles. née Champlâtreux, il est possible, si elle avait eu à en faire le portrait, que celui-ci eût contrasté assez vivement avec celui que Sainte-Beuve en traçait cinquante ans plus tôt.

Ce qui eût peut-être été plus troublant, c'était l'entre-deux, c'étaient ces gens desquels ce qu'on dit implique, chez eux, plus que la mémoire qui a su retenir une anecdote curieuse, sans que pourtant on ait, comme pour les Vinteuil, les Bergotte, le recours de les juger sur leur œuvre ; ils n'en ont pas créé, ils en ont seulement — à notre grand étonnement à nous qui les trouvions si médiocres — inspiré. Passe encore que le salon qui, dans les musées, donnera la plus grande impression d'élégance, depuis les grandes peintures de la Renaissance, soit celui de la petite bourgeoise ridicule que j'eusse, si je ne l'avais pas connue, rêvé devant le tableau de pouvoir approcher dans la réalité, espérant apprendre d'elle les secrets les plus précieux que l'art du peintre, que sa toile ne me donnait pas et de qui la pompeuse traîne de velours et de dentelles est un morceau de peinture comparable aux plus beaux du Titien. Si j'avais compris jadis que ce n'est pas le plus spirituel, le plus instruit, le mieux relationné des hommes, mais celui qui sait devenir miroir et peut refléter ainsi sa vie, fût-elle médiocre, qui devient un Bergotte (les contemporains le tinssent-ils pour moins homme d'esprit que Swann et moins savant que Bréauté) on peut souvent à plus forte raison en dire autant des modèles de l'artiste.

41

Dans l'éveil de l'amour, de la beauté, chez l'artiste qui peut tout peindre, l'élégance où il pourra trouver de si beaux motifs, le modèle lui en sera fourni par des gens un peu plus riches que lui chez qui il trouvera ce qu'il n'a pas d'habitude dans son atelier d'homme de génie méconnu qui vend ses toiles cinquante francs, un salon avec des meubles recouverts de vieille soie, beaucoup de lampes, de belles fleurs, de beaux fruits, de belles robes — gens modestes relativement ou qui le paraîtraient à des gens vraiment brillants (qui ne connaissent même pas leur existence) mais qui, à cause de cela, sont plus à portée de connaître l'artiste obscur, de l'apprécier, de l'inviter, de lui acheter ses toiles, que les gens de l'aristocratie qui se font peindre comme le Pape et les chefs d'État par les peintres académiciens. La poésie d'un élégant foyer et des belles toilettes de notre temps ne se trouvera-t-elle pas plutôt, pour la postérité, dans le salon de l'éditeur Charpentier par Renoir que dans le portrait de la princesse de Sagan ou de la comtesse de La Rochefoucauld par Cotte ou Chaplin ? Les artistes qui nous ont donné les plus grandes visions d'élégance en ont recueilli les éléments chez des gens qui étaient rarement les grands élégants de leur époque, lesquels se font rarement peindre par l'inconnu porteur d'une beauté qu'ils ne peuvent pas distinguer sur ses toiles, dissimulée qu'elle est par l'interposition d'un poncif de grâce surannée qui flotte dans l'œil du public comme ces visions subjectives que le malade croit effectivement posées devant lui. Mais que ces modèles médiocres que j'avais connus eussent en outre inspiré, conseillé certains arrangements qui m'avaient enchanté, que la pré-

42

sence de tel d'entre eux dans les tableaux fût plus
que celle d'un modèle, mais d'un ami qu'on veut
faire figurer dans ses toiles, c'était à se demander
si tous les gens que nous regrettons de ne pas avoir
connus parce que Balzac les peignait dans ses livres
ou les leur dédiait en hommage d'admiration, sur
lesquels Sainte-Beuve ou Baudelaire firent leurs plus
jolis vers, si à plus forte raison toutes les Récamier, toutes les Pompadour, ne m'eussent pas paru
d'insignifiantes personnes, soit par une infirmité
de ma nature, ce qui me faisait alors enrager d'être
malade et de ne pouvoir retourner voir tous les gens
que j'avais méconnus, soit qu'elles ne dussent leur
prestige qu'à une magie illusoire de la littérature,
ce qui forçait à changer de dictionnaire pour lire
et me consolait de devoir d'un jour à l'autre, à cause
des progrès que faisait mon état maladif, rompre
avec la société, renoncer au voyage, aux musées,
pour aller me soigner dans une maison de santé.
Peut-être pourtant ce côté mensonger, ce faux-jour
n'existe-t-il dans les mémoires que quand ils sont
trop récents, trop près des réputations, qui plus
tard s'anéantiront si vite, aussi bien intellectuelles
que mondaines (et si l'érudition essaye alors de
réagir contre cet ensevelissement, parvient-elle à
détruire un sur mille de ces oublis qui vont s'en-
tassant ?)

Ces idées tendant, les unes à diminuer, les autres
à accroître mon regret de ne pas avoir de dons pour
la littérature, ne se présentèrent plus à ma pensée
pendant les longues années que je passai à me soigner, loin de Paris, dans une maison de santé où
d'ailleurs, j'avais tout à fait renoncé au projet
d'écrire, jusqu'à ce que celle-ci ne pût plus trouver

de personnel médical, au commencement de 1916.
Je rentrai alors dans un Paris bien différent de celui
où j'étais déjà revenu une première fois comme on
le verra tout à l'heure, en août 1914, pour subir
une visite médicale, après quoi j'avais rejoint ma
maison de santé.

CHAPITRE II

Un des premiers soirs dès mon nouveau retour à
'aris en 1916, ayant envie d'entendre parler de la
:ule chose qui m'intéressait alors, la guerre, je
ortis, après le dîner, pour aller voir Mme Verdurin
ar elle était avec Mme Bontemps une des Reines
e ce Paris de la guerre qui faisait penser au Direc-
oire. Comme par l'ensemencement d'une petite
uantité de levure en apparence de génération
ontanée, des jeunes femmes allaient tout le jour
oiffées de hauts turbans cylindriques comme aurait
u l'être une contemporaine de Mme Tallien. Par
tvisme, ayant des tuniques égyptiennes droites,
ombres, très « guerre » sur des jupes très courtes,
les chaussaient des lanières rappelant le cothurne
:lon Talma, ou de hautes guêtres rappelant celles
e nos chers combattants ; c'est, disaient-elles,
arce qu'elles n'oubliaient pas qu'elles devaient
;jouir les yeux de ces combattants qu'elles se
araient encore, non seulement de toilettes « floues »,
tais encore de bijoux évoquant les armées par leur
tème décoratif, si même leur matière ne venait

45

pas des armées, n'avait pas été travaillée aux armées ; au lieu d'ornements égyptiens rappelant la campagne d'Égypte, c'étaient des bagues ou des bracelets faits avec des fragments d'obus ou des ceintures de 75, des allume-cigarettes composés de deux sous anglais, auxquels un militaire était arrivé à donner dans sa cagna, une patine si belle que le profil de la reine Victoria y avait l'air tracé par Pisanello ; c'est encore parce qu'elles y pensaient sans cesse, disaient-elles, qu'elles portaient à peine le deuil, quand l'un des leurs tombait, sous le prétexte qu'il était « mêlé de fierté », ce qui permettait un bonnet de crêpe anglais blanc (du plus gracieux effet et autorisant tous les espoirs), dans l'invincible certitude du triomphe définitif et permettait ainsi de remplacer le cachemire d'autrefois par le satin et la mousseline de soie, et même de garder ses perles, « tout en observant le tact et la correction qu'il est inutile de rappeler à des Françaises ».

Le Louvre, tous les musées étaient fermés et quand on lisait en tête d'un article de journal : « Une exposition sensationnelle », on pouvait être sûr qu'il s'agissait d'une exposition non de tableaux, mais de robes, de robes destinées d'ailleurs à éveiller « ces délicates joies d'art dont les Parisiennes étaient depuis trop longtemps sevrées ». C'est ainsi que l'élégance et le plaisir avaient repris ; l'élégance à défaut des arts, cherchait à s'excuser comme ceux-ci en 1793, année où les artistes exposant au Salon révolutionnaire proclamaient que ce serait à tort qu'il paraîtrait « étrange à d'austères républicains que nous nous occupions des arts quand l'Europe coalisée assiège le territoire de la liberté ». Ainsi faisaient en 1916 les couturiers qui, d'ailleurs, avec

46

une orgueilleuse conscience d'artistes avouaient que
« chercher du nouveau, s'écarter de la banalité,
préparer la victoire, dégager pour les générations
d'après la guerre une formule nouvelle du beau,
telle était l'ambition qui les tourmentait, la chimère
qu'ils poursuivaient, ainsi qu'on pouvait s'en rendre
compte en venant visiter leurs salons délicieusement
installés rue de la ...... où effacer par une note lumineuse et gaie les lourdes tristesses de l'heure, semble
être le mot d'ordre, avec la discrétion toutefois
qu'imposent les circonstances. Les tristesses de
l'heure, il est vrai, pourraient avoir raison des
énergies féminines si nous n'avions tant de hauts
exemples de courage et d'endurance à méditer.
Aussi en pensant à nos combattants qui au fond de
leur tranchée rêvent de plus de confort et de coquetterie pour la chère absente laissée au foyer,
ne cesserons-nous pas d'apporter toujours plus de
recherche dans la création de robes répondant aux
nécessités du moment. La vogue, cela se conçoit,
est surtout aux maisons anglaises, donc alliées,
et on raffole cette année de la robe-tonneau dont le
joli abandon nous donne à toutes un amusant petit
cachet de rare distinction. « Ce sera même une des
plus heureuses circonstances de cette triste guerre, »
ajoutait le charmant chroniqueur (en attendant la
reprise des provinces perdues, le réveil du sentiment
national), « ce sera même une des plus heureuses
conséquences de cette guerre que d'avoir obtenu
de jolis résultats en fait de toilette, sans luxe incon-
sidéré et de mauvais aloi, avec très peu de chose,
d'avoir créé de la coquetterie avec des riens. A la
robe du grand couturier éditée à plusieurs exemplaires, on préfère en ce moment les robes faites

47

chez soi, parce qu'affirmant l'esprit, le goût et les
tendances indiscutables de chacun. » Quant à la
charité, en pensant à toutes les misères nées de
l'invasion, à tant de mutilés, il était bien naturel
qu'elle fût obligée de se faire « plus ingénieuse
encore », ce qui obligeait les dames à hauts turbans
à passer la fin de l'après-midi dans les thés autour
d'une table de bridge, en commentant les nouvelles
du « front », tandis qu'à la porte les attendaient
leurs automobiles ayant sur le siège un beau militaire qui bavardait avec le chasseur. Ce n'était pas
du reste seulement les coiffures surmontant les
visages de leur étrange cylindre qui étaient nouvelles.
Les visages l'étaient aussi. Les dames à nouveaux
chapeaux étaient des jeunes femmes venues on ne
savait trop d'où et qui étaient la fleur de l'élégance,
les unes depuis six mois, les autres depuis deux ans,
les autres depuis quatre. Ces différences avaient
d'ailleurs pour elles autant d'importance qu'au
temps où j'avais débuté dans le monde, en avaient
entre deux familles comme les Guermantes et les
La Rochefoucauld, trois ou quatre siècles d'an-
cienneté prouvée. La dame qui connaissait les Guermantes depuis 1914 regardait comme une parvenue
celle qu'on présentait chez eux en 1916, lui faisait
un bonjour de douairière, la dévisageait de son face-
à-main et avouait dans une moue qu'on ne savait
même pas au juste si cette dame était ou non mariée. « Tout cela est assez nauséabond », concluait
la dame de 1914 qui eût voulu que le cycle des nouvelles admissions s'arrêtât après elle. Ces personnes
nouvelles que les jeunes gens trouvaient fort anciennes, et que d'ailleurs certains vieillards qui
n'avaient pas été que dans le grand monde croyaient

bien reconnaître pour ne pas être si nouvelles que cela, n'offraient pas seulement à la société les divertissements de conversation politique et de musique dans l'intimité qui lui convenaient ; il fallait encore que ce fussent elles qui les offrissent, car pour que les choses paraissent nouvelles, même si elles sont anciennes, et même si elles sont nouvelles, il faut en art, comme en médecine, comme en mondanité, des noms nouveaux (ils étaient d'ailleurs nouveaux en certaines choses). Ainsi Mme Verdurin était allée à Venise pendant la guerre, mais comme ces gens qui veulent éviter de parler chagrin et sentiment, quand elle disait que c'était épatant, ce qu'elle admirait ce n'était ni Venise, ni Saint-Marc, ni les palais, tout ce qui m'avait tant plu et dont elle faisait bon marché, mais l'effet des projecteurs dans le ciel, des projecteurs sur lesquels elle donnait des renseignements appuyés de chiffres. (Ainsi d'âge en âge renaît un certain réalisme en réaction contre l'art admiré jusque-là). Le salon Sainte-Euverte était une étiquette défraîchie sous laquelle la présence des plus grands artistes, des ministres les plus influents, n'eût attiré personne. On courait au contraire pour écouter un mot prononcé par le secrétaire des uns, ou le sous-chef de cabinet des autres, chez les nouvelles dames à turban dont l'invasion ailée et jacassante emplissait Paris. Les dames du Premier Directoire avaient une reine qui était jeune et belle et s'appelait Madame Tallien. Celles du second en avaient deux qui étaient vieilles et laides et qui s'appelaient Mme Verdurin et Mme Bontemps. Qui eût pu tenir rigueur à Mme Bontemps que son mari eût joué un rôle, âprement critiqué par *l'Echo de Paris*, dans l'affaire Dreyfus ? Toute

la Chambre étant à un certain moment devenue
révisionniste, c'était forcément parmi d'anciens
révisionnistes comme parmi d'anciens socialistes,
qu'on avait été obligé de recruter le parti de l'Ordre
social, de la Tolérance religieuse, de la Préparation
militaire. On aurait détesté autrefois M. Bontemps
parce que les antipatriotes avaient alors le nom de
dreyfusards. Mais bientôt ce nom avait été oublié
et remplacé par celui d'adversaire de la loi de trois
ans. M. Bontemps était au contraire un des auteurs
de cette loi, c'était donc un patriote. Dans le monde
(et ce phénomène social n'est d'ailleurs qu'une
application d'une loi psychologique bien plus générale), les nouveautés coupables ou non n'excitent
l'horreur que tant qu'elles ne sont pas assimilées
et entourées d'éléments rassurants. Il en était du
dreyfusisme comme du mariage de Saint-Loup avec
la fille d'Odette, mariage qui avait d'abord fait crier.
Maintenant qu'on voyait chez les Saint-Loup tous
les gens « qu'on connaissait », Gilberte aurait pu
avoir les mœurs d'Odette elle-même que malgré
cela, on y serait « allé » et qu'on eût approuvé Gilberte de blâmer comme une douairière des nouveautés
morales non assimilées. Le dreyfusisme était maintenant intégré dans une série de choses respectables
et habituelles. Quant à se demander ce qu'il valait
en soi, personne n'y songeait pas plus pour l'admettre maintenant qu'autrefois pour le condamner.
Il n'était plus « shoking ». C'était tout ce qu'il
fallait. A peine se rappelait-on qu'il l'avait été
comme on ne sait plus au bout de quelque temps
si le père d'une jeune fille fut un voleur ou non.
Au besoin on peut dire : « Non, c'est du beau-
frère, ou d'un homonyme que vous parlez, mais

contre celui-là il n'y a jamais eu rien à dire. » De
même il y avait certainement eu dreyfusisme et
dreyfusisme et celui qui allait chez la duchesse de
Montmorency et faisait passer la loi de trois ans ne
pouvait être mauvais. En tous cas à tout péché
miséricorde. Cet oubli qui était octroyé au dreyfusisme l'était *a fortiori* aux dreyfusards. Il n'y
avait plus qu'eux du reste dans la politique, puisque
tous à un moment l'avaient été s'ils voulaient être
du Gouvernement, même ceux qui représentaient
le contraire de ce que le dreyfusisme, dans sa cho-
quante nouveauté avait incarné (au temps où
Saint-Loup était sur une mauvaise pente), l'anti-
patriotisme, l'irréligion, l'anarchie, etc. Ainsi le
dreyfusisme de M. Bontemps, invisible et contem-
platif comme celui de tous les hommes politiques,
ne se voyait pas plus que les os sous la peau. Personne ne se fût rappelé qu'il avait été dreyfusard,
car les gens du monde sont distraits et oublieux,
parce qu'aussi il y avait de cela un temps fort
long, et qu'ils affectaient de croire plus long, car
c'était une des idées les plus à la mode de dire que
l'avant-guerre était séparé de la guerre par quelque
chose d'aussi profond, simulant autant de durée
qu'une période géologique et Brichot lui-même, ce
nationaliste, quand il faisait allusion à l'affaire
Dreyfus, disait : « Dans ces temps préhistoriques. »
A vrai dire, ce changement profond opéré par la
guerre était en raison inverse de la valeur des esprits
touchés, du moins à partir d'un certain degré, car,
tout en bas, les purs sots, les purs gens de plaisir
ne s'occupaient pas qu'il y eût la guerre. Mais tout
en haut, ceux qui se sont fait une vie intérieure
ambiante, ont peu d'égard à l'importance des événe-

ments. Ce qui modifie profondément pour eux l'ordre des pensées, c'est bien plutôt quelque chose qui semble en soi n'avoir aucune importance et qui renverse pour eux l'ordre du temps en les faisant contemporains d'un autre temps de leur vie. Un chant d'oiseau dans le parc de Montboissier, ou une brise chargée de l'odeur de réséda, sont évidemment des événements de moindre conséquence que les plus grandes dates de la Révolution et de l'Empire. Ils ont cependant inspiré à Chateaubriand dans les *Mémoires d'Outre-tombe*, des pages d'une valeur infiniment plus grande.

M. Bontemps ne voulait pas entendre parler de paix avant que l'Allemagne eût été réduite au même morcellement qu'au Moyen-Age, la déchéance de la maison de Hohenzollern prononcée et Guillaume ayant reçu douze balles dans la peau. En un mot il était ce que Brichot appelait un « Jusquauboutiste», c'était le meilleur brevet de civisme qu'on pouvait lui donner. Sans doute les trois premiers jours Mme Bontemps avait été un peu dépaysée au milieu des personnes qui avaient demandé à Mme Verdurin à la connaître et ce fut d'un ton légèrement aigre que Mme Verdurin répondit : « Le Comte, ma chère », à Mme Bontemps qui lui disait : « C'est bien le duc d'Haussonville que vous venez de me présenter », soit par entière ignorance et absence de toute association entre le nom Haussonville et un titre quelconque, soit au contraire par excessive instruction et association d'idées avec le « Parti des Ducs », dont on lui avait dit que M. d'Haussonville était un des membres à l'Académie. A partir du quatrième jour elle avait commencé d'être solidement installée dans le faubourg Saint-Germain.

52

Quelquefois encore on voyait autour d'elle les fragments inconnus d'un monde qu'on ne connaissait
pas et qui n'étonnaient pas plus que des débris
de coquille autour du poussin ceux qui savaient
l'œuf d'où Mme Bontemps était sortie. Mais dès le
quinzième jour, elle les avait secoués, et avant la
fin du premier mois quand elle disait : je vais chez
les Lévi, tout le monde comprenait, sans qu'elle
eût besoin de préciser, qu'il s'agissait des Lévis-
Mirepoix, et pas une duchesse ne se serait couchée
sans avoir appris de Mme Bontemps ou de Mme Verdurin, au moins par téléphone, ce qu'il y avait
dans le communiqué du soir, ce qu'on y avait omis,
où on en était avec la Grèce, quelle offensive on
préparait, en un mot tout ce que le public ne saurait que le lendemain ou plus tard, et dont on avait
ainsi comme une sorte de répétition des couturières.
Dans la conversation, Mme Verdurin, pour communiquer les nouvelles, disait : « nous » en parlant de
la France. « Hé bien, voici : nous exigeons du roi
de Grèce qu'il se retire du Péloponèse, etc. ; nous
lui envoyons, etc. » Et, dans tous ses récits revenait
tout le temps le G. Q. G. (j'ai téléphoné au G. Q. G.),
abréviation qu'elle avait à prononcer le même plaisir qu'avaient naguère les femmes qui ne connaissaient pas le prince d'Agrigente à demander en souriant quand on parlait de lui et pour montrer qu'elles
étaient au courant : « Grigri ? » un plaisir qui dans
les époques peu troublées n'est connu que par les
mondains mais que dans ces grandes crises le peuple
même connaît. Notre maître d'hôtel par exemple
si on parlait du roi de Grèce, était capable, grâce
aux journaux, de dire comme Guillaume II : « Tino »,
tandis que jusque-là sa familiarité avec les rois

était restée plus vulgaire ayant été inventée par
lui comme quand jadis pour parler du Roi d'Espagne,
il disait : « l'onfonse ». On peut remarquer d'ailleurs
qu'au fur et à mesure qu'augmenta le nombre des
gens brillants qui firent des avances à Mme Verdurin,
le nombre de ceux qu'elle appelait les « ennuyeux »
diminua. Par une sorte de transformation magique,
tout ennuyeux qui était venu lui faire une visite
et avait sollicité une invitation devenait subitement
quelqu'un d'agréable, d'intelligent. Bref, au bout
d'un an le nombre des ennuyeux était réduit dans
une proportion tellement forte, que la « peur et
l'impossibilité de s'ennuyer » qui avait tenu une si
grande place dans la conversation et joué un si
grand rôle dans la vie de Mme Verdurin, avait presque
entièrement disparu. On eût dit que sur le tard cette
impossibilité de s'ennuyer (qu'autrefois d'ailleurs
elle assurait ne pas avoir éprouvée dans sa prime
jeunesse) la faisait moins souffrir, comme certaines
migraines, certains asthmes nerveux qui perdent
de leur force quand on vieillit. Et l'effroi de s'ennuyer
eût sans doute entièrement abandonné Mme Verdurin faute d'ennuyeux, si elle n'avait dans une faible
mesure remplacé ceux qui ne l'étaient plus par
d'autres recrutés parmi les anciens fidèles. Du reste
pour en finir avec les duchesses qui fréquentaient
maintenant chez Mme Verdurin, elles venaient y
chercher sans qu'elles s'en doutassent, exactement
la même chose que les dreyfusards autrefois, c'est-
à-dire un plaisir mondain composé de telle manière
que sa dégustation assouvît les curiosités politiques
et rassasiât le besoin de commenter entre soi les
incidents lus dans les journaux. Mme Verdurin disait :
« Vous viendrez à 5 heures parler de la guerre »,

comme autrefois « parler de l'affaire » et dans l'intervalle ; « vous viendrez entendre Morel ». Or Morel
n'aurait pas dû être là pour la raison qu'il n'était
nullement réformé. Simplement il n'avait pas rejoint
et était déserteur, mais personne ne le savait. Une
autre étoile du salon était « dans les choux », qui
malgré ses goûts sportifs s'était fait réformer. Il était
devenu tellement pour moi l'auteur d'une œuvre
admirable à laquelle je pensais constamment que ce
n'est que par hasard quand j'établissais un courant
transversal entre deux séries de souvenirs que je
songeais qu'il était celui qui avait amené le départ
d'Albertine de chez moi. Et encore ce courant transversal aboutissait en ce qui concernait ces reliques
de souvenirs d'Albertine à une voie s'arrêtant en
pleine friche à plusieurs années de distance. Car je
ne pensais plus jamais à elle. C'était une voie non
fréquentée de souvenirs, une ligne que je n'emprun-
tais plus. Tandis que les œuvres de « dans les choux »
étaient récentes et cette ligne de souvenirs perpétuellement fréquentée et utilisée par mon esprit.

Je dois du reste dire que la connaissance du mari
d'Andrée n'était ni très facile ni très agréable à faire,
et que l'amitié qu'on lui vouait était promise à bien
des déceptions. Il était en effet à ce moment déjà fort
malade et s'épargnait les fatigues autres que celles
qui lui paraissaient devoir peut-être lui donner du
plaisir. Or il ne classait parmi celles-là que les rendez-vous avec des gens qu'il ne connaissait pas
encore et que son ardente imagination lui représentait sans doute comme ayant une chance d'être
différents des autres. Mais pour ceux qu'il connaissait
déjà, il savait trop bien comment ils étaient, comment ils seraient, ils ne lui paraissaient plus valoir

la peine d'une fatigue dangereuse pour lui et peut-
être mortelle. C'était en somme un très mauvais
ami. Et peut-être dans son goût pour des gens nouveaux se retrouvait-il quelque chose de l'audace
frénétique qu'il portait jadis à Balbec, aux sports,
au jeu, à tous les excès de table. Quant à Mme Verdurin, elle voulait à chaque fois me faire faire la
connaissance d'Andrée, ne pouvant admettre que
je l'eusse connue depuis longtemps. D'ailleurs Andrée
venait rarement avec son mari, mais elle était pour
moi une amie admirable et sincère. Fidèle à l'esthétique de son mari qui était en réaction contre les
Ballets russes, elle disait du marquis de Polignac :
« Il a sa maison décorée par Bakst ; comment peut-on
dormir là-dedans, j'aimerais mieux Dubufe. »

D'ailleurs les Verdurin, par le progrès fatal de
l'esthétisme qui finit par se manger la queue, disaient
ne pas pouvoir supporter le modern style (de plus
c'était munichois) ni les appartements blancs et
n'aimaient plus que les vieux meubles français dans
un décor sombre.

On fut très étonné à cette époque, où Mme Verdurin pouvait avoir chez elle qui elle voulait, de
lui voir faire indirectement des avances à une personne qu'elle avait complètement perdue de vue,
Odette. On trouvait qu'elle ne pourrait rien ajouter
au brillant milieu qu'était devenu le petit groupe.
Mais une séparation prolongée, en même temps qu'elle
apaise les rancunes, réveille quelquefois l'amitié.
Et puis le phénomène qui amène non seulement les
mourants à ne prononcer que des noms autrefois
familiers, mais les vieillards à se complaire dans
leurs souvenirs d'enfance, ce phénomène a son équivalent social. Pour réussir dans l'entreprise de faire

evenir Odette chez elle, Mme Verdurin n'employa
as bien entendu les « ultras », mais les habitués
oins fidèles qui avaient gardé un pied dans l'un
t l'autre salon. Elle leur disait : « Je ne sais pas
ourquoi on ne la voit plus ici. Elle est peut-être
rouillée, moi pas. En somme qu'est-ce que je lui
i fait ? C'est chez moi qu'elle a connu ses deux
naris. Si elle veut revenir, qu'elle sache que les portes
ui sont ouvertes. » Ces paroles qui auraient dû coûter
à la fierté de la patronne si elles ne lui avaient pas
té dictées par son imagination, furent redites, mais
ans succès. Mme Verdurin, attendit Odette sans la
oir venir, jusqu'à ce que des événements qu'on
erra plus loin amenassent pour de toutes autres
aisons ce que n'avait pu l'ambassade pourtant zélée
les lâcheurs. Tant il est peu de réussites faciles,
t d'échecs définitifs.

Les choses étaient tellement les mêmes, tout en
araissant différentes, qu'on retrouvait tout natu-
ellement les mots d'autrefois « bien pensants, mal
ensants ». Et de même que les anciens communards
vaient été antirévisionnistes, les plus grands dreyfu-
ards voulaient faire fusiller tout le monde et avaient
'appui des généraux, comme ceux-ci au temps
le l'affaire avaient été contre Galliffet. A ces réunions,
Mme Verdurin invitait quelques dames un peu ré-
entes, connues par les œuvres et qui les premières
ois venaient avec des toilettes éclatantes, de grands
olliers de perles qu'Odette qui en avait un aussi
beau, de l'exhibition duquel elle-même avait abusé,
regardait, maintenant qu'elle était en « tenue de
guerre » à l'imitation des dames du faubourg avec,
évérité. Mais les femmes savent s'adapter. Au bout
le trois ou quatre fois elles se rendaient compte que

les toilettes qu'elles avaient crues chic étaient précisément proscrites par les personnes qui l'étaient,
elles mettaient de côté leurs robes d'or et se rési-
gnaient à la simplicité.

Mme Verdurin disait : c'est désolant, je vais télé-
phoner à Bontemps de faire le nécessaire pour
demain, on a encore « caviardé » toute la fin de l'article de Norpois et simplement parce qu'il laissait
entendre qu'on avait « limogé » Percin. Car la bêtise
courante faisait que chacun tirait sa gloire d'user
des expressions courantes, et croyait montrer qu'elle
était ainsi à la mode comme faisait une bourgeoise
en disant quand on parlait de M. de Breauté ou de
Charlus : « Qui ? Babel de Bréauté, Mémé de Charlus. » Les duchesses font de même d'ailleurs et
avaient le même plaisir à dire « limoger » car chez
les duchesses, c'est, pour les roturiers un peu poètes,
le nom qui diffère, mais elles s'expriment selon la
catégorie d'esprit à laquelle elles appartiennent et où
il y a aussi énormément de bourgeois. Les classes
d'esprit n'ont pas égard à la naissance

Tous ces téléphonages de Mme Verdurin n'étaient
pas d'ailleurs sans inconvénient. Quoique nous
ayons oublié de le dire, le « salon » Verdurin, s'il
continuait en esprit et en vérité, s'était transporté
momentanément dans un des plus grands hôtels de
Paris, le manque de charbon et de lumière rendant
plus difficiles les réceptions des Verdurin dans l'ancien
logis, fort humide, des Ambassadeurs de Venise.
Le nouveau salon ne manquait pas du reste d'agrément. Comme à Venise, la place, comptée à cause
de l'eau, commande la forme des palais, comme un
bout de jardin dans Paris ravit plus qu'un parc en
province, l'étroite salle à manger qu'avait Mme Ver-

durin à l'hôtel faisait d'une sorte de losange aux murs éclatants de blancheur comme un écran sur lequel se détachaient à chaque mercredi, et presque tous les jours, tous les gens les plus intéressants, les plus variés, les femmes les plus élégantes de Paris, ravis de profiter du luxe des Verdurin qui, grâce à leur fortune, allait croissant à une époque où les plus riches se restreignaient faute de toucher leurs revenus. La forme donnée aux réceptions se trouvait modifiée sans qu'elles cessassent d'enchanter Brichot, qui au fur et à mesure que les relations des Verdurin allaient s'étendant, y trouvait des plaisirs nouveaux et accumulés dans un petit espace comme des surprises dans un chausson de Noël. Enfin certains jours les dîneurs étaient si nombreux que la salle à manger de l'appartement privé était trop petite, on donnait le dîner dans la salle à manger immense d'en bas, où les fidèles, tout en feignant hypocritement de déplorer l'intimité d'en haut, étaient ravis au fond, — en faisant bande à part comme jadis dans le petit chemin de fer, — d'être un objet de spectacle et d'envie pour les tables voisines. Sans doute dans les temps habituels de la paix une note mondaine subrepticement envoyée au *Figaro* ou au *Gaulois* aurait fait savoir à plus de monde que n'en pouvait tenir la salle à manger du Majestic que Brichot avait dîné avec la duchesse de Duras. Mais depuis la guerre les courriéristes mondains ayant supprimé ce genre d'informations (ils se rattrapaient sur les enterrements, les citations et les banquets franco-américains), la publicité ne pouvait plus exister que par ce moyen enfantin et restreint, digne des premiers âges, et antérieur à la découverte de Gutenberg, être vu à la table de

59

Mme Verdurin. Après le dîner on montait dans les salons de la Patronne, puis les téléphonages commençaient. Mais beaucoup de grands hôtels étaient à cette époque peuplés d'espions qui notaient les nouvelles téléphonées par Bontemps avec une indiscrétion que corrigeait seulement par bonheur le manque de sûreté de ses informations toujours démenties par l'événement.

Avant l'heure où les thés d'après-midi finissaient, à la tombée du jour, dans le ciel encore clair, on voyait de loin de petites taches brunes qu'on eût pu prendre, dans le soir bleu, pour des moucherons, ou pour des oiseaux. Ainsi quand on voit de très loin une montagne, on pourrait croire que c'est un nuage. Mais on est ému parce qu'on sait que ce nuage est immense, à l'état solide, et résistant. Ainsi étais-je ému parce que la tache brune dans le ciel d'été n'était ni un moucheron, ni un oiseau, mais un aéroplane monté par des hommes qui veillaient sur Paris. Le souvenir des aéroplanes que j'avais vus avec Albertine dans notre dernière promenade, près de Versailles, n'entrait pour rien dans cette émotion, car le souvenir de cette promenade m'était devenu indifférent.

A l'heure du dîner les restaurants étaient pleins et si, passant dans la rue, je voyais un pauvre permissionnaire, échappé pour six jours au risque permanent de la mort, et prêt à repartir pour les tranchées, arrêter un instant ses yeux devant les vitrines illuminées, je souffrais comme à l'hôtel de Balbec quand les pêcheurs nous regardaient dîner, mais je souffrais davantage parce que je savais que la misère du soldat est plus grande que celle du pauvre, les réunissant toutes, et plus touchante encore parce

'elle est plus résignée, plus noble, et que c'est
un hochement de tête philosophe, sans haine,
1e prêt à repartir pour la guerre il disait en voyant
bousculer les embusqués retenant leurs tables
On ne dirait pas que c'est la guerre ici. » Puis à
h. 1/2, alors que personne n'avait encore eu le
mps de finir de dîner, à cause des ordonnances de
lice, on éteignait brusquement toutes les lumières
la nouvelle bousculade des embusqués arrachant
1rs pardessus aux chasseurs du restaurant où
1vais dîné avec Saint-Loup un soir de perme,
ait lieu à 9 h. 35 dans une mystérieuse pénombre
chambre où l'on montre la lanterne magique,
. de salle de spectacle servant à exhiber les films
un ce ces cinémas vers lesquels allaient se précipiter
neurs et dîneuses. Mais après cette heure-là, pour
ux qui, comme moi, le soir dont je parle, étaient
stés à dîner chez eux, et sortaient pour aller voir
s amis, Paris était au moins, dans certains quar-
1rs, encore plus noir que n'était le Combray de mon
fance ; les visites qu'on se faisait prenaient un
1 de visites de voisins de campagne. Ah ! si Alber-
1e avait vécu, qu'il eût été doux, les soirs où j'au-
1s dîné en ville, de lui donner rendez-vous dehors,
1s les arcades. D'abord, je n'aurais rien vu, j'aurais
1 l'émotion de croire qu'elle avait manqué au ren-
z-vous, quand tout à coup j'eusse vu se détacher
1 mur noir une de ses chères robes grises, ses yeux
1riants qui m'auraient aperçu et nous aurions
1 nous promener enlacés sans que personne nous
stinguât, nous dérangeât et rentrer ensuite à la
1aison. Hélas, j'étais seul et je me faisais l'effet d'al-
: faire une visite de voisin à la campagne, de ces
sites comme Swann venait nous en faire après le

61

dîner, sans rencontrer plus de passants dans l'obscurité deTansonville, par ce petit chemin de halage, jusqu'à la rue du Saint-Esprit, que je n'en rencontrais maintenant dans les rues devenues de sinueux chemins rustiques de la rue Clotilde à la rue Bonaparte. D'ailleurs, comme ces fragments de paysage que le temps qu'il fait modifie n'étaient plus contrariés par un cadre devenu nuisible, les soirs où le vent chassait un grain glacial, je me croyais bien plus au bord de la mer furieuse dont j'avais jadis tant rêvé que je ne m'y étais senti à Balbec ; et même d'autres éléments de nature qui n'existaient pas jusque-là à Paris faisaient croire qu'on venait, descendant du train, d'arriver pour les vacances, en pleine campagne : par exemple le contraste de lumière et d'ombre qu'on avait à côté de soi par terre les soirs de clair de lune. Celui-ci donnait de ces effets que les villes ne connaissent pas, même en plein hiver ; ses rayons s'étalaient sur la neige qu'aucun travailleur ne déblayait plus, boulevard Haussmann, comme ils eussent fait sur un glacier des Alpes. Les silhouettes des arbres se reflétaient nettes et pures sur cette neige d'or bleuté, avec la délicatesse qu'elles ont dans certaines peintures japonaises ou dans certains fonds de Raphaël ; elles étaient allongées à terre au pied de l'arbre lui-même comme on les voit souvent dans la nature au soleil couchant quand celui-ci inonde et rend réfléchissantes les prairies où des arbres s'élèvent à intervalles réguliers. Mais par un raffinement d'une délicatesse délicieuse la prairie sur laquelle se développaient ces ombres d'arbres légères comme des âmes était une prairie paradisiaque, non pas verte mais d'un blanc si éclatant à cause du clair de lune qu rayonnait sur la neige de jade, qu'on aurait dit que cette prairie était tissue seulement avec des pétales de poiriers en fleurs. Et sur les places, les divinités des fontaines publiques tenant en main un jet de glace avaient l'air de statues d'une matière double pour l'exécution desquelles l'artiste avait voulu marier exclusivement le bronze au cristal. Par ces jours exceptionnels, toutes les maisons étaient noires. Mais au printemps au contraire, parfois de temps à autre, bravant les règlements de la police, un hôtel particulier, ou seulement un étage d'un hôtel, ou même seulement une chambre d'un étage, n'ayant pas fermé ses volets apparaissait, ayant l'air de se soutenir toute seule sur d'impalpables ténèbres, comme une projection purement lumineuse, comme une apparition sans consistance. Et la femme qu'en levant les yeux bien haut, on distinguait dans cette pénombre dorée, prenait dans cette nuit où l'on était perdu et où elle-même semblait recluse, le charme mystérieux et voilé d'une vision d'Orient. Puis on passait et rien n'interrompait plus l'hygiénique et monotone piétinement rythmique dans l'obscurité.

Je songeais que je n'avais revu depuis bien longtemps aucune des personnes dont il a été question dans cet ouvrage. En 1914, pendant les deux mois que j'avais passés à Paris, j'avais aperçu M. de Charlus et vu Bloch et Saint-Loup, ce dernier seulement deux fois. La seconde fois était certainement celle où il s'était le plus montré lui-même ; il avait effacé toutes les impressions peu agréables de manque de sincérité qu'il m'avait produites pendant le séjour à Tansonville que je viens de rapporter et j'avais

reconnu en lui toutes les belles qualités d'autrefois.
La première fois que je l'avais vu après la déclaration de guerre, c'est-à-dire au début de la semaine
qui suivit, tandis que Bloch faisait montre des sentiments les plus chauvins, Saint-Loup n'avait pas
assez d'ironie pour lui-même qui ne reprenait pas
de service et j'avais été presque choqué de la violence de son ton. Saint-Loup revenait de Balbec.
« Non, s'écria-t-il avec force et gaîté, tous ceux qui
ne se battent pas, quelque raison qu'ils donnent,
c'est qu'ils n'ont pas envie d'être tués, c'est par
peur. » Et avec le même geste d'affirmation plus
énergique encore que celui avec lequel il avait souli-
gné la peur des autres, il ajouta : « Et moi, si je ne
reprends pas de service, c'est tout bonnement par
peur, na. » J'avais déjà remarqué chez différentes
personnes que l'affectation des sentiments louables
n'est pas la seule couverture des mauvais, mais
qu'une plus nouvelle est l'exhibition de ces mauvais,
de sorte qu'on n'ait pas l'air au moins de s'en cacher.
De plus, chez Saint-Loup cette tendance était forti-
fiée par son habitude quand il avait commis une
indiscrétion, fait une gaffe, et qu'on aurait pu les
lui reprocher, de les proclamer en disant que c'était
exprès. Habitude qui, je crois bien, devait lui venir
de quelque professeur à l'Ecole de Guerre dans l'intimité de qui il avait vécu, et pour qui il professait
une grande admiration. Je n'eus donc aucun embar-
ras pour interpréter cette boutade comme la rati-
fication verbale d'un sentiment que Saint-Loup
aimait mieux proclamer, puisqu'il avait dicté sa
conduite et son abstention dans la guerre qui commençait. « Est-ce que tu as entendu dire, demanda-
t-il en me quittant, que ma tante Oriane divorcerait ?

ersonnellement je n'en sais absolument rien. On
it cela de temps en temps et je l'ai entendu annoncer
i souvent que j'attendrai que ce soit fait pour le
roire. J'ajoute que ce serait très compréhensible ;
1on oncle est un homme charmant, non seulement
ans le monde, mais pour ses amis, pour ses parents.
Iême d'une façon il a beaucoup plus de cœur
ue ma tante qui est une sainte, mais qui le lui fait
erriblement sentir. Seulement c'est un mari terrible,
ui n'a jamais cessé de tromper sa femme, de l'insul-
er, de la brutaliser, de la priver d'argent. Ce serait
i naturel qu'elle le quitte que c'est une raison pour
ue ce soit vrai, mais aussi pour que cela ne le soit
as parce que c'en est une pour qu'on en ait l'idée
t qu'on le dise. Et puis du moment qu'elle l'a sup-
orté si longtemps... Maintenant je sais bien qu'il
a tant de choses qu'on annonce à tort, qu'on
ément, et puis qui plus tard deviennent vraies. »
ela me fit penser à lui demander s'il avait jamais
té question avant son mariage avec Gilberte qu'il
pousât Mlle de Guermantes. Il sursauta et m'assura
ue non, que ce n'était qu'un de ces bruits du monde,
ui naissent de temps à autre on ne sait pourquoi,
évanouissent de même et dont la fausseté ne rend
as ceux qui ont cru en eux plus prudents dès que
aît un bruit nouveau de fiançailles, de divorce, ou
n bruit politique pour y ajouter foi et le colporter.
uarante-huit heures n'étaient pas passées que cer-
ains faits, que j'appris, me prouvèrent que je m'étais
bsolument trompé dans l'interprétation des paroles
e Robert : « Tous ceux qui ne sont pas au front, c'est
u'ils ont peur ». Saint-Loup avait dit cela pour
riller dans la conversation, pour faire de l'ori-
nalité psychologique, tant qu'il n'était pas sûr

que son engagement serait accepté. Mais il faisait
pendant ce temps-là des pieds et des mains pour
qu'il le fût, étant en cela moins original, au sens
qu'il croyait qu'il fallait donner à ce mot, mais plus
profondément français de Saint-André-des-Champs,
plus en conformité avec tout ce qu'il y avait à ce
moment-là de meilleur chez les Français de Saint-
André-des-Champs, seigneurs, bourgeois et serfs
respectueux des seigneurs ou révoltés contre les
seigneurs, deux divisions également françaises de
la même famille, sous-embranchement Françoise et
sous-embranchement Sauton, d'où deux flèches se
dirigeaient à nouveau dans une même direction
qui était la frontière. Bloch avait été enchanté
d'entendre l'aveu de la lâcheté d'un nationaliste
(qui l'était d'ailleurs si peu) et comme Saint-Loup
avait demandé si lui-même devait partir, avait pris
une figure de grand-prêtre pour répondre : « myope ».
Mais Bloch avait complètement changé d'avis sur
la guerre quelques jours après où il vint me voir
affolé. Quoique « myope », il avait été reconnu bon
pour le service. Je le ramenais chez lui quand nous
rencontrâmes Saint-Loup qui avait rendez-vous,
pour être présenté au Ministère de la Guerre à un
colonel, avec un ancien officier. « M. de Cambremer »,
me dit-il. « Ah ! c'est vrai, mais c'est d'une ancienne
connaissance que je te parle. Tu connais aussi bien
que moi Cancan. » Je lui répondis que je le connaissais en effet et sa femme aussi, que je ne les appré-
ciais qu'à demi. Mais j'étais tellement habitué
depuis que je les avais vus pour la première fois
à considérer la femme comme une personne malgré
tout remarquable, connaissant à fond Schopenhauer
et ayant accès en somme dans un milieu intellec-

66

uel qui était fermé à son grossier époux, que je fus
'abord étonné d'entendre Saint-Loup répondre :
Sa femme est idiote, je te l'abandonne. Mais lui-
st un excellent homme qui était doué et qui est
esté fort agréable. » Par l' « idiotie » de la femme,
aint-Loup entendait sans doute le désir éperdu de
elle-ci de fréquenter le grand monde, ce que le
rand monde juge le plus sévèrement. Par les qua-
tés du mari, sans doute quelque chose de celles que
i reconnaissait sa nièce, quand elle le trouvait le
ieux de la famille. Lui du moins ne se souciait pas
e duchesses, mais à vrai dire c'est là une « intelli-
ence » qui diffère autant de celle qui caractérise
s penseurs, que « l'intelligence » reconnue par le
ublic à tel homme riche « d'avoir su faire sa for-
ıne ». Mais les paroles de Saint-Loup ne me déplai-
ıient pas en ce qu'elles rappelaient que la pré-
ntion avoisine la bêtise et que la simplicité a un
oût un peu caché mais agréable. Je n'avais pas eu
est vrai, l'occasion de savourer celle de M. de Cam-
remer. Mais c'est justement ce qui fait qu'un être
st tant d'êtres différents selon les personnes qui le
igent, en dehors même des différences de jugement.
e Cambremer, je n'avais connu que l'écorce. Et
saveur, qui m'était attestée par d'autres, m'était
iconnue. Bloch nous quitta devant sa porte, dé-
ordant d'amertume contre Saint-Loup, lui disant
u'eux autres « beaux fils galonnés, » paradant
ans les États-Majors ne risquaient rien, et que lui,
mple soldat de 2ᵉ classe n'avait pas envie de se
ire « trouer la peau » pour Guillaume. « Il paraît
u'il est gravement malade, l'Empereur Guillaume »,
pondit Saint-Loup. Bloch qui, comme tous les
ens qui tiennent de près à la Bourse, accueillait

avec une facilité particulière les nouvelles sensationnelles, ajouta : « On dit même beaucoup qu'il est mort ». A la Bourse tout souverain malade, que ce soit Édouard VII ou Guillaume II, est mort, toute ville sur le point d'être assiégée est prise. « On ne le cache, ajouta Bloch, que pour ne pas déprimer l'opinion chez les Boches. Mais il est mort dans la nuit d'hier. Mon père le tient d'une source de tout premier ordre ». Les sources de tout premier ordre étaient les seules dont tînt compte M. Bloch le père, alors que, par la chance qu'il avait, grâce à de « hautes relations », d'être en communication avec elles, il en recevait la nouvelle encore secrète que l'Extérieure allait monter ou la de Beers fléchir. D'ailleurs, si à ce moment précis se produisait une hausse sur la de Beers, ou des « offres » sur l'Extérieure, si le marché de la première était « ferme » et « actif », celui de la seconde « hésitant », « faible », et qu'on s'y tînt « sur la réserve », la source de premier ordre n'en restait pas moins une source de premier ordre. Aussi Bloch nous annonça-t-il la mort du Kaiser d'un air mystérieux et important, mais aussi rageur. Il était surtout particulièrement exaspéré d'entendre Robert dire l'Empereur Guillaume. Je crois que sous le couperet de la guillotine Saint-Loup et M. de Guermantes n'auraient pas pu dire autrement. Deux hommes du monde restant seuls vivants dans une île déserte où ils n'auraient à faire preuve de bonnes façons pour personne, se reconnaîtraient à ces traces d'éducation, comme deux latinistes citeraient correctement du Virgile. Saint-Loup n'eût jamais pu, même torturé par les Allemands, dire autrement que l'Empereur Guillaume. Et ce savoir-vivre est malgré tout l'indice de grande

68

entraves pour l'esprit. Celui qui ne sait pas les rejeter reste un homme du monde. Cette élégante médiocrité est d'ailleurs délicieuse — surtout avec tout ce qui s'y allie de générosité cachée et d'héroïsme inexprimé — à côté de la vulgarité de Bloch, à la fois pleutre et fanfaron qui criait à Saint-Loup : « Tu ne pourrais pas dire Guillaume tout court. C'est ça, tu as la frousse, déjà ici tu te mets à plat ventre devant lui ! Ah ! ça nous fera de beaux soldats à la frontière, ils lècheront les bottes des Boches. Vous êtes des galonnés qui savez parader dans un carrousel. Un point, c'est tout ». « Ce pauvre Bloch veut absolument que je ne fasse que parader, me dit Saint-Loup en souriant, quand nous eûmes quitté notre camarade ». Et je sentais bien que parader n'était pas du tout ce que désirait Robert, bien que je ne me rendisse pas compte alors de ses intentions aussi exactement que je le fis plus tard quand, la cavalerie restant inactive, il obtint de servir comme officier d'infanterie, puis de chasseurs à pieds, et enfin quand vint la suite qu'on lira plus loin. Mais du patriotisme de Robert, Bloch ne se rendit pas compte, simplement parce que Robert ne l'exprimait nullement. Si Bloch nous avait fait des professions de foi méchamment antimilitaristes une fois qu'il avait été reconnu « bon », il avait eu préalablement les déclarations les plus chauvines quand il se croyait réformé pour myopie. Mais ces déclarations, Saint-Loup eût été incapable de les faire ; d'abord par une espèce de délicatesse morale qui empêche d'exprimer les sentiments trop profonds et qu'on trouve tout naturels. Ma mère autrefois non seulement n'eût pas hésité une seconde à mourir pour ma grand'mère, mais

69

aurait horriblement souffert si on l'avait empê-
chée de le faire. Néanmoins, il m'est impossible
d'imaginer rétrospectivement dans sa bouche une
phrase telle que : « Je donnerais ma vie pour ma
mère. » Aussi tacite était dans son amour de la
France, Robert qu'en ce moment je trouvais beaucoup plus Saint-Loup (autant que je pouvais me
représenter son père) que Guermantes. Il eût été
préservé aussi d'exprimer ces sentiments-là par la
qualité en quelque sorte morale de son intelligence.
Il y a chez les travailleurs intelligents et vraiment
sérieux une certaine aversion pour ceux qui mettent
en littérature ce qu'ils font, le font valoir. Nous
n'avions été ensemble ni au lycée, ni à la Sorbonne,
mais nous avions séparément suivi certains cours
des mêmes maîtres, et je me rappelle le sourire de
Saint-Loup en parlant de ceux qui, tout en faisant
un cours remarquable, voulaient se faire passer pour
des hommes de génie, en donnant un nom ambi-
tieux à leurs théories. Pour peu que nous en par-
lions, Robert riait de bon cœur. Naturellement notre
prédilection n'allait pas d'instinct aux Cottard
ou aux Brichot, mais enfin nous avions une certaine considération pour les gens qui savaient à
fond le grec ou la médecine et ne se croyaient pas
autorisés pour cela à faire les charlatans. De même
que toutes les actions de maman reposaient jadis
sur le sentiment qu'elle eût donné sa vie pour sa
mère, comme elle ne s'était jamais formulé ce sentiment à elle-même, en tous cas elle eût trouvé
non pas seulement inutile et ridicule, mais choquant et honteux de l'exprimer aux autres ; de
même il m'était impossible d'imaginer Saint-Loup
(me parlant de son équipement, des courses qu'il

avait à faire, de nos chances de victoire, du peu de valeur de l'armée russe, de ce que ferait l'Angleterre) — prononçant une des phrases les plus éloquentes que peut dire le Ministre le plus sympathique aux députés debout et enthousiastes. Je ne peux cependant pas dire que dans ce côté négatif qui l'empêchait d'exprimer les beaux sentiments qu'il ressentait, il n'y avait pas un effet de l' « esprit des Guermantes », comme on en a vu tant d'exemples chez Swann. Car si je le trouvais Saint-Loup surtout, il restait Guermantes aussi et par là, parmi les nombreux mobiles qui excitaient son courage, il y en avait qui n'étaient pas les mêmes que ceux de ses amis de Doncières, ces jeunes gens épris de leur métier avec qui j'avais dîné chaque soir et dont tant se firent tuer à la bataille de la Marne ou ailleurs en entraînant leurs hommes. Les jeunes socialistes qu'il pouvait y avoir à Doncières quand j'y étais, mais que je ne connaissais pas parce qu'ils ne fréquentaient pas le milieu de Saint-Loup, purent se rendre compte que les officiers de ce milieu n'étaient nullement des « aristos » dans l'acception hautainement fière et bassement jouisseuse que le « populo », les officiers sortis des rang, les francs-maçons donnaient à ce surnom. Et pareillement d'ailleurs, ce même patriotisme, les officiers nobles le rencontrèrent pleinement chez les socialistes que je les avais entendus accuser, pendant que j'étais à Doncières, en pleine affaire Dreyfus, d'être des sans-patrie. Le patriotisme des militaires aussi sincère, aussi profond, avait pris une forme définie qu'ils croyaient intangible et sur laquelle ils s'indignaient de voir jeter « l'opprobre », tandis que les patriotes en quelque sorte inconscients, indépendants, sans religion patriotique définie, qu'étaient les radicaux-socialistes, n'avaient pas su comprendre quelle réalité profonde vivait dans ce qu'ils croyaient de vaines et haineuses formules. Sans doute Saint-Loup comme eux s'était habitué à développer en lui, comme la partie la plus vraie de lui-même, la recherche et la conception des meilleures manœuvres en vue des plus grands succès stratégiques et tactiques de sorte que pour lui comme pour eux la vie de son corps était quelque chose de relativement peu important qui pouvait être facilement sacrifié à cette partie intérieure, véritable noyau vital chez eux autour duquel l'existence personnelle n'avait de valeur que comme un épiderme protecteur. Je parlai à Saint-Loup de son ami le directeur du grand hôtel de Balbec qui, paraît-il, avait prétendu qu'il y avait eu au début de la guerre dans certains régiments français des défections qu'il appelait des « défectuosités » et avait accusé de l'avoir provoqué ce qu'il appelait le « militariste prussien » disant d'ailleurs en riant à propos de son frère : « Il est dans les tranchées, ils sont à 30 mètres des Boches ! » jusqu'à ce qu'ayant appris qu'il l'était lui-même on l'eut mis dans un camp de concentration. « A propos de Balbec, te rappelles-tu l'ancien liftier de l'hôtel ? » me dit en me quittant Saint-Loup sur le ton de quelqu'un qui n'avait pas trop l'air de savoir qui c'était et qui comptait sur moi pour l'éclairer. « Il s'engage et m'a écrit pour le faire rentrer dans l'aviation ». Sans doute le liftier était-il las de monter dans la cage captive de l'ascenseur, et les hauteurs de l'escalier du Grand Hôtel ne lui suffisaient plus. Il allait « prendre ses galons » autrement que comme concierge, car notre destin n'est pas

toujours ce que nous avions cru. « Je vais sûrement appuyer sa demande, me dit Saint-Loup.
Je le disais encore à Gilberte ce matin, jamais
nous n'aurons assez d'avions. C'est avec cela qu'on
verra ce que prépare l'adversaire. C'est cela qui
lui enlèvera le bénéfice le plus grand d'une attaque,
celui de la surprise, l'armée la meilleure sera peut-
être celle qui aura les meilleurs yeux. Eh bien et
la pauvre Françoise a-t-elle réussi à faire réformer
son neveu ? » Mais Françoise qui avait fait depuis
longtemps tous ses efforts pour que son neveu
fût réformé et qui, quand on lui avait proposé une
recommandation, par la voie des Guermantes, pour
le Général de Saint-Joseph, avait répondu d'un
ton désespéré : « Oh ! non, ça ne servirait à rien,
il n'y a rien à faire avec ce vieux bonhomme-là,
c'est tout ce qu'il y a de pis, il est patriotique »,
Françoise, dès qu'il avait été question de la guerre
et quelque douleur qu'elle en éprouvât, trouvait
qu'on ne devait pas abandonner les « pauvres
Russes », puisqu'on était « alliancé ». Le maître
d'hôtel, persuadé d'ailleurs que la guerre ne durerait que dix jours et se terminerait par la victoire
éclatante de la France, n'aurait pas osé, par peur
d'être démenti par les événements, et n'aurait
même pas eu assez d'imagination pour prédire une
guerre longue et indécise. Mais cette victoire complète et immédiate, il tâchait au moins d'en extraire
d'avance tout ce qui pouvait faire souffrir Françoise. « Ça pourrait bien faire du vilain, parce qu'il
paraît qu'il y en a beaucoup qui ne veulent pas
marcher, des gars de seize ans qui pleurent. » Il
tâchait aussi pour la « vexer » de lui dire des choses
désagréables, c'est ce qu'il appelait « lui jeter un

73

pépin, lui lancer une apostrophe, lui envoyer un calembour ». « De seize ans, Vierge Marie », disait Françoise, et un instant méfiante : « On disait pourtant qu'on ne les prenait qu'après vingt ans, c'est encore des enfants. » — « Naturellement les journaux ont ordre de ne pas dire cela. Du reste, c'est toute la jeunesse qui sera en avant, il n'en reviendra pas lourd. D'un côté, ça fera du bon, une bonne saignée, là, c'est utile de temps en temps, ça fera marcher le commerce. Ah ! dame, s'il y a des gosses trop tendres qui ont une hésitation, on les fusille immédiatement, douze balles dans la peau, vlan. D'un côté, il faut ça. Et puis les officiers qu'est-ce que ça peut leur faire, ils touchent leurs pesetas, c'est tout ce qu'ils demandent. » Françoise pâlissait tellement pendant chacune de ces conversations qu'on craignait que le maître d'hôtel ne la fît mourir d'une maladie de cœur. Elle ne perdait pas ses défauts pour cela. Quand une jeune fille venait me voir, si mal aux jambes qu'eût la vieille servante, m'arrivait-il de sortir un instant de ma chambre, je la voyais au haut d'une échelle, dans la penderie, en train, disait-elle, de chercher quelque paletot à moi pour voir si les mites ne s'y mettaient pas, en réalité pour nous écouter. Elle gardait malgré toutes mes critiques sa manière insidieuse de poser des questions d'une façon indirecte pour laquelle elle avait utilisé depuis quelque temps un certain « parce que sans doute ». N'osant pas me dire : « Est-ce que cette dame a un hôtel ? » elle me disait, les yeux timidement levés comme ceux d'un bon chien, « Parce que sans doute cette dame a un hôtel particulier... », évitant l'interrogation flagrante moins pour être polie que pour ne pas sembler curieuse. Enfin, comme les domestiques que nous aimons le plus — surtout s'ils ne nous rendent presque plus les services et les égards de leur emploi — restent hélas des domestiques et marquent plus nettement les limites (que nous voudrions effacer) de leur caste au fur et à mesure qu'ils croient le plus pénétrer la nôtre, Françoise avait souvent à mon endroit (pour me piquer, eût dit le maître d'hôtel) de ces propos étranges qu'une personne du monde n'aurait pas : avec une joie aussi dissimulée mais aussi profonde que si c'eût été une maladie grave, si j'avais chaud et que la sueur — je n'y prenais pas garde — perlât à mon front : « mais vous êtes en nage », me disait-elle, étonnée comme devant un phénomène étrange, souriant un peu avec le mépris que cause quelque chose d'indécent « vous sortez, mais vous avez oublié de mettre votre cravate », prenant pourtant la voix préoccupée qui est chargée d'inquiéter quelqu'un sur son état. On aurait dit que moi seul dans l'univers avais jamais été en nage. Car dans son humilité, dans sa tendre admiration pour des êtres qui lui étaient infiniment inférieurs, elle adoptait leur vilain tour de langage. Sa fille s'étant plaint d'elle à moi et m'ayant dit (je ne sais de qui elle l'avait appris) : « Elle a toujours quelque chose à dire, que je ferme mal les portes, et patatipatali et patatapatala ». Françoise crut sans doute que son incomplète éducation seule l'avait privé jusqu'ici de ce bel usage. Et sur ses lèvres où j'avais vu fleurir jadis le français le plus pur, j'entendis plusieurs fois par jour : « Et patati patali et patata patala. » Il est du reste curieux combien non seulement les expressions mais les pensées varient peu chez une

même personne. Le maître d'hôtel ayant pris l'habitude de déclarer que M. Poincaré était mal inten-
tionné, pas pour l'argent, mais parce qu'il avait
voulu absolument la guerre, il redisait cela, sept
à huit fois par jour devant le même auditoire habituel et toujours aussi intéressé. Pas un mot n'était
modifié, pas un geste, une intonation. Bien que cela
ne durât que deux minutes, c'était invariable, comme
une représentation. Ses fautes de français corrom-
paient le langage de Françoise tout autant que les
fautes de sa fille.

Elle ne dormait plus, ne mangeait plus, se faisait
lire les communiqués auxquels elle ne comprenait
rien, par le maître d'hôtel qui n'y comprenait
guère davantage, et chez qui le désir de tourmenter
Françoise était souvent dominé par une allégresse
patriotique ; il disait avec un rire sympathique,
en parlant des Allemands : « Ça doit chauffer,
notre vieux Joffre est en train de leur tirer des plans
sur la Comète. » Françoise ne comprenait pas trop
de quelle comète il s'agissait, mais n'en sentait pas
moins que cette phrase faisait partie des aimables
et originales extravagances auxquelles une personne bien élevée doit répondre, avec bonne humeur, par urbanité, et haussant gaiement les épaules
d'un air de dire : « Il est bien toujours le même »,
elle tempérait ses larmes d'un sourire. Au moins
était-elle heureuse que son nouveau garçon boucher
qui, malgré son métier, était assez craintif (il avait
cependant commencé dans les abattoirs) ne fût pas
d'âge à partir. Sans quoi elle eût été capable d'aller
trouver le Ministre de la Guerre.

Le maître d'hôtel n'eût pu imaginer que les communiqués ne fussent pas excellents et qu'on ne se

rapprochât pas de Berlin, puisqu'il lisait : « Nous avons repoussé avec de fortes pertes pour l'ennemi, etc. », actions qu'il célébrait comme de nouvelles victoires. J'étais cependant effrayé de la rapidité avec laquelle le théâtre de ces victoires se rapprochait de Paris, et je fus même étonné que le maître d'hôtel ayant vu dans un communiqué qu'une action avait eu lieu près de Lens, n'eût pas été inquiet en voyant dans le journal du lendemain que ses suites avaient tourné à notre avantage à Jouy-le-Vicomte, dont nous tenions solidement les abords. Le maître d'hôtel savait, connaissait pourtant bien le nom, Jouy-le-Vicomte, qui n'était pas tellement éloigné de Combray. Mais on lit les journaux comme on aime, un bandeau sur les yeux. On ne cherche pas à comprendre les faits. On écoute les douces paroles du rédacteur en chef, comme on écoute les paroles de sa maîtresse. On est battu et content parce qu'on ne se croit pas battu, mais vainqueur. Je n'étais pas du reste demeuré longtemps à Paris et j'avais regagné assez vite ma maison de santé. Bien qu'en principe le docteur nous traitât par l'isolement, on m'y avait remis à deux époques différentes une lettre de Gilberte et une lettre de Robert. Gilberte m'écrivait (c'était à peu près en septembre 1914) que quelque désir qu'elle eût de rester à Paris pour avoir plus facilement des nouvelles de Robert, les raids perpétuels de taubes au-dessus de Paris lui avaient causé une telle épouvante, surtout pour sa petite fille, qu'elle s'était enfuie de Paris par le dernier train qui partait encore pour Combray, que le train n'était même pas allé à Combray et que ce n'était que grâce à la charrette d'un paysan sur laquelle elle avait fait

77

dix heures d'un trajet atroce, qu'elle avait pu gagner Tansonville ! « Et là, imaginez-vous ce qui
attendait votre vieille amie, m'écrivait en finissant Gilberte. J'étais partie de Paris pour fuir les
avions allemands, me figurant qu'à Tansonville
je serais à l'abri de tout. Je n'y étais pas depuis
deux jours que vous n'imaginerez jamais ce qui
arrivait : les Allemands qui envahissaient la région
après avoir battu nos troupes près de La Fère,
et un État-Major allemand suivi d'un régiment qui
se présentait à la porte de Tansonville, et que
j'étais obligée d'héberger, et pas moyen de fuir,
plus un train, rien. » L'État-Major allemand s'était-il
bien conduit ou fallait-il voir dans la lettre de Gilberte un effet par contagion de l'esprit des Guermantes, lesquels étaient de souche bavaroise, apparentée à la plus haute aristocratie d'Allemagne,
mais Gilberte ne tarissait pas sur la parfaite éducation de l'état-major et même des soldats qui lui
avaient seulement demandé « la permission de
cueillir un des ne-m'oubliez-pas qui poussaient
auprès de l'étang », bonne éducation qu'elle opposait à la violence désordonnée des fuyards français,
qui avaient traversé la propriété en saccageant tout,
avant l'arrivée des généraux allemands. En tous
cas si la lettre de Gilberte était par certains côtés
imprégnée de l'esprit des Guermantes — d'autres
diraient de l'internationalisme juif, ce qui n'aurait
probablement pas été juste, comme on verra —
la lettre que je reçus pas mal de mois plus tard
de Robert était, elle, beaucoup plus Saint-Loup
que Guermantes, reflétant de plus toute la culture
libérale qu'il avait acquise, et, en somme, entièrement sympathique. Malheureusement il ne me

parlait pas de stratégie comme dans ses conversations de Doncières et ne me disait pas dans quelle
mesure il estimait que la guerre confirmât ou infir-
mât les principes qu'il m'avait alors exposés. Tout
au plus me dit-il que depuis 1914 s'étaient en réalité
succédé plusieurs guerres, les enseignements de
chacune influant sur la conduite de la suivante.
Et par exemple la théorie de la « percée » avait
été complétée par cette thèse qu'il fallait avant de
percer bouleverser entièrement par l'artillerie le
terrain occupé par l'adversaire. Mais ensuite on
avait constaté qu'au contraire ce bouleversement
rendait impossible l'avance de l'infanterie et de
l'artillerie dans des terrains dont des milliers de
trous d'obus avaient fait autant d'obstacles. « La
guerre, disait-il, n'échappe pas aux lois de notre
vieil Hégel. Elle est en état de perpétuel devenir. »
C'était peu auprès de ce que j'aurais voulu savoir.
Mais ce qui me fâchait davantage encore c'est qu'il
n'avait plus le droit de me citer de noms de généraux. Et d'ailleurs, par le peu que me disait le
journal, ce n'était pas ceux dont j'étais à Doncières
si préoccupé de savoir lesquels montreraient le plus
de valeur dans une guerre, qui conduisaient celle-ci.
Geslin de Bourgogne, Galliffet, Négrier étaient
morts. Pau avait quitté le service actif presque au
début de la guerre. De Joffre, de Foch, de Cas-
telnau, de Pétain, nous n'avions jamais parlé. « Mon
petit, m'écrivait Robert, si tu voyais tout ce monde,
surtout les gens du peuple, les ouvriers, les petits
commerçants qui ne se doutaient pas de ce qu'ils
recélaient en eux d'héroïsme et seraient morts dans
leur lit sans l'avoir soupçonné, courir sous les balles
pour secourir un camarade, pour emporter un chef

79

blessé, et frappés eux-mêmes, sourire au moment
où ils vont mourir parce que le médecin-chef leur
apprend que la tranchée a été reprise aux Allemands,
je t'assure, mon cher petit, que cela donne une
belle idée du Français et que ça fait comprendre les
époques historiques qui nous paraissaient un peu
extraordinaires dans nos classes. L'épopée est tellement belle que tu trouverais comme moi que les
mots ne sont plus rien. Au contact d'une telle grandeur, le mot poilu est devenu pour moi quelque
chose dont je ne sens pas plus s'il a pu contenir
d'abord une allusion ou une plaisanterie que quand
nous lisons « chouans » par exemple. Mais je sais
poilu déjà prêt pour de grands poètes comme les
mots déluge ou Christ, ou barbares qui étaient déjà
pétris de grandeur avant que s'en fussent servis
Hugo, Vigny, ou les autres. Je dis que le peuple
est ce qu'il y a de mieux, mais tout le monde est
bien. Le pauvre Vaugoubert, le fils de l'ambassadeur, a été sept fois blessé avant d'être tué, et
chaque fois qu'il revenait d'une expédition sans
avoir écopé, il avait l'air de s'excuser et de dire
que ce n'était pas sa faute. C'était un être charmant. Nous nous étions beaucoup liés, les pauvres
parents ont eu la permission de venir à l'enterrement, à condition de ne pas être en deuil et de ne
rester que cinq minutes à cause du bombardement.
La mère, un grand cheval que tu connais peut-être,
pouvait avoir beaucoup de chagrin, on ne distinguait rien. Mais le pauvre père était dans un tel
état que je t'assure que moi qui ai fini par devenir
tout à fait insensible, à force de prendre l'habitude
de voir la tête du camarade qui est en train de me
parler subitement labourée par une torpille ou

80

même détachée du tronc, je ne pouvais pas me contenir en voyant l'effondrement du pauvre Vaugoubert qui n'était plus qu'une espèce de loque. Le
Général avait beau lui dire que c'était pour la France,
que son fils s'était conduit en héros, cela ne faisait
que redoubler les sanglots du pauvre homme qui ne
pouvait pas se détacher du corps de son fils. Enfin,
et c'est pour cela qu'il faut se dire qu' « ils ne pas-
seront pas », tous ces gens-là, comme mon pauvre
valet de chambre, comme Vaugoubert, ont empêché les Allemands de passer. Tu trouves peut-être
que nous n'avançons pas beaucoup, mais il ne faut
pas raisonner, une armée se sent victorieuse par une
impression intime, comme un mourant se sent
foutu. Or nous savons que nous aurons la victoire
et nous la voulons pour dicter la paix juste, je ne
veux pas dire seulement pour nous, vraiment juste,
juste pour les Français, juste pour les Allemands. »
De même que les héros d'un esprit médiocre et
banal écrivant des poèmes pendant leur convalescence
se plaçaient pour décrire la guerre non au niveau
des événements qui en eux-mêmes ne sont rien,
mais de la banale esthétique, dont ils avaient suivi
les règles jusque-là, parlant comme ils eussent fait
dix ans plus tôt de la sanglante aurore, du vol
frémissant de la victoire, etc. Saint-Loup, lui,
beaucoup plus intelligent et artiste, restait intelligent et artiste, et notait avec goût pour moi des
paysages, pendant qu'il était immobilisé à la lisière
d'une forêt marécageuse, mais comme si ç'avait
été pour une chasse au canard. Pour me faire comprendre certaines oppositions d'ombre et de lumière
qui avaient été « l'enchantement de sa matinée »
il me citait certains tableaux que nous aimions

l'un et l'autre et ne craignait pas de faire allusion à une page de Romain Rolland, voire de Nietzsche, avec cette indépendance des gens du front qui n'avaient pas la même peur de prononcer un nom allemand que ceux de l'arrière, et même avec cette pointe de coquetterie à citer un ennemi que mettait par exemple le colonel du Paty de Clam dans la salle des témoins de l'affaire Zola à réciter en passant devant Pierre Quillard, poète dreyfusard de la plus extrême violence et que d'ailleurs il ne connaissait pas, des vers de son drame symboliste : *La Fille aux mains coupées.* Saint-Loup me parlait-il d'une mélodie de Schumann, il n'en donnait le titre qu'en allemand et ne prenait aucune circonlocution pour me dire que quand à l'aube il avait entendu un premier gazouillement à la lisière d'une forêt, il avait été enivré comme si lui avait parlé l'oiseau de ce « sublime Siegfried » qu'il espérait bien entendre après la guerre. Et maintenant à mon second retour à Paris, j'avais reçu dès le lendemain de mon arrivée, une nouvelle lettre de Gilberte qui sans doute avait oublié celle, ou du moins le sens de celle que j'ai rapportée, car son départ de Paris à la fin de 1914 y était représenté rétrospectivement d'une manière assez différente. « Vous ne savez peut-être pas, mon cher ami, me disait-elle, que voilà bientôt deux ans que je suis à Tansonville. J'y suis arrivée en même temps que les Allemands. Tout le monde avait voulu m'empêcher de partir. On me traitait de folle. « Comment, me disait-on, vous êtes en sûreté à Paris et vous partez pour ces régions envahies, juste au moment où tout le monde cherche à s'en échapper. » Je ne méconnaissais pas tout ce que ce raisonnement avait de juste. Mais que voulez-vous, je n'ai qu'une seule qualité, je ne suis pas lâche, ou si vous aimez mieux je suis fidèle et quand j'ai su mon cher Tansonville menacé, je n'ai pas voulu que notre vieux régisseur restât seul à le défendre. Il m'a semblé que ma place était à ses côtés. Et c'est du reste grâce à cette résolution que j'ai pu sauver à peu près le château — quand tous les autres dans le voisinage, abandonnés par leurs propriétaires affolés, ont été presque tous détruits de fond en comble — et non seulement le château, mais les précieuses collections auxquelles mon cher Papa tenait tant. » En un mot, Gilberte était persuadée maintenant qu'elle n'était pas allée à Tansonville comme elle me l'avait écrit en 1914 pour fuir les Allemands et pour être à l'abri, mais au contraire pour les rencontrer et défendre contre eux son château. Ils n'étaient pas restés à Tansonville, d'ailleurs, mais elle n'avait plus cessé d'avoir chez elle un va-et-vient constant de militaires qui dépassait de beaucoup celui qui tirait les larmes à Françoise dans la rue de Combray, et de mener, comme elle disait cette fois en toute vérité, la vie du front. Aussi parlait-on dans les journaux avec les plus grands éloges de son admirable conduite et il était question de la décorer. La fin de sa lettre était entièrement exacte. « Vous n'avez pas idée de ce que c'est que cette guerre, mon cher ami, et de l'importance qu'y prend une route, un pont, une hauteur. Que de fois j'ai pensé à vous, aux promenades grâce à vous rendues délicieuses que nous faisions ensemble dans tout ce pays aujourd'hui ravagé, alors que d'immenses combats se livrent pour la possession de tel chemin, de tel coteau

83

que vous aimiez, où nous sommes allés si souvent ensemble. Probablement vous comme moi, vous ne vous imaginiez pas que l'obscur Roussainville et l'assommant Méséglise d'où on nous portait nos lettres, et où on était allé chercher le docteur quand vous avez été souffrant, seraient jamais des endroits célèbres. Eh bien, mon cher ami, ils sont à jamais entrés dans la gloire au même titre qu'Austerlitz ou Valmy. La bataille de Méséglise a duré plus de huit mois, les Allemands y ont perdu plus de cent mille hommes, ils ont détruit Méséglise, mais ils ne l'ont pas pris. Le petit chemin que vous aimiez tant, que nous appelions le raidillon aux aubépines et où vous prétendez que vous êtes tombé dans votre enfance amoureux de moi, alors que je vous assure en toute vérité que c'était moi qui étais amoureuse de vous, je ne peux pas vous dire l'importance qu'il a prise. L'immense champ de blé auquel il aboutit c'est la fameuse cote 307 dont vous avez dû voir le nom revenir si souvent dans les communiqués. Les français ont fait sauter le petit pont sur la Vivone qui, disiez-vous, ne vous rappelait pas votre enfance autant que vous l'auriez voulu, les Allemands en ont jeté d'autres, pendant un an et demi, ils ont eu une moitié de Combray et les Français l'autre moitié. » Le lendemain du jour où j'avais reçu cette lettre, c'est-à-dire l'avant-veille de celui où cheminant dans l'obscurité, j'entendais sonner le bruit de mes pas, tout en remâchant tous ces souvenirs, Saint-Loup venu du front, sur le point d'y retourner, m'avait fait une visite de quelques secondes seulement, dont l'annonce seule m'avait violemment ému. Françoise avait d'abord voulu se précipiter sur lui, espérant qu'il pourrait faire réformer le timide garçon boucher, dont, dans un an, la classe allait partir. Mais elle fut arrêtée elle-même en pensant à l'inutilité de cette démarche, car depuis longtemps le timide tueur d'animaux avait changé de boucherie, et soit que la patronne de la nôtre craignit de perdre notre clientèle, soit qu'elle fût de bonne foi, elle avait déclaré à Françoise qu'elle ignorait où ce garçon, « qui d'ailleurs ne ferait jamais un bon boucher », était employé. Françoise avait bien cherché partout, mais Paris est grand, les boucheries nombreuses, et elle avait eu beau entrer dans un grand nombre, elle n'avait pu retrouver le jeune homme timide et sanglant.

Quand Saint-Loup était entré dans ma chambre, je l'avais approché avec ce sentiment de timidité, avec cette impression de surnaturel que donnaient au fond tous les permissionnaires et qu'on éprouve quand on est introduit auprès d'une personne atteinte d'un mal mortel et qui cependant se lève, s'habille, se promène encore. Il semblait (il avait surtout semblé au début, car pour qui n'avait pas vécu comme moi loin de Paris, l'habitude était venue qui retranche aux choses que nous avons vues plusieurs fois la racine d'impression profonde et de pensée qui leur donne leur sens réel) il semblait presque qu'il y eût quelque chose de cruel dans ces permissions données aux combattants. Aux premières, on se disait : « Ils ne voudront pas repartir, ils déserteront. » Et en effet, ils ne venaient pas seulement de lieux qui nous semblaient irréels parce que nous n'en avions entendu parler que par les journaux et que nous ne pouvions nous figurer qu'on eût pris part à ces combats titaniques et

revenir seulement avec une contusion à l'épaule ;
c'était des rivages de la mort vers lesquels ils allaient
retourner qu'ils venaient un instant parmi nous,
incompréhensibles pour nous, nous remplissant de
tendresse, d'effroi, et d'un sentiment de mystère,
comme ces morts que nous évoquons, qui nous
apparaissent une seconde, que nous n'osons pas
interroger et qui du reste pourraient tout au plus
nous répondre : « Vous ne pourriez pas vous figurer. »
Car il est extraordinaire à quel point chez les res-
capés du front que sont les permissionnaires parmi
les vivants, ou chez les morts qu'un médium hyp-
notise ou évoque, le seul effet d'un contact avec le
mystère soit d'accroître s'il est possible l'insignifiance des propos. Tel j'abordai Robert qui avait
encore au front une cicatrice plus auguste et plus
mystérieuse pour moi que l'empreinte laissée sur
la terre par le pied d'un géant. Et je n'avais pas
osé lui poser de question et il ne m'avait dit que
de simples paroles. Encore étaient-elles fort peu
différentes de ce qu'elles eussent été avant la guerre,
comme si les gens, malgré elle, continuaient à être
ce qu'ils étaient ; le ton des entretiens était le même,
la matière seule différait et encore.

Je crus comprendre que Robert avait trouvé aux
armées des ressources qui lui avaient fait peu à peu
oublier que Morel s'était aussi mal conduit avec
lui qu'avec son oncle. Pourtant il lui gardait une
grande amitié et était pris de brusques désirs de le
revoir qu'il ajournait sans cesse. Je crus plus délicat
envers Gilberte de ne pas indiquer à Robert que
pour retrouver Morel il n'avait qu'à aller chez
Mme Verdurin.

Je dis avec humilité à Robert combien on sentait

peu la guerre à Paris, il me dit que même à Paris c'était quelquefois « assez inouï ». Il faisait allusion à un raid de zeppelins qu'il y avait eu la veille et il me demanda si j'avais bien vu, mais comme il m'eût parlé autrefois de quelque spectacle d'une grande beauté esthétique. Encore au front comprend-on qu'il y ait une sorte de coquetterie à dire : « C'est merveilleux, quel rose, et ce vert pâle », au moment où on peut à tout instant être tué, mais ceci n'existait pas chez Saint-Loup, à Paris, à propos d'un raid insignifiant. Je lui parlai de la beauté des avions qui montaient dans la nuit. « Et peut-être encore plus de ceux qui descendent, me dit-il. Je reconnais que c'est très beau le moment où ils montent, où ils vont faire *constellation* et obéissent en cela à des lois tout aussi précises que celles qui régissent les constellations, car ce qui te semble un spectacle est le ralliement des escadrilles, les commandements qu'on leur donne, leur départ en chasse, etc. Mais est-ce que tu n'aimes pas mieux le moment où définitivement assimilés aux étoiles, ils s'en détachent pour partir en chasse ou rentrer après la berloque, le moment où ils « font *apocalypse* », même les étoiles ne gardant plus leur place. Et ces sirènes était-ce assez wagnérien, ce qui du reste était bien naturel pour saluer l'arrivée des Allemands, ça faisait très hymne national, très Wacht am Rhein avec le Kronprinz et les princesses dans la loge impériale ; c'était à se demander si c'était bien des aviateurs et pas plutôt des Walkyries qui montaient ». Il semblait avoir plaisir à cette assimilation des aviateurs et des walkyries et l'expliquait d'ailleurs par des raisons purement musicales : « Dame, c'est que la musique des sirènes était d'un

Chevauchée. Il faut décidément l'arrivée des Allemands pour qu'on puisse entendre du Wagner à
Paris. » A certains points de vue la comparaison
n'était pas fausse. La ville semblait une masse informe et noire qui tout d'un coup passait des profondeurs de la nuit dans la lumière et dans le ciel
où un à un les aviateurs s'élevaient à l'appel déchirant des sirènes, cependant que d'un mouvement
plus lent, mais plus insidieux, plus alarmant, car
ce regard faisait penser à l'objet invisible encore
et peut-être déjà proche qu'il cherchait, les projecteurs se remuaient sans cesse, flairaient l'ennemi,
le cernaient dans leurs lumières jusqu'au moment
où les avions aiguillés bondiraient en chasse pour le
saisir. Et escadrille après escadrille chaque aviateur s'élançait ainsi de la ville transporté maintenant dans le ciel, pareil à une Walkyrie. Pourtant
des coins de la terre, au ras des maisons s'éclairaient et je dis à Saint-Loup que s'il avait été à la
maison la veille, il aurait pu, tout en contemplant
l'apocalypse dans le ciel, voir sur la terre comme
dans l'enterrement du comte d'Orgaz du Greco
où ces différents plans sont parallèles, un vrai vau-
deville joué par des personnages en chemise de nuit,
lesquels à cause de leurs noms célèbres eussent mérité
d'être envoyés à quelque successeur de ce Ferrari
dont les notes mondaines nous avaient si souvent
amusés, Saint-Loup et moi, que nous nous amusions
pour nous-mêmes à en inventer. Et c'est ce que
nous aurions fait encore ce jour-là comme s'il n'y
avait pas la guerre, bien que sur un sujet fort
« guerre » : La peur des Zeppelins — reconnu : la
duchesse de Guermantes superbe en chemise de nuit,
le duc de Guermantes inénarrable en pyjama rose et

peignoir de bain, etc., etc. « Je suis sûr, me dit-il,
que dans tous les grands hôtels on a dû voir les
juives américaines en chemise, serrant sur leur sein
décati le collier de perles qui leur permettra d'épouser
un duc décavé. L'hôtel Ritz, ces soirs-là, doit ressembler à l'Hôtel du libre échange. »

Je demandai à Saint-Loup si cette guerre avait
confirmé ce que nous disions des guerres passées
à Doncières. Je lui rappelai des propos que lui-
même avait oubliés par exemple sur les pastiches
des batailles par les généraux à venir. « La feinte,
lui disais-je, n'est plus guère possible dans ces
opérations qu'on prépare d'avance avec de telles
accumulations d'artillerie. Et ce que tu m'as dit
depuis sur les reconnaissances par les avions, qu'évidemment tu ne pouvais pas prévoir, empêche
l'emploi des ruses napoléoniennes. » « Comme tu te
trompes, me répondit-il, cette guerre, évidemment,
est nouvelle par rapport aux autres et se compose
elle-même de guerres successives, dont la dernière
est une innovation par rapport à celle qui l'a précédée. Il faut s'adapter à une formule nouvelle de
l'ennemi pour se défendre contre elle, et alors lui-
même recommence à innover, mais, comme en
toute chose humaine, les vieux trucs prennent
toujours. Pas plus tard qu'hier au soir, le plus
intelligent des critiques militaires écrivait : « Quand
les Allemands ont voulu délivrer la Prusse orien-
tale, ils ont commencé l'opération par une puissante démonstration fort au sud contre Varsovie,
sacrifiant dix mille hommes pour tromper l'ennemi.
Quand ils ont créé au début de 1915 la masse de
manœuvre de l'archiduc Eugène pour dégager la
Hongrie menacée, ils ont répandu le bruit que cette

masse était destinée à une opération contre la Serbie. C'est ainsi qu'en 1800 l'armée qui allait opérer contre l'Italie était essentiellement qualifiée d'armée de réserve et semblait destinée non à passer les Alpes, mais à appuyer les armées engagées sur les théâtres septentrionaux. La ruse d'Hindenburg attaquant Varsovie pour masquer l'attaque véritable sur les lacs de Mazurie, est imitée d'un plan de Napoléon de 1812. » Tu vois que M. Bidou reproduit presque les paroles que tu me rappelles et que j'avais oubliées. Et comme la guerre n'est pas finie, ces ruses-là se reproduiront encore et réussiront, car on ne perce rien à jour, ce qui a pris une fois a pris parce que c'était bon et prendra toujours. » Et en effet bien longtemps, après cette conversation avec Saint-Loup, pendant que les regards des Alliés étaient fixés sur Pétrograd, contre laquelle capitale on croyait que les Allemands commençaient leur marche, ils préparaient la plus puissante offensive contre l'Italie. Saint-Loup me cita bien d'autres exemples de pastiches militaires, ou si l'on croit qu'il n'y a pas un art mais une science militaire, d'application de lois permanentes. « Je ne veux pas dire, il y aurait contradiction dans les mots, ajouta Saint-Loup, que l'art de la guerre soit une science. Et s'il y a une science de la guerre, il y a diversité, dispute et contradiction entre les savants. Diversité projetée pour une part dans la catégorie du temps. Ceci est assez rassurant, car pour autant que cela est, cela n'indique pas forcément erreur mais vérité qui évolue. » Il devait me dire plus tard : « Vois dans cette guerre l'évolution des idées sur la possibilité de la percée par exemple. On y croit d'abord, puis on vient à la doctrine de l'invulnérabilité des fronts, puis à celle de la percée possible, mais dangereuse, de la nécessité de ne pas faire un pas en avant sans que l'objectif soit d'abord détruit (un journaliste péremptoire écrira que prétendre le contraire est la plus grande sottise qu'on puisse dire), puis au contraire à celle d'avancer avec une très faible préparation d'artillerie, puis on en vient à faire remonter l'invulnérabilité des fronts à la guerre de 1870 et à prétendre que c'est une idée fausse pour la guerre actuelle, donc une idée d'une vérité relative. Fausse dans la guerre actuelle à cause de l'accroissement des masses et du perfectionnement des engins (voir Bidou du 2 juillet 1918), accroissement qui d'abord avait fait croire que la prochaine guerre serait très courte, puis très longue, et enfin a fait croire de nouveau à la possibilité des décisions victorieuses. Bidou cite les Alliés sur la Somme, les Allemands vers Paris en 1918. De même à chaque conquête des Allemands on dit : le terrain n'est rien, les villes ne sont rien, ce qu'il faut c'est détruire la force militaire de l'adversaire. Puis les Allemands à leur tour adoptent cette théorie en 1918 et alors Bidou explique curieusement (2 juillet 1918) comment certains points vitaux, certains espaces essentiels s'ils sont conquis décident de la victoire. C'est d'ailleurs une tournure de son esprit. Il a montré comment si la Russie était bouchée sur mer elle serait défaite et qu'une armée enfermée dans une sorte de camp d'emprisonnement est destinée à périr ».

Il faut dire pourtant que si la guerre n'avait pas modifié le caractère de Saint-Loup, son intelligence conduite par une évolution où l'hérédité entrait pour une grande part avait pris un brillant

que je ne lui avais jamais vu. Quelle distance entre
le jeune blondin qui jadis était courtisé par les
femmes chic ou aspirant à le devenir, et le discou-
reur, le doctrinaire qui ne cessait de jouer avec les
mots. A une autre génération sur une autre tige,
comme un acteur qui reprend le rôle joué jadis par
Bressant ou Delaunay, il était comme un successeur — rose blond et doré, alors que l'autre était
mi-partie très noir et tout blanc — de M. de Charlus.
Il avait beau ne pas s'entendre avec son oncle sur
la guerre, s'étant rangé dans cette fraction de l'aristocratie qui faisait passer la France avant tout.
tandis que M. de Charlus était au fond défaitiste,
il pouvait montrer à celui qui n'avait pas vu le
« créateur du rôle », comment on pouvait exceller
dans l'emploi de raisonneur. « Il paraît que Hinden-
bourg c'est une révélation », lui dis-je. « Une vieille
révélation, me répondit-il du « tac au tac », ou une
future révélation. » Il aurait fallu, au lieu de ména-
ger l'ennemi, laisser faire Mangin, abattre l'Autriche
et l'Allemagne et européaniser la Turquie au lieu
de montégriniser la France. « Mais nous aurons
l'aide des États-Unis », lui dis-je. « En attendant,
je ne vois ici que le spectacle des États désunis.
Pourquoi ne pas faire des concessions plus larges
à l'Italie par la peur de déchristianiser la France. »
« Si ton oncle Charlus t'entendait, lui dis-je. Au
fond tu ne serais pas fâché qu'on offense encore un
peu plus le Pape et lui pense avec désespoir au mal
qu'on peut faire au trône des François-Joseph.
Il se dit d'ailleurs en cela dans la tradition de Talleyrand et du Congrès de Vienne. » « L'ère du Congrès
de Vienne est révolue, me répondit-il ; à la diplomatie secrète, il faut opposer la diplomatie concrète,

Mon oncle est au fond un monarchiste impénitent à qui on ferait avaler des carpes comme Mme Molé ou des escarpes comme Arthur Meyer, pourvu que carpes et escarpes fussent à la Chambord. Par haine du drapeau tricolore, je crois qu'il se rangerait plutôt sous le torchon du Bonnet rouge qu'il prendrait de bonne foi pour le drapeau blanc. » Certes, ce n'était que des mots et Saint-Loup était loin d'avoir l'originalité quelquefois profonde de son oncle. Mais il était aussi affable et charmant de caractère que l'autre était soupçonneux et jaloux. Et il était resté charmant et rose comme à Balbec, sous tous ses cheveux d'or. La seule chose où son oncle ne l'eût pas dépassé était cet état d'esprit du faubourg Saint-Germain dont sont empreints ceux qui croient s'en être le plus détachés et qui leur donne à la fois ce respect des hommes intelligents pas nés (qui ne fleurit vraiment que dans la noblesse et rend les révolutions si injustes) et cette niaise satisfaction de soi. De par ce mélange d'humilité et d'orgueil, de curiosités d'esprit acquises et d'autorité innée, M. de Charlus et Saint-Loup par des chemins différents et avec des opinions opposées étaient devenus à une génération d'intervalle des intellectuels que tout idée nouvelle intéresse et des causeurs de qui aucun interrupteur ne peut obtenir le silence. De sorte qu'une personne un peu médiocre pouvait les trouver l'un et l'autre selon la disposition où elle se trouvait, éblouissants ou raseurs.

Tout en me rappelant la visite de Saint-Loup j'avais marché, puis pour aller chez Mme Verdurin, fait un long crochet ; j'étais presque au pont des Invalides. Les lumières assez peu nombreuses (à

cause des gothas) étaient allumées un peu trop tôt,
car le changement d'heure avait été fait un peu
trop tôt quand la nuit venait encore assez vite mais
stabilisé pour toute la belle saison (comme les calo-
rifères sont allumés et éteints à partir d'une certaine
date) et au-dessus de la ville nocturnement éclairée
dans toute une partie du ciel — du ciel ignorant
de l'heure d'été et de l'heure d'hiver, et qui ne dai-
gnait pas savoir que 8 h. 1/2 était devenu 9 h. 1/2
— dans toute une partie du ciel bleuâtre il continuait à faire un peu jour. Dans toute la partie de
la ville que dominent les tours du Trocadéro, le ciel
avait l'air d'une immense mer nuance de turquoise
qui se retire, laissant déjà émerger toute une ligne
légère de rochers noirs, peut-être même de simples
filets de pêcheurs alignés les uns auprès les autres,
et qui étaient de petits nuages. Mer en ce moment
couleur turquoise et qui emporte avec elle sans
qu'ils s'en aperçoivent, les hommes entraînés dans
l'immense révolution de la terre, de la terre sur laquelle ils sont assez fous pour continuer leurs révolutions à eux, et leurs vaines guerres, comme celle
qui ensanglantait en ce moment la France. Du
reste, à force de regarder le ciel paresseux et trop
beau qui ne trouvait pas digne de lui de changer
son horaire et au-dessus de la ville allumée prolongeait mollement, en ces tons bleuâtres sa journée
qui s'attardait, le vertige prenait : ce n'était plus
une mer étendue, mais une gradation verticale de
bleus glaciers. Et les tours du Trocadéro qui semblaient si proches des degrés de turquoise devaient
en être extrêmement éloignées comme ces deux
tours de certaines villes de Suisse qu'on croirait
dans le lointain voisines avec la pente des cimes.

LE TEMPS RETROUVÉ

Je revins sur mes pas, mais une fois quitté le pont
des Invalides, il ne faisait plus jour dans le ciel,
il n'y avait même guère de lumières dans la ville
et butant çà et là contre des poubelles, prenant un
chemin pour un autre, je me trouvai sans m'en douter, en suivant machinalement un dédale de rues
obscures, arrivé sur les boulevards. Là, l'impression
d'Orient que je venais d'avoir se renouvela et
d'autre part à l'évocation du Paris du Directoire
succéda celle du Paris de 1815. Comme en 1815
c'était le défilé le plus disparate des uniformes des
troupes alliées ; et parmi elles des Africains en
jupe-culotte rouge, des Hindous enturbannés de
blanc suffisaient pour que de ce Paris où je me promenais, je fisse toute une imaginaire cité exotique,
dans un Orient à la fois minutieusement exact en
ce qui concernait les costumes et la couleur des
visages, arbitrairement chimérique en ce qui concernait le décor, comme de la ville où il vivait Car-
paccio fit une Jérusalem ou une Constantinople
en y assemblant une foule dont la merveilleuse
bigarrure n'était pas plus colorée que celle-ci.
Marchant derrière deux zouaves qui ne semblaient
guère se préoccuper de lui, j'aperçus un homme gras
et gros, en feutre mou, en longue houppelande et
sur la figure mauve duquel j'hésitai si je devais
mettre le nom d'un acteur ou d'un peintre également
connus pour d'innombrables scandales sodomistes.
J'étais certain en tous cas que je ne connaissais pas
le promeneur, aussi fus-je bien surpris quand ses
regards rencontrèrent les miens de voir qu'il avait
l'air gêné et fit exprès de s'arrêter et de venir à moi
comme un homme qui veut montrer que vous ne le
surprenez nullement en train de se livrer à une

occupation qu'il eût préféré laisser secrète. Une
seconde je me demandai qui me disait bonjour :
c'était M. de Charlus. On peut dire que pour lui
l'évolution de son mal ou la révolution de son vice
était à ce point extrême où la petite personnalité
primitive de l'individu, ses qualités ancestrales,
sont entièrement interceptées par le passage en
face d'elles du défaut ou du mal générique dont ils
sont accompagnés. M. de Charlus était arrivé aussi
loin qu'il était possible de soi-même, ou plutôt il
était lui-même si parfaitement masqué par ce qu'il
était devenu et qui n'appartenait pas à lui seul,
mais à beaucoup d'autres invertis qu'à la première
minute je l'avais pris pour un autre d'entre eux,
derrière ces zouaves, en plein boulevard, pour un
autre d'entre eux qui n'était pas M. de Charlus,
qui n'était pas un grand seigneur, qui n'était pas
un homme d'imagination et d'esprit et qui n'avait
pour toute ressemblance avec le baron que cet air
commun à eux tous, et qui maintenant chez lui, au
moins avant qu'on se fût appliqué à bien regarder,
couvrait tout. C'est ainsi qu'ayant voulu aller chez
Mme Verdurin j'avais rencontré M. de Charlus. Et
certes, je ne l'eusse pas comme autrefois trouvé
chez elle ; leur brouille n'avait fait que s'aggraver
et Mme Verdurin se servait même des événements
présents pour le discréditer davantage. Ayant dit
depuis longtemps qu'elle le trouvait usé, fini, plus
démodé dans ses prétendues audaces que les plus
pompiers, elle résumait maintenant cette condamnation et dégoûtait de lui toutes les imaginations en
disant qu'il était « avant guerre ». La guerre avait
mis entre lui et le présent, selon le petit clan, une
coupure qui le reculait dans le passé le plus mort.

D'ailleurs — et ceci s'adressait plutôt au monde politique qui était moins informé — elle le représentait comme aussi « toc », aussi « à côté » comme situation mondaine que comme valeur intellectuelle. Il ne voit personne, personne ne le reçoit, disait-elle à M. Bontemps, qu'elle persuadait aisément. Il y avait d'ailleurs du vrai dans ces paroles. La situation de M. de Charlus avait changé. Se souciant de moins en moins du monde, s'étant brouillé par caractère quinteux et ayant, par conscience de sa valeur sociale, dédaigné de se réconcilier avec la plupart des personnes qui étaient la fleur de la société, il vivait dans un isolement relatif qui n'avait pas comme celui où était morte Mme de Villeparisis, l'ostracisme de l'aristocratie pour cause, mais qui aux yeux du public paraissait pire pour deux raisons. La mauvaise réputation maintenant connue de M. de Charlus faisait croire aux gens peu renseignés que c'était pour cela que ne le fréquentaient point les gens que de son propre chef il refusait de fréquenter. De sorte que ce qui était l'effet de son humeur atrabilaire semblait celui du mépris des personnes à l'égard de qui elle s'exerçait. D'autre part Mme de Villeparisis avait eu un grand rempart : la famille. Mais M. de Charlus avait multiplié entre elle et lui les brouilles. Elle lui avait d'ailleurs — — surtout côté vieux faubourg, côté Courvoisier — semblé inintéressante. Et il ne se doutait guère, lui qui avait fait vers l'art, par opposition aux Courvoisier, des pointes si hardies que ce qui eût intéressé le plus en lui un Bergotte par exemple, c'était sa parenté avec tout ce vieux faubourg, c'eût été le pouvoir de décrire la vie quasi provinciale menée par ses cousines de la rue de la Chaise à la place du

Palais-Bourbon et à la rue Garancière. Point de
vue moins transcendant et plus pratique, Mme Verdurin affectait de croire qu'il n'était pas Français.
« Quelle est sa nationalité exacte, est-ce qu'il n'est
pas Autrichien ? » demandait innocemment M. Verdurin. « Mais non, pas du tout », répondait la comtesse
Molé, dont le premier mouvement obéissait plutôt au
bon sens qu'à la rancune. « Mais non, il est Prussien,
disait la Patronne, mais je vous le dis, je le sais,
il nous l'a assez répété qu'il était membre héréditaire de la Chambre des Seigneurs de Prusse et
Durchlaucht. » « Pourtant la reine de Naples m'avait
dit... » « Vous savez que c'est une affreuse espionne,
s'écriait Mme Verdurin qui n'avait pas oublié l'attitude que la souveraine déchue avait eue un soir
chez elle. Je le sais et d'une façon précise, elle ne
vivait que de ça. Si nous avions un gouvernement
plus énergique, tout ça devrait être dans un camp
de concentration. Et allez donc ! En tous cas, vous
ferez bien de ne pas recevoir ce joli monde, parce
que je sais que le Ministre de l'Intérieur a l'œil
sur eux, votre hôtel serait surveillé. Rien ne m'enlèvera de l'idée que pendant deux ans Charlus n'a
pas cessé d'espionner chez moi. » Et pensant probablement qu'on pouvait avoir un doute sur l'intérêt que pouvaient présenter pour le gouvernement
allemand les rapports les plus circonstanciés sur
l'organisation du petit clan, Mme Verdurin, d'un
air doux et perspicace, en personne qui sait que la
valeur de ce qu'elle dit ne paraîtra que plus précieuse si elle n'enfle pas la voix pour le dire : « Je
vous dirai que dès le premier jour j'ai dit à mon
mari : ça ne me va pas, la façon dont cet homme
s'est introduit chez moi. Ça a quelque chose de

louche. Nous avions une propriété au fond d'une
baie, sur un point très élevé. Il était sûrement chargé
par les Allemands de préparer là une base pour leurs
sous-marins. Il y avait des choses qui m'étonnaient
et que maintenant je comprends. Ainsi au début
il ne pouvait pas venir par le train avec les autres
habitués. Moi je lui avais très gentiment proposé
une chambre dans le château. Hé bien non, il avait
préféré habiter Doncières où il y avait énormément
de troupe. Tout ça sentait l'espionnage à plein
nez ». Pour la première des accusations dirigées
contre le baron de Charlus, celle d'être passé de
mode, les gens du monde ne donnaient que trop
aisément raison à Mme Verdurin. En fait, ils étaient
ingrats, car M. de Charlus était en quelque sorte
leur poète, celui qui avait su dégager dans la mondanité ambiante une sorte de poésie où il entrait
de l'histoire, de la beauté, du pittoresque, du comique, de la frivole élégance. Mais les gens du monde,
incapables de comprendre cette poésie, n'en voyant
aucune dans leur vie, la cherchaient ailleurs et
mettaient à mille pieds au-dessus de M. de Charlus
des hommes qui lui étaient infiniment inférieurs,
mais qui prétendaient mépriser le monde et, en
revanche, professaient des théories de sociologie
et d'économie politique. M. de Charlus s'enchantait
à raconter des mots involontairement lyriques,
et à décrire les toilettes savamment gracieuses de la
duchesse de X..., la traitant de femme sublime, ce qui
le faisait considérer comme une espèce d'imbécile
par des femmes du monde qui trouvaient la duchesse
de X... une sotte sans intérêt, que les robes sont
faites pour être portées mais sans qu'on ait l'air
d'y faire aucune attention et qui elles, plus intelli-

gentes, couraient à la Sorbonne ou à la Chambre, si Deschanel devait parler. Bref, les gens du monde s'étaient désengoués de M. de Charlus, non pas pour avoir trop pénétré, mais sans avoir pénétré jamais sa rare valeur intellectuelle. On le trouvait « avant guerre », démodé, car ceux-là même qui sont le plus incapables de juger les mérites, sont ceux qui pour les classer adoptent le plus l'ordre de la mode ; ils n'ont pas épuisé, pas même effleuré les hommes de mérite qu'il y avait dans une génération et maintenant il faut les condamner tous en bloc car voici l'étiquette d'une génération nouvelle qu'on ne comprendra pas davantage. Quant à la deuxième accusation, celle de germanisme, l'esprit juste-milieu des gens du monde la leur faisait repousser, mais elle avait trouvé un interprète inlassable et particulièrement cruel en Morel qui, ayant su garder dans les journaux et même dans le monde la place que M. de Charlus avait, en prenant les deux fois autant de peine réussi à lui faire obtenir, mais non pas ensuite à lui faire retirer, poursuivait le baron d'une haine implacable ; c'était non seulement cruel de la part de Morel, mais doublement coupable, car quelles qu'eussent été ses relations exactes avec le baron, il avait connu de lui ce qu'il cachait à tant de gens, sa profonde bonté. M. de Charlus avait été avec le violoniste d'une telle générosité, d'une telle délicatesse, lui avait montré de tels scrupules de ne pas manquer à sa parole, qu'en le quittant l'idée que Charlie avait emportée de lui n'était nullement l'idée d'un homme vicieux (tout au plus considérait-il le vice du baron comme une maladie) mais de l'homme ayant le plus d'idées élevées qu'il eût jamais connu, un homme d'une

sensibilité extraordinaire, une manière de saint.
Il le niait si peu que même brouillé avec lui il disait
sincèrement à des parents : « Vous pouvez lui
confier votre fils, il ne peut avoir sur lui que la
meilleure influence. » Aussi quand il cherchait par
ses articles à le faire souffrir, dans sa pensée ce qu'il
bafouait en lui ce n'était pas le vice, c'était la vertu.
Un peu avant la guerre, de petites chroniques trans-
parentes pour ce qu'on appelait les initiés avaient
commencé à faire le plus grand tort à M. de Charlus.
De l'une intitulée : « Les mésaventures d'une douairière en us, les vieux jours de la Baronne », Mme Verdurin avait acheté cinquante exemplaires pour
pouvoir la prêter à ses connaissances et M. Verdurin, déclarant que Voltaire même n'écrivait pas
mieux, en donnait lecture à haute voix. Depuis la
guerre le ton avait changé. L'inversion du baron
n'était pas seule dénoncée, mais aussi sa prétendue
nationalité germanique « Frau Bosch », « Frau von
den Bosch » étaient les surnoms habituels de M. de
Charlus. Un morceau d'un caractère poétique avait
ce titre emprunté à certains airs de danse dans
Beethoven : « Une Allemande ». Enfin deux nouvelles : « Oncle d'Amérique et Tante de Franc-
fort » et « Gaillard d'arrière », lues en épreuves dans
le petit clan, avaient fait la joie de Brichot lui-
même qui s'était écrié : « Pourvu que très haute et
très puissante Anastasie ne nous caviarde pas. »
Les articles eux-mêmes étaient plus fins que ces
titres ridicules. Leur style dérivait de Bergotte
mais d'une façon à laquelle seul peut-être j'étais
sensible et voici pourquoi. Les écrits de Bergotte
n'avaient nullement influé sur Morel. La fécondation
s'était faite d'une façon toute particulière et si rare

que c'est à cause de cela seulement que je la rapporte ici. J'ai indiqué en son temps la manière si
spéciale que Bergotte avait quand il parlait de choisir
ses mots, de les prononcer. Morel qui l'avait longtemps rencontré, avait fait de lui alors des « imitations », où il contrefaisait parfaitement sa voix,
usant des mêmes mots qu'il eût pris. Or maintenant
Morel pour écrire transcrivait des conversations
à la Bergotte, mais sans leur faire subir cette trans-
position qui en eût fait du Bergotte écrit. Peu de
personnes ayant causé avec Bergotte, on ne reconnaissait pas le ton, qui différait du style. Cette
fécondation orale est si rare que j'ai voulu la citer
ici. Elle ne produit d'ailleurs que des fleurs stériles.

Morel qui était au bureau de la presse et dont personne ne connaissait la situation irrégulière, affectait de trouver, son sang français bouillant dans ses
veines comme le jus des raisins de Combray, que
c'était peu de chose que d'être dans un bureau
pendant la guerre et feignait de vouloir s'engager
(alors qu'il n'avait qu'à rejoindre) pendant que
Mme Verdurin faisait tout ce qu'elle pouvait pour
lui persuader de rester à Paris. Certes, elle était
indignée que M. de Cambremer à son âge fût dans
un État-Major et de tout homme qui n'allait pas
chez elle, elle disait : « Où est-ce qu'il a encore trouvé
le moyen de se cacher celui-là ? » et si on affirmait
que celui-là était en première ligne depuis le premier
jour, répondait sans scrupule de mentir ou peut-
être par habitude de se tromper : « Mais pas du tout,
il n'a pas bougé de Paris, il fait quelque chose d'à
peu près aussi dangereux que de promener un
ministre, c'est moi qui vous le dis, je vous en réponds, je le sais par quelqu'un qui l'a vu » ; mais

pour les fidèles ce n'était pas la même chose, elle
ne voulait pas les laisser partir, considérant la guerre
comme une grande « ennuyeuse » qui les faisait la
lâcher ; aussi faisait-elle toutes les démarches pour
qu'ils restassent, ce qui lui donnerait le double
plaisir de les avoir à dîner et quand ils n'étaient pas
encore arrivés ou déjà partis de flétrir leur inaction.
Encore fallait-il que le fidèle se prêtât à cet embus-
quage, et elle était désolée de voir Morel feindre de
vouloir s'y montrer récalcitrant ; aussi lui disait-
elle : « Mais si, vous servez dans ce bureau et plus
qu'au front. Ce qu'il faut, c'est être utile, faire
vraiment partie de la guerre, en être. Il y a ceux
qui en sont et les embusqués. Eh bien, vous, vous
en êtes, et soyez tranquille tout le monde le sait,
personne ne vous jette la pierre. » Telle dans des
circonstances différentes, quand pourtant les hommes
n'étaient pas aussi rares, et qu'elle n'était pas obligée comme maintenant d'avoir surtout des femmes,
si l'un d'eux perdait sa mère, elle n'hésitait pas
à lui persuader qu'il pouvait sans inconvénient
continuer à venir à ses réceptions. « Le chagrin se
porte dans le cœur. Vous voudriez aller au bal (elle
n'en donnait pas), je serais la première à vous le
déconseiller, mais ici, à mes petits mercredis ou
dans une baignoire, personne ne s'en étonnera.
On sait bien que vous avez du chagrin... » Maintenant
les hommes étaient plus rares, les deuils plus fré-
quents, inutiles même à les empêcher d'aller dans
le monde, la guerre suffisait. Elle voulait leur persuader qu'ils étaient plus utiles à la France en restant à Paris, comme elle leur eût assuré autrefois
que le défunt eût été plus heureux de les voir se
distraire. Malgré tout elle avait peu d'hommes, peut·

être regrettait-elle parfois d'avoir consommé avec
M. de Charlus une rupture sur laquelle il n'y avait
plus à revenir.

Mais si M. de Charlus et Mme Verdurin ne se fréquentaient plus, chacun — avec quelques petites
différences sans grande importance — continuait,
comme si rien n'avait changé, Mme Verdurin à
recevoir, M. de Charlus à aller à ses plaisirs : par
exemple chez Mme Verdurin, Cottard assistait maintenant aux réceptions dans un uniforme de colonel
de « l'île du Rêve », assez semblable à celui d'un
amiral haïtien et sur le drap duquel un large ruban
bleu ciel rappelait celui des « Enfants de Marie » ;
quant à M. de Charlus, se trouvant dans une ville
d'où les hommes déjà faits qui avaient été jusqu'ici
son goût, avaient disparu, il faisait comme certains Français, amateurs de femmes en France
et vivant aux colonies : il avait, par nécessité d'abord,
pris l'habitude et ensuite le goût des petits garçons.

Encore le premier de ces traits caractéristiques
du salon Verdurin s'effaça-t-il assez vite, car Cottard mourut bientôt « face à l'ennemi », dirent
les journaux, bien qu'il n'eût pas quitté Paris,
mais se fût en effet surmené pour son âge, suivi
bientôt par M. Verdurin, dont la mort chagrina
une seule personne qui fut, le croirait-on, Elstir.
J'avais pu étudier son œuvre à un point de vue
en quelque sorte absolu. Mais lui, surtout au fur
et à mesure qu'il vieillissait, la reliait superstitieusement à la société qui lui avait fourni ses
modèles et après s'être ainsi par l'alchimie des
impressions, transformée chez lui en œuvres d'art,
lui avait donné son public, ses spectateurs. De
plus en plus enclin à croire matériellement qu'une

part notable de la beauté réside dans les choses,
ainsi que pour commencer, il avait adoré en Mme Elstir, le type de beauté un peu lourde qu'il avait
poursuivie, caressée dans des peintures, des tapis-
series, il voyait disparaître avec M. Verdurin un
des derniers vestiges du cadre social, du cadre
périssable, aussi vite caduc que les modes vesti-
mentaires elles-mêmes qui en font partie — qui
soutient un art, certifie son authenticité, comme la
Révolution en détruisant les élégances du XVIIIe
aurait pu désoler un peintre de Fêtes galantes ou
affliger Renoir la disparition de Montmartre et
du Moulin de la Galette ; mais surtout en M. Verdurin il voyait disparaître, les yeux, le cerveau,
qui avaient eu de sa peinture la vision la plus juste,
où cette peinture à l'état de souvenir aimé, résidait en quelque sorte. Sans doute des jeunes gens
avaient surgi qui aimaient aussi la peinture, mais
une autre peinture, et qui n'avaient pas comme
Swann, comme M. Verdurin, reçus des leçons de
goût de Whistler, des leçons de vérité de Monet, leur
permettant de juger Elstir avec justice. Aussi celui-
ci se sentait-il plus seul à la mort de M. Verdurin
avec lequel il était pourtant brouillé depuis tant
d'années et ce fut pour lui comme une peu de la
beauté de son œuvre qui s'éclipsait avec un peu de
ce qui existait dans l'univers de conscience de cette
beauté.

Quant au changement qui avait affecté les plaisirs
de M. de Charlus, il resta intermittent. Entretenant
une nombreuse correspondance avec « le front »,
il ne manquait pas de permissionnaires assez mûrs.
En somme, d'une manière générale, Mme Verdurin
continua à recevoir et M. de Charlus à aller à ses

plaisirs comme si rien n'avait changé. Et pourtant depuis deux ans l'immense être humain appelé France et dont même au point de vue purement matériel on ne ressent la beauté colossale que si on aperçoit la cohésion des millions d'individus qui comme des cellules aux formes variées le remplissent comme autant de petits polygones intérieurs, jusqu'au bord extrême de son périmètre, et si on le voit à l'échelle où un infusoire, une cellule, verrait un corps humain, c'est-à-dire grand comme le Mont Blanc, s'était affronté en une gigantesque querelle collective, avec cet autre immense conglomérat d'individus qu'est l'Allemagne. Au temps où je croyais ce qu'on disait, j'aurais été tenté en entendant l'Allemagne, puis la Bulgarie, puis la Grèce protester de leurs intentions pacifiques, d'y ajouter foi. Mais depuis que la vie avec Albertine et avec Françoise m'avait habitué à soupçonner chez elles des pensées, des projets qu'elles n'exprimaient pas, je ne laissais aucune parole juste en apparence de Guillaume II, de Ferdinand de Bulgarie, de Constantin de Grèce, tromper mon instinct qui devinait ce que machinait chacun d'eux. Et sans doute mes querelles avec Françoise, avec Albertine, n'avaient été que des querelles particulières, n'intéressant que la vie de cette petite cellule spirituelle qu'est un être. Mais de même qu'il est des corps d'animaux, des corps humains, c'est-à-dire des assemblages de cellules dont chacun par rapport à une seule, est grand comme une montagne, de même il existe d'énormes entassements organisés d'individus qu'on appelle nations ; leur vie ne fait que répéter en les amplifiant la vie des cellules composantes ; et qui n'est pas capable de

106

comprendre le mystère, les réactions, les lois de celles-ci, ne prononcera que des mots vides quand il parlera des luttes entre nations. Mais s'il est maître de la psychologie des individus, alors ces masses colossales d'individus conglomérés s'affrontant l'une l'autre prendront à ses yeux une beauté plus puissante que la lutte naissant seulement du conflit de deux caractères ; et il les verra à l'échelle où verraient le corps d'un homme de haute taille, des infusoires dont il faudrait plus de dix mille pour remplir un cube d'un millimètre de côté. Telles depuis quelque temps, la grande figure France remplie jusqu'à son périmètre de millions de petits polygones aux formes variées, et la figure remplie d'encore plus de polygones Allemagne, avaient entre elles deux une de ces querelles, comme en ont, dans une certaine mesure, des individus.

Mais les coups qu'elles échangeaient étaient réglés par cette boxe innombrable dont Saint-Loup m'avait exposé les principes ; et parce que même en les considérant du point de vue des individus elles en étaient de géants assemblages, la querelle penait des formes immenses et magnifiques, comme le soulèvement d'un océan aux millions de vagues qui essaye de rompre une ligne séculaire de falaises, comme des glaciers gigantesques qui tentent dans leurs oscillations lentes et destructrices de briser le cadre de montagne où ils sont circonscrits. Malgré cela, la vie continuait presque semblable pour bien des personnes qui ont figuré dans ce récit et notamment pour M. de Charlus et pour les Verdurin, comme si les Allemands n'avaient pas été aussi près d'eux, la permanence menaçante bien qu'actuellement enrayée d'un péril, nous laissant entièrement indifférents si nous ne nous le représentons pas. Les gens vont d'habitude à leurs plaisirs sans penser jamais que si les influences étiolantes et modératrices venaient à cesser, la prolifération des infusoires atteindrait son maximum, c'est-à-dire faisant en quelques jours un bond de plusieurs millions de lieues passerait d'un millimètre cube à une masse un million de fois plus grande que le soleil, ayant en même temps détruit tout l'oxygène, toutes les substances dont nous vivons et qu'il n'y aurait plus ni humanité, ni animaux, ni terre, ou sans songer qu'une irrémédiable et fort vraisemblable catastrophe pourrait être déterminée dans l'éther par l'activité incessante et frénétique que cache l'apparente immutabilité du soleil, ils s'occupent de leurs affaires sans penser à ces deux mondes, l'un trop petit, l'autre trop grand pour qu'ils aperçoivent les menaces cosmiques qu'ils font planer autour de nous. Tels les Verdurin donnaient des dîners (puis bientôt Mme Verdurin seule après la mort de M. Verdurin) et M. de Charlus allait à ses plaisirs sans guère songer que les Allemands fussent — immobilisés il est vrai par une sanglante barrière toujours renouvelée — à une heure d'automobile de Paris. Les Verdurin y pensaient pourtant, dira-t-on, puisqu'ils avaient un salon politique, où on discutait chaque soir de la situation, non seulement des armées, mais des flottes. Ils pensaient en effet à ces hécatombes de régiments anéantis, de passagers engloutis, mais une opération inverse multiplie à tel point ce qui concerne notre bien-être et divise par un chiffre tellement formidable ce qui ne le concerne pas, que la mort de millions d'inconnus nous chatouille à peine et presque moins désagréablement qu'un courant d'air. Mme Verdurin souffrant

108

pour ses migraines de ne plus avoir de croissant à tremper dans son café au lait, avait obtenu de Cottard une ordonnance qui lui permettait de s'en faire faire dans certain restaurant, dont nous avons parlé. Cela avait été presque ausi difficile à obtenir des pouvoirs publics que la nomination d'un général. Elle reprit son premier croissant, le matin où les journaux narraient le naufrage du *Lusitania*. Tout en trempant le croissant dans le café au lait et donnant des pichenettes à son journal pour qu'il pût se tenir grand ouvert sans qu'elle eût besoin de détourner son autre main des trempettes, elle disait : « Quelle horreur ! Cela dépasse en horreur les plus affreuses tragédies ». Mais la mort de tous ces noyés ne devait lui apparaître que réduite au milliardième, car tout en faisant la bouche pleine ces réflexions désolées, l'air qui surnageait sur sa figure, amené probablement là par la saveur du croissant, si précieux contre la migraine, était plutôt celui d'une douce satisfaction.

*
* *

M. de Charlus allait plus loin que ne pas souhaiter passionnément la victoire de la France ; il souhaitait sans se l'avouer sinon que l'Allemagne triomphât, du moins qu'elle ne fût pas écrasée comme tout le monde le souhaitait. La cause en était que dans ces querelles les grands ensembles d'individus appelés nations se comportent eux-mêmes dans une certaine mesure comme des individus. La logique qui les conduit est toute intérieure et perpétuellement refondue par la passion comme celle de gens affrontés dans une querelle amoureuse ou domestique, comme la querelle d'un fils avec son père, d'une cuisinière avec sa patronne, d'une femme avec son mari. Celle qui a tort croit cependant avoir raison — comme c'était le cas pour l'Allemagne — et celle qui a raison, donne parfois de son bon droit des arguments qui ne lui paraissent irréfutables que parce qu'ils répondent à sa passion. Dans ces querelles d'individus pour être convaincu du bon droit de n'importe laquelle des parties — le plus sûr est d'être cette partie-là, un spectateur ne l'approuvera jamais aussi complètement. Or, dans les nations, l'individu s'il fait vraiment partie de la nation, n'est qu'une cellule de l'individu : nation. Le bourrage de crâne est un mot vide de sens. Eût-on dit aux Français qu'ils allaient être battus qu'aucun Français ne se fût moins désespéré que si on lui avait dit qu'il allait être tué par les Berthas. Le véritable bourrage de crâne on se le fait à soi-même par l'espérance qui est un genre de l'instinct de conservation d'une nation si l'on est vraiment membre vivant de cette nation. Pour rester aveugle sur ce qu'a d'injuste la cause de l'individu Allemagne, pour reconnaître à tout instant ce qu'a de juste la cause de l'individu France, le plus sûr n'était pas pour un Allemand de n'avoir pas de jugement, pour un Français d'en avoir, le plus sûr pour l'un ou pour l'autre c'était d'avoir du patriotisme. M. de Charlus qui avait de rares qualités morales, qui était accessible à la pitié, généreux, capable d'affection, de dévouement, en revanche, pour des raisons diverses parmi lesquelles celle d'avoir eu une mère duchesse de Bavière pouvait jouer un rôle — n'avait pas de patriotisme. Il était par conséquent du corps France comme du corps Allemagne. Si j'avais été moi-même dénué de patriotisme, au lieu de me sentir une des cellules du corps France,

110

il me semble que ma façon de juger la querelle n'eût pas été la même qu'elle eût pu être autrefois. Dans mon adolescence où je croyais exactement ce qu'on me disait, j'aurais sans doute, en entendant le gouvernement allemand protester de sa bonne foi, été tenté de ne pas la mettre en doute, mais depuis longtemps je savais que nos pensées ne s'accordent pas toujours avec nos paroles.

Mais enfin, je ne peux que supposer ce que j'aurais fait si je n'avais pas été acteur, si je n'avais pas été une partie de l'acteur France, comme dans mes querelles avec Albertine où mon regard triste et ma gorge oppressée étaient une partie de mon individu passionnément intéressé à ma cause, je ne pouvais arriver au détachement. Celui de M. de Charlus était complet. Or, dès lors qu'il n'était plus qu'un spectateur, tout devait le porter à être germanophile, du moment que n'étant pas véritablement français, il vivait en France. Il était très fin, les sots sont en tous pays les plus nombreux ; nul doute que vivant en Allemagne les sots d'Allemagne défendant avec sottise et passion une cause injuste ne l'eussent irrité ; mais vivant en France les sots français défendant avec sottise et passion une cause juste ne l'irritaient pas moins. La logique de la passion, fût-elle au service du meilleur droit, n'est jamais irréfutable pour celui qui n'est pas passionné. M. de Charlus relevait avec finesse chaque faux raisonnement des patriotes. La satisfaction que cause à un imbécile son bon droit et la certitude du succès vous laissent particulièrement irrité. M. de Charlus l'était par l'optimisme triomphant de gens qui ne connaissaient pas comme lui l'Allemagne et sa force, qui croyaient chaque mois à un écrasement pour le

mois suivant, et au bout d'un an n'étaient pas moins
assurés dans un nouveau pronostic, comme s'ils
n'en avaient pas porté avec tout autant d'assurance,
d'aussi faux, mais qu'ils avaient oubliés disant si,
on le leur rappelait, que « ce n'était pas la même
chose ». Or, M. de Charlus qui avait certaines profondeurs dans l'esprit, n'eût peut-être pas compris
en Art que le « ce n'est pas la même chose » opposé
par les détracteurs de Monet à ceux qui leur disent
« on a dit la même chose pour Delacroix », répondait
à la même tournure d'esprit. Enfin M. de Charlus
était pitoyable, l'idée d'un vaincu lui faisait mal,
il était toujours pour le faible, il ne lisait pas les
chroniques judiciaires pour ne pas avoir à souffrir
dans sa chair des angoisses du condamné et de l'impossibilité d'assassiner le juge, le bourreau, et la foule
ravie de voir que « justice est faite ». Il était certain
en tous cas que la France ne pouvait plus être vaincue, et en revanche il savait que les Allemands souf-
fraient de la famine, seraient obligés un jour ou
l'autre de se rendre à merci. Cette idée elle aussi lui
était rendue plus désagréable par ce fait qu'il vivait
en France. Ses souvenirs de l'Allemagne étaient
malgré tout lointains, tandis que les Français qui
parlaient de l'écrasement de l'Allemagne avec une
joie qui lui déplaisait, c'était des gens dont les
défauts lui étaient connus, la figure antipathique.
Dans ces cas-là on plaint plus ceux qu'on ne connaît
pas, ceux qu'on imagine, que ceux qui sont tout
près de nous dans la vulgarité de la vie quotidienne,
à moins alors d'être tout à fait ceux-là, de ne faire
qu'une chair avec eux ; le patriotisme fait ce miracle,
on est pour son pays comme on est pour soi-même
dans une querelle amoureuse. Aussi la guerre était-

elle pour M. de Charlus une culture extraordinairement féconde de ces haines qui chez lui naissaient
en un instant, avaient une durée très courte mais
pendant laquelle il se fût livré à toutes les violences.
En lisant les journaux, l'air de triomphe des chroni-
queurs présentant chaque jour l'Allemagne à bas :
« La Bête aux abois, réduite à l'impuissance », alors
que le contraire n'était que trop vrai, l'enivrait de
rage par leur sottise allègre et féroce. Les journaux
étaient en partie rédigés à ce moment-là par des
gens connus qui trouvaient là une manière de
« reprendre du service », par des Brichot, par des
Norpois, par des Legrandin, M. de Charlus rêvait
de les rencontrer, de les accabler des plus amers
sarcasmes. Toujours particulièrement instruit des
tares sexuelles, il les connaissait chez quelques-uns
qui, pensant qu'elles étaient ignorées chez eux, se
complaisaient à les dénoncer chez les souverains
des « Empires de proie », chez Wagner, etc. Il brûlait
de se trouver face à face avec eux, de leur mettre
le nez dans leur propre vice devant tout le monde
et de laisser ces insulteurs d'un vaincu, déshonorés
et pantelants. M. de Charlus enfin avait encore des
raisons plus particulières d'être ce germanophile.
L'une était qu'homme du monde, il avait beaucoup
vécu parmi les gens du monde, parmi les gens hono-
rables, parmi les hommes d'honneur, les gens qui ne
serreront pas la main à une fripouille, il connaissait
leur délicatesse et leur dureté ; il les savait insensibles
aux larmes d'un homme qu'ils font chasser d'un
cercle ou avec qui ils refusent de se battre, dût leur
acte de « propreté morale » amener la mort de la
mère de la brebis galeuse. Malgré lui, quelque admiration qu'il eût pour l'Angleterre, cette Angleterre

impeccable, incapable de mensonge, empêchant le blé
et le lait d'entrer en Allemagne, c'était un peu cette
nation d'hommes d'honneur, de témoins patentés,
d'arbitres en affaires d'honneur ; tandis qu'il savait
que des gens tarés, des fripouilles comme certains
personnages de Dostoïewski peuvent être meilleurs,
et je n'ai jamais pu comprendre pourquoi il leur identifiait les Allemands, le mensonge et la ruse ne leur
suffisant pas pour faire préjuger un bon cœur qu'il
ne semble pas que les Allemands aient montré. Enfin,
un dernier trait complètera cette germanophilie de
M. de Charlus, il la devait, et par une réaction très
bizarre, à son « charlisme ». Il trouvait les Allemands
fort laids, peut-être parce qu'ils étaient un peu trop
près de son sang, il était fou des marocains, mais
surtout des anglo-saxons en qui il voyait comme des
statues vivantes de Phidias. Or, chez lui le plaisir
n'allait pas sans une certaine idée cruelle dont je ne
savais pas encore à ce moment-là toute la force ;
l'homme qu'il aimait lui apparaissait comme un délicieux bourreau. Il eût cru en prenant partie contre
les Allemands agir comme il n'agissait que dans les
heures de volupté, c'est-à-dire en sens contraire de
sa nature pitoyable, c'est-à-dire enflammée pour le
mal séduisant, et écrasant la vertueuse laideur.
Il en fut encore ainsi au moment du meurtre de Ras-
poutine (meurtre auquel on fut surpris d'ailleurs de
trouver un si fort cachet de couleur russe), dans un
souper à la Dostoïewski (impression qui eût été
encore bien plus forte si le public n'avait pas ignoré
de tout cela ce que savait parfaitement M. de Charlus), parce que la vie nous déçoit tellement que nous
finissons par croire que la littérature n'a aucun rapport avec elle et que nous sommes stupéfaits de

114

voir que les précieuses idées que les livres nous ont montrées s'étalent, sans peur de s'abîmer, gratuitement, naturellement, en pleine vie quotidienne et par exemple, qu'un souper, un meurtre, événement russe, ont quelque chose de russe.

La guerre se prolongeait indéfiniment et ceux qui avaient annoncé de source sûre, il y avait déjà plusieurs années, que les pourparlers de paix étaient commencés, spécifiant les clauses du traité, ne prenaient pas la peine quand ils causaient avec vous de s'excuser de leurs fausses nouvelles. Ils les avaient oubliées et étaient prêts à en propager sincèrement d'autres qu'ils oublieraient aussi vite. C'était l'époque où il y avait continuellement des raids de gothas ; l'air grésillait perpétuellement d'une vibration vigilante et sonore d'aéroplanes français. Mais parfois retentissait la sirène comme un appel déchirant de Walkyrie, seule musique allemande qu'on eût entendue depuis la guerre — jusqu'à l'heure où les pompiers annonçaient que l'alerte était finie tandis qu'à côté d'eux la berloque, comme un invisible gamin, commentait à intervalles réguliers la bonne nouvelle et jetait en l'air son cri de joie.

M. de Charlus était étonné de voir que même des gens comme Brichot qui avant la guerre avaient été militaristes, reprochant surtout à la France de ne pas l'être assez, ne se contentaient pas de reprocher les excès de son militarisme à l'Allemagne mais même son admiration de l'armée. Sans doute ils changeaient d'avis dès qu'il s'agissait de ralentir la guerre contre l'Allemagne et dénonçaient avec raison les pacifistes. Mais par exemple Brichot ayant accepté, malgré ses yeux, de rendre compte dans des conférences de certains ouvrages parus chez les neutres, exaltait le roman d'un Suisse où sont raillés comme semence de militarisme, deux enfants tombant d'une admiration symbolique, à la vue d'un dragon. Cette raillerie avait de quoi déplaire pour d'autres raisons à M. de Charlus lequel estimait qu'un dragon peut être quelque chose de fort beau. Mais surtout il ne comprenait pas l'admiration de Brichot, sinon pour le livre, que le Baron n'avait pas lu, du moins pour son esprit, si différent de celui qui animait Brichot avant la guerre. Alors tout ce que faisait un militaire était bien, fût-ce les irrégularités du général de Boisdedeffre, les travestissements et machinations du colonel de Paty du Clam, le faux du colonel Henry. Par quelle volte-face extraordinaire (et qui n'était en réalité qu'une autre face de la même passion fort noble, la passion patriotique, obligée de militariste, qu'elle était quand elle luttait contre le dreyfusisme, lequel était de tendances antimilitaristes, à se faire presque antimilitariste puisque c'était maintenant contre la Germanie, sur-militariste qu'elle luttait) Brichot s'écriait-il : « Oh le spectacle bien mirifique et digne d'attirer la jeunesse d'un siècle tout de brutalité, ne connaissant que le culte de la force : un dragon ! On peut juger de ce que sera la vile soldatesque d'une génération élevée dans le culte de ces manifestations de force brutale ! » « Voyons me dit M. de Charlus, vous connaissez Brichot et Cambremer. Chaque fois que je les vois ils me parlent de l'extraordinaire manque de psychologie de l'Allemagne. Entre nous, croyez-vous que jusqu'ici ils avaient eu grand souci de la psychologie, et que même maintenant ils soient capables d'en faire preuve. Mais croyez bien que je n'exagère pas. Qu'il s'agisse du plus grand allemand,

116

de Nietsche, de Gœthe, vous entendrez Brichot dire :
« avec l'habituel manque de psychologie qui caractérise la race teutonne ». Il y a évidemment dans la
guerre des choses qui me font plus de peine. Mais
avouez que c'est énervant. Norpois est plus fin je
le reconnais, bien qu'il n'ait pas cessé de se tromper
depuis le commencement. Mais qu'est-ce que ça veut
dire que ces articles qui excitent l'enthousiasme
universel. Mon cher Monsieur, vous savez aussi
bien que moi ce que vaut Brichot que j'aime beaucoup même depuis le schisme qui m'a séparé de sa
petite église, à cause de quoi, je le vois beaucoup
moins. Mais enfin j'ai une certaine considération
pour ce régent de collège, beau parleur et fort instruit, et j'avoue que c'est fort touchant qu'à son âge,
et diminué comme il est, car il l'est très sensiblement
depuis quelques années, il se soit remis comme il dit
à servir. Mais enfin la bonne intention est une chose,
le talent en est une autre et Brichot n'a jamais eu
de talent. J'avoue que je partage son admiration
pour certaines grandeurs de la guerre actuelle. Tout
au plus est-il étrange qu'un partisan aveugle de
l'Antiquité comme Brichot qui n'avait pas assez de
sarcasmes pour Zola trouvant plus de poésie dans un
ménage d'ouvriers, dans la mine, que dans les palais
historiques ou pour Goncourt mettant Diderot au-
dessus d'Homère, et Watteau au-dessus de Raphaël,
ne cesse de nous répéter que les Thermopyles,
qu'Austerlitz même, ce n'était rien à côté de Vau-
quois. Cette fois du reste le public qui avait résisté
aux modernistes de la littérature et de l'art suit ceux
de la guerre, parce que c'est une mode adoptée de
penser ainsi et puis que les petits esprits sont écrasés
non par la beauté, mais par l'énormité de l'action.

On n'écrit plus Kolossal qu'avec un K, mais au fond ce devant quoi on s'agenouille c'est bien du colossal.

C'est du reste une étrange chose ajouta M. de Charlus de la petite voix pointue qu'il prenait par moments. J'entends des gens qui ont l'air très heureux toute la journée, qui prennent d'excellents coktails, déclarer qu'ils ne pourront aller jusqu'au bout de la guerre, que leur cœur n'aura pas la force, qu'ils ne peuvent pas penser à autre chose, qu'ils mourront tout d'un coup et le plus extraordinaire, c'est que cela arrive en effet, Comme c'est curieux ! Est-ce une question d'alimentation, parce qu'ils n'ingèreront plus que des choses mal préparées, ou parce que pour prouver leur zèle, ils s'attellent à des besognes vaines mais qui détruisent le régime qui les conservait. Mais enfin j'enregistre un nombre étonnant de ces étranges morts prématurées, prématurées au moins au gré du défunt. Je ne sais plus ce que je vous disais, que Brichot et Norpois admiraient cette guerre mais quelle singulière manière d'en parler. D'abord avez-vous remarqué ce pullulement d'expressions nouvelles qu'emploie Norpois qui quand elles ont fini par s'user à force d'être employées tous les jours — car vraiment il est infatigable, et je crois que c'est la mort de ma tante Villeparisis qui lui a donné une seconde jeunesse — sont immédiatement remplacées par d'autres lieux communs. Autrefois je me rappelle que vous vous amusiez à noter ces modes de langage qui apparaissaient, se maintenaient, puis disparaissaient : celui qui sème le vent récolte la tempête, les chiens aboient, la caravane passe, faites-moi de bonne politique et je vous ferai de bonne finance disait le baron Louis. Il y a des symptômes qu'il serait exagéré de prendre au tragique mais qu'il convient de prendre au sérieux, travailler pour le roi de Prusse (celle-là a d'ailleurs ressuscité, ce qui était infaillible). Hé bien depuis hélas que j'en ai vu mourir, nous avons eu le chiffon de papier, les empires de proie, la fameuse kultur qui consiste à assassiner des femmes et des enfants sans défense, la victoire appartient comme disent les Japonais à celui qui sait souffrir un quart d'heure de plus que l'autre, les Germano-Touraniens, la barbarie scientifique — si nous voulons gagner la guerre selon la forte expression de M. Lloyd George — enfin ça ne se compte plus, et le mordant des troupes, et le cran des troupes. Même la syntaxe de l'excellent Norpois subit du fait de la guerre une altération aussi profonde que la fabrication du pain ou la rapidité des transports. Avez-vous remarqué que l'excellent homme tenant à proclamer ses désirs comme une vérité sur le point d'être réalisée, n'ose pas tout de même employer le futur pur et simple qui risquerait d'être contredit par les événements mais a adopté comme signe de ce temps le verbe savoir ». J'avouai à M. de Charlus que je ne comprenais pas bien ce qu'il voulait dire. Il me faut noter ici que le Duc de Guermantes ne partageait nullement le pessimisme de son frère. Il était de plus aussi anglophile que M. de Charlus était anglophobe. Enfin il tenait M. Caillaux pour un traître qui méritait mille fois d'être fusillé. Quand son frère lui demandait des preuves de cette trahison M. de Guermantes répondait que s'il ne fallait condamner que les gens qui signent un papier où ils déclarent « j'ai trahi » on ne punirait jamais le crime de trahison. Mais pour le cas où je n'aurais pas l'occasion d'y revenir, je noterai aussi que deux ans plus tard, le Duc de Guermantes animé du plus pur anticaillautisme, rencontra un attaché militaire anglais et sa femme, couple remarquablement lettré avec lequel il se lia, comme au temps de l'affaire Dreyfus avec les trois dames charmantes, que dès le premier jour il eut la stupéfaction, parlant de Caillaux dont il estimait la condamnation certaine et le crime patent, d'entendre le couple charmant et lettré dire : « Mais il sera probablement acquitté, il n'y a absolument rien contre lui ». M. de Guermantes essaya d'alléguer que M. de Norpois, dans sa déposition, avait dit en regardant Caillaux atterré : « Vous êtes le Gioliti de la France, oui M. Caillaux vous êtes le Giolitti de la France ». Mais le couple charmant avait souri, tourné M. de Norpois en ridicule, cité des preuves de son gâtisme et conclu qu'il avait dit cela devant M. Caillaux atterré disait le *Figaro*, mais probablement en réalité devant M. Caillaux narquois. Les opinions du Duc de Guermantes n'avaient pas tardé à changer. Attribuer ce changement à l'influence d'une anglaise n'est pas aussi extraordinaire que cela eût pu paraître si on l'eut prophétisé même en 1919, où les Anglais n'appelaient les Allemands que les Huns et réclamaient une féroce condamnation contre les coupables. Leur opinion à eux aussi devait changer et toute décision être approuvée par eux qui pouvait contrister la France et venir en aide à l'Allemagne. Pour revenir à M. de Charlus. « Mais si, » répondit-il à l'aveu que je ne le comprenais pas « savoir dans les articles de Norpois est le signe du futur, c'est-à-dire le signe des désirs de Norpois et des désirs de nous tous d'ailleurs, » ajouta-t-il peut-être sans une complète sincérité. « Vous comprenez bien que si savoir n'était pas devenu le simple signe du futur, on comprendrait

à la rigueur que le sujet de ce verbe pût être un pays,
par exemple chaque fois que Brichot dit : « L'Amérique ne saurait rester indifférente à ces violations
répétées du droit ». « La Monarchie bicéphale ne
saurait manquer de venir à résipiscence ». Il est
clair que de telles phrases expriment les désirs de
Norpois (comme les siens, comme les vôtres) mais
enfin là le verbe peut encore garder malgré tout son
sens ancien, car un pays peut « savoir », l'Amérique
peut savoir, la monarchie « bicéphale » elle-même
peut savoir (malgré l'éternel manque de psychologie),
mais le doute n'est plus possible quand Brichot écrit
« ces dévastations systématiques ne sauraient persuader aux neutres » « la région des lacs ne saurait
manquer de tomber à bref délai aux mains des alliés. »
« Les résultats de ces élections neutralistes ne sauraient refléter l'opinion de la grande majorité du
pays ». Or il est certain que ces dévastations, ces
régions et ces résultats de votes sont des choses
inanimées qui ne peuvent pas « savoir ». Par cette
formule Norpois adresse simplement aux neutres
l'injonction (à laquelle j'ai le regret de constater
qu'ils ne semblent pas obéir) de sortir de la neutralité ou aux régions des lacs de ne plus appartenir aux
« Boches » (M. de Charlus mettait à prononcer le
mot boche le même genre de hardiesse que jadis
dans le train de Balbec à parler des hommes dont le
goût n'est pas pour les femmes). D'ailleurs avez-vous
remarqué avec quelles ruses Norpois a toujours
commencé dès 1914 ses articles aux neutres. Il commence par déclarer que certes la France n'a pas
à s'immiscer dans la politique de l'Italie ou de la
Roumanie ou de la Bulgarie, etc. Seules c'est à ces
puissances qu'il convient de décider en toute indé-

pendance et en ne consultant que l'intérêt national
si elles doivent ou non sortir de la neutralité. Mais
si ces premières déclarations de l'article (ce qu'on
eût appelé autrefois l'exorde) sont si remarquables
et désintéressées, le morceau suivant l'est généralement beaucoup moins. Toutefois en continuant, dit
en substance Norpois, il est bien clair que seules
tireront un bénéfice matériel de la lutte, les nations
qui se seront rangées du côté du Droit et de la Justice. On ne peut attendre que les alliés récompensent,
en leur octroyant leurs territoires, d'où s'élève depuis
des siècles la plainte de leurs frères opprimés, les
peuples qui suivant la politique de moindre effort
n'auront pas mis leur épée au service des alliés. »
Ce premier pas fait vers un conseil d'intervention,
rien n'arrête plus Norpois, ce n'est plus seulement
le principe mais l'époque de l'intervention sur lesquels il donne des conseils de moins en moins dégui-
sés. « Certes dit-il en faisant ce qu'il appellerait lui-
même le bon apôtre, c'est à l'Italie, à la Roumanie
seules de décider de l'heure opportune et de la forme
sous laquelle il leur conviendra d'intervenir. Elles
ne peuvent pourtant ignorer qu'à trop tergiverser
elles risquent de laisser passer l'heure. Déjà les sabots
des cavaliers russes font frémir la Germanie traquée
d'une indicible épouvante. Il est bien évident que les
peuples qui n'auront fait que voler au secours de la
victoire dont on voit déjà l'aube resplendissante
n'auront nullement droit à cette même récompense
qu'ils peuvent encore en se hâtant, etc. » C'est comme
au théâtre quand on dit : « Les dernières places qui
restent ne tarderont pas à être enlevées. Avis aux
retardataires. » Raisonnement d'autant plus stupide
que Norpois le refait tous les six mois, et dit périodi-

quement à la Roumanie : « L'Heure est venue pour
la Roumanie de savoir si elle veut ou non réaliser
ses aspirations nationales. Qu'elle attende encore
il risque d'être trop tard ». Or, depuis deux ans qu'il
le dit, non seulement le « trop tard » n'est pas encore
venu, mais on ne cesse de grossir les offres qu'on fait
à la Roumanie. De même il invite la France, etc.,
à intervenir en Grèce en tant que puissance protectrice parce que le traité qui liait la Grèce à la Serbie n'a pas été tenu. Or, de bonne foi, si la France
n'était pas en guerre et ne souhaitait pas le concours
ou la neutralité bienveillante de la Grèce, aurait-
elle l'idée d'intervenir en tant que puissance protectrice, et le sentiment moral qui la pousse à se révol-
ter parce que la Grèce n'a pas tenu ses engagements
avec la Serbie, ne se tait-il pas aussi dès qu'il s'agit
de violation tout aussi flagrante de la Roumanie et
de l'Italie qui, avec raison, je le crois, comme la
Grèce aussi, n'ont pas rempli leurs devoirs, moins
impératifs et étendus qu'on ne dit d'alliés de l'Allemagne. La vérité c'est que les gens voient tout par
leur journal et comment pourraient-ils faire autrement puisqu'ils ne connaissent pas personnellement
les gens ni les événements dont il s'agit. Au temps de
l'affaire qui passionnait si bizarrement à une époque
dont il est convenu de dire que nous sommes séparés
par des siècles, car les philosophes de la guerre ont
accrédité que tout lien est rompu avec le passé,
j'étais choqué de voir des gens de ma famille accorder toute leur estime à des anticléricaux, anciens
communards que leur journal leur avait présenté
comme antidreyfusards et honnir un général bien
né et catholique mais revisionniste. Je ne le suis pas
moins de voir tous les Français exécrer l'Empereur

François-Joseph qu'ils vénéraient, avec raison je peux vous le dire moi qui l'ai beaucoup connu et qu'il veut bien traiter en cousin. Ah, je ne lui ai pas écrit depuis la guerre, ajouta-t-il comme avouant hardiment une faute qu'il savait très bien qu'on ne pouvait blâmer. Si, la première année, et une seule fois. Mais qu'est-ce que vous voulez cela ne change rien à mon respect pour lui, mais j'ai ici beaucoup de jeunes parents qui se battent dans nos lignes et qui trouveraient je le sais fort mauvais, que j'entretienne une correspondance suivie avec le chef d'une nation en guerre avec nous. Que voulez-vous, me critique qui voudra, ajouta-t-il comme s'exposant hardiment à mes reproches, je n'ai pas voulu qu'une lettre signée Charlus arrivât en ce moment à Vienne. La plus grande critique que j'adresserais au vieux souverain, c'est qu'un seigneur de son rang, chef d'une des maisons les plus anciennes et les plus illustres d'Europe, se soit laissé mener par ce petit hobereau fort intelligent d'ailleurs, mais enfin par un simple parvenu comme Guillaume de Hohenzollern. Ce n'est pas une des anomalies les moins choquantes de cette guerre ». Et comme dès qu'il se replaçait au point de vue nobiliaire qui pour lui au fond dominait tout, M. de Charlus arrivait à d'extraordinaires enfantillages, il me dit du même ton qu'il m'eût parlé de la Marne ou de Verdun qu'il y avait des choses capitales et fort curieuses que ne devrait pas omettre celui qui écrirait l'histoire de cette guerre. « Ainsi, me dit-il, par exemple, tout le monde est si ignorant que personne n'a fait remarquer cette chose si marquante : le grand maître de l'ordre de Malte, qui est un pur boche, n'en continue pas moins de vivre à Rome où il jouit en tant que grand maître de notre ordre, du privilège de l'exterritorialité. C'est intéressant, » ajouta-t-il d'un air de me dire : « Vous voyez que vous n'avez pas perdu votre soirée en me rencontrant ». Je le remerciai et il prit l'air modeste de quelqu'un qui n'exige pas de salaire. « Qu'est-ce que j'étais donc en train de vous dire ? Ah ! oui que les gens haïssaient maintenant François-Joseph, d'après leur journal. Pour le roi Constantin de Grèce et le tzar de Bulgarie, le public a oscillé, à diverses reprises, entre l'aversion et la sympathie, parce qu'on disait tour à tour qu'ils se mettaient du côté de l'Entente ou de ce que Norpois appelle les Empires centraux. C'est comme quand il nous répète à tout moment que l'« heure de Venizelos va sonner ». Je ne doute pas que M. Venizelos soit un homme d'état plein de capacité, mais qui nous dit que les gens désirent tant que cela Venizelos. Il voulait, nous dit-on, que la Grèce tînt ses engagements envers la Serbie. Encore faudrait-il savoir quels étaient ces engagements et s'ils étaient plus étendus que ceux que l'Italie et la Roumanie ont cru pouvoir violer. Nous avons de la façon dont la Grèce exécute ses traités et respecte sa constitution un souci que nous n'aurions certainement pas si ce n'était pas notre intérêt. Qu'il n'y ait pas eu la guerre, croyez-vous que les puissances « garantes » auraient même fait attention à la dissolution des Chambres. Je vois simplement qu'on retire un à un ses appuis au Roi de Grèce pour pouvoir le jeter dehors ou l'enfermer le jour où il n'aura plus d'armée pour le défendre. Je vous disais que le public ne juge le Roi de Grèce et le Roi des Bulgares que d'après les journaux. Et comment pourraient-ils penser, sur eux autrement que par le journal puisqu'ils

ne les connaissent pas. Moi je les ai vus énormément,
j'ai beaucoup connu, quand il était diadoque, Constantin de Grèce, qui était une pure merveille. J'ai
toujours pensé que l'Empereur Nicolas avait eu un
énorme sentiment pour lui. En tout bien tout honneur bien entendu. La Princesse Christian en parlait
ouvertement mais c'est une gale. Quant au tzar des
Bulgares, c'est une fine coquine, une vraie affiche
mais très intelligent, un homme remarquable. Il
m'aime beaucoup ».

M. de Charlus qui pouvait être si agréable devenait odieux quand il abordait ces sujets. Il y apportait la satisfaction qui agace déjà chez un malade
qui vous fait tout le temps valoir sa bonne santé.
J'ai souvent pensé que dans le tortillard de Balbec,
les fidèles qui souhaitaient tant les aveux devant
lesquels il se dérobait, n'auraient peut-être pas pu
supporter cette espèce d'ostentation d'une manie
et mal à l'aise, respirant mal comme dans une chambre de malade ou devant un morphinomane qui
tirerait devant vous sa seringue, ce fussent eux qui
eussent mis fin aux confidences qu'ils croyaient désirer. De plus on était agacé d'entendre accuser tout
le monde, et probablement bien souvent sans aucune
espèce de preuve, par quelqu'un qui s'omettait lui-
même de la catégorie spéciale à laquelle on savait
pourtant qu'il appartenait et où il rangeait si volontiers les autres. Enfin, lui si intelligent, s'était fait
à cet égard une petite philosophie étroite (à la base
de laquelle il y avait peut-être un rien des curiosités que Swann trouvait dans « la vie ») expliquant
tout par ces causes spéciales et où, comme chaque
fois qu'on verse dans son défaut, il était non seulement au-dessous de lui-même mais exceptionnelle-

ment satisfait de lui. C'est ainsi que lui si grave, si noble, eut le sourire le plus niais pour achever la phrase que voici : «Comme il y a de fortes présomptions du même genre que pour Ferdinand de Cobourg à l'égard de l'Empereur Guillaume, cela pourrait être la cause pour laquelle le Tsar Ferdinand s'est mis du côté des « Empires de proie ». Dame, au fond c'est très compréhensible, on est indulgent pour une *sœur*, on ne lui refuse rien. Je trouve que ce serait très joli comme explication de l'alliance de la Bulgarie avec l'Allemagne ». Et de cette explication stupide M. de Charlus rit longuement comme s'il l'avait vraiment trouvée très ingénieuse et qui même si elle avait reposé sur des faits vrais était aussi puérile que les réflexions que M. de Charlus faisait sur la guerre, quand il la jugeait en tant que féodal ou que chevalier de Saint-Jean de Jérusalem. Il finit par une remarque juste : « Ce qui est étonnant, dit-il, c'est que ce public qui ne juge ainsi des hommes et des choses de la guerre que par les journaux est persuadé qu'il juge par lui-même ». En cela M. de Charlus avait raison. On m'a raconté qu'il fallait voir les moments de silence et d'hésitation qu'avait Mme de Forcheville, pareils à ceux qui sont nécessaires, non pas même seulement à l'énonciation, mais à la formation d'une opinion personnelle, avant de dire, sur le ton d'un sentiment intime : « Non, je ne crois pas qu'ils prendront Varsovie ». « Je n'ai pas l'impression qu'on puissse passer un second hiver ». « Ce que je ne voudrais pas, c'est une paix boiteuse». «Ce qui me fait peur, si vous voulez que je vous le dise, c'est la Chambre ». « Si j'estime tout de même qu'on pourrait percer ». Et pour dire cela Odette prenait un air mièvre qu'elle poussait

127

à l'extrême quand elle disait : « Je ne dis pas que les
armées allemandes ne se battent pas bien, mais il
leur manque ce qu'on appelle le cran ». Pour prononcer le cran (et même simplement pour le « mordant »)
elle faisait avec sa main le geste de pétrissage et
avec ses yeux le clignement des rapins employant
un terme d'atelier. Son langage à elle était pourtant
plus encore qu'autrefois la trace de son admiration
pour les Anglais qu'elle n'était plus obligée de se
contenter d'appeler comme autrefois nos voisins
d'outre-Manche, ou tout au plus nos amis les Anglais, mais nos loyaux alliés ! Inutile de dire qu'elle
ne se faisait pas faute de citer à tous propos l'expression de « fair play » pour montrer les Anglais trouvant les Allemands des joueurs incorrects, et « ce
qu'il faut c'est gagner la guerre », comme disent nos
braves alliés. Tout au plus associait-elle assez mala-
droitement le nom de son gendre à tout ce qui touchait les soldats anglais et au plaisir qu'il trouvait
à vivre dans l'intimité des Australiens aussi bien que
des Ecossais, des Néo-Zélandais et des Canadiens.
« Mon gendre Saint-Loup connaît maintenant l'argot
de tous les braves « tommies », il sait se faire entendre
de ceux des plus lointaines « dominions » et aussi
bien qu'avec le général commandant la base, fra-
ternise avec le plus humble « private ».

Que cette parenthèse sur Mme de Forcheville
m'autorise, tandis que je descends les boulevards,
côte à côte avec M. de Charlus, à une autre plus
longue encore, mais utile pour décrire cette époque,
sur les rapports de Mme Verdurin avec Brichot.
En effet, si le pauvre Brichot était ainsi que Norpois
jugé sans indulgence par M. de Charlus (parce que
celui-ci était à la fois très fin et plus ou moins incons-

ciemment germanophile) il était encore bien plus
maltraité par les Verdurin. Sans doute ceux-ci
étaient chauvins, ce qui eût dû les faire se plaire
aux articles de Brichot, lesquels d'autre part n'étaient
pas inférieurs à bien des écrits où se délectait
Mme Verdurin. Mais d'abord on se rappelle peut-être
que déjà à la Raspelière, Brichot était devenu pour
les Verdurin du grand homme qu'il leur avait paru
être autrefois, sinon une tête de turc comme Saniette,
du moins l'objet de leurs railleries à peine déguisées.
Du moins restait-il, à ce moment-là, un fidèle entre
les fidèles, ce qui lui assurait une part des avantages
prévus tacitement par les statuts à tous les membres
fondateurs associés du petit groupe. Mais au fur
et à mesure que, à la faveur de la guerre, peut-être,
ou par la rapide cristallisation d'une élégance si
longtemps retardée, mais dont tous les éléments
nécessaires et restés invisibles saturaient depuis
longtemps le salon des Verdurin, celui-ci s'était
ouvert à un monde nouveau et que les fidèles,
appâts d'abord de ce monde nouveau, avaient fini
par être de moins en moins invités, un phénomène
parallèle se produisait pour Brichot. Malgré la Sorbonne, malgré l'Institut, sa notoriété n'avait pas jusqu'à la guerre dépassé les limites du salon Verdurin.
Mais quand il se mit à écrire presque quotidiennement
des articles parés de ce faux brillant qu'on l'a vu si
souvent dépenser sans compter pour les fidèles,
riches d'autre part d'une érudition fort réelle, et
qu'en vrai sorbonien il ne cherchait pas à dissimuler de quelques formes plaisantes qu'il l'entourât,
le « grand monde » fut littéralement ébloui. Pour une
fois d'ailleurs il donnait sa faveur à quelqu'un qui
était loin d'être une nullité et qui pouvait retenir

l'attention par la fertilité de son intelligence et les ressources de sa mémoire. Et pendant que trois Duchesses allaient passer la soirée chez Mme Verdurin, trois autres se disputaient l'honneur d'avoir chez elles à dîner le grand homme, lequel acceptait chez l'une, se sentant d'autant plus libre que Mme Verdurin, exaspérée du succès que ses articles rencontraient auprès du faubourg Saint-Germain, avait soin de ne jamais avoir Brichot chez elle, quand il devait s'y trouver quelque personne brillante qu'il ne connaissait pas encore et qui se hâterait de l'attirer. Ce fut ainsi que le journalisme dans lequel Brichot se contentait en somme de donner tardivement, avec honneur et en échange d'émoluments superbes, ce qu'il avait gaspillé toute sa vie gratis et incognito dans le salon des Verdurin, (car ses articles ne lui coûtaient pas plus de peine, tant il était disert et savant, que ses causeries) eût conduit, et parut même un moment conduire Brichot à une gloire incontestée, s'il n'y avait pas eu Mme Verdurin. Certes, les articles de Brichot étaient loin d'être aussi remarquables que le croyaient les gens du monde. La vulgarité de l'homme apparaissait à tout instant sous le pédantisme du lettré. Et à côté d'images qui ne voulaient rien dire du tout (les Allemands ne pourront plus regarder en face la statue de Beethoven, Schiller à dû frémir dans son tombeau, l'encre qui avait paraphé la neutralité de la Belgique était à peine séchée, Lénine parle, mais autant en emporte le vent de la steppe), c'étaient des trivialités telles que : « Vingt mille prisonniers, c'est un chiffre ». « Notre commandement saura ouvrir l'œil et le bon ». « Nous voulons vaincre, un point c'est tout ». Mais mêlé à tout cela, tant de

130

savoir, tant d'intelligence, de si justes raisonnements.
Or, Mme Verdurin ne commençait jamais un article
de Brichot sans la satisfaction préalable de penser
qu'elle allait y trouver des choses ridicules, et le
lisait avec l'attention la plus soutenue pour être
certaine de ne les pas laisser échapper. Or, il était
malheureusement certain qu'il y en avait quelques-
unes. On n'attendait même pas de les avoir trouvées.
La citation la plus heureuse d'un auteur vraiment
peu connu, au moins dans l'œuvre à laquelle Brichot
se reportait, était incriminée comme preuve du pédantisme le plus insoutenable et Mme Verdurin attendait
avec impatience l'heure du dîner pour déchaîner
les éclats de rire de ses convives. « Hé bien, qu'est-ce
que vous avez dit du Brichot de ce soir ? J'ai pensé
à vous en lisant la citation de Cuvier. Ma parole,
je crois qu'il devient fou ». « Je ne l'ai pas encore lu,
disait un fidèle. » «Comment, vous ne l'avez pas encore
lu. Mais vous ne savez pas les délices que vous vous
refusez. C'est-à-dire que c'est d'un ridicule à mourir ».
Et contente au fond que quelqu'un n'eût pas encore
lu le Brichot pour avoir l'occasion d'en mettre elle-
même en lumière les ridicules, Mme Verdurin disait
au Maître d'hôtel d'apporter *le Temps* et faisait
elle-même la lecture à haute voix, en faisant sonner
avec emphase les phrases les plus simples. Après le
dîner, pendant toute la soirée, cette campagne anti-
Brichotiste continuait, mais avec de fausses réserves.
« Je ne le dis pas trop haut parce que j'ai peur que
là-bas, disait-elle en montrant la Comtesse Molé,
on n'admire assez cela. Les gens du monde sont
plus naïfs qu'on ne croit. » Mme Molé, à qui on
tâchait de faire entendre en parlant assez fort qu'on
parlait d'elle, tout en s'efforçant de lui montrer

par des baissements de voix, qu'on n'aurait pas
voulu être entendu d'elle, reniait lâchement Brichot qu'elle égalait en réalité à Michelet. Elle
donnait raison à Mme Verdurin, et pour terminer
pourtant par quelque chose qui lui paraissait incon-
testable, disait : « Ce qu'on ne peut pas lui retirer,
c'est que c'est bien écrit ». « Vous trouvez çà bien
écrit vous, disait Mme Verdurin, moi je trouve çà
écrit comme par un cochon », audace qui faisait
rire les gens du monde, d'autant plus que Mme Verdurin, effarouchée elle-même par le mot de cochon,
l'avait prononcé en le chuchotant la main rabattue
sur les lèvres. Sa rage contre Brichot croissait d'autant plus que celui-ci étalait naïvement la satisfaction de son succès, malgré les accès de mauvaise
humeur que provoquait chez lui la censure, chaque
fois que, comme il le disait avec son habitude d'employer les mots nouveaux pour montrer qu'il
n'était pas trop universitaire, elle avait « caviardé »
une partie de son article. Devant lui Mme Verdurin
ne laissait pas trop voir, sauf par une maussaderie
qui eût averti un homme plus perspicace, le peu de
cas qu'elle faisait de ce qu'il écrivait. Elle lui repro-
cha seulement une fois d'écrire si souvent « je ».
Et il avait en effet l'habitude de l'écrire continuellement d'abord parce que par habitude de professeur il se servait constamment d'expressions comme
« j'accorde que », « je veux bien que l'énorme développement des fronts nécessite », etc., mais surtout
parce qu'ancien antidreyfusard militant qui flairait
la préparation germanique bien longtemps avant la
guerre, il s'était trouvé écrire très souvent : « J'ai
dénoncé dès 1897. J'ai signalé en 1901, j'ai averti
dans ma petite brochure aujourd'hui rarissime

(habent sua fata libelli) » et ensuite l'habitude lui était restée. Il rougit fortement de l'observation de Mme Verdurin qui lui fut faite d'un ton aigre. « Vous avez raison, Madame, quelqu'un qui n'aimait pas plus les Jésuites que M. Combes, encore qu'il n'ait pas eu de préface de notre doux maître en scepticisme délicieux, Anatole France, qui fut si je ne me trompe mon adversaire... avant le Déluge, a dit que le moi est toujours haïssable. » A partir de ce moment Brichot remplaça *je* par *on*, mais *on* n'empêchait pas le lecteur de voir que l'auteur parlait de lui et permit à l'auteur de ne plus cesser de parler de lui, de commenter la moindre de ses phrases, de faire un article sur une seule négation, toujours à l'abri de *on*. Par exemple, Brichot avait-il dit, fût-ce dans un autre article, que les armées allemandes avaient perdu de leur valeur, il commençait ainsi : « On ne camoufle pas ici la vérité. On a dit que les armées allemandes avaient perdu de leur valeur. On n'a pas dit qu'elles n'avaient plus une grande valeur. Encore moins écrira-t-on qu'elles n'ont plus aucune valeur. On ne dira pas non plus que le terrain gagné s'il n'est pas, etc. ». Bref, rien qu'à énoncer tout ce qu'il ne dirait pas, à rappeler tout ce qu'il avait dit il y avait quelques années, et ce que Clausewitz, Ovide, Appollonius de Tyane avaient dit il y avait plus ou moins de siècles, Brichot aurait pu constituer aisément la matière d'un fort volume. Il est à regretter qu'il n'en ait pas publié, car ces articles si nourris sont maintenant difficiles à retrouver. Le Faubourg Saint-Germain, chapitré par Mme Verdurin, commença par rire de Brichot chez elle, mais continua une fois sorti du petit clan à admirer Brichot. Puis se moquer de lui devint une

mode comme ç'avait été de l'admirer, et celles mêmes
qu'il continuait d'intéresser en secret, dès le temps
qu'elles lisaient son article, s'arrêtaient et riaient
dès qu'elles n'étaient plus seules, pour ne pas avoir
l'air moins fines que les autres. Jamais on ne parla
tant de Brichot qu'à cette époque dans le petit clan,
mais par dérision. On prenait comme critérium de
l'intelligence de tout nouveau ce qu'il pensait des
articles de Brichot ; s'il répondait mal la première
fois, on ne se faisait pas faute de lui apprendre à
quoi l'on reconnaît que les gens sont intelligents
« Enfin, mon pauvre ami, continua M. de Charlus,
tout cela est épouvantable et nous avons plus que
d'ennuyeux articles à déplorer. On parle de vandalisme, de statues détruites. Mais est-ce que la destruction de tant de merveilleux jeunes gens, qui
étaient des statues polychromes incomparables, n'est
pas du vandalisme aussi. Est-ce qu'une ville qui
n'aura plus de beaux hommes ne sera pas comme une
ville dont toute la statuaire aurait été brisée. Quel
plaisir puis-je avoir à aller dîner au restaurant quand
j'y suis servi par de vieux bouffons moussus [qui
ressemblent au Père Didon, si ce n'est pas par des
femmes en cornette qui me font croire que je suis
entré au bouillon Duval. Parfaitement, mon cher,
et je crois que j'ai le droit de parler ainsi parce que
le Beau est tout de même le Beau dans une matière
vivante. Le grand plaisir d'être servi par des êtres
rachitiques, portant binocle, dont le cas d'exemption
se lit sur le visage. Contrairement à ce qui arrivait
toujours jadis, si l'on veut reposer ses yeux sur
quelqu'un de bien dans un restaurant, il ne faut plus
regarder parmi les garçons qui servent mais parmi
les clients qui consomment. Mais on pouvait revoir

un servant, bien qu'ils changeassent souvent, mais
allez donc savoir qui est et quand reviendra ce lieu-
tenant anglais qui vient pour la première fois et
sera peut-être tué demain. Quand Auguste de
Pologne, comme raconte le charmant Morand,
l'auteur délicieux de Clarisse, échangea un de ses
régiments contre une collection de potiches chinoises,
il fit à mon avis une mauvaise affaire. Pensez que
tous ces grands valets de pied qui avaient deux
mètres de haut et qui ornaient les escaliers monu-
mentaux de nos plus belles amies ont tous été tués,
engagés pour la plupart parce qu'on leur répétait
que la guerre durerait deux mois. Ah ! ils ne savaient
pas comme moi la force de l'Allemagne, la vertu de
la race prussienne, dit-il en s'oubliant. Et puis remarquant qu'il avait trop laissé voir son point de vue,
ce n'est pas tant l'Allemagne que je crains pour la
France que la guerre elle-même. Les gens de l'arrière
s'imaginent que la guerre est seulement un gigantesque match de boxe auquel ils assistent de loin,
grâce aux journaux. Mais cela n'a aucun rapport.
C'est une maladie qui quand elle semble conjurée
sur un point reprend sur un autre. Aujourd'hui
Noyon sera délivré, demain on n'aura plus ni pain
ni chocolat, après-demain celui qui se croyait tranquille et accepterait au besoin une balle qu'il n'imagine pas s'affolera parce qu'il lira dans les journaux
que sa classe est rappelée. Quant aux monuments
un chef-d'œuvre unique comme Reims par la qualité,
n'est pas tellement ce dont la disparition m'épouvante, c'est surtout de voir anéantis une telle quantité
d'ensembles qui rendaient le moindre village de
France instructif et charmant. » Je pensai aussitôt
à Combray et qu'autrefois j'aurais cru me diminuer

135

aux yeux de Mme de Guermantes en avouant la
petite situation que ma famille occupait à Combray.
Je me demandai si elle n'avait pas été révélée aux
Guermantes et à M. de Charlus, soit par Legrandin,
ou Swann, ou Saint-Loup, ou Morel. Mais cette
prétérition même était moins pénible pour moi que
des explications rétrospectives. Je souhaitai seulement que M. de Charlus ne parlât pas de Combray.
« Je ne veux pas dire de mal des Américains, Monsieur, continua-t-il, il paraît qu'ils sont inépuisa-
blement généreux et comme il n'y a pas eu de chef
d'orchestre dans cette guerre, que chacun est entré
dans la danse longtemps après l'autre, et que les
Américains ont commencé quand nous étions quasi-
ment finis, ils peuvent avoir une ardeur que quatre
ans de guerre ont pu calmer chez nous. Même avant
la guerre ils aimaient notre pays, notre art, ils
payaient fort cher nos chefs-d'œuvre. Beaucoup sont
chez eux maintenant. Mais précisément cet art déra-
ciné, comme dirait M. Barrès, est tout le contraire
de ce qui faisait l'agrément délicieux de la France.
Le château expliquait l'église qui, elle-même, parce
qu'elle avait été un lieu de pèlerinage, expliquait
la chanson de geste. Je n'ai pas à surfaire l'illustration de mes origines et de mes alliances et d'ailleurs
ce n'est pas de cela qu'il s'agit. Mais dernièrement
j'ai eu à régler une question d'intérêts, et malgré
un certain refroidissement qu'il y a entre le ménage
et moi, à aller faire une visite à ma nièce Saint-Loup
qui habite à Combray. Combray n'était qu'une toute
petite ville comme il y en a tant. Mais nos ancêtres
étaient représentés en donateurs dans certains
vitraux, dans d'autres étaient inscrites nos armoi-
ries. Nous y avions notre chapelle, nos tombeaux.

Cette église a été détruite par les Français et par les Anglais parce qu'elle servait d'observatoire aux Allemands. Tout ce mélange d'histoire survivante et d'art qui était la France se détruit, et ce n'est pas fini. Et bien entendu je n'ai pas le ridicule de comparer, pour des raisons de famille, la destruction de l'église de Combray à celle de la cathédrale de Reims qui était comme le miracle d'une cathédrale gothique retrouvant naturellement la pureté de la statuaire antique, ou de celle d'Amiens. Je ne sais si le bras levé de Saint-Firmin est aujourd'hui brisé. Dans ce cas la plus haute affirmation de la foi et de l'énergie a disparu de ce monde ». « Son symbole, Monsieur, lui répondis-je. Et j'adore autant que vous certains symboles. Mais il serait absurde de sacrifier au symbole la réalité qu'il symbolise. Les cathédrales doivent être adorées jusqu'au jour où pour les préserver il faudrait renier les vérités qu'elles enseignent. Le bras levé de Saint-Firmin dans un geste de commandement presque militaire, disait : que nous soyons brisés si l'honneur l'exige. Ne sacrifiez pas des hommes à des pierres dont la beauté vient justement d'avoir un moment fixé des vérités humaines. » « Je comprends ce que vous voulez dire, me répondit M. de Charlus, et M. Barrès qui nous a fait hélas trop faire de pèlerinages à la Statue de Strasbourg et au tombeau de M. Déroulède a été touchant et gracieux quand il a écrit que la cathédrale de Reims elle-même nous était moins chère que la vie de nos fantassins. Assertion qui rend assez ridicule la colère de nos journaux contre le général allemand qui commandait là-bas et qui disait que la Cathédrale de Reims lui était moins précieuse que celle d'un soldat allemand. C'est du reste ce

137

qui est exaspérant et navrant, c'est que chaque pays
dit la même chose. Les raisons pour lesquelles les
associations industrielles de l'Allemagne déclarent
la possession de Belfort indispensable à préserver
leur nation contre nos idées de revanche, sont les
mêmes que celles de Barrès exigeant Mayence pour
nous protéger contre les velléités d'invasion des
Boches. Pourquoi la restitution de l'Alsace-Lorraine
a-t-elle paru à la France un motif insuffisant pour
faire la guerre, un motif suffisant pour la continuer, pour la redéclarer à nouveau chaque année.
Vous avez l'air de croire que la victoire est désormais promise à la France, je le souhaite de tout mon
cœur, vous n'en doutez pas, mais enfin depuis qu'à
tort ou à raison les Alliés se croient sûrs de vaincre,
(pour ma part je serais naturellement enchanté de
cette solution mais je vois surtout beaucoup de
victoires sur le papier, de victoire à la Pyrrhus avec
un coût qui ne nous est pas dit), et que les Boches
ne se croient plus sûrs de vaincre on voit l'Allemagne chercher à hâter la paix, la France à prolonger la guerre, la France qui est la France juste
et a raison de faire entendre des paroles de justice,
mais est aussi la douce France et devrait faire
entendre des paroles de pitié, fût-ce seulement pour
ses propres enfants et pour qu'à chaque printemps
les fleurs qui renaîtront aient autre chose à éclairer
que des tombes. Soyez franc mon cher ami, vous-
même m'aviez fait une théorie sur les choses qui
n'existent que grâce à une création perpétuellement
recommencée. La création du monde n'a pas eu
lieu une fois pour toutes, me disiez-vous, elle a
nécessairement lieu tous les jours. Hé bien si vous
êtes de bonne foi, vous ne pouvez pas excepter la

guerre de cette théorie. Notre excellent Norpois
a beau écrire (en sortant un des accessoires de rhé-
torique qui lui sont aussi chers que l'aube de la
victoire et le Général Hiver) « maintenant que l'Allemagne a voulu la guerre, les dés en sont jetés »,
la vérité c'est que chaque matin on déclare à nouveau la guerre. Donc celui qui veut la continuer
est aussi coupable que celui qui l'a commencée,
plus peut-être car ce premier n'en prévoyait peut-
être pas toutes les horreurs. Or rien ne dit qu'une
guerre aussi prolongée même si elle doit avoir une
issue victorieuse ne soit pas sans péril. Il est difficile de parler de choses qui n'ont point de précédent
et des répercussions sur l'organisme d'une opération qu'on tente pour la première fois. Généralement, il est vrai, ces nouveautés dont on s'alarme se
passent fort bien. Les républicains les plus sages
pensaient qu'il était fou de faire la séparation de
l'Église. Elle a passé comme une lettre à la poste.
Dreyfus a été réhabilité, Picquart ministre de la
Guerre, sans qu'on crie ouf. Pourtant que ne peut-
on pas craindre d'un surmenage pareil à celui d'une
guerre ininterrompue pendant plusieurs années.
Que feront les hommes au retour, seront-ils las,
la fatigue les aura-t-elle rompus ou affolés ? Tout
cela pourrait mal tourner sinon pour la France,
au moins pour le gouvernement, peut-être même
pour la forme du gouvernement. Vous m'avez fait
lire autrefois l'admirable Aimée de Coigny de Maurras. Je serais fort surpris que quelque Aimée de
Coigny n'attendît pas du développement de la
guerre que fait la République ce qu'en 1812 Aimée
de Coigny attendit de la guerre que faisait l'Empire.
Si l'Aimée actuelle existe, ses espérances se réali-

seront-elles ? Je ne le désire pas. Pour en revenir
à la guerre elle-même, ce premier qui l'a commencée est-il l'empereur Guillaume ? J'en doute fort.
Et si c'est lui qu'a-t-il fait autre chose que Napoléon par exemple, chose que moi je trouve abominable mais que je m'étonne de voir inspirer tant
d'horreurs aux thuriféraires de Napoléon, aux gens
qui le jour de la déclaration de guerre se sont écriés
comme le Général X. : « J'attendais ce jour-là depuis
quarante ans. C'est le plus beau jour de ma vie ».
Dieu sait si personne a protesté avec plus de force
que moi quand on a fait dans la société une place
disproportionnée aux nationalistes, aux militaires
quand tout ami des arts était accusé de s'occuper de
choses funestes à la patrie, toute civilisation qui
n'était pas belliqueuse était délétère. C'est à peine
si un homme du monde authentique comptait
auprès d'un général. Une folle faillit me présenter
à M. Syveton. Vous me direz que ce que je m'efforçais de maintenir n'était que les règles mondaines.
Mais malgré leur frivolité apparente elles eussent
peut-être empêché bien des excès. J'ai toujours
honoré ceux qui défendent la grammaire, ou la
logique. On se rend compte cinquante ans après
qu'ils ont conjuré de grands périls. Or nos nationalistes sont les plus germanophobes, les plus jusqu'auboutistes des hommes... Mais après quinze ans
leur philosophie a changé entièrement. En fait ils
poussent bien à la continuation de la guerre. Mais
ce n'est que pour exterminer une race belliqueuse
et par amour de la paix. Car une civilisation guerrière, ce qu'ils trouvaient si beau il y a quinze ans
leur fait horreur ; non seulement ils reprochent à la
Prusse d'avoir fait prédominer chez elle l'élément

militaire, mais en tout temps ils pensent que les civilisations militaires furent destructrices de tout ce qu'ils trouvent maintenant précieux, non seulement les arts, mais même la galanterie. Il suffit qu'un de leurs critiques se soit converti au nationalisme pour qu'il soit devenu du même coup un ami de la paix... Il est persuadé que dans toutes les civilisations guerrières, la femme avait un rôle humilié et bas. On n'ose lui répondre que les « Dames » des Chevaliers, au moyen âge et la Béatrice de Dante étaient peut-être placées sur un trône aussi élevé que les héroïnes de M. Becque. Je m'attends un de ces jours à me voir placé à table après un révolutionnaire russe ou simplement après un de nos généraux faisant la guerre par horreur de la guerre et pour punir un peuple de cultiver un idéal qu'eux-mêmes jugeaient le seul tonifiant il y a quinze ans. Le malheureux Tzar était encore honoré il y a quelques mois parce qu'il avait réuni la conférence de La Haye. Mais maintenant qu'on salue la Russie libre, on oublie le titre qui permettait de la glorifier. Ainsi tourne la Roue du Monde. Et pourtant l'Allemagne emploie tellement les mêmes expressions que la France que c'est à croire qu'elle la cite, elle ne se lasse pas de dire qu'elle « lutte pour l'existence ». Quand je lis « nous luttons contre un ennemi implacable et cruel jusqu'à ce que nous ayons obtenu une paix qui nous garantisse l'avenir de toute agression et pour que le sang de nos braves soldats n'ait pas coulé en vain », ou bien « qui n'est pas pour nous est contre nous », je ne sais pas si cette phrase est de l'Empereur Guillaume ou de M. Poincaré, car ils l'ont, à quelques variantes près, prononcée vingt fois l'un et l'autre, bien qu'à vrai dire je doive confesser que l'Empereur ait été en ce cas l'imitateur du Président de la République. La France n'aurait peut-être pas tenu tant à prolonger la guerre si elle était restée faible, mais surtout l'Allemagne n'aurait peut-être pas été si pressée de la finir si elle n'avait pas cessé d'être forte. D'être aussi forte, car forte, vous verrez qu'elle l'est encore. » Il avait pris l'habitude de crier très fort en parlant, par nervosité, par recherche d'issue pour des impressions dont il fallait — n'ayant jamais cultivé aucun art — qu'il se débarrassât, comme un aviateur de ses bombes, fût-ce en plein champ, là où ses paroles n'atteignaient personne, et surtout dans le monde où elles tombaient au hasard et où il était écouté par snobisme, de confiance, et tant il tyrannisait les auditeurs, on peut dire de force et même par crainte. Sur les boulevards cette harangue était de plus une marque de mépris à l'égard des passants pour qui il ne baissait pas plus la voix qu'il n'eût dévié son chemin. Mais elle y détonnait, y étonnait et surtout rendait intelligible à des gens qui se retournaient des propos qui eussent pu nous faire prendre pour des défaitistes. Je le fis remarquer à M. de Charlus sans réussir qu'à exciter son hilarité. « Avouez que ce serait bien drôle, dit-il. Après tout, ajouta-t-il, on ne sait jamais, chacun de nous risque chaque soir d'être le fait divers du lendemain. En somme, pourquoi ne serais-je pas fusillé dans les fossés de Vincennes ? La même chose est bien arrivée à mon grand-oncle le duc d'Enghien. La soif du sang noble affole une certaine populace qui en cela se montre plus raffinée que les lions. Vous savez que pour ces animaux il suffirait pour qu'ils se jetassent sur elle que Mme Verdurin eût une

142

écorchure sur son nez. Sur ce que dans ma jeunesse
on eût appelé son pif ! » Et il se mit à rire à gorge
déployée comme si nous avions été seuls dans un
salon. Par moments, voyant des individus assez
louches extraits de l'ombre par le passage de M. de
Charlus et se conglomérer à quelque distance de lui,
je me demandais si je lui serais plus agréable en le
laissant seul ou en ne le quittant pas. Tel celui qui
a rencontré un vieillard sujet à de fréquentes crises
épileptiformes et qui voit par l'incohérence de la
démarche l'imminence probable d'un accès, se demande si sa compagnie est plutôt désirée comme
celle d'un soutien, ou redoutée comme celle d'un
témoin à qui on voudrait cacher la crise et dont la
présence seule peut-être, quand le calme absolu
réussirait à l'écarter, suffira à la hâter. Mais la possibilité de l'événement auquel on ne sait si l'on doit
s'écarter ou non est révélée, chez le malade, par
les circuits qu'il fait comme un homme ivre. Tandis
que pour M. de Charlus les diverses positions diver-
gentes, signe d'un incident possible dont je n'étais
pas bien sûr s'il souhaitait ou redoutait que ma présence l'empêchât de se produire, étaient par une
ingénieuse mise en scène, occupées non par le baron
lui-même qui marchait fort droit mais par tout
un cercle de figurants. Tout de même, je crois qu'il
préférait éviter la rencontre, car il m'entraîna dans
une rue de traverse, plus obscure que le boulevard
et où celui-ci ne cessait de déverser des soldats
de toute arme et de toute nation, influx juvénile,
compensateur et consolant pour M. de Charlus
de ce reflux de tous les hommes à la frontière qui
avait fait frénétiquement le vide dans Paris aux
premiers temps de la mobilisation. M. de Charlus

143

ne cessait pas d'admirer les brillants uniformes qui passaient devant nous et qui faisaient de Paris une ville, aussi cosmopolite qu'un port, aussi irréelle qu'un décor de peintre qui n'a dressé quelques architectures que pour avoir un prétexte à grouper les costumes les plus variés et les plus chatoyants. Il gardait tout son respect et toute son affection à de grandes dames accusées de défaitisme, comme jadis à celles qui avaient été accusées de dreyfusisme. Il regrettait seulement qu'en s'abaissant à faire de la politique elles eussent donné prise « aux polémiques des journalistes ». Pour lui, à leur égard, rien n'était changé. Car sa frivolité était si systématique, que le naissance unie à la beauté et à d'autres prestiges était la chose durable — et la guerre, comme l'affaire Dreyfus, des modes vulgaires et fugitives. Eût-on fusillé la duchesse de Guermantes pour essai de paix séparée avec l'Autriche qu'il l'eût considérée comme toujours aussi noble et pas plus dégradée que ne nous apparaît aujourd'hui Marie-Antoinette d'avoir été condamnée à la décapitation. En parlant à ce moment-là, M. de Charlus, noble comme une espèce de Saint-Vallier ou de Saint-Mégrin, était droit, rigide, solennel, parlait gravement, ne faisait pour un moment aucune des manières où se révèlent ceux de sa sorte. Et pourtant pourquoi ne peut-il y en avoir aucun dont la voix soit jamais absolument juste... Même en ce moment où elle approchait le plus du grave, elle était fausse encore et aurait eu besoin de l'accordeur. D'ailleurs M. de Charlus ne savait littéralement où donner de la tête et il la levait souvent avec le regret de ne pas avoir une jumelle qui d'ailleurs ne lui eût pas servi à grand'chose, car en plus grand nombre que d'habitude, à cause du raid de zeppelins de l'avant-veille qui avait réveillé la vigilance des pouvoirs publics, il y avait des militaires jusque dans le ciel. Les aréoplanes que j'avais vu quelques heures plus tôt faire comme des insectes des taches brunes sur le soir bleu passaient maintenant dans la nuit qu'approfondissait encore l'extinction partielle des réverbères comme de lumineux brûlots. La plus grande impression de beauté que nous faisaient éprouver ces étoiles humaines et filantes était peut-être surtout de faire regarder le ciel vers lequel on lève peu les yeux d'habitude dans ce Paris dont en 1914, j'avais vu la beauté presque sans défense, attendre la menace de l'ennemi qui se rapprochait. Il y avait certes maintenant comme alors la splendeur antique inchangée d'une lune cruellement, mystérieusement sereine, qui versait aux monuments encore intacts l'inutile beauté de sa lumière, mais comme en 1914, et plus qu'en 1914 il y avait aussi autre chose, des lumières différentes et des feux intermittents, que soit de ces aréoplanes, soit des projecteurs de la Tour Eiffel on savait dirigés par une volonté intelligente, par une vigilance amie qui donnait ce même genre d'émotion, inspirait cette même sorte de reconnaissance et de calme que j'avais éprouvés dans la chambre de Saint-Loup, dans la cellule de ce cloître militaire où s'exerçaient, avant qu'ils consommassent un jour, sans une hésitation, en pleine jeunesse, leur sacrifice, tant de cœurs fervents et disciplinés.

Après le raid de l'avant-veille, où le ciel avait été plus mouvementé que la terre, il s'était calmé comme la mer après une tempête. Mais comme la

mer après une tempête il n'avait pas encore repris
son apaisement absolu. Des aréoplanes montaient
encore comme des fusées rejoindre les étoiles et
des projecteurs promenaient lentement dans le
ciel sectionné, comme une pâle poussière d'astres,
d'errantes voies lactées. Cependant les aréoplanes
venaient s'insérer au milieu des constellations et
on aurait pu se croire dans une autre hémisphère
en effet, en voyant ces « étoiles nouvelles ». M. de
Charlus me dit son admiration pour ces aviateurs
et comme il ne pouvait pas plus s'empêcher de
donner libre cours à sa germanophilie qu'à ses
autres penchants tout en niant l'une comme l'autre.
« D'ailleurs j'ajoute que j'admire autant les Allemands qui montent dans des gothas. Et sur des
zeppelins, pensez le courage qu'il faut. Mais ce
sont des héros tout simplement. Qu'est-ce que ça
peut faire que ce soit sur des civils qu'ils lancent
leurs bombes puisque ces batteries tirent sur eux.
Est-ce que vous avez peur des gothas et du canon ?
J'avouai que non et peut-être je me trompais.
Sans doute ma paresse m'ayant donné l'habitude
pour mon travail de le remettre jour par jour au
lendemain, je me figurais qu'il pouvait en être de
même pour la mort. Comment aurait-on peur d'un
canon dont on est persuadé qu'il ne vous frappera
pas ce jour-là. D'ailleurs formées isolément ces idées
de bombes lancées, de mort possible n'ajoutèrent
pour moi rien de tragique à l'image que je me
faisais du passage des aéronefs allemands jusqu'à
ce que j'eusse vu de l'un d'eux ballotté, segmenté
à mes regards par les flots de brume d'un ciel agité,
d'un aéroplane que bien que je le susse meurtrier,
je n'imaginais que stellaire et céleste, j'eusse vu

146

un soir le geste de la bombe lancée vers nous. Car
la réalité originale d'un danger n'est perçue que de
cette chose nouvelle, irréductible à ce qu'on sait
déjà, qui s'appelle une impression et qui est souvent,
comme ce fut le cas là, résumée par une ligne,
une ligne qui découvrait une intention, une ligne
où il y avait la puissance latente d'un accomplissement qui la déformait tandis que sur le pont de la
Concorde, autour de l'aréoplane menaçant et tra-
qué et comme si s'étaient reflétées dans les nuages
les fontaines des Champs-Élysées, de la place de
la Concorde et des Tuileries, les jets d'eau lumineux
des projecteurs s'infléchissaient dans le ciel, lignes
pleines d'intentions aussi, d'intentions prévoyantes
et protectrices, d'hommes puissants et sages auxquels comme la nuit au quartier de Doncières,
j'étais reconnaissant que leur force daignât prendre
avec cette précision si belle la peine de veiller sur
nous.

La nuit était aussi belle qu'en 1914, comme Paris
était aussi menacé. Le clair de lune semblait comme
un doux magnésium continu permettant de prendre
une dernière fois des images nocturnes de ces beaux
ensembles comme la place Vendôme, la place de la
Concorde auxquels l'effroi que j'avais des obus
qui allaient peut-être les détruire, donnait par
contraste, dans leur beauté encore intacte, une sorte
de plénitude, et comme si elles se tendaient en
avant, offrant aux coups leurs architectures sans
défense. « Vous n'avez pas peur, répéta M. de Charlus. Les Parisiens ne se rendent pas compte. On
me dit que Mme Verdurin donne des réunions tous
les jours. Je ne le sais que par les on-dit, moi je ne
sais absolument rien d'eux, j'ai entièrement rompu,

ajouta-t-il en baissant non seulement les yeux comme si avait passé un télégraphiste, mais aussi la tête, les épaules, et en levant le bras avec le geste qui signifie sinon je m'en lave les mains, du moins « je ne peux rien vous dire » (bien que je ne lui demandasse rien). Je sais que Morel y va toujours beaucoup », me dit-il (c'était la première fois qu'il m'en reparlait). « On prétend qu'il regrette beaucoup le passé, qu'il désire se rapprocher de moi », ajouta-t-il, faisant preuve à la fois de cette même crédulité d'homme du faubourg qui dit : « On dit beaucoup que la France cause plus que jamais avec l'Allemagne et que les pourparlers sont même engagés » et de l'amoureux que les pires rebuffades n'ont pas persuadé. « En tous cas s'il le veut il n'a qu'à le dire, je suis plus vieux que lui, ce n'est pas à moi à faire les premiers pas ». Et sans doute il était bien inutile de le dire tant c'était évident. Mais de plus ce n'était même pas sincère et c'est pour cela qu'on était si gêné pour M. de Charlus car on sentait qu'en disant que ce n'était pas à lui de faire les premiers pas, il en faisait au contraire un et attendait que j'offrisse de me charger du rapprochement. Certes, je connaissais cette naïve ou feinte crédulité des gens qui aiment quelqu'un, ou simplement ne sont pas reçus chez quelqu'un, et imputent à ce quelqu'un un désir qu'il n'a pourtant pas manifesté, malgré des sollicitations fastidieuses.

Malheureusement, dès le lendemain, disons-le tout de suite, M. de Charlus se trouva dans la rue face à face avec Morel ; celui-ci pour exciter sa jalousie le prit par le bras, lui raconta des histoires plus ou moins vraies et quand M. de Charlus éperdu,

148

ayant besoin que Morel restât cette soirée auprès
de lui, le supplia de ne pas aller ailleurs, l'autre apercevant un camarade dit adieu à M. de Charlus qui,
de colère, espérant que cette menace que bien
entendu il semblait ne devoir exécuter jamais, ferait
rester Morel, lui dit : « Prends garde, je me vengerai », et Morel, riant, partit en tapotant sur le cou
et en enlaçant par la taille son camarade étonné.

A l'accent soudain tremblant avec lequel M. de
Charlus avait, en me parlant de Morel, scandé
ses paroles, au regard trouble qui vacillait au fond
de ses yeux, j'eus l'impression qu'il y avait autre
chose qu'une banale insistance. Je ne me trompais
pas et je dirai tout de suite les deux faits qui me
le prouvèrent rétrospectivement (j'anticipe de beaucoup d'années pour le second de ces faits, postérieur
à la mort de M. de Charlus. Or elle ne devait se
produire que bien plus tard, et nous aurons l'occasion de le revoir plusieurs fois bien différent de
ce que nous l'avons connu, et en particulier la dernière fois, à une époque où il avait entièrement
oublié Morel). Quant au premier de ces faits, il se
produisit deux ans seulement après le soir où je
descendai aisnsi les boulevards avec M. de Charlus. Donc environ deux ans après cette soirée, je
rencontrai Morel. Je pensai aussitôt à M. de Charlus,
au plaisir qu'il aurait à revoir le violoniste et j'insistai auprès de lui pour qu'il allât le voir, fût-ce
une fois. « Il a été bon pour vous », dis-je à Morel.
« Il est déjà vieux, il peut mourir, il faut liquider
les vieilles querelles et effacer les traces de la brouille »
Morel parut entièrement de mon avis quant à un
apaisement désirable, mais il n'en refusa pas moins
catégoriquement de faire même une seule visite

à M. de Charlus. « Vous avez tort, lui dis-je. Est-ce par entêtement, par paresse, par méchanceté, par amour-propre mal placé, par vertu (soyez sûr qu'elle ne sera pas attaquée), par coquetterie ? » Alors le violoniste tordant dans son visage pour un aveu qui lui coûtait sans doute extrêmement, me répondit en frissonnant : « Non, ce n'est pour rien de tout cela, la vertu je m'en fous, la méchanceté, au contraire, je commence à le plaindre, ce n'est pas par coquetterie, elle serait inutile, ce n'est pas par paresse, il y a des journées entières où je reste à me tourner les pouces, non, ce n'est à cause de rien de tout cela ; c'est, ne le dites jamais à personne et je suis fou de vous le dire, c'est, c'est... c'est... par peur ! » Il se mit à trembler de tous ses membres. Je lui avouai que je ne le comprenais pas. « Non, ne me demandez pas, n'en parlons plus, vous ne le connaissez pas comme moi, je peux dire que vous ne le connaissez pas du tout. » « Mais quel tort peut-il vous faire, il cherchera d'ailleurs d'autant moins à vous en faire qu'il n'y aura plus de rancune entre vous. Et puis au fond, vous savez qu'il est très bon. » « Parbleu si, je le sais qu'il est bon ! Et la délicatesse et la droiture. Mais laissez-moi, ne m'en parlez plus je vous en supplie, c'est honteux à dire, j'ai peur ! » Le second fait date d'après la mort de M. de Charlus. On m'apporta quelques souvenirs qu'il m'avait laissés et une lettre à triple enveloppe, écrite au moins dix ans avant sa mort. Mais il avait été gravement malade, avait pris ses dispositions, puis s'était rétabli avant de tomber plus tard dans l'état où nous le verrons le jour d'une matinée chez la princesse de Guermantes — et la lettre restée dans un coffre avec les objets qu'il léguait à quelques amis, était restée là sept ans, sept ans pendant lesquels il avait entièrement oublié Morel. La lettre tracée d'une écriture fine et ferme était ainsi conçue : « Mon cher ami, les voies de la Providence sont inconnues. Parfois c'est du défaut d'un être médiocre, qu'elle use pour empêcher de faillir la suréminence d'un juste. Vous connaissez Morel, d'où il est sorti, à quel faîte j'ai voulu l'élever, autant dire à mon niveau. Vous savez qu'il a préféré retourner non pas à la poussière et à la cendre d'où tout homme, c'est-à-dire le véritable phœnix, peut renaître, mais à la boue où rampe la vipère. Il s'est laissé choir, ce qui m'a préservé de déchoir. Vous savez que mes armes contiennent la devise même de Notre-Seigneur : « Inculcabis super leonem et aspidem » avec un homme représenté comme ayant à la plante de ses pieds, comme support héraldique, un lion et un serpent. Or si j'ai pu fouler ainsi le propre lion que je suis, c'est grâce au serpent et à sa prudence qu'on appelle trop légèrement parfois un défaut, car la profonde sagesse de l'Évangile en fait une vertu, au moins une vertu pour les autres. Notre serpent aux sifflements jadis harmonieusement modulés, quand il avait un charmeur — fort charmé, du reste, — n'était pas seulement musical et reptile, il avait jusqu'à la lâcheté, cette vertu que je tiens maintenant pour divine, la Prudence. C'est cette divine prudence qui l'a fait résister aux appels que je lui ai fait transmettre de revenir me voir, et je n'aurai de paix en ce monde et d'espoir de pardon dans l'autre, que si je vous en fais l'aveu. C'est lui qui a été en cela l'instrument de la Sagesse divine, car je l'avais résolu, il ne serait pas sorti de chez moi vivant. Il fallait que l'un de nous deux disparût. J'étais décidé à le tuer. Dieu lui a conseillé la prudence pour me préserver d'un crime. Je ne doute pas que l'intercession de l'Archange Michel, mon saint patron, n'ait joué là un grand rôle et je le prie de me pardonner de l'avoir tant négligé pendant plusieurs années et d'avoir si mal répondu aux innombrables bontés qu'il m'a témoignées tout spécialement dans ma lutte contre le mal. Je dois à ce serviteur, je le dis dans la plénitude de ma foi et de mon intelligence que le Père céleste ait inspiré à Morel de ne pas venir. Aussi, c'est moi maintenant qui me meurs. Votre fidèlement dévoué *Semper, idem* P. G. Charlus ». Alors je compris la peur de Morel ; certes il y avait dans cette lettre bien de l'orgueil et de la littérature. Mais l'aveu était vrai. Et Morel savait mieux que moi que le « côté presque fou » que Madame de Guermantes trouvait chez son beau-frère, ne se bornait pas, comme je l'avais cru jusque-là, à ces dehors momentanés de rage superficielle et inopérante.

Mais il faut revenir en arrière. Je descends les boulevards à côté de M. de Charlus lequel vient de me prendre comme vague intermédiaire pour des ouvertures de paix entre lui et Morel. Voyant que je ne lui répondais pas, il continua ainsi : « Je ne sais pas du reste pourquoi il ne joue pas, on ne fait plus de musique sous prétexte que c'est la guerre, mais on danse, on dîne en ville. Les fêtes remplissent ce qui sera peut-être, si les Allemands avancent encore, les derniers jours de notre Pompéï. Pour peu que la lave de quelque Vésuve allemand (leurs pièces de marine ne sont pas moins terribles qu'un volcan) vienne les surprendre à leur toilette

152

et éternise leur geste en l'interrompant, les enfants s'instruiront plus tard en regardant dans des livres de classes illustrés Mme Molé qui allait mettre une dernière couche de fard avant d'aller dîner chez une belle-sœur, ou Sosthène de Guermantes finissait de peindre ses faux sourcils ; ce sera matière à cours pour les Brichot de l'avenir ; la frivolité d'une époque quand dix siècles ont passé sur elle est digne de la plus grave érudition surtout si elle a été conservée intacte par une éruption volcanique ou des matières analogues à la lave projetées par bombardement. Quels documents pour l'histoire future ; quand les gaz asphyxiants analogues à ceux qu'émettaient le Vésuve et des écroulements comme ceux qui ensevelirent Pompéï garderont intactes toutes les dernières imprudentes qui n'ont pas fait encore filer pour Bayonne leurs tableaux et leurs statues. D'ailleurs, n'est-ce pas déjà depuis un an Pompéi par fragments, chaque soir, que ces gens se sauvant dans les caves, non pas pour en rapporter quelque vieille bouteille de Mouton Rothschild ou de Saint-Émilion, mais pour cacher avec eux ce qu'ils ont de plus précieux, comme les prêtres d'Herculanum surpris par la mort au moment où ils emportaient les vases sacrés. C'est toujours l'attachement à l'objet qui amène la mort du possesseur. Paris, lui, ne fut pas comme Herculanum, fondé par Hercule. Mais que de ressemblances s'imposent ; et cette lucidité qui nous est donnée n'est pas que de notre époque, chacune l'a possédée. Si je pense que nous pouvons avoir demain le sort des villes du Vésuve, celles-ci sentaient qu'elles étaient menacées du sort des villes maudites de la Bible. On a retrouvé sur les murs d'une des maisons de

Pompéï cette inscription révélatrice : « Sodoma, Gomora ». Je ne sais si ce fut ce nom de Sodome et les idées qu'elles éveillèrent en lui, soit celle du bombardement, qui firent que M. de Charlus leva un instant les yeux au ciel, mais il les ramena bientôt sur la terre. « J'admire tous les héros de cette guerre, dit-il. Tenez, mon cher, les soldats anglais que j'ai un peu légèrement considérés au début de la guerre comme de simples joueurs de foot-ball assez présomptueux pour se mesurer avec des professionnels — et quels professionnels —, hé bien, rien qu'esthétiquement ce sont des athlètes de la Grèce, vous entendez bien de la Grèce, mon cher, ce sont les jeunes gens de Platon, ou plutôt des Spartiates. J'ai un ami qui est allé à Rouen où ils ont leur camp, il a vu des merveilles, de pures merveilles dont on n'a pas idée. Ce n'est plus Rouen, c'est une autre ville. Évidemment il y a aussi l'ancien Rouen, avec les Saints émaciés de la cathédrale. Bien entendu, c'est beau aussi, mais c'est autre chose. Et nos poilus ! je ne peux pas vous dire quelle saveur je trouve en nos poilus, aux petits Parigots, tenez, comme celui qui passe là, avec son air dessalé, sa mine éveillée et drôle. Il m'arrive souvent de les arrêter, de faire un brin de causette avec eux, quelle finesse, quel bon sens ; et les gars de province comme ils sont amusants et gentils avec leur roulement d'r et leur jargon patoiseur... Moi, j'ai toujours beaucoup vécu à la campagne, couché dans les fermes, je sais leur parler, mais notre admiration pour les Français ne doit pas nous faire déprécier nos ennemis, ce serait nous diminuer nous-mêmes. Et vous ne savez pas quel soldat est le soldat allemand, vous qui ne l'avez pas vu comme moi défiler au pas de parade, au pas de l'oie, « unter den Linden ». En revenant à l'idéal de virilité qu'il m'avait esquissé à Balbec et qui avec le temps avait pris chez lui une forme philosophique usant d'ailleurs de raisonnements absurdes, qui par moments, même quand il venait d'être supérieur, laissaient voir la trame trop mince du simple homme du monde, bien qu'homme du monde intelligent : « Voyez-vous, me dit-il, le superbe gaillard qu'est le soldat boche est un être fort, sain, ne pensant qu'à la grandeur de son pays, « Deutschland uber alles », ce qui n'est pas si bête et tandis qu'ils se préparent virilement, nous nous sommes abîmés dans le dilettantisme. ». Ce mot signifiait probablement pour M. de Charlus quelque chose d'analogue à la littérature car aussi- tôt se rappelant sans doute que j'aimais les lettres et avais eu un moment l'intention de m'y adonner, il me tapa sur l'épaule (profitant du geste pour s'y appuyer jusqu'à me faire aussi mal qu'autrefois quand je faisais mon service militaire le recul contre l'omoplate du « 76 ») il me dit comme pour adoucir le reproche : « Oui, nous nous sommes abî- més dans le dilettantisme, nous tous, vous aussi, rappelez-vous, vous pouvez faire comme moi votre *mea culpa*, nous avons été trop dilettantes. » Par surprise du reproche, manque d'esprit de répar- tie, déférence envers mon interlocuteur et atten- drissement pour son amicale bonté, je répondis comme si, ainsi qu'il m'y invitait, j'avais aussi à me frapper la poitrine, ce qui était parfaitement stupide car je n'avais pas l'ombre de dilettantisme à me reprocher. « Allons, me dit-il, je vous quitte (le groupe qui l'avait escorté de loin ayant fini par nous abandonner). Je m'en vais me coucher comme un très vieux Monsieur, d'autant plus qu'il paraît que la guerre a changé toutes nos habitudes, un de ces aphorismes qu'affectionne Norpois ». Je savais du reste qu'en rentrant chez lui, M. de Charlus ne cessait pas pour cela d'être au milieu des soldats car il avait transformé son hôtel en hôpital militaire, cédant du reste, je le crois, aux besoins bien moins de son imagination que de son bon cœur.

Il faisait une nuit transparente et sans un souffle, j'imaginais que la Seine coulant entre ses ponts circulaires, faits de leur plateau et de son reflet devait ressembler au Bosphore. Et symbole soit de cette invasion que prédisait le défaitisme de M. de Charlus, soit de la coopération de nos frères musulmans avec les armées de la France, la lune étroite et recourbée comme un sequin semblait mettre le ciel parisien sous le signe oriental du croissant. Pour un instant encore il resta en arrêt devant un Sénégalais en me disant adieu et en me serrant la main à me la broyer, ce qui est une particularité allemande chez les gens qui sentent comme le baron et en continuant pendant quelque temps à me la malaxer, eût dit jadis Cottard, comme si M. de Charlus avait voulu rendre à mes articulations une souplesse qu'elles n'avaient point perdues. Chez certains aveugles, le toucher supplée dans une certaine mesure à la vue. Je ne sais trop de quel sens il prenait la place ici. Il croyait peut-être seulement me serrer la main comme il crut sans doute ne faire que voir le Sénégalais qui passait dans l'ombre et ne daigna pas s'apercevoir qu'il était admiré. Mais dans ces deux cas, le baron se trompait, il péchait par excès de contact et de regards. « Est-ce que tout l'Orient de Decamps de Fromentin, d'Ingres,

de Delacroix n'est pas là-dedans, me dit-il, encore
immobilisé par le passage du Sénégalais. Vous savez
moi, je ne m'intéresse jamais aux choses et aux
êtres qu'en peintre, en philosophe. D'ailleurs je
suis trop vieux. Mais quel malheur pour compléter
le tableau que l'un de nous deux ne soit pas une
odalisque ». Ce ne fut pas l'Orient de Decamps,
ni même de Delacroix qui commença de hanter
mon imagination quand le baron m'eut quitté,
mais le vieil Orient de ces *Mille et une Nuits* que
j'avais tant aimées, et me perdant peu à peu dans
le lacis de ces rues noires, je pensais au Calife Haroun
Al Raschid en quête d'aventures dans les quartiers
perdus de Bagdad. D'autre part la chaleur du temps
et de la marche m'avaient donné soif, mais depuis
longtemps tous les bars étaient fermés, et à cause
de la pénurie d'essence les rares taxis que je rencontrais, conduits par des Levantins ou des Nègres,
ne prenaient même pas la peine de répondre à mes
signes. Le seul endroit où j'aurais pu me faire servir
à boire et reprendre des forces pour rentrer chez
moi, eût été un hôtel. Mais dans la rue assez éloignée du centre où j'étais parvenu, tous depuis
que sur Paris les gothas lançaient leurs bombes
avaient fermé. Il en était de même de presque toutes
les boutiques de commerçants, lesquels faute d'employés ou eux-mêmes pris de peur avaient fui à la
campagne et laissé sur la porte un avertissement
habituel écrit à la main et annonçant leur réouver-
ture pour une époque éloignée et d'ailleurs pro-
blématique. Les autres établissements qui avaient
pu survivre encore annonçaient de la même manière
qu'ils n'ouvraient que deux fois par semaine. On
sentait que la misère, l'abandon, la peur habi-

157

taient tout ce quartier. Je n'en fus que plus surpris,
de voir qu'entre ces maisons délaissées, il y en avait
une où la vie au contraire semblait avoir vaincu
l'effroi, la faillite, entretenait l'activité et la richesse.
Derrière les volets clos de chaque fenêtre la lumière
tamisée à cause des ordonnances de police décelait
pourtant un insouci complet de l'économie. Et à
tout instant la porte s'ouvrait pour laisser entrer
ou sortir quelque visiteur nouveau. C'était un hôtel
par qui la jalousie de tous les commerçants voisins
(à cause de l'argent que ses propriétaires devaient
gagner) devait être excitée ; et ma curiosité le fut
aussi quand je vis sortir rapidement, à une quin-
zaine de mètres de moi, c'est-à-dire trop loin pour
que dans l'obscurité profonde je pusse le reconnaître,
un officier.

Quelque chose pourtant me frappa qui n'était
pas sa figure que je ne voyais pas, ni son uniforme
dissimulé dans une grande houppelande, mais la
disproportion extraordinaire entre le nombre de
points différents par où passa son corps et le petit
nombre de secondes pendant lesquelles cette sortie,
qui avait l'air de la sortie tentée par un assiégé,
s'exécuta. De sorte que je pensai, si je ne le reconnus pas formellement — je ne dirai pas même à la
tournure ni à la sveltesse, ni à l'allure, ni à la vélocité de Saint-Loup — mais à l'espèce d'ubiquité
qui lui était si spéciale. Le militaire capable d'occuper en si peu de temps tant de positions différentes
dans l'espace avait disparu sans m'avoir aperçu
dans une rue de traverse, et je restais à me demander
si je devais ou non entrer dans cet hôtel dont l'apparence modeste me fit fortement douter que ce
fût Saint-Loup qui en fut sorti. Je me rappelai

involontairement que Saint-Loup avait été injus-
tement mêlé à une affaire d'espionnage parce qu'on
avait trouvé son nom dans les lettres saisies par un
officier allemand. Pleine justice lui avait d'ailleurs
été rendue par l'autorité militaire. Mais malgré moi
je rapprochai ce fait de ce que je voyais. Cet hôtel
servait-il de lieu de rendez-vous à des espions.
L'officier avait depuis un moment disparu quand je
vis entrer de simples soldats de plusieurs armes,
ce qui ajouta encore à la force de ma supposition.
J'avais d'autre part extrêmement soif. « Il est probable que je pourrai trouver à boire ici », me dis-je,
et j'en profitai pour tâcher d'assouvir, malgré l'inquiétude qui s'y mêlait, ma curiosité. Je ne pense
donc pas que ce fut la curiosité de cette rencontre
qui me décida à monter le petit escalier de quelques
marches au bout duquel la porte d'une espèce de
vestibule était ouverte sans doute à cause de la
chaleur. Je crus d'abord que cette curiosité je ne
pourrais la satisfaire car je vis plusieurs personnes
venir demander une chambre à qui on répondît
qu'il n'y en avait plus une seule. Mais je compris
ensuite qu'elles n'avaient évidemment contre elles
que de ne pas faire partie du nid d'espionnage car
un simple marin s'étant présenté un moment après
on se hâta de lui donner le n° 28. Je pus apercevoir
sans être vu grâce à l'obscurité, quelques militaires
et deux ouvriers qui causaient tranquillement dans
une petite pièce étouffée, prétentieusement ornée
de portraits en couleurs de femmes découpés dans
des magazines et des revues illustrées. Ces gens
causaient tranquillement, en train d'exposer des
idées patriotiques : « qu'est-ce que tu veux on fera
comme les camarades », disait l'un. « Ah ! pour sûr

159

que je pense bien ne pas être tué » répondait à un vœu que je n'avais pas entendu, un autre qui à ce que je compris repartait le lendemain pour un poste dangereux. « Par exemple, à vingt-deux ans, en n'ayant encore fait que six mois ce serait fort », criait-il avec un ton où perçait encore plus que le désir de vivre longtemps la conscience de raisonner juste et comme si le fait de n'avoir que vingt-deux ans devait lui donner plus de chances de ne pas être tué et que ce dût être une chose impossible qu'il le fût. « A Paris c'est épatant, disait un autre ; on ne dirait pas qu'il y a la guerre. Et toi, Julot, tu t'engages toujours ? » « Pour sûr que je m'engage, j'ai envie d'aller y taper un peu dans le tas à tous ces sales boches ». « Mais Joffre c'est un homme qui couche avec les femmes des Ministres, c'est pas un homme qui a fait quelque chose ». « C'est malheureux d'entendre des choses pareilles, dit un aviateur un peu plus âgé en se tournant vers l'ouvrier qui venait de faire entendre cette proposition ; je vous conseillerais pas de causer comme ça en première ligne, les poilus vous auraient vite expédié ». La banalité de ces conversations ne me donnait pas grande envie d'en entendre davantage et j'allais entrer ou redescendre quand je fus tiré de mon indifférence en entendant ces phrases qui me firent frémir. « C'est épatant, le patron qui ne revient pas, dame, à cette heure-ci je ne sais pas trop où il trouvera des chaînes ». « Mais puisque l'autre est déjà attaché ». « Il est attaché bien sûr, il est attaché et il ne l'est pas, moi je serais attaché comme ça que je pourrais me détacher ». « Mais le cadenas est fermé ». « C'est entendu qu'il est fermé, mais ça peut s'ouvrir à la rigueur. Ce qu'il y a c'est que les chaînes

160

ne sont pas assez longues. Tu vas pas m'expliquer à moi ce que c'est, j'y ai tapé dessus hier pendant toute la nuit que le sang m'en coulait sur les mains ». « C'est toi qui tapera ce soir ». « Non, c'est pas moi, c'est Maurice. Mais ça sera moi dimanche, le patron me l'a promis ». Je compris maintenant pourquoi on avait eu besoin des bras solides du marin. Si on avait éloigné de paisibles bourgeois, ce n'était donc pas qu'un nid d'espions que cet hôtel. Un crime atroce allait y être consommé, si on n'arrivait pas à temps pour le découvrir et faire arrêter les coupables. Tout cela pourtant dans cette nuit paisible et menacée gardait une apparence de rêve, de conte, et c'est à la fois avec une fierté de justicier et une volupté de poète que j'entrai délibérément dans l'hôtel. Je touchai légèrement mon chapeau et les personnes présentes sans se déranger, répondirent plus ou moins poliment à mon salut. « Est-ce que vous pourriez me dire à qui il faut m'adresser ? Je voudrais avoir une chambre et qu'on m'y monte à boire ». « Attendez une minute, le patron est sorti ». « Mais il y a le chef là-haut », insinua un des causeurs. « Mais tu sais bien qu'on ne peut pas le déranger ». « Croyez-vous qu'on me donnera une chambre ? » « J' crois ». « Le 43 doit être libre », dit le jeune homme qui était sûr de ne pas être tué parce qu'il avait vingt-deux ans. Et il se poussa légèrement sur le sofa pour me faire place. « Si on ouvrait un peu la fenêtre, il y a une fumée ici », dit l'aviateur ; et en effet chacun avait sa pipe ou sa cigarette. « Oui, mais alors, fermez d'abord les volets, vous savez bien que c'est défendu d'avoir de la lumière à cause des Zeppelins ». « Il n'en viendra plus de Zeppelins. Les journaux ont même fait allusion

sur ce qu'ils avaient été tous descendus. » « Il n'en
viendra plus, il n'en viendra plus, qu'est-ce que tu
en sais ? Quand tu auras comme moi quinze mois
de front et que tu auras abattu ton cinquième avion
boche, tu pourras en causer. Faut pas croire les
journaux. Ils sont allés hier sur Compiègne, ils ont
tué une mère de famille avec ses deux enfants ».
« Une mère de famille avec ses deux enfants », dit
avec des yeux ardents et un air de profonde pitié
le jeune homme qui espérait bien ne pas être tué
et qui avait du reste une figure énergique, ouverte
et des plus sympathiques. « On n'a pas de nouvelles du grand Julot. Sa marraine n'a pas reçu
de lettre de lui depuis huit jours et c'est la première
fois qu'il reste si longtemps sans lui en donner ».
« Qui c'est sa marraine ? » « C'est la dame qui tient
le chalet de nécessité un peu plus bas que l'Olympia ». « Ils couchent ensemble ? » « Qu'est-ce que tu
dis là ; c'est une femme mariée, tout ce qu'il y a
de sérieuse. Elle lui envoie de l'argent toutes les
semaines parce qu'elle a bon cœur. Ah ! c'est une
chique femme ». « Alors tu le connais le grand Julot ? » « Si je le connais ! reprit avec chaleur le
jeune homme de vingt-deux ans. C'est un de mes
meilleurs amis intimes. Il n'y en a pas beaucoup que
j'estime comme lui, et bon camarade, toujours prêt
à rendre service, ah ! tu parles que ce serait un rude
malheur s'il lui était arrivé quelque chose ». Quelqu'un proposa une partie de dés et à la hâte fébrile
avec laquelle le jeune homme de vingt-deux ans
retournait les dés et criait les résultats, les yeux
hors de la tête, il était aisé de voir qu'il avait un
tempérament de joueur. Je ne saisis pas bien ce
que quelqu'un lui dit ensuite mais il s'écria d'un ton

162

de profonde pitié : « Julot un maquereau ! C'est-
à-dire qu'il dit qu'il est un maquereau. Mais il n'est
pas foutu de l'être. Moi je l'ai vu payer sa femme,
oui la payer. C'est-à-dire que je ne dis pas que
Jeanne l'Algérienne ne lui donnait pas quelque
chose, mais elle ne lui donnait pas plus de cinq
francs, une femme qui était en maison, qui gagnait
plus de cinquante francs par jour. Se faire donner que cinq francs il faut qu'un homme soit trop
bête. Et maintenant qu'elle est sur le front, elle
a une vie dure, je veux bien, mais elle gagne ce
qu'elle veut, eh bien elle ne lui envoie rien. Ah !
un maquereau Julot. Il y en a beaucoup qui pourraient se dire maquereaux à ce compte-là. Non,
seulement ce n'est pas un maquereau mais à mon
avis c'est même un imbécile ». Le plus vieux de
la bande et que le patron avait sans doute à cause
de son âge chargé de lui faire garder une certaine
tenue, n'entendit étant allé un moment jusqu'aux
cabinets que la fin de la conversation. Mais il ne
put s'empêcher de me regarder et parut visiblement
contrarié de l'effet qu'elle avait dû produire sur moi.
Sans s'adresser spécialement au jeune homme de
vingt-deux ans qui venait pourtant d'exposer cette
théorie de l'amour vénal, il dit, d'une façon générale :
« Vous causez trop et trop fort, la fenêtre est ouverte,
il y a des gens qui dorment à cette heure-ci. Vous
savez bien que si le patron rentrait et vous entendait
causer comme ça, il ne serait pas content. » Précisément en ce moment on entendit la porte s'ouvrir
et tout le monde se tut croyant que c'était le patron,
mais ce n'était qu'un chauffeur d'auto étranger
auquel tout le monde fit grand accueil. Mais en
voyant une chaîne de montre superbe qui s'étalait

163

sur la veste du chauffeur, le jeune homme de vingt-deux ans lui lança un coup d'œil interrogatif et rieur, suivi d'un froncement de sourcil et d'un clignement d'œil sévère dirigé de mon côté. Et je compris que le premier regard voulait dire : « Qu'est-ce que ça ? tu l'as volée ? Toutes mes félicitations ». Et le second : « Ne dis rien à cause de ce type que nous ne connaissons pas. » Tout à coup le patron entra chargé de plusieurs mètres de grosses chaînes capables d'attacher plusieurs forçats, suant, et dit : « J'en ai une charge, si vous tous vous n'étiez pas si fainéants, je ne devrais pas être obligé d'y aller moi-même ». Je lui dis que je demandais une chambre. « Pour quelques heures seulement, je n'ai pas trouvé de voiture et je suis un peu malade. Mais je voudrais qu'on me monte à boire ». « Pierrot, va à la cave chercher du cassis et dis qu'on mette en état le numéro 43. Voilà le 7 qui sonne. Ils disent qu'ils sont malades. Malades je t'en fiche, c'est des gens à prendre de la coco, ils ont l'air à moitié piqués, il faut les foutre dehors. A-t-on mis une paire de draps au 22 ? Bon, voilà le 7 qui sonne encore, cours-y voir. Allons, Maurice, qu'est-ce que tu fais là, tu sais bien qu'on t'attend, monte au 14 *bis*. Et plus vite que ça ». Et Maurice sortit rapidement suivant le patron qui un peu ennuyé que j'eusse vu ses chaînes disparut en les emportant. « Comment que tu viens si tard ? » demande le jeune homme de vingt-deux ans au chauffeur. « Comment, si tard, je suis d'une heure en avance. Mais il fait trop chaud marcher. J'ai rendez-vous qu'à minuit ». « Pour qui donc est-ce que tu viens ? » « Pour Pamela la charmeuse », dit le chauffeur oriental dont le rire découvrit les belles dents blanches. « Ah ! » dit le jeune

164

homme de vingt-deux ans. Bientôt on me fit monter dans la chambre 43, mais l'atmosphère était si désagréable et ma curiosité si grande que mon « cassis » bu je redescendis l'escalier, puis pris d'une autre idée, je remontai et dépassai l'étage de la chambre 43, allai jusqu'en haut. Tout à coup, d'une chambre qui était isolée au bout d'un couloir me semblèrent venir des plaintes étouffées. Je marchai vivement dans cette direction et appliquai mon oreille à la porte. « Je vous en supplie, grâce, grâce, pitié, détachez-moi, ne me frappez pas si fort, disait une voix. Je vous baise les pieds, je m'humilie, je ne recommencerai pas. Ayez pitié ». « Non, crapule, répondit une autre voix, et puisque tu gueules et que tu te traînes à genoux, on va t'attacher sur le lit, pas de pitié », et j'entendis le bruit du claquement d'un martinet probablement aiguisé de clous car il fut suivi de cris de douleur. Alors je m'aperçus qu'il y avait dans cette chambre un œil de bœuf latéral dont on avait oublié de tirer le rideau ; cheminant à pas de loup dans l'ombre, je me glissai jusqu'à cet œil de bœuf, et là enchaîné sur un lit comme Prométhée sur son rocher, recevant les coups d'un martinet en effet planté de clous que lui infligeaient Maurice, je vis, déjà tout en sang, et couvert d'ecchymoses qui prouvaient que le supplice n'avait pas lieu pour la première fois, je vis devant moi M. de Charlus. Tout d'un coup la porte s'ouvrit et quelqu'un entra qui heureusement ne me vit pas, c'était Jupien. Il s'approcha du baron avec un air de respect et un sourire d'intelligence : « Hé bien, vous n'avez pas besoin de moi ? » Le baron pria Jupien de faire sortir un moment Maurice. Jupien le mit dehors avec la plus grande désinvolture. « On ne peut pas nous entendre ? » dit le baron à Jupien qui lui affirma que non. Le baron savait que Jupien, intelligent comme un homme de lettres, n'avait nullement l'esprit pratique, parlait toujours devant les intéressés avec des sous-entendus qui ne trompaient personne et des surnoms que tout le monde connaissait. « Une seconde », interrompit Jupien qui avait entendu une sonnette retentir à la chambre nº 3. C'était un député de l'Action Libérale qui sortait. Jupien n'avait pas besoin de voir le tableau car il connaissait son coup de sonnette, le député venant en effet tous les jours après déjeuner. Il avait été obligé ce jour-là de changer ses heures, car il avait marié sa fille à midi à Saint-Pierre de Chaillot. Il était donc venu le soir, mais tenait à partir de bonne heure à cause de sa femme, vite inquiète quand il rentrait tard, surtout par ces temps de bombardement. Jupien tenait à accompagner sa sortie pour témoigner de la déférence qu'il portait à la qualité d'honorable, sans aucun intérêt personnel d'ailleurs. Car bien que ce député répudiant les exagérations de l'Action Française (il eut d'ailleurs été incapable de comprendre une ligne de Charles Maurras ou de Léon Daudet) fût bien avec les ministres flattés d'être invités à ses chasses, Jupien n'aurait pas osé lui demander le moindre appui dans ses démêlés avec la police. Il savait que s'il s'était risqué de parler de cela au législateur fortuné et froussard, il n'aurait pas évité la plus inoffensive des « descentes » mais eût instantanément perdu le plus généreux de ses clients. Après avoir reconduit jusqu'à la porte le député qui avait rabattu son chapeau sur ses yeux, relevé son col, et glissant rapidement comme il faisait dans ses programmes électoraux, croyait

166

cacher son visage, Jupien remonta près de M. de
Charlus à qui il dit : « C'était M. Eugène ». Chez
Jupien, comme dans les maisons de santé, on n'appelait les gens que par leur prénom tout en ayant
soin d'ajouter à l'oreille pour satisfaire la curiosité
des habitués, ou augmenter le prestige de la maison,
leur nom véritable. Quelquefois cependant Jupien
ignorait la personnalité vraie de ses clients, s'imaginait et disait que c'était tel boursier, tel noble,
tel artiste, erreurs passagères et charmantes pour
ceux qu'on nommait à tort, et finissait par se résigner à ignorer toujours qui était Monsieur Victor.
Jupien avait aussi l'habitude pour plaire au baron
de faire l'inverse de ce qui est de mise dans certaines
réunions. « Je vais vous présenter Monsieur Lebrun
(à l'oreille : il se fait appeler M. Lebrun mais en
réalité c'est le grand-duc de Russie). Inversement,
Jupien sentait que ce n'était pas encore assez de
présenter à M. de Charlus un garçon laitier. Il lui
murmurait en clignant de l'œil : il est garçon laitier mais au fond c'est surtout un des plus dangereux apaches de Belleville (il fallait voir le ton grivois dont Jupien disait « apache »). Et comme si
ces références ne suffisaient pas, il tâchait d'ajouter
quelques « citations ». Il a été condamné plusieurs
fois pour vol et cambriolage de villas, il a été à
Fresnes pour s'être battu (même air grivois) avec des
passants qu'il a à moitié estropiés et il a été au bat.
d'Af. Il a tué son sergent.

Le baron en voulait même légèrement à Jupien car il savait que dans cette maison qu'il avait
chargé son factotum d'acheter pour lui et de faire
gérer par un sous-ordre, tout le monde, par les mala-
dresses de l'oncle de M\ :sup:`lle` d'Oloron, feue M\ :sup:`me` de

Cambremer, connaissait plus ou moins sa personnalité et son nom (beaucoup seulement croyaient que c'était un surnom et le prononçant mal l'avaient déformé de sorte que la sauvegarde du baron avait été leur propre bêtise et non la discrétion de Jupien). Mais il trouvait plus simple de se laisser rassurer par ses assurances, et tranquillisé de savoir qu'on ne pouvait les entendre, le baron lui dit : « Je ne voulais pas parler devant ce petit qui est très gentil et fait de son mieux. Mais je ne le trouve pas assez brutal. Sa figure me plaît, mais il m'appelle crapule comme si c'était une leçon apprise ». « Oh ! non, personne ne lui a rien dit, répondit Jupien sans s'apercevoir de l'invraisemblance de cette assertion. Il a du reste été compromis dans le meurtre d'une concierge de la Villette ». « Ah ! cela c'est assez intéressant », dit le baron avec un sourire. « Mais j'ai justement là le tueur de bœufs, l'homme des abattoirs qui lui ressemble ; il a passé par hasard. Voulez-vous en essayer ? » « Ah ! oui, volontiers ». Je vis entrer l'homme des abattoirs, il ressemblait en effet un peu à « Maurice », mais, chose plus curieuse, tous deux avaient quelque chose d'un type que personnellement je n'avais jamais dégagé, mais qu'à ce moment je me rendis très bien compte exister dans la figure de Morel sinon dans la figure de Morel tel que je l'avais toujours vue, du moins dans un certain visage que des yeux aimants voyant Morel autrement que moi, auraient pu composer avec ses traits. Dès que je me fus fait intérieurement avec des traits empruntés à mes souvenirs de Morel, cette maquette de ce qu'il pouvait représenter à un autre, je me rendis compte que ces deux jeunes gens dont l'un était un garçon bijoutier et l'autre un

mployé d'hôtel étaient de vagues succédanés de
Morel. Fallait-il en conclure que M. de Charlus
au moins en une certaine forme de ses amours était
toujours fidèle à un même type et que le désir qui
ui avait fait choisir l'un après l'autre ces deux
eunes gens, était le même que celui qui lui avait
ait arrêter Morel sur le quai de la gare de Don-
ières, que tous trois ressemblaient un peu à l'éphèbe
lont la forme intaillée dans le saphir qu'étaient les
yeux de M. de Charlus donnait à son regard ce quelque
hose de si particulier qui m'avait effrayé le premier
our à Balbec. Ou que son amour pour Morel ayant
nodifié le type qu'il cherchait, pour se consoler
le son absence, il cherchait des hommes qui lui
essemblassent. Une supposition que je fis aussi
ut que peut-être il n'avait jamais existé entre Morel
t lui, malgré les apparences, que des relations d'ami-
ié, et que M. de Charlus faisait venir chez Jupien
les jeunes gens qui ressemblassent assez à Morel
our qu'il pût avoir auprès d'eux l'illusion de prendre
lu plaisir avec lui. Il est vrai qu'en songeant à
out ce que M. de Charlus a fait pour Morel, cette
upposition eût semblé peu probable si l'on ne savait
jue l'amour nous pousse non seulement aux plus
grands sacrifices pour l'être que nous aimons mais
arfois jusqu'au sacrifice de notre désir lui-même
jui d'ailleurs est d'autant moins facilement exaucé
jue l'être que nous aimons sent que nous aimons
lavantage. Ce qui enlève aussi à une telle suppo-
ition l'invraisemblance qu'elle semble avoir au
remier abord (bien qu'elle ne corresponde sans
loute pas à la réalité) est dans le tempérament
nerveux, dans le caractère profondément passionné
le M. de Charlus, pareil en cela à celui de Saint-

169

Loup et qui avait pu jouer au début de ses relations avec Morel le même rôle et plus décent et
négatif qu'au début des relations de son neveu
avec Rachel. Les relations avec une femme qu'on
aime (et cela peut s'étendre à l'amour pour un
jeune homme) peuvent rester platoniques pour une
autre raison que la vertu de la femme ou que la
nature peu sensuelle de l'amour qu'elle inspire.
Cette raison peut être que l'amoureux trop impa-
tient par l'excès même de son amour ne sait pas
attendre avec une feinte suffisante d'indifférence
le moment où il obtiendra ce qu'il désire. Tout le
temps il revient à la charge, il ne cesse d'écrire
à celle qu'il aime, il cherche tout le temps à la voir,
elle le lui refuse, il est désespéré. Dès lors elle a
compris que si elle lui accorde sa compagnie, son
amitié, ces biens paraîtront déjà tellement consi-
dérables à celui qui a cru en être privé qu'elle peut
se dispenser de donner davantage et profiter d'un
moment où il ne peut plus supporter de ne pas la
voir où il veut à tout prix terminer la guerre en lui
imposant une paix qui aura pour première condition le platonisme des relations. D'ailleurs, pendant
tout le temps qui a précédé ce traité, l'amoureux
tout le temps anxieux, sans cesse à l'affût d'une
lettre, d'un regard, a cessé de penser à la possession
physique dont le désir l'avait tourmenté d'abord
mais qui s'est usé dans l'attente et a fait place à des
besoins d'un autre ordre plus douloureux d'ailleurs
s'ils ne sont pas satisfaits. Alors le plaisir qu'on
avait le premier jour espéré des caresses, on le
reçoit plus tard tout dénaturé sous la forme de
paroles amicales, de promesses de présence qui,
après les effets de l'incertitude, quelquefois sim-

plement après un regard enbrumé de tous les brouil-
lards de la froideur et qui recule si loin la personne
qu'on croit qu'on ne la reverra jamais, amènent
de délicieuses détentes. Les femmes devinent tout
cela et savent qu'elles peuvent s'offrir le luxe de
ne se donner jamais à ceux dont elles sentent,
s'ils ont été trop nerveux pour le leur cacher les
premiers jours, l'inguérissable désir qu'ils ont d'elles.
La femme est trop heureuse que, sans rien donner,
elle reçoive beaucoup plus qu'elle n'a d'habitude
quand elle se donne. Les grands nerveux croient
ainsi à la vertu de leur idole. Et l'auréole qu'ils
mettent autour d'elle est aussi un produit, mais
comme on voit fort indirect, de leur excessif amour.
Il existe alors chez la femme ce qui existe à l'état
inconscient chez les médicaments à leur insu rusés,
comme sont les soporifiques, la morphine. Ce n'est
pas à ceux à qui ils donnent le plaisir du sommeil
ou un véritable bien-être qu'ils sont absolument
nécessaires. Ce n'est pas par ceux-là qu'ils seraient
achetés à prix d'or, échangés contre tout ce que le
malade possède, c'est par ces autres malades (d'ailleurs peut-être les mêmes, mais à quelques années
de distance devenus autres) que le médicament ne
fait pas dormir, à qui il ne cause aucune volupté,
mais qui, tant qu'ils ne l'ont pas, sont en proie
à une agitation qu'ils veulent faire cesser à tout
prix, fût-ce en se donnant la mort. Pour M. de
Charlus, dont le cas en somme, avec cette légère
différenciation due à la similitude du sexe, rentre
dans les lois générales de l'amour, il avait beau
appartenir à une famille plus ancienne que les Capé-
tiens, être riche, être vainement recherché par une
société élégante, et Morel n'être rien, il aurait eu

171

beau dire à Morel comme il m'avait dit à moi-
même : « Je suis prince, je veux votre bien », encore
était-ce Morel qui avait le dessus s'il ne voulait pas
se rendre. Et pour qu'il ne le voulût pas, il suffisait peut-être qu'il se sentît aimé. L'horreur que
les grands ont pour les snobs qui veulent à toute
force se lier avec eux, l'homme viril l'a pour l'inverti, la femme pour tout homme trop amoureux.
M. de Charlus non seulement avait tous les avantages mais en eût proposé d'immenses à Morel.
Mais il est possible que tout cela se fût brisé contre
une volonté. Il en eût été dans ce cas de M. de
Charlus comme de ces Allemands, auxquels il
appartenait du reste par ses origines, et qui, dans
la guerre qui se déroulait à ce moment, étaient bien
comme le baron le répétait un peu trop volontiers,
vainqueurs sur tous les fronts. Mais à quoi leur
servait leur victoire, puisqu'après chacune ils trouvaient les Alliés plus résolus à leur refuser la seule
chose qu'eux, les Allemands, eussent souhaité d'obtenir, la paix et la réconciliation. Ainsi Napoléon
entrait en Russie et demandait magnanimement aux
autorités de venir vers lui. Mais personne ne se présentait.

Je descendis et rentrai dans la petite antichambre
où Maurice, incertain si on le rappellerait et à qui
Jupien avait à tout hasard dit d'attendre était
en train de faire une partie de cartes avec un de
ses camarades. On était très agité d'une croix de
guerre qui avait été trouvée par terre et on ne savait
pas qui l'avait perdue, à qui la renvoyer pour éviter
au titulaire un ennui. Puis on parla de la bonté
d'un officier qui s'était fait tuer pour tâcher de
sauver son ordonnance. « Il y a tout de même du

172

bon monde chez les riches. Moi je me ferais tuer avec plaisir pour un type comme ça », dit Maurice, qui, évidemment, n'accomplissait ses terribles fustigations sur le baron que par une habitude mécanique, les effets d'une éducation négligée, le besoin d'argent et un certain penchant à le gagner d'une façon qui était censée donner moins de mal que le travail et en donnait peut-être davantage. Mais ainsi que l'avait craint M. de Charlus, c'était peut-être un très bon cœur et c'était paraît-il, un garçon d'une admirable bravoure. Il avait presque les larmes aux yeux en parlant de la mort de cet officier et le jeune homme de vingt-deux ans n'était pas moins ému. « Ah ! oui, ce sont de chics types. Des malheureux comme nous encore ça n'a pas grand'chose à perdre, mais un Monsieur qui a des tas de larbins, qui peut aller prendre son apéro tous les jours à 6 heures, c'est vraiment chouette. On peut charrier tant qu'on veut mais quand on voit des types comme ça mourir, ça fait vraiment quelque chose. Le bon Dieu ne devrait pas permettre que des riches comme ça meurent ; d'abord ils sont trop utiles à l'ouvrier. Rien qu'à cause d'une mort comme ça faudra tuer tous les Boches jusqu'au dernier ; et ce qu'ils ont fait à Louvain, et couper des poignets de petits enfants ; non je ne sais pas moi, je ne suis pas meilleur qu'un autre, mais je me laisserais envoyer des pruneaux dans la gueule plutôt que d'obéir à des barbares comme ça ; car c'est pas des hommes, c'est des vrais barbares, tu ne diras pas le contraire ». Tous ces garçons étaient en somme patriotes. Un seul, légèrement blessé au bras, ne fut pas à la hauteur des autres car il dit, comme il devait bientôt repartir : « Dame, ça n'a pas été

173

« la bonne blessure » (celle qui fait réformer), comme Mme Swann disait jadis : « j'ai trouvé le moyen d'attraper la fâcheuse influenza ». La porte se rouvrit sur le chauffeur qui était allé un instant prendre l'air. « Comment, c'est déjà fini ? ça n'a pas été long », dit-il en apercevant Maurice qu'il croyait en train de frapper celui qu'on avait surnommé, par allusion à un journal qui paraissait à cette époque : « l'Homme enchaîné ». « Ce n'est pas long pour toi qui est allé prendre l'air, répondit Maurice, froissé qu'on vît qu'il avait déplu là-haut. Mais si tu étais obligé de taper à tour de bras comme moi par cette chaleur. Si c'était pas les cinquante francs qu'il donne ». « Et puis, c'est un homme qui cause bien ; on sent qu'il a de l'instruction. Dit-il que ce sera bientôt fini ? » « Il dit qu'on ne pourra pas les avoir, que ça finira sans que personne ait le dessus ». « Bon sang de bon sang, mais c'est donc un Boche... » « Je vous ai dit que vous causiez trop haut, dit le plus vieux aux autres en m'apercevant. Vous avez fini avec la chambre ? » « Ah ! ta gueule, tu n'es pas le maître ici ». « Oui, j'ai fini, et je venais pour payer ». « Il vaut mieux que vous payez au patron. Maurice, va donc le chercher ». « Mais je ne veux pas vous déranger ». « Ça ne me dérange pas ». Maurice monta et revint en me disant : « Le patron descend ». Je lui donnai deux francs pour son dérangement. Il rougit de plaisir. « Ah ! merci bien. Je les enverrai à mon frère qui est prisonnier. Non il n'est pas malheureux, ça dépend beaucoup des camps ». Pendant ce temps, deux clients très élégants, en habit et cravate blanche sous leurs pardessus — deux Russes me sembla-t-il à leur très léger accent, se tenaient sur e seuil et délibéraient s'ils devaient entrer. C'était visiblement la première fois qu'ils venaient là, on avait dû leur indiquer l'endroit et ils semblaient partagés entre le désir, la tentation et une extrême frousse. L'un des deux — un beau jeune homme — répétait toutes les deux minutes à l'autre avec un sourire mi-interrogateur, mi-destiné à persuader : « Quoi ! Après tout on s'en fiche ? » Mais il avait beau vouloir dire par là qu'après tout on se fichait des conséquences, il est probable qu'il ne s'en fichait pas tant que cela car cette parole n'était suivie d'aucune mouvement pour entrer, mais d'un nouveau regard vers l'autre, suivi du même sourire et du même « aprè tout, son s'en fiche ». C'était ce « après tout on s'en fiche ! » un exemplaire entre mille de ce magnifique langage, si différent de celui que nous parlons d'habitude, et où l'émotion fait dévier ce que nous voulions dire et épanouir à la place une phrase tout autre, émergée d'un lac inconnu où vivent des expressions sans rapport avec la pensée et qui par cela même la révèlent. Je ne souviens qu'une fois Albertine comme Françoise que nous n'avions pas entendue, entrait au moment où mon amie était toute nue contre moi, dit malgré elle, voulant me prévenir : « Tiens, voilà la belle Françoise ». Françoise, qui n'y voyait pas très clair et ne faisait que traverser la pièce assez loin de nous, ne se fut sans doute aperçue de rien. Mais les mots si anormaux de « belle Françoise » qu'Albertine n'avait jamais prononcés de sa vie, montrèrent d'eux-mêmes leur origine ; elle les entit cueillis au hasard par l'émotion, n'eut pas besoin de regarder rien pour comprendre tout et s'en alla en murmurant dans son patois le mot de

175

« poutana ». Une autre fois, bien plus tard, quand Bloch devenu père de famille eut marié une de ses filles à un catholique, un monsieur mal élevé dit à celle-ci qu'il croyait avoir entendu dire qu'elle était fille d'un Juif et lui en demanda le nom. La jeune femme, qui avait été Mlle Bloch depuis sa naissance, répondit en prononçant Bloch à l'allemande comme eût fait le duc de Guermantes, c'est-à-dire en prononçant le ch non pas comme un c ou un k mais avec le rh germanique.

Le patron, pour en revenir à la scène de l'hôtel (dans lequel les deux Russes s'étaient décidés à pénétrer : « après tout on s'en fiche ») n'était pas encore revenu que Jupien entra se plaindre qu'on parlait trop fort et que les voisins se plaindraient. Mais il s'arrêta stupéfait en m'apercevant. « Allez-vous-en tous sur le carré ». Déjà tous se levaient quand je lui dis : « Il serait plus simple que ces jeunes gens restent là et que j'aille avec vous un instant dehors ». Il me suivit fort troublé. Je lui expliquai pourquoi j'étais venu. On entendait des clients qui demandaient au patron s'il ne pouvait pas leur faire connaître un valet de pied, un enfant de chœur, un chauffeur nègre. Toutes les professions intéressaient ces vieux fous ; dans la troupe, toutes les armes et les alliés de toutes nations. Quelques-uns réclamaient surtout des Canadiens, subissant peut-être à leur insu le charme d'un accent si léger qu'on ne sait pas si c'est celui de la vieille France ou de l'Angleterre. A cause de leur jupon et parce que certains rêves lacustres s'associent souvent à de tels désirs, les Écossais faisaient prime. Et comme toute folie reçoit des circonstances des traits particuliers, sinon même une aggravation un vieillard

176

dont toutes les curiosités avaient été assouvies demandait avec insistance si on ne pourrait pas lui faire faire la connaissance d'un mutilé. On entendait des pas lents dans l'escalier. Par une indiscrétion qui était dans sa nature Jupien ne put se retenir de me dire que c'était le baron qui descendait, qu'il ne fallait à aucun prix qu'il me vît, mais que si je voulais entrer dans la petite chambre contiguë au vestibule où étaient les jeunes gens, il allait ouvrir les vasistas, truc qu'il avait inventé pour que le baron pût voir et entendre sans être vu, et qu'il allait, me disait-il, retourner en ma faveur contre lui. « Seulement, ne bougez pas ». Et après m'avoir poussé dans le noir, il me quitta. D'ailleurs, il n'avait pas d'autre chambre à me donner, son hôtel, malgré la guerre, étant plein. Celle que je venais de quitter avait été prise par le vicomte de Courvoisier qui, ayant pu quitter la Croix-Rouge de X... pour deux jours, était venu se délasser une heure à Paris avant d'aller retrouver au château de Courvoisier la vicomtesse à qui il dirait n'avoir pas pu prendre le bon train. Il ne se doutait guère que M. de Charlus était à quelques mètres de lui et celui-ci ne s'en doutait pas davantage, n'ayant jamais rencontré son cousin chez Jupien lequel ignorait la personnalité du vicomte soigneusement dissimulée. Bientôt en effet le baron entra, marchant assez difficilement à cause des blessures dont il devait sans doute pourtant avoir l'habitude. Bien que son plaisir fût fini et qu'il n'entrât d'ailleurs que pour donner à Maurice l'argent qu'il lui devait, il dirigeait en cercle sur tous ces jeunes gens réunis un regard tendre et curieux et comptait bien avoir avec chacun le plaisir d'un bonjour tout platonique mais amoureusement prolongé. Je lui retrouvai de nouveau, dans toute la sémillante frivolité dont il fit preuve devant ce harem qui semblait presque l'intimider, ces hochements de taille et de tête, ces affinements du regard qui m'avaient frappé le soir de sa première entrée à La Raspelière, grâces héritées de quelque grand'mère que je n'avais pas connue et que dissimulaient dans l'ordinaire de la vie sur sa figure des expressions plus viriles, mais qui y épanouissait coquettement, dans certaines circonstances où i tenait à plaire à un milieu inférieur, le désir de paraître grande dame. Jupien les avait recommandés à la bienveillance du baron en lui disant que c'étaient tous des « barbeaux » de Belleville et qu'ils marcheraient avec leur propre sœur pour un louis. Au reste, Jupien mentait et disait vrai à la fois. Meilleurs, plus sensibles qu'il ne disait au baron, ils n'appartenaient pas à une race sauvage. Mais ceux qui les croyaient tels leur parlaient néanmoins avec la plus entière bonne foi comme si ces terribles eussent dû avoir la même. Un sadique a beau se croire avec un assassin, son âme pure à lui sadique n'est pas changée pour cela et il reste stupéfait devant le mensonge de ces gens, pas assassins du tout, mais qui désirent gagner facilement une « thune » et dont le père, ou la mère, ou la sœur ressuscitent et remeurent tour à tour en paroles, parce qu'ils se coupent dans la conversation qu'ils ont avec le client à qui ils cherchent à plaire. Le client est stupéfié, dans sa naïveté, car dans son arbitraire conception du gigolo, ravi des nombreux assassinats dont il le croit coupable, il s'effare d'une contradiction et d'un mensonge qu'il surprend dans ses paroles. Tous semblaient le connaître et M. de Charlus s'arrêtait longuement à chacun leur parlant ce qu'il croyait leur langage, à la fois par une affectation prétentieuse de couleur locale et aussi par un plaisir sadique de se mêler à une vie crapuleuse. « Toi, c'est dégoûtant, je t'ai aperçu devant l'Olympia avec deux cartons. C'est pour te faire donner du pèze. Voilà comme tu me trompes ». Heureusement pour celui à qui s'adressait cette phrase il n'eut pas le temps de déclarer qu'il n'eût jamais accepté de « pèze » d'une femme, ce qui eût diminué l'excitation de M. de Charlus et réserva sa protestation pour la fin de la phrase en disant : « Oh non ! je ne vous trompe pas ». Cette parole causa à M. de Charlus un vif plaisir et comme malgré lui le genre d'intelligence qui était naturellement le sien ressortait d'à travers celui qu'il affectait, il se retourna vers Jupien : « Il est gentil de me dire ça. Et comme il le dit bien. On dirait que c'est la vérité. Après tout, qu'est-ce que ça fait que ce soit la vérité ou non puisque il arrive à me le faire croire. Quels jolis petits yeux il a. Tiens, je vais te donner deux gros baisers pour la peine mon petit gars ». « Tu penseras à moi dans les tranchées. C'est pas trop dur ? » « Ah ! dame, il y a des jours quand une grenade passe à côté de vous ». Et le jeune homme se mit à faire des imitations du bruit de la grenade, des avions, etc. « Mais il faut bien faire comme les autres, et vous pouvez être sûr et certain qu'on ira jusqu'au bout ». « Jusqu'au bout ! Si on savait seulement jusqu'à quel bout », dit mélancoliquement le baron qui était « pessimiste ». « Vous n'avez pas vu que Sarah-Bernhardt l'a dit sur les journaux : La France elle ira jusqu'au bout. Les Français ils se feront tuer plutôt jusqu'au dernier ». « Je ne doute pas un seul instant que les Français ne se

fassent bravement tuer jusqu'au dernier », dit
M. de Charlus comme si c'était la chose la plus simple
du monde et bien qu'il n'eût lui-même l'intention
de faire quoi que ce soit, mais pensait par là corriger
l'impression de pacifisme qu'il donnait quand il
s'oubliait. « Je n'en doute pas, mais je me demande
jusqu'à quel point *Madame* Sarah-Bernhardt est
qualifiée pour parler au nom de la France. Mais,
ajouta-t-il, il me semble que je ne connais pas ce
charmant, ce délicieux jeune homme », en avisant
un autre qu'il ne reconnaissait pas ou qu'il n'avait
peut-être jamais vu. Il le salua comme il eût salué
un prince à Versailles et pour profiter de l'occasion
d'avoir en supplément un plaisir gratis, comme
quand j'étais petit et que ma mère venait de faire
une commande chez Boissier ou chez Gouache, je
prenais, sur l'offre d'une des dames du comptoir
un bonbon extrait d'un des vases de verre entre
lesquels elle trônait, prenant la main du charmant
jeune homme et la lui serrant longuement à la
prussienne, le fixant des yeux en souriant pendant le
temps interminable que mettaient autrefois à nous
faire poser les photographes quand la lumière était
mauvaise. « Monsieur, je suis charmé, je suis enchanté
de faire votre connaissance ». « Il a de jolis cheveux »,
dit-il en se tournant vers Jupien. Il s'approcha ensuite
de Maurice pour lui remettre ses cinquante francs
mais le prenant d'abord par la taille : « Tu ne m'avais
jamais dit que tu avais suriné une pipelette de
Belleville ». Et M. de Charlus râlait d'extase et approchait sa figure de celle de Maurice. « Oh ! Monsieur le
Baron, dit en protestant le gigolo qu'on avait oublié
de prévenir ; pouvez-vous croire une chose pareille ? »
Soit qu'en effet le fait fût faux, ou que, vrai, son

auteur le trouvât pourtant abominable et de ceux qu'il convient de nier. « Moi toucher à mon semblable, à un Boche, oui, parce que c'est la guerre, mais à une femme, et à une vieille femme encore ». Cette déclaration de principes vertueux fit l'effet d'une douche d'eau froide sur le baron qui s'éloigna sèchement de Maurice en lui remettant toutefois son argent mais de l'air dépité de quelqu'un qu'on a floué, qui ne veut pas faire d'histoires, qui paye, mais n'est pas content.

La mauvaise impression du baron fut d'ailleurs accrue par la façon dont le bénéficiaire le remercia car il dit : « Je vais envoyer ça à mes vieux et j'en garderai aussi un peu pour mon frangin qui est sur le front ». Ces sentiments touchants désappointèrent presque autant M. de Charlus que l'agaçait l'expression d'une paysannerie un peu conventionnelle. Jupien parfois les prévenait qu' « il fallait être plus pervers ». Alors l'un d'eux, de l'air de confesser quelque chose de satanique aventurait : « Dites donc, baron, vous n'allez pas me croire mais quand j'étais gosse, je regardais par le trou de la serrure mes parents s'embrasser. C'est vicieux, pas ? Vous avez l'air de croire que c'est un bourrage de crâne, mais non je vous jure, tel que je vous le dis ». Et M. de Charlus était à la fois désespéré et exaspéré par cet effort factice vers la perversité qui n'aboutissait qu'à révéler tant de sottise et tant d'innocence. Et même le voleur, l'assassin le plus déterminés ne l'eussent pas contenté car ils ne parlent pas de leur cr me ; et il y a d'ailleurs chez le sadique — si bon qu'il puisse être, bien plus, d'autant meilleur qu'il est, — une soif de mal que les méchants agissant dans d'autres buts ne peuvent contenter.

181

Le jeune homme eut beau, comprenant trop tard
son erreur, dire qu'il ne blairait pas les flics et pousser
l'audace jusqu'à dire au baron : « Fous-moi un ran-
cart » (un rendez-vous) le charme était dissipé.
On sentait le chiqué comme dans les livres des auteurs qui s'efforcent pour parler argot. C'est en
vain que le jeune homme détailla toutes les « saloperies » qu'il faisait avec sa femme. M. de Charlus
fut seulement frappé combien ces saloperies se
bornaient à peu de chose... Au reste, ce n'était pas
seulement par insincérité. Rien n'est plus limité que
le plaisir et le vice. On peut vraiment dans ce sens-
là et en changeant le sens de l'expression, dire qu'on
tourne toujours dans le même cercle vicieux.

« Comme il est simple, jamais on ne dirait un
prince », dirent quelques habitués quand M. de
Charlus fut sorti, reconduit jusqu'en bas par Jupien
auquel le baron ne laissa pas de se plaindre de la
vertu du jeune homme. A l'air mécontent de Jupien qui avait dû styler le jeune homme d'avance,
on sentit que le faux assassin recevrait tout à l'heure
un fameux savon. « C'est tout le contraire de ce que
tu m'as dit, » ajouta le baron pour que Jupien
profitât de la leçon pour une autre fois. « Il a l'air
d'une bonne nature, il exprime des sentiments de
respect pour sa famille ». « Il n'est pourtant pas bien
avec son père », objecta Jupien, pris au dépourvu.
« ils habitent ensemble, mais ils servent chacun dans
un bar différent. ». C'était évidemment faible comme
crime auprès de l'assassinat, mais Jupien se trouvait pris au dépourvu. Le baron n'ajouta rien car
s'il voulait qu'on préparât ses plaisirs il voulait se
donner à lui-même l'illusion que ceux-ci n'étaient
pas « préparés ». « C'est un vrai bandit, il vous a

182

dit cela pour vous tromper, vous êtes trop naïf »
ajouta Jupien pour se disculper et ne faisant que
froisser l'amour-propre de M. de Charlus.

En même temps qu'on croyait M. de Charlus
Prince, en revanche on regrettait beaucoup dans
l'établissement la mort de quelqu'un dont les gigolos disaient : « je ne sais pas son nom, il paraît que
c'est un baron » et qui n'était autre que le Prince
de Foux (le père de l'ami de Saint-Loup). Passant
chez sa femme pour vivre beaucoup au cercle, en
réalité il passait des heures chez Jupien à bavarder,
à raconter des histoires du monde devant des voyous.
C'était un grand bel homme comme son fils. Il est
extraordinaire que M. de Charlus sans doute parce
qu'il l'avait toujours connu dans le monde, ignorât
qu'il partageait ses goûts. On allait même jusqu'à
dire qu'il les avait autrefois portés jusque sur son
fils encore collégien (l'ami de SaintLoup) ce qui était
probablement faux. Au contraire très renseigné
sur des mœurs que beaucoup ignorent, il veillait
beaucoup aux fréquentations de son fils. Un jour
qu'un homme d'ailleurs de basse extraction, avait
suivi le jeune prince de Foux jusqu'à l'hôtel de son
père où il avait jeté un billet par la fenêtre, le père
l'avait ramassé. Mais le suiveur, bien qu'il ne fût
pas aristocratiquement du même monde que M. de
Foux le père, l'était à un autre point de vue. Il n'eut
pas de peine à trouver dans de communs complices
un intermédiaire qui fit taire M. de Foux en lui
prouvant que c'était le jeune homme qui avait
provoqué cette audace d'un homme âgé. Et c'était
possible. Car le prince de Foux avait pu réussir
à préserver son fils des mauvaises fréquentations au
dehors mais non de l'hérédité. Au reste le jeune

prince de Foux resta comme son père ignoré à ce
point de vue des gens du monde bien qu'il allât
plus loin que personne avec ceux d'un autre.

« Il paraît qu'il a un million à manger par jour »,
dit le jeune homme de vingt-deux ans auquel l'assertion qu'il émettait ne semblait pas invraisemblable.
On entendit bientôt le roulement de la voiture qui
était venue chercher M. de Charlus. A ce moment
j'aperçus avec une démarche lente, à côté d'un militaire qui évidemment sortait avec elle d'une chambre
voisine, une personne qui me parut une dame assez
âgée en jupe noire. Je reconnus bientôt mon erreur,
c'était un prêtre. C'était cette chose si rare et en France
absolument exceptionnelle qu'est un mauvais prêtre.
Evidemment le militaire était entrain de railler
son compagnon, au sujet du peu de conformité que
sa conduite offrait avec son habit, car celui-ci d'un
air grave, et levant vers son visage hideux un doigt
de docteur en théologie, dit sentencieusement :
« Que voulez-vous, je ne suis pas (j'attendais un
saint) une ange ». D'ailleurs il n'avait plus qu'à s'en
aller et prit congé de Jupien qui ayant accompagné
le baron venait de remonter, mais par étourderie
le mauvais prêtre oublia de payer sa chambre.
Jupien que son esprit n'abandonnait jamais agita
le tronc dans lequel il mettait la contribution de
chaque client, et le fit sonner en disant : « Pour les
frais du culte, M. l'Abbé ! » Le vilain personnage
s'excusa, donna sa pièce et disparut. Jupien vint me
chercher dans l'antre obscur où je n'osais faire un
mouvement. « Entrez un moment dans le vestibule
où mes jeunes gens font banquette, pendant que je
monte fermer la chambre, puisque vous êtes locataire, c'est tout naturel ». Le patron y était, je le

payai. A ce moment un jeune homme en smoking entra et demanda d'un air d'autorité au patron : « Pourrai-je avoir Léon demain matin à onze heures moins le quart, au lieu de onze heures parce que je déjeune en ville ». « Cela dépend, répondit le patron, du temps que le gardera l'abbé ». Cette réponse ne parut pas satisfaire le jeune homme en smoking qui semblait déjà prêt à invectiver contre l'abbé, mais sa colère prit un autre cours quand il m'aperçut ; marchant droit au patron : « Qui est-ce ? Qu'est-ce que ça signifie, murmura-t-il d'une voix basse mais courroucée ». Le patron très ennuyé expliqua que ma présence n'avait aucune importance, que j'étais un locataire. Le jeune homme en smoking ne parut nullement apaisé par cette explication. Il ne cessait de répéter : « C'est excessivement désagréable, ce sont des choses qui ne devraient pas arriver, vous savez que je déteste çà et vous ferez si bien que je ne remettrai plus les pieds ici ». L'exécution de cette menace ne parut pas cependant imminente car il partit furieux mais en recommandant que Léon tâchât d'être libre à 11 h. moins 1/4, 10 h. 1/2 si possible. Jupien revint me chercher et descendit avec moi. « Je ne voudrais pas que vous me jugiez mal, me dit-il, cette maison ne me rapporte pas autant d'argent que vous croyez, je suis forcé d'avoir des locataires honnêtes, il est vrai qu'avec eux seuls on ne ferait que manger de l'argent. Ici c'est le contraire des Carmels, c'est grâce au vice que vit la vertu. Non, si j'ai pris cette maison, ou plutôt si je l'ai fait prendre au gérant que vous avez vu, c'est uniquement pour rendre service au Baron et distraire ses vieux jours ». Jupien ne voulait pas parler que de scènes de sadisme comme

celles auxquelles j'avais assisté et de l'exercice
même du vice du Baron. Celui-ci, même pour la
conversation, pour lui tenir compagnie, pour jouer
aux cartes, ne se plaisait plus qu'avec des gens du
peuple qui l'exploitaient. Sans doute le snobisme
de la canaille peut aussi bien se comprendre que
l'autre. Ils avaient d'ailleurs été longtemps unis,
alternant l'un avec l'autre, chez M. de Charlus qui
ne trouvait personne d'assez élégant pour ses relations mondaines ni de frisant assez l'apache pour
les autres. Je déteste le genre moyen, disait-il, la
comédie bourgeoise est guindée, il me faut ou les
princesses de la tragédie classique ou la grosse farce.
Pas de milieu, *Phèdre* ou les *Saltimbanques*. Mais
enfin l'équilibre entre ces deux snobismes avait été
rompu. Peut-être fatigue de vieillard, ou extension
de la sensualité aux relations les plus banales, le
Baron ne vivait plus qu'avec des « inférieurs »,
prenant ainsi sans le savoir la succession de tel de ses
grands ancêtres, le duc de La Rochefoucauld, le
prince d'Harcourt, le duc de Berry que Saint-Simon
nous montre passant leur vie avec leurs laquais
qui tiraient d'eux des sommes énormes, partageant
leurs jeux, au point qu'on était gêné pour ces grands
seigneurs quand il fallait les aller voir, de les trouver
installés familièrement à jouer aux cartes ou à
boire avec leur domesticité. « C'est surtout, ajouta
Jupien, pour lui éviter des ennuis, parce que,
voyez-vous, le Baron c'est un grand enfant. Même
maintenant qu'il a ici tout ce qu'il peut désirer il
va encore à l'aventure faire le vilain. Et généreux
comme il est, ça pourrait souvent, par le temps qui
court, avoir des conséquences. N'y a-t-il pas l'autre
jour un chasseur d'hôtel qui mourait de peur à

cause de tout l'argent que le baron lui offrait pour venir chez lui. Chez lui, quelle imprudence ! Ce garçon qui pourtant aime seulement les femmes a été rassuré quand il a compris ce qu'on voulait de lui. En entendant toutes ces promesses d'argent, il avait pris le Baron pour un espion. Et il s'est senti bien à l'aise quand il a vu qu'on ne lui demandait pas de livrer sa patrie, mais son corps ce qui n'est peut-être pas plus moral, mais ce qui est moins dangereux, et surtout plus facile ». Et en écoutant Jupien, je me disais : quel malheur que M. de Charlus ne soit pas romancier ou poète, non pas pour décrire ce qu'il verrait, mais le point où se trouve un Charlus par rapport au désir, fait naître autour de lui les scandales, le force à prendre la vie sérieusement, à mettre des émotions dans le plaisir, l'empêche de s'arrêter, de s'immobiliser, dans une vue ironique et extérieure des choses, rouvre sans cesse en lui un courant douloureux. Presque chaque fois qu'il adresse une déclaration il essuie une avanie, s'il ne risque pas même la prison. Ce n'est pas que l'éducation des enfants, c'est celle des poètes qui se fait à coups de gifles. Si M. de Charlus avait été romancier, la maison que lui avait aménagée Jupien, en réduisant dans de telles proportions les risques, du moins (car une descente de police était toujours à craindre) les risques à l'égard d'un individu des dispositions duquel, dans la rue, le Baron n'eût pas été assuré eût été pour lui un malheur. Mais M. de Charlus n'était en art qu'un dilettante qui ne songeait pas à écrire, et n'était pas doué pour cela. « D'ailleurs, vous avouerais-je reprit Jupien, que je n'ai pas un grand scrupule à avoir ce genre de gains. La chose elle-même qu'on fait ici, je ne peux plus

vous cacher que je l'aime, qu'elle est le goût de ma
vie. Or, est-il défendu de recevoir un salaire pour des
choses qu'on ne juge pas coupables. Vous êtes plus
instruit que moi et vous me direz sans doute que
Socrate ne croyait pas pouvoir recevoir d'argent
pour ses leçons. Mais de notre temps les professeurs
de philosophie ne pensent pas ainsi, ni les médecins,
ni les peintres, ni les dramaturges, ni les directeurs
de théâtre. Ne croyez pas que ce métier ne fasse
fréquenter que des canailles. Sans doute le Directeur d'un établissement de ce genre, comme une
grande cocotte, ne reçoit que des hommes, mais il
reçoit des hommes marquants dans tous les genres
et qui sont généralement, à situation égale, parmi
les plus fins, les plus sensibles, les plus aimables
de leur profession. Cette maison se transformerait
vite je vous l'assure, en un bureau d'esprit et une
agence de nouvelles ». Mais j'étais encore sous l'impression des coups que j'avais vu recevoir à M. de
Charlus. Et à vrai dire quand on connaissait bien
M. de Charlus, son orgueil, sa satiété des plaisirs
mondains, ses caprices, changés facilement en passions pour des hommes de dernier ordre et de la pire
espèce, on peut très bien comprendre que la même
grosse fortune qui échue à un parvenu l'eût charmé
en lui permettant de marier sa fille à un duc, et
d'inviter des altesses à ses chasses, M. de Charlus
était content de la posséder parce qu'elle lui permettait d'avoir ainsi la haute main sur un, peut-
être sur plusieurs établissements ou étaient en permanence des jeunes gens avec lesquels il se plaisait.
Peut-être n'y eut-il même pas besoin de son vice
pour cela. Il était l'héritier de tant de grands seigneurs, princes du sang ou ducs, dont Saint-Simon

nous raconte qu'ils ne fréquentaient personne « qui
se put nommer ». « En attendant, dis-je à Jupien,
cette maison est tout autre chose, plus qu'une
maison de fous, puisque la folie des aliénés qui y
habitent est mise en scène, reconstituée visible,
c'est un vrai pandemonium. J'avais cru comme le
calife des Mille et une Nuits arriver à point au
secours d'un homme qu'on frappait et c'est un autre
conte des Mille et une Nuits que j'ai vu réaliser
devant moi, celui ou une femme transformée en
chienne, se fait frapper volontairement pour retrouver sa forme première ». Jupien paraissait fort troublé par mes paroles car il comprenait que j'avais vu
frapper le Baron. Il resta un moment silencieux,
puis tout d'un coup avec le joli esprit qui m'avait
si souvent frappé chez cet homme qui s'était fait
lui-même quand il avait pour m'accueillir, Françoise ou moi dans la cour de notre maison, de si
gracieuses paroles : « Vous parlez de bien des contes
des Mille et une Nuits, me dit-il. Mais j'en connais un
qui n'est pas sans rapport avec le titre d'un livre que
je crois avoir aperçu chez le baron (il faisait allusion
à une traduction de Sésame et les Lys de Ruskin
que j'avais envoyée à M. de Charlus). Si jamais vous
étiez curieux, un soir, de voir je ne dis pas quarante,
mais une dizaine de voleurs, vous n'avez qu'à venir
ici ; pour savoir si je suis là — vous n'avez qu'à
regarder là-haut, je laisse ma petite fenêtre ouverte
et éclairée, cela veut dire que je suis venu, qu'on peut
entrer ; c'est mon Sésame à moi. Je dis seulement
Sésame. Car pour les Lys, si c'est eux que vous voulez, je vous conseille d'aller les chercher ailleurs. »
Et me saluant assez cavalièrement, car une clientèle
aristocratique et une clique de jeunes gens qu'il

menait comme un pirate, lui avaient donné une certaine familiarité, il prit congé de moi. Il m'avait à peine quitté que la sirène retentit immédiatement suivie de violents tirs de barrage. On sentait que c'était tout auprès, juste au dessus de nous que l'avion allemand se tenait, et soudain le bruit d'une forte détonation montra qu'il venait de lancer une de ses bombes.

Dans une même salle de la maison de Jupien beaucoup d'hommes qui n'avaient pas voulu fuir, s'étaient réunis. Ils ne se connaissaient pas entre eux, mais étaient pourtant à peu près du même monde, riche et aristocratique. L'aspect de chacun avait quelque chose de répugnant qui devait être la non résistance à des plaisirs dégradants. L'un, énorme, avait la figure couverte de taches rouges, comme un ivrogne. J'avais appris qu'au début il ne l'était pas et prenait seulement son plaisir à faire boire des jeunes gens. Mais effrayé par l'idée d'être mobilisé (bien qu'il semblât avoir dépassé la cinquantaine) comme il était très gros, il s'était mis à boire sans arrêter pour tâcher de dépasser le poids de cent kilos, au-dessus duquel on était réformé. Et maintenant ce calcul s'étant changé en passion, où qu'on le quittât, tant qu'on le surveillait, on le retrouvait chez un marchand de vin. Mais dès qu'il parlait on voyait que médiocre d'ailleurs d'intelligence, c'était un homme de beaucoup de savoir, d'éducation et de culture. Un autre homme du grand monde, celui-là fort jeune et d'une extrême distinction physique, était entré. Chez lui, à vrai dire, il n'y avait encore aucun stigmate extérieur d'un vice, mais, ce qui était plus troublant, d'intérieurs. Très grand, d'un visage charmant, son élocution décelait une toute

190

autre intelligence que celle de son voisin l'alcoolique, et sans exagérer, vraiment remarquable.
Mais à tout ce qu'il disait était ajouté une expression qui eût convenu à une phrase différente.
Comme si tout en possédant le trésor complet des
expressions du visage humain il eût vécu dans un
autre monde, il mettait à jour ces expressions dans
l'ordre qu'il ne fallait pas, il semblait effeuiller au
hasard des sourires et des regards sans rapport
avec le propos qu'il entendait. J'espère pour lui
si comme il est certain il vit encore, qu'il était non
la proie d'une maladie durable mais d'une intoxi-
cation passagère. Il est probable que si l'on avait
demandé leur carte de visite à tous ces hommes on
eût été surpris de voir qu'ils appartenaient à une
haute classe sociale. Mais quelque vice, et le plus
grand de tous, le manque de volonté qui empêche
de résister à aucun les réunissait là, dans des chambres isolées il est vrai, mais chaque soir me dit-on,
de sorte que si leur nom était connu des femmes du
monde, celles-ci avaient peu à peu perdu de vue leur
visage, et n'avaient plus jamais l'occasion de recevoir leur visite. Ils recevaient encore des invitations
mais l'habitude les ramenait au mauvais lieu com-
posite. Ils s'en cachaient peu du reste, au contraire
des petits chasseurs, ouvriers, etc., qui servaient à
leur plaisir. Et en dehors de beaucoup de raisons
que l'on devine cela se comprend par celle-ci. Pour
un employé d'industrie, pour un domestique, aller
là c'était comme pour une femme qu'on croyait
honnête, aller dans une maison de passe. Certains
qui avouaient y être allés se défendaient d'y être
plus jamais retournés et Jupien lui-même mentant
pour protéger leur réputation ou éviter des concur-

rences affirmait : « Oh ! non, il ne vient pas chez moi, il ne voudrait pas y venir ». Pour des hommes du monde, c'est moins grave, d'autant plus que les autres gens du monde qui n'y vont pas, ne savent pas ce que c'est et ne s'occupent pas de votre vie.

Dès le début de l'alerte, j'avais quitté la maison de Jupien. Les rues étaient devenues entièrement noires. Parfois seulement, un avion ennemi qui volait assez bas éclairait le point où il voulait jeter une bombe. Je ne retrouvais plus mon chemin, je pensais à ce jour où allant à la Raspelière j'avais rencontré comme un Dieu qui avait fait se cabrer mon cheval, un avion. Je pensais que maintenant la rencontre serait différente et que le Dieu du mal me tuerait. Je pressais le pas pour le fuir comme un voyageur poursuivi par le mascaret, je tournais en cercle autour des places noires d'où je ne pouvais plus sortir. Enfin les flammes d'un incendie m'éclairèrent et je pus retrouver mon chemin cependant que crépitaient sans arrêt les coups de canons. Mais ma pensée s'était dérournée vers un autre objet. Je pensais à la maison de Jupien, peut-être réduite en cendres maintenant, car une bombe était tombée tout près de moi, comme je venais seulement d'en sortir, cette maison sur laquelle M. de Charlus eût pu prophétiquement écrire « Sodoma » comme avait fait avec non moins de prescience ou peut-être au début de l'éruption volcanique et de la catastrophe déjà commencée l'habitant inconnu de Pompéï. Mais qu'importaient sirène et gothas à ceux qui étaient venus chercher leur plaisir. Le cadre social, le cadre de la nature, qui entoure nos amours, nous n'y pensons presque pas. La tempête fait rage sur mer, le bateau tangue de tous côtés, du ciel se précipitent

192

des avalanches tordues par le vent et tout au plus accordons-nous une seconde d'attention pour parer à la gêne qu'elle nous cause, à ce décor immense où nous sommes si peu de chose, et nous et le corps que nous essayons d'approcher. La sirène annonciatrice des bombes ne troublait pas plus les habitués de Jupien que n'eût fait un iceberg. Bien plus le danger physique menaçant les délivrait de la crainte dont ils étaient maladivement persécutés depuis longtemps. Or, il est faux de croire que l'échelle des craintes corrspond à celle des dangers qui les inspirent. On peut avoir peur de ne pas dormir, et nullement d'un duel sérieux, d'un rat et pas d'un lion. Pendant quelques heures les agents de police ne s'occuperaient que de la vie des habitants, chose si peu importante et ne risqueraient pas de les déshonorer.

Certains des habitués plus que de retrouver leur liberté morale furent tentés par l'obscurité qui s'était soudain faite dans les rues. Quelques-uns de ces pompéiens sur qui pleuvait déjà le feu du ciel descendirent dans les couloirs du métro, noirs comme des catacombes. Ils savaient en effet n'y être pas seuls. Or l'obscurité qui baigne toute chose comme un élément nouveau a pour effet, irrésistiblement tentateur pour certaines personnes, de supprimer le premier stade du plaisir et de nous faire entrer de plain pied dans un domaine de caresses où l'on n'accède d'habitude qu'après quelque temps. Que l'objet convoité soit en effet une femme ou un homme même à supposer que l'abord soit simple, et inutiles les marivaudages qui s'éterniseraient dans un salon, du moins en plein jour, le soir même dans une rue si faiblement éclairée qu'elle soit, il y a du moins un préambule où les yeux seuls mangent le blé en herbe, où la crainte des passants, de l'être recherché lui-même, empêchent de faire plus que de regarder, de parler. Dans l'obscurité tout ce vieux jeu se trouve aboli, les mains, les lèvres, les corps peuvent entrer en jeu les premiers. Il reste l'excuse de l'obscurité même et des erreurs qu'elle engendre si l'on est mal reçu. Si on l'est bien cette réponse immédiate du corps qui ne se retire pas, qui se rapproche, nous donne de celle ou celui à qui nous nous adressons silencieusement une idée qu'elle est sans préjugés, pleine de vice, idée qui ajoute un surcroît au bonheur d'avoir pu mordre à même le fruit sans le convoiter des yeux et sans demander de permission. Et cependant l'obscurité persiste. Plongés dans cet élément nouveau, les habitués de Jupien croyaient avoir voyagé, être venus assister à un phénomène naturel comme un mascaret ou comme une éclipse, et goûtant au lieu d'un plaisir tout préparé et sédentaire celui d'une rencontre fortuite dans l'inconnu, célébraient, aux grondements volcaniques des bombes, comme dans un mauvais lieu pompéien, des rites secrets dans les ténèbres des catacombes. Les peintures pompéiennes de la maison de Jupien convenaient d'ailleurs bien, en ce qu'elles rappelaient la fin de la Révolution française, à l'époque assez semblable au Directoire qui allait commencer. Déjà anticipant sur la paix, se cachant dans l'obscurité pour ne pas enfreindre trop ouvertement les ordonnances de la police, partout des danses nouvelles s'organisaient, se déchaînaient dans la nuit. A côté de cela, certaines opinions artistiques, moins antigermaniques que pendant les premières années de la guerre se donnaient cours pour rendre la respiration aux esprits

194

étouffés mais il fallait pour qu'on les osât présenter un brevet de civisme. Un professeur écrivait un livre remarquable sur Schiller et on en rendait compte dans les journaux. Mais avant de parler de l'auteur du livre on inscrivait comme un permis d'imprimer qu'il avait été à la Marne, à Verdun, qu'il avait eu cinq citations, deux fils tués. Alors on louait la clarté, le profondeur de son ouvrage sur Schiller qu'on pouvait qualifier de grand, pourvu qu'on dît au lieu de ce grand Allemand, ce grand Boche. C'était le même mot d'ordre pour l'article, et aussitôt on le laissait passer.

Tout en me rapprochant de ma demeure, je songeais combien la conscience cesse vite de collaborer à nos habitudes qu'elle laisse à leur développement sans plus s'occuper d'elles et combien dès lors nous pouvons être étonnés si nous constatons simplement du dehors et en supposant qu'elles engagent tout l'individu, les actions d'hommes dont la valeur morale ou intellectuelle peut se développer indépendamment dans un sens tout différent. C'était évidemment un vice d'éducation, ou l'absence de toute éducation, joints à un penchant à gagner de l'argent de la façon sinon la moins pénible (car beaucoup de travaux devaient en fin de compte être plus doux, mais le malade par exemple ne se tisse-t-il pas avec des privations et des remèdes, une existence beaucoup plus pénible que ne la ferait la maladie souvent légère contre laquelle il croit ainsi lutter), du moins la moins laborieuse possible, qui avait amené ces « jeunes gens » à faire pour ainsi dire en toute innocence et pour un salaire médiocre des choses qui ne leur causaient aucun plaisir et avaient dû leur inspirer au début une vive répu-

gnance. On aurait pu les croire d'après cela foncière-
ment mauvais, mais ce ne furent pas seulement à
la guerre des soldats merveilleux, d'incomparables
« braves », c'avaient été aussi souvent dans la vie
civile de bons cœurs sinon tout à fait de braves gens.
Ils ne se rendaient plus compte depuis longtemps de
ce que pouvait avoir de moral ou d'immoral la vie
qu'ils menaient, parce que c'était celle de leur entourage. Ainsi quand nous étudions certaines périodes
de l'histoire ancienne, nous sommes étonnés de voir
des êtres individuellement bons, participer sans
scrupule à des assassinats en masse, à des sacrifices
humains, qui leur semblaient probablement des
choses naturelles. Notre époque sans doute pour celui
qui en lira l'histoire dans deux mille ans ne sem-
blera pas moins laisser baigner certaines consciences
tendres et pures, dans un milieu vital qui appa-
raîtra alors comme monstrueusement pernicieux et
dont elles s'accommodaient. D'autre part, je ne connaissais pas d'homme qui sous le rapport de l'intelligence et de la sensibilité fût aussi doué que Jupien ;
car cet « acquis » délicieux qui faisait la trame spirituelle de ses propos, ne lui venait d'aucune de
ces instructions de collège, d'aucune de ces cultures
d'université qui auraient pu faire de lui un homme
si remarquable quand tant de jeunes gens du monde
ne tirent d'elles aucun profit. C'était son simple
sens inné, son goût naturel, qui, de rares lectures
faites au hasard, sans guide, à des moments perdus
lui avaient fait composer ce parler si juste ou toutes
les symétries du langage se laissaient découvrir et
montraient leur beauté. Or, le métier qu'il faisait
pouvait à bon droit passer, certes pour un des plus
lucratifs, mais pour le dernier de tous. Quant à

M. de Charlus quelque dédain que son orgueil aristocratique eût pu lui donner pour le « qu'en dira-
t-on », comment un certain sentiment de dignité
personnelle et de respect de soi-même ne l'avait-il
pas forcé à refuser à sa sensualité certaines satisfac-
tions dans lesquelles il semble qu'on ne pourrait
avoir comme excuse que la démence complète.
Mais chez lui comme chez Jupien, l'habitude de
séparer la moralité de tout un ordre d'actions (ce
qui du reste doit arriver aussi dans beaucoup de
fonctions, quelquefois celle de juge, quelquefois celle
d'homme d'Etat et bien d'autres encore) devait
être prise depuis si longtemps qu'elle était allée, sans
plus jamais demander son opinion au sentiment
moral, en s'aggravant de jour en jour jusqu'à celui
où ce Prométhée consentant s'était fait clouer par
la Force, au Rocher de la pure matière. Sans doute
je sentais bien que c'était là un nouveau stade de
la maladie de M. de Charlus, laquelle depuis que je
m'en étais aperçu, et à en juger par les diverses
étapes que j'avais eues sous les yeux, avait poursuivi
son évolution avec une vitesse croissante. Le pauvre
baron ne devait pas être maintenant fort éloigné
du terme, de la mort, si même celle-ci n'était pas
précédée, selon les prédictions et les vœux de
Mme Verdurin, par un empoisonnement qui à son
âge ne pourrait d'ailleurs que hâter la mort. Pourtant j'ai peut-être inexactement dit : Rocher de la
pure matière. Dans cette pure matière il est possible
qu'un peu d'esprit surnageât encore. Ce fou savait
bien malgré tout qu'il était fou, qu'il était la proie
d'une folie dans ces moments-là, puisqu'il savait
bien que celui qui le battait n'était pas plus méchant
que le petit garçon qui dans les jeux de bataille est

désigné au sort pour faire le « Prussien », et sur lequel
tout le monde se rue dans une ardeur de patriotisme
vrai et de haine feinte. La proie d'une folie où entrait
tout de même un peu de la personnalité de M. de
Charlus. Même dans ses aberrations, la nature
humaine (comme elle fait dans nos amours, dans nos
voyages) trahit encore le besoin de croyance par
des exigences de vérité. Françoise quand je lui parlais d'une église de Milan — ville ou elle n'irait
probablement jamais — ou de la cathédrale de Reims
— fût-ce même de celle d'Arras ! — qu'elle ne pourrait voir puisqu'elles étaient plus ou moins détruites,
enviait les riches qui peuvent s'offrir le spectacle
de pareils trésors, et s'écriait avec un regret nostal-
gique : « Ah ! comme cela devait être beau ! » elle
qui habitant Paris depuis tant d'années n'avait
jamais eu la curiosité d'aller voir Notre-Dame.
C'est que Notre-Dame faisait précisément partie
de Paris, de la ville ou se déroulait la vie quotidienne
de Françoise et où en conséquence il était difficile
à notre vieille servante — comme il l'eût été à moi
si l'étude de l'architecture n'avait pas corrigé en
moi sur certains points les instincts de Combray —
de situer les objets de ses songes. Dans les personnes
que nous aimons, il y a, immanent à elles, un certain
rêve que nous ne savons pas toujours discerner mais
que nous poursuivons. C'était ma croyance en Bergotte, en Swann qui m'avait fait aimer Gilberte,
ma croyance en Gilbert le Mauvais qui m'avait fait
aimer Mme de Guermantes. Et quelle large étendue
de mer avait été réservée dans mon amour, même le
plus douloureux, le plus jaloux, le plus individuel
semblait-il, pour Albertine. Du reste déjà, à cause justement de cet individuel auquel on s'acharne, les

amours pour les personnes sont déjà un peu des
aberrations. Et les maladies du corps elles-mêmes,
du moins celles qui tiennent d'un peu près au système nerveux ne sont-elles pas des espèces de goûts
particuliers ou d'effrois particuliers contractés par
nos organes, nos articulations, qui se trouvent
ainsi avoir pris pour certains climats une horreur
aussi inexplicable et aussi têtue que le penchant
que certains hommes trahissent pour les femmes
par exemple qui portent un lorgnon, ou pour les
écuyères. Ce désir que réveille chaque fois la vue
d'une écuyère, qui dira jamais à quel rêve durable
et inconscient il est lié, inconscient et aussi mystérieux que l'est par exemple pour quelqu'un qui avait
souffert toute sa vie de crises d'asthme, l'influence
d'une certaine ville, en apparence pareille aux autres
et où pour la première fois, il respire librement.

Or, les aberrations sont comme des amours où
la tare maladive a tout recouvert, tout gagné. Même
dans la plus folle, l'amour se reconnaît encore.
L'insistance de M. de Charlus à demander qu'on
lui passât aux pieds et aux mains des anneaux d'une
solidité éprouvée, à réclamer la barre de justice,
et à ce que me dit Jupien des accessoires féroces
qu'on avait la plus grande peine à se procurer même
en s'adressant à des matelots, car ils servaient à
infliger des supplices dont l'usage est aboli même
là où la discipline est la plus rigoureuse, à bord des
navires, au fond de tout cela il y avait chez M. de
Charlus tout son rêve de virilité, attestée au besoin
par des actes brutaux, et toute l'enluminure intérieure, invisible pour nous, mais dont il projetait
ainsi quelques reflets, de croix de justice, de tor-
tures féodales, que décorait son imagination moyen-

âgeuse. C'est dans le même sentiment que chaque fois qu'il arrivait, il disait à Jupien : « Il n'y aura pas d'alerte ce soir au moins, car je me vois d'ici calciné par ce feu du ciel comme un habitant de Sodome ». Et il affectait de redouter les gothas non qu'il en éprouvât l'ombre de peur mais pour avoir le prétexte dès que les sirènes retentissaient de se précipiter dans les abris du métropolitain où il espérait quelque plaisir des frôlements dans la nuit, avec de vagues rêves de souterrains moyen-âgeux et d'*in pace*. En somme son désir d'être enchaîné, d'être frappé, trahissait dans sa laideur un rêve aussi poétique que chez d'autres le désir d'aller à Venise ou d'entretenir des danseuses. Et M. de Charlus tenait tellement à ce que ce rêve lui donnât l'illusion de la réalité, que Jupien dût vendre le lit de bois qui était dans la chambre 43 et le remplacer par un lit de fer qui allait mieux avec les chaînes.

Enfin la berloque sonna comme j'arrivais à la maison. Le bruit des pompiers était commenté par un gamin. Je rencontrai Françoise remontant de la cave avec le maître d'hôtel. Elle me croyait mort. Elle me dit que Saint-Loup était passé en s'excusant pour voir s'il n'avait pas dans la visite qu'il m'avait faite le matin, laissé tomber sa croix de guerre. Car il venait de s'apercevoir qu'il l'avait perdue et devant rejoindre son corps le lendemain matin, avait voulu à tout hasard voir si ce n'éait pas chez moi. Il avait cherché partout avec Françoise et n'avait rien trouvé. Françoise croyait qu'il avait dû la perdre avant de venir me voir car disait-elle, il lui semblait bien, elle aurait pu jurer qu'il ne l'avait pas quand elle l'avait vu. En quoi elle se trompait. Et voilà la valeur des témoignages et des souvenirs.

D'ailleurs je sentis tout de suite à la façon peu enthousiaste dont ils parlèrent de lui, que Saint-Loup
avait produit une médiocre impression sur Françoise et sur le maître d'hôtel. Sans doute tous les
efforts que le fils du maître d'hôtel et le neveu de
Françoise avaient faits pour s'embusquer, Saint-
Loup les avait faits en sens inverse et avec succès,
pour être en plein danger. Mais cela, jugeant d'après
eux-mêmes, Françoise et le maître d'hôtel ne pouvaient pas le croire. Ils étaient convaincus que
les riches sont toujours mis à l'abri. Du reste
eussent-ils su la vérité relativement au courage
héroïque de Robert, qu'elle ne les eût pas touchés.
Il ne disait pas « boches », il leur avait fait l'éloge
de la bravoure des allemands, il n'attribuait pas
à la trahison que nous n'eussions pas été vainqueurs
dès le premier jour. Or, c'est cela qu'ils eussent voulu
entendre, c'est cela qui leur eût semblé le signe du
courage. Aussi, bien qu'ils continuassent à chercher
la croix de guerre, les trouvai-je froids au sujet de
Robert, moi qui me doutais de l'endroit où cette
croix avait été oubliée. Cependant Saint-Loup s'il
s'était distrait ce soir-là de cette manière, ce n'était
qu'en attendant, car repris du désir de revoir Morel,
il avait usé de toutes ses relations pour savoir dans
quel corps Morel se trouvait, croyant qu'il s'était
engagé, afin de l'aller voir et n'avait reçu jusqu'ici
que des centaines de réponses contradictoires. Je
conseillai à Françoise et au Maître d'hôtel d'aller se
coucher. Mais celui-ci n'était jamais pressé de quitter
Françoise depuis que grâce à la guerre il avait trouvé
un moyen plus efficace encore que l'expulsion des
sœurs et l'affaire Dreyfus, de la torturer. Ce soir-là,
et chaque fois que j'allais auprès d'eux, pendant les

201

quelques jours que je passai encore à Paris, j'entendis le maître d'hôtel dire à Françoise épouvantée : « Ils ne se pressent pas, c'est entendu, ils attendent que la poire soit mûre, mais ce jour-là ils prendront Paris et ce jour-là pas de pitié ! » « Seigneur, Vierge Marie, s'écriait Françoise, ça ne leur suffit pas d'avoir conquéri la pauvre Belgique. Elle a assez souffert celle-là au moment de son envahition ». « La Belgique, Françoise, mais ce qu'ils ont fait en Belgique ne sera rien à côté ! » Et même la guerre ayant jeté sur le marché de la conversation des gens du peuple une quantité de termes dont ils n'avaient fait la connaissance que par les yeux, par la lecture des journaux et dont en conséquence ils ignoraient la prononciation, le maître d'hôtel ajoutait : « Vous verrez çà, Françoise, ils préparent une nouvelle attaque d'une plus grande enverjure que toutes les autres ». M'étant insurgé sinon au nom de la pitié pour Françoise et du bon sens stratégique, au moins de la grammaire, et ayant déclaré qu'il fallait prononcer « envergure » je n'y gagnai qu'à faire redire à Françoise la terrible phrase, chaque fois que j'entrais à la cuisine, car le maître d'hôtel presque autant que d'effrayer sa camarade était heureux de montrer à son maître que bien qu'ancien jardinier de Combray et simple maître d'hôtel, tout de même bon français selon la règle de Saint-André des-Champs, il tenait de la déclaration des droits de l'homme, le droit de prononcer enverjure, en toute indépendance, et de ne pas se laisser commander sur un point qui ne faisait pas partie de son service et où par conséquent depuis la Révolution, personne n'avait rien à lui dire puisqu'il était mon égal. J'eus donc le chagrin de l'entendre parler à Françoise d'une opération de grande enverjure, avec une insistance qui était destinée à me prouver que cette prononciation était l'effet non de l'ignorance, mais d'une volonté mûrement réfléchie. Il confondait le gouvernement, les journaux, dans un même : « on » plein de méfiance, disant : « on nous parle des pertes des boches, on ne nous parle pas des nôtres, il paraît qu'elles sont dix fois plus grandes. On nous dit qu'ils sont à bout de souffle, qu'ils n'ont plus rien à manger, moi je crois qu'ils en ont cent fois comme nous à manger. Faut pas tout de même nous bourrer le crâne. S'ils n'avaient rien à manger ils ne se battraient pas comme l'autre jour où ils nous ont tué cent mille jeunes gens de moins de vingt ans. » Il exagérait ainsi à tout instant les triomphes des allemands, comme il avait fait jadis pour ceux des radicaux ; il narrait en même temps leurs atrocités afin que ces triomphes fussent plus pénibles encore à Françoise, laquelle ne cessait plus de dire : « Ah ! Sainte Mère des Anges ! ». « Ah ! Marie Mère de Dieu ». Et parfois pour lui être désagréable d'une autre manière disait : « Du reste nous ne valons pas plus cher qu'eux, ce que nous faisons en Grèce n'est pas plus beau que ce qu'ils ont fait en Belgique. Vous allez voir que nous allons mettre tout le monde contre nous et que nous serons obligés de nous battre avec toutes les nations » alors que c'était exactement le contraire. Les jours où les nouvelles étaient bonnes, il prenait sa revanche en assurant à Françoise que la guerre durerait trente-cinq ans, et en prévision d'une paix possible assurait que celle-ci ne durerait pas plus de quelques mois et serait suivie de batailles auprès desquelles celles-ci ne seraient qu'un jeu d'enfant, et après lesquelles il ne resterait rien de

la France. La victoire des alliés semblait sinon
rapprochée, du moins à peu près certaine et il faut
malheureusement avouer que le maître d'hôtel en
était désolé. Car ayant réduit la guerre « mondiale »,
comme tout le reste, à celle qu'il menait sourde-
ment contre Françoise (qu'il aimait du reste malgré cela comme on peut aimer la personne qu'on
est content de faire rager tous les jours en la battant
aux dominos), la Victoire se réalisait à ses yeux sous
les espèces de la première conversation où il aurait
la souffrance d'entendre Françoise lui dire : « Enfin
c'est fini et il va falloir qu'ils nous donnent plus que
nous ne leur avons donné en 70 ». Il croyait du reste
toujours que cette échéance fatale arrivait, car un
patriotisme inconscient lui faisait croire comme tous
les français victimes du même mirage que moi depuis
que j'étais malade, que la victoire — comme ma
guérison — était pour le lendemain. Il prenait les
devants en annonçant à Françoise que cette victoire
arriverait peut-être mais que son cœur en saignerait,
car la Révolution la suivrait aussitôt, puis l'invasion.
« Oh ! cette bon sang de guerre, les boches seront
les seuls à s'en relever vite Françoise, ils y ont déjà
gagné des centaines de milliards. Mais qu'ils nous
crachent un sou à nous, quelle farce. On le mettra
peut-être sur les journaux, ajoutait-il par prudence
et pour parer à tout événement, pour calmer le
peuple, comme on dit depuis trois ans que la guerre
sera finie le lendemain. Je ne peux pas comprendre
comment que le monde est assez fou pour le croire. »
Françoise était d'autant plus troublée de ces paroles
qu'en effet après avoir cru les optimistes plutôt
que le maître d'hôtel, elle voyait que la guerre,
qu'elle avait cru devoir finir en quinze jours malgré

« l'envahition de la pauvre Belgique », durait toujours, qu'on n'avançait pas, phénomène de fixation
des fronts dont elle comprenait mal le sens, et qu'enfin un des innombrables « filleuls » à qui elle donnait
tout ce qu'elle gagnait chez nous, lui racontait
qu'on avait caché telle chose, telle autre. « Tout cela
retombera sur l'ouvrier, concluait le maître d'hôtel.
On vous prendra votre champ, Françoise » « Ah !
Seigneur Dieu ». Mais à ces malheurs lointains,
il en préférait de plus proches et dévorait les journaux dans l'espoir d'annoncer une défaite à Françoise. Il attendait les mauvaises nouvelles comme
des œufs de Pâques, espérant que cela irait assez
mal pour épouvanter Françoise, pas assez pour
qu'il pût matériellement en souffrir. C'est ainsi
qu'un raid de zeppelins l'eût enchanté pour voir
Françoise se cacher dans les caves, et parce qu'il
était persuadé que dans une ville aussi grande que
Paris les bombes ne viendraient pas juste tomber
sur notre maison. Du reste Françoise commençait
à être reprise par moment de son pacifisme de Combray. Elle avait presque des doutes sur les « atrocités allemandes ». « Au commencement de la guerre
on nous disait que ces Allemands c'était des assassins, des brigands, de vrais bandits, des bbboches...
(si elle mettait plusieurs b à boches, c'est que l'accusation que les allemands fussent des assassins lui
semblait après tout plausible mais celle qu'ils fussent
des Boches, presque invraisemblable à cause de
son énormité). Seulement il était assez difficile de
comprendre quel sens mystérieusement effroyable
Françoise donnait au mot de Boche puisqu'il s'agissait du début de la guerre, et aussi à cause de l'air
de doute avec lequel elle prononçait ce mot. Car le

205

doute que les Allemands fussent des criminels, pouvait être mal fondé en fait, mais ne renfermait pas en soi, au point de vue logique de contradiction. Mais comment douter qu'ils fussent des boches, puisque ce mot, dans la langue populaire, veut dire précisément allemand. Peut-être ne faisait-elle que répéter en style indirect les propos violents qu'elle avait entendus alors et dans lesquels une particulière énergie accentuait le mot boche. « J'ai cru tout cela disait-elle, mais je me demande tout à l'heure si nous ne sommes pas aussi fripons comme eux ». Cette pensée blasphématoire avait été sournoisement préparée chez Françoise par le maître d'hôtel, lequel voyant que sa camarade avait un certain penchant pour le roi Constantin de Grèce, n'avait cessé de le lui représenter comme privé par nous de nourriture jusqu'au jour où il céderait. Aussi l'abdication du souverain avait-elle ému Françoise qui allait jusqu'à déclarer : « Nous ne valons pas mieux qu'eux. Si nous étions en Allemagne, nous en ferions autant ». Je la vis peu du reste pendant ces quelques jours, car elle allait beaucoup chez ces cousins dont maman m'avait dit un jour : « Mais tu sais qu'ils sont plus riches que toi ». Or, on avait vu cette chose si belle qui fut si fréquente à cette époque là dans tout le pays et qui témoignerait s'il y avait un historien pour en perpétuer le souvenir, de la grandeur de la France, de sa grandeur d'âme, de sa grandeur selon Saint-André-des-Champs, et que ne révélèrent pas moins tant de civils survivant à l'arrière, que les soldats tombés à la Marne. Un neveu de Françoise avait été tué à Berry-au-Bac qui était aussi le neveu de ces cousins millionnaires de Françoise, anciens cafetiers retirés depuis longtemps après fortune faite. Il avait été tué, lui tout petit cafetier sans fortune qui à la mobilisation, âgé de vingt-cinq ans, avait laissé sa jeune femme seule pour tenir le petit bar qu'il croyait regagner quelques mois après. Il avait été tué. Et alors on avait vu ceci. Les cousins millionnaires de Françoise et qui n'étaient rien à la jeune femme, veuve de leur neveu, avaient quitté la campagne où ils étaient retirés depuis dix ans et s'étaient remis cafetiers, sans vouloir toucher un sou ; tous les matins à six heures, la femme millionnaire, une vraie dame, était habillée ainsi que « sa demoiselle », prêtes à aider leur nièce et cousine par alliance. Et depuis plus de trois ans, elles rinçaient ainsi des verres et servaient des consommations depuis le matin jusqu'à neuf heures et demi du soir, sans un jour de repos. Dans ce livre où il n'y a pas un seul fait qui ne soit fictif, où il n'y a pas un seul personnage « à clefs », où tout a été inventé par moi selon les besoins de ma démonstration, je dois dire à la louange de mon pays, que seuls les parents millionnaires de Françoise ayant quitté leur retraite pour aider leur nièce sans appui, que seuls ceux-là sont des gens réels, qui existent. Et persuadés que leur modestie ne s'en offensera pas pour la raison qu'ils ne liront jamais ce livre, c'est avec un enfantin plaisir et une profonde émotion que ne pouvant citer les noms de tant d'autres qui durent agir de même et par qui la France a survécu, je transcris ici leur nom véritable : ils s'appellent, d'un nom si français, d'ailleurs, Larivière. S'il y a eu quelques vilains embusqués comme l'impérieux jeune homme en smoking que j'avais vu chez Jupien et dont la seule préoccupation était de savoir s'il pourrait avoir Léon à 10 h. 1/2 « parce

qu'il déjeunait en ville », ils sont rachetés par la
foule innombrable de tous les français de Saint-
André-des-Champs, par tous les soldats sublimes
auxquels j'égale les Larivière. Le maître d'hôtel
pour attiser les inquiétudes de Françoise lui montrait
de vieilles « lectures pour tous » qu'il avait retrou-
vées et sur la couverture desquelles (ces numéros
dataient d'avant la guerre) figurait la « famille impériale d'Allemagne ». Voilà notre maître de demain,
disait le maître d'hôtel à Françoise, en lui montrant
« Guillaume ». Elle écarquillait les yeux, puis passait
au personnage féminin placé à côté de lui et disait :
« Voilà la Guillaumesse ! »

Mon départ de Paris se trouva retardé par une
nouvelle qui par le chagrin qu'elle me causa me rendit
pour quelque temps incapable de me mettre en route.
J'appris en effet la mort de Robert de Saint-Loup,
tué le surlendemain de son retour au front, en pro-
tégeant la retraite de ses hommes. Jamais homme
n'avait eu moins que lui la haine d'un peuple (et
quant à l'empereur pour des raisons particulières,
et peut-être fausses, il pensait que Guillaume II avait
plutôt cherché à empêcher la guerre qu'à la déchaîner). Pas de haine du Germanisme non plus, les derniers mots que j'avais entendu sortir de sa bouche,
il y avait six jours, c'était ceux qui commencent
un lied de Schumann et que sur mon escalier il
me fredonnait, en allemand, si bien qu'à cause des
voisins je l'avais fait taire. Habitué par une bonne
éducation suprême à émonder sa conduite de toute
apologie, de toute invective, de toute phrase, il
avait évité devant l'ennemi, comme au moment de
la mobilisation, ce qui aurait pu assurer sa vie par
cet effacement de soi devant les actes que symboli-

saient toutes ses manières, jusqu'à sa manière de fermer la portière de mon fiacre quand il me reconduisait, tête nue chaque fois que je sortais de chez lui. Pendant plusieurs jours je restai enfermé dans ma chambre pensant à lui. Je me rappelais son arrivée, la première fois, à Balbec, quand en lainages blanchâtres, avec ses yeux verdâtres et bougeants comme la mer, il avait traversé le hall attenant à la grande salle à manger dont les vitrages donnaient sur la mer. Je me rappelais l'être si spécial qu'il m'avait paru être alors, l'être dont ç'avait été un si grand souhait de ma part d'être l'ami. Ce souhait s'était réalisé au-delà de ce que j'aurais jamais pu croire, sans me donner pourtant presque aucun plaisir alors, et ensuite je m'étais rendu compte de tous les grands mérites et d'autres choses encore que cachait cette apparence élégante. Tout cela, le bon comme le mauvais, il l'avait donné sans compter, tous les jours, et le dernier, en allant attaquer une tranchée, par générosité, par mise au service des autres de tout ce qu'il possédait, comme il avait un soir couru sur les canapés du restaurant, pour ne pas me déranger. Et l'avoir vu si peu en somme, en des sites si variés, dans des circonstances si diverses et séparées par tant d'intervalles, dans ce hall de Balbec, au café de Rivebelle, au quartier de cavalerie et aux diners militaires de Doncières, au théâtre où il avait giflé un journaliste, chez la princesse de Guermantes, ne faisait que me donner de sa vie des tableaux plus frappants, plus nets, de sa mort, un chagrin plus lucide, que l'on en a souvent pour les personnes aimées davantage, mais fréquentées si continuellement que l'image que nous gardons d'elles n'est plus qu'une espèce de vague moyenne entre une infinité d'images insensiblement différentes, et aussi que notre affection rassasiée, n'a pas comme pour ceux que nous n'avons vus que pendant les moments limités, au cours de rencontres inachevées malgré eux et malgré nous, l'illusion de la possibilité d'une affection plus grande dont les circonstances seules nous auraient frustré. Peu de jours après celui où je l'avais aperçu, courant après son monocle, et l'imaginant alors si hautain, dans ce hall de Balbec, il y avait une autre forme vivante que j'avais vue pour la première fois sur la plage de Balbec et qui maintenant n'existait non plus qu'à l'état de souvenir, c'était Albertine, foulant le sable ce premier soir, indifférente à tous, et marine, comme une mouette. Elle, je l'avais si vite aimée que pour pouvoir sortir avec elle tous les jours je n'étais jamais allé voir Saint-Loup, de Balbec Et pourtant l'histoire de mes relations avec lui portait aussi le témoignage, qu'un temps j'avais cessé d'aimer Albertine, puisque si j'étais allé m'installer quelque temps auprès de Robert, à Doncières, c'était dans le chagrin de voir que ne m'était pas rendu le sentiment que j'avais pour Mme de Guermantes. Sa vie et celle d'Albertine, si tard connues de moi, toutes deux à Balbec, et si vite terminées, s'étaient croisées à peine ; c'était lui, me redisais-je en voyant que les navettes agiles des années tissent des fils entre ceux de nos souvenirs qui semblaient d'abord les plus indépendants, c'était lui que j'avais envoyé chez Mme Bontemps quand Albertine m'avait quitté. Et puis il se trouvait que leurs deux vies avaient chacune un secret parallèle et que je n'avais pas soupçonné. Celui de Saint-Loup me causait peut-être maintenant plus de tristesse que celui

d'Albertine dont la vie m'était devenue si étrangère
Mais je ne pouvais me consoler que la sienne comme
celle de Saint-Loup eussent été si courtes. Elle et
lui me disaient souvent, en prenant soin de moi :
« Vous qui êtes malade ». Et c'était eux qui étaient
morts, eux dont je pouvais, séparées par un intervalle en somme si bref, mettre en regard l'image
ultime, devant la tranchée, après la chute, de l'image
première qui même pour Albertine ne valait plus
pour moi que par son association avec celle du soleil
couchant sur la mer. Sa mort fut accueillie par
Françoise avec plus de pitié que celle d'Albertine.
Elle prit immédiatement son rôle de pleureuse et
commenta la mémoire du mort de lamentations,
de thèses désespérées. Elle exhibait son chagrin
et ne prenait un visage sec en détournant la tête
que lorsque moi je laissais voir le mien qu'elle voulait avoir l'air de ne pas avoir vu. Car comme beaucoup de personnes nerveuses, la nervosité des autres,
trop semblable sans doute à la sienne, l'horripi-
lait. Elle aimait maintenant à faire remarquer ses
moindres torticolis, un étourdissement, qu'elle s'était
cognée. Mais si je parlais d'un de mes maux, redevenue stoïque et grave, elle faisait semblant de
ne pas avoir entendu. « Pauvre Marquis », disait-elle,
bien qu'elle ne pût s'empêcher de penser qu'il eût
fait l'impossible pour ne pas partir, et une fois
mobilisé, pour fuir devant le danger. « Pauvre
dame, disait-elle en pensant à Mme de Marsantes,
qu'est-ce qu'elle a dû pleurer quand elle a appris
la mort de son garçon ! Si encore elle avait pu le
revoir, mais il vaut peut-être mieux qu'elle n'ait
pas pu, parce qu'il avait le nez coupé en deux,
il était tout dévisagé. » Et les yeux de Françoise

se remplissaient de larmes mais à travers lesquelles perçait la curiosité cruelle de la paysanne. Sans doute Françoise plaignait la douleur de Mme de Marsantes de tout son cœur, mais elle regrettait de ne pas connaître la forme que cette douleur avait prise et de ne pouvoir s'en donner le spectacle de l'affliction. Et comme elle aurait bien aimé pleurer et que je la visse pleurer elle dit pour s'entraîner : « Ça me fait quelque chose ! » Sur moi aussi elle épiait les traces du chagrin avec une avidité qui me fit simuler une certaine sécheresse en parlant de Robert. Et plutôt sans doute par esprit d'imitation et parce qu'elle avait entendu dire cela, car il y a des clichés dans les offices aussi bien que dans les cénacles, elle répétait, non sans y mettre pourtant, la satisfaction d'un pauvre. « Toutes ses richesses ne l'ont pas empêché de mourir comme un autre, et elles ne lui servent plus à rien ». Le Maître d'hôtel profita de l'occasion pour dire à Françoise que sans doute c'était triste, mais que cela ne comptait guère auprès des millions d'hommes qui tombaient tous les jours malgré tous les efforts que faisait le gouvernement pour le cacher. Mais cette fois le maître d'hôtel ne réussit pas à augmenter la douleur de Françoise comme il avait cru. Car celle-ci lui répondit : « C'est vrai qu'ils meurent aussi pour la France, mais c'est des inconnus ; c'est toujours plus intéressant quand c'est des gens qu'on connaît ». Et Françoise qui trouvait du plaisir à pleurer ajouta encore : « Il faudra bien prendre garde de m'avertir si on cause de la mort du Marquis sur le journal ».

Robert m'avait souvent dit avec tristesse, bien avant la guerre : « Oh ! ma vie, n'en parlons pas, je suis un homme condamné d'avance ». Faisait-il

212

allusion au vice qu'il avait réussi jusqu'alors à
cacher à tout le monde mais qu'il connaissait, et
dont il s'exagérait peut-être la gravité, comme les
enfants qui font la première fois l'amour, ou même
avant cela, cherchent seuls le plaisir, s'imaginent
pareils à la plante qui ne peut disséminer son pollen
sans mourir tout de suite après. Peut-être cette
exagération tenait-elle pour Saint-Loup comme pour
les enfants, ainsi qu'à l'idée du péché avec laquelle
on ne s'est pas encore familiarisé, à ce qu'une sensation toute nouvelle a une force presque terrible
qui ira ensuite en s'atténuant. Ou bien avait-il,
le justifiant au besoin par la mort de son père enlevé
assez jeune, le pressentiment de sa fin prématurée.
Sans doute un tel pressentiment semble impossible.
Pourtant la mort paraît assujettie à certaines lois.
On dirait souvent par exemple que les êtres nés de
parents qui sont morts très vieux ou très jeunes,
sont presque forcés de disparaître au même âge,
les premiers traînant jusqu'à la centième année
des chagrins et des maladies incurables, les autres,
malgré une existence heureuse et hygiénique, emportés à la date inévitable et prématurée par un mal
si opportun et si accidentel (quelques racines profondes qu'il puisse avoir dans le tempérament)
qu'il semble la formalité nécessaire à la réalisation
de la mort. Et ne serait-il pas possible que la mort
accidentelle elle-même — comme celle de Saint-
Loup, liée d'ailleurs à son caractère de plus de
façons peut-être que je n'ai cru devoir le dire —
fût elle aussi inscrite d'avance, connue seulement des
dieux, invisibles aux hommes, mais révélée par une
tristesse particulière, à demi-inconsciente, à demi-
consciente (et même dans cette dernière mesure

exprimée aux autres avec cette sincérité complète
qu'on met à annoncer des malheurs auxquels on
croit dans son for intérieur échapper et qui pourtant arriveront) à celui qui la porte et l'aperçoit
sans cesse, en lui-même, comme une devise, une
date fatale.

Il avait dû être bien beau en ces dernières heures,
lui qui toujours dans cette vie avait semblé même
assis, même marchant dans un salon, contenir
l'élan d'une charge, en dissimulant d'un sourire
la volonté indomptable qu'il y avait dans sa tête
triangulaire, enfin il avait chargé. Débarrassée
de ses livres, la tourelle féodale était redevenue
militaire. Et ce Guermantes était mort plus lui-
même, ou plutôt plus de sa race en laquelle il n'était
plus qu'un Guermantes, comme ce fut symboli-
quement visible à son enterrement dans l'église
Saint-Hilaire de Combray, toute tendue de tentures
noires où se détachait en rouge sous la couronne
fermée, sans initiales de prénoms ni titres, le G
du Guermantes que par la mort il était redevenu.
Avant d'aller à cet enterrement qui n'eut pas lieu
tout de suite, j'écrivis à Gilberte. J'aurais peut-être
dû écrire à la duchesse de Guermantes, je me disais
qu'elle accueillerait la mort de Robert avec la
même indifférence que je lui avais vu manifester
pour celle de tant d'autres qui avaient semblé tenir
si étroitement à sa vie, et que peut-être même avec
son tour d'esprit Guermantes elle chercherait à
montrer qu'elle n'avait pas la superstition des liens
du sang. J'étais trop souffrant pour écrire à tout
le monde. J'avais cru autrefois qu'elle et Robert
s'aimaient bien dans le sens ou l'on dit cela dans
le monde, c'est-à-dire que l'un auprès de l'autre

Ils se disaient des choses tendres qu'ils ressentaient à ce moment-là. Mais loin d'elle il n'hésitait pas à la déclarer idiote, et si elle éprouvait parfois à le voir un plaisir égoïste, je l'avais vue incapable de se donner la plus petite peine, d'user si légèrement que ce fût de son crédit pour lui rendre un service, même pour lui éviter un malheur. La méchanceté dont elle avait fait preuve à son égard, en refusant de le recommander au général de Saint-Joseph, quand Robert allait repartir pour le Maroc, prouvait que le dévouement qu'elle lui avait montré à l'occasion de son mariage n'était qu'une sorte de compensation qui ne lui coûtait guère. Aussi fus-je bien étonné d'apprendre, comme elle était souffrante au moment où Robert fut tué, qu'on s'était cru obligé de lui cacher pendant plusieurs jours (sous les plus fallacieux prétextes), les journaux qui lui eussent appris cette mort afin de lui éviter le choc qu'elle en ressentirait. Mais ma surprise augmenta quand j'appris qu'après qu'on eût été obligé enfin de lui dire la vérité, la duchesse pleura toute une journée, tomba malade, et mit longtemps — plus d'une semaine, c'était longtemps pour elle, — à se consoler. Quand j'appris ce chagrin j'en fus touché. Il fait que tout le monde peut dire, et que je peux assurer qu'il existait entre eux une grande amitié. Mais en me rappelant combien de petites médisances, de mauvaise volonté à se rendre service celle-là avait enfermés, je pense au peu de chose que c'est qu'une grande amitié dans le monde. D'ailleurs, un peu plus tard, dans une circonstance plus importante historiquement si elle touchait moins mon cœur, Mme de Guermantes se montra à mon avis sous un jour encore plus favorable.

Elle qui jeune fille avait fait preuve de tant d'impertinente audace si l'on s'en souvient à l'égard de la famille impériale de Russie et qui mariée leur avait toujours parlé avec une liberté qui la faisait parfois accuser de manque de tact, fut peut-être seule après la révolution russe à faire preuve à l'égard des grandes duchesses et des grands-ducs d'un dévouement sans bornes. Elle avait l'année même qui avait précédé la guerre, considérablement agacée la grande-duchesse Wladimir en appelant toujours la comtesse de Hohenfelsen, femme morganatique du grand-duc Paul, « la Grande-Duchesse Paul ». Il n'empêche que la Révolution russe n'eut pas plutôt éclaté que notre ambassadeur à Pétersbourg, M. Paléologue (« Paléo » pour le monde diplomatique qui a ses abréviations prétendues spirituelles comme l'autre) fut harcelé des dépêches de la duchesse de Guermantes qui voulait avoir des nouvelles de la grande-duchesse Marie Pavlovna. Et pendant longtemps les seules marques de sympathie et de respect que reçut sans cesse cette princesse lui vinrent exclusivement de Mme de Guermantes.

Saint-Loup causa, sinon par sa mort, du moins par ce qu'il avait fait dans les semaines qui l'avaient précédée, des chagrins plus grands que celui de la duchesse. En effet, le lendemain même du soir où j'avais vu M. de Charlus, le jour même où le baron avait dit à Morel : « je me vengerai », les démarches de Saint-Loup pour retouver Morel avaient abouti, — c'est-à-dire qu'elles avaient abouti à ce que le général sous les ordres de qui aurait dû être Morel, s'étant rendu compte qu'il était déserteur, l'avait fait rechercher et arrêter et, pour s'excuser auprès de Saint-Loup du châtiment qu'allait subir quelqu'un à qui il s'intéressait, avait écrit à Saint-Loup pour l'en avertir. Morel ne douta pas que son arrestation n'eût été provoquée par la rancune de M. de Charlus. Il se rappela les paroles : « Je me vengerai », pensa que c'était là cette vengeance, et demanda à faire des révélations. « Sans doute, déclara-t-il, j'ai déserté. Mais si j'ai été conduit sur le mauvais chemin est-ce tout à fait ma faute ? » Il raconta sur M. de Charlus et sur M. d'Argencourt avec lequel il s'était brouillé aussi des histoires ne le touchant pas à vrai dire directement mais que ceux-ci, avec la double expansion des amants et des invertis lui avaient racontées, ce qui fit arrêter à la fois M. de Charlus et M. d'Argencourt. Cette arrestation causa peut-être moins de douleur à tous deux que d'apprendre à chacun qui l'ignorait que l'autre était son rival, et l'instruction révéla qu'ils en avaient énormément d'obscurs, de quotidiens ramassés dans la rue. Ils furent bientôt relâchés d'ailleurs. Morel le fut aussi parce que la lettre écrite à Saint-Loup par le général lui fut renvoyée avec cette mention, décédé, mort au champ d'honneur. Le général voulut faire pour le défunt que Morel fût simplement envoyé sur le front ; il s'y conduisit bravement, échappa à tous les dangers et revint la guerre finie avec la croix que M. de Charlus avait jadis vainement sollicitée pour lui et que lui valut indirectement la mort de Saint-Loup. J'ai souvent pensé depuis, en me rappelant cette croix de guerre égarée chez Jupien, que si Saint-Loup avait survécu, il eût pu facilement se faire élire député dans les élections qui suivirent 'a guerre, grâce à l'écume de niaiserie et au rayonnement de gloire qu'elle laissa après elle. et où si un doigt de moins, abolissant des siècles de préjugés, permettait d'entrer par un brillant mariage dans une famille aristocratique, la croix de guerre, eût-elle été gagnée dans les bureaux, tenait lieu de profession de foi pour entrer dans une élection triomphale, à la Chambre des Députés, presque à l'Académie française. L'élection de Saint-Loup à cause de sa « sainte » famille eût fait verser à M. Arthur Meyer des flots de larmes et d'encre. Mais peut-être aimait-il trop sincèrement le peuple pour arriver à conquérir les suffrages du peuple, lequel pourtant lui aurait sans doute, en faveur de ses quartiers de noblesse, pardonné ses idées démocratiques. Saint-Loup les eût exposées sans doute avec succès devant une chambre d'aviateurs. Certes, ces héros l'auraient compris ainsi que quelques très rares hauts esprits. Mais grâce à l'apaisement du Bloc national on avait aussi repêché les vieilles canailles de la politique qui sont toujours réélues. Celles qui ne purent entrer dans une chambre d'aviateurs, quémandèrent au moins pour entrer à l'Académie française les suffrages des maréchaux, d'un président de la République, d'un président de la Chambre, etc. Elles n'eussent pas été favorables à Saint-Loup, mais l'étaient à un autre habitué de Jupien, ce député de l'Action libérale qui fut réélu sans concurrent. Il ne quittait pas l'uniforme d'officier de territoriale bien que la guerre fût finie depuis longtemps. Son élection fut saluée avec joie par tous les journaux qui avaient fait l' « union » sur son nom, par les dames nobles et riches qui ne portaient plus que des guenilles, par un sentiment de convenances et la peur des impôts, tandis

que les hommes de la Bourse achetaient sans arrêter des diamants non pour leurs femmes mais parce
que, ayant perdu toute confiance dans le crédit
d'aucun peuple, ils se réfugiaient vers cette richesse
palpable, et faisaient ainsi monter la de Beers.
de mille francs. Tant de niaiserie agaçait un peu,
mais on en voulut moins au Bloc national quand
on vit tout d'un coup les victimes du bolchevisme,
de grandes-duchesses en haillons, dont on avait
assassiné tour à tour les maris et les fils. Les maris
dans des brouettes, et les fils en jetant des pierres
dessus après les avoir d'abord laissés sans manger
puis les avoir fait travailler au milieu des huées,
et enfin jetés dans des puits ou on les lapidait parce
qu'on croyait qu'ils avaient la peste et pouvaient
la communiquer. Ceux qui étaient arrivés à s'enfuir
reparurent tout à coup, ajoutant encore à ce tableau
d'horreur de nouveaux détails terrifiants.

CHAPITRE III

La nouvelle maison de santé dans laquelle je
me retirai alors ne me guérit pas plus que la première ; et un long temps s'écoula avant que je la
quittasse. Durant le trajet en chemin de fer que
je fis pour rentrer à Paris, la pensée de mon absence
de dons littéraires que j'avais cru découvrir jadis
du côté de Guermantes, que j'avais reconnue avec
plus de tristesse encore dans mes promenades quo-
tidiennes, avec Gilberte, avant de rentrer dîner,
fort avant dans la nuit, à Tansonville, et qu'à la
veille de quitter cette propriété, j'avais à peu près
identifiée, en lisant quelques pages du journal des
Goncourt, à la vanité, au mensonge de la littérature, cette pensée moins douloureuse peut-être,
plus morne encore, si je lui donnais comme objet
non ma propre infirmité à moi particulière, mais
l'inexistence de l'idéal auquel j'avais cru, cette
pensée qui ne m'était pas depuis bien longtemps
revenue à l'esprit, me frappa de nouveau et avec une
force plus lamentable que jamais. C'était, je me le
rappelle, à un arrêt du train en pleine campagne.
Le soleil éclairait jusqu'à la moitié de leur tronc
un ligne d'arbres qui suivait la voie du chemin de

fer. « Arbres, pensai-je, vous n'avez plus rien à me dire, mon cœur refroidi ne vous entend plus. Je suis pourtant ici en pleine nature, eh bien, c'est avec froideur, avec ennui que mes yeux constatent la ligne qui sépare votre front lumineux de votre tronc d'ombre. Si jamais j'ai pu me croire poète, je sais maintenant que je ne le suis pas. Peut-être dans la nouvelle partie de ma vie si desséchée, qui s'ouvre, les hommes pourraient-ils m'inspirer ce que ne me dit plus la nature. Mais les années où j'aurais peut-être été capable de la chanter ne reviendront jamais ». Mais en me donnant cette consolation d'une observation humaine possible venant prendre la place d'une inspiration impossible, je savais que je cherchais seulement à me donner une consolation et que je savais moi-même sans valeur. Si j'avais vraiment une âme d'artiste quel plaisir n'éprouverais-je pas devant ce rideau d'arbres éclairé par le soleil couchant, devant ces petites fleurs du talus qui se haussaient presque jusqu'au marchepied du wagon, dont je pourrais compter les pétales et dont je me garderais bien de décrire la couleur comme feraient tant de bons lettrés, car peut-on espérer transmettre au lecteur un plaisir qu'on n'a pas ressenti ? Un peu plus tard j'avais vu avec la même indifférence les lentilles d'or et d'orange dont le même soleil couchant criblait les fenêtres d'une maison ; et enfin, comme l'heure avait avancé, j'avais vu une autre maison qui semblait construite en une substance d'un rose assez étrange. Mais j'avais fait ces diverses constatations avec la même absolue indifférence que si, me promenant dans un jardin avec une dame, j'avais vu une feuille de verre et un peu plus loin un objet d'une matière analogue

à l'albâtre dont la couleur inaccoutumée ne m'aurait pas tiré du plus languissant ennui et que si,
par politesse pour la dame, pour dire quelque chose,
et pour montrer que j'avais remarqué cette couleur,
j'avais désigné en passant le verre coloré et le
morceau de stuc. De la même manière, par acquit
de conscience, je me signalais à moi-même comme
à quelqu'un qui m'eût accompagné et qui eût été
capable d'en tirer plus de plaisir que moi les reflets
du feu dans les vitres, et la transparence rose de la
maison. Mais le compagnon à qui j'avais fait constater ces effets curieux était d'une nature sans doute
moins enthousiaste que beaucoup de gens bien
disposés qu'une telle vue ravit, car il avait pris
connaissance de ces couleurs sans aucune espèce
d'allégresse.

Ma longue absence de Paris n'avait pas empêché d'anciens amis à continuer, comme mon nom
restait sur leurs listes, à m'envoyer fidèlement
des invitations, et quand j'en trouvai en rentrant
— avec une pour un goûter donné par la Berma
en l'honneur de sa fille et de son gendre — une autre
pour une matinée qui devait avoir lieu le lendemain chez le prince de Guermantes, les tristes réflexions que j'avais faites dans le train ne furent
pas un des moindres motifs qui me conseillèrent
de m'y rendre. Ce n'était vraiment pas la peine de
me priver de mener la vie de l'homme du monde,
m'étais-je dit, puisque, le fameux « travail » auquel
depuis si longtemps j'espère chaque jour me mettre
le lendemain, je ne suis pas ou plus fait pour lui,
et que peut-être même il ne correspond à aucune
réalité. À vrai dire, cette raison était toute négative
et ôtait simplement leur valeur à celles qui auraient

222

pu me détourner de ce concert mondain. Mais celle qui m'y fit aller fut ce nom de Guermantes depuis assez longtemps sorti de mon esprit pour que, lu sur la carte d'invitation il réveillât un rayon de mon attention, allât prélever au fond de ma mémoire une coupe de leur passé, accompagné de toutes les images de forêt domaniale ou de hautes fleurs qui l'escortaient alors et pour qu'il reprît pour moi le charme et la signification que je lui trouvais à Combray quand passant avant de rentrer dans la rue de l'Oiseau, je voyais du dehors comme une laque obscure le vitrail de Gilbert le Mauvais, sire de Guermantes. Pour un moment les Guermantes m'avaient semblé de nouveau entièrement différents des gens du monde incomparables avec eux, avec tout être vivant fût-il souverain, des êtres issus de la fécondation de cet air aigre et vertueux de cette sombre ville de Combray où s'était passée mon enfance et du passé qu'on y apercevait dans la petite rue, à la hauteur du vitrail. J'avais eu envie d'aller chez les Guermantes, comme si cela avait dû me rapprocher de mon enfance et des profondeurs de ma mémoire où je l'apercevais. Et j'avais continué à relire l'invitation jusqu'au moment où, révoltées, les lettres qui composaient ce nom si familier et si mystérieux, comme celui même de Combray, eussent repris leur indépendance et eussent dessiné devant mes yeux fatigués comme un nom que je ne connaissais pas. Maman allant justement à un petit thé chez Mme Sazerat, je n'eus aucun scrupule à me rendre à la matinée de la princesse de Guermantes. Je pris une voiture pour y aller car le prince de Guermantes n'habitait plus son ancien hôtel mais un magni-

fique qu'il s'était fait construire avenue du Bois.
C'est un des torts des gens du monde de ne pas
comprendre que s'ils veulent que nous croyions en
eux, il faudrait d'abord qu'ils y crussent eux-
mêmes, ou au moins qu'ils respectassent les éléments essentiels de notre croyance. Au temps
où je croyais, même si je savais le contraire, que les
Guermantes habitaient tel palais en vertu d'un
droit héréditaire, pénétrer dans le palais du sorcier
ou de la fée, faire s'ouvrir devant moi les portes
qui ne cèdent pas tant qu'on n'a pas prononcé
la formule magique, me semblait aussi malaisé
que d'obtenir un entretien du sorcier ou de la fée
eux-mêmes. Rien ne m'était plus facile que de me
faire croire à moi-même que le vieux domestique
engagé de la veille ou fourni par Potel et Chabot
était fils, petit-fils, descendant de ceux qui servaient
la famille bien avant la Révolution, et j'avais une
bonne volonté infinie à appeler portrait d'ancêtre,
le portrait qui avait été acheté le mois précédent
chez Bernheim jeune. Mais un charme ne se trans-
vase pas, les souvenirs ne peuvent se diviser et du
prince de Guermantes maintenant qu'il avait percé
lui-même à jour les illusions de ma croyance en
étant allé habiter avenue du Bois, il ne restait plus
grand'chose. Les plafonds que j'avais craint de
voir s'écrouler quand on avait annoncé mon nom
et sous lesquels eut flotté encore pour moi beaucoup
de charme et des craintes de jadis couvraient les
soirées d'une Américaine sans intérêt pour moi.
Naturellement, les choses n'ont pas en elles-mêmes
de pouvoir, et puisque c'est nous qui le leur con-
fions, quelque jeune collégien bourgeois devait en
ce moment avoir devant l'hôtel de l'avenue du Bois

les mêmes sentiments que moi jadis devant l'ancien
hôtel du prince de Guermantes. C'était qu'il était
encore à l'âge des croyances, mais je l'avais dépassé,
et j'avais perdu ce privilège, comme après la première jeunesse on perd le pouvoir qu'ont les enfants
de dissocier en fractions digérables le lait qu'ils
ingèrent, ce qui force les adultes à prendre pour
plus de prudence le lait par petites quantités,
tandis que les enfants peuvent le téter indéfiniment sans reprendre haleine. Du moins le changement de résidence du prince de Guermantes eut
cela de bon pour moi, que la voiture qui était venue
me chercher pour me conduire et dans laquelle je
faisais ces réflexions dut traverser les rues qui vont
vers les Champs-Élysées. Elles étaient fort mal
pavées à cette époque, mais dès le moment où
j'y entrai, je n'en fus pas moins détaché de mes
pensées par une sensation d'une extrême douceur ;
on eut dit que tout d'un coup la voiture roulait
plus facilement, plus doucement, sans bruit comme
quand les grilles d'un parc s'étant ouvertes on
glisse sur les allées couvertes d'un sable fin ou de
feuilles mortes ; matériellement il n'en était rien,
mais je sentais tout à coup la suppression des
obstacles extérieurs comme s'il n'y avait plus eu
pour moi d'effort d'adaptation ou d'attention tels
que nous en faisons même sans nous en rendre
compte devant les choses nouvelles ; les rues par
lesquelles je passais en ce moment étaient celles,
oubliées depuis si longtemps, que je prenais jadis
avec Françoise pour aller aux Champs-Élysées.
Le sol de lui-même savait où il devait aller ; sa résistance était vaincue. Et comme un aviateur qui a
jusque-là péniblement roulé à terre, « décollant »

brusquement, je m'élevais lentement vers les hauteurs silencieuses du souvenir. Dans Paris, ces rues là se détacheront toujours pour moi, en une autre matière que les autres. Quand j'arrivai au coin de la rue Royale où était jadis le marchand en plein vent des photographies aimées de Françoise, il me sembla que la voiture, entraînée par des centaines de tours anciens, ne pourrait pas faire autrement que de tourner d'elle-même. Je ne traversais pas les mêmes rues que les promeneurs qui étaient dehors ce jour-là mais un passé glissant, triste et doux. Il était d'ailleurs fait de tant de passés différents qu'il m'était difficile de reconnaître la cause de ma mélancolie, si elle était due à ces marches au-devant de Gilberte et dans la crainte qu'elle ne vînt pas, à la proximité d'une certaine maison où on m'avait dit qu'Albertine était allée avec Andrée, à la signification philosophique que semble prendre un chemin qu'on a suivi mille fois, avec une passion qui ne dure plus et qui n'a pas porté de fruit, comme celui où après le déjeuner je faisais des courses si hâtives, si fiévreuses, pour regarder, toutes fraîches encore de colle, l'affiche de *Phèdre* et celle du *Domino noir*. Arrivé aux Champs-Élysées, comme je n'étais pas très désireux d'entendre tout le concert qui était donné chez les Guermantes, je fis arrêter la voiture et j'allais m'apprêter à descendre pour faire quelques pas à pied quand je fus frappé par le spectacle d'une voiture qui était en train de s'arrêter aussi. Un homme, les yeux fixes, la taille voûtée était plutôt posé qu'assis dans le fond, et faisait pour se tenir droit les efforts qu'aurait fait un enfant à qui on aurait recommandé d'être sage. Mais son chapeau

226

de paille laissait voir une forêt indomptée de cheveux
entièrement blancs et une barbe blanche, comme
celle que la neige fait aux statues des fleuves dans
les jardins publics, coulait de son menton. C'était,
à côté de Jupien qui se multipliait pour lui, M. de
Charlus convalescent d'une attaque d'apoplexie
que j'avais ignorée (on m'avait seulement dit qu'il
avait perdu la vue ; or il ne s'était agi que de troubles
passagers, car il voyait de nouveau fort clair)
et qui, à moins que jusque-là il se fût teint et qu'on
lui eût interdit de continuer à en prendre la fatigue,
avait plutôt comme en une sorte de précipité chi-
mique rendu visible et brillant tout le métal dont
étaient saturées et que lançaient comme autant de
geysers les mèches maintenant de pur argent de
sa chevelure et de sa barbe, cependant qu'elle avait
imposé au vieux prince déchu la majesté shakes-
pearienne d'un roi Lear. Les yeux n'étaient pas
restés en dehors de cette convulsion totale, de cette
altération métallurgique de la tête. Mais par un
phénomène inverse, ils avaient perdu tout leur
éclat. Mais le plus émouvant est qu'on sentait que
cet éclat perdu était la fierté morale, et que par là
la vie physique et même intellectuelle de M. de
Charlus survivait à l'orgueil aristocratique qu'on
avait pu croire un moment faire corps avec elles.
Ainsi à ce moment, se rendant sans doute aussi
chez le prince de Guermantes, passa en victoria,
Madame de Sainte-Euverte, que le baron jadis ne
trouvait pas assez chic pour lui. Jupien qui prenait
soin de lui comme d'un enfant lui souffla à l'oreille
que c'était une personne de connaissance, Mme de
Sainte-Euverte. Et aussitôt, avec une peine infinie,
et toute l'application d'un malade qui veut se

montrer capable de tous les mouvements qui lui sont encore difficiles, M. de Charlus se découvrit, s'inclina, et salua Mme de Saint-Euverte avec le même respect que si elle avait été la Reine de France. Peut-être y avait-il dans la difficulté même que M. de Charlus avait à faire un tel salut une raison pour lui de le faire, sachant qu'il toucherait davantage par un acte qui douloureux pour un malade devenait doublement méritoire de la part de celui qui le faisait et flatteur pour celle à qui il s'adressait, les malades exagérant la politesse, comme les rois. Peut-être aussi y avait-il encore dans les mouvements du baron cette incoordination consécutive aux troubles de la moelle et du cerveau, et ses gestes dépassaient-ils l'intention qu'il avait. Pour moi, j'y vis plutôt une sorte de douceur quasi physique, de détachement des réalités de la vie, si frappants chez ceux que la mort a déjà fait entrer dans son ombre. La mise à nu des gisements argentés de la chevelure décelait un changement moins profond que cette inconsciente humilité mondaine qui intervertissait tous les rapports sociaux, humiliait devant Mme de Sainte-Euverte, eût humilié, — en montrant ce qu'il a de fragile — devant la dernière des Américaines (qui eût pu enfin s'offrir la politesse jusquelà inaccessible pour elle du baron) le snobisme qui semblait le plus fier. Car le baron vivait toujours, pensait toujours ; son intelligence n'était pas atteinte. Et plus que n'eût fait tel chœur de Sophocle sur l'orgueil abaissé d'Œdipe, plus que la mort même, et toute oraison funèbre sur la mort, le salut empressé et humble du baron à Mme de Sainte-Euverte proclamait ce qu'a de périssable l'amour des grandeurs de la terre et tout l'orgueil humain. M. de

Charlus qui jusque-là n'eût pas consenti à dîner avec Mme de Sainte-Euverte, la saluait maintenant jusqu'à terre. Il saluait peut-être par ignorance du rang de la personne qu'il saluait (les articles du code social pouvant être emportés par une attaque comme toute autre partie de la mémoire) peut-être par une incoordination qui transposait dans le plan de l'humilité apparente l'incertitude — sans cela hautaine qu'il aurait eue — de l'identité de la dame qui passait. Il la salua enfin avec cette politesse des enfants venant timidement dire bonjour aux grandes personnes, sur l'appel de leur mère. Et un enfant, c'est, sans la fierté qu'ils ont, ce qu'il était devenu. Recevoir l'hommage de M. de Charlus, pour Mme de Sainte-Euverte c'était tout le snobisme, comme ç'avait été tout le snobisme du baron de le lui refuser. Or cette nature inaccessible et précieuse qu'il avait réussi à faire croire à Mme de Sainte-Euverte être essentielle à lui-même, M. de Charlus l'anéantit d'un seul coup par la timidité appliquée, le zèle peureux avec lequel il ôta son chapeau d'où les torrents de sa chevelure d'argent ruisselèrent, tout le temps qu'il laissa sa tête découverte par déférence, avec l'éloquence d'un Bossuet. Quand Jupien eut aidé le baron à descendre et que j'eus salué celui-ci il me parla très vite d'une voix si imperceptible que je ne pus distinguer ce qu'il me disait, ce qui lui arracha quand pour la troisième fois je le fis répéter un geste d'impatience qui m'étonna par l'impassibilité qu'avait d'abord montré le visage et qui était due sans doute à un reste de paralysie. Mais quand je fus arrivé à comprendre ces paroles sussurées, je m'aperçus que le malade gardait absolument intacte son intel-

229

ligence. Il y avait d'ailleurs deux M. de Charlus,
sans compter les autres. Des deux, l'intellectuel
passait son temps à se plaindre qu'il allait à l'aphasie,
qu'il prononçait constamment un mot, une lettre
pour une autre. Mais dès qu'en effet il lui arrivait
de le faire, l'autre M. de Charlus, le subconscient,
lequel voulait autant faire envie que l'autre pitié,
arrêtait immédiatement, comme un chef d'orchestre
dont les musiciens pataugent, la phrase commencée,
et avec une ingéniosité infinie attachait ce qui venait
ensuite au mot dit en réalité pour un autre mais
qu'il semblait avoir choisi. Même sa mémoire était
intacte ; il mettait du reste une coquetterie qui
n'allait pas sans la fatigue d'une application des
plus ardues à faire sortir tel souvenir ancien, peu
important se rapportant à moi et qui me montrerait qu'il avait gardé ou recouvré toute sa netteté
d'esprit. Sans bouger la tête, ni les yeux, ni varier
d'une seule inflexion son débit, il me dit par exemple :
« Voici un poteau où il y a une affiche pareille à
celle devant laquelle j'étais la première fois que je
vous vis à Avranches, non je me trompe, à Balbec. »
Et c'était en effet une réclame pour le même produit.
J'avais à peine au début distingué ce qu'il disait,
de même qu'on commence par ne voir goutte dans
une chambre dont tous les rideaux sont clos. Mais
comme des yeux dans la pénombre, mes oreilles
s'habituèrent bientôt à ce pianissimo. Je crois
aussi qu'il s'était graduellement renforcé pendant
que le baron parlait, soit que la faiblesse de sa voix
provînt en partie d'une appréhension nerveuse
qui se dissipait quand, distrait par un tiers, il ne
pensait plus à elle ; soit qu'au contraire cette faiblesse correspondît à son état véritable et que la

230

force momentanée avec laquelle il parlait dans la conversation fût provoquée par une excitation factice, passagère et plutôt funeste, qui faisait dire aux étrangers : « Il est déjà mieux, il ne faut pas qu'il pense à son mal », mais augmentait au contraire celui-ci qui ne tardait pas à reprendre. Quoi qu'il en soit, le baron à ce moment (et même en tenant compte de mon adaptation) jetait ses paroles plus fort, comme la marée, les jours de mauvais temps, ses petites vagues tordues. Et ce qui lui restait de sa récente attaque faisait entendre au fond de ses paroles comme un bruit de cailloux roulés. D'ailleurs, continuant à me parler du passé, sans doute pour bien me montrer qu'il n'avait pas perdu la mémoire, il l'évoquait d'une façon funèbre, mais sans tristesse. Il ne cessait d'énumérer tous les gens de sa famille ou de son monde qui n'étaient plus, moins semblait-il avec la tristesse qu'ils ne fussent plus en vie qu'avec la satisfaction de leur survivre. Il semblait en rappelant leur trépas prendre mieux conscience de son retour vers la santé. C'est avec une dureté presque triomphale qu'il répétait sur un ton uniforme, légèrement bégayant et aux sourdes résonnances sépulcrales : « Hannibal de Bréauté, mort ! Antoine de Mouchy, mort ! Charles Swann, mort ! Adalbert de Montmorency, mort ! Baron de Talleyrand, mort ! Sosthène de Doudeauville, mort ! » Et chaque fois, ce mot mort semblait tomber sur ces défunts comme une pelletée de terre plus lourde, lancée par un fossoyeur qui tenait à les river plus profondément à la tombe.

La duchesse de Létourville, qui n'allait pas à la matinée de la princesse de Guermantes, parce qu'elle venait d'être longtemps malade, passa à ce moment

à pied à côté de nous et apercevant le baron dont
elle ignorait la récente attaque, s'arrêta pour lui
dire bonjour. Mais la maladie qu'elle venait d'avoir
faisait qu'elle ne comprenait pas mieux, mais supportait plus impatiemment, avec une mauvaise
humeur nerveuse où il y avait peut-être beaucoup
de pitié, la maladie des autres. Entendant le baron
prononcer difficilement et à faux certains mots,
lui voyant bouger difficilement le bras, elle jeta les
yeux tour à tour sur Jupien et sur moi comme pour
nous demander l'explication d'un phénomène aussi
choquant. Comme nous ne lui dîmes rien, ce fut
à M. de Charlus lui-même qu'elle adressa un long
regard plein de tristesse mais aussi de reproches.
Elle avait l'air de lui faire grief d'être avec elle
dehors dans une attitude aussi peu usuelle que s'il
fut sorti sans cravate ou sans souliers. A une nouvelle faute de prononciation que commit le baron,
la douleur et l'indignation de la duchesse augmentant ensemble, elle dit au baron : « Palamède ! »
sur le ton interrogatif et exaspéré des gens trop
nerveux qui ne peuvent supporter d'attendre une
minute et si on les fait entrer tout de suite en
s'excusant d'achever sa toilette vous disent amère-
ment, non pour s'excuser mais pour s'accuser :
« Mais alors, je vous dérange ! » Comme si c'était
un crime de la part de celui qu'on dérange. Finalement, elle nous quitta d'un air de plus en plus
navré en disant au baron : « Vous feriez mieux de
rentrer ».

M. de Charlus demanda à s'asseoir sur un fauteuil
pour se reposer pendant que Jupien et moi ferions
quelques pas et tira péniblement de sa poche un
livre qui me sembla être un livre de prières. Je

n'étais pas fâché de pouvoir apprendre par Jupien bien des détails sur l'état de santé du baron. « Je suis content de causer avec vous, Monsieur, me dit Jupien, mais nous n'irons pas plus loin que le rond-point. Dieu merci, le baron va bien maintenant, mais je n'ose pas le laisser longtemps seul, il est toujours le même, il a trop bon cœur, il donnerait tout ce qu'il a aux autres, et puis ce n'est pas tout, il est resté coureur comme un jeune homme et je suis obligé d'ouvrir les yeux ». « D'autant plus qu'il a retrouvé les siens, répondis-je ; on m'avait beaucoup attristé en me disant qu'il avait perdu la vue ». « Sa paralysie s'était en effet portée là, il ne voyait absolument plus. Pensez que pendant la cure qui lui a fait du reste tant de bien, il est resté plusieurs mois sans voir plus qu'un aveugle de naissance ». « Cela devait au moins rendre inutile toute une partie de votre surveillance ? » « Pas le moins du monde, à peine arrivé dans un hôtel, il me demandait comment était telle personne de service. Je l'assurais qu'il n'y avait que des horreurs. Mais il sentait bien que cela ne pouvait pas être universel, que je devais quelquefois mentir. Voyez-vous ce petit polisson. Et puis il avait une espèce de flair, d'après la voix peut-être, je ne sais pas. Alors il s'arrangeait pour m'envoyer faire d'urgence des courses. Un jour, — vous m'excuserez de vous dire cela, mais vous êtes venu une fois par hasard dans le Temple de l'Impudeur, je n'ai rien à vous cacher (d'ailleurs il avait toujours une satisfaction assez peu sympathique à faire étalage des secrets qu'il détenait) je rentrais d'une de ces courses soi-disant pressées, d'autant plus vite que je me figurais bien qu'elle avait été arrangée à dessein, quand au moment où j'appro-

233

chais de la chambre du baron, j'entendis une voix qui disait : « Quoi ? » « Comment, répondit le baron, c'était donc la première fois ». J'entrai sans frapper, et quelle ne fut pas ma frayeur. Le baron, trompé par la voix qui était en effet plus forte qu'elle n'est d'habitude à cet âge-là (et à cette époque-là le baron était complètement aveugle) était, lui qui aimait plutôt autrefois les personnes mûres, avec un enfant qui n'avait pas dix ans ».

On m'a raconté qu'à cette époque-là il était en proie presque chaque jour à des crises de dépression mentale caractérisée non pas précisément par de la divagation, mais par la confession à haute voix, — devant des tiers dont il oubliait la présence ou la sévérité — d'opinions qu'il avait l'habitude de cacher, sa germanophilie par exemple. Ainsi, longtemps après la fin de la guerre, il gémissait de la défaite des Allemands parmi lesquels il se comptait et disait orgueilleusement : « Et pourtant il ne se peut pas que nous ne prenions pas notre revanche, car nous avons prouvé que c'est nous qui étions capables de la plus grande résistance, et qui avions la meilleure organisation ». Ou bien ses confidences prenaient un autre ton, et il s'écriait rageusement : « Que Lord X ou le prince de X ne viennent pas redire ce qu'ils disaient hier car je me suis tenu à quatre pour ne pas leur répondre : « Vous savez bien que vous en êtes au moins autant que moi ». Inutile d'ajouter que quand M. de Charlus faisait ainsi dans les moments ou comme on dit il n'était pas très « présent » des aveux germanophiles ou autres, les personnes de l'entourage qui se trouvaient là, que ce fut Jupien ou la duchesse de Guermantes, avaient l'habitude d'interrompre les paroles imprudentes et d'en donner pour les tiers moins intimes et plus indiscrets une interprétation forcée mais honorable. « Mais mon Dieu ! s'écria Jupien, j'avais bien raison de vouloir que nous ne nous éloignions pas, le voilà qui a trouvé déjà le moyen d'entrer en conversation avec un garçon jardinier. Adieu, Monsieur, il vaut mieux que je vous quitte et que je ne laisse pas un instant seul mon malade qui n'est plus qu'un grand enfant ».

*   *
*

Je descendis de nouveau de voiture un peu avant d'arriver chez la princesse de Guermantes et je recommençai à penser à cette lassitude et à cet ennui avec lequel j'avais essayé la veille de noter la ligne qui, dans une des campagnes réputées les plus belles de France, séparait sur les arbres l'ombre de la lumière. Certes, les conclusions intellectuelles que j'en avais tirées, n'affectaient pas aujourd'hui aussi cruellement ma sensibilité. Elles restaient les mêmes. Mais comme chaque fois que je me trouvais arraché à mes habitudes, sorti à une autre heure, dans un lieu nouveau, j'éprouvais un vif plaisir.

Ce plaisir me semblait aujourd'hui un plaisir purement frivole, celui d'aller à une matinée chez Mme de Guermantes. Mais puisque je savais maintenant que je ne pouvais rien atteindre de plus que des plaisirs frivoles, à quoi bon me les refuser. Je me redisais que je n'avais éprouvé en essayant cette description rien de cet enthousiasme qui n'est pas le seul mais qui est un premier critéruim du talent. J'essayais maintenant de tirer de ma mé-

235

moire d'autres « instantanés », notamment des
instantanés qu'elle avait pris à Venise, mais rien
que ce mot me la rendait ennuyeuse comme une
exposition de photographie, et je ne me sentais pas
plus de goût, plus de talent, pour décrire maintenant ce que j'avais vu autrefois qu'hier ce que j'ob-
servais d'un œil minutieux et morne, au moment
même. Dans un instant tant d'amis que je n'avais
pas vus depuis si longtemps allaient sans doute me
demander de ne plus m'isoler ainsi, de leur consacrer mes journées. Je n'aurais aucune raison de le
leur refuser, puisque j'avais maintenant la preuve
que je n'étais plus bon à rien, que la littérature
ne pouvait plus me causer aucune joie, soit par ma
faute, étant trop peu doué, soit par la sienne, si
elle était en effet moins chargée de réalité que je
n'avais cru.

Quand je pensais à ce que Bergotte m'avait dit :
« Vous êtes malade, mais on ne peut vous plaindre
car vous avez les joies de l'esprit », je voyais
combien il s'était trompé sur moi. Comme il y avait
peu de joie dans cette lucidité stérile. J'ajoute même
que si quelquefois j'avais peut-être des plaisirs
— non de l'intelligence — je les dépensais toujours
pour une femme différente ; de sorte que le Destin,
m'eût-il accordé cent ans de vie de plus, et sans
infirmités, n'eût fait qu'ajouter des rallonges
successives à une existence toute en longueur,
dont on ne voyait même pas l'intérêt qu'elle se
prolongeât davantage, à plus forte raison longtemps
encore.

Quant aux « joies de l'intelligence », pouvais-
je ainsi appeler ces froides constatations que mon
œil clairvoyant ou mon raisonnement juste rele-

vaient sans aucun plaisir et qui restaient infécondes. Mais c'est quelquefois au moment où tout nous semble perdu que l'avertissement arrive qui peut nous sauver : on a frappé à toutes les portes qui ne donnent sur rien, et la seule par où on peut entrer et qu'on aurait cherchée en vain pendant cent ans, on y heurte sans le savoir et elle s'ouvre.

ACHEVÉ D'IMPRIMER
LE 22 SEPTEMBRE 1927
PAR F. PAILLART A
ABBEVILLE (SOMME)

MARCEL PROUST

*A LA RECHERCHE DU
TEMPS PERDU*

TOME VIII

LE
TEMPS RETROUVÉ

★★

PARIS

Librairie Gallimard

ÉDITIONS DE LA NOUVELLE REVUE FRANÇAISE

3, rue de Grenelle, (vɪᵐᵉ)

LE TEMPS RETROUVÉ

ÉDITIONS DE LA NOUVELLE REVUE
FRANÇAISE

ŒUVRES DE MARCEL PROUST

MARCEL PROUST

*A LA RECHERCHE DU
TEMPS PERDU*

TOME VIII

LE
TEMPS RETROUVÉ

PARIS

Librairie Gallimard

ÉDITIONS DE LA NOUVELLE REVUE FRANÇAISE

3, rue de Grenelle (VIme)

CHAPITRE III

(suite)

En roulant les tristes pensées que je disais il y a un
instant j'étais entré dans la cour de l'hôtel de Guermantes et dans ma distraction je n'avais pas vu une
voiture qui s'avançait ; au cri du wattman je n'eus
que le temps de me ranger vivement de côté, et je
reculai assez pour buter malgré moi contre des pavés
assez mal équarris derrière lesquels était une remise.
Mais au moment où me remettant d'aplomb, je
posai mon pied sur un pavé qui était un peu moins
élevé que le précédent, tout mon découragement
s'évanouit devant la même félicité qu'à diverses
époques de ma vie m'avaient donnée la vue d'arbres
que j'avais cru reconnaître dans une promenade
en voiture autour de Balbec, la vue des clochers
de Martinville, la saveur d'une madeleine trempée
dans une infusion, tant d'autres sensations dont
j'ai parlé et que les dernières œuvres de Vinteuil
m'avaient paru synthétiser. Comme au moment
où je goûtais la madeleine, toute inquiétude sur
l'avenir, tout doute intellectuel étaient dissipés.

7

Ceux qui m'assaillaient tout à l'heure au sujet de la
réalité de mes dons littéraires et même de la réalité
de la littérature se trouvaient levés comme par
enchantement. Cette fois je me promettais bien de
ne pas me résigner à ignorer pourquoi, sans que
j'eusse fait aucun raisonnement nouveau, trouvé
aucun argument décisif, les difficultés insolubles
tout à l'heure avaient perdu toute importance,
comme je l'avais fait le jour où j'avais goûté d'une
madeleine trempée dans une infusion. La félicité
que je venais d'éprouver était bien en effet la même
que celle que j'avais éprouvée en mangeant la
madeleine et dont j'avais alors ajourné de rechercher les causes profondes. La différence purement
matérielle était dans les images évoquées. Un azur
profond enivrait mes yeux, des impressions de fraîcheur, d'éblouissante lumière tournoyaient près de
moi et dans mon désir de les saisir, sans oser plus
bouger que quand je goûtais la saveur de la madeleine en tâchant de faire parvenir jusqu'à moi ce
qu'elle me rappelait, je restais, quitte à faire rire
la foule innombrable des wattmen, à tituber
comme j'avais fait tout à l'heure, un pied sur le
pavé plus élevé, l'autre pied sur le pavé le plus bas.
Chaque fois que je refaisais rien que matériellement
ce même pas, il me restait inutile ; mais si je réus-
sissais, oubliant la matinée Guermantes, à retrouver
ce que j'avais senti en posant ainsi mes pieds, de
nouveau la vision éblouissante et indistincte me
frôlait comme si elle m'avait dit : « Saisis-moi au
passage si tu en as la force et tâche à résoudre
l'énigme du bonheur que je te propose ». Et presque
tout de suite je le reconnus, c'était Venise dont mes
efforts pour la décrire et les prétendus instantanés

pris par ma mémoire ne m'avaient jamais rien dit
et que la sensation que j'avais ressentie jadis sur
deux dalles inégales du baptistère de Saint-Marc,
m'avait rendue avec toutes les autres sensations
jointes ce jour-là à cette sensation-là, et qui étaient
restées dans l'attente, à leur rang, d'où un brusque
hasard les avait impérieusement fait sortir, dans la
série des jours oubliés. De même le goût de la petite
madeleine m'avait rappelé Combray. Mais pourquoi les images de Combray et de Venise m'avaient-
elles à l'un et à l'autre moments donné une joie
pareille à une certitude et suffisante sans autres
preuves à me rendre la mort indifférente. Tout en
me le demandant et en étant résolu aujourd'hui
à trouver la réponse, j'entrai dans l'hôtel de Guermantes, parce que nous faisons toujours passer
avant la besogne intérieure que nous avons à faire
le rôle apparent que nous jouons et qui ce jour là
était celui d'un invité. Mais arrivé au premier étage,
un maître d'hôtel me demanda d'entrer un instant
dans un petit salon-bibliothèque attenant au buffet, jusqu'à ce que le morceau qu'on jouait fût
achevé, la princesse ayant défendu qu'on ouvrît
les portes pendant son exécution. Or, à ce moment
même, un second avertissement vint renforcer celui
que m'avaient donné les pavés inégaux et m'exhorter
à persévérer dans ma tâche. Un domestique en
effet venait dans ses efforts infructueux pour ne
pas faire de bruit, de cogner une cuiller contre une
assiette. Le même genre de félicité que m'avaient
donné les dalles inégales m'envahit ; les sensations
étaient de grande chaleur encore mais toutes différentes, mêlée d'une odeur de fumée apaisée par la
fraîche odeur d'un cadre forestier ; et je reconnus

9

que ce qui me paraissait si agréable était la même
rangée d'arbres que j'avais trouvée ennuyeuse
à observer et à décrire, et devant laquelle, débou-
chant la canette de bière que j'avais dans le wagon,
je venais de croire un instant, dans une sorte d'étourdissement, que je me trouvais, tant le bruit identique
de la cuiller contre l'assiette m'avait donné, avant
que j'eusse eu le temps de me ressaisir, l'illusion
du bruit du marteau d'un employé qui avait ar-
rangé quelque chose à une roue de train pendant
que nous étions arrêtés devant ce petit bois. Alors
on eût dit que les signes qui devaient ce jour-là
me tirer de mon découragement et me rendre la foi
dans les lettres, avaient à cœur de se multiplier,
car un maître d'hôtel depuis longtemps au service
du prince de Guermantes m'ayant reconnu, et
m'ayant apporté dans la bibliothèque où j'étais
pour m'éviter d'aller au buffet, un choix de petits
fours, un verre d'orangeade, je m'essuyai la bouche
avec la serviette qu'il m'avait donnée ; mais aussitôt, comme le personnage des Mille et une Nuits
qui sans le savoir accomplit précisément le rite
qui fait apparaître, visible pour lui seul, un docile
génie prêt à le transporter au loin, une nouvelle
vision d'azur passa devant mes yeux ; mais il était
pur et salin, il se gonfla en mamelles bleuâtres ;
l'impression fut si forte que le moment que je vivais
me sembla être le moment actuel, plus hébété
que le jour où je me demandais si j'allais vraiment
être accueilli par la princesse de Guermantes ou
si tout n'allait pas s'effondrer, je croyais que le
domestique venait d'ouvrir la fenêtre sur la plage
et que tout m'invitait à descendre me promener
le long de la digue à marée haute ; la serviette que

10

j'avais prise pour m'essuyer la bouche avait précisément le genre de raideur et d'empesé de celle avec laquelle j'avais eu tant de peine à me sécher devant la fenêtre le premier jour de mon arrivée à Balbec, et maintenant devant cette bibliothèque de l'hôtel de Guermantes, elle déployait, réparti dans ses plis et dans ses cassures, le plumage d'un océan vert et bleu comme la queue d'un paon. Et je ne jouissais pas que de ces couleurs, mais de tout un instant de ma vie qui les soulevait, qui avait été sans doute aspiration vers elle, dont quelque sentiment de fatigue ou de tristesse m'avait peut-être empêché de jouir à Balbec, et qui maintenant, débarrassé de ce qu'il y a d'imparfait dans la perception extérieure, pur et désincarné me gonflait d'allégresse. Le morceau qu'on jouait pouvait finir d'un moment à l'autre et je pouvais être obligé d'entrer au salon. Aussi je m'efforçais de tâcher de voir clair le plus vite possible dans la nature des plaisirs identiques que je venais par trois fois en quelques minutes de ressentir, et ensuite de dégager l'enseignement que je devais en tirer. Sur l'extrême différence qu'il y a entre l'impression vraie que nous avons eue d'une chose et l'impression factice que nous nous en donnons quand volontairement nous essayons de nous la représenter, je ne m'arrêtais pas ; me rappelant trop avec quelle indifférence relative Swann avait pu parler autrefois des jours où il était aimé, parce que sous cette phrase il voyait autre chose qu'eux, et de la douleur subite que lui avait causée la petite phrase de Vinteuil en lui rendant ces jours eux-mêmes, tels qu'il les avait jadis sentis, je comprenais trop ce que la sensation des dalles inégales, la raideur de la serviette, le goût

11

de la madeleine avaient réveillé en moi n'avait
aucun rapport avec ce que je cherchais souvent
à me rappeler de Venise, de Balbec, de Combray,
à l'aide d'une mémoire uniforme ; et je comprenais
que la vie pût être jugée médiocre bien qu'à certains
moments elle parût si belle, parce que dans le
premier cas c'est sur tout autre chose qu'elle-même,
sur des images qui ne gardent rien d'elle qu'on la
juge et qu'on la déprécie. Tout au plus notais-je
accessoirement que la différence qu'il y a entre
chacune des impressions réelles — différences qui
expliquent qu'une peinture uniforme de la vie
ne puisse être ressemblante — tenait probablement
à cette cause : que la moindre parole que nous avons
dite à une époque de notre vie, le geste le plus
insignifiant que nous avons fait était entouré,
portait sur lui le reflet, des choses qui logiquement
ne tenaient pas à lui, en ont été séparées par l'intelligence qui n'avait rien à faire d'elles pour les
besoins du raisonnement, mais au milieu desquelles
— ici reflet rose du soir sur le mur fleuri d'un restaurant champêtre, sensation de faim, désir des
femmes, plaisir du luxe — là volutes bleues de
la mer matinale enveloppant des phrases musicales qui en émergent partiellement comme les
épaules des ondines — le geste, l'acte le plus simple
reste enfermé comme dans mille vases enclos dont
chacun serait rempli de choses d'une couleur, d'une
odeur, d'une température absolument différentes ;
sans compter que ces vases disposés sur toute
la hauteur de nos années pendant lesquelles nous
n'avons cessé de changer, fût-ce seulement de rêve
et de pensée, sont situés à des altitudes bien diverses,
et nous donnent la sensation d'atmosphères singu-

lièrement variées. Il est vrai que ces changements nous les avons accomplis insensiblement ; mais entre le souvenir qui nous revient brusquement et notre état actuel, de même qu'entre deux souvenirs d'années, de lieux, d'heures différentes, la distance est telle que cela suffirait, en dehors même d'une originalité spécifique à les rendre incomparables les uns aux autres. Oui, si le souvenir grâce à l'oubli, n'a pu contracter aucun lien, jeter aucun chaînon entre lui et la minute présente, s'il est resté à sa place, à sa date, s'il a gardé ses distances, son isolement dans le creux d'une vallée, où à la pointe d'un sommet, il nous fait tout à coup respirer un air nouveau, précisément parce que c'est un air qu'on a respiré autrefois, cet air plus pur que les poètes ont vainement essayé de faire régner dans le Paradis et qui ne pourrait donner cette sensation profonde de renouvellement que s'il avait été respiré déjà, car les vrais paradis sont les paradis qu'on a perdus. Et au passage, je remarquais qu'il y aurait dans l'œuvre d'art que je me sentais prêt déjà sans m'y être consciemment résolu, à entreprendre, de grandes difficultés. Car j'en devrais exécuter les parties successives dans une matière en quelque sorte différente. Elle serait bien différente, celle qui conviendrait aux souvenirs de matins au bord de la mer, de celle d'après-midis à Venise, une matière distincte, nouvelle, d'une transparence, d'une sonorité spéciale, compacte, fraîchissante et rose, et différente encore si je voulais décrire les soirs de Rivebelle où dans la salle à manger ouverte sur le jardin, la chaleur commençait à se décomposer, à retomber, à se déposer, où une dernière lueur éclairait encore les roses sur les murs du restaurant

13

tandis que les dernières aquarelles du jour étaient encore visibles au ciel. Je glissais rapidement sur tout cela, plus impérieusement sollicité que j'étais de chercher la cause de cette félicité, du caractère de certitude avec lequel elle s'imposait, recherche ajournée autrefois. Or cette cause, je la devinais en comparant entre elles ces diverses impressions bienheureuses et qui avaient entre elles ceci de commun que je les éprouvais à la fois dans le moment actuel et dans un moment éloigné où le bruit de la cuiller sur l'assiette, l'inégalité des dalles, le goût de la madeleine allaient jusqu'à faire empiéter le passé sur le présent, à me faire hésiter à savoir dans lequel des deux je me trouvais ; au vrai, l'être qui alors goûtait en moi cette impression la goûtait en ce qu'elle avait de commun dans un jour ancien et maintenant, dans ce qu'elle avait d'extra-temporel, un être qui n'apparaissait que quand par une de ces identités entre le présent et le passé, il pouvait se trouver dans le seul milieu où il pût vivre, jouir de l'essence, des choses, c'est-à-dire en dehors du temps. Cela expliquait que mes inquiétudes au sujet de ma mort eussent cessé au moment où j'avais reconnu, inconsciemment, le goût de la petite madeleine puisqu'à ce moment-là l'être que j'avais été était un être extra-temporel, par conséquent insoucieux des vicissitudes de l'avenir. Cet être-là n'était jamais venu à moi, ne s'était jamais manifesté, qu'en dehors de l'action, de la jouissance immédiate, chaque fois que le miracle d'une analogie m'avait fait échapper au présent. Seul il avait le pouvoir de me faire retrouver les jours anciens, le Temps Perdu, devant quoi les efforts de ma mémoire et de mon intelligence échouaient toujours.

14

LE TEMPS RETROUVÉ

Et peut-être, si tout à l'heure je trouvais que Bergotte avait jadis dit faux en parlant des joies de la vie spirituelle, c'était parce que j'appelais vie spirituelle à ce moment-là des raisonnements logiques qui étaient sans rapport avec elle, avec ce qui existait en moi à ce moment — exactement comme j'avais pu trouver le monde et la vie ennuyeux parce que je les jugeais d'après des souvenirs sans vérité, alors que j'avais un tel appétit de vivre maintenant que venaient de renaître en moi, à trois reprises, un véritable moment du passé.

Rien qu'un moment du passé ? Beaucoup plus, peut-être ; quelque chose qui commun à la fois au passé et au présent, est beaucoup plus essentiel qu'eux deux.

Tant de fois, au cours de ma vie, la réalité m'avait déçu parce que au moment où je la percevais, mon imagination qui était mon seul organe pour jouir de la beauté, ne pouvait s'appliquer à elle en vertu de la loi inévitable qui veut qu'on ne puisse imaginer que ce qui est absent. Et voici que soudain l'effet de cette dure loi, s'était trouvé neutralisé, suspendu, par un expédient merveilleux de la nature, qui avait fait miroiter une sensation — bruit de la fourchette et du marteau, même inégalité de pavés — à la fois dans le passé ce qui permettait à mon imagination de la goûter, et dans le présent où l'ébranlement effectif de mes sens par le bruit, le contact avait ajouté aux rêves de l'imagination ce dont ils sont habituellement dépourvus, l'idée d'existence — et grâce à ce subterfuge avait permis à mon être d'obtenir, d'isoler, d'immobiliser — la durée d'un éclair — ce qu'il n'appréhende jamais : un peu de temps à l'état pur. L'être qui était rené

en moi quand avec un tel frémissement de bonheur
j'avais entendu le bruit commun à la fois à la cuiller
qui touche l'assiette et au marteau qui frappe sur
la roue, à l'inégalité pour les pas des pavés de la
cour Guermantes et du baptistère de Saint-Marc,
cet être-là ne se nourrit que de l'essence des choses,
en elles seulement il trouve sa subsistance, ses
délices. Il languit dans l'observation du présent
où les sens ne peuvent la lui apporter, dans la considération d'un passé que l'intelligence lui dessèche,
dans l'attente d'un avenir que la volonté construit
avec des fragments du présent et du passé auxquels
elle retire encore de leur réalité ne conservant d'eux
que ce qui convient à la fin utilitaire, étroitement
humaine qu'elle leur assigne. Mais qu'un bruit,
qu'une odeur, déjà entendu et respirée jadis le
soient de nouveau, à la fois dans le présent et dans
le passé, réels sans être actuels, idéaux sans être
abstraits, aussitôt l'essence permanente et habituellement cachée des choses se trouve libérée et
notre vrai moi qui parfois depuis longtemps, semblait mort, mais ne l'était pas autrement, s'éveille,
s'anime en recevant la céleste nourriture qui lui
est apportée. Une minute affranchie de l'ordre du
temps a recréé en nous pour la sentir l'homme
affranchi de l'ordre du temps. Et celui-là on comprend
qu'il soit confiant dans sa joie, même si le simple
goût d'une madeleine ne semble pas contenir logiquement les raisons de cette joie, on comprend que
le mot de mort n'ait pas de sens pour lui ; situé
hors du temps, que pourrait-il craindre de l'avenir ?
Mais ce trompe-l'œil qui mettait près de moi un
moment du passé, incompatible avec le présent,
ce trompe-l'œil ne durait pas. Certes, on peut

16

prolonger les spectacles de la mémoire volontaire qui n'engage pas plus de forces de nous-mêmes que feuilleter un livre d'images. Ainsi jadis par exemple, le jour où je devais aller pour la première fois chez la princesse de Guermantes, de la cour ensoleillée de notre maison de Paris, j'avais paresseusement regardé à mon choix, tantôt la place de l'Église à Combray, ou la plage de Balbec, comme j'aurais illustré le jour qu'il faisait en feuilletant un cahier d'aquarelles prises dans les divers lieux où j'avais été et où avec un plaisir égoïste de collectionneur je m'étais dit en cataloguant ainsi les illustrations de ma mémoire : « J'ai tout de même vu de belles choses dans ma vie ». Alors ma mémoire affirmait sans doute la différence des sensations, mais elle ne faisait que combiner entre eux des éléments homogènes. Il n'en avait plus été de même dans les trois souvenirs que je venais d'avoir et où, au lieu de me faire une idée plus flatteuse de mon moi, j'avais au contraire, presque douté de la réalité actuelle de ce moi. De même que le jour où j'avais trempé la madeleine dans l'infusion chaude, au sein de l'endroit où je me trouvais (que cet endroit fût comme ce jour-là ma chambre de Paris, ou comme aujourd'hui en ce moment, la bibliothèque du prince de Guermantes, un peu avant la cour de son hôtel) il y avait eu en moi irradiant d'une petite zone, autour de moi, une sensation (goût de la madeleine trempée, bruit métallique, sensation de pas inégaux qui était commune à cet endroit (où je me trouvais) et aussi à un autre endroit (chambre de ma tante Léonie, wagon de chemin de fer, baptistère de Saint-Marc). Et au moment où je raisonnais ainsi le bruit stri-

dent d'un conduit d'eau tout à fait pareil à ces
longs cris que parfois l'été les navires de plaisance
faisaient entendre le soir au large de Balbec, me
fit éprouver (comme me l'avait déjà fait une fois
à Paris, dans un grand restaurant la vue d'une
luxueuse salle à manger à demi vide, estivale et
chaude) bien plus qu'une sensation simplement
analogue à celle que j'avais à la fin de l'après-midi
à Balbec quand toutes les tables étant déjà couvertes de leur nappe et de leur argenterie, les vastes
baies vitrées restant ouvertes tout en grand sur la
digue, sans un seul intervalle, un seul « plein »
de verre ou de pierre, tandis que le soleil descendait
lentement sur la mer où commençaient à errer les
navires, je n'avais pour rejoindre Albertine et ses
amies qui se promenaient sur la digue, qu'à enjam-
ber le cadre de bois à peine plus haut que ma che-
ville, dans la charnière duquel on avait fait pour
l'aération de l'hôtel glisser toutes ensemble les vitres
qui se continuaient. Ce n'était d'ailleurs pas seulement un écho, un double d'une sensation passée
que venait de me faire éprouver le bruit de la conduite d'eau, mais cette sensation elle-même. Dans
ce cas-là comme dans tous les précédents la sensation commune avait cherché à recréer autour
d'elle le lieu ancien, cependant que le lieu actuel
qui en tenait la place, s'opposait de toute la résistance de sa masse à cette immigration dans un
hôtel de Paris, d'une plage normande ou d'un talus
d'une voie de chemin de fer. La salle à manger
marine de Balbec avec son linge damassé préparé
comme des nappes d'autel pour recevoir le coucher
du soleil, avait cherché à ébranler la solidité de
l'hôtel de Guermantes, d'en forcer les portes et

18

avait fait vaciller un instant les canapés autour de moi, comme elle avait fait un autre jour pour les tables d'un restaurant de Paris. Toujours dans ces résurrections-là, le lieu lointain engendré autour de la sensation commune, s'était accouplé un instant comme un lutteur au lieu actuel. Toujours le lieu actuel avait été vainqueur ; toujours c'était le vaincu qui m'avait paru le plus beau, si bien que j'étais resté en extase sur le pavé inégal comme devant la tasse de thé, cherchant à maintenir aux moments où ils apparaissaient, à faire réapparaître dès qu'ils m'avaient échappé, ce Combray, ce Venise, ce Balbec envahissants et refoulés qui s'élevaient pour m'abandonner ensuite au sein de ces lieux nouveaux, mais perméables pour le passé. Et si le lieu actuel n'avait pas été aussitôt vainqueur, je crois que j'aurais perdu connaissance ; car ces résurrections du passé, dans la seconde qu'elles durent, sont si totales qu'elles n'obligent pas seulement nos yeux à cesser de voir la chambre qui est près d'eux, pour regarder la voie bordée d'arbres ou la marée montante. Elles forcent nos narines à respirer l'air de lieux pourtant si lointains, notre volonté à choisir entre les divers projets qu'ils nous proposent, notre personne toute entière à se croire entourée par eux, ou du moins à trébucher entre eux et les lieux présents dans l'étourdissement d'une incertitude pareille à celle qu'on éprouve parfois devant une vision ineffable, au moment de s'endormir.

De sorte que ce que l'être par trois et quatre fois ressuscité en moi venait de goûter, c'était peut-être bien des fragments d'existence soustraits au temps, mais cette contemplation, quoique d'éter-

nité, était fugitive. Et pourtant je sentais que le
plaisir qu'elle m'avait donné à de rares intervalles
dans ma vie, était le seul qui fût fécond et véritable.
Le signe de l'irréalité des autres ne se montre-t-il
pas assez, soit dans leur impossibilité à nous satisfaire comme par exemple les plaisirs mondains
qui causent tout au plus le malaise provoqué par
l'ingestion d'une nourriture abjecte, ou l'amitié
qui est une simulation puisque pour quelques
raisons morales qu'il le fasse l'artiste qui renonce
à une heure de travail pour une heure de causerie
avec un ami sait qu'il sacrifie une réalité pour
quelque chose qui n'existe pas (les amis n'étant
des amis que dans cette douce folie que nous avons
au cours de la vie, à laquelle nous nous prêtons,
mais que du fond de notre intelligence nous savons
l'erreur d'un fou qui croirait que les meubles vivent
et causerait avec eux), soit dans la tristesse qui suit
leur satisfaction, comme celle que j'avais eue le
jour où j'avais été présenté à Albertine de m'être
donné un mal pourtant bien petit afin d'obtenir
une chose — connaître cette jeune fille — qui ne
me semblait petite que parce que je l'avais obtenue.
Même un plaisir plus profond comme celui que j'aurais pu éprouver quand j'aimais Albertine, n'était
en réalité perçu qu'inversement par l'angoisse que
j'avais quand elle n'était pas là, car quand j'étais
sûr qu'elle allait arriver comme le jour où elle était
revenue du Trocadéro, je n'avais pas cru éprouver
plus qu'un vague ennui tandis que je m'exaltais
de plus en plus au fur et à mesure que j'approfon-
dissais le bruit du couteau ou le goût de l'infusion
avec une joie croissante pour moi qui avait fait
entrer dans ma chambre, la chambre de ma tante

20

Léonie et à sa suite tout Combray et ses deux côtés.
Aussi cette contemplation de l'essence des choses
j'étais maintenant décidé à m'attacher à elle, à la
fixer, mais comment, par quel moyen ? Sans doute,
au moment où la raideur de la serviette m'avait
rendu Balbec et pendant un instant avait caressé
mon imagination, non pas seulement de la vue de la
mer telle qu'elle était ce matin-là, mais de l'odeur
de la chambre, de la vitesse du vent, du désir de
déjeuner, de l'incertitude entre les diverses promenades, tout cela attaché à la sensation du large
commes les ailes des roues à auges dans leur course
vertigineuse, sans doute au moment où l'inégalité
des deux pavés avait prolongé les images dessé-
chées et nues que j'avais de Venise et de Saint-
Marc, dans tous les sens et toutes les dimensions,
de toutes les sensations que j'y avais éprouvées,
raccordant la place à l'église, l'embarcadère à la
place, le canal à l'embarcadère, et à tout ce que les
yeux voient, le monde de désirs qui n'est vu que de
l'esprit, j'avais été tenté sinon à cause de la saison,
d'aller me promener sur les eaux pour moi surtout
printanières de Venise, du moins de retourner à
Balbec. Mais je ne m'arrêtai pas un instant à cette
pensée ; non seulement je savais que les pays
n'étaient pas tels que leur nom me les peignait, et
qui avait été le leur quand je me les représentais.
Il n'y avait plus guère que dans mes rêves, en dor-
mant, qu'un lieu s'étendait devant moi, fait de la
pure matière, entièrement distincte des choses
communes qu'on voit, qu'on touche. Mais même
en ce qui concernait ces images d'un autre genre
encore, celles du souvenir, je savais que la beauté de
Balbec je ne l'avais pas trouvée quand j'y étais allé,

et celle même qu'il m'avait laissée, celle du souvenir, ce n'était plus celle que j'avais retrouvée
à mon second séjour. J'avais trop expérimenté
l'impossibilité d'atteindre dans la réalité ce qui
était au fond de moi-même. Ce n'était pas plus sur
la place Saint-Marc, ce que n'avait été à mon second
voyage à Balbec, ou à mon retour à Tansonville,
pour voir Gilberte, que je retrouverais le Temps
perdu, et le voyage que ne faisait que me proposer
une fois de plus l'illusion que ces impressions anciennes existaient hors de moi-même, au coin d'une
certaine place, ne pouvait être le moyen que je
cherchais. Je ne voulais pas me laisser leurrer une
fois de plus, car il s'agissait pour moi de savoir
enfin s'il était vraiment possible d'atteindre ce que,
toujours déçu comme je l'avais été en présence des
lieux et des êtres, j'avais (bien qu'une fois la pièce
pour concert de Vinteuil eût semblé me dire le
contraire) cru irréalisable. Je n'allais donc pas tenter
une expérience de plus dans la voie que je savais
depuis longtemps ne mener à rien. Des impressions
telles que celles que je cherchais à fixer ne pouvaient
que s'évanouir au contact d'une jouissance directe
qui a été impuissante à les faire naître. La seule
manière de les goûter davantage c'était de tâcher
de les connaître plus complètement, là où elles se
trouvaient, c'est-à-dire en moi-même, de les rendre
claires jusque dans leurs profondeurs. Je n'avais
pu connaître le plaisir à Balbec, pas plus que celui
de vivre avec Albertine, lequel ne m'avait été
perceptible qu'après coup. Et si je faisais la réca-
pitulation des déceptions de ma vie, en tant que
vécue, qui me faisaient croire que sa réalité devait
résider ailleurs qu'en l'action, et ne rapprochait

22

pas d'une manière purement fortuite et en suivant les vicissitudes de mon existence, des désappointements différents, je sentais bien que la déception du voyage, la déception de l'amour n'étaient pas des déceptions différentes, mais l'aspect varié que prend selon le fait auquel il s'applique, l'impuissance que nous avons à nous réaliser dans la jouissance matérielle, dans l'action effective. Et repensant à cette joie extra temporelle causée, soit par le bruit de la cuiller, soit par le goût de la madeleine, je me disais : « Était-ce cela ce bonheur proposé par la petite phrase de la sonate à Swann qui s'était trompé en l'assimilant au plaisir de l'amour et n'avait pas su le trouver dans la création artistique ; ce bonheur que m'avait fait pressentir comme plus supra-terrestre encore que n'avait fait la petite phrase de la sonate, l'appel rouge et mystérieux de ce septuor que Swann n'avait pu connaître, étant mort comme tant d'autres avant que la vérité faite pour eux eût été révélée. D'ailleurs elle n'eût pu lui servir car cette phrase pouvait bien symboliser un appel mais non créer des forces et faire de Swann l'écrivain qu'il n'était pas. Cependant, je m'avisai au bout d'un moment et après avoir pensé à ces résurrections de la mémoire que, d'une autre façon, des impressions obscures avaient quelquefois et déjà à Combray, du côté de Guermantes, sollicité ma pensée, à la façon de ces réminiscences, mais qui cachaient non une sensation d'autrefois, mais une vérité nouvelle, une image précieuse que je cherchais à découvrir par des efforts du même genre que ceux qu'on fait pour se rappeler quelque chose comme si nos plus belles idées étaient comme des airs de musique qui nous

reviendraient sans que nous les eussions jamais
entendus, et que nous nous efforcerions d'écouter,
de transcrire. Je me souvins avec plaisir parce que
cela me montrait que j'étais déjà le même alors
et que cela recouvrait un trait fondamental de ma
nature, avec tristesse aussi en pensant que depuis
lors je n'avais jamais progressé, que déjà à Combray je fixais avec attention devant mon esprit
quelque image qui m'avait forcé à la regarder,
un nuage, un triangle, un clocher, une fleur, un
caillou, en sentant qu'il y avait peut-être sous ces
signes quelque chose de tout autre que je devais
tâcher de découvrir, une pensée qu'ils traduisaient
à la façon de ces caractères hiéroglyphes qu'on croirait représenter seulement des objets matériels.
Sans doute, ce déchiffrage était difficile, mais seul
il donnait quelque vérité à lire. Car les vérités
que l'intelligence saisit directement à claire-voie
dans le monde de la pleine lumière ont quelque
chose de moins profond, de moins nécessaire que
celles que la vie nous a malgré nous communi-
quées en une impression, matérielle parce qu'elle
est entrée par nos sens, mais dont nous pouvons
dégager l'esprit. En somme, dans ce cas comme dans
l'autre, qu'il s'agisse d'impressions comme celles
que m'avait données la vue des clochers de Martinville, ou de réminiscences comme celle de l'inégalité des deux marches ou le goût de la madeleine
il fallait tâcher d'interpréter les sensations comme
les signes d'autant de lois et d'idées, en essayan
de penser, c'est-à-dire de faire sortir de la pénombr
ce que j'avais senti, de le convertir en un équivalen
spirituel. Or, ce moyen qui me paraissait le seul
qu'était-ce autre chose que faire une œuvre d'art

24

Et déjà les conséquences se pressaient dans mon esprit ; car qu'il s'agît de réminiscences dans le genre du bruit de la fourchette, ou du goût de la madeleine, ou de ces vérités écrites à l'aide de figures dont j'essayais de chercher le sens dans ma tête, où, clochers, herbes folles, elles composaient un grimoire compliqué et fleuri, leur premier caractère était que je n'étais pas libre de les choisir, qu'elles m'étaient données telles quelles. Et je sentais que ce devait être la griffe de leur authenticité. Je n'avais pas été chercher les deux pavés de la cour où j'avais buté. Mais justement la façon fortuite, inévitable, dont la sensation avait été rencontrée, contrôlait la vérité d'un passé qu'elle ressuscitait, des images qu'elle déclanchait, puisque nous sentons son effort pour remonter vers la lumière, que nous sentons la joie du réel retrouvé. Elle est le contrôle de la vérité de tout le tableau fait d'impressions contemporaines qu'elle ramène à sa suite, avec cette infaillible proportion de lumière et d'ombre, de relief et d'omission, de souvenir et d'oubli, que la mémoire ou l'observation conscientes ignoreront toujours.

Le livre intérieur de ces signes inconnus (de signes en relief, semblait-il, que mon attention explorant mon inconscient allait chercher, heurtait, contournait, comme un plongeur qui sonde), pour sa lecture, personne ne pouvait m'aider d'aucune règle, cette lecture consistant en un acte de création où nul ne peut nous suppléer, ni même collaborer avec nous. Aussi combien se détournent de l'écrire, que de tâches n'assume-t-on pas pour éviter celle-là. Chaque événement, que ce fût l'affaire Dreyfus, que ce fût la guerre, avait fourni d'autres excuses

aux écrivains pour ne pas déchiffrer ce livre-là ;
ils voulaient assurer le triomphe du droit, refaire
l'unité morale de la nation, n'avaient pas le temps
de penser à la littérature. Mais ce n'étaient que des
excuses parce qu'ils n'avaient pas ou plus, de génie,
c'est-à-dire d'instinct. Car l'instinct dicte le devoir
et l'intelligence fournit les prétextes pour l'éluder.
Seulement les excuses ne figurent point dans l'art,
les intentions n'y sont pas comptées, à tout moment
l'artiste doit écouter son instinct, ce qui fait que
l'art est ce qu'il y a de plus réel, la plus austère
école de la vie, et le vrai Jugement dernier. Ce livre,
le plus pénible de tous à déchiffrer, est aussi le
seul que nous ait dicté la réalité, le seul dont « l'impression » ait été faite en nous par la réalité même.
De quelque idée laissée en nous par la vie qu'il
s'agisse, sa figure matérielle, trace de l'impression
qu'elle nous a faite, est encore le gage de sa vérité
nécessaire. Les idées formées par l'intelligence pure
n'ont qu'une vérité logique, une vérité possible,
leur élection est arbitraire. Le livre aux caractères
figurés, non tracés par nous est notre seul livre.
Non que les idées que nous formons ne puissent
être justes logiquement, mais nous ne savons pas
si elles sont vraies. Seule l'impression, si chétive
qu'en semble la matière, si invraisemblable la trace,
est un critérium de vérité et à cause de cela mérite
seule d'être appréhendée par l'esprit car elle est
seule capable, s'il sait en dégager cette vérité,
de l'amener à une plus grande perfection et de lui
donner une pure joie. L'impression est pour l'écrivain ce qu'est l'expérimentation pour le savant
avec cette différence que chez le savant, le travail
de l'intelligence précède et chez l'écrivain vient

26

après. Ce que nous n'avons pas eu à déchiffrer,
à éclaircir par notre effort personnel, ce qui était
clair avant nous, n'est pas à nous. Ne vient de nous-
même que ce que nous tirons de l'obscurité qui est
en nous et que ne connaissent pas les autres. Et
comme l'art recompose exactement la vie, autour
de ces vérités qu'on a atteintes en soi-même flotte
une atmosphère de poésie, la douceur d'un mystère
qui n'est que la pénombre que nous avons traversée.
Un rayon oblique du couchant me rappelle instantanément un temps auquel je n'avais jamais re-
pensé et où dans ma petite enfance, comme ma
tante Léonie avait une fièvre que le Dr Percepied
avait craint typhoïde, on m'avait fait habiter une
semaine la petite chambre qu'Eulalie avait sur la
place de l'Église, où il n'y avait qu'une sparterie
par terre et à la fenêtre un rideau de percale, bour-
donnant toujours d'un soleil auquel je n'étais pas
habitué. Et en voyant comme le souvenir de cette
petite chambre d'ancienne domestique ajoutait tout
d'un coup à ma vie passée, une longue étendue si
différente du reste et si délicieuse, je pensai par
contraste au néant d'impressions qu'avaient apporté dans ma vie les fêtes les plus somptueuses
dans les hôtels les plus princiers. La seule chose
un peu triste dans cette chambre d'Eulalie était
qu'on y entendait le soir à cause de la proximité
du viaduc les hululements des trains. Mais comme
je savais que ces beuglements émanaient de machines
réglées, ils ne m'épouvantaient pas comme aurait
pu faire à une époque de la préhistoire, les cris
poussés par un mammouth voisin dans sa promenade libre et désordonnée.

Ainsi j'étais déjà arrivé à cette conclusion que nous

ne sommes nullement libres devant l'œuvre d'art, que nous ne la faisons pas à notre gré, mais que, préexistant à nous, nous devons, à la fois parce qu'elle est nécessaire et cachée, et comme nous ferions pour une loi de la nature, la découvrir. Mais cette découverte que l'art pouvait nous faire faire n'était-elle pas au fond celle de ce qui devrait nous être le plus précieux, et de ce qui nous reste d'habitude à jamais inconnu, notre vraie vie, la réalité telle que nous l'avons sentie et qui diffère tellement de ce que nous croyons que nous sommes emplis d'un tel bonheur, quand le hasard nous en apporte le souvenir véritable. Je m'en assurais, par la fausseté même de l'art prétendu réaliste et qui ne serait pas si mensonger si nous n'avions pris dans la vie l'habitude de donner à ce que nous sentons une expression qui en diffère tellement et que nous prenons au bout de peu de temps pour la réalité même. Je sentais que je n'aurais pas à m'embarrasser des diverses théories littéraires qui m'avaient un moment troublé — notamment celles que la critique avait développées au moment de l'Affaire Dreyfus et avait reprises pendant la guerre et qui tendaient à « faire sortir l'artiste de sa tour d'ivoire », à traiter de sujets non frivoles ni sentimentaux, à peindre de grands mouvements ouvriers, et à défaut de foules à tout le moins non plus d'insignifiants oisifs — « j'avoue que la peinture de ces inutiles m'indiffère assez » disait Bloch — mais de nobles intellectuels ou des héros. D'ailleurs même avant de discuter leur contenu logique, ces théories me paraissaient dénoter chez ceux qui les soutenaient une preuve d'infériorité, comme un enfant vraiment bien élevé qui entend des gens chez qui on l'a envoyé déjeuner dire : « nous

28

avouons tout, nous sommes francs », sent que cela
dénote une qualité morale inférieure à la bonne action
pure et simple qui ne dit rien. L'art véritable n'a
que faire de tant de proclamations et s'accomplit
dans le silence. D'ailleurs ceux qui théorisaient ainsi
employaient des expressions toutes faites qui ressemblaient singulièrement à celles d'imbéciles qu'ils
flétrissaient. Et peut-être est-ce plutôt à la qualité
du langage qu'au genre d'esthétique qu'on peut juger
du degré auquel a été porté le travail intellectuel
et moral. Mais inversement cette qualité du langage
(et même pour étudier les lois du caractère on le
peut aussi bien en prenant un sujet sérieux ou frivole, comme un prosecteur peut aussi bien étudier
celles de l'anatomie sur le corps d'un imbécile que
sur celui d'un homme de talent : les grandes lois
morales, aussi bien que celles de la circulation du
sang ou de l'élimination rénale diffèrent peu selon
la valeur intellectuelle des individus) dont croient
pouvoir se passer les théoriciens, ceux qui admirent
les théoriciens, croient facilement qu'elle ne prouve
pas une grande valeur intellectuelle, valeur qu'ils
ont besoin pour la discerner de voir exprimer directement et qu'ils n'induisent pas de la beauté d'une
image. D'où la grossière tentation pour l'écrivain
d'écrire des œuvres intellectuelles. Grande indéli-
catesse. Une œuvre où il y a des théories est comme
un objet sur lequel on laisse la marque du prix.
Encore cette dernière ne fait-elle qu'exprimer une
valeur qu'au contraire en littérature le raisonnement
logique diminue. On raisonne, c'est-à-dire on vagabonde chaque fois qu'on n'a pas la force de s'as-
treindre à faire passer une impression par tous les
états successifs qui aboutiront à sa fixation, à l'ex-

pression de sa réalité. La réalité à exprimer résidait, je le comprenais maintenant non dans l'apparence du sujet mais dans le degré de pénétration de cette impression à une profondeur où cette apparence importait peu, comme le symbolisaient ce bruit de cuiller sur une assiette, cette raideur empesée de la serviette qui m'avaient été plus précieux pour mon renouvellement spirituel que tant de conversations humanitaires, patriotiques, internationalistes. Plus de style avais-je entendu dire alors, plus de littérature, de la vie. On peut penser combien même les simples théories de M. de Norpois « contre les joueurs de flûtes » avaient refleuri depuis la guerre. Car tous ceux qui n'ayant pas le sens artistique, c'est-à-dire la soumission à la réalité intérieure, peuvent être pourvus de la faculté de raisonner à perte de vue sur l'art, pour peu qu'ils soient par surcroît diplomates ou financiers, mêlés aux « réalités » du temps présent, croient volontiers que la littérature est un jeu de l'esprit destiné à être éliminé de plus en plus dans l'avenir. Quelques-uns voulaient que le roman fût une sorte de défilé cinématographique des choses. Cette conception était absurde. Rien ne s'éloigne plus de ce que nous avons perçu en réalité qu'une telle vue cinématographique. Justement, comme en entrant dans cette bibliothèque, je m'étais souvenu de ce que les Goncourt disent des belles éditions originales qu'elle contient, je m'étais promis de les regarder, tant que j'étais enfermé ici. Et tout en poursuivant mon raisonnement, je tirais un à un, sans trop y faire attention du reste, les précieux volumes, quand au moment où j'ouvrais distraitement l'un d'eux : *François le Champi* de George Sand, je me sentis désagréablement frappé comme par quelque impression trop en désaccord avec mes pensées actuelles, jusqu'au moment où, avec une émotion qui alla jusqu'à me faire pleurer, je reconnus combien cette impression était d'accord avec elles. Tel à l'instant que dans la chambre mortuaire les employés des pompes funèbres se préparent à descendre la bière, le fils d'un homme qui a rendu des services à la patrie serrant la main aux derniers amis qui défilent, si tout à coup retentit sous les fenêtres une fanfare, se révolte, croyant à quelque moquerie dont on insulte son chagrin, puis lui qui est resté maître de soi jusque-là ne peut plus retenir ses larmes, lorsqu'il vient à comprendre que ce qu'il entend c'est la musique d'un régiment qui s'associe à son deuil et rend honneur à la dépouille de son père. Tel, je venais de reconnaître la douloureuse impression que j'avais éprouvée en lisant le titre d'un livre dans la bibliothèque du Prince de Guermantes, titre qui m'avait donné l'idée que la littérature nous offrait vraiment ce monde du mystère que je ne trouvais plus en elle. Et pourtant ce n'était pas un livre bien extraordinaire, c'était *François le Champi*, mais ce nom-là comme le nom des Guermantes n'était pas pour moi comme ceux que j'avais connus depuis. Le souvenir de ce qui m'avait semblé inexplicable dans le sujet de *François le Champi*, tandis que maman me lisait le livre de George Sand, était réveillé par ce titre, aussi bien que le nom de Guermantes (quand je n'avais pas vu les Guermantes depuis longtemps), contenait pour moi tant de féodalité — comme *François le Champi* l'essence du roman — et se substituait pour un instant à l'idée fort commune de ce que sont les romans berrichons de George Sand.

31

Dans un dîner quand la pensée reste toujours à la surface, j'aurais pu sans doute parler de *François le Champi* et des Guermantes, sans que ni l'un ni l'autre fussent ceux de Combray. Mais quand j'étais seul, comme en ce moment, c'est à une profondeur plus grande que j'avais plongé. A ce moment-là l'idée que telle personne dont j'avais fait la connaissance dans le monde était la cousine de Mme de Guermantes, c'est-à-dire d'un personnage de lanterne magique me semblait incompréhensible, et tout autant que les plus beaux livres que j'avais lus fussent — je ne dis pas même supérieurs ce qu'ils étaient pourtant — mais égaux à cet extraordinaire *François le Champi*. C'était une impression d'enfance bien ancienne où mes souvenirs d'enfance et de famille étaient tendrement mêlés et que je n'avais pas reconnue tout de suite. Je m'étais au premier instant demandé avec colère quel était l'étranger qui venait me faire mal et l'étranger c'était moi-même, c'était l'enfant que j'étais alors, que le livre venait de susciter en moi, car de moi ne connaissant que cet enfant, c'est cet enfant que le livre avait appelé tout de suite, ne voulant être regardé que par ses yeux, aimé que par son cœur et ne parler qu'à lui. Aussi ce livre que ma mère m'avait lu haut à Combray presque jusqu'au matin avait-il gardé pour moi tout le charme de cette nuit-là. Certes la « plume » de George Sand, pour prendre une expression de Brichot qui aimait tant dire qu'un livre était écrit d'une plume alerte, ne me semblait pas du tout comme elle avait paru si longtemps à ma mère avant qu'elle modelât lentement ses goûts littéraires sur les miens, une plume magique. Mais c'était une plume que sans le vouloir j'avais élec-

trisée comme s'amusent souvent à faire les collé
giens, et voici que mille riens de Combray, et que
je n'apercevais plus depuis longtemps, sautaient
légèrement d'eux-mêmes et venaient à la queue-leu
leu se suspendre au bec aimanté, en une chaîne
interminable et tremblante de souvenirs. Certains
esprits qui aiment le mystère veulent croire que les
objets conservent quelque chose des yeux qui les
regardèrent, que les monuments et les tableaux
ne nous apparaissent que sous le voile sensible que
leur ont tissé l'amour et la contemplation de tant
d'adorateurs, pendant des siècles. Cette chimére
deviendrait vraie s'ils la transposaient dans le domaine de la seule réalité pour chacun, dans le
domaine de sa propre sensibilité.

Oui, en ce sens-là, en ce sens-là seulement ; mais
il est bien plus grand, une chose que nous avons
regardée autrefois, si nous la revoyons, nous rapporte
avec le regard que nous y avons posé, toutes les
images qui le remplissaient alors. C'est que les
choses — un livre sous sa couverture rouge comme
les autres — sitôt qu'elles sont perçues par nous,
deviennent en nous quelque chose d'immatériel, de
même nature que toutes nos préoccupations ou
nos sensations de ce temps-là et se mêlent indisso-
lublement à elles. Tel nom lu dans un livre autrefois,
contient entre ses syllabes le vent rapide et le soleil
brillant qu'il faisait quand nous le lisions. Dans la
moindre sensation apportée par le plus humble
aliment, l'odeur du café au lait, nous retrouvons
cette vague espérance d'un beau temps qui, si
souvent, nous sourit, quand la journée était encore
intacte et pleine, dans l'incertitude du ciel matinal ;
une lueur est un vase rempli de parfum, de sons, de

33   18

moments, d'humeurs variées, de climats. De sorte
que la littérature qui se contente de « décimer les
choses », d'en donner seulement un misérable relevé
de lignes et de surfaces, est celle qui tout en s'appelant réaliste est la plus éloignée de la réalité, celle
qui nous appauvrit et nous attriste le plus, car elle
coupe brusquement toute communication de notre
moi présent avec le passé dont les choses gardaient
l'essence et l'avenir, où elles nous incitent à le goûter
de nouveau. C'est elle que l'art digne de ce nom doit
exprimer et s'il y échoue, on peut encore tirer de
son impuissance un enseignement (tandis qu'on n'en
tire aucun des réussites du réalisme) à savoir que
cette essence est en partie subjective et incommuni-
cable.

Bien plus, une chose que nous vîmes à une certaine époque, un livre que nous lûmes ne restent pas
unis à jamais seulement à ce qu'il y avait autour
de nous ; il le reste aussi fidèlement à ce que nous
étions alors, il ne peut plus être repassé que par la
sensibilité, par la personne que nous étions alors
si je reprends même par la pensée, dans la bibliothèque *François le Champi*, immédiatement en moi un
enfant se lève qui prend ma place, qui seul a le droit
de lire ce titre : *François le Champi*, et qui le lit
comme il le lut alors, avec la même impression du
temps qu'il faisait dans le jardin, les mêmes rêves
qu'il formait alors sur les pays et sur la vie, la même
angoisse du lendemain. Que je revoie une chose d'un
autre temps, c'est un autre jeune homme qui se
lèvera. Et ma personne d'aujourd'hui n'est qu'une
carrière abandonnée qui croit que tout ce qu'elle
contient est pareil et monotone mais d'où chaque
souvenir, comme un sculpteur de Grèce, tire de

34

statues innombrables. Je dis chaque chose que nous revoyons, car les livres, se comportant en cela comme ces choses, la manière dont leur dos s'ouvrait, le grain du papier peut avoir gardé en lui un souvenir aussi vif, de la façon dont j'imaginais alors Venise et du désir que j'avais d'y aller que les phrases mêmes des livres. Plus vif même car celles-ci gênent parfois comme ces photographies d'un être devant lesquelles on se le rappelle moins bien qu'en se contentant de penser à lui. Certes, pour bien des livres de mon enfance, et hélas pour certains livres de Bergotte lui-même, quand un soir de fatigue il m'arrivait de les prendre, ce n'était pourtant que comme j'aurais pris un train dans l'espoir de me reposer par la vision de choses différentes et en respirant l'atmosphère d'autrefois. Mais il arrive que cette évocation recherchée se trouve entravée au contraire par la lecture prolongée du livre. Il en est un de Bergotte (qui dans la bibliothèque du Prince portait une dédicace d'une flagornerie et d'une platitude extrêmes), lu jadis en entier un jour d'hiver où je ne pouvais voir Gilberte, et où je ne peux réussir à retrouver les pages que j'aimais tant. Certains mots me feraient croire que ce sont elles, mais c'est impossible. Où serait donc la beauté que je leur trouvais ? Mais du volume lui-même, la neige qui couvrait les Champs-Élysées, le jour où je le lus, n'a pas été enlevée. Je la vois toujours. Et c'est pour cela que si j'avais été tenté d'être bibliophile, comme l'était le prince de Guermantes, je ne l'aurais été que d'une façon, mais de façon particulière, comme celle qui recherche cette beauté indépendante de la valeur propre d'un livre et qui lui vient pour les amateurs de connaître les biblio-

35

thèques par où il a passé, de savoir qu'il fut donné à l'occasion de tel événement, par tel souverain à tel homme célèbre, de l'avoir suivi, de vente en vente, à travers sa vie ; cette beauté historique en quelque sorte d'un livre ne serait pas perdue pour moi. Mais c'est plus volontiers de l'histoire de ma propre vie, c'est-à-dire non pas en simple curieux, que je la dégagerais ; et ce serait souvent non pas à l'exemplaire matériel que je l'attacherais, mais à l'ouvrage comme à ce *François de Champi* contemplé pour la première fois dans ma petite chambre de Combray, pendant la nuit peut-être la plus douce et la plus triste de ma vie — où j'avais hélas (dans un temps où me paraissaient bien inaccessibles les mystérieux Guermante) obtenu de mes parents une première abdication d'où je pouvais faire dater le déclin de ma santé et de mon vouloir, mon renoncement chaque jour aggravé à une tâche difficile — et re-retrouvé aujourd'hui dans la bibliothèque des Guermantes précisément, par le jour de plus beau et dont s'éclairaient soudain non seulement les tâtonnements anciens de ma pensée, mais même le but de ma vie et peut-être de l'art. Pour les exemplaires eux-mêmes des livres, j'eusse été d'ailleurs capable de m'y intéresser, dans une acception vivante. La première édition d'un ouvrage m'eût été plus précieuse que les autres, mais j'aurais entendu par elle l'édition où je le lus pour la première fois. Je rechercherais les éditions originales, je veux dire celles où j'eus de ce livre une impression originale. Car les impressions suivantes ne le sont plus. Je collectionnerais pour les romans les reliures d'autrefois, celles du temps où je lus mes premiers romans et qui entendaient tant de fois papa me dire : « tiens-

36

toi droit ». Comme la robe où nous vîmes pour la première fois une femme, elles m'aideraient à retrouver l'amour que j'avais alors, la beauté sur laquelle j'ai superposé tant d'images, de moins en moins aimées, pour pouvoir retrouver la première, moi qui ne suis pas le moi qui l'ai vu et qui dois céder la place au moi que j'étais alors afin qu'il appelle la chose qu'il connut et que mon moi d'aujourd'hui ne connaît point. La bibliothèque que je composerais ainsi serait même d'une valeur plus grande encore, car les livres que je lus jadis à Combray, à Venise, enrichis maintenant par mémoire de vastes enluminures représentant l'église Saint-Hilaire, la gondole amarrée au pied de Saint-Georges-le-majeur sur le Grand Canal incrusté de scintillants saphirs, seraient devenus dignes de ces « livres à images », bibles historiées, que l'amateur n'ouvre jamais pour lire le texte mais pour s'enchanter une fois de plus des couleurs qu'y a ajoutées quelque émule de Fouquet et qui fait tout le prix de l'ouvrage. Et pourtant même n'ouvrir ces livres lus autrefois que pour regarder les images qui ne les ornaient pas alors me semblerait encore si dangereux que même en ce sens, le seul que je pusse comprendre, je ne serais pas tenté d'être bibliophile. Je sais trop combien ces images laissées par l'esprit sont aisément effacées par l'esprit. Aux anciennes il en substitue de nouvelles qui n'ont plus le même pouvoir de résurrection. Et si j'avais encore le *François le Champi* que maman sortit un soir du paquet de livres que ma grand'mère devait me donner pour ma fête, je ne le regarderais jamais ; j'aurais trop peur d'y insérer peu à peu de mes impressions d'aujourd'hui couvrant complètement celles d'autrefois, j'au-

rais trop peur de le voir devenir à ce point une chose
du présent que quand je lui demanderais de susciter
une fois encore l'enfant qui déchiffra son titre dans
la petite chambre de Combray, l'enfant ne reconnaissant pas son accent, ne répondît plus à son appel
et restât pour toujours enterré dans l'oubli.

*
* *

L'idée d'un art populaire comme d'un art patriotique si même elle n'avait pas été dangereuse me
semblait ridicule. S'il s'agissait de le rendre accessible au peuple, on sacrifiait les raffinements de la
forme « bons pour des oisifs » ; or, j'avais assez fréquenté de gens du monde pour savoir que ce sont
eux les véritables illettrés et non les ouvriers élec-
triciens. A cet égard un art populaire par la forme
eût été destiné plutôt aux membres du Jockey qu'à
ceux de la Confédération générale du travail ; quant
aux sujets, les romans populaires enivrent autant
les gens du peuple que les enfants ces livres qui sont
écrits pour eux. On cherche à se dépayser en lisant
et les ouvriers sont aussi curieux des princes, que
les princes des ouvriers. Dès le début de la guerre,
M. Barrès avait dit que l'artiste (en l'espèce le Titien),
doit avant tout servir la gloire de sa patrie. Mais il
ne peut la servir qu'en étant artiste, c'est-à-dire qu'à
condition au moment où il étudie les lois de l'Art,
institue ses expériences et fait ses découvertes, aussi
délicates que celles de la Science, de ne pas penser à
autre chose — fût-ce à la patrie — qu'à la vérité
qui est devant lui. N'imitons pas les révolutionnaires
qui par « civisme » méprisaient s'ils ne les détruisaient pas les œuvres de Watteau et de La Tour,
peintres qui honoraient davantage la France que

tous ceux de la Révolution. L'anatomie n'est peut-
être pas ce que choisirait un cœur tendre, si l'on
avait le choix. Ce n'est pas la bonté de son cœur
vertueux, laquelle était fort grande qui a fait écrire
à Choderlos de Laclos les Liaisons Dangereuses,
ni son goût pour la petite bourgeoisie petite ou grande
qui a fait choisir à Flaubert comme sujets ceux de
Mme Bovary et de l'Education Sentimentale. Certains disaient que l'art d'une époque de hâte serait
bref, comme ceux qui prédisaient avant la guerre
qu'elle serait courte. Le chemin de fer devait ainsi
tuer la contemplation, il était vain de regretter le
temps des diligences, mais l'automobile remplit
leur fonction et arrête à nouveau les touristes vers
les églises abandonnées.

Une image offerte par la vie, nous apporte en
réalité à ce moment-là des sensations multiples et
différentes. La vue par exemple de la couverture
d'un livre déjà lu a tissé dans les caractères de son
titre les rayons de lune d'une lointaine nuit d'été.
Le goût du café au lait matinal nous apporte cette
vague espérance d'un beau temps qui jadis si souvent pendant que nous le buvions dans un bol de
porcelaine blanche, crémeuse et plissée qui semblait
du lait durci, se mit à nous sourire dans la claire
incertitude du petit jour. Une heure n'est pas qu'une
heure, c'est un vase rempli de parfums, de sons,
de projets et de climats. Ce que nous appelons la
réalité est un certain rapport entre ces sensations
et ces souvenirs qui nous entourent simultanément
— rapport que supprime une simple vision cinématographique, laquelle s'éloigne par là d'autant plus
du vrai qu'elle prétend se borner à lui — rapport
unique que l'écrivain doit retrouver pour en enchaî-

ner à jamais dans sa phrase les deux termes différents. On peut faire se succéder indéfiniment dans
une description les objets qui figuraient dans le lieu
décrit, la vérité ne commencera qu'au moment où
l'écrivain prendra deux objets différents, posera leur
rapport, analogue dans le monde de l'art à celui
qu'est le rapport unique, de la loi causale, dans le
monde de la science et les enfermera dans les anneaux
nécessaires d'un beau style, ou même, ainsi que la vie,
quand en rapprochant une qualité commune à deux
sensations, il dégagera leur essence en les réunissant
l'une et l'autre pour les soustraire aux contingences
du temps, dans une métaphore, et les enchaînera
par le lien indescriptible d'une alliance de mots.
La nature elle-même, à ce point de vue sur la voie
de l'art, n'était elle pas commencement d'art,
elle qui souvent ne m'avait permis de connaître
la beauté d'une chose que longtemps après dans
une autre, midi à Combray que dans le bruit
de ses cloches, les matinées de Doncières que dans
les hoquets de notre calorifère à eau. Le rapport
peut être peu intéressant, les objets médiocres, le
style mauvais, mais tant qu'il n'y a pas eu cela
il n'y a rien eu. La littérature qui se contente de
« décrire les choses », de donner un misérable relevé
de leurs lignes et de leur surface est malgré sa prétention réaliste la plus éloignée de la réalité, celle
qui nous appauvrit et nous attriste le plus ne parla-
t-elle que de gloire et de grandeurs, car elle coupe
brusquement toute communication de notre moi
présent avec le passé dont les choses gardent l'essence
et l'avenir où elles nous incitent à le goûter encore.
Mais il y avait plus. Si la réalité était cette espèce
de déchet de l'expérience, à peu près identique pour

40

chacun, parce que quand nous disons : un mauvais temps, une guerre, une station de voiture, un restaurant éclairé, un jardin en fleurs, tout le monde sait ce que nous voulons dire ; si la réalité était cela, sans doute une sorte de film cinématographique de ces choses suffirait et le « style », la « littérature » qui s'écarteraient de leur simple donnée seraient un hors d'œuvre artificiel. Mais était-ce bien cela la réalité. Si j'essayais de me rendre compte de ce qui se passe en effet en nous au moment où une chose nous fait une certaine impression, soit que comme ce jour où en passant sur le pont de la Vivonne, l'ombre d'un nuage sur l'eau m'eût fait crier « zut alors » en sautant de joie, soit qu'écoutant une phrase de Bergotte tout ce que j'eusse vu de mon impression c'est ceci qui ne lui convenait pas spécialement : « c'est admirable », soit qu'irrité d'un mauvais procédé, Bloch prononçât ces mots qui ne convenaient pas du tout à une aventure si vulgaire : « Qu'on agisse ainsi, je trouve cela même fantastique », soit quand flatté d'être bien reçu chez les Guermantes, et d'ailleurs un peu grisé par leurs vins je n'aie pu m'empêcher de dire à mi-voix, seul, en les quittant : « ce sont tout de même des êtres exquis avec qui il serait doux de passer la vie », je m'apercevais que pour exprimer ces impressions pour écrire ce livre essentiel, le seul livre vrai, un grand écrivain n'a pas dans le sens courant à l'inventer puisque il existe déjà en chacun de nous, mais à le traduire. Le devoir et la tâche d'un écrivain sont ceux d'un traducteur.

Or si quand il s'agit du langage inexact de l'amour propre par exemple. le redressement de l'oblique discours intérieur (qui va s'éloignant de plus en plus de l'impression première et cérébrale) jusqu'à ce qu'il se confonde avec la droite qui aurait dû partir de l'impression, si ce redressement est chose malaisée contre quoi boude notre paresse, il est d'autres cas, celui où il s'agit de l'amour par exemple, où ce même redressement devient douloureux. Toutes nos feintes indifférences, toute notre indignation contre ses mensonges si naturels, si semblables à ceux que nous pratiquons nous-mêmes, en un mot tout ce que nous n'avons cessé, chaque fois que nous étions malheureux ou trahis, non seulement de dire à l'être aimé, mais même en attendant de le voir, de nous dire sans fin à nous-même, quelquefois à haute voix dans le silence de notre chambre troublé par quelques : « non, vraiment, de tels procédés sont intolérables » et « j'ai voulu te recevoir une dernière fois et ne nierai pas que cela me fasse de la peine », ramener tout cela à la vérité ressentie dont cela s'était tant écarté, c'est abolir tout ce à quoi nous tenions le plus, ce qui seul à seul avec nous-mêmes, dans des projets fiévreux de lettres et de démarches fut notre entretien passionné avec nous-mêmes.

Même dans les joies artistiques qu'on recherche pourtant en vue de l'impression qu'elles donnent, nous nous arrangeons le plus vite possible à laisser de côté comme inexprimable ce qui est précisément cette impression même et à nous attacher à ce qui nous permet d'en éprouver le plaisir sans le connaître jusqu'au fond et de croire le communiquer à d'autres amateurs avec qui la conversation sera possible, parce que nous leur parlerons d'une chose qui est

la même pour eux et pour nous, la racine personnelle de notre propre impression étant supprimée.
Dans les moments mêmes où nous sommes les spectateurs les plus désintéressés de la nature, de la
société, de l'amour, de l'art lui-même — comme toute
impression est double, à demi engainée dans l'objet,
prolongée en nous-même par une autre moitié que
seuls nous pourrions connaître, nous nous empres-
sons de négliger celle-là, c'est-à-dire la seule à laquelle
nous devrions nous attacher et nous ne tenons compte
que de l'autre moitié qui ne pouvant pas être appro-
fondie parce qu'elle est extérieure, ne sera cause
pour nous d'aucune fatigue : le petit sillon qu'une
phrase musicale ou la vue d'une église a creusé en nous,
nous trouvons trop difficile de tâcher de l'apercevoir.
Mais nous rejouons la symphonie, nous retournons
voir l'église jusqu'à ce que — dans cette fuite, loin
de notre propre vie que nous n'avons pas le courage
de regarder, et qui s'appelle l'érudition — nous les
connaissions aussi bien, de la même manière, que le
plus savant amateur de musique ou d'archéologie.
Aussi combien s'en tiennent là qui n'extraient rien
de leur impression, vieillissent inutiles et insatis-
faits, comme des célibataires de l'art. Ils ont les chagrins qu'ont les vierges et les paresseux, et que la
fécondité dans le travail guérirait. Ils sont plus
exaltés à propos des œuvres d'art que les véritables
artistes, car leur exaltation n'étant pas pour eux
l'objet d'un dur labeur d'approfondissement, elle se
répand au dehors, échauffe leurs conversations,
empourpre leur visage ; ils croient accomplir un
acte, en hurlant à se casser la voix : « Bravo, bravo »,
après l'exécution d'une œuvre qu'ils aiment. Mais
ces manifestations ne les forcent pas à éclaircir la

43

nature de leur amour, ils ne la connaissent pas.
Cependant celui-ci inutilisé, reflue même sur leurs
conversations les plus calmes, leur fait faire de grands
gestes, des grimaces, des hochements de tête quand
ils parlent d'art. « J'ai été à un concert où on jouait
une musique qui, je vous avouerai, ne m'emballait
pas. On commence alors le quatuor. Ah! mais non
d'une pipe ça change (la figure de l'amateur à ce
moment-là exprime une inquiétude anxieuse comme
s'il pensait : « mais je vois des étincelles, ça sent le
roussi, il y a le feu »). Tonnerre de Dieu, ce que j'entends là c'est exaspérant, c'est mal écrit, mais c'est
epastrouillant, ce n'est pas l'œuvre de tout le monde »
Encore si risibles que soient ces amateurs, ils ne sont
pas tout à fait à dédaigner. Ils sont les premiers
essais de la nature qui veut créer l'artiste, aussi
informes, aussi peu viables que ces premiers animaux qui précédèrent les espèces actuelles et qui
n'étaient pas constitués pour durer. Ces amateurs
velleitaires et stériles doivent nous toucher comme
ces premiers appareils qui ne purent quitter la terre
mais où résidait non encore le moyen secret et qui
restait à découvrir, mais le désir du vol. « Et mon
vieux, ajoute l'amateur en vous prenant par le bras,
moi c'est la huitième fois que je l'entends et je vous
jure bien que ce n'est pas la dernière ». Et en effet
comme ils n'assimilent pas ce qui dans l'art est vraiment nourricier, ils ont tout le temps besoin de
joies artistiques, en proie à une boulimie qui ne
les rassasie jamais. Ils vont donc applaudir longtemps
de suite la même œuvre, croyant de plus que leur
présence réalise un devoir, un acte, comme d'autres
personnes la leur à une séance d'un Conseil d'Admi-
nistration, à un enterrement. Puis viennent des œu-

vres autres même opposées que ce soit en littérature, en peinture ou en musique. Car la faculté de lancer des idées, des systèmes et surtout de se les assimiler, a toujours été beaucoup plus fréquente, même chez ceux qui produisent, que le véritable goût, mais prend une extension plus considérable depuis que les revues, les journaux littéraires se sont multipliés (et avec eux les vocations factices d'écrivains et d'artistes). Ainsi la meilleure partie de la jeunesse, la plus intelligente, la plus intéressée, n'aimait-elle plus que les œuvres ayant une haute portée morale et sociologique, même religieuse. Elle s'imaginait que c'était là le critérium de la valeur d'une œuvre, renouvelant ainsi l'erreur des David, des Chenavard, des Brunetière, etc. On préférait à Bergotte dont les plus jolies phrases avaient exigé en réalité un bien plus profond repli sur soi-même des écrivains qui semblaient plus profonds simplement parce qu'ils écrivaient moins bien. La complication de son écriture n'était faite que pour des gens du monde, disaient des démocrates qui faisaient ainsi aux gens du monde un honneur immérité. Mais dès que l'intelligence raisonneuse veut se mettre à juger des œuvres d'art, il n'y a plus rien de fixe, de certain : on peut démontrer tout ce qu'on veut. Alors que la réalité du talent est un bien, une acquisition universelle, dont on doit avant tout constater la présence sous les modes apparentes de la pensée et du style, c'est sur ces dernières que la critique s'arrête pour classer les auteurs. Elle sacre prophète à cause de son ton péremptoire, de son mépris affiché pour l'école qui l'a précédé, un écrivain qui n'apporte nul message nouveau. Cette constante aberration de la critique

est telle qu'un écrivain devrait presque préférer être
jugé par le grand public (si celui-ci n'était incapable
de se rendre compte même de ce qu'un artiste a
tenté dans un ordre de recherches qui lui est inconnu).
Car il y a plus d'analogie entre la vie instinctive du
public et le talent d'un grand écrivain qui n'est qu'un
instinct religieusement écouté, au milieu du silence
imposé à tout le reste, un instinct perfectionné et
compris, qu'avec le verbiage superficiel et les cri-
tères changeants des juges attitrés. Leur logomachie
se renouvelle de dix ans en dix ans (car le kaléidos-
cope n'est pas composé seulement par les groupes
mondains, mais par les idées sociales, politiques,
religieuses, qui prennent une ampleur momentanée
grâce à leur réfraction dans des masses étendues,
mais restant limitées malgré cela à la courte vie des
idées dont la nouveauté n'a pu séduire que des esprits
peu exigeants en fait de preuves. Ainsi s'étaient
succédés les partis et les écoles, faisant se prendre
à eux toujours les mêmes esprits, hommes d'une
intelligence relative, toujours voués aux engoue-
ments dont s'abstiennent des esprits plus scrupuleux et plus difficiles en fait de preuves. Malheureusement justement parce que les autres ne sont que
de demi esprits, ils ont besoin de se compléter dans
l'action, ils agissent ainsi plus que les esprits supérieurs, attirent à eux la foule et créent autour d'eux
non seulement les réputations surfaites et les dédains
injustifiés mais les guerres civiles et les guerres
extérieures, dont un peu de critique point royaliste
sur soi-même devrait préserver. Et quant à la jouissance que donne à un esprit parfaitement juste, à
un cœur vraiment vivant, la belle pensée d'un maître,
elle est sans doute entièrement saine, mais si pré-

cieux que soient les hommes qui la goûtent vraiment (combien y en a-t-il en vingt ans) elle les réduit
tout de même à n'être que la pleine conscience d'un
autre. Qu'un homme ait tout fait pour être aimé
d'une femme qui n'eût pu que le rendre malheureux,
mais n'ait même pas réussi, malgré ses efforts redou-
blés pendant des années à obtenir un rendez-vous de
cette femme, au lieu de chercher à exprimer ses
souffrances et le péril auquel il a échappé, il relit
sans cesse en mettant sous elle « un million de mots »
et les souvenirs les plus émouvants de sa propre vie,
cette pensée de Labruyère : « Les hommes souvent
veulent aimer et ne sauraient y réussir, ils cherchent
leur défaite sans pouvoir la rencontrer, et si j'ose
ainsi parler, ils sont contraints de demeurer libres ».
Que ce soit ce sens ou non qu'ait eu cette pensée
pour celui qui l'écrivit (pour qu'elle l'eût et ce serait
plus beau, il faudrait « être aimés » au lieu d' « aimer »)
il est certain qu'en lui ce lettré sensible la vivifie,
la gonfle de signification jusqu'à la faire éclater,
il ne peut la redire qu'en débordant de joie tant il
la trouve vraie et belle, mais il n'y a malgré tout
rein ajouté, et il reste seulement la pensée de Labruyère.

Comment la littérature de notations aurait-elle
une valeur quelconque puisque c'est sous de petites
choses comme celles qu'elle note, que la réalité
est contenue (la grandeur dans le bruit lointain
d'un aéroplane, dans la ligne du clocher de Saint-
Hilaire, le passé dans la saveur d'une madeleine,
etc.) et qu'elles sont sans signification par elles-
mêmes si on ne l'en dégage pas.

Peu à peu conservée par la mémoire, c'est la
chaîne de toutes les impressions inexactes, où ne

reste rien de ce que nous avons réellement éprouvé,
qui constitue pour nous notre pensée, notre vie,
la réalité, et c'est ce mensonge-là que ne ferait
que reproduire un art soi-disant « vécu », simple
comme la vie, sans beauté, double emploi si ennuyeux
et si vain de ce que nos yeux voient et de ce que notre
intelligence constate qu'on se demande où celui
qui s'y livre, trouve l'étincelle joyeuse et motrice,
capable de le mettre entrain et de le faire avancer
dans sa besogne. La grandeur de l'art véritable, au
contraire, de celui que M. de Norpois eût appelé
un jeu de dilettante, c'était de retrouver, de ressaisir, de nous faire connaître cette réalité loin de laquelle nous vivons, de laquelle nous nous écartons
de plus en plus au fur et à mesure que prend plus
d'épaisseur et d'imperméabilité la connaissance conventionnelle que nous lui substituons, cette réalité
que nous risquerions fort de mourir sans l'avoir connue, et qui est tout simplement notre vie, la vraie vie,
la vie enfin découverte et éclaircie, la seule vie par
conséquent réellement vécue, cette vie qui en
un sens, habite à chaque instant chez tous les hommes
aussi bien que chez l'artiste. Mais ils ne la voient
pas, parce qu'ils ne cherchent pas à l'éclaircir. Et
ainsi leur passé est encombré d'innombrables clichés qui restent inutiles parce que l'intelligence
ne les a pas « développés ». Ressaisir notre vie ; et
aussi la vie des autres ; car le style pour l'écrivain
aussi bien que pour le peintre est une question non
de technique, mais de vision. Il est la révélation,
qui serait impossible par des moyens directs et cons-
cients de la différence qualitative qu'il y a dans la
façon dont nous apparaît le monde, différence
qui s'il n'y avait pas l'art, resterait le secret

48

éternel de chacun. Par l'art seulement, nous pouvons sortir de nous, savoir ce que voit un autre de cet univers qui n'est pas le même que le nôtre et dont les paysages nous seraient restés aussi inconnus que ceux qu'il peut y avoir dans la lune. Grâce à l'art au lieu de voir un seul monde, le nôtre, nous le voyons se multiplier et autant qu'il y a des artistes originaux, autant nous avons de mondes à notre disposition, plus différents les uns des autres que ceux qui roulent dans l'infini, et qui bien des siècles après qu'est éteint le foyer dont ils émanaient, qu'il s'appelât Rembrandt ou Ver Meer, nous envoient leur rayon spécial.

Ce travail de l'artiste, de chercher à apercevoir sous de la matière, sous de l'expérience, sous des mots quelque chose de différent, c'est exactement le travail inverse de celui que, à chaque minute, quand nous vivons détourné de nous-même l'amour-propre, la passion, l'intelligence et l'habitude aussi accomplissent en nous, quand elles amassent au-dessus de nos impressions vraies, pour nous les cacher maintenant, les nomenclatures, les buts pratiques que nous appelons faussement la vie. En somme cet art si compliqué est justement le seul art vivant. Seul il exprime pour les autres et nous fait voir à nous-même notre propre vie, cette vie qui ne peut pas s' « observer », dont les apparences qu'on observe ont besoin d'être traduites et souvent lues à rebours et péniblement déchiffrées. Ce travail qu'avaient fait notre amour-propre, notre passion, notre esprit d'imitation, notre intelligence abstraite, nos habitudes, c'est ce travail que l'art défera, c'est la marche en sens contraire, le retour aux profondeurs, où ce qui a existé réellement gît inconnu de nous qu'il nous fera suivre. Et sans doute c'était une grande tentation que de recréer la vraie vie, de rajeunir les impressions. Mais il y fallait du courage de tout genre et même sentimental. Car c'était avant tout abroger ses plus chères illusions, cesser de croire à l'objectivité de ce qu'on a élaboré soi-même, et au lieu de se bercer une centième fois de ces mots « elle était bien gentille » lire au travers : « j'avais du plaisir à l'embrasser ». Certes, ce que j'avais éprouvé dans ces heures d'amour, tous les hommes l'éprouvent aussi. On éprouve, mais ce qu'on a éprouvé est pareil à certains clichés qui ne montrent que du noir tant qu'on ne les a pas mis près d'une lampe, et qu'eux aussi il faut regarder à l'envers : on ne sait pas ce que c'est tant qu'on ne l'a pas approché de l'intelligence. Alors seulement quand elle l'a éclairé, quand elle l'a intellectualisé, on distingue, et avec quelle peine, la figure de ce qu'on a senti. Mais je me rendais compte aussi que cette souffrance que j'avais connue d'abord avec Gilberte, que notre amour n'appartienne pas à l'être qui l'inspire est salutaire accessoirement comme moyen. (Car si peu que notre vie doive durer, ce n'est que pendant que nous souffrons que nos pensées en quelque sorte agitées de mouvements perpétuels et changeants font monter comme dans une tempête, à un niveau d'où nous pouvons les voir, toute cette immensité réglée par des lois, sur laquelle, postés à une fenêtre mal placée, nous n'avons pas vue, car le calme du bonheur la laisse unie et à un niveau trop bas ; peut-être seulement pour quelques grands génies ce mouvement existe-t-il constamment sans qu'il y ait besoin pour eux des agitations de la douleur ; encore n'est-il pas certain quand nous contemplons

50

l'ample et régulier développement de leurs œuvres joyeuses que nous ne soyions trop portés à supposer d'après la joie de l'œuvre, celle de la vie qui a peut-être été au contraire constamment douloureuse?) Mais principalement parce que si notre amour n'est pas seulement d'une Gilberte, ce qui nous fit tant souffrir, ce n'est pas parce qu'il est aussi l'amour d'une Albertine, mais parce qu'il est une portion de notre âme plus durable que les moi divers qui meurent successivement en nous et qui voudraient égoïstement le retenir, portion de notre âme qui doit, quelque mal d'ailleurs utile que cela nous fasse se détacher des êtres pour que nous en comprenions, et pour en restituer la généralité et donner cet amour, la compréhension de cet amour, à tous, à l'esprit universel et non à telle, puis à telle en lesquelles tel, puis tel de ceux que nous avons été successivement, voudraient se fondre.

Il me fallait donc rendre leurs sens aux moindres signes qui m'entouraient (Guermantes, Albertine, Gilberte, Saint-Loup, Balbec etc.) et auxquels l'habitude l'avait fait perdre pour moi. Nous devons savoir que lorsque nous aurons atteint la réalité, pour l'exprimer, pour la conserver, nous devrons écarter ce qui est différent d'elle et ce que ne cesse de nous apporter la vitesse acquise de l'habitude. Plus que tout j'écarterais donc ces paroles que les lèvres plutôt que l'esprit choisissent, ces paroles pleines d'humour, comme on dit dans la conversation, et qu'après une longue conversation avec les autres on continue à s'adresser facticement et qui nous remplissent l'esprit de mensonges, ces paroles toutes physiques qu'accompagne chez l'écrivain qui s'abaisse à les transcrire le petit sourire, la petite

51

grimace, qui altère à tout moment par exemple la phrase parlée d'un Sainte-Beuve, tandis que les vrais livres doivent être les enfants non du grand jour et de la causerie mais de l'obscurité et du silence. Et comme l'art recompose exactement la vie, autour des vérités qu'on a atteintes en soi-même flottera toujours une atmosphère de poésie, la douceur d'un mystère qui n'est que le vestige de la pénombre que nous avons dû traverser, l'indication, marquée exactement comme par un altimètre, de la profondeur d'une œuvre. (Car cette profondeur n'est pas inhérente à certains sujets comme le croient des romanciers matérialistement spiritualistes puisqu'ils ne peuvent pas descendre au-delà du monde des apparences et dont toutes les nobles intentions, pareilles à ces vertueuses tirades habituelles chez certaines personnes incapables du plus petit effort de bonté, ne doivent pas nous empêcher de remarquer qu'ils n'ont même pas eu la force d'esprit de se débarrasser de toutes les banalités de forme acquises par l'imitation).

Quant aux vérités que l'intelligence — même des plus hauts esprits — cueille à claire-voie, devant elle, en pleine lumière, leur valeur peut être très grande ; mais elles ont des contours plus secs et sont planes, n'ont pas de profondeur parce qu'il n'y a pas eu de profondeurs à franchir pour les atteindre, parce qu'elles n'ont pas été recréées. Souvent des écrivains au fond de qui n'apparaissent plus ces vérités mystérieuses, n'écrivent plus à partir d'un certain âge qu'avec leur intelligence qui a pris de plus en plus de force ; les livres de leur âge mûr ont à cause de cela plus de force que ceux de leur jeunesse, mais ils n'ont plus le même velours.

LE TEMPS RETROUVÉ

Je sentais pourtant que ces vérités que l'intelligence dégage directement de la réalité ne sont pas à dédaigner entièrement car elles pourraient enchasser d'une matière moins pure mais encore pénétrer d'esprit ces impressions que nous apportent hors du temps l'essence commune aux sensations du passé et du présent, mais qui plus précieuses sont aussi trop rares pour que l'œuvre d'art puisse être composée seulement avec elles. Capables d'être utilisées pour cela, je sentais se presser en moi une foule de vérités relatives aux passions, aux caractères, aux mœurs. Chaque personne qui nous fait souffrir peut être rattachée par nous à une divinité, dont elle n'est qu'un reflet fragmentaire et le dernier degré, divinité, dont la contemplation en tant qu'idée nous donne aussitôt de la joie au lieu de la peine que nous avions. Tout l'art de vivre c'est de ne nous servir des personnes qui nous font souffrir que comme d'un degré permettant d'accéder à sa forme divine et de peupler ainsi journellement notre vie, de divinités. La perception de ces vérités me causait de la joie ; pourtant il me semblait me rappeler que plus d'une d'entre elles, je l'avais découverte dans la souffrance, d'autres dans de bien médiocres plaisirs. Alors, moins éclatante sans doute que celle qui m'avait fait apercevoir que l'œuvre d'art était le seul moyen de retrouver le temps perdu, une nouvelle lumière se fit en moi. Et je compris que tous ces matériaux de l'œuvre littéraire, c'était ma vie passée, je compris qu'ils étaient venus à moi, dans les plaisirs frivoles, dans la paresse, dans la tendresse, dans la douleur emmagasinée par moi sans que je devinasse plus leur destination, leur survivance même, que la graine mettant en réserve tous les aliments qui nourriront la plante. Comme la graine, je pourrais mourir quand la plante se serait développée et je me trouvais avoir vécu pour elle, sans le savoir, sans que jamais ma vie me parût devoir entrer jamais en contact avec ces livres que j'aurais voulu écrire et pour lesquels, quand je me mettais autrefois à ma table, je ne trouvais pas de sujet. Ainsi toute ma vie jusqu'à ce jour aurait pu et n'aurait pas pu être résumée sous ce titre : Une vocation. Elle ne l'aurait pas pu en ce sens que la littérature n'avait joué aucun rôle dans ma vie. Elle l'aurait pu en ce que cette vie, les souvenirs de ses tristesses, de ses joies, formaient une réserve pareille à cet albumen qui est logé dans l'ovule des plantes et dans lequel celui-ci puise sa nourriture pour se transformer en graine, en ce temps où on ignore encore que l'embryon d'une plante se développe, lequel est pourtant le lieu de phénomènes chimiques et respiratoires secrets mais très actifs. Ainsi ma vie était-elle en rapport avec ce qui amènerait sa maturation. Et ceux qui se nourriraient ensuite d'elle, ignoreraient ce qui aurait été fait pour leur nourriture comme ignorent ceux qui mangent les graines alimentaires que les riches substances qu'elles contiennent, ont d'abord nourri la graine et permis sa maturation. En cette matière, les mêmes comparaisons qui sont fausses si on part d'elles peuvent être vraies si on y aboutit. Le littérateur envie le peintre, il aimerait prendre des croquis, des notes, il est perdu s'il le fait. Mais quand il écrit, il n'est pas un geste de ses personnages, un tic, un accent, qui n'ait été apporté à son inspiration par sa mémoire, il n'est pas un nom de personnage inventé sous lequel il ne puisse mettre soixante noms de personnages vus, dont

l'un a posé pour la grimace, l'autre pour le monocle,
tel pour la colère, tel pour le mouvement avantageux
du bras, etc. Et alors l'écrivain se rend compte
que si son rêve d'être un peintre n'était pas réalisable
d'une manière consciente et volontaire il se trouve
pourtant avoir été réalisé et que l'écrivain lui aussi
a fait son carnet de croquis sans le savoir... Car mû
par l'instinct qui était en lui, l'écrivain, bien avant
qu'il crût le devenir un jour, omettait régulière-
ment de regarder tant de choses que les autres
remarquent, ce qui le faisait accuser par les autres
de distraction et par lui-même de ne savoir ni écouter ni voir, pendant ce temps-là il dictait à ses yeux
et à ses oreilles de retenir à jamais ce qui semblait
aux autres des riens puérils, l'accent avec lequel
avait été dite une phrase et l'air de figure et le mouvement d'épaules qu'avait fait à un certain moment
telle personne dont il ne sait peut-être rien d'autre,
il y a de cela bien des années et cela parce que cet
accent il l'avait déjà entendu, ou sentait qu'il
pourrait le réentendre, que c'était quelque chose
de renouvelable, de durable ; c'est le sentiment du
général qui dans l'écrivain futur choisit lui-même
ce qui est général et pourra entrer dans l'œuvre
d'art. Car il n'a écouté les autres que quand, si
bêtes ou si fous qu'ils fussent, répétant comme des
perroquets ce que disent les gens de caractère semblable, ils s'étaient faits par là même les oiseaux
prophètes, les porte-paroles d'une loi psychologique.
Il ne se souvient que du général. Par de tels accents,
par de tels jeux de physionomie, par de tels mouvements d'épaules, eussent-ils été vus dans sa plus
lointaine enfance, la vie des autres est représentée
en lui et quand plus tard il écrira, elle lui servira à

55

recréer la réalité soit en composant un mouvement d'épaules commun à beaucoup, vrai comme s'il était noté sur le cahier d'un anatomiste, mais gravé ici pour exprimer une vérité psychologique, soit en emmanchant sur ce mouvement d'épaules un mouvement de cou fait par un autre, chacun ayant donné son instant de pose.

Il n'est pas certain que pour créer une œuvre littéraire, l'imagination et la sensibilité ne soient pas des qualités interchangeables et que la seconde ne puisse sans grand inconvénient être substituée à la première, comme des gens dont l'estomac est incapable de digérer chargent de cette fonction leur intestin. Un homme né sensible et qui n'aurait pas d'imagination pourrait malgré cela écrire des romans admirables. La souffrance que les autres lui causeraient, ses efforts pour la prévenir, les conflits qu'elle et la seconde personne cruelle, créeraient, tout cela interprété par l'intelligence pourrait faire la matière d'un livre non seulement aussi beau que s'il était imaginé, inventé, mais encore aussi extérieur à la rêverie de l'auteur s'il avait été livré à lui-même et heureux, aussi surprenant pour lui-même, aussi accidentel qu'un caprice fortuit de l'imagination. Les êtres les plus bêtes par leurs gestes, leurs propos, leurs sentiments involontairement exprimés, manifestent des lois qu'ils ne perçoivent pas, mais que l'artiste surprend en eux. A cause de ce genre d'observations, le vulgaire croit l'écrivain méchant, et il le croit à tort, car dans un ridicule l'artiste voit une belle généralité, il ne l'impute pas plus à grief à la personne observée, que le chirurgien ne la mésestimerait d'être affectée d'un trouble assez fréquent de la circulation ; aussi se moque-t-il moins que personne des ridicules. Malheureusement il est plus malheureux qu'il n'est méchant quand il s'agit de ses propres passions ; tout en en connaissant aussi bien la généralité, il s'affranchit moins aisément les souffrances personnelles qu'elles causent. Sans doute quand un insolent nous insulte, nous aurions mieux aimé qu'il nous louât, et surtout quand une femme que nous adorons nous trahit, que ne donnerions-nous pas pour qu'il en fût autrement. Mais le ressentiment de l'affront, les douleurs de l'abandon auront alors été les terres que nous n'aurions jamais connues, et dont la découverte si pénible qu'elle soit à l'homme devient précieuse pour l'artiste. Aussi les méchants et les ingrats, malgré lui, malgré eux, figurent dans son œuvre. Le pamphlétaire associe involontairement à sa gloire la canaille qu'il a flétrie. On peut reconnaître dans toute œuvre d'art ceux que l'artiste a le plus haïs et hélas même celles qu'il a le plus aimées. Elles-mêmes n'ont fait que poser pour l'écrivain dans le moment même où, bien contre son gré, elles le faisaient le plus souffrir. Quand j'aimais Albertine, je m'étais bien rendu compte qu'elle ne m'aimait pas et j'avais été obligé de me résigner à ce qu'elle me fît seulement connaître ce que c'est qu'éprouver de la souffrance, de l'amour, et même au commencement du bonheur. Et quand nous cherchons à extraire la généralité de notre chagrin, à en écrire, nous sommes un peu consolés, peut-être pour une autre raison encore que toutes celles que je donne ici et qui est que penser d'une façon générale, qu'écrire, est pour l'écrivain une fonction saine et nécessaire dont l'accomplissement rend heureux, comme pour les hommes physiques, l'exercice, la sueur et le bain. A vrai dire, contre cela, je me révoltais un peu. J'avais beau croire que la vérité suprême de la vie est dans l'art, j'avais bea d'autre part n'être pas plus capable de l'effort d souvenir qu'il m'eût fallu pour aimer encore Alber tine que pour pleurer encore ma grand'mère, j me demandais si tout de même une œuvre d'a dont elles ne seraient pas conscientes seraient pou elles, pour le destin de ces pauvres mortes, un accon plissement. Ma grand'mère que j'avais, avec ta d'indifférence, vu agoniser et mourir près de mc O puissè-je, en expiation, quand mon œuvre sera terminée, blessé sans remède, souffrir de longu heures abandonné de tous, avant de mourir. D'a leurs j'avais une pitié infinie même d'êtres moi chers, même d'indifférents , et de tant de destiné dont ma pensée en essayant de les comprendre ava en somme utilisé la souffrance, ou même seuleme les ridicules. Tous ces êtres, qui m'avaient réve des vérités et qui n'étaient plus, m'apparaissaie comme ayant vécu une vie qui n'avait profité qu moi, et comme s'ils étaient morts pour moi. Il éta triste pour moi de penser que mon amour auqu j'avais tant tenu, serait dans mon livre, si déga d'un être, que des lecteurs divers l'appliqueraie exactement à ceux qu'ils avaient éprouvé po d'autres femmes. Mais devais-je me scandaliser cette infidélité posthume et que tel ou tel p donner comme objet à mes sentiments des femn inconnues, quand cette infidélité, cette division l'amour entre plusieurs êtres, avait commencé mon vivant et avant même que j'écrivisse. J'av bien souffert successivement pour Gilberte, po Mme de Guermantes, pour Albertine. Successi ment aussi je les avais oubliées et seul mon am dédié à des êtres différents avait été durable. La profanation d'un de mes souvenirs par des lecteurs inconnus, je l'avais consommée avant eux. Je n'étais pas loin de me faire horreur comme se le ferait peut-être à lui-même quelque parti nationaliste au nom duquel des hostilités se seraient poursuivies, et à qui seul aurait servi une guerre où tant de nobles victimes auraient souffert et succombé, sans même savoir ce qui pour ma grand'mère du moins eût été une telle récompense, l'issue de la lutte. Et une seule consolation qu'elle ne sût pas que je me mettais enfin à l'œuvre, était que tel est le lot des morts, si elle ne pouvait jouir de mon progrès elle avait cessé depuis longtemps d'avoir conscience de mon inaction, de ma vie manquée qui avaient été une telle souffrance pour elle. Et certes, il n'y aurait pas que ma grand'mère, pas qu'Albertine, mais bien d'autres encore, dont j'avais pu assimiler une parole, un regard, mais qu'en tant que créatures individuelles je ne me rappelais plus ; un livre est un grand cimetière où sur la plupart des tombes on ne peut plus lire les noms effacés. Parfois au contraire on se souvient très bien du nom, mais sans savoir si quelque chose de l'être qui le porta, survit dans ces pages. Cette jeune fille aux prunelles profondément enfoncées, à la voix traînante, est-elle ici ? Et si elle y repose en effet, dans quelle partie, on ne sait plus, et comment trouver sous les fleurs ? Mais puisque nous vivons, loin des êtres individuels, puisque nos sentiments les plus forts comme avait été mon amour pour ma grand'mère, pour Albertine, au bout de quelques années nous ne les connaissons plus, puisqu'ils ne sont plus pour nous qu'un mot incompris, puisque nous pouvons parler de ces morts avec

59

les gens du monde chez qui nous avons encore plaisir à nous trouver quand tout ce que nous aimions
pourtant est mort, alors s'il est un moyen pour nous
d'apprendre à comprendre ces mots oubliés, ce moyen
ne devons-nous pas l'employer, fallût-il pour cela
les transcrire d'abord en un langage universel mais
qui du moins sera permanent, qui ferait de ceux
qui ne sont plus, en leur essence la plus vraie, une
acquisition perpétuelle pour toutes les âmes. Même
cette loi du changement qui nous a rendu ces mots
inintelligibles, si nous parvenons à l'expliquer, notre
infériorité ne devient-elle pas une force nouvelle.
D'ailleurs l'œuvre à laquelle nos chagrins ont colla-
boré peut être interprétée pour notre avenir à la
fois comme un signe néfaste de souffrance et comme
un signe heureux de consolation. En effet, si on dit
que les amours, les chagrins du poète lui ont servi,
qu'ils l'ont aidé à construire son œuvre, que les
inconnues qui s'en doutaient le moins, l'une par
une méchanceté, l'autre par une raillerie, ont apporté
chacune leur pierre pour l'édification du monument
qu'elles ne verront pas, on ne songe pas assez que
la vie de l'écrivain n'est pas terminée avec cette
œuvre, que la même nature qui lui a fait avoir telles
souffrances, lesquelles sont entrées dans son œuvre,
cette nature continuera de vivre après l'œuvre terminée, lui fera aimer d'autres femmes dans des conditions qui seraient pareilles si ne les faisait légèrement dévier, tout ce que le temps modifie dans les
circonstances, dans le sujet lui-même, dans son appétit d'amour et dans sa résistance à la douleur.
A ce premier point de vue, l'œuvre doit être considérée seulement comme un amour malheureux qui en
présage fatalement d'autres et qui fera que la vie

ressemblera à l'œuvre, que le poète n'aura presque plus besoin d'écrire, tant il pourra trouver dans ce qu'il a écrit, la figure anticipée de ce qui arrivera. Ainsi mon amour pour Albertine, et tel qu'il en différa était déjà inscrit dans mon amour pour Gilberte au milieu des jours heureux duquel j'avais entendu pour la première fois prononcer le nom et faire le portrait d'Albertine par sa tante, sans me douter que ce germe insignifiant, se développerait et s'étendrait un jour sur toute ma vie. Mais à un autre point de vue, l'œuvre est signe de bonheur, parce qu'elle nous apprend que dans tout amour, le général gît à côté du particulier, et à passer du second au premier par une gymnastique qui fortifie contre le chagrin en faisant négliger sa cause pour approfondir son essence. En effet, comme je devais l'expérimenter par la suite, même au moment où l'on aime et où on souffre, si la vocation s'est enfin réalisée, dans les heures où on travaille, on sent si bien l'être qu'on aime se dissoudre dans une réalité plus vaste qu'on arrive à l'oublier par instants et qu'on ne souffre plus de son amour en travaillant que comme de quelque mal purement physique où l'être aimé n'est pour rien, comme d'une sorte de maladie de cœur. Il est vrai que c'est une question d'instants et que l'effet semble être le contraire, si le travail vient plus tard. Car lorsque les êtres qui, par leur méchanceté, leur nullité, étaient arrivés malgré nous à détruire nos illusions, se sont réduits eux-mêmes à rien et séparés de la chimère amoureuse que nous nous étions forgés, si nous nous mettons alors à travailler, notre âme les élève de nouveau, les identifie, pour les besoins de notre analyse de nous-même à des êtres qui nous auraient

aimé, et dans ce cas la littérature, recommençant
le travail défait de l'illusion amoureuse, donne une
sorte de survie à des sentiments qui n'existaient
plus. Certes, nous sommes obligés de revivre notre
souffrance particulière avec le courage du médecin
qui recommence sur lui-même la dangereuse piqûre.
Mais en même temps il nous faut la penser sous une
forme générale qui nous fait dans une certaine mesure
échapper à son étreinte, qui fait de tous les coparta-
geants de notre peine, et qui n'est même pas exempte
d'une certaine joie. Là où la vie emmure, l'intelligence perce une issue, car s'il n'est pas de remède
à un amour non partagé, on sort de la constatation
d'une souffrance, ne fût-ce qu'en en tirant les conséquences qu'elle comporte. L'intelligence ne connaît
pas ces situations fermées de la vie sans issue.
Aussi fallait-il me résigner, puisque rien ne peut
durer qu'en devenant général et si l'esprit ment
à soi-même, à l'idée que même les êtres qui furent
le plus cher à l'écrivain n'ont fait en fin de compte
que poser pour lui comme chez les peintres. Parfois,
quand un morceau douloureux est resté à l'état
d'ébauche, une nouvelle tendresse, une nouvelle
souffrance nous arrivent qui nous permettent de le
finir, de l'étoffer. Pour ces grands chagrins utiles
on ne peut pas encore trop se plaindre car ils ne
manquent pas, ils ne se font pas attendre bien longtemps. Tout de même il faut se dépêcher de profiter d'eux car ils ne durent pas très longtemps ;
c'est qu'on se console, ou bien quand ils sont trop
forts, si le cœur n'est plus très solide, on meurt.
En amour, notre rival heureux, autant dire notre
ennemi, est notre bienfaiteur. A un être qui n'excitait en nous qu'un insignifiant désir physique il

ajoute aussitôt une valeur immense, étrangère, mais que nous confondons avec lui. Si nous n'avions pas de rivaux le plaisir ne se transformerait pas en amour. Si nous n'en avions pas, ou si nous ne croyions pas en avoir. Car il n'est pas nécessaire qu'ils existent réellement. Suffisante pour notre bien est cette vie illusoire que donnent à des rivaux inexistants notre soupçon, notre jalousie. Le bonheur est salutaire pour le corps, mais c'est le chagrin qui développe les forces de l'esprit. D'ailleurs, ne nous découvrît-il pas à chaque fois une loi, qu'il n'en serait pas moins indispensable pour nous remettre chaque fois dans la vérité, nous forcer à prendre les choses au sérieux, arrachant chaque fois les mauvaises herbes de l'habitude, du scepticisme, de la légèreté, de l'indifférence. Il est vrai que cette vérité, qui n'est pas compatible avec le bonheur, avec la santé, ne l'est pas toujours avec la vie. Le chagrin finit par tuer. A chaque nouvelle peine trop forte, nous sentons une veine de plus qui saille et développe sa sinuosité mortelle au long de notre tempe, sous nos yeux. Et c'est ainsi que peu à peu se font ces terribles figures ravagées, du vieux Rembrandt, du vieux Beethoven de qui tout le monde se moquait. Et ce ne serait rien que les poches des yeux et les rides du front s'il n'y avait la souffrance du cœur. Mais puisque les forces peuvent se changer en d'autres forces, puisque l'ardeur qui dure devient lumière et que l'électricité de la foudre peut photographier, puisque notre sourde douleur au cœur peut élever au-dessus d'elle comme un pavillon — la permanence visible d'une image à chaque nouveau chagrin — acceptons le mal physique qu'il nous donne pour la connaissance spirituelle qu'il

nous apporte ; laissons se désagréger notre corps
puisque chaque nouvelle parcelle qui s'en détache
vient, cette fois lumineuse et lisible, pour la compléter au prix de souffrances dont d'autres plus
doués n'ont pas besoin, pour la rendre plus solide
au fur et à mesure que les émotions effritent notre
vie, s'ajouter à notre œuvre. Les idées sont des
succédanés des chagrins ; au moment où ceux-ci
se changent en idées, ils perdent une partie de leur
action nocive sur notre cœur, et même au premier
instant, la transformation elle-même dégage subitement de la joie. Succédanés dans l'ordre du temps
seulement d'ailleurs, car il semble que l'élément
premier ce soit l'idée et le chagrin seulement le
mode selon lequel certaines idées entrent d'abord
en nous. Mais il y a plusieurs familles dans le groupe
des idées, certaines sont tout de suite des joies.
Ces réflexions me faisaient trouver un sens plus fort
et plus exact à la vérité que j'avais souvent pressentie, notamment quand Mme de Cambremer
demandait comment je pouvais délaisser pour Albertine un homme remarquable comme Elstir. Même
au point de vue intellectuel je sentais qu'elle avait
tort, mais je ne savais pas que ce qu'elle mécon-
naissait, c'était les leçons avec lesquelles on fait son
apprentissage d'homme de lettres. La valeur objective des arts est peu de chose en cela ; ce qu'il s'agit
de faire sortir, d'amener à la lumière, ce sont nos
sentiments, nos passions, c'est-à-dire les passions
les sentiments de tous. Une femme dont nous avons
besoin nous fait souffrir, tire de nous des séries de
sentiments autrement profonds, autrement vitaux
qu'un homme supérieur qui nous intéresse. Il reste
à savoir selon le plan où nous vivons si nous trouvons

que telle trahison par laquelle nous a fait souffrir une femme est peu de chose auprès des vérités que cette trahison nous a découvertes et que la femme heureuse d'avoir fait souffrir n'aurait guère pu comprendre. En tous cas ces trahisons ne manquent pas. Un écrivain peut se mettre sans crainte à un long travail. Que l'intelligence commence son ouvrage, en cours de route surviendront bien assez de chagrins qui se chargeront de le finir. Quant au bonheur, il n'a presque qu'une seule utilité, rendre le malheur possible. Il faut que dans le bonheur nous formions des liens bien doux et bien forts de confiance et d'attachement pour que leur rupture nous cause le déchirement si précieux qui s'appelle le malheur. Si l'on n'avait été heureux, ne fût-ce que par l'espérance, les malheurs seraient sans cruauté et par conséquent sans fruit. Et plus qu'au peintre, à l'écrivain, pour obtenir du volume, de la consistance, de la généralité, de la réalité littéraire, comme il lui faut beaucoup d'églises vues pour en peindre une seule, il lui faut aussi beaucoup d'êtres pour un seul sentiment, car si l'art est long et la vie courte, on peut dire en revanche que si l'inspiration est courte, les sentiments qu'elle doit peindre ne sont pas beaucoup plus longs. Ce sont nos passions qui esquissent nos livres, le repos d'intervalle qui les écrit. Quand l'inspiration renaît, quand nous pouvons reprendre le travail, la femme qui posait devant nous pour un sentiment ne nous le fait déjà plus éprouver. Il faut continuer à la peindre d'après une autre et si c'est une trahison pour l'autre, littérairement grâce à la similitude de nos sentiments qui fait qu'une œuvre est à la fois le souvenir de nos amours passées et la péripétie

de nos amours nouvelles, il n'y a pas grand inconvénient à ces substitutions. C'est une des causes de
la vanité des études où on essaye de deviner de
qui parle un auteur. Car une œuvre, même de
confession directe est pour le moins intercalée entre
plusieurs épisodes de la vie de l'auteur, ceux anté-
rieurs qui l'ont inspirée, ceux postérieurs qui ne lui
ressemblent pas moins, des amours suivantes les
particularités étant calquées sur les précédentes.
Car à l'être que nous avons le plus aimé nous ne
sommes pas si fidèles qu'à nous-même, et nous
l'oublions tôt ou tard pour pouvoir — puisque c'est
un des traits de nous-même — recommencer d'aimer. Tout au plus à cet amour, celle que nous
avons tant aimée a-t-elle ajouté une forme particulière, qui nous fera lui être fidèle même dans l'infidélité. Nous aurons besoin avec la femme suivante
des mêmes promenades du matin ou de la recon-
duire de même le soir, ou de lui donner cent fois
trop d'argent. (Une chose curieuse que cette circulation de l'argent que nous donnons à des femmes
qui, à cause de cela, nous rendent malheureux,
c'est-à-dire nous permettent d'écrire des livres —
on peut presque dire que les œuvres comme dans
les puits artésiens, montent d'autant plus haut
que la souffrance a plus profondément creusé le
cœur). Ces substitutions ajoutent à l'œuvre quelque
chose de désintéressé, de plus général, qui est aussi
une leçon austère que ce n'est pas aux êtres que nous
devons nous attacher, que ce ne sont pas les êtres
qui existent réellement et sont par conséquent sus-
ceptibles d'expression, mais les idées. Encore faut-il
se hâter et ne pas perdre de temps pendant qu'on
a à sa disposition ces modèles. Car ceux qui posent

pour le bonheur n'ont généralement pas beaucoup
de séances à nous donner. Mais les êtres qui posent
pour nous la douleur, nous accordent des séances
bien fréquentes, dans cet atelier où nous n'allons
que dans ces périodes-là et qui est à l'intérieur de
nous-même. Ces périodes-là sont comme une image
de notre vie avec ses diverses douleurs. Car elles
aussi en contiennent de différentes, et au moment
où on croyait que c'était calmé, une nouvelle, une
nouvelle, dans tous les sens du mot ; peut-être parce
que ces situations imprévues nous forcent à entrer
plus profondément en contact avec nous-même ;
ces dilemmes douloureux que l'amour nous pose
à tout instant nous instruisent, nous découvrent
successivement la matière dont nous sommes faits.

D'ailleurs, même quand elle ne fournit pas en
nous la découvrant, la matière de notre œuvre, elle
nous est utile en nous y incitant. L'imagination,
la pensée, peuvent être des machines admirables
en soi, mais elles peuvent être inertes. La souffrance
alors les met en marche. Aussi, quand Françoise
voyant Albertine entrer par toutes les portes ouvertes chez moi comme un chien, mettre partout
le désordre, me ruiner, me causer tant de chagrins,
me disait (car à ce moment-là j'avais déjà fait
quelques articles et quelques traductions) : « Ah !
si Monsieur à la place de cette fille qui lui fait perdre
tout son temps avait pris un petit secrétaire bien
élevé qui aurait classé toutes les paperoles de Monsieur ! » J'avais peut-être tort de trouver qu'elle
parlait sagement. En me faisant perdre mon temps,
en me faisant du chagrin Albertine m'avait peut-
être été plus utile, même au point de vue littéraire
qu'un secrétaire qui eût rangé mes paperoles. Mais

tout de même, quand un être est si mal conformé
(et peut-être dans la nature cet être est-il l'homme)
qu'il ne puisse aimer sans souffrir, et qu'il faille
souffrir pour apprendre des vérités, la vie d'un
tel être finit par être bien lassante. Les années heureuses sont les années perdues, on attend une souffrance pour travailler. L'idée de la souffrance préalable s'associe à l'idée du travail, on a peur de
chaque nouvelle œuvre en pensant aux douleurs
qu'il faudra supporter d'abord pour l'imaginer.
Et comme on comprend que la souffrance est la
meilleure chose que l'on puisse rencontrer dans la
vie, on pense sans effroi, presque comme à une délivrance à la mort. Pourtant, si cela me révoltait
un peu, encore fallait-il prendre garde que bien
souvent nous n'avons pas joué avec la vie, profité
des êtres pour les livres mais tout le contraire. Le
cas de Werther, si noble, n'était pas hélas le mien.
Sans croire un instant à l'amour d'Albertine j'avais
vingt fois voulu me tuer pour elle, je m'étais ruiné,
j'avais détruit ma santé pour elle. Quand il s'agit
d'écrire, on est scrupuleux, on regarde de très près,
on rejette tout ce qui n'est pas vérité. Mais tant
qu'il ne s'agit que de la vie, on se ruine, on se rend
malade, on se tue pour des mensonges. Il est vrai
que c'est de la gangue de ces mensonges-là que
(si l'âge est passé d'être poète) on peut seulement
extraire un peu de vérité. Les chagrins sont des serviteurs obscurs, détestés, contre lesquels on lutte,
sous l'empire de qui on tombe de plus en plus, des
serviteurs atroces, impossibles à remplacer et qui
par des voies souterraines nous mènent à la vérité
et à la mort. Heureux ceux qui ont rencontré la
première avant la seconde, et pour qui si proches

qu'elles doivent être l'une de l'autre, l'heure de la vérité a sonné avant l'heure de la mort.

De ma vie passée, je compris encore que les moindres épisodes avaient concouru à me donner la leçon d'idéalisme dont j'allais profiter aujourd'hui. Mes rencontres avec M. de Charlus par exemple, ne m'avaient-elles pas permis, même avant que sa germanophilie me donnât la même leçon, et mieux encore que mon amour pour Mme de Guermantes, ou pour Albertine, que l'amour de Saint-Loup pour Rachel, de me convaincre combien la matière est indifférente et que tout peut y être mis par la pensée, vérité que le phénomène si mal compris, si inutilement blâmé, de l'inversion sexuelle grandit plus encore que celui déjà si instructif de l'amour ; celui-ci nous montre la beauté fuyant la femme que nous n'aimons plus et venant résider dans le visage que les autres trouveraient le plus laid, qui à nous-même aurait pu, pourra un jour nous déplaire ; mais il est encore plus frappant de la voir obtenant tous les hommages d'un grand seigneur qui délaisse aussitôt une belle princesse, émigrer sous la casquette d'un contrôleur d'omnibus. Mon étonnement à chaque fois que j'avais revu aux Champs-Élysées, dans la rue, sur la plage, le visage de Gilberte, de Mme de Guermantes, d'Albertine, ne prouvait-il pas combien un souvenir ne se prolonge que dans une direction divergente de l'impression avec laquelle il a coïncidé d'abord et de laquelle il s'éloigne de plus en plus. L'écrivain ne doit pas s'offenser que l'inverti donne à ses héroïnes un visage masculin. Cette particularité un peu aberrante permet seule à l'inverti de donner ensuite à ce qu'il lit toute sa généralité. Si M. de

Charlus n'avait pas donné à l' « infidèle » sur qui Musset pleure dans la *Nuit d'Octobre* ou dans le *Souvenir*, le visage de Morel, il n'aurait ni pleuré, ni compris, puisque c'était par cette seule voie, étroite et détournée, qu'il avait accès aux vérités de l'amour. L'écrivain ne dit que par une habitude prise dans le langage insincère des préfaces et des dédicaces, « mon lecteur ». En réalité, chaque lecteur est quand il lit, le propre lecteur de soi-même. L'ouvrage de l'écrivain n'est qu'une espèce d'instrument optique qu'il offre au lecteur afin de lui permettre de discerner ce que sans ce livre, il n'eût peut-être pas vu en soi-même. La reconnaissance en soi-même, par le lecteur, de ce que dit le livre, est la preuve de la vérité de celui-ci et *vice-versa*, au moins dans une certaine mesure, la différence entre les deux textes pouvant être souvent imputée non à l'auteur mais au lecteur. De plus le livre peut être trop savant, trop obscur pour le lecteur naïf et ne lui présenter ainsi qu'un verre trouble avec lequel il ne pourra pas lire. Mais d'autres particularités (comme l'inversion) peuvent faire que le lecteur ait besoin de lire d'une certaine façon pour bien lire ; l'auteur n'a pas à s'en offenser mais au contraire à laisser la plus grande liberté au lecteur en lui disant : « Regardez vous-même si vous voyez mieux avec ce verre-ci, avec celui-là, avec cet autre ».

Si je m'étais toujours tant intéressé aux rêves que l'on a pendant le sommeil, n'est-ce pas parce que compensant la durée par la puissance, ils nous aident à mieux comprendre ce qu'a de subjectif par exemple l'amour? Et cela par le simple fait que — mais avec une vitesse prodigieuse — ils réalisent ce

70

qu'on appellerait vulgairement nous mettre une
femme dans la peau, jusqu'à nous faire passionnément aimer pendant quelques minutes une laide,
ce qui dans la vie réelle eût demandé des années
d'habitude, de collage et — comme si elles étaient
inventées par quelque docteur miraculeux — des
piqûres intraveineuses d'amour, aussi bien qu'elles
peuvent l'être aussi de souffrance ; avec la même
vitesse la suggestion amoureuse qu'ils nous ont
inculquée se dissipe, et quelquefois non seulement
l'amoureuse nocturne a cessé d'être pour nous comme
telle, étant redevenue la laide bien connue, mais
quelque chose de plus précieux se dissipe aussi,
tout un tableau ravissant de sentiments, de tendresse, de volupté, de regrets vaguement estompés,
tout un embarquement pour Cythère de la passion
dont nous voudrions noter, pour l'état de veille,
les nuances d'une vérité délicieuse, mais qui s'ef-
face comme une toile trop pâlie qu'on ne peut restituer. Eh bien, c'était peut-être aussi par le jeu formidable qu'ils font avec le Temps que les Rêves
m'avaient fasciné. N'avais-je pas vu souvent en
une nuit, en une minute d'une nuit, des temps bien
lointains, relégués à ces distances énormes où nous
ne pouvons presque plus rien distinguer des sentiments que nous y éprouvions, fondre à toute vitesse
sur nous, nous aveuglant de leur clarté, comme s'ils
avaient été des avions géants au lieu des pâles étoiles
que nous croyions, nous faire ravoir tout ce qu'ils
avaient contenu pour nous, nous donner l'émotion,
le choc, la clarté de leur voisinage immédiat, qui
ont repris une fois qu'on est réveillé la distance
qu'ils avaient miraculeusement franchie jusqu'à
nous faire croire, à tort d'ailleurs, qu'ils étaient

un des modes pour retrouver le Temps perdu.

Je m'étais rendu compte que seule la perception grossière et erronée place tout dans l'objet, quand tout est dans l'esprit ; j'avais perdu ma grand'-mère en réalité bien des mois après l'avoir perdue en fait, j'avais vu les personnes varier d'aspect selon l'idée que moi ou d'autres s'en faisaient, une seule être plusieurs selon les personnes qui la voyaient (tels les divers Swann du début de cet ouvrage, suivant ceux qui le rencontraient ; la princesse de Luxembourg suivant qu'elle était vue par le premier président ou par moi), même pour une seule au cours des années (les variations du nom de Guermantes, et les divers Swann pour moi). J'avais vu l'amour placer dans une personne ce qui n'est que dans la personne qui aime. Je m'en étais d'autant mieux rendu compte que j'avais fait varier et s'étendre à l'extrême la distance entre la réalité objective et l'amour (Rachel pour Saint-Loup et pour moi, Albertine pour moi et Saint-Loup, Morel ou le conducteur d'omnibus pour Charlus ou d'autres personnes). Enfin, dans une certaine mesure, la germanophilie de M. de Charlus, comme le regard de Saint-Loup sur la photographie d'Albertine, m'avait aidé à me dégager pour un instant sinon de ma germanophobie du moins de ma croyance en la pure objectivité de celle-ci et à me faire penser que peut-être en était-il de la haine comme de l'amour et que dans le jugement terrible que porte en ce moment même la France à l'égard de l'Allemagne qu'elle juge hors de l'humanité, y avait-il surtout une objectivité de sentiments, comme ceux qui faisaient paraître Rachel et Albertine si précieuses l'une à Saint-Loup, l'autre à moi. Ce qui rendait possible en effet que cette perversité ne fût pas entièrement intrinsèque à l'Allemagne est que de même qu'individuellement, j'avais eu des amours successives après la fin desquelles l'objet de cet amour m'apparaissait sans valeur, j'avais déjà vu dans mon pays des haines successives qui avaient fait apparaître par exemple comme des traîtres — mille fois pires que les Allemands auxquels ils livraient la France — des dreyfusards comme Reinach avec lequel collaboreraient aujourd'hui les patriotes contre un pays dont chaque membre était forcément un menteur, une bête féroce, un imbécile, exception faite des Allemands qui avaient embrassé la cause française comme le roi de Roumanie ou l'impératrice de Russie. Il est vrai que les antidreyfusards m'eussent répondu, « Ce n'est pas la même chose ». Mais en effet, ce n'est jamais la même chose, pas plus que ce n'est la même personne, sans cela devant le même phénomène celui qui en est la dupe ne pourrait accuser que son état subjectif et ne pourrait croire que les qualités ou les défauts sont dans l'objet.

L'intelligence n'a point de peine alors à baser sur cette différence une théorie (enseignement contre nature des congréganistes selon les radicaux, impossibilité de la race juive à se nationaliser, haine perpétuelle de la race allemande contre la race latine, la race jaune étant momentanément réhabilitée). Ce côté subjectif se marquait d'ailleurs dans les conversations des neutres où les germanophiles par exemple avaient la faculté de cesser un instant de comprendre et même d'écouter quand on leur parlait des atrocités allemandes en Belgique. (Et pourtant, elles étaient réelles). Ce que je remar-

73

quais de subjectif dans la haine comme dans la vue
elle-même, n'empêchait pas que l'objet put posséder
des qualités ou des défauts réels et ne faisait nulle
ment s'évanouir la réalité en un pur « relativisme »
Et si après tant d'années écoulées et de temps perdu
je sentais cette influence capitale du lac intern
jusque dans les relations internationales, tout au
commencement de ma vie, ne m'en étais-je pa
douté quand je lisais dans le jardin de Combra
un de ces romans de Bergotte que même aujour
d'hui, si j'en ai feuilleté quelques pages oubliée
où je vois les ruses d'un méchant, je ne repose l
livre qu'après m'être assuré, en passant cent page
que vers la fin ce même méchant est dûment hu
milié et vit assez pour apprendre que ses ténébreu
projets ont échoué. Car je ne me rappelais plus bie
ce qui était arrivé à ces personnages, ce qui ne le
différenciait d'ailleurs pas des personnes qui s
trouvaient cet après-midi chez Mme de Guermante
et dont, pour plusieurs au moins, la vie passée éta
aussi vague pour moi que si je l'eusse lue dans u
roman à demi oublié.

Le prince d'Agrigente avait-il fini par épouse
Mlle X. ? Ou plutôt n'était-ce pas le frère de Mlle
qui avait dû épouser la sœur du prince d'Agrigent
ou bien faisais-je une confusion avec une ancienr
lecture, ou un rêve récent ? Le rêve était encore u
de ces faits de ma vie, qui m'avait toujours le pl
frappé, qui avait dû le plus servir à me convainc
du caractère purement mental de la réalité, et do
je ne dédaignerais pas l'aide dans la compositic
de mon œuvre. Quand je vivais d'une façon un p
moins désintéressée pour un amour, un rêve, vena
rapprocher singulièrement de moi, lui faisant pa

74

courir de grandes distances de temps perdu, ma grand'mère, Albertine que j'avais recommencé à aimer parce qu'elle m'avait fourni, dans mon sommeil, une version d'ailleurs atténuée de l'histoire de la blanchisseuse. Je pensai qu'ils viendraient quelquefois rapprocher ainsi de moi des vérités, des impressions, que mon effort seul, ou même les rencontres de la nature ne me présentaient pas, qu'ils réveilleraient en moi du désir, du regret de certaines choses inexistantes, ce qui est la condition pour travailler, pour s'abstraire de l'habitude, pour se détacher du concret. Je ne dédaignerais pas cette seconde muse, cette muse nocturne qui suppléerait parfois à l'autre.

J'avais vu les nobles devenir vulgaires quand leur esprit (comme celui du duc de Guermantes, par exemple), était vulgaire « vous n'êtes pas gêné », disait-il, comme eût pu dire Cottard. J'avais vu dans la médecine, dans l'affaire Dreyfus, pendant la guerre, croire que la vérité c'est un certain fait, que les ministres, le médecin possèdent, un oui ou non qui n'a pas besoin d'interprétation, qui font qu'un cliché radiographique indiquerait sans interprétation ce qu'a le malade, que les gens au pouvoir savaient si Dreyfus était coupable, savaient (sans avoir besoin d'envoyer pour cela Roques enquêter sur place) si Sarrail avait ou non les moyens de marcher en même temps que les Russes. Il n'est pas une heure de ma vie qui n'eût ainsi servi à m'apprendre comme je l'ai dit que seule la perception grossière et erronée place tout dans l'objet quand tout au contraire est dans l'esprit. En somme, si j'y réfléchissais, la matière de mon expérience me venait de Swann non pas seulement

75

par tout ce qui le concernait lui-même et Gilberte.
Mais c'était lui qui m'avait dès Combray donné
le désir d'aller à Balbec, où sans cela mes parents
n'eussent jamais eu l'idée de m'envoyer et sans
quoi je n'aurais pas connu Albertine. Certes, c'est
à son visage, tel que je l'avais aperçu pour la première fois devant la mer que je rattachais certaines
choses que j'écrirais sans doute. En un sens j'avais
raison de les lui rattacher car si je n'étais pas allé
sur la digue ce jour-là, si je ne l'avais pas connue,
toutes ces idées ne se seraient pas développées
(à moins qu'elles ne l'eussent été par une autre).
J'avais tort aussi car ce plaisir générateur que nous
aimons à trouver rétrospectivement dans un beau
visage de femme, vient de nos sens : il était bien
certain en effet que ces pages que j'écrirais, Albertine, surtout l'Albertine d'alors ne les eût pas com-
prises. Mais c'est justement pour cela (et c'est une
indication à ne pas vivre dans une atmosphère
trop intellectuelle) parce qu'elle était si différente
de moi, qu'elle m'avait fécondé par le chagrin et
même d'abord par le simple effort pour imaginer
ce qui diffère de soi. Ces pages, si elle avait été capable de les comprendre, par cela même elles ne les
eût pas inspirées. Mais sans Swann je n'aurais pas
connu même les Guermantes puisque ma grand'
mère n'eût pas retrouvé Mme de Villeparisis, mo
fait la connaissance de Saint-Loup et de M. de
Charlus, ce qui m'avait fait connaître la duchesse
de Guermantes et par elle sa cousine, de sorte
que ma présence même en ce moment chez le
prince de Guermantes, où venait de me venir
brusquement l'idée de mon œuvre (ce qui faisai
que je devrais à Swann non seulement la matière

76

mais la décision) me venaient aussi de Swann. Pédoncule un peu mince peut-être pour supporter ainsi l'étendue de toute ma vie. (Ce côté de Guermantes s'était trouvé en ce sens ainsi procéder du « côté de chez Swann »). Mais bien souvent cet auteur des aspects de notre vie, est quelqu'un de bien inférieur à Swann, est l'être le plus médiocre. N'eût-il pas suffi qu'un camarade quelconque m'indiquât quelque agréable fille à y posséder (que probablement je n'y aurais pas rencontrée) pour que je fusse allé à Balbec. Souvent ainsi on rencontre plus tard un camarade déplaisant, on lui serre à peine la main, et pourtant si jamais on y réfléchit, c'est d'une parole en l'air qu'il nous a dite, d'un « vous devriez venir à Balbec », que toute notre vie et notre œuvre sont sorties. Nous ne lui en avons aucune reconnaissance, sans que cela soit faire preuve d'ingratitude. Car en disant ces mots, il n'a nullement pensé aux énormes conséquences qu'ils auraient pour nous. C'est notre sensibilité et notre intelligence qui ont exploité les circonstances, lesquelles, la première impulsion donnée, se sont engendrées les unes les autres sans qu'il eût pu prévoir la cohabitation avec Albertine plus que la soirée masquée chez les Guermantes. Sans doute son impulsion fut nécessaire, et par là la forme extérieure de notre vie, la matière même de notre œuvre dépendent de lui. Sans Swann, mes parents n'eussent jamais eu l'idée de m'envoyer à Balbec. Il n'était pas d'ailleurs responsable des souffrances que lui-même avait indirectement causées. Elles tenaient à ma faiblesse. La sienne l'avait bien fait souffrir lui-même par Odette. Mais en déterminant ainsi la vie que nous avons menée, il a par là même

77

exclu toutes les vies que nous aurions pu mener
à la place de celle-là. Si Swann ne m'avait pas
parlé de Balbec, je n'aurais pas connu Albertine,
la salle à manger de l'hôtel, les Guermantes. Mais
je serais allé ailleurs, j'aurais connu des gens différents, ma mémoire comme mes livres seraient
remplis de tableaux tout autres, que je ne peux
même pas imaginer et dont la nouveauté, inconnue
de moi, me séduit et me fait regretter de n'être pas
allé plutôt vers elle et qu'Albertine et la plage de
Balbec et de Rivebelle et les Guermantes ne me
fussent pas toujours restés inconnus.

La jalousie est un bon recruteur qui, quand il
y a un creux dans notre tableau, va nous chercher
dans la rue la belle fille qu'il fallait. Elle n'était
plus belle, elle l'est redevenue, car nous sommes
jaloux d'elle, elle remplira ce vide.

Une fois que nous serons morts, nous n'aurons
pas de joie que ce tableau ait été ainsi complété.
Mais cette pensée n'est nullement décourageante.
Car nous sentons que la vie est un peu plus compli-
quée qu'on ne dit, et même les circonstances. Et il
y a une nécessité pressante à montrer cette com-
plexité. La jalousie si utile ne naît pas forcément
d'un regard, ou d'un récit, ou d'une rétroflexion.
On peut la trouver prête à nous piquer entre les
feuillets d'un annuaire — ce qu'on appelle Tout-
Paris pour Paris et pour la campagne « Annuaire
des Châteaux » — ; nous avions distraitement entendu
dire par telle belle fille qui nous était devenue
indifférente qu'il lui faudrait aller voir quelques
jours sa sœur dans le Pas-de-Calais. Nous avions
ainsi distraitement pensé autrefois que peut-être
bien la belle fille avait été courtisée par M. E.

qu'elle ne voyait plus jamais, car plus jamais elle
n'allait dans ce bar où elle le voyait jadis. Que pouvait être sa sœur, femme de chambre peut-être ?
Par discrétion nous ne l'avions pas demandé.
Et puis voici qu'en ouvrant au hasard l'Annuaire
des Châteaux, nous trouvons que M. E. a son château dans le Pas-de-Calais, près de Dunkerque.
Plus de doute, pour faire plaisir à la belle fille il
a pris sa sœur comme femme de chambre, et si la
belle fille ne le voit plus dans le bar, c'est qu'il
a fait venir chez lui, habitant Paris presque toute
l'année, mais ne pouvant se passer d'elle même
pendant qu'il est dans le Pas-de-Calais. Les pinceaux ivres de fureur et d'amour peignent, peignent.
Et pourtant, si ce n'était pas cela ? Si vraiment
M. E. ne voyait plus jamais la belle fille mais par
serviabilité avait recommandé la sœur de celle-ci
à un frère qu'il a, habitant lui toute l'année le Pas-
de-Calais. De sorte qu'elle va même peut-être
par hasard voir sa sœur au moment où M. E. n'est
pas là, car ils ne se soucient plus l'un de l'autre.
Et à moins encore que la sœur ne soit pas femme
de chambre dans le château ni ailleurs mais ait des
parents dans le Pas-de-Calais. Notre douleur du premier instant cède devant ces dernières suppositions
qui calment toute jalousie. Mais qu'importe, celle-ci,
cachée dans les feuillets de l'Annuaire des Châteaux,
est venue au bon moment car maintenant le vide
qu'il y avait dans la toile est comblé. Et tout se
compose bien grâce à la présence suscitée par
la jalousie de la belle fille dont déjà nous ne
sommes plus jaloux et que nous n'aimons plus.

79

* *
*

À ce moment le maître d'hôtel vint me dire que
le premier morceau étant terminé, je pouvais quitter la bibliothèque et entrer dans les salons. Cela me
fit ressouvenir où j'étais. Mais je ne fus nullement
troublé dans le raisonnement que je venais de
commencer, par le fait qu'une réunion mondaine,
le retour dans la société, m'eussent fourni ce point
de départ vers une vie nouvelle que je n'avais pas
su trouver dans la solitude. Ce fait n'avait rien
d'extraordinaire, une impression qui pouvait res-
susciter en moi l'homme éternel n'étant pas lié
plus forcément à la solitude qu'à la société (comme
j'avais cru autrefois, comme cela avait peut-être
été pour moi autrefois, comme cela aurait peut-être
dû être encore si je m'étais harmonieusement dé-
veloppé, au lieu de ce long arrêt qui semblait seulement prendre fin). Car n'éprouvant cette impression de beauté que, quand à une sensation actuelle
si insignifiante fût-elle, venait se superposer une
sensation semblable, qui renaissant spontanémen
en moi venait étendre la première sur plusieurs
époques à la fois, et remplissait mon âme où
habituellement les sensations particulières laissaien
tant de vide, par une essence générale, il n'y
avait pas de raison pour que je ne reçusse de
sensations de ce genre dans le monde aussi bien
que dans la nature, puisqu'elles sont fournie
par le hasard, aidé sans doute par l'excitation particulière qui fait que les jours où on se trouve
en dehors du train courant de la vie, les chose
même les plus simples recommencent à nous donne
des sensations dont l'habitude fait faire l'économi

80

à notre système nerveux. Que ce fût justement
et uniquement ce genre de sensations qui dût conduire à l'œuvre d'art, j'allais essayer d'en trouver
la raison objective, en continuant les pensées que
je n'avais cessé d'enchaîner dans la bibliothèque,
car je sentais que le déchaînement de la vie spirituelle était assez fort en moi maintenant pour pouvoir continuer aussi bien dans le salon au milieu
des invités, que seul dans la bibliothèque ; il me
semblait qu'à ce point de vue même, au milieu de
cette assistance si nombreuse, je saurais réserver
ma solitude. Car pour la même raison que de grands
événements n'influent pas du dehors sur nos puissances d'esprit et qu'un écrivain médiocre vivant
dans une époque épique restera un tout aussi
médiocre écrivain, ce qui était dangereux dans le
monde, c'étaient les dispositions mondaines qu'on
y apporte. Mais par lui-même il n'était pas plus
capable de vous rendre médiocre qu'une guerre
héroïque de rendre sublime un mauvais poète.
En tous cas qu'il fût théoriquement utile ou non
que l'œuvre d'art fût constituée de cette façon,
et en attendant que j'eusse examiné ce point comme
j'allais le faire, je ne pouvais nier que vraiment, en
ce qui me concernait, quand des impressions vraiment esthétiques m'étaient venues, ç'avait toujours
été à la suite de sensations de ce genre. Il est vrai
qu'elles avaient été assez rares dans ma vie, mais
elles la dominaient, je pouvais retrouver dans le
passé quelques-uns de ces sommets que j'avais eu
le tort de perdre de vue (ce que je comptais ne plus
faire désormais). Et déjà je pouvais dire que si
c'était chez moi, par l'importance exclusive qu'il
prenait, un trait qui m'était personnel, cependant

j'étais rassuré en découvrant qu'il s'apparentait
à des traits moins marqués, mais reconnaissables,
discernables et au fond assez analogues chez certains écrivains. N'est-ce pas à mes sensations du
genre de celle de la madeleine qu'est suspendue
la plus belle partie des mémoires d'Outre-Tombe :
« Hier au soir je me promenais seul... je fus tiré
de mes réflexions par le gazouillement d'une grive
perchée sur la plus haute branche d'un bouleau.
A l'instant, ce son magique fit reparaître à mes
yeux le domaine paternel ; j'oubliai les catastrophes
dont je venais d'être le témoin et, transporté subitement dans le passé, je revis ces campagnes où
j'entendis si souvent siffler la grive ». Et une des
deux ou trois plus belles phrases de ces mémoires
n'est-elle pas celle-ci : « Une odeur fine et suave
d'héliotrope s'exhalait d'un petit carré de fèves
en fleurs ; elle ne nous était point apportée par une
brise de la patrie, mais par un vent sauvage de Terre-
Neuve, sans relation avec la plante exilée, sans
sympathie de réminiscence et de volupté. Dans ce
parfum, non respiré de la beauté, non épuré dans
son sein, non répandu sur ses traces, dans ce parfum
chargé d'aurore, de culture et de monde, il y avait
toutes les mélancolies des regrets, de l'absence
et de la jeunesse ». Un des chefs-d'œuvre de la littérature française, *Sylvie*, de Gérard de Nerval
a tout comme le livre des *Mémoires d'Outre-Tombe*
relatif à Combourg, une sensation du même genre
que le goût de la madeleine et « le gazouillement
de la grive ». Chez Baudelaire enfin, ces réminiscences plus nombreuses encore, sont évidemment
moins fortuites et par conséquent à mon avis déci-
sives. C'est le poète lui-même qui, avec plus de choix

82

t de paresse recherche volontairement, dans l'odeur
'une femme par exemple, de sa chevelure et de son
in, les analogies inspiratrices qui lui évoqueront
l'azur du ciel immense et rond » et « un port rem-
li de flammes et de mâts ». J'allais chercher à me
ppeler les pièces de Baudelaire à la base des-
uelles se trouve ainsi une sensation transposée,
our achever de me replacer dans une filiation aussi
oble, et me donner par là l'assurance que l'œuvre
ue je n'aurais plus aucune hésitation à entre-
rendre méritait l'effort que j'allais lui consacrer,
uand étant arrivé au bas de l'escalier qui descen-
ait de la bibliothèque, je me trouvai tout à coup
ans le grand salon et au milieu d'une fête qui
lait me sembler bien différente de celles aux-
uelles j'avais assisté autrefois et allait revêtir
our moi un aspect particulier et prendre un sens
ouveau. En effet, dès que j'entrai dans le grand
lon, bien que je tinsse toujours ferme en moi,
u point où j'en étais, le projet que je venais de
rmer, un coup de théâtre se produisit qui allait
ever contre mon entreprise la plus grave des
jections. Une objection que je surmonterais sans
ute mais qui, tandis que je continuais à réfléchir
u moi-même aux conditions de l'œuvre d'art,
lait par l'exemple cent fois répété de la considé-
tion la plus propre à me faire hésiter, interrompre
tout instant mon raisonnement. Au premier mo-
ent je ne compris pas pourquoi j'hésitais à recon-
uître le maître de maison, les invités, pourquoi
acun semblait s'être « fait une tête », généralement
udrée et qui les changeait complètement. Le
ince avait encore en recevant cet air bonhomme
un roi de féerie que je lui avais trouvé la première

83

fois, mais cette fois, semblant s'être soumis lui-
même à l'étiquette qu'il avait imposée à ses invités,
il s'était affublé d'une barbe blanche et traînait
à ses pieds qu'elles alourdissaient comme des semelles de plomb. Il semblait avoir assumé de figurer un des « âges de la vie ». Ses moustaches étaient
blanches aussi comme s'il restait après elles le gel
de la forêt du petit Poucet. Elles semblaient incom-
moder sa bouche raidie et, l'effet une fois produit,
il aurait dû les enlever. A vrai dire, je ne le reconnus
qu'à l'aide d'un raisonnement, et en concluant de
la simple ressemblance de certains traits à une
identité de la personne. Je ne sais ce que ce petit
Lezensac avait mis sur sa figure, mais tandis que
d'autres avaient blanchi, qui la moitié de leur barbe,
qui leurs moustaches seulement, lui sans s'embarrasser de ses teintures avait trouvé le moyen de
couvrir sa figure de rides, ses sourcils de poils hérissés ;
tout cela d'ailleurs ne lui seyait pas, son visage
faisait l'effet d'être durci, bronzé, solennisé, cela
le vieillissait tellement qu'on n'aurait plus dit du
tout un jeune homme. Je fus bien étonné au même
moment en entendant appeler duc de Chatelle-
rault un petit vieillard aux moustaches argentées
d'ambassadeur dans lequel seul un petit bout de
regard resté le même me permit de reconnaître le
jeune homme que j'avais rencontré une fois en visite
chez Mme de Villeparisis. A la première personne
que je parvins ainsi à identifier en tâchant de faire
abstraction du travestissement et de compléter
les traits restés naturels par un effort de mémoire
ma première pensée eût dû être et fut peut-être
bien moins d'une seconde, de la féliciter d'être s
merveilleusement grimée, qu'on avait d'abord avan

84

de la reconnaître, cette hésitation que les grands
acteurs paraissant dans un rôle où ils sont différents d'eux-mêmes, donnent en entrant en scène,
au public, qui même averti par le programme,
reste un instant ébahi avant d'éclater en applau-
dissements. A ce point de vue le plus extraordinaire
de tous était mon ennemi personnel, M. d'Argencourt, le véritable clou de la matinée. Non seulement au lieu de sa barbe à peine poivre et sel, il
s'était affublé d'une extraordinaire barbe d'une
invraisemblable blancheur, mais encore, tant de
petits changements matériels pouvant rapetisser,
élargir un personnage et bien plus changer son
caractère apparent, sa personnalité, c'était un
vieux mendiant qui n'inspirait plus aucun respect
qu'était devenu cet homme dont la solennité, la
raideur empesée était encore présente à mon souvenir, et il donnait à son personnage de vieux
gâteux, une telle vérité, que ses membres tremblo-
taient, que les traits détendus de sa figure habituel-
nent hautaine, ne cessaient de sourire avec une
niaise béatitude. Poussé à ce degré, l'art du déguisement devient quelque chose de plus, une transformation. En effet, quelques riens avaient beau
me certifier que c'était bien M. d'Argencourt qui
donnait ce spectacle inénarrable et pittoresque,
combien d'états successifs d'un visage ne me fallait-
il pas traverser si je voulais retrouver celui du
d'Argencourt que j'avais connu, et qui était tellement différent de lui-même, tout en n'ayant à sa
disposition que son propre corps. C'était évidemment
la dernière extrémité où il avait pu le conduire sans
en crever ; le plus fier visage, le torse le plus cambré
n'était plus qu'une loque en bouillie agitée de ci

de là. A peine, en se rappelant certains sourires de
M. d'Argencourt qui jadis tempéraient parfois un
instant sa hauteur, pouvait-on comprendre que la
possibilité de ce sourire de vieux marchand d'habits ramolli existât dans le gentleman correct
d'autrefois. Mais à supposer que ce fût la même
intention de sourire qu'eût d'Argencourt, à cause
de la prodigieuse transformation du visage, la matière même de l'œil, par laquelle il l'exprimait
était tellement différente, que l'expression devenait
tout autre et même d'un autre. J'eus un fou rire
devant ce sublime gaga, aussi émollié dans sa béné-
vole caricature de lui-même que l'était, dans la
manière tragique, M. de Charlus foudroyé et poli.
M. d'Argencourt, dans son incarnation de moribond-
bouffe d'un Regnard exagéré par Labiche était d'un
accès aussi facile, aussi affable, que M. de Charlus
roi Lear qui se découvrait avec application devant
le plus médiocre salueur. Pourtant je n'eus pas
l'idée de lui dire mon admiration pour la vision
extraordinaire qu'il offrait. Ce ne fut pas mon antipathie ancienne qui m'en empêcha, car précisément
il était arrivé à être tellement différent de lui-même
que j'avais l'illusion d'être devant une autre personne aussi bienveillante, aussi désarmée, aussi
inoffensive que l'Argencourt habituel était rogue,
hostile et dangereux. Tellement une autre personne
qu'à voir ce personnage si ineffablement grimaçant,
comique et blanc, ce bonhomme de neige simulant
un général Dourakine en enfance, il me semblait
que l'être humain pouvait subir des métamorphoses
aussi complètes que celles de certains insectes.
J'avais l'impression de regarder derrière le vitrage
instructif d'un muséum d'histoire naturelle, ce que

86

peut être devenu le plus rapide, le plus sûr en ses
traits d'un insecte, et je ne pouvais pas ressentir
les sentiments que m'avait toujours inspiré M. d'Argencourt devant cette molle chrysalide plutôt vi-
bratile que remuante. Mais je me tus, je ne félicitai
pas M. d'Argencourt d'offrir un spectacle qui semblait reculer les limites entre lesquelles peuvent se
mouvoir les transformations du corps humain.
Certes, dans les coulisses d'un théâtre, ou pendant
un bal costumé, on est plutôt porté par politesse
à exagérer la peine, presque à affirmer l'impossibilité qu'on a à reconnaître la personne travestie.
Ici au contraire, un instinct m'avait averti de les
dissimuler le plus possible, qu'elles n'avaient plus
rien de flatteur parce que la transformation n'était
pas voulue, et je m'avisai enfin, ce à quoi je n'avais
pas songé en entrant dans ce salon, que toute fête,
si simple soit-elle, quand elle a lieu longtemps après
qu'on a cessé d'aller dans le monde et pour peu
qu'elle réunisse quelques-unes des mêmes personnes
qu'on a connues autrefois, vous fait l'effet d'une
fête travestie, de la plus réussie de toutes, de celle
où l'on est le plus sincèrement « intrigué » par les
autres, mais où ces têtes qu'ils se sont faites depuis
longtemps sans le vouloir ne se laissent pas défaire,
par un débarbouillage, une fois la fête finie. Intrigué par les autres ? Hélas aussi les intriguent nous-
même. Car la même difficulté que j'éprouvais à
mettre le nom qu'il fallait sur les visages semblait
partagée par toutes les personnes qui apercevaient
le mien, n'y prenaient pas plus garde que si elles
ne l'eussent jamais vu, ou tâchaient de dégager
de l'aspect actuel un souvenir différent.

Si M. d'Argencourt venait faire cet extraordinaire

« numéro » qui était certainement la vision la plus
saisissante dans son burlesque que je garderais de
lui, c'était comme un acteur qui rentre une dernière
fois sur la scène avant que le rideau tombe tout
à fait au milieu des éclats de rire. Si je ne lui en voulais plus c'est parce qu'en lui qui avait retrouvé
l'innocence du premier âge, il n'y avait plus aucun
souvenir des notions méprisantes qu'il avait pu
avoir de moi, aucun souvenir d'avoir vu M. de Charlus me lâcher brusquement le bras, soit qu'il n'y
eut plus rien en lui de ces sentiments, soit qu'ils
fussent obligés pour arriver jusqu'à nous de passer
par des réfracteurs physiques si déformants qu'ils
changeassent en route absolument de sens et que
M. d'Argencourt semblât bon, faute de moyens
physiques d'exprimer encore qu'il était mauvais
et de refouler sa perpétuelle hilarité irritante. C'était
trop de parler d'un acteur, et débarrassé qu'il
était de toute âme consciente, c'est comme une
poupée trépidante, à la barbe postiche de laine
blanche, que je le voyais agité, promené dans ce
salon, comme dans un guignol à la fois scientifique
et philosophique où il servait comme dans une oraison funèbre ou un cours en Sorbonne, à la fois de
rappel à la vanité de tout et d'exemple d'histoire
naturelle. Un guignol de poupées que pour identifier à ceux qu'on avait connus, il fallait lire sur
plusieurs plans à la fois, situés derrière elles et qui
leur donnaient de la profondeur et forçait à faire
un travail d'esprit quand on avait devant soi ces
vieillards fantoches, car on était obligé de les regarder en même temps qu'avec les yeux avec la mémoire. Un guignol de poupées baignant dans les
couleurs immatérielles des années, de poupées exté-

riorisant le Temps, le Temps qui d'habitude n'est
pas visible, qui pour le devenir cherche des corps
et partout où il les rencontre, s'en empare pour
montrer sur eux sa lanterne magique. Aussi immatériel que jadis Golo sur le bouton de porte de ma
chambre de Combray, ainsi le nouveau et si méconnaissable d'Argencourt était là comme la révélation
du temps qu'il rendait partiellement visible. Dans
les éléments nouveaux qui composaient la figure
de M. d'Argencourt et son personnage, on lisait
un certain chiffre d'années, on reconnaissait la
figure symbolique de la vie, non telle qu'elle nous
apparaît, c'est-à-dire permanente, mais réelle, atmosphère si changeante que le fier seigneur s'y peint
en caricature le soir comme un marchand d'habits.

En d'autres êtres d'ailleurs, ces changements,
ces véritables aliénations semblaient sortir du domaine de l'histoire naturelle et on s'étonnait en
entendant un nom qu'un même être pût présenter
non comme M. d'Argencourt les caractéristiques
d'une nouvelle espèce différente mais les traits
extérieurs d'un autre caractère. C'étaient bien comme
pour M. d'Argencourt des possibilités insoupçon-
nées que le temps avait tirées de telle jeune fille,
mais ces possibilités bien qu'étant toutes physio-
nomiques ou corporelles, semblaient avoir quelque
chose de moral. Les traits du visage s'ils changent,
s'ils s'assemblent autrement, s'ils se contractent de
façon habituelle d'une manière plus lente, prennent
avec un aspect autre, une signification différente.
De sorte qu'il y avait telle femme qu'on avait
connue bornée et sèche, chez laquelle un élargissement des joues devenues méconnaissables, un
busquage imprévisible du nez, causaient la même

surprise, la même bonne surprise souvent, que tel mot sensible et profond, telle action courageuse et noble qu'on n'aurait jamais attendus d'elle. Autour de ce nez, nez nouveau on voyait s'ouvrir des horizons qu'on n'eût pas osé espérer. La bonté, la tendresse jadis impossibles devenaient possibles avec ces joues-là. On pouvait faire entendre devant ce menton ce qu'on n'aurait jamais eu l'idée de dire devant le précédent. Tous ces traits nouveaux du visage impliquaient d'autres traits de caractère ; la sèche et maigre jeune fille était devenue une vaste et indulgente douairière. Ce n'est plus dans un sens zoologique comme M. d'Argencourt, c'est dans un sens social et moral qu'on pouvait dire que c'était une autre personne.

Par tous ces côtés, une matinée comme celle où je me trouvais était quelque chose de beaucoup plus précieux qu'une image du passé, m'offrant comme toutes les images successives et que je n'avais jamais vues qui séparaient le passé du présent, mieux encore, le rapport qu'il y avait entre le présent et le passé ; elle était comme ce qu'on appelait autrefois une vue d'optique, mais une vue d'optique des années, la vue non d'un monument, mais d'une personne située dans la perspective déformante du Temps.

Quant à la femme dont M. d'Argencourt avait été l'amant, elle n'avait pas beaucoup changé, *si on tenait compte du temps passé,* c'est-à-dire que son visage n'était pas trop complètement démoli pour celui d'un être qui se déforme tout le long de son trajet dans l'abîme où il est lancé, abîme dont nous ne pouvons exprimer la direction que par des comparaisons également vaines, puisque nous

90

ne pouvons les emprunter qu'au monde de l'espace, et qui, que nous les orientions dans le sens de l'élévation, de la longueur ou de la profondeur, ont comme seul avantage de nous faire sentir que cette dimension inconcevable et sensible, existe. La nécessité pour donner un nom aux figures de remonter effectivement le cours des années, me forçait en réaction, de rétablir ensuite en leur donnant leur place réelle, les années auxquelles je n'avais pensé. A ce point de vue et pour ne pas me laisser tromper par l'identité apparente de l'espace, l'aspect tout nouveau d'un être comme M. d'Argencourt m'était une révélation frappante de cette réalité du millésime qui d'habitude nous reste abstraite, comme l'apparition de certains arbres nains, ou des baobabs géants, nous avertît du changement de latitude. Alors la vie nous apparaît comme la féerie où l'on voit d'acte en acte le bébé devenir adolescent, homme mûr et se courber vers la tombe. Et comme c'est par des changements perpétuels qu'on sent que ces êtres prélevés à des distances assez grandes sont si différents, on sent qu'on a suivi la même loi que ces créatures qui se sont tellement transformées qu'elles ne ressemblent plus, sans avoir cessé d'être, — justement parce qu'elles n'ont pas cessé d'être, — à ce que nous avons vu d'elles jadis.

Une jeune femme que j'avais connue autrefois, maintenant blanche et tassée en petite vieille maléfique, semblait indiquer qu'il est nécessaire que dans le divertissement final d'une pièce les êtres fussent travestis à ne pas les reconnaître. Mais son frère était resté si droit, si pareil à lui-même qu'on s'étonnait que sur sa figure jeune, il eût fait passer au blanc sa moustache bien relevée. Les parties d'une blancheur de neige de barbes jusque-là entièrement noires, rendaient mélancolique le paysage humain de cette matinée, comme les premières feuilles jaunes des arbres, alors qu'on croyait encore pouvoir compter sur un long été, et qu'avant d'avoir commencé d'en profiter, on voit que c'est déjà l'automne. Alors moi qui, depuis mon enfance, vivait au jour le jour, ayant reçu d'ailleurs de moi-même et des autres une impression définitive, je m'aperçus pour la première fois, d'après les métamorphoses qui s'étaient produites dans tous ces gens, du temps qui avait passé pour eux, ce qui me bouleversa par la révélation qu'il avait passé aussi pour moi. Et indifférente en elle-même, leur vieillesse me désolait en m'avertissant des approches de la mienne. Celles-ci me furent du reste proclamées coup sur coup par des paroles qui, à quelques minutes d'intervalle, vinrent me frapper comme les trompettes du Jugement. La première fut prononcée par la duchesse de Guermantes ; je venais de la voir, passant entre une double haie de curieux qui, sans se rendre compte des merveilleux artifices de toilette et d'esthétique qui agissaient sur eux, émus devant cette tête rousse, ce corps saumoné émergeant à peine de ses ailerons de dentelle noire, et étranglé de joyaux, le regardaient, dans la sinuosité héréditaire de ses lignes, comme ils eussent fait de quelque vieux poisson sacré, chargé de pierreries, en lequel s'incarnait le Génie protecteur de la famille Guermantes. « Ah ! me dit-elle, quelle joie de vous voir, vous mon plus vieil ami ». Et, dans mon amour-propre de jeune homme de Combray qui ne m'étais jamais compté à aucun moment comme pouvant

92

être un de ses amis, participant vraiment à la vraie vie mystérieuse qu'on menait chez les Guermantes, un de ses amis au même titre que M. de Bréauté, que M. de Forestille, que Swann, que tous ceux qui étaient morts, j'aurais pu en être flatté, j'en étais surtout malheureux. « Son plus vieil ami, me dis-je, elle exagère, peut-être un des plus vieux, mais suis-je donc... » « A ce moment un neveu du prince s'approcha de moi : « Vous qui êtes un vieux Parisien », me dit-il. Un instant après on me remit un mot. J'avais rencontré en arrivant un jeune Létourville, dont je ne savais plus très bien la parenté avec la duchesse mais qui me connaissait un peu. Il venait de sortir de Saint-Cyr et me disant que ce serait pour moi un gentil camarade comme avait été Saint-Loup, qui pourrait m'initier aux choses de l'armée, avec les changements qu'elle avait subis, je lui avais dit que je le retrouverais tout à l'heure et que nous prendrions rendez-vous pour dîner ensemble, ce dont il m'avait beaucoup remercié. Mais j'étais resté trop longtemps à rêver dans la bibliothèque et le petit mot qu'il avait laissé pour moi était pour me dire qu'il n'avait pu m'attendre et me laisser son adresse. La lettre de ce camarade rêvé finissait ainsi : « Avec tout le respect de votre petit ami, LÉTOURVILLE ». « Petit ami ! » C'est ainsi qu'autrefois j'écrivais aux gens qui avaient trente ans de plus que moi, à Legrandin par exemple. Quoi ! ce sous-lieutenant que je me figurais mon camarade comme Saint-Loup, se disait mon petit ami. Mais alors il n'y avait donc pas que les méthodes militaires qui avaient changé depuis lors et pour M. de Létourville j'étais donc, non un camarade, mais un vieux monsieur et de M. de

Létourville, dans la compagnie duquel je me figurais, moi, tel que je m'apparaissais à moi-même, un bon camarade, en étais-je donc séparé par l'écartement d'un invisible compas auquel je n'avais pas songé et qui me situait si loin du jeune sous-lieutenant qu'il semblait que pour celui qui se disait mon « petit ami » j'étais un vieux monsieur.

Presque aussitôt après quelqu'un parla de Bloch, je demandai si c'était du jeune homme ou du père (dont j'avais ignoré la mort, pendant la guerre, d'émotion avait-on dit de voir la France envahie). « Je ne savais pas qu'il eût des enfants, je ne le savais même pas marié, me dit la duchesse. Mais c'est évidemment du père que nous parlons, car il n'a rien d'un jeune homme », ajouta-t-elle en riant. « Il pourrait avoir des fils qui seraient eux-mêmes déjà des hommes ». Et je compris qu'il s'agissait de mon camarade. Il entra d'ailleurs au bout d'un instant. J'eus de la peine à le reconnaître. D'ailleurs, il avait pris maintenant non seulement un pseudonyme, mais le nom de Jacques du Rozier, sous lequel il eût fallu le flair de mon grand-père pour reconnaître la douce vallée de l'Hébron et les chaînes d'Israël que mon ami semblait avoir définitivement rompues. Un chic anglais avait en effet complètement transformé sa figure et passé au rabot tout ce qui se pouvait effacer. Les cheveux jadis bouclés, coiffés à plat avec une raie au milieu brillaient de cosmétique. Son nez restait fort et rouge mais semblait plutôt tuméfié par une sorte de rhume permanent qui pouvait expliquer l'accent nasal dont il débitait paresseusement ses phrases, car il avait trouvé, de même qu'une coiffure appropriée à son teint, une voix à sa prononciation où le nasonnement d'au-

94

trefois prenait un air de dédain particulier qui allait
avec les ailes enflammées de son nez. Et grâce à la
coiffure, à la suppression des moustaches, à l'élégance du type, à la volonté, ce nez juif disparaissait
comme semble presque droite une bossue bien arrangée. Mais surtout, dès que Bloch apparaissait,
la signification de sa physionomie était changée
par un redoutable monocle. La part de machinisme
que ce monocle introduisait dans la figure de Bloch
la dispensait de tous ces devoirs difficiles auxquels
une figure humaine est soumise, devoir d'être belle,
d'exprimer l'esprit, la bienveillance, l'effort. La
seule présence de ce monocle dans la figure de Bloch
dispensait d'abord de se demander si elle était
jolie ou non, comme devant ces objets anglais dont
un garçon dit dans un magasin que c'est le grand
chic, après quoi, on n'ose plus se demander si cela
vous plaît. D'autre part, il s'installait derrière la
glace de ce monocle dans une position aussi hautaine, distante et confortable que si ç'avait été
la glace d'un huit ressorts, et pour assortir la figure
aux cheveux plats et au monocle, ses traits n'exprimaient plus jamais rien. Sur cette figure de Bloch,
je vis se superposer cette mine débile et opinante,
ces frêles hochements de tête qui trouvent si vite
leur cran d'arrêt, et où j'aurais reconnu la docte
fatigue des vieillards aimables, si d'autre part je
n'avais enfin reconnu devant moi mon ami et si
mes souvenirs ne l'avaient animé de cet entrain
juvénile et ininterrompu dont il semblait actuellement dépossédé. Pour moi qui l'avais connu au
seuil de la vie, il était mon camarade, un adolescent dont je mesurais la jeunesse par celle que
l'ayant cru vivre depuis ce moment-là, je me don-

95

nais inconsciemment à moi-même. J'entendis dire
qu'il paraissait bien son âge, je fus étonné de remarquer sur son visage quelques-uns de ces signes qui
sont plutôt la caractéristique des hommes qui sont
vieux. Je compris que c'est parce qu'il l'était en
effet et que c'est avec des adolescents qui durent
un assez grand nombre d'années que la vie fait
ses vieillards.

Comme quelqu'un entendant dire que j'étais
souffrant demanda si je ne craignais pas de prendre
la grippe qui régnait à ce moment-là, un autre
bienveillant me rassura en me disant : « Non, cela
atteint plutôt les personnes encore jeunes, les gens
de votre âge ne risquent plus grand'chose ». Et on
assura que le personnel m'avait bien reconnu.
Ils avaient chuchoté mon nom, et même « dans leur
langage », raconta une dame, elle les avait entendu
dire : « Voilà le Père...... » (cette expression était
suivie de mon nom. Et comme je n'avais pas
d'enfant, elle ne pouvait se rapporter qu'à l'âge).

En entendant la duchesse de Guermantes dire :
« Comment, si j'ai connu le maréchal ? Mais j'ai
connu des gens bien plus représentatifs, la duchesse
de Galliera, Pauline de Périgord, Mgr Dupanloup »,
je regrettais naïvement de ne pas avoir connu
moi-même ceux qu'elle appelait un reste d'ancien
régime. J'aurais dû penser qu'on appelle ancien
régime, ce dont on n'a pu connaître que la fin ;
c'est ainsi que ce que nous apercevons à l'horizon
prend une grandeur mystérieuse et nous semble
se refermer sur un monde qu'on ne reverra plus ;
cependant nous avançons et c'est bientôt nous-
même qui sommes à l'horizon pour les générations
qui sont derrière nous ; cependant l'horizon recule, e

96

le monde qui semblait fini, recommence. « J'ai même
pu voir quand j'étais jeune fille, ajouta Mme de
Guermantes, la duchesse de Dino. Dame, vous savez
que je n'ai plus vingt-cinq ans ». Ces derniers
mots me fâchèrent. Elle ne devrait pas dire cela,
ce serait bon pour une vieille femme. « Quant à vous,
reprit-elle, vous êtes toujours le même, vous n'avez
pour ainsi dire pas changé », me dit la duchesse,
et cela me fit presque plus de peine que si elle m'avait
parlé d'un changement, car cela prouvait, puisqu'il
était extraordinaire qu'il s'en fût si peu produit,
que bien du temps s'était écoulé. « Ami, me dit-
elle, vous êtes étonnant, vous restez toujours jeune »,
expression si mélancolique puisqu'elle n'a de sens
que si nous sommes en fait, sinon d'apparence,
devenus vieux. Et elle me donna le dernier coup en
ajoutant : « J'ai toujours regretté que vous ne vous
soyez pas marié. Au fond, qui sait, c'est peut-être
plus heureux. Vous auriez été d'âge à avoir des fils
à la guerre, et s'ils avaient été tués, comme l'a été
ce pauvre Robert Saint-Loup (je pense encore souvent à lui), sensible comme vous êtes vous ne leur
auriez pas survécu ». Et je pus me voir, comme dans
la première glace véridique que j'eusse rencontrée
dans les yeux de vieillards restés jeunes, à leur avis,
comme je le croyais moi-même de moi, et qui,
quand je me citais à eux, pour entendre un démenti,
comme exemple de vieux, n'avaient pas dans
leurs regards qui me voyaient tel qu'ils ne se voyaient
pas eux-mêmes et tel que je les voyais une seule
protestation. Car nous ne voyions pas notre propre
aspect, nos propres âges, mais chacun, comme un
miroir opposé voyait celui de l'autre. Et sans doute,
à découvrir qu'ils ont vieilli, bien des gens eussent

été moins tristes que moi. Mais d'abord il en est de la vieillesse comme de la mort, quelques-uns les affrontent avec indifférence, non pas parce qu'ils ont plus de courage que les autres, mais parce qu'ils ont plus d'imagination. Puis un homme qui depuis son enfance, vise une même idée, auquel sa paresse même et jusqu'à son état de santé, en lui faisant remettre sans cesse les réalisations, annule chaque soir le jour écoulé et perdu, si bien que la maladie qui hâte le vieillissement de son corps retarde celui de son esprit, est plus surpris et plus bouleversé de voir qu'il n'a cessé de vivre dans le Temps, que celui qui vit peu en soi-même, se règle sur le calendrier, et ne découvre pas d'un seul coup le total des années dont il a poursuivi quotidiennement l'addition. Mais une raison plus grave expliquait mon angoisse ; je découvrais cette action destructrice du temps, au moment même où je voulais entreprendre de rendre claire, d'intellectualiser dans une œuvre d'art des réalités extra-temporelles.

Chez certains êtres le remplacement successif, mais accompli en mon absence, de chaque cellule par d'autres avait amené un changement si complet, une si entière métamorphose que j'aurais pu dîner cent fois en face d'eux dans un restaurant, sans me douter plus que je les avais connus autrefois que je n'aurais pu deviner la royauté d'un souverain incognito ou le vice d'un inconnu. La comparaison devient même insuffisante, pour le cas où j'entendais leur nom, car on peut admettre qu'un inconnu assis en face de vous soit criminel ou roi, tandis qu'eux je les avais connus, ou plutôt j'avais connu des personnes portant le même nom, mais si différentes que je ne pouvais croire que ce fussent les mêmes. Pourtant, comme j'aurais fait en partant de l'idée de souveraineté ou de vice qui ne tarde pas à donner à l'inconnu (avec qui on aurait fait si aisément quand on avait encore les yeux bandés, la gaffe d'être insolent ou aimable), dans les mêmes traits de qui on discerne maintenant quelque chose de distingué ou de suspect, je m'appliquais à introduire dans le visage de l'inconnue, entièrement inconnue, l'idée qu'elle était Mme Sazerat, et je finissais par rétablir le sens autrefois connu de ce visage, mais qui serait resté vraiment aliéné pour moi, entièrement celui d'une autre femme ayant autant perdu tous les attributs humains que j'avais connus, qu'un homme devenu singe, si le nom, et l'affirmation de l'identité, ne m'avaient mis malgré ce que le problème avait d'ardu, sur la voie de la solution. Parfois pourtant l'ancienne image renaissait assez précise pour que je puisse essayer une confrontation ; et comme un témoin mis en présence d'un inculpé qu'il a vu, j'étais forcé, tant la différence était grande, de dire : « Non... je ne le reconnais pas ».

Une jeune femme me dit : « Voulez-vous que nous allions dîner tous les deux au restaurant ? » Comme je répondais : « Si vous ne trouvez pas compromettant de venir dîner seule avec un jeune homme », j'entendis que tout le monde autour de moi riait et je m'empressai d'ajouter : « ou plutôt avec un vieil homme ». Je sentais que la phrase qui avait fait rire était de celles qu'aurait pu, en parlant de moi, dire ma mère, ma mère pour qui j'étais toujours un enfant. Or je m'apercevais que je me plaçais pour me juger au même point de vue qu'elle. Si j'avais fini par enregistrer comme elle certains changements qui s'étaient faits depuis ma

première enfance, c'était tout de même des changements maintenant très anciens. J'en étais resté
à celui qui faisait qu'on avait dit un temps, presque
en prenant de l'avance sur le fait : « C'est maintenant presque un grand jeune homme ». Je le pensais encore, mais cette fois avec un immense retard.
Je ne m'apercevais pas combien j'avais changé.
Mais au fait, eux, qui venaient de rire aux éclats,
à quoi s'en apercevaient-ils ? Je n'avais pas un
cheveu gris, ma moustache était noire. J'aurais
voulu pouvoir leur demander à quoi se révélait
l'évidence de la terrible chose. Et maintenant
je comprenais ce qu'était la vieillesse — la vieillesse qui, de toutes les réalités, est peut-être celle
dont nous gardons le plus longtemps dans la vie
une notion purement abstraite, regardant les calendriers, datant nos lettres, voyant se marier nos
amis, les enfants de nos amis, sans comprendre
soit par peur, soit par paresse, ce que cela signifie
jusqu'au jour où nous apercevons une silhouette
inconnue comme celle de M. d'Argencourt, laquelle
nous apprend que nous vivons dans un nouveau
monde ; jusqu'au jour où le petit-fils d'une de nos
amies, jeune homme qu'instinctivement nous trai-
terions en camarade, sourit comme si nous nous
moquions de lui, nous qui lui sommes apparus comme
un grand-père ; je comprenais ce que signifiait
la mort, l'amour, les joies de l'esprit, l'utilité de
la douleur, la vocation. Car si les noms avaient
perdu pour moi de leur individualité, les mots me
découvraient tout leur sens. La beauté des images
est logée à l'arrière des choses, celle des idées à
l'avant. De sorte que la première cesse de nous
émerveiller quand on les a atteintes, mais qu'on

ne comprend la seconde que quand on les a dépassées.

Or, à tous ces idées, la cruelle découverte que je venais de faire relativement au Temps qui s'était écoulé ne pourrait que s'ajouter et me servir en ce qui concernait la matière même de mon livre. Puisque j'avais décidé qu'elle ne pouvait être uniquement constituée par les impressions véritablement pleines, celles qui sont en dehors du Temps, parmi les vérités avec lesquelles je comptais les sertir, celles qui se rapportent au Temps, au Temps dans lequel baignent et s'altèrent les hommes, les sociétés, les nations, tiendraient une place importante. Je n'aurais pas soin seulement de faire une place à ces altérations que subit l'aspect des êtres et dont j'avais de nouveaux exemples à chaque minute, car tout en songeant à mon œuvre, assez définitivement mise en marche pour ne pas se laisser arrêter par des distractions passagères, je continuais à dire bonjour aux gens que je connaissais et à causer avec eux. Le vieillissement d'ailleurs ne se marquait pas pour tous d'une manière analogue. Je vis quelqu'un qui demandait mon nom, on me dit que c'était M de Cambremer. Et alors pour me montrer qu'il m'avait reconnu : « Est-ce que vous avez toujours vos étouffements ? » me demanda-t-il, et sur ma réponse affirmative : « Vous voyez que ça n'empêche pas la longévité », me dit-il, comme si j'étais décidément centenaire. Je lui parlais les yeux attachés sur deux ou trois traits que je pouvais faire rentrer par la pensée dans cette synthèse, pour le reste toute différente, de mes souvenirs, que j'appelais sa personne. Mais un instant il tourna à demi la tête. Et alors je vis qu'il était rendu mé-

connaissable par l'adjonction d'énormes poches
rouges aux joues qui l'empêchaient d'ouvrir complètement la bouche et les yeux, si bien que je restais
hébété, n'osant regarder cette sorte d'anthrax dont
il me semblait plus convenable qu'il me parlât le
premier. Mais comme en malade courageux il n'y
faisait pas allusion et riait, j'avais peur d'avoir
l'air de manquer de cœur en ne lui demandant pas,
de tact, en lui demandant ce qu'il avait. Mais « ils
ne vous viennent pas plus rarement avec l'âge ? »
me demanda-t-il, en continuant à parler des étouffements. Je lui dis que non. « Ah ! si ma sœur en
a sensiblement moins qu'autrefois », me dit-il,
d'un ton de contradiction comme ci cela ne pouvait
pas être autrement pour moi que pour sa sœur,
et comme si l'âge était un de ces remèdes dont il
n'admettait pas, quand ils avaient fait du bien
à Mme de Gaucourt, qu'ils ne me fussent pas salu-
taires. Mme de Cambremer-Legrandin s'étant ap-
prochée, j'avais de plus en plus peur de paraître
insensible en ne déplorant pas ce que je remarquais sur la figure de son mari et je n'osais pas cependant parler de ça le premier. « Vous êtes content
de le voir ? » me dit-elle. « Il va bien ? » répliquai-je
sur un ton incertain. « Mais comme vous voyez ».
Elle ne s'était pas aperçue de ce mal qui offusquait
ma vue et qui n'était autre qu'un des masques du
Temps que celui-ci avait appliqué à la figure du
marquis, mais peu à peu et en l'épaisissant si pro-
gressivement que la marquise n'en avait rien vu.
Quand M. de Cambremer eut fini ses questions sur
mes étouffements, ce fut mon tour de m'informer
tout bas auprès de quelqu'un si la mère du marquis vivait encore. Elle vivait. Dans l'appréciation

du temps écoulé, il n'y a que le premier pas qui coûte. On éprouve d'abord beaucoup de peine à se figurer que tant de temps ait passé et ensuite qu'il n'en ait pas passé davantage. On n'avait jamais songé que le xiiie siècle fut si loin, et après on a peine à croire qu'il puisse subsister encore des églises du xiiie siècle, lesquelles pourtant sont innombrables en France. En quelques instants s'était fait en moi ce travail plus lent qui se fait chez ceux qui, ayant eu peine à comprendre qu'une personne qu'ils ont connue jeune ait soixante ans, en ont plus encore quinze ans après à apprendre qu'elle vit encore et n'a pas plus de soixante-quinze ans. Je demandai à M. de Cambremer comment allait sa mère. « Elle est toujours admirable », me dit-il, usant d'un adjectif qui, par opposition aux tribus où on traite sans pitié les parents âgés, s'applique dans certaines familles aux vieillards chez qui l'usage des facultés les plus matérielles comme d'entendre, d'aller à pied à la messe, et de supporter avec insensibilité les deuils, s'empreint aux yeux de leurs enfants d'une extraordinaire beauté morale.

Si certaines femmes avouaient leur vieillesse en se fardant, elle apparaissait au contraire par l'absence de fard chez certains hommes sur le visage desquels je ne l'avais jamais expressément remarqué, et qui tout de même me semblaient bien changés depuis que découragés de chercher à plaire, ils en avaient cessé l'usage. Parmi eux était Legrandin. La suppression du rose que je n'avais jamais soupçonné artificiel, de ses lèvres et de ses joues, donnait à sa figure l'apparence grisâtre et à ses traits allongés et mornes la précision sculpturale et lapidaire de ceux d'un dieu égyptien. Un dieu ! un revenant plutôt. Il avait perdu non seulement le courage de se peindre, mais de sourire, de faire briller son regard, de tenir des discours ingénieux. On s'étonnait de le voir si pâle, abattu, ne prononçant que de rares paroles qui avaient l'insignifiance de celles que disent les morts qu'on évoque. On se demandait quelle cause l'empêchait d'être vif, éloquent, charmant, comme on se le demande devant « le double » insignifiant d'un homme brillant de son vivant et auquel un spirite pose pourtant des questions qui prêteraient aux développements charmeurs. Et on se disait que cette cause qui avait substitué au Legrandin coloré et rapide, un pâle et triste fantôme de Legrandin, c'était la vieillesse. Chez certains même les cheveux n'avaient pas blanchi. Ainsi je reconnus quand il vint dire un mot à son maître le vieux valet de chambre du prince de Guermantes. Les poils bourrus qui hérissaient ses joues tout autant que son crâne, étaient restés d'un roux tirant sur le rose et on ne pouvait le soupçonner de se teindre comme la duchesse de Guermantes. Mais il n'en paraissait pas moins vieux. On sentait seulement qu'il existe chez les hommes comme dans le règne végétal les mousses, les lichens et tant d'autres, des espèces qui ne changent pas à l'approche de l'hiver.

Chez d'autres invités dont le visage était intact, l'âge se marquait autrement ; ils semblaient seulement embarrassés quand ils avaient à marcher ; on croyait d'abord qu'ils avaient mal aux jambes, et ce n'est qu'ensuite qu'on comprenait que la vieillesse leur avait attaché ses semelles de plomb. Elle en embellissait d'autres comme le prince d'Agrigente. A cet homme long, mince, au regard terne, aux cheveux qui semblaient devoir rester éternellement rougeâtres, avait succédé par une métamorphose analogue à celle des insectes, un vieillard chez qui les cheveux rouges, trop longtemps vus avaient été comme un tapis de table qui a trop servi remplacés par des cheveux blancs. Sa poitrine avait pris une corpulence inconnue, robuste, presque guerrière, et qui avait dû nécessiter un véritable éclatement de la frêle chrysalide que j'avais connue ; une gravité consciente d'elle-même baignait les yeux où elle était teintée d'une bienveillance nouvelle qui s'inclinait vers chacun. Et comme malgré tout une certaine ressemblance subsistait entre le puissant prince actuel et le portrait que gardait mon souvenir, j'admirais la force de renouvellement original du temps qui, tout en respectant l'unité de l'être et les lois de la vie, sait changer ainsi le décor et introduire de hardis contrastes dans deux aspects successifs d'un même personnage, car beaucoup de ces gens on les identifiait immédiatement, mais comme d'assez mauvais portraits d'eux-mêmes réunis dans l'exposition où un artiste inexact et malveillant durcit les traits de l'un, enlève la fraîcheur du teint ou la légèreté de la taille à celle-ci, assombrit le regard. Comparant ces images avec celles que j'avais sous les yeux de ma mémoire, j'aimais moins celles qui m'étaient montrées en dernier lieu. Comme souvent on trouve moins bonne et on refuse une des photographies entre lesquelles un ami vous a prié de choisir. A chaque personne et devant l'image qu'elle me montrait d'elle-même j'aurais voulu dire : « Non pas celle-ci, vous êtes moins bien, ce n'est pas vous ». Je n'aurais

pas osé ajouter : « Au lieu de votre beau nez droit
on vous a fait le nez crochu de votre père que je ne
vous ai jamais connu. » En effet, c'était un nez nouveau et familial. Bref, l'artiste le Temps avait
« rendu » tous ces modèles, de telle façon qu'ils étaient
reconnaissables, mais ils n'étaient pas ressem-
blants, non parce qu'il les avait flattés, mais parce
qu'il les avait vieillis. Cet artiste là du reste, travaille fort lentement. Ainsi cette réplique du visage
d'Odette, dont le jour où j'avais pour la première
fois vu Bergotte, j'avais aperçu l'esquisse à peine
ébauchée dans le visage de Gilberte, le temps l'avait
enfin poussée jusqu'à la plus parfaite ressemblance,
comme on le verra tout à l'heure pareil à ces
peintres qui gardent longtemps une œuvre et la
complètent année par année. En plusieurs, je finissais par reconnaître, non seulement eux-mêmes,
mais eux tels qu'ils étaient autrefois, et Ski, par
exemple, pas plus modifié qu'une fleur ou un
fruit qui a séché, type de ces amateurs « célibataires de l'art » qui vieillissent inutiles et insatis-
faits. Ski était resté ainsi un essai informe, confir-
mant mes théories sur l'art. D'autres le suivaient
qui n'étaient nullement des amateurs ; c'étaient des
gens du monde qui ne s'intéressaient à rien, et eux
aussi, la vieillesse ne les avait pas mûris et même
s'il s'entourait d'un premier cercle de rides et d'un
arc de cheveux blancs, leur même visage poupin
gardait l'enjouement de la dix-huitième année. Ils
n'étaient pas des vieillards, mais des jeunes gens de
dix-huit ans, extrêmement fanés. Peu de chose eût
suffi à effacer ces flétrissures de la vie, et la mort
n'aurait pas plus de peine à rendre au visage sa jeunesse qu'il n'en faut pour nettoyer un portrait

que seul un peu d'encrassement empêche de briller comme autrefois. Aussi je pensais à l'illusion dont nous sommes dupes quand entendant parler d'un célèbre vieillard, nous nous fions d'avance à sa bonté, à sa justice, à sa douceur d'âme ; car je sentais qu'ils avaient été quarante ans plus tôt de terribles jeunes gens dont il n'y avait aucune raison pour supposer qu'ils n'avaient pas gardé la vanité, la duplicité, la morgue et les ruses.

Et pourtant en complet contraste avec ceux-ci, j'eus la surprise de causer avec des hommes et des femmes, jadis insupportables, et qui avaient perdu à peu près tous leurs défauts, soit que la vie en décevant ou comblant leurs désirs, leur eût enlevé de leur présomption ou de leur amertume. Un riche mariage qui ne nous rend plus nécessaire la lutte ou l'ostentation, l'influence même de la femme, la connaissance lentement acquise de valeurs autres que celles auxquelles croit exclusivement une jeunesse frivole, leur avait permis de détendre leur caractère et de montrer leurs qualités. Ceux-là en vieillissant semblaient avoir une personnalité différente, comme ces arbres dont l'automne en variant leurs couleurs semble changer l'essence. Pour eux celle de la vieillesse se manifestait vraiment, mais comme une chose morale (qu'ils ne possédaient pas avant). Chez d'autres elle était plutôt physique, et si nouvelle que la personne — Mme de Souvré par exemple — me semblait à la fois inconnue et connue. Inconnue car il m'était impossible de soupçonner que ce fût elle et malgré moi je ne pus m'empêcher en répondant à son salut de laisser voir le travail d'esprit qui me faisait hésiter entre trois ou quatre personnes (parmi lesquelles n'était pas

Mme de Souvré) pour savoir à qui je le rendais avec une chaleur du reste qui dut l'étonner car dans le doute ayant peur d'être trop froid si c'était une amie intime, j'avais compensé l'incertitude du regard par la chaleur de la poignée de main et du sourire. Mais d'autre part son aspect nouveau ne m'était pas inconnu. C'était celui que j'avais souvent vu au cours de ma vie à des femmes âgées et fortes mais sans soupçonner alors qu'elles avaient pu beaucoup d'années avant ressembler à Mme de Souvré. Cet aspect était si différent de celui que j'avais connu dans le passé qu'on eût dit qu'elle était un être condamné comme un personnage de féerie à apparaître d'abord en jeune fille, puis en épaisse matrone et qui reviendrait sans doute bientôt en vieille branlante et courbée. Elle semblait comme une lourde nageuse, qui ne voit plus le rivage qu'à une grande distance, repousser avec peine les flots du temps qui la submergeaient. J'arrivai à force de regarder sa figure hésitante, incertaine comme une mémoire infidèle qui ne peut plus retenir les formes d'autrefois, j'arrivai pourtant à en retrouver quelque chose en me livrant au petit jeu d'éliminer les carrés et les hexagones que l'âge avait ajoutés à ces joues. D'ailleurs ce qu'il mêlait à celle des femmes n'était pas toujours seulement des figures géométriques. Dans les joues de la Duchesse de Guermantes, restées si semblables pourtant et pourtant composites maintenant comme un nougat, je distinguais une trace de vert de gris, un petit morceau rose de coquillage concassé, une grosseur difficile à définir, plus petite qu'une boule de gui et moins transparente qu'une perle de verre.

Certains hommes boitaient dont on sentait bien que ce n'était pas par suite d'un accident de voiture, mais à cause d'une attaque et parce qu'ils avaient déjà comme on dit un pied dans la tombe. Dans l'entrebâillement de la leur, à demi paralysées, certaines femmes comme Mme de Franquetot, semblaient ne pas pouvoir retirer complètement leur robe restée accrochée à la pierre du caveau, et elles ne pouvaient se redresser, infléchies qu'elles étaient, la tête basse, en une courbe qui était comme celle qu'elles occupaient actuellement entre la vie et la mort, avant la chute dernière. Rien ne pouvait lutter contre le mouvement de cette parabole qui les emportait et dès qu'elles voulaient se lever, elles tremblaient et leurs doigts ne pouvaient rien retenir.

Certaines figures sous la cagoule de leurs cheveux blancs avaient déjà la rigidité, les paupières scellées de ceux qui vont mourir et leurs lèvres agitées d'un tremblement perpétuel semblaient marmonner la prière des agonisants.

A un visage linéairement le même, il suffisait pour qu'il semblât autre, de cheveux blancs au lieu de cheveux noirs ou blonds. Les costumiers de théâtre savent qu'il suffit d'une perruque poudrée pour déguiser très suffisamment quelqu'un et le rendre méconnaissable. Le jeune marquis de Beausergent, que j'avais vu dans la loge de Mme de Cambremer, alors sous-lieutenant, le jour où Mme de Guermantes était dans la baignoire de sa cousine, avait toujours ses traits aussi parfaitement réguliers, plus même, la rigidité physiologique de l'artério-sclérose exagérant encore la rectitude impassible de la physionomie du dandy et donnant à ces traits l'intense netteté presque grimaçante à force d'immobilité qu'ils

auraient eu dans une étude de Mantegna ou de
Michel Ange. Son teint jadis d'une rougeur égril-
larde était maintenant d'une solennelle pâleur ; des
poils argentés, un léger embonpoint, une noblesse
de doge, une fatigue qui allait jusqu'à l'envie de
dormir, tout concourait chez lui à donner une impression nouvelle de majesté fatale. Au rectangle de sa
barbe blonde, le rectangle égal de sa barbe blanche
se substituait si parfaitement que remarquant que ce
sous-lieutenant que j'avais connu avait cinq galons,
ma première pensée fut de le féliciter non d'avoir
été promu colonel, mais d'être si bien en colonel,
déguisement pour lequel il semblait avoir emprunté
l'uniforme, l'air grave et triste de l'officier supérieur qu'avait été son père. Chez un autre la barbe
blanche avait succédé à la barbe blonde, mais comme
le visage était resté vif, souriant et jeune, elle le faisait
paraître seulement plus rouge et plus militant,
augmentant l'éclat des yeux, et donnant au mondain
resté jeune l'air inspiré d'un prophète. La transformation que les cheveux blancs et d'autres éléments
encore avaient opéré surtout chez les femmes
m'eussent retenu avec moins de force s'ils n'avaient
été qu'un changement de couleur ce qui peut char-
mer les yeux, mais parce qu'est troublant pour
l'esprit un changement de personnes. En effet,
« reconnaître » quelqu'un, et plus encore après n'avoir
pas pu le reconnaître, l'identifier, c'est penser sous
une seule dénomination deux choses contradictoires,
c'est admettre que ce qui était ici, l'être qu'on se rappelle n'est plus, et que ce qui y est, c'est un être qu'on
ne connaissait pas, c'est avoir à percer un mystère
presque aussi troublant que celui de la mort dont
il est du reste comme la préface et l'annonciateur.

Car ces changements je savais ce qu'ils voulaient dire, ce à quoi ils préludaient. Aussi cette blancheur des cheveux impressionnait chez les femmes, jointe à tant d'autres changements. On me disait un nom et je restais stupéfait de penser qu'il s'appliquait à la fois à la blonde valseuse que j'avais connue autrefois et à la lourde dame à cheveux blancs qui passait pesamment près de moi. Avec une certaine roseur de teint ce nom était peut-être la seule chose qu'il y avait de commun entre ces deux femmes, plus différentes, — celle de la mémoire et celle de la matinée Guermantes — qu'une ingénue et une douairière de pièce de théâtre. Pour que la vie ait pu arriver à donner à la valseuse ce corps énorme, pour qu'elle eût pu alentir comme au métronome ses mouvements embarrassés, pour qu'avec peut-être comme seule parcelle permanente comme les joues — plus larges certes, mais qui dès la jeunesse étaient déjà couperosées, — elle eût pu substituer à la légère blonde ce vieux maréchal ventripotent, il lui avait fallu accomplir plus de dévastations et de reconstitutions que pour mettre un dome à la place d'une flèche, et quand on pensait qu'un pareil travail s'était opéré non sur la matière inerte mais sur une chair qui ne change qu'insensiblement, le contraste bouleversant entre l'apparition présente, et l'être que je me rappelais reculait celui-ci dans un passé plus que lointain, presque invraisemblable. On avait peine à réunir les deux aspects, à penser les deux personnes sous une même dénomination ; car de même qu'on a peine à penser qu'un mort fut vivant ou que celui qui était vivant est mort aujourd'hui, il est presque aussi difficile et du même genre de difficulté (car l'anéantissement de la jeunesse, la destruction d'une personne

pleine de forces et de légèreté est déjà un premier
néant), de concevoir que celle qui fut jeune est vieille,
quand l'aspect de cette vieille, juxtaposé à celui de
la jeune semble tellement l'exclure que tour à tour
c'est la vieille, puis la jeune, puis la vieille encore
qui vous paraissent un rêve, et qu'on ne croirait pas
que ceci peut avoir jamais été cela, que la matière
de cela est elle-même, sans se réfugier ailleurs, grâce
aux savantes manipulations du temps, devenue ceci,
que c'est la même matière, n'ayant pas quitté le
même corps — si l'on n'avait l'indice du nom pareil
et le témoignage affirmatif des amis auquel donne
seule une apparence de vraisemblance, la couperose
jadis étroite entre l'or des épis, aujourd'hui étalée
sous la neige. On était effrayé, en pensant aux périodes
qui avaient dû s'écouler avant que s'accomplît une
pareille révolution dans la géologie d'un visage, et
de voir quelles érosions s'étaient faites le long du
nez, quelles énormes alluvions, au bord des joues
entouraient toute la figure de leur masses opaques
et réfractaires. J'avais bien considéré toujours notre
individu à un moment donné du temps comme un
polypier ou l'œil, organisme indépendant bien qu'associé, si une poussière passe, cligne sans que l'intelligence le commande, bien plus où l'intestin, parasite
enfoui, s'infecte sans que l'intelligence l'apprenne
mais aussi et pareillement pour l'âme, dans la durée
de la vie comme une suite de moi juxtaposés mais
distincts qui mourraient les uns après les autres
ou même alterneraient entre eux comme ceux qui à
Combray prenaient pour moi la place l'un de l'autre
quand venait le soir. Mais aussi j'avais vu que ces
cellules morales qui composent un être sont plus
durables que lui. J'avais vu les vices, le courage des

Guermantes revenir en Saint-Loup, comme en lui-
même ses défauts étranges et brefs de caractère,
comme le sémitisme de Swann. Je pouvais le voir
encore en Bloch. Depuis qu'il avait perdu son père,
l'idée, outre les grands sentiments de famille qui
existent souvent dans les familles juives, que son
père était un homme tellement supérieur à tous
avait donné à son amour pour lui la forme d'un culte.
Il n'avait pu supporter l'idée de l'avoir perdu et avait
dû s'enfermer près d'une année dans une maison de
santé. Il avait répondu à mes condoléances sur un
ton à la fois profondément senti et presque hautain,
tant il me jugeait enviable d'avoir approché cet
homme supérieur dont il eût volontiers donné la
voiture à deux chevaux à quelque musée historique.
Et maintenant à sa table de famille (car contrairement à ce que croyait la Duchesse de Guermantes,
il était marié) la même colère qui animait Bloch
contre M. Nissim Bernard, animait Bloch contre
son beau-père. Il lui faisait les mêmes sorties.
De même qu'en écoutant parler Cottard, Brichot,
tant d'autres, j'avais senti que par la culture et
la mode, une seule ondulation propage dans toute
l'étendue de l'espace, les mêmes manières de dire,
de penser, de même dans toute la durée du temps,
de grandes lames de fond soulèvent des profondeurs des âges les mêmes colères, les mêmes tristesses, les mêmes bravoures, les mêmes manies, à
travers les générations superposées, chaque section
prise à plusieurs niveaux d'une même série, offrant la
répétition, comme des ombres sur des écrans successifs, d'un tableau aussi identique quoique souvent
moins insignifiant que celui qui mettait aux prises
de la même façon M. Bloch et son beau-père,

M. Bloch père et M. Nissim Bernard et d'autres que
je n'avais pas connus.

Il y avait des hommes que je savais parents d'autres sans avoir jamais pensé qu'ils eussent un trait
commun ; en admirant le vieil ermite aux cheveux
blancs qu'était devenu Legrandin, tout d'un coup
je constatai, je peux dire que je découvris, avec
une satisfaction de zoologiste, dans le méplat de ses
joues, la construction de celles de son jeune neveu
Léonor de Cambremer qui pourtant avait l'air de
ne lui ressembler nullement ; à ce premier trait
commun j'en ajoutai un autre que je n'avais pas
jusqu'ici remarqué chez Léonor de Cambremer,
puis d'autres et qui n'étaient aucun de ceux que
m'offrait d'habitude la synthèse de sa jeunesse,
de sorte que j'eus bientôt de lui comme une caricature plus vraie, plus profonde, que si elle avait été
littéralement ressemblante ; son oncle me semblait
maintenant le jeune Cambremer ayant pris pour
s'amuser les apparences du vieillard qu'en réalité
il serait un jour, si bien que ce n'était plus seulement ce qu'étaient devenus les jeunes d'autrefois,
mais ce que deviendraient ceux d'aujourd'hui qui
me donnait avec tant de force la sensation du Temps.

Les femmes tâchaient à rester en contact avec
ce qui avait été le plus individuel de leur charme,
mais souvent la matière nouvelle de leur visage
ne s'y prêtait plus. Les traits où s'étaient gravée
sinon la jeunesse du moins la beauté ayant disparu
chez la plupart d'entre elles, elles avaient alors
cherché si avec le visage qui leur restait on ne pouvait s'en faire une autre. Déplaçant le centre, sinon
de gravité du moins de perspective de leur visage,
en composant les traits autour de lui suivant un

autre caractère, elles commençaient à cinquante
ans une nouvelle sorte de beauté, comme on prend
sur le tard un nouveau métier, ou comme à une
terre qui ne vaut plus rien pour la vigne on fait
produire des betteraves. Autour de ces traits nouveaux on faisait fleurir une nouvelle jeunesse. Seules ne pouvaient s'accommoder de ces transformations les femmes trop belles ou trop laides. Les
premières sculptées comme un marbre aux lignes
définitives duquel on ne peut plus rien changer,
s'effritaient comme une statue. Les secondes qui
avaient quelque difformité de la face avaient même
sur les belles certains avantages. D'abord c'étaient
les seules qu'on reconnaissait tout de suite. On
savait qu'il n'y avait pas à Paris deux bouches
pareilles et la leur me les faisait reconnaître dans
cette matinée où je ne reconnaissais plus personne.
Et puis elles n'avaient même pas l'air d'avoir
vieilli. La vieillesse est quelque chose d'humain.
Elles étaient des monstres, et elles ne semblaient
pas avoir plus « changé » que des baleines. D'autres
hommes, d'autres femmes ne semblaient pas non
plus avoir vieilli ; leur tournure était aussi svelte,
leur visage aussi jeune. Mais si pour leur parler on
se mettait tout près de leur figure lisse de peau
et fine de contours, alors elle apparaissait tout
autre, comme il arrive pour une surface végétale,
une goutte d'eau, de sang, si on la place sous le
microscope. Alors je distinguais de multiples taches
graisseuses sur la peau que j'avais cru lisse et dont
elles me donnaient le dégoût. Les lignes ne résis-
taient pas à cet agrandissement. Celle du nez se
brisait de près, s'arrondissait, envahie par les
mêmes cercles huileux que le reste de la figure ; et

de près les yeux rentraient sous des poches qui détruisaient la resssemblance du visage actuel avec celui du visage d'autrefois qu'on avait cru retrouver. De sorte que à l'égard de ces invités là, ils étaient jeunes vus de loin, leur âge augmentait avec le grossissement de leur figure et la possibilité d'en observer les différents plans. Pour eux en somme la vieillesse restait dépendante du spectateur qui avait à se bien placer pour voir ces figures là rester jeunes et à n'appliquer sur elles que ces regards lointains qui diminuent l'objet, sans le verre que choisit l'opticien pour un presbyte ; pour elles la vieillesse, décelable comme la présence des infusoires dans une goutte d'eau était amenée par le progrès moins des années que, dans la vision de l'observateur, du degré de l'échelle de grossissement.

En général le degré de blancheur des cheveux semblait comme un signe de la profondeur du temps vécu, comme ces sommets montagneux qui même apparaissant aux yeux sur la même ligne que d'autres, révèlent pourtant le niveau de leur altitude par l'éclat de leur neigeuse blancheur. Et ce n'était pourtant pas toujours exact, surtout pour les femmes. Ainsi les mèches de la Princesse de Guermantes qui lorsqu'elles étaient grises et brillantes comme de la soie semblaient d'argent autour de son front bombé, ayant pris à force de devenir blanches une matité de laine et d'étoupe, semblaient au contraire, à cause de cela être grises comme une neige salie qui a perdu son éclat. Et souvent de blondes danseuses ne s'étaient pas seulement annexé avec une perruque de cheveux blancs l'amitié de duchesses qu'elles ne connaissaient pas autrefois. Mais n'ayant fait jadis que danser, l'art les avait touchées comme la grâce. Et comme au xviie siècle d'illustres dames entraient en religion, elles vivaient dans un appartement rempli de peintures cubistes, un peintre cubiste ne travaillant que pour elles et elles ne vivant que pour lui.

Pour les vieillards dont les traits avaient changé, ils tâchaient pourtant de garder fixée sur eux à l'état permanent une de ces expressions fugitives qu'on prend pour une seconde de pose et avec lesquelles on essaye-soit de tirer parti d'un avantage extérieur, soit de pallier un défaut ; ils avaient l'air d'être définitivement devenus d'immutables instantanés d'eux-mêmes.

Tous ces gens avaient mis tant de *temps* à revêtir leur déguisement que celui-ci passait généralement inaperçu de ceux qui vivaient avec lui. Même un délai leur était souvent concédé où ils pouvaient continuer assez tard à rester eux-mêmes. Mais alors ce déguisement prorogé, se faisait plus rapidement ; de toutes façons il était inévitable. Je n'avais jamais trouvé aucune ressemblance entre Mme X et sa mère que je n'avais connue que vieille, ayant l'air d'un petit turc tout tassé. Et en effet, j'avais toujours connu Mme X charmante et droite et pendant très longtemps elle l'était restée, pendant trop longtemps, car comme une personne qui avant que la nuit n'arrive a à ne pas oublier de revêtir son déguisement de turque, elle s'était mise en retard, et aussi était-ce précipitamment, presque tout d'un coup, qu'elle s'était tassée et avait reproduit avec fidélité l'aspect de vieille turque revêtu jadis par sa mère.

Je retrouvai là un de mes anciens camarades, que pendant dix ans j'avais vu presque tous les jours. On demanda à nous représenter. J'allai donc à lui et il me dit d'une voix que je reconnus très bien : « C'est une bien grande joie pour moi après tant d'années. » Mais quelle surprise pour moi. Cette voix semblait émise par un phonographe perfectionné, car si c'était celle de mon ami, elle sortait d'un gros bonhomme grisonnant que je ne connaissais pas, et dès lors il me semblait que ce ne pût être qu'artificiellement, par un truc de mécanique, qu'on avait logé la voix de mon camarade sous ce gros vieillard quelconque. Pourtant je savais que c'était lui, la personne qui nous avait présentés après si longtemps l'un à l'autre n'avait rien d'un mystificateur. Lui-même me déclara que je n'avais pas changé et je compris ainsi qu'il ne se croyait pas changé. Alors je le regardai mieux. Et en somme sauf qu'il avait tellement grossi, il avait gardé bien des choses d'autrefois. Pourtant je ne pouvais comprendre que ce fût lui. Alors j'essayai de me rappeler. Il avait dans sa jeunesse des yeux bleus, toujours riants, perpétuellement mobiles, en quête évidemment de quelque chose à quoi je n'avais pensé et qui devait être fort désintéressé, la vérité sans doute, poursuivie en perpétuelle incertitude, avec une sorte de gaminerie, de respect errant pour tous les amis de sa famille. Or devenu homme politique influent, capable, despotique, ces yeux bleus qui d'ailleurs n'avaient pas trouvé ce qu'ils cherchaient s'étaient immobilisés, ce qui leur donnait un regard pointu, comme sous un sourcil froncé. Aussi l'expression de gaîté, d'abandon, d'innocence s'était elle changée en une expression de ruse et de dissimulation.

Décidément il me semblait que c'était quelqu'un
d'autre, quand tout d'un coup j'entendis, à une
chose que je disais, son rire, son fou rire d'autrefois,
celui qui allait avec la perpétuelle mobilité gaie du
regard. Des mélomanes trouvent qu'orchestrée par
X la musique de Z devient absolument différente.
Ce sont des nuances que le vulgaire ne saisit pas,
mais un fou rire étouffé d'enfant, sous un œil en
pointe comme un crayon bleu bien taillé, quoique
un peu de travers, c'est plus qu'une différence d'or-
chestration. Le rire cessé, j'aurais bien voulu reconnaître mon ami, mais comme dans l'Odyssée Ulysse
s'élançant sur sa mère morte, comme un spirite
essayant en vain d'obtenir d'une apparition une
réponse qui l'identifie, comme le visiteur d'une
exposition d'électricité qui ne peut croire que la
voix que le phonographe restitue inaltérée, ne soit
tout de même spontanément émise par une personne, je cessai de reconnaître mon ami.

Il faut cependant faire cette réserve que les me-
sures du temps lui-même peuvent être pour certaines personnes accélérées ou ralenties. Par hasard
j'avais rencontré dans la rue, il y avait quatre ou cinq
ans, la vicomtesse de St-Fiacre (belle-fille de l'amie
des Guermantes). Ses traits sculpturaux semblaient
lui assurer une jeunesse éternelle. D'ailleurs elle était
encore jeune. Or je ne pus, malgré ses sourires et
ses bonjours, la reconnaître en une dame aux traits
tellement déchiquetés que la ligne du visage n'était
pas restituable. C'est que depuis trois ans elle
prenait de la cocaïne et d'autres drogues. Ses yeux
profondément cernés de noir étaient presque hagards.
Sa bouche avait un rictus étrange. Elle s'était levée
me dit-on pour cette matinée restant des mois sans

119

quitter son lit ou sa chaise longue. Le Temps a ainsi des trains express et spéciaux qui mènent à une vieillesse prématurée. Mais sur la voie parallèle circulent des trains de retour, presque aussi rapides. Je pris M. de Courgivaux pour son fils, car il avait l'air plus jeune (il devait avoir dépassé la cinquantaine et semblait plus jeune qu'à trente ans). Il avait trouvé un médecin intelligent, supprimé l'alcool et le sel ; il était revenu à la trentaine et semblait même ce jour-là ne pas l'avoir atteinte. C'est qu'il s'était, le matin même, fait couper les cheveux.

Chose curieuse, le phénomène de la vieillesse semblait dans ses modalités, tenir compte de quelques habitudes sociales. Certains grands seigneurs mais qui avaient toujours été revêtus du plus simple alpaga, coiffés de vieux chapeaux de paille que les petits bourgeois n'auraient pas voulu porter, avaient vieilli de la même façon que les jardiniers, que les paysans au milieu desquels ils avaient vécu. Des taches brunes avaient envahi leurs joues, et leur figure avait jauni, s'était foncée comme un livre.

Et je pensais aussi à tous ceux qui n'étaient pas là, parce qu'ils ne le pouvaient pas, que leur secrétaire cherchant à donner l'illusion de leur survie avait excusés par une de ces dépêches qu'on remettait de temps à autre à la Princesse, à ces malades depuis des années mourants, qui ne se lèvent plus, ne bougent plus, et, même au milieu de l'assiduité frivole de visiteurs attirés par une curiosité de touristes ou une confiance de pèlerins, les yeux clos, tenant leur chapelet, rejetant à demi leur drap déjà mortuaire, sont pareils à des gisants que le mal a sculptés jusqu'au squelette dans une chair rigide et blanche comme le marbre, et étendus sur leur tombeau.

120

Sans doute certaines femmes étaient encore très reconnaissables, le visage était resté presque le même, et elles avaient seulement comme par une harmonie convenable avec la saison, revêtu les cheveux gris qui étaient leur parure d'automne. Mais pour d'autres et pour des hommes aussi la transformation était si complète, l'identité si impossible à établir — par exemple entre un noir viveur qu'on se rappelait — et le vieux moine qu'on avait sous les yeux que plus même qu'à l'art de l'acteur, c'était à celui de certains prodigieux mimes dont Fregoli reste le type que faisaient penser ces fabuleuses transformations. La vieille femme avait envie de pleurer en comprenant que l'indéfinissable et mélancolique sourire qui avait fait son charme ne pouvait plus arriver à irradier jusqu'à la surface de ce masque de plâtre que lui avait appliqué la vieillesse. Puis tout à coup découragée de plaire, trouvant plus spirituel de se résigner, elle s'en servait comme d'un masque de théâtre pour faire rire ! Mais presque toutes les femmes n'avaient pas de trève dans leur effort pour lutter contre l'âge et tendaient vers la beauté qui s'éloignait comme un soleil couchant et dont elles voulaient passionnément conserver les derniers rayons, le miroir de leur visage. Pour y réussir certaines cherchaient à l'aplanir, à élargir la blanche superficie, renonçant au piquant des fossettes menacées, aux mutineries d'un sourire condamné et déjà à demi désarmé ; tandis que d'autres voyant la beauté définitivement disparue et obligées de se réfugier dans l'expression, comme on compense par l'art de la diction la perte de la voix, se raccrochaient à une moue, à une patte d'oie, à un regard vague, parfois à un sou-

121

rire qui à cause de l'incoordination de muscles qui n'obéissaient plus, leur donnait l'air de pleurer.

Une grosse dame me dit un bonjour pendant la courte durée duquel les pensées les plus différentes se pressèrent dans mon esprit. J'hésitai un instant à lui répondre, craignant que ne reconnaissant pas les gens mieux que moi, elle eût cru que j'étais quelqu'un d'autre, puis son assurance me fit au contraire, de peur que ce fût quelqu'un avec qui j'avais été lié, exagérer l'amabilité de mon sourire, pendant que mes regards continuaient à chercher dans ses traits le nom que je ne trouvais pas. Tel un candidat au baccalauréat, incertain de ce qu'il doit répondre attache ses regards sur la figure de l'examinateur et espère vainement y trouver la réponse qu'il ferait mieux de chercher dans sa propre mémoire, tel, tout en lui souriant, j'attachais mes regards sur les traits de la grosse dame. Ils me semblèrent être ceux de Mme de Forcheville, aussi mon sourire se nuança-t-il de respect, pendant que mon indécision commençait à cesser. Alors j'entendis la grosse dame me dire, une seconde plus tard : « Vous me preniez pour maman, en effet je commence à lui ressembler beaucoup ». Et je reconnus Gilberte.

D'ailleurs même chez les hommes qui n'avaient subi qu'un léger changement, dont seule, la moustache était devenue blanche, on sentait que ce changement n'était pas positivement matériel. C'était comme si on les avait vus à travers une vapeur colorante, ou mieux un verre peint qui changeait l'aspect de leur figure mais surtout par ce qu'il y ajoutait de trouble, montrait que ce qu'il nous permettait de voir « grandeur nature » était en réalité très loin de nous, dans un éloignement différent il est vrai de celui de l'espace mais du fond duquel comme d'un autre rivage nous sentions qu'ils avaient autant de peine à nous reconnaître que nous eux. Seule peut-être Mme de Forcheville, que j'aperçus alors comme injectée d'un liquide, d'une espèce de paraffine qui gonfle la peau, mais l'empêche de se modifier, avait l'air d'une cocotte d'autrefois à jamais « naturalisée ». « Vous me prenez pour ma mère » — m'avait dit Gilberte. C'était vrai. C'eût été d'ailleurs aimable pour la fille. D'ailleurs il n'y avait pas que chez cette dernière qu'avaient apparu des traits familiaux qui jusque là étaient restés aussi invisibles dans sa figure que ces parties d'une graine repliées à l'intérieur et dont on ne peut deviner la saillie qu'elles feront un jour en dehors. Ainsi un énorme busquage maternel venait chez l'une ou chez l'autre transformer vers la cinquantaine un nez jusque-là droit et pur. Chez une autre fille de banquier, le teint d'une fraîcheur de jardinière, se roussissait, se cuivrait, et prenait comme le reflet de l'or qu'avait tant manié le père. Certains même avaient fini par ressembler à leur quartier, portaient sur eux comme le reflet de la rue de l'Arcade, de l'avenue du Bois, de la rue de l'Elysée. Mais surtout ils reproduisaient les traits de leurs parents.

On part de l'idée que les gens sont restés les mêmes et on les trouve vieux. Mais une fois que l'idée dont on part est qu'ils sont vieux, on les retrouve, on ne les trouve pas si mal. Pour Odette, ce n'était pas seulement cela, son aspect, une fois qu'on savait son âge et qu'on s'attendait à une vieille femme, semblait un défi plus miraculeux aux lois de la chronologie que la conservation du radium à celles de

la nature. Elle, si je ne la reconnus pas d'abord ce
fut non parce qu'elle avait, mais parce qu'elle
n'avait pas changé. Me rendant compte depuis une
heure de ce que le temps ajoutait de nouveau aux
êtres et de ce qu'il fallait soustraire pour les retrouver tels que je les avais connus, je faisais maintenant rapidement ce calcul et ajoutant à l'ancienne
Odette le chiffre d'années qui avait passé sur elle,
le résultat que je trouvai fut une personne qui me
semblait ne pas pouvoir être celle que j'avais sous
les yeux, précisément parce que celle-là était pareille
à celle d'autrefois.

Quel était le fait du fard, de la teinture? Elle avait
l'air sous ses cheveux dorés tout plats — un peu
un chignon ébouriffé de grosse poupée mécanique
sur une figure étonnée et immuable également de
poupée — auxquels se superposait un chapeau de
paille plat aussi, de l'Exposition de 1878 (dont elle
eût certes été alors et surtout si elle eût eu alors l'âge
d'aujourd'hui, la plus fantastique merveille) venant
débiter son compliment dans une revue de fin
d'année, mais de l'Exposition de 1878 représentée
par une femme encore jeune.

A côté de nous, un ministre d'avant l'époque
boulangiste, et qui l'était de nouveau, passait, lui
aussi, en envoyant aux dames un sourire tremblo-
tant et lointain, mais comme emprisonné dans les
mille liens du passé, comme un petit fantôme qu'une
main invisible promenait, diminué de taille, changé
dans sa substance et ayant l'air d'une réduction en
pierre ponce de soi-même. Cet ancien président du
Conseil, si bien reçu dans le Faubourg St-Germain
avait jadis été l'objet de poursuites criminelles,
exécré du monde et du peuple. Mais grâce au renou-

vellement des individus qui composent l'un et l'autre, et dans les individus subsistant des passions et même des souvenirs, personne ne le savait plus et il était honoré. Aussi n'y a-t-il pas d'humiliation si grande dont on ne devrait prendre aisément son parti, sachant qu'au bout de quelques années, nos fautes ensevelies ne séront plus qu'une invisible poussière sur laquelle sourira la paix souriante et fleurie de la nature. L'individu momentanément taré se trouvera par le jeu d'équilibre du temps pris entre deux couches sociales nouvelles qui n'auront pour lui que déférence et admiration et au-dessus desquelles, il se prélassera aisément. Seulement c'est au temps qu'est confié ce travail ; et au moment de ses ennuis rien ne peut le consoler que la jeune laitière d'en face l'ait entendu appeler « chéquard » par la foule qui montrait le poing tandis qu'il entrait dans le « panier à salade », la jeune laitière qui ne voit pas les choses dans le plan du temps, qui ignore que les hommes qu'encense le journal du matin furent déconsidérés jadis, et que l'homme qui frise la prison en ce moment et peut-être en pensant à cette jeune laitière, n'aura pas les paroles humbles qui lui concilieraient la sympathie, sera un jour célébré par la presse et recherché par les Duchesses. Le temps éloigne pareillement les querelles de famille. Et chez la Princesse de Guermantes on voyait un couple où le mari et la femme avaient pour oncles morts aujourd'hui, deux hommes qui ne s'étaient pas contentés de se souffleter mais dont l'un pour humilier l'autre lui avait envoyé comme témoins son concierge et son maître d'hôtel, jugeant que des gens du monde eussent été trop bien pour lui. Mais ces histoires dormaient dans les journaux d'il

125

y a trente ans et personne ne les savait plus. Et ainsi
le salon de la Princesse de Guermantes était illu-
miné, oublieux et fleuri, comme un paisible cimetière. Le temps n'y avait pas seulement défait d'anciennes créatures, il y avait rendu possibles, il y
avait créé des associations nouvelles.

Pour en revenir à cet homme politique malgré
son changement de substance physique, tout aussi
profond que la transformation des idées morales
qu'il éveillait maintenant dans le public, en un mot
malgré tant d'années passées depuis qu'il avait été
Président du Conseil, il était redevenu ministre.
Ce président du conseil d'il y a quarante ans faisait
partie du nouveau cabinet, dont le chef lui avait
donné un portefeuille, un peu comme ces directeurs
de théâtre confient un rôle à une de leurs anciennes
camarades, retirée depuis longtemps, mais qu'ils
jugent encore plus capable que les jeunes de tenir
un rôle avec finesse, de laquelle d'ailleurs ils savent
la difficile situation financière et qui à près de qua-
tre-vingts ans montre encore au public l'intégrité
de son talent presque intact avec cette continuation de la vie qu'on s'étonne ensuite d'avoir pu
constater quelques jours avant la mort.

L'aspect de Mme de Forcheville était si miraculeux, qu'on ne pouvait même pas dire qu'elle avait
rajeuni mais plutôt qu'avec tous ses carmins, toutes
ses rousseurs, elle avait refleuri. Plus même que l'incarnation de l'exposition universelle de 1878, elle
eût été dans une exposition végétale d'aujourd'hui,
la curiosité et le clou. Pour moi du reste, elle ne
semblait pas dire « je suis l'Exposition de 1878 »,
mais plutôt « je suis l'allée des Acacias de 1892 ».
Il semblait qu'elle eût pu y être encore. D'ailleurs

justement parce qu'elle n'avait pas changé, elle ne
semblait guère vivre. Elle avait l'air d'une rose
stérilisée. Je lui dis bonjour, elle chercha quelque
temps mais en vain mon nom sur mon visage. Je
me nommai et aussitôt comme si j'avais perdu grâce
à ce nom incantateur l'apparence d'Arbousier ou de
Kangouroo que l'âge m'avait sans doute donnée,
elle me reconnut et se mit à me parler de cette voix
si particulière que les gens qui l'avaient applaudie
dans les petits théâtres étaient si émerveillés quand
ils étaient invités à déjeuner avec elle, « à la ville »,
de retrouver dans chacune de ses paroles, pendant
toute la causerie, tant qu'ils voulaient. Cette voix
était restée la même, inutilement chaude, prenante,
avec un rien d'accent anglais. Et pourtant de même
que ses yeux avaient l'air de me regarder d'un rivage
lointain, sa voix était triste, presque suppliante,
comme celle des morts dans l'Odyssée. Odette eût
pu jouer encore. Je lui fis des compliments sur sa
jeunesse. Elle me dit, « vous êtes gentil, my dear,
merci », et comme elle donnait difficilement à un sentiment même le plus vrai une expression qui ne fût
pas affectée par le souci de ce qu'elle croyait élégant, elle répéta à plusieurs reprises : « merci tant,
merci tant ». Mais moi qui avais jadis fait de si
longs trajets pour l'apercevoir au Bois, qui avais
écouté le son de sa voix tomber de sa bouche, la
première fois que j'avais été chez elle, comme un
trésor, les minutes passées maintenant auprès d'elle
me semblaient interminables à cause de l'impossibilité de savoir que lui dire et je m'éloignai. Hélas,
elle ne devait pas rester toujours telle. Moins de trois
ans après, non pas en enfance, mais un peu ramollie,
je devais la voir à une soirée donnée par Gilberte,

devenue incapable de cacher sous un masque immobile ce qu'elle pensait — pensait est beaucoup dire
— ce qu'elle éprouvait, hochant la tête, serrant
la bouche, secouant les épaules à chaque impression qu'elle ressentait, comme ferait un ivrogne, un
enfant, comme font certains poètes qui ne tiennent
pas compte de ce qui les entoure, et, inspirés, composent dans le monde et tout en allant à table au
bras d'une dame étonnée, froncent les sourcils, font
la moue. Les impressions de Madame de Forcheville
— sauf une, celle qui l'avait fait précisément assister à la soirée donnée par Gilberte, la tendresse
pour sa fille bien aimée, l'orgueil qu'elle donnât
une soirée si brillante, orgueil que ne voilait pas
chez la mère la mélancolie de ne plus être rien —
ces impressions n'étaient pas joyeuses, et comman-
daient seulement une perpétuelle défense contre
les avanies qu'on lui faisait, défense timorée comme
celle d'un enfant. On n'entendait que ces mots :
« Je ne sais pas si Madame de Forcheville me reconnaît, je devrais peut-être me faire présenter à nouveau ». « Ça par exemple vous pouvez vous en
dispenser (répondait-on à tue-tête sans songer que
la mère de Gilberte entendait tout, sans y songer,
ou s'en sans soucier) c'est bien inutile. Pour l'agrément qu'elle vous apportera. On la laisse dans son
coin. Du reste elle est un peu gaga. » Furtivement
Mme de Forcheville lançait un regard de ses yeux
restés si beaux, sur les interlocuteurs injurieux,
puis vite ramenait ce regard à elle de peur d'avoir
été impolie, et tout de même agitée par l'offense
taisant sa débile indignation, on voyait sa tête bran-
ler, sa poitrine se soulever, elle jetait un nouveau
regard sur un autre assistant aussi peu poli, et n

128

s'étonnait pas outre mesure, car se sentant très mal depuis quelques jours, elle avait à mots couverts suggéré à sa fille de remettre la fête, mais sa fille avait refusé. Mme de Forcheville ne l'en aimait pas moins ; toutes les duchesses qui entraient, l'admiration de tout le monde pour le nouvel hôtel inondait de joie son cœur, et quand entra la marquise de Sebran qui était alors la dame où menait si difficilement le plus haut échelon social, Mme de Forcheville sentit qu'elle avait été une bonne et prévoyante mère et que sa tâche maternelle était achevée. De nouveaux invités ricaneurs, la firent à nouveau regarder et parler toute seule, si c'est parler que tenir un langage muet qui se traduit seulement par des gesticulations. Si belle encore, elle était devenue — ce qu'elle n'avait jamais été, — infiniment sympathique ; car elle qui avait trompé Swann et tout le monde, c'était l'univers entier qui maintenant la trompait ; et elle était devenue si faible qu'elle n'osait même plus, les rôles étant retournés, se défendre contre les hommes. Et bientôt elle ne se défendrait pas contre la mort. Mais après cette anticipation revenons trois ans en arrière, c'est-à-dire à la matinée où nous sommes chez la Princesse de Guermantes.

Bloch m'ayant demandé de le présenter au maître de maison, je ne fis à cela pas l'ombre des difficultés auxquelles je m'étais heurté, le jour où j'avais été pour la première fois en soirée chez le Prince de Guermantes, qui m'avaient semblé naturelles, alors que maintenant cela me semblait si simple de lui présenter un de ses invités, et cela m'eût même paru simple de me permettre de lui amener et présenter à l'improviste quelqu'un qu'il n'eût pas invité. Etait-ce parce que

depuis cette époque lointaine, j'étais devenu un
« familier », quoique depuis quelque temps un « oublié » de ce monde où alors j'étais si nouveau ;
était-ce au contraire parce que n'étant pas un véritable homme du monde, tout ce qui fait difficulté
pour eux n'existait plus pour moi, une fois la timidité
tombée ; était-ce parce que les êtres ayant peu à peu
laissé tomber devant moi leur premier, souvent leur
second et leur troisième aspects factices, je sentais
derrière la hauteur dédaigneuse du Prince une grande
avidité humaine de connaître des êtres, de faire la
connaisance de ceux-là même qu'ils affectent de
dédaigner. Etait-ce parce que aussi le prince avait
changé comme tous ces insolents de la jeunesse et
de l'âge mûr, à qui la vieillesse apporte sa douceur
(d'autant plus que les hommes débutants et les
idées inconnues contre lesquels ils regimbaient, ils
les connaissaient depuis longtemps de vue et les
savaient reçus autour d'eux), surtout si cette vieillesse a pour adjuvant quelques vertus, ou quelques
vices qui étendent les relations, ou la révolution
que fait une conversion politique, comme celle du
prince au dreyfusisme.

Bloch m'interrogeait comme moi je faisais
autrefois en entrant dans le monde, comme il
m'arrivait encore de faire sur les gens que j'y
avais connus alors et qui étaient aussi loin, a uss
à part de tout, que ces gens de Combray qu'il
m'était souvent arrivé de vouloir « situer » exactement. Mais Combray avait pour moi une forme si
à part, si impossible à confondre avec le reste, que
c'était un puzzle que je ne pouvais jamais arriver
à faire rentrer dans la carte de France. « Alors
je ne peux avoir aucune idée de ce qu'était jadis

le Prince de Guermantes en me représentant Swann,
ou M. de Charlus », me demandait Bloch à qui
j'avais longtemps emprunté sa manière de parler
et qui maintenant imitait souvent la mienne.
« Nullement ». « Mais en quoi consiste la différence ? » « Il aurait fallu les entendre parler
entre eux, pour la saisir, mais c'est maintenant
impossible, Swann est mort et M. de Charlus ne
vaut guère mieux. Mais ces différences étaient
énormes ». Et tandis que l'œil de Bloch brillait en
pensant à ce que pouvait être la conversation de
ces personnages merveilleux, je pensais que je lui
exagérais le plaisir que j'avais eu à me trouver
avec eux, n'en ayant jamais ressenti que quand
j'étais seul, et l'impression des différenciations véritables n'ayant lieu que dans notre imagination.
Bloch s'en aperçut-il ? « Tu me peins peut-être cela
trop en beau, me dit-il ; ainsi la maîtresse de maison d'ici, la Princesse de Guermantes, je sais bien
qu'elle n'est plus jeune, mais enfin il n'y a pas tellement longtemps que tu me parlais de son charme
incomparable, de sa merveilleuse beauté. Certes je
reconnais qu'elle a grand air, et elle a bien ces yeux
extraordinaires dont tu me parlais, mais enfin je
ne la trouve pas tellement inouie que tu disais.
Evidemment elle est très racée mais enfin ». Je fus
obligé de dire à Bloch qu'il ne me parlait pas de
la même personne. La Princesse de Guermantes en
effet était morte et c'est l'ex-Madame Verdurin que
le prince ruiné par la défaite allemande, avait
épousée et que Bloch ne reconnaissait pas. « Tu te
trompes, j'ai cherché dans le Gotha de cette année
me confessa naïvement Bloch et j'ai trouvé le prince
de Guermantes, habitant l'hôtel où nous sommes et

marié à tout ce qu'il y a de plus grandiose, attends
un peu que je me rappelle, marié à Sidonie, duchesse
de Duras, née des Beaux. En effet, Mme Verdurin,
peu après la mort de son mari avait épousé le vieux
duc de Duras, ruiné, qui l'avait faite cousine du
prince de Guermantes, et était mort après deux
ans de mariage. Il avait été pour Mme Verdurin
une transition fort utile et maintenant celle-ci par
un troisième mariage était Princesse de Guermantes
et avait dans le faubourg Saint-Germain une grande
situation qui eût fort étonné à Combray où les dames
de la rue de l'Oiseau, la fille de Mme Goupil et la belle
fille Mme de Sazerat, toutes ces dernières années,
avant que Mme Verdurin ne fût Princesse de Guermantes, avaient dit en ricanant : « la Duchesse de
Duras », comme si c'eût été un rôle que Mme Verdurin eût tenu au théâtre. Même le principe des castes
voulant qu'elle mourût Mme Verdurin, ce titre qu'on
ne s'imaginait lui conférer aucun pouvoir mondain
nouveau, faisait plutôt mauvais effet. « Faire parler
d'elle » cette expression qui dans tous les mondes
est appliquée à une femme qui a un amant, pouvait
l'être dans le Faubourg St-Germain à celles qui
publient des livres, dans la bourgeoisie de Combray
à celles qui font des mariages, dans un sens ou dans
l'autre « disproportionnés ». Quand elle eut épousé
le Prince de Guermantes, on dut se dire que c'était
un faux Guermantes, un escroc. Pour moi, à me figurer cette identité de titre, de nom qui faisait qu'il y
avait encore une Princesse de Guermantes et qu'elle
n'avait aucun rapport avec celle qui m'avait tant
charmé et qui n'était plus, qui était comme une
morte sans défense à qui on l'eût volé, il y avait quelque chose d'aussi douloureux qu'à voir les objets

qu'avait possédés la Princesse Hedwige, comme son château, comme tout ce qui avait été à elle et dont une autre jouissait. La succession au nom est triste comme toutes les successions, comme toutes les usurpations de propriété ; et toujours sans interruptions, viendraient comme un flot, de nouvelles Princesses de Guermantes, ou plutôt millénaire, remplacée d'âge en âge dans son emploi par une femme différente, vivrait une seule Princesse de Guermantes, ignorante de la mort, indifférente à tout — ce qui change et blesse nos cœurs — et le nom comme la mer refermerait sur celles qui sombrent de temps à autre, sa toujours pareille et immémoriale placidité.

Mais — contradiction avec cette permanence, — les anciens habitués assuraient que dans le monde tout était changé, qu'on y recevait des gens que jamais de leur temps on n'aurait reçu et comme on dit : « c'était vrai, et ce n'était pas vrai. » Ce n'était pas vrai parce qu'ils ne se rendaient pas compte de la courbe du temps qui faisait que ceux d'aujourd'hui voyaient ces gens nouveaux à leur point d'arrivée tandis qu'eux se les rappelaient à leur point de départ. Et quand eux, les anciens, étaient entrés dans le monde, il y avait là des gens arrivés dont d'autres se rappelaient le départ. Une génération suffit pour que s'y ramène ce changement qui en des siècles s'est fait pour le nom bourgeois d'un Colbert devenu nom noble. Et d'autre part cela pourrait être vrai, car si les personnes changent de situation, les idées et les coutumes les plus indéracinables (de même que les fortunes et les alliances de pays et les haines de pays) changent aussi, parmi lesquelles même celles de ne recevoir que des

133

gens chics. Non seulement le snobisme change de forme, mais il pourrait disparaître comme la guerre même, et les radicaux, les juifs être reçus au Jockey.

Certes, même ce changement extérieur dans les figures que j'avais connues, n'était que le symbole d'un changement intérieur qui s'était effectué jour par jour. Peut-être les gens avaient-ils continué à accomplir les mêmes choses, mais, jour par jour, l'idée qu'ils se faisaient d'elles et des êtres qu ls fréquentaient ayant un peu de vie, au bout de quelques années, sous les mêmes noms c'était d'autres choses, d'autres gens qu'ils aimaient, et étant devenus d'autres personnes, il eût été étonnant qu'ils n'eussent pas eu de nouveaux visages.

Si dans ces périodes de vingt ans les conglomérats de coteries se défaisaient et se reformaient selon l'attraction d'astres nouveaux destinés d'ailleurs eux aussi à s'éloigner, puis à reparaître, des cristallisations puis des émiettements suivis de cristallisations nouvelles avaient lieu dans l'âme des êtres. Si pour moi la Duchesse de Guermantes avait été bien des personnes, pour la Duchesse de Guermantes, pour Mme Swann, etc., telle personne donnée avait été un favori d'une époque précédent l'affaire Dreyfus, puis un fanatique ou un imbécile à partir de l'affaire Dreyfus, qui avait changé pour eux la valeur des êtres et reclassé autour les partis, lesquels s'étaient depuis encore défaits et refaits. Ce qui y sert puissamment et y ajoute son influence aux pures affinités intellectuelles, c'est le temps écoulé qui nous fait oublier nos antipathies, nos dédains, les raisons mêmes qui expliquaient nos antipathies et nos dédains. Si on eut jadis analysé l'élégance de la jeune Mme Léonor de Cambremer, on y eût trouvé qu'elle était la nièce du marchand de notre maison, Jupien et que ce qui avait pu s'ajouter à cela pour la rendre brillante, c'était que son père procurait des hommes à M. de Charlus. Mais tout cela combiné avait produit des effets scintillants, alors que les causes déjà lointaines, non seulement étaient inconnues de beaucoup de nouveaux, mais encore que ceux qui les avaient connues, les avaient oubliées, pensant beaucoup plus à l'éclat actuel qu'aux hontes passées car on prend toujours un nom dans son acception actuelle. Et c'était l'intérêt de ces transformations des salons qu'elles étaient aussi un effet du temps perdu et un phénomène de mémoire.

Parmi les personnes présentes, se trouvait un homme considérable qui venait dans un procès fameux de donner un témoignage dont la seule valeur résidait dans sa haute moralité devant laquelle les juges et les avocats s'étaient unanimement inclinés et qui avait entraîné la condamnation de deux personnes. Aussi y eut-il un mouvement de curiosité et de déférence quand il entra. C'était Morel. J'étais peut-être seul à savoir qu'il avait été entretenu par M. de Charlus, puis par St-Loup et en même temps par un ami de St-Loup. Malgré ces souvenirs, il me dit bonjour avec plaisir quoique avec réserve. Il se rappelait le temps où nous nous étions vus à Balbec et ces souvenirs avaient pour lui la poésie et la mélancolie de la jeunesse.

Mais il y avait aussi des personnes que je ne pouvais pas reconnaître pour la raison que je ne les avais connues, car, aussi bien que sur les êtres eux-mêmes, le temps avait aussi, dans ce salon, exercé sa chimie sur la société. Ce milieu en la nature spécifique duquel, définie par certaines affinités qui lui attiraient tous les grands noms princiers de l'Europe et par la répulsion qui éloignait d'elle tout élément non aristocratique, j'avais trouvé un refuge matériel pour ce nom de Guermantes auquel il prêtait sa dernière réalité, ce milieu avait lui-même subi dans sa constitution intime et que j'avais crue stable, une altération profonde. La présence de gens que j'avais vus dans de tout autres sociétés et qui me semblaient ne devoir jamais pénétrer dans celle-là, m'étonna moins encore que l'intime familiarité avec laquelle ils y étaient reçus, appelés par leur prénom ; un certain ensemble de préjugés aristocratiques, de snobisme qui jadis écartait automatiquement du nom de Guermantes tout ce qui ne s'harmonisait pas avec lui, avait cessé de fonctionner.

Certains étrangers qui, quand j'avais débuté dans le monde, donnaient de grands dîners où ils ne recevaient que la Princesse de Guermantes, la Duchesse de Guermantes, la Princesse de Parme et étaient chez ces dames à la place d'honneur, passaient pour ce qu'il y a de mieux assis dans la société d'alors et l'étaient peut-être, avaient passé sans laisser aucune trace. Etaient-ce des étrangers en mission diplomatique repartis pour leur pays ? Peut-être un scandale, un suicide, un enlèvement les avait-il empêchés de reparaître dans le monde, ou bien étaient-ils allemands. Mais leur nom ne devait son lustre qu'à leur situation d'alors et n'était plus porté par personne : on ne savait même pas qui je voulais dire ; si je parlais d'eux en essayant d'épeler le nom, on croyait à des rastaquouères.

Les personnes qui n'auraient pas dû, selon l'ancien code social, se trouver là avaient à mon grand étonnement, pour meilleures amies, des personnes admirablement nées, lesquelles n'étaient venues s'embêter chez la Princesse de Guermantes qu'à cause de leurs nouvelles amies. Car ce qui caractérisait le plus cette société, c'était sa prodigieuse aptitude au déclassement.

Détendus ou brisés, les ressorts de la machine refoulante ne fonctionnaient plus, mille corps étrangers y pénétraient, lui ôtaient toute homogénéité, toute tenue, toute couleur. Le faubourg Saint-Germain comme une douairière gâteuse ne répondait que par des sourires timides à des domestiques insolents qui envahissaient ses salons, buvaient son orangeade et lui présentaient ses maîtresses. Encore la sensation du temps écoulé et de l'anéantissement d'une partie de mon passé disparu, m'était-elle donnée moins vivement encore par la destruction de cet ensemble cohérent (qu'avait été le salon Guermantes) d'éléments dont mille nuances, mille raisons expliquaient la présence, la fréquence, la coordination qu'expliquée par l'anéantissement même de la connaissance des mille raisons, des mille nuances qui faisait que tel qui s'y trouvait encore maintenant y était tout naturellement indiqué et à sa place, tandis que tel autre qui l'y coudoyait y présentait une nouveauté suspecte. Cette ignorance n'était pas que du monde, mais de la politique, de tout. Car la mémoire dure moins que la vie chez les individus, et d'ailleurs de très jeunes qui n'avaient jamais eu les souvenirs abolis chez les autres, faisant maintenant partie du monde, et très légitimement même au sens nobiliaire, les débuts étant oubliés ou ignorés, on prenait les gens — au point d'élévation ou de chute — où ils se trouvaient, croyant qu'il en avait toujours été ainsi, et que la Princesse de

Guermantes et Bloch avaient toujours eu la plus grande situation, que Clémenceau et Viviani avaient toujours été conservateurs. Et comme certains faits ont plus de durée, le souvenir exécré de l'Affaire Dreyfus persistant vaguement chez eux grâce à ce que leur avaient dit leurs pères, si on leur disait que Clémenceau avait été dreyfusard, ils disaient : « Pas possible, vous confondez, il est juste de l'autre côté ». Des ministres tarés et d'anciennes filles publiques étaient tenus pour des parangons de vertu. Quelqu'un ayant demandé à un jeune homme de la plus grande famille s'il n'y avait pas eu quelque chose à dire sur la mère de Gilberte, le jeune seigneur répondit qu'en effet dans la première partie de son existence, elle avait épousé un aventurier du nom de Swann, mais qu'ensuite elle avait épousé un des hommes les plus en vue de la société, le Comte de Forcheville. Sans doute quelques personnes encore dans ce salon, la Duchesse de Guermantes par exemple eussent souri de cette assertion (qui, niant l'élégance de Swann, me paraissait monstrueuse, alors que moi-même jadis à Combray, j'avais cru avec ma grand' tante que Swann ne pouvait connaître des « princesses ») et aussi des femmes qui eussent pu se trouver là mais qui ne sortaient plus guère, les Duchesses de Montmorency, de Mouchy, de Sagan, qui avaient été les amis intimes de Swann et n'avaient jamais aperçu ce Forcheville, non reçu dans le monde au temps où elles y allaient encore. Mais précisément c'est que la société d'alors, de même que les visages aujourd'hui modifiés et les cheveux blonds remplacés par des cheveux blancs, n'existait plus que dans la mémoire d'êtres dont le nombre diminuait tous les jours. Bloch pendant la guerre avait cessé de « sortir », de fréquenter ses anciens milieux d'autrefois où il faisait piètre figure. En revanche, il n'avait cessé de publier de ces ouvrages dont je m'efforçais aujourd'hui, pour ne pas être entravé par elle, de détruire l'absurde sophistique, ouvrages sans originalité, mais qui donnaient aux jeunes gens et à beaucoup de femmes de monde l'impression d'une hauteur intellectuelle peu commune, d'une sorte de génie. Ce fut donc après une scission complète entre son ancienne mondanité et la nouvelle, que dans une société reconstituée, il avait fait, pour une phase nouvelle de sa vie, honorée, glorieuse, une apparition de grand homme. Les jeunes gens ignoraient naturellement qu'il fit à cet âge-là des débuts dans la société d'autant que le peu de noms qu'il avait retenus dans la fréquentation de St-Loup lui permettaient de donner à son prestige actuel une sorte de recul indéfini. En tous cas il paraissait un de ces hommes de talent qui à toute époque ont fleuri dans le grand monde et on ne pensait pas qu'il eût jamais vécu ailleurs.

Dès que j'eus fini de parler au Prince de Guermantes, Bloch se saisit de moi et me présenta à une jeune femme qui avait beaucoup entendu parler de moi par la Duchesse de Guermantes. Si les gens des nouvelles générations tenaient la duchesse de Guermantes pour peu de chose parce qu'elle connaissait des actrices, etc., les dames — aujourd'hui vieilles — de la famille, la considéraient toujours comme un personnage extraordinaire, d'une part parce qu'elles savaient exactement sa naissance, sa primauté héraldique, ses intimités avec ce que Mme de Forcheville eût appelé des « royalties », mais encore parce qu'elle dédaignait de venir dans la famille, s'y ennuyait et qu'on savait qu'on n'y pouvait jamais compter sur elle. Ses relations théâtrales et politiques, d'ailleurs mal sues, ne faisaient qu'augmenter sa rareté, donc son prestige. De sorte que tandis que dans le monde politique et artistique on la tenait pour une créature mal définie, une sorte de défroquée du Faubourg St-Germain qui fréquente les sous-secrétaires d'état et les étoiles, dans ce même faubourg St-Germain, si on donnait une belle soirée, on disait : « Est-ce même la peine d'inviter Marie Sosthènes, elle ne viendra pas. Enfin pour la forme, mais il ne faut pas se faire d'illusions ». Et si vers 10 h. 1/2, dans une toilette éclatante, paraissant, de ses yeux durs pour elles, mépriser toutes ses cousines, entrait Marie Sosthènes qui s'arrêtait sur le seuil avec une sorte de majestueux dédain, et si elle restait une heure, c'était une plus grande fête pour la vieille grande dame qui donnait la soirée qu'autrefois pour un directeur de théâtre que Sarah Bernhardt qui avait vaguement promis un concours sur lequel on ne comptait pas, fût venue et eût, avec une complaisance et une simplicité infinies, récité au lieu du morceau promis, vingt autres. La présence de Marie Sosthènes à laquelle les chefs de cabinet parlaient de haut en bas et qui n'en continuait pas moins (l'esprit mène ainsi le monde) à chercher à en connaître de plus en plus, venait de classer la soirée de la douairière, où il n'y avait pourtant que des femmes excessivement chic, en dehors et au dessus de toutes les autres soirées de douairières de la même « season » (comme aurait encore dit Mme de Forcheville) mais pour lesquelles soirées ne s'était pas dérangée Marie Sosthènes qui était une des femmes les plus élégantes du jour. Le nom de la jeune femme à laquelle Bloch m'avait présenté m'était entièrement inconnu et celui des différents Guermantes ne devait pas lui être très familier, car elle demanda à une américaine, à quel titre Mme de St-Loup avait l'air si intime avec toute la plus brillante société qui se trouvait là. Or, cette américaine était mariée au Comte de Furcy, parent obscur des Forcheville et pour lequel ils représentaient ce qu'il y a de plus brillant au monde. Aussi répondit-elle tout naturellement : « Quand ce ne serait que parce qu'elle est née Forcheville. C'est ce qu'il y a de plus grand. » Encore Mme de Furcy tout en croyant naïvement le nom de Forcheville supérieur à celui de St-Loup, savait-elle du moins ce qu'était ce dernier. Mais la charmante amie de Bloch et de la Duchesse de Guermantes l'ignorait absolument, et étant assez étourdie, répondit de bonne foi à une jeune fille qui lui demandait comment Mme de St-Loup était parente du maître de la maison, le Prince de Guermantes : « Par les Forcheville », renseignement que la jeune fille communiqua comme si elle l'avait possédé de tout temps, à une de ses amies, laquelle ayant mauvais caractère et étant nerveuse, devint rouge comme un coq la première fois qu'un monsieur lui dit que ce n'était pas par les Forcheville que Gilberte tenait aux Guermantes, de sorte que le monsieur crut qu'il s'était trompé, adopta l'erreur et ne tarda pas à la propager. Les diners, les fêtes mondaines, étaient pour l'Américaine une sorte d'Ecole Berlitz. Elle entendait les noms et les répétait sans avoir connu préalablement leur valeur, leur portée exacte. On expliqua à quelqu'un qui demandait si Tansonville venait à Gilberte de son père M. de Forcheville, que cela ne venait pas du tout par là,

que c'était une terre de la famille de son mari, que
Tansonville était voisin de Guermantes, appartenait
à Mme de Marsantes, mais était très hypothétique
avait été racheté, en dot, par Gilberte. Enfin un vieux
de la vieille ayant évoqué Swann ami des Sagan et
des Mouchy et l'américaine amie de Bloch, ayant
demandé comment je l'avais connu, déclara que je
l'avais connu chez Mme de Guermantes, ne se doutant
pas du voisin de campagne, jeune ami de mon grand-
père qu'il représentait pour moi. Des méprises de
ce genre ont été commises par les hommes les plus
fameux et passent pour particulièrement graves dans
toute société conservatrice. St-Simon voulant montrer que Louis XIV était d'une ignorance qui « le
fit tomber quelquefois en public, dans les absurdités
les plus grossières » ne donne de cette ignorance que
deux exemples, à savoir que le Roi ne sachant pas
que Rénel était de la famille de Clermont-Galle-
rande ni St-Hérem de celle de Montmorin, les traita
en hommes de peu. Du moins en ce qui concerne
St-Hérem, avons-nous la consolation de savoir que
le Roi ne mourut pas dans l'erreur, car il fut dé-
trompé : « fort tard » par M. de la Rochefoucauld.
« Encore » ajoute St-Simon avec un peu de pitié
« lui fallut-il expliquer quelles étaient ces maisons
que leur nom ne lui apprenait pas. » Cet oubli si
vivace qui recouvre si rapidement le passé le plus
récent, cette ignorance si envahissante, créent par
contrecoup une valeur d'érudition à un petit savoir
d'autant plus précieux qu'il est peu répandu, s'ap-
pliquant à la généalogie des gens, à leurs vraies situations, à la raison d'amour, d'argent ou autre pourquoi ils se sont alliés à telle famille, ou mésalliés,
savoir prisé dans toutes les sociétés où règne ur

142

esprit conservateur, savoir que mon grand-père possédait au plus haut degré, concernant la bourgeoisie de Combray et de Paris; savoir que St-Simon prisait tant que au moment où il célèbre la merveilleuse intelligence du Prince de Conti, avant même de parler des sciences, ou plutôt comme si c'était la première des sciences, il le loue d'avoir été « un très bel esprit, lumineux, juste, exact, étendu; d'une lecture infinie, qui n'oubliait rien, qui connaissait les généalogies, leurs chimères et leurs réalités, d'une politesse distinguée selon le rang, le mérite, rendant tout ce que les princes du sang doivent et qu'ils ne rendent plus. Il s'en expliquait même et, sur leurs usurpations, l'histoire des livres et des conversations lui fournissait de quoi placer ce qu'il trouvait de plus obligeant sur la naissance, les emplois, etc. » Moins brillant, pour tout ce qui avait trait à la bourgeoisie de Combray et de Paris, mon grand père ne le savait pas avec moins d'exactitude et ne le savourait pas avec moins de gourmandise. Ces gourmets-là, ces amateurs-là étaient déjà devenus peu nombreux qui savaient que Gilberte n'était pas Forcheville, ni Mme de Cambremer, Méséglise, ni la plus jeune une Valintonais. Peu nombreux, peut-être même pas recrutés dans la plus haute aristocratie (ce ne sont pas forcément les dévots, ni même les catholiques, qui sont le plus savants concernant la Légende Dorée ou les vitraux du XIIIe siècle), mais souvent dans une aristocratie secondaire, plus friande de ce qu'elle n'approche guère et qu'elle a d'autant plus le loisir d'étudier qu'elle le fréquente moins, se retrouvant avec plaisir, faisant la connaissance les uns des autres, donnant de succulents dîners de corps comme

143

la société des bibliophiles ou des amis de Reims, dîners où on déguste des généalogies. Les femmes n'y sont pas admises, mais les maris en rentrent en disant à la leur « j'ai fait un dîner intéressant. Il y avait un M. de la Raspelière qui nous a tenus sous le charme en nous expliquant que cette Mᵐᵉ de St-Loup qui a cette jolie fille n'est pas du tout née Forcheville. C'est tout un roman ».

L'amie de Bloch et de la duchesse de Guermantes n'était pas seulement élégante et charmante, elle était intelligente aussi, et la conversation avec elle était agréable mais m'était rendue difficile parce que ce n'était pas seulement le nom de mon interlocutrice qui était nouveau pour moi mais celui d'un grand nombre de personnes dont elle me parla et qui formaient actuellement le fond de la société. Il est vrai que d'autre part comme elle voulait m'entendre raconter des histoires, beaucoup de ceux que je lui citai ne lui dirent absolument rien, ils étaient tous tombés dans l'oubli, du moins ceux qui n'avaient brillé que de l'éclat individuel d'une personne et n'étaient pas le nom générique et permanent de quelque célèbre famille aristocratique (dont la jeune femme savait rarement le titre exact, supposant des naissances inexactes sur un nom qu'elle avait entendu de travers la veille dans un dîner), et elle ne les avait pour la plupart jamais entendu prononcer n'ayant commencé à aller dans le monde (non seulement parce qu'elle était encore jeune, mais parce qu'elle habitait depuis peu la France et n'avait pas été reçue tout de suite) que quelques années après que je m'en étais moi-même retiré. De sorte que si nous avions en commun un même vocabulaire de mots pour les noms, celui de chacun de nous était différent. Je ne sais comment le nom de Mme Leroi tomba de mes lèvres et par hasard, mon interlocutrice, grâce à quelque vieil ami, galant auprès d'elle, de Mme de Guermantes, en avait entendu parler. Mais inexactement comme je le vis au ton dédaigneux dont cette jeune femme snob me répondit : « Si je sais qui est Mme Leroi, une vieille amie de Bergotte » d'un ton qui voulait dire « une personne que je n'aurais jamais voulu faire venir chez moi. » Je compris très bien que le vieil ami de Mme de Guermantes en parfait homme du monde imbu de l'esprit des Guermantes dont un des traits était de ne pas avoir l'air d'attacher d'importance aux fréquentations aristocratiques, avait trouvé trop bête et trop anti-Guermantes de dire : « Mme Leroi, qui fréquentait toutes les Altesses, toutes les duchesses » et il avait préféré dire : « Elle était assez drôle. Elle a répondu un jour à Bergotte ceci ». Seulement pour les gens qui ne savent pas, ces renseignements par la conversation équivalent à ceux que donne la Presse aux gens du peuple et qui croient alternativement selon leur journal que M. Loubet et M. Reinach sont des voleurs ou de grands citoyens. Pour mon interlocutrice, Mme Leroi avait été une espèce de Mme Verdurin première manière avec moins d'éclat et dont le petit clan eût été limité au seul Bergotte... Cette jeune femme est d'ailleurs une des dernières qui, par un pur hasard, ait entendu le nom de Mme Leroi. Aujourd'hui personne ne sait plus qui c'est, ce qui est du reste parfaitement juste. Son nom ne figure même pas dans l'index des mémoires posthumes de Mme de Villeparisis de laquelle Mme Leroi occupa tant l'esprit. La Marquise n'a d'ailleurs pas parlé de Mme Leroi moins parce que celle-ci de son vivant

avait été peu aimable pour elle, que parce que
personne ne pouvait s'intéresser à elle après sa mort,
et ce silence est dicté moins par la rancune mondaine
de la femme que par le tact littéraire de l'écrivain.
Ma conversation avec l'élégante amie de Bloch fut
charmante, car cette jeune femme était intelligente
mais cette différence entre nos deux vocabulaires
la rendait malaisée et en même temps instructive.
Nous avons beau savoir que les années passent, que
la jeunesse fait place à la vieillesse, que les fortunes
et les trônes les plus solides s'écroulent, que la célé-
brité est passagère, notre manière de prendre connaisance et pour aini dire de prendre le cliché
de cet univers mouvant, entraîné par le Temps,
l'immobilise au contraire. De sorte que nous voyons
toujours jeunes les gens que nous avons connus
jeunes, que ceux que nous avons connus vieux, nous
les parons rétrospectivement dans le passé des vertus de la vieillesse, que nous nous fions sans réserve
au crédit d'un milliardaire et à l'appui d'un souverain, sachant par le raisonnement mais ne croyant
pas effectivement qu'ils pourront être demain des
fugitifs dénués de pouvoir. Dans un champ plus
restreint et de mondanité pure comme dans un problème plus simple qui initie à des difficultés plus
complexes mais de même ordre, l'inintelligibilité
qui résultait de notre conversation avec la jeune
femme du fait que nous avions vécu dons un certain monde à vingt-cinq ans de distance, me donnait
l'impression et aurait pu fortifier chez moi le sens
de l'histoire. Du reste, il faut bien dire que cette
ignorance des situations réelles qui tous les dix ans
fait surgir les élus dans leur apparence actuelle et
comme si le passé n'existait pas, qui empêche pour

146

une américaine fraîchement débarquée, de voir que
M. de Charlus avait eu la plus grande situation de
Paris à une époque où Bloch n'en avait aucune,
et que Swann qui faisait tant de frais pour M. Bontemps avait été traité avec la plus grande amitié
par le Prince de Galles, cette ignorance n'existe pas
seulement chez les nouveaux venus, mais chez ceux
qui ont fréquenté toujours des sociétés voisines, et
cette ignorance chez ces derniers comme chez les
autres est aussi un effet (mais cette fois s'exerçant
sur l'individu et non sur la courbe sociale) du Temps.
Sans doute, nous avons beau changer de milieu,
de genre de vie, notre mémoire en retenant le fil
de notre personnalité identique attache à elle, aux
époques successives, le souvenir des sociétés où nous
avons vécu, fut-ce quarante ans plus tôt. Bloch
chez le Prince de Guermantes savait parfaitement
l'humble milieu juif où il avait vécu à dix-huit ans,
et Swann quand il n'aima plus Mme Swann mais une
femme qui servait le thé chez ce même Colombin
où Mme Swann avait cru quelque temps qu'il était
chic d'aller, comme au thé de la rue Royale, Swann
savait très bien sa valeur mondaine, se rappelant
Twikenham, n'avait aucun doute sur les raisons
pour lesquelles il allait plutôt chez Colombin que
chez la Duchesse de Broglie et savait parfaitement
qu'eût-il été lui-même mille fois moins « chic »,
cela ne l'eût pas empêché davantage d'aller chez
Colombin où à l'hôtel Ritz puisque tout le monde
peut y aller en payant. Sans doute les amis de Bloch
ou de Swann se rappelaient eux aussi la petite société
juive ou les invitations à Twickenham et ainsi les
amis comme des « moi » un peu moins distincts
de Swann et de Bloch ne séparaient pas dans leur

mémoire du Bloch élégant d'aujourd'hui, le Bloch
sordide d'autrefois, du Swann de chez Colombin
des derniers jours le Swann de Bukingham Palace.
Mais ces amis étaient en quelque sorte dans la vie,
les voisins de Swann ; la leur s'était développée sur
une ligne assez voisine pour que leur mémoire pût
être assez pleine de lui ; mais chez d'autres plus
éloignés de Swann, à une distance plus grande de
lui, non pas précisément socialement, mais d'intimité, qui avait fait la connaissance plus vague et
les rencontres très rares, les souvenirs moins nombreux, avaient rendu les notions plus flottantes.
Or, chez des étrangers de ce genre, au bout de trente
ans, on ne se rappelle plus rien de précis qui puisse
prolonger dans le passé et changer de valeur l'être
qu'on a sous les yeux. J'avais entendu dans les dernières années de la vie de Swann des gens du monde
pourtant à qui on parlait de lui, dire et comme si
ç'avait été son titre de notoriété : « Vous parlez du
Swann de chez Colombin ? » J'entendais maintenant
des gens qui auraient pourtant dû savoir, dire en
parlant de Bloch « « Le Bloch-Guermantes ? Le familier des Guermantes ? » Ces erreurs qui scindent une
vie et en isolant le présent font de l'homme
dont on parle un autre homme, un homme différent,
une création de la veille, un homme qui n'est que
la condensation de ses habitudes actuelles (alors
que lui porte en lui-même la continuité de sa vie
qui le relie au passé), ces erreurs dépendent bien
aussi du Temps, mais elles sont non un phénomène
social, mais un phénomène de mémoire. J'eus dans
l'instant même un exemple d'une variété assez différente, il est vrai, mais d'autant plus frappante, de
ces oublis qui modifient pour nous l'aspect des

êtres. Un jeune neveu de Mme de Guermantes, le Marquis de Villemandois, avait été jadis pour moi d'une insolence obstinée qui m'avait conduit par représailles à adopter à son égard une attitude si insultante que nous étions devenus tacitement comme deux ennemis. Pendant que j'étais en train de réfléchir sur le temps à cette matinée chez la Princesse de Guermantes, il se fit présenter à moi en disant qu'il croyait que j'avais connu de ses parents, qu'il avait lu des articles de moi et désirait faire ou refaire ma connaissance. Il est vrai de dire qu'avec l'âge il était devenu, comme beaucoup, d'impertinent sérieux, qu'il n'avait plus la même arrogance et que d'autre part on parlait de moi, pour de bien minces articles cependant, dans le milieu qu'il fréquentait. Mais ces raisons de sa cordialité et de ses avances ne furent qu'accessoires. La principale, ou du moins celle qui permit aux autres d'entrer en jeu, c'est que, ou ayant une plus mauvaise mémoire que moi, ou ayant attaché une attention moins soutenue à mes ripostes que je n'avais fait autrefois à ses attaques, parce que j'étais alors pour lui un bien plus petit personnage qu'il n'était pour moi, il avait entièrement oublié notre inimitié. Mon nom lui rappelait tout au plus qu'il avait dû me voir, ou quelqu'un des miens, chez une de ses tantes.. Et ne sachant pas au juste s'il se faisait présenter ou représenter, il se hâta de me parler de sa tante, chez qui il ne doutait pas qu'il avait dû me rencontrer, se rappelant qu'on y parlait souvent de moi, mais non nos querelles. Un nom c'est tout ce qui reste bien souvent pour nous d'un être, non pas même quand il est mort mais de son vivant. Et nos notions actuelles sur lui sont si vagues ou si bizarres, et correspondent si peu

à celles que nous avons eues de lui, que nous avons
entièrement oublié que nous avons failli nous battre
en duel avec lui mais nous nous rappelons qu'il portait enfant d'étranges guêtres jaunes aux Champs
Elysées, dans lesquels par contre, malgré que nous le
lui assurions, il n'a aucun souvenir d'avoir joué avec
nous. Bloch était entré en sautant comme une hyène.
Je pensais : « Il vient dans des salons où il n'eût pas
pénétré il y a vingt ans. » Mais il avait aussi vingt ans
de plus. Il était plus près de la mort. A quoi cela
l'avançait-il ? De près, dans la translucidité d'un
visage, où de plus loin et mal éclairé je ne voyais
que la jeunesse gaie (soit qu'elle y survécût, soit que
je l'y évoquasse), se tenait le visage presque effrayant
tout anxieux, d'un vieux Shylock attendant tout
grimé dans la coulisse le moment d'entrer en scène,
récitant déjà les premiers vers à mi-voix. Dans dix
ans, dans ces salons où leur veulerie l'aurait imposé,
il entrerait en béquillant, devenu maître, trouvant
une corvée d'être obligé d'aller chez les La Tré-
moille. A quoi cela l'avançait-il ?

Des changements produits dans la société, je
pouvais d'autant plus extraire des vérités impor-
tantes et dignes de cimenter une partie de mon
œuvre qu'ils n'étaient nullement, comme j'aurais
pu être au premier moment tenté de le croire, particuliers à notre époque. Au temps où moi-même
à peine parvenu, j'étais entré, plus nouveau que ne
l'était Bloch lui-même aujourd'hui, dans le milieu
des Guermantes, j'avais dû y contempler comme
faisant partie intégrante de ce milieu des éléments
absolument différents, agrégés depuis peu et qui
paraissaient étrangement nouveaux à de plus anciens
dont je ne les différenciais pas et qui eux-mêmes,

crus par les ducs d'alors, membres de tout temps du faubourg, y avaient eux, ou leurs pères, ou leurs grands'pères, été jadis des parvenus. Si bien que ce n'était pas la qualité d'hommes du grand monde qui rendait cette société si brillante, mais le fait d'avoir été assimilés plus ou moins complètement par cette société qui faisait de gens qui cinquante ans plus tard paraissaient tous pareils des gens du grand monde. Même dans le passé où je reculais le nom de Guermantes pour lui donner toute sa grandeur, et avec raison du reste, car sous Louis XIV, les Guermantes, quasi royaux, faisaient plus grande figure qu'aujourd'hui, le phénomène que je remarquais en ce moment se produisait de même. Ne les avait-on pas vu alors s'allier à la famille Colbert par exemple, laquelle aujourd'hui il est vrai, nous paraît très noble puisque épouser une Colbert semble un grand parti pour un Larochefoucauld. Mais ce n'est pas parce que les Colbert simples bourgeois alors étaient nobles que les Guermantes s'allièrent avec eux, c'est parce que les Guermantes s'allièrent avec eux qu'ils devinrent nobles. Si le nom d'Haussonville s'éteint avec le représentant actuel de cette maison, il tirera peut-être son illustration de descendre de Mᵐᵉ de Staël, alors qu'avant la révolution M. d'Haussonville, un des premiers seigneurs du royaume tirait vanité auprès de M. de Broglie de ne pas connaître le père de Mᵐᵉ de Stael et de ne pas pouvoir plus le présenter que M. de Broglie ne pouvait le présenter lui-même, ne se doutant guère que leurs fils épouseraient un jour l'un la fille, l'autre la petite-fille de l'auteur de *Corinne*. Je me rendais compte d'après ce que me disait la Duchesse de Guermantes, que j'aurais pu faire dans ce monde la

figure d'homme élégant non titré mais qu'on croit
volontiers affilié de tout temps à l'aristocratie, que
Swann y avait fait autrefois et avant lui M. Lebrun,
M. Ampère, tous ces amis de la Duchesse de Broglie
qui elle-même, était au début fort peu du grand
monde. Les premières fois que j'avais dîné chez
Mme de Guermantes, combien n'avais-je pas dû
choquer des hommes comme M. de Beaucerfeuil,
moins par ma présence que par des remarques témoi-
gnant que j'étais entièrement ignorant des souvenirs
qui constituaient son passé et donnaient sa forme
à l'usage qu'il avait de la société. Bloch un jour,
quand, devenu très vieux, il aurait une mémoire
assez ancienne du salon Guermantes tel qu'il se
présentait à ce moment à ses yeux, éprouverait
le même étonnement, la même mauvaise humeur en
présence de certaines intrusions et de certaines igno-
rances. Et d'autre part, il aurait sans doute contracté
et dispenserait autour de lui ces qualités de tact et
de discrétion que j'avais cru le privilège d'hommes
comme M. de Norpois et qui se reforment et s'in-
carnent dans ceux qui nous paraissent entre tous,
les exclure. D'ailleurs le cas qui s'était présenté pour
moi d'être admis dans la société des Guermantes,
m'avait paru quelque chose d'exceptionnel. Mais si
je sortais de moi et du milieu qui m'entourait
immédiatement, je voyais que ce phénomène social
n'était pas aussi isolé qu'il m'avait paru d'abord
et que du bassin de Combray où j'étais né, assez
nombreux en somme étaient les jets d'eau qui symétriquement à moi s'étaient élevés au dessus de la
même masse liquide qui les avait alimentés. Sans
doute les circonstances ayant toujours quelque chose
de particulier et les caractères d'individuel, c'étaient

de façons toutes différentes que Legrandin (par l'étrange mariage de son neveu) à son tour avait pénétré dans ce milieu, que la fille d'Odette s'y était apparentée, que Swann lui-même, et moi enfin y étions venus. Pour moi qui avais passé enfermé dans ma vie et la voyant du dedans, celle de Legrandin me semblait n'avoir aucun rapport et avoir suivi un chemin opposé, de même que celui qui suit le cours d'une rivière dans sa vallée profonde ne voit pas qu'une rivière divergente, malgré les écarts de son cours, se jette dans le même fleuve. Mais à vol d'oiseau comme fait le statisticien qui néglige la raison sentimentale, les imprudences évitables qui ont conduit telle personne à la mort, et compte seulement le nombre de personnes qui meurent par an, on voyait que plusieurs personnes, parties d'un même milieu dont la peinture a occupé le début de ce récit, étaient parvenues dans un autre tout différent, et il est probable que comme il se fait par an à Paris un nombre moyen de mariages tout autre milieu bourgeois cultivé et riche eût fourni une proportion à peu près égale de gens comme Swann, comme Legrandin, comme moi et comme Bloch qu'on retrouverait se jetant dans l'océan du « grand monde ». Et d'ailleurs ils s'y reconnaissaient, car si le jeune Comte de Cambremer émerveillait tout le monde par sa distinction, sa grâce, sa sobre élégance, je reconnaissais en elles — en même temps que dans son beau regard et dans son désir ardent de parvenir — ce qui caractérisait déjà son oncle Legrandin, c'est-à-dire un vieil ami fort bourgeois, quoique de tournure aristocratique, de mes parents.

La bonté, simple maturation qui a fini par sucrer les natures plus primitivement acides que celle de

Bloch, est aussi répandue que ce sentiment de la justice qui fait que si notre cause est bonne, nous ne devons pas plus redouter un juge prévenu qu'un juge ami. Et les petits enfants de Bloch seraient bons et discrets presque de naissance. Bloch n'en était peut-être pas encore là. Mais je remarquai que lui qui jadis feignait de se croire obligé à faire deux heures de chemin de fer pour aller voir quelqu'un qui ne le lui avait guère demandé, maintenant qu'il recevait beaucoup d'invitations, non seulement à déjeuner et à dîner, mais à venir passer quinze jours ici, quinze jours là, en refusait beaucoup et sans le dire, sans se vanter de les avoir reçues, de les avoir refusées. La discrétion, discrétion dans les actions, dans les paroles, lui était venue avec la situation sociale et l'âge, avec une sorte d'âge social, si l'on peut dire. Sans doute Bloch était jadis indiscret autant qu'incapable de bienveillance et de conseils. Mais certains défauts, certaines qualités sont moins attachés à tel individu, à tel autre, qu'à tel ou tel moment de l'existence considéré au point de vue social. Ils sont presque extérieurs aux individus, lesquels passent dans leur lumière, comme sous des solstices variés, préexistants, généraux, inévitables. Les médecins qui cherchent à se rendre compte si tel médicament diminue ou augmente l'acidité de l'estomac, active ou ralentit ses secrétions, obtiennent des résultats différents, non pas selon l'estomac sur les secrétions duquel ils prélèvent un peu de suc gastrique, mais selon qu'ils le lui empruntent à un moment plus ou moins avancé de l'ingestion du remède.

154

LE TEMPS RETROUVÉ

*
* *

Ainsi à chacun des moments de sa durée, le nom de Guermantes considéré comme un ensemble de tous les noms qu'il admettait en lui, autour de lui, subissait des déperditions, recrutait des éléments nouveaux comme ces jardins où à tout moment des fleurs à peine en bouton et se préparant à remplacer celles qui se flétrissent déjà, se confondent dans une masse qui semble pareille sauf à ceux qui n'ont pas toujours vu les nouvelles venues et gardent dans leur souvenir l'image précise de celles qui ne sont plus.

Plus d'une des personnes que cette matinée réunissait ou dont elle m'évoquait le souvenir, me donnait les aspects qu'elle avait tour à tour présentés pour moi, par les circonstances différentes, opposées, d'où elle avait, les unes après les autres, surgi devant moi, faisait ressortir les aspects variés de ma vie, les différences de perspective, comme un accident de terrain, de colline ou château, qui apparaissant tantôt à droite, tantôt à gauche, semble d'abord dominer une forêt, ensuite sortir d'une vallée, et révéler ainsi au voyageur, des changements d'orientation et des différences d'altitude dans la route qu'il suit. En remontant de plus en plus haut, je finissais par trouver des images d'une même personne séparées par un intervalle de temps si long, conservées par des moi si distincts, ayant elles-mêmes des significations si différentes, que je les omettais d'habitude quand je croyais embrasser le cours passé de mes relations avec elles, que j'avais même cessé de penser qu'elles étaient les mêmes que j'avais connues autrefois et qu'il me fallait le hasard d'un éclair d'attention pour les rattacher, comme à une étymologie, à cette signification primitive qu'elles avaient eue pour moi. Mlle Swann me jetait de l'autre côté de la haie d'épines roses, un regard dont j'avais dû d'ailleurs rétrospectivement retoucher la signification qui était du désir. L'amant de Mme Swann, selon la chronique de Combray, me regardait derrière cette même haie d'un air dur qui n'avait pas non plus le sens que je lui avais donné alors, et ayant d'ailleurs tellement changé depuis que je ne l'avais nullement reconnu à Balbec dans le Monsieur qui regardait une affiche, près du Casino, et dont il m'arrivait une fois tous les dix ans de me souvenir en me disant : « Mais c'était M. de Charlus, déjà, comme c'est curieux ». Mme de Guermantes au mariage du Dr Percepied, Mme Swann en rose chez mon grand Oncle, Mme de Cambremer, sœur de Legrandin, si élégante qu'il craignait que nous ne le priions de nous donner une recommandation pour elle, c'étaient ainsi que tant d'autres concernant Swann, St-Loup, etc., autant d'images que je m'amusais parfois quand je les retrouvais à placer comme frontispice au seuil de mes relations avec ces différentes personnes, mais qui ne me semblaient en effet qu'une image et non déposée en moi par l'être lui-même auquel rien ne les reliait plus. Non seulement certaines gens ont de la mémoire et d'autres pas (sans aller jusqu'à l'oubli constant où vivent les ambassadeurs de Turquie), ce qui leur permet de trouver toujours — la nouvelle précédente s'étant évanouie au bout de huit jours, ou la suivante ayant le don de l'exorciser — de la place pour la nouvelle contraire qu'on leur dit. Mais même

à égalité de mémoires, deux personnes ne se sou-
viennent pas des mêmes choses. L'une aura prêté
peu d'attention à un fait dont l'autre gardera grand
remords, et en revanche aura saisi à la volée comme
signe sympathique et caractéristique, une parole
que l'autre aura laissé échapper sans presque y
penser. L'intérêt de ne pas s'être trompé quand on
a émis un pronostic faux abrège la durée du souvenir
de ce pronostic et permet d'affirmer très vite qu'on
ne l'a pas émis. Enfin, un intérêt plus profond,
plus désintéressé, diversifie les mémoires si bien que
le poète qui a presque tout oublié des faits qu'on lui
rappelle, retient une impression fugitive. De tout
cela vient qu'après vingt ans d'absence on rencontre
au lieu de rancunes présumées, des pardons involon-
taires, inconscients, et en revanche tant de haines
dont on ne peut s'expliquer (parce qu'on a oublié
à son tour l'impression mauvaise qu'on a faite),
la raison. L'histoire même des gens qu'on a le plus
connus, on en a oublié les dates. Et parce qu'il y
avait au moins vingt ans qu'elle avait vu Bloch
pour la première fois, Mme de Guermantes eût juré
qu'il était né dans son monde et avait été bercé sur
les genoux de la Duchesse de Chartres quand il avait
deux ans.

Et combien de fois ces personnes étaient revenues
devant moi, au cours de leur vie dont les diverses
circonstances semblaient présenter les mêmes êtres,
mais sous des formes et pour des fins variées ; et la
diversité des points de ma vie par où avait passé le
fil de celle de chacun de ces personnages avait fini
par mêler ceux qui semblaient le plus éloignés,
comme si la vie ne possédait qu'un nombre limité
de fils pour exécuter les dessins les plus différents.

157

Quoi de plus séparé par exemple, dans mes passés divers, que mes visites à mon oncle Adolphe, que le neveu de Mme de Villeparisis cousine du Maréchal, que Legrandin et sa sœur, que l'ancien giletier ami de Françoise dans la cour. Et aujourd'hui tous ces fils différents s'étaient réunis pour faire la trame ici du ménage St-Loup, là jadis du jeune ménage Cambremer, pour ne pas parler de Morel et de tant d'autres dont la conjonction avait concouru à former une circonstance si bien qu'il me semblait que la circonstance était l'unité complète, et le personnage seulement une partie composante. Et ma vie était déjà assez longue pour qu'à plus d'un des êtres qu'elle m'offrait, je trouvasse dans des régions opposées de mes souvenirs un autre être pour le compléter. Aux Elstir que je voyais ici en une place qui était un signe de la gloire, maintenant acquise, je pouvais ajouter les plus anciens souvenirs des Verdurin, des Cottard, la conversation dans le restaurant de Rivebelle, la matinée où j'avais connu Albertine et tant d'autres. Ainsi un amateur d'art à qui on montre le volet d'un rétable, se rappelle dans quelle église, dans quel musée, dans quelle collection particulière, les autres sont dispersés ; (de même qu'en suivant les catalogues des ventes ou en fréquentant les antiquaires, il finit par trouver l'objet jumeau de celui qu'il possède et qui fait avec lui la paire, il peut reconstituer dans sa tête la prédelle, l'autel tout entier). Comme un seau montant le long d'un treuil, vient toucher la corde à diverses reprises et sur des côtés opposés, il n'y avait pas de personnage, presque pas même de choses ayant eu place dans ma vie, qui n'y eût joué tour à tour des rôles différents. Une simple relation mondaine, même un objet matériel si je le retrouvais au bout de quelques années dans mon souvenir, je voyais que la vie n'avait pas cessé de tisser autour de lui des fils différents qui finissaient par le feutrer de ce beau velours, pareil à celui qui, dans les vieux parcs, enveloppe une simple conduite d'eau d'un fourreau d'émeraude.

Ce n'était pas que l'aspect de ces personnes qui donnaient l'idée de personnes de songe. Pour elles-mêmes la vie déjà ensommeillée dans la jeunesse et l'amour, était de plus en plus devenue un songe. Elles avaient oublié jusqu'à leurs rancunes, leurs haines, et pour être certains que c'était à la personne qui était là qu'elles n'adressaient plus la parole il y a dix ans, il eût fallu qu'elles se reportassent à un registre, mais qui était aussi vague qu'un rêve où on a été insulté on ne sait plus par qui. Tous ces songes formaient les apparences contrastées de la vie politique où on voyait dans un même ministère des gens qui s'étaient accusés de meurtre ou de trahison. Et ce songe devenait épais comme la mort chez certains vieillards dans les jours qui suivaient celui où ils avaient fait l'amour. Pendant ces jours-là on ne pouvait plus rien demander au président de la république, il oubliait tout. Puis si on le laissait se reposer quelques jours, le souvenir des affaires publiques lui revenait fortuit comme celui d'un rêve.

Parfois ce n'était pas en une seule image qu'apparaissait cet être si différent de celui que j'avais connu depuis. C'est pendant des années que Bergotte m'avait paru un doux vieillard divin, que je m'étais senti paralysé comme par une apparition devant le chapeau gris de Swann, le manteau violet

159

de sa femme, le mystère dont le nom de sa race
entourait la duchesse de Guermantes jusque dans
un salon : origines presque fabuleuses, charmante
mythologie de relations devenues si banales ensuite,
mais qu'elles prolongeaient dans le passé comme en
plein ciel avec un éclat pareil à celui que projette
la queue étincelante d'une comète. Et même celles
qui n'avaient pas commencé dans le mystère,
comme mes relations avec Mme de Souvré, si sèches
et si purement mondaines aujourd'hui, gardaient
à leurs débuts, leur premier sourire, plus calme
plus doux, et si onctueusement tracé dans la plé
nitude d'une après-midi au bord de la mer, d'un
fin de journée de printemps à Paris, bruyant
d'équipages, de poussière soulevée, et de solei
remué comme de l'eau. Et peut-être Mme de Souvr
n'eut pas valu grand'chose si on l'eût détachée d
ce cadre comme, ces monuments — la Salute pa
exemple — qui sans grande beauté propre fon
admirablement là où ils sont situés, mais ell
faisait partie d'un lot de souvenirs que j'estimai
à un certain prix « l'un dans l'autre » sans me de
mander pour combien exactement la personne d
Mme de Souvré y figurait.

Une chose me frappa plus encore chez tous ce
êtres que les changements physiques, sociaux, qu'i
avaient subis, ce fut celui qui tenait à l'idée diffé
rente qu'ils avaient les uns des autres. Legrandi
méprisait Bloch autrefois et ne lui adressait jama
la parole. Il fut très aimable avec lui. Ce n'était p
du tout à cause de la situation plus grande qu'ava
prise Bloch, ce qui dans ce cas ne mériterait p
d'être noté car les changements sociaux amène
forcément des changements respectifs de positi

entre ceux qui les ont subis. Non ; c'était que les gens — les gens, c'est-à-dire ce qu'ils sont pour nous — n'ont plus dans notre mémoire l'uniformité d'un tableau. Au gré de notre oubli, ils évoluent. Quelquefois nous allons jusqu'à les confondre avec d'autres : « Bloch, c'est quelqu'un qui venait à Combray », et en disant Bloch c'était moi qu'on voulait dire. Inversement Mme Sazerat était persuadée que de moi était telle thèse historique sur Philippe II (laquelle était de Bloch). Sans aller jusqu'à ces interversions, on oublie les crasses que l'un vous a faites, ses défauts, la dernière fois où on s'est quitté sans se serrer la main et en revanche on s'en rappelle une plus ancienne, où on était bien ensemble. Et c'est à cette fois plus ancienne que les manières de Legrandin répondaient, dans son amabilité avec Bloch, soit qu'il eût perdu la mémoire d'un certain passé, soit qu'il le jugeât prescrit, mélange de pardon, d'oubli, d'indifférence qui est aussi un effet du Temps. D'ailleurs les souvenirs que nous avons les uns des autres même dans l'amour ne sont pas les mêmes. J'avais vu Albertine me rappeler à merveille telle parole que je lui avais dite dans nos premières rencontres et que j'avais complètement oubliée. D'un autre fait enfoncé à jamais dans ma tête comme un caillou, elle n'avait aucun souvenir. Nos vies parallèles ressemblaient aux bords de ces allées où de distance en distance des vases de fleurs sont placés symétriquement mais non en face les uns des autres. A plus forte raison est-il compréhensible que pour des gens qu'on connaît peu on se rappelle à peine qui ils sont, ou on s'en rappelle autre chose, mais de plus ancien, que ce qu'on en pensait autrefois, quelque chose qui est suggéré par

les gens au milieu de qui on les retrouve, qui ne les
connaissent que depuis peu, parés de qualités et
d'une situation qu'ils n'avaient pas autrefois mais
que l'oublieux accepte d'emblée.

Sans doute la vie, en mettant à plusieurs reprises
ces personnes sur mon chemin, me les avait présen-
tées dans des circonstances particulières qui, en
les entourant de toutes parts, m'avaient rétréci la
vue que j'avais eue d'elles, et m'avait empêché
de connaître leur essence. Ces Guermantes même
qui avaient été pour moi l'objet d'un si grand
rêve, quand je m'étais approché d'abord de l'un
d'eux, m'étaient apparu sous l'aspect, l'une d'une
vieille amie de grand'mère, l'autre d'un monsieur
qui m'avait regardé d'un air si désagréable à midi
dans les jardins du casino. (Car il y a entre nous
et les êtres un liseré de contingences, comme j'avais
compris dans mes lectures de Combray qu'il y en
a un de perception et qui empêche la mise en contact absolue de la réalité et de l'esprit). De sorte
que ce n'était jamais qu'après coup, en les rapportant à un nom, que leur connaissance était devenue
pour moi la connaissance des Guermantes. Mais
peut-être cela même me rendait-il la vie plus poétique de penser que la race mystérieuse aux yeux
perçants, au bec d'oiseau, la race rose, dorée, inap-
prochable, s'était trouvée si souvent, si naturellement, par l'effet de circonstances aveugles et différentes, s'offrir à ma contemplation, à mon commerce,
même à mon intimité, au point que quand j'avais
voulu connaître Mlle de Stermaria ou faire faire des
robes à Albertine, c'était comme aux plus serviables
de mes amis, à des Guermantes que je m'étais adressé.
Certes, cela m'ennuyait d'aller chez eux autant que

chez les autres gens du monde que j'avais connus
ensuite. Même pour la duchesse de Guermantes,
comme pour certaines pages de Bergotte, son charme
ne m'était visible qu'à distance, et s'évanouissait
quand j'étais près d'elle car il résidait dans ma
mémoire et dans mon imagination. Mais enfin
malgré tout, les Guermantes comme Gilberte aussi,
différaient des autres gens du monde en ce qu'ils
plongeaient plus avant leurs racines dans un passé
de ma vie où je rêvais davantage et croyais plus
aux individus. Ce que je possédais avec ennui, en
causant en ce moment avec l'une et avec l'autre,
c'était du moins celles des imaginations de mon
enfance que j'avais trouvé le plus belles et cru
le plus inaccessibles et je me consolais en confon-
dant comme un marchand qui s'embrouille dans
ses livres, la valeur de leur possession avec le prix
auquel les avait cotées mon désir.

Mais pour d'autres êtres, le passé de mes relations
avec eux était gonflé de rêves plus ardents formés
sans espoir, où s'épanouissait si richement ma vie
d'alors, dédiée à eux toute entière, que je pouvais
à peine comprendre comment leur exaucement était
ce mince, étroit et terne ruban d'une intimité indifférente et dédaignée où je ne pouvais plus rien
retrouver de ce qui avait fait leur mystère, leur
fièvre et leur douceur.

* * *

« Que devient la marquise d'Arpajon ? » demanda
Mme de Cambremer. « Mais elle est morte », répondit
Bloch. « Vous confondez avec la comtesse d'Arpa-
jon qui est morte l'année dernière ». La princesse

de Malte se mêla à la discussion ; jeune veuve
d'un vieux mari très riche et porteur d'un grand
nom, elle était beaucoup demandée en mariage et
en avait pris une grande assurance. « La marquise
d'Arpajon est morte aussi il y a à peu près un an ».
« Ah ! un an, je vous réponds que non », répondit
Mme de Cambremer, « j'ai été à une soirée de musique chez elle il y a moins d'un an ». Bloch, pas
plus que les « gigolos » du monde, ne put prendre
part utilement à la discussion, car toutes ces morts
de personnes âgées étaient à une distance d'eux trop
grande, soit par la différence énorme des années,
soit par la récente arrivée (de Bloch par exemple)
dans une société différente qu'il abordait de biais,
au moment où elle déclinait, dans un crépuscule
où le souvenir d'un passé qui ne lui était pas familier ne pouvait l'éclairer. Et pour les gens du même
âge et du même milieu, la mort avait perdu de sa
signification étrange. D'ailleurs on faisait tous les
jours prendre des nouvelles de tant de gens à l'article de la mort et dont les uns s'étaient rétablis,
tandis que d'autres avaient « succombé » qu'on ne
se souvenait plus au juste si telle personne qu'on
n'avait jamais l'occasion de voir s'était sortie de sa
fluxion de poitrine ou avait trépassé. La mort se
multipliait et devenait plus incertaine dans ces
régions âgées. A cette croisée de deux générations
et de deux sociétés qui en vertu de raisons différentes, mal placées pour distinguer la mort, la confondaient presque avec la vie, la première s'était
mondanisée, était devenue un incident qui quali-
fiait plus ou moins une personne sans que le ton dont
on parlait eût l'air de signifier que cet incident
terminait tout pour elle, on disait : mais vous

oubliez un tel est mort, comme on eût dit il est décoré (l'adjectif était autre, quoique pas plus important), il est de l'Académie, ou — et cela revenait au même puisque cela empêchait aussi d'assister aux fêtes — il est allé passer l'hiver dans le Midi, on lui a ordonné les montagnes. Encore pour des hommes connus, ce qu'ils laissaient en mourant aidait à se rappeler que leur existence était terminée. Mais pour les simples gens du monde très âgés, on s'embrouillait sur le fait qu'ils fussent morts ou non, non seulement parce qu'on connaissait mal ou qu'on avait oublié leur passé, mais parce qu'ils ne tenaient en quoi que ce soit à l'avenir. Et la difficulté qu'avait chacun de faire un triage entre les maladies, l'absence, la retraite à la campagne, la mort des vieilles gens du monde, consacrait tout autant que l'indifférence des hésitants, l'insignifiance des défunts.

« Mais si elle n'est pas morte, comment se fait-il qu'on ne la voie plus jamais, ni son mari non plus », demanda une vieille fille qui aimait faire de l'esprit. « Mais je te dirai, reprit la mère, qui, quoique quinquagénaire ne manquait pas une fête, que c'est parce qu'ils sont vieux, et qu'à cet âge-là on ne sort plus. » Il semblait qu'il y eût avant le cimetière toute une cité close des vieillards, aux lampes toujours allumées dans la brume. Mme de Sainte-Euverte trancha le débat en disant que la comtesse d'Arpajon était morte, il y avait un an, d'une longue maladie, mais que la marquise d'Arpajon était morte aussi depuis, très vite, « d'une façon tout à fait insignifiante », mort qui par là ressemblait à toutes ces vies, et par là aussi expliquait qu'elle eût passé inaperçue, excusait ceux qui confondaient.

165

En entendant que Mme d'Arpajon était vraiment
morte, la vieille fille jeta sur sa mère un regard
alarmé car elle craignait que d'apprendre la mort
d'une de ses « contemporaines » ne la « frappât » ;
elle croyait entendre d'avance parler de la mort
de sa propre mère avec cette explication : « Elle
avait été « très frappée » par la mort de Mme d'Arpajon ». Mais la mère au contraire se faisait à elle-
même l'effet de l'avoir emporté dans un concours
sur des concurrents de marque, chaque fois qu'une
personne de son âge « disparaissait ». Leur mort
était la seule manière dont elle prît encore agréablement conscience de sa propre vie. La vieille fille
s'aperçut que sa mère qui n'avait pas semblé fâchée
de dire que Mme d'Arpajon était recluse dans les
demeures d'où ne sortent plus guère les vieillards
fatigués, l'avait été moins encore d'apprendre que
la marquise était entrée dans la Cité d'après, celle
d'où on ne sort plus. Cette constatation de l'indifférence de sa mère amusa l'esprit caustique de la
vieille fille. Et pour faire rire ses amies plus tard,
elle fit un récit désopilant de la manière allègre
prétendait-elle, dont sa mère avait dit en se frottant
les mains : « Mon Dieu, il est bien vrai que cette
pauvre Madame d'Arpajon est morte ». Même pour
ceux qui n'avaient pas besoin de cette mort pour
se réjouir d'être vivants, elle les rendit heureux.
Car toute mort est pour les autres une simplifi-
cation d'existence, ôte le scrupule de se montrer
reconnaissant, l'obligation de faire des visites. Toutefois, comme je l'ai dit, ce n'est pas ainsi que la
mort de M. Verdurin avait été accueillie par Elstir.

LE TEMPS RETROUVÉ

* *

Une dame sortit, car elle avait d'autres matinées et devait aller goûter avec deux reines. C'était cette grande cocotte du monde que j'avais connue autrefois, la princesse de Nissau. Mis à part le fait que sa taille avait diminué, — ce qui lui donnait l'air par sa tête située à une bien moindre hauteur qu'elle n'était autrefois, d'avoir ce qu'on appelle « un pied dans la tombe » — on aurait à peine pu dire qu'elle avait vieilli. Elle restait une Marie-Antoinette au nez autrichien, au regard délicieux, conservée, embaumée grâce à mille fards adorablement unis qui lui faisaient une figure lilas. Il flottait sur elle cette expression confuse et tendre d'être obligée de partir, de promettre tendrement de revenir, de s'esquiver discrètement, qui tenait à la foule des réunions d'élite où on l'attendait. Née presque sur les marches d'un trône, mariée trois fois, entretenue longtemps et richement par de grands banquiers, sans compter les mille fantaisies qu'elle s'était offertes, elle portait légèrement comme ses yeux admirables et ronds, comme sa figure fardée et comme sa robe mauve, les souvenirs un peu embrouillés de ce passé innombrable. Comme elle passait devant moi en se sauvant « à l'anglaise », je la saluai. Elle me reconnut, elle me serra la main et fixa sur moi ses rondes prunelles mauves de l'air qui voulait dire : « Comme il y a longtemps que nous nous sommes vus, nous parlerons de cela une autre fois. » Elle me serrait la main avec force, ne se rappelant pas au juste si en voiture un soir qu'elle me ramenait de chez la duchesse de Guermantes, il y avait eu ou

non une passade entre nous. A tout hasard, elle
sembla faire allusion à ce qui n'avait pas été, chose
qui ne lui était pas difficile puisqu'elle prenait un
air de tendresse pour une tarte aux fraises et revê-
tait, si elle était obligée de partir avant la fin de la
musique, l'attitude désespérée d'un abandon qui toutefois ne serait pas définitif. Incertaine d'ailleurs sur
la passade avec moi, son serrement furtif ne s'attarda
pas et elle ne me dit pas un mot. Elle me regarda
seulement comme j'ai dit d'une façon qui signifiait
« qu'il y a longtemps ! » et où repassaient ses maris,
les hommes qui l'avaient entretenue, deux guerres,
et ses yeux stellaires, semblables à une horloge
astronomique taillée dans une opale, marquèrent
successivement toutes ces heures solennelles d'un
passé si lointain qu'elle retrouvait à tout moment
quand elle voulait vous dire un bonjour qui était
toujours une excuse. Puis m'ayant quitté, elle se
mit à trotter vers la porte, pour qu'on ne se dérangeât pas pour elle, pour me montrer que si elle
n'avait pas causé avec moi, c'est qu'elle était pressée, pour rattraper la minute perdue à me serrer
la main afin d'être exacte chez la reine d'Espagne
qui devait goûter seule avec elle. Même près de la
porte je crus qu'elle allait prendre le pas de course.
Elle courait en effet à son tombeau.

Pendant ce temps on entendait la princesse de
Guermantes répéter d'un air exalté et d'une voix
de ferraille que lui faisait son ratelier : « Oui, c'est
cela, nous ferons clan ! nous ferons clan ! J'aime
cette jeunesse si intelligente, si participante, ah !
quelle mugichienne vous êtes ! » Elle parlait, son
gros monocle dans son œil rond, mi-amusé, mi-
s'excusant de ne pouvoir soutenir la gaieté longtemps,

168

mais jusqu'au bout elle était décidée à « participer », à « faire clan ».

*
* *

Je m'étais assis à côté de Gilberte de Saint-Loup. Nous parlâmes beaucoup de Robert, Gilberte en parlait sur un ton déférent comme si ç'eût été un être supérieur qu'elle tenait à me montrer qu'elle avait admiré et compris. Nous nous rappelâmes l'un à l'autre combien les idées qu'il exposait jadis sur l'art de la guerre (car il lui avait souvent redit à Tansonville les mêmes thèses que je lui avais entendu exposer à Doncières et plus tard) s'étaient souvent et en somme sur un grand nombre de points trouvées vérifiées par la dernière guerre. « Je ne puis vous dire à quel point la moindre des choses qu'il me disait à Doncières me frappe maintenant, et aussi pendant la guerre. Les dernières paroles que j'ai entendues de lui quand nous nous sommes quittés pour ne plus nous revoir étaient qu'il attendait Hindenburg, général napoléonien, à un des types de la bataille napoléonienne, celle qui a pour but de séparer deux adversaires, peut-être, avait-il ajouté, les Anglais et nous. Or, à peine un an après la mort de Robert, un critique pour lequel il avait une profonde admiration et qui exerçait visiblement une grande influence sur ses idées militaires, M. Henry Bidou disait que l'offensive d'Hindenburg en mars 1918, c'était « la bataille de séparation d'un adversaire massé contre deux adversaires en ligne, manœuvre que l'empereur a réussie en 1796 sur l'Apennin et qu'il a manquée en 1815 en Belgique ». Quelques instants aupara-

169

vant Robert comparait devant moi les batailles à des pièces où il n'est pas toujours facile de savoir ce qu'a voulu l'auteur, où lui-même a changé son plan en cours de route. Or, pour cette offensive allemande de 1918, sans doute en l'interprétant de cette façon, Robert ne serait pas d'accord avec M. Bidou. Mais d'autres critiques pensent que c'est le succès d'Hindenburg dans la direction d'Amiens, puis son arrêt forcé, son succès dans les Flandres, puis l'arrêt encore qui ont fait, accidentellement en somme, d'Amiens, puis de Boulogne, des buts qu'il ne s'était pas préalablement assignés. Et chacun pouvant refaire une pièce à sa manière, il y en a qui voient dans cette offensive l'annonce d'une marche foudroyante sur Paris, d'autres des coups de boutoir désordonnés pour détruire l'armée anglaise. Et même si les ordres donnés par le chef s'opposent à telles ou telles conceptions, il restera toujours aux critiques le moyen de dire comme Mounet-Sully à Coquelin qui l'assurait que le *Misanthrope* n'était pas la pièce triste, dramatique qu'il voulait jouer (car Molière, au témoignage des contemporains, en donnait une interprétation comique et y faisait rire) : « Hé bien, c'est que Molière se trompait. »

« Et sur les avions », répondit Gilberte, « vous rappelez-vous quand il disait, — il avait de si jolies phrases, — il faut que chaque armée soit un Argus aux cent yeux. Hélas, il n'a pu voir la vérification de ses dires ». « Mais si, répondis-je, à la bataille de la Somme, il a bien su qu'on a commencé par aveugler l'ennemi en lui crevant les yeux, en détruisant ses avions et ses ballons captifs ». « Ah ! oui c'est vrai ». Et comme depuis qu'elle ne vivait plus que

170

pour l'intelligence, elle était devenue un peu pédante.
« Et lui qui prétendait aussi qu'on reviendrait
aux anciens moyens. Savez-vous que les expédi-
tions de Mésopotamie dans cette guerre (elle avait
dû lire cela à l'époque dans les articles de Brichot)
évoquent à tout moment, inchangée, la retraite de
Xénophon. Et pour aller du Tigre à l'Euphrate,
le commandement anglais s'est servi de bellones,
bateaux longs et étroits, gondoles de ce pays, et
dont se servaient déjà les plus antiques Chaldéens ».
Ces paroles me donnaient bien le sentiment de cette
stagnation du passé qui dans certains lieux, par une
sorte de pesanteur spécifique, s'immobilise indéfiniment si bien qu'on peut le retrouver tel quel.
Et j'avoue, que pensant aux lectures que j'avais
faites à Balbec, non loin de Robert, j'étais très
impressionné — comme dans la campagne de France
de retrouver la tranchée de Mme de Sévigné, —
en Orient à propos du siège de Kout-el-Amara
(Kout l'émir, comme nous disons Vaux-le-Vicomte
et Boilleau-l'Évêque, aurait dit le curé de Combray,
s'il avait étendu sa soif d'étymologie aux langues
orientales) de voir revenir auprès de Bagdad ce
nom de Bassorah dont il est tant question dans
les *Mille et une Nuits* et que gagne chaque fois
après avoir quitté Bagdad ou avant d'y rentrer,
pour s'embarquer ou débarquer, bien avant le
général Townsend aux temps des Khalifes, Simbad
le Marin.

[« Il y a un côté de la guerre qu'il commençait
à apercevoir, dis-je, c'est qu'elle est humaine, se
vit comme un amour ou comme une haine, pourrait être racontée comme un roman, et que par conséquent, si tel ou tel va répétant que la stratégie

est une science, cela ne l'aide en rien à comprendre
la guerre, parce que la guerre n'est pas stratégique.
L'ennemi ne connaît pas plus nos plans que nous
ne savons le but poursuivi par la femme que nous
aimons et ces plans peut-être ne les savons-nous
pas nous-même. Les Allemands dans l'offensive de
mars 1918 avaient-ils pour but de prendre Amiens ?
Nous n'en savons rien. Peut-être ne le savaient-ils
pas eux-mêmes et est-ce l'événement de leur pro-
gression à l'ouest vers Amiens qui détermina leur
projet. A supposer que la guerre soit scientifique,
encore faudrait-il la peindre comme Elstir peignait
la mer, par l'autre sens, et partir des illusions,
des croyances qu'on rectifie peu à peu, comme
Dostoïevski raconterait une vie. D'ailleurs il est
trop certain que la guerre n'est point stratégique,
mais plutôt médicale, comportant des accidents
imprévus que le clinicien pouvait espérer éviter,
comme la Révolution russe ».

Dans toute cette conversation, Gilberte m'avait
parlé de Robert avec une déférence qui semblait
plus s'adresser à mon ancien ami qu'à son époux
défunt. Elle avait l'air de me dire : « Je sais combien
vous l'admiriez. Croyez bien que j'ai su comprendre
l'être supérieur qu'il était ». Et pourtant l'amour
que certainement elle n'avait plus pour son souvenir était peut-être encore la cause lointaine de
particularités de sa vie actuelle. Ainsi Gilberte
avait maintenant pour amie inséparable Andrée.
Quoique celle-ci commençât, surtout à la faveur
du talent de son mari et de sa propre intelligence
à pénétrer non pas certes dans le milieu des Guermantes, mais dans un monde infiniment plus élégant que celui qu'elle fréquentait jadis, on fut

172

étonné que la marquise de Saint-Loup condescendît à devenir sa meilleure amie. Le fait sembla être un signe, chez Gilberte, de son penchant pour ce qu'elle croyait une existence artistique, et pour une véritable déchéance sociale. Cette explication peut être la vraie. Une autre pourtant vint à mon esprit toujours fort pénétré que les images que nous voyons assemblées quelque part, sont généralement le reflet, ou d'une façon quelconque l'effet, d'un premier groupement assez différent quoique symétrique d'autres images extrêmement éloigné du second. Je pensais que si on voyait tous les soirs ensemble Andrée, son mari et Gilberte, c'était peut-être parce que tant d'années auparavant on avait pu voir le futur mari d'Andrée vivant avec Rachel, puis la quittant pour Andrée. Il est probable que Gilberte alors dans le monde trop distant, trop élevé, où elle vivait n'en avait rien su. Mais elle avait dû l'apprendre plus tard, quand Andrée avait monté et qu'elle-même avait descendu assez pour qu'elles pussent s'apercevoir. Alors avait dû exercer sur elle un grand prestige la femme pour laquelle Rachel avait été quittée par l'homme pourtant séduisant sans doute qu'elle avait préféré à Robert.

Ainsi peut-être la vue d'Andrée rappelait à Gilberte le roman de jeunesse qu'avait été son amour pour Robert, et lui inspirait aussi un grand respect pour Andrée de laquelle était toujours amoureux un homme, tant aimé par cette Rachel que Gilberte sentait avoir été plus aimée de Saint-Loup qu'elle ne l'avait été elle-même. Peut-être au contraire ces souvenirs ne jouaient-ils aucun rôle dans la prédilection de Gilberte pour ce ménage artiste et

fallait-il y voir simplement — comme chez beaucoup
— l'épanouissement des goûts habituellement insépa-
rables chez les femmes du monde de s'instruire et
de s'encanailler. Peut-être Gilberte avait-elle oublié Robert autant que moi Albertine et si même
elle savait que c'était Rachel que l'artiste avait
quittée pour Andrée, ne pensait-elle jamais quand
elle les voyait à ce fait qui n'avait jamais joué
aucun rôle dans son goût pour eux. On n'aurait
pu décider si mon explication première n'était pas
seulement possible mais était vraie que grâce au
témoignage des intéressés, seul recours qui reste
en pareil cas, s'ils pouvaient apporter dans leurs
confidence de la clairvoyance et de la sincérité.
Or la première s'y rencontre rarement et la seconde
jamais.

« Mais comment venez-vous dans des matinées
si nombreuses ? » me demanda Gilberte. « Vous
retrouver dans une grande tuerie comme cela,
ce n'est pas ainsi que je vous schématisais. Certes,
je m'attendais à vous voir partout ailleurs qu'à
un des grands tralalas de ma tante, puisque tante
il y a », ajouta-t-elle d'un air fin, car étant
Mme de Saint-Loup depuis un peu plus longtemps
que Mme Verdurin n'était entrée dans la famille,
elle se considérait comme une Guermantes de tout
temps et atteinte par la mésalliance que son oncle
avait faite en épousant Mme Verdurin, qu'il est vrai
elle avait entendu railler mille fois devant elle,
dans la famille, tandis que naturellement ce n'était
qu'hors de sa présence qu'on avait parlé de la
mésalliance qu'avait faite Saint-Loup en l'épousant.
Elle affectait d'ailleurs d'autant plus de dédain
pour cette tante mauvais teint que la princesse

de Guermantes, par l'espèce de perversion qui pousse les gens intelligents à s'évader du chic habituel, par le besoin aussi de souvenirs qu'ont les gens âgés, pour tâcher de donner un passé à son élégance nouvelle, aimait à dire en parlant de Gilberte : « Je vous dirai que ce n'est pas pour moi une relation nouvelle, j'ai énormément connu la mère de cette petite, tenez, c'était une grande amie à ma cousine Marsantes. C'est chez moi qu'elle a connu le père de Gilberte. Quant au pauvre Saint-Loup, je connaissais d'avance toute sa famille, son propre oncle était mon intime autrefois à La Raspelière. » Vous voyez que les Verdurin n'étaient pas du tout des bohêmes me disaient les gens qui entendaient parler ainsi la princesse Guermantes, c'étaient des amis de tout temps de la famille de Mme de Saint-Loup. J'étais peut-être seul à savoir par mon grand-père qu'en effet les Verdurin n'étaient pas des bohêmes. Mais ce n'était pas précisément parce qu'ils avaient connu Odette. Mais on arrange aisément les récits du passé que personne ne connaît plus, comme ceux des voyages dans les pays où personne n'est jamais allé. « Enfin, conclut Gilberte, puisque vous sortez quelquefois de votre Tour d'Ivoire, des petites réunions intimes chez moi où j'inviterais des esprits sympathiques, ne vous conviendraient-elles pas mieux ? Ces grandes machines comme ici sont bien peu faites pour vous. Je vous voyais causer avec ma tante Oriane qui a toutes les qualités qu'on voudra, mais à qui nous ne ferons pas tort n'est-ce pas en déclarant qu'elle n'appartient pas à l'élite pensante. » Je ne pouvais mettre Gilberte au courant des pensées que j'avais depuis une heure, mais je crus que sur un point de pure distraction elle pourrait servir mes plaisirs, lesquels en effet ne me semblaient pas devoir être de parler littérature avec la duchesse de Guermantes plus qu'avec Mme de Saint-Loup. Certes, j'avais l'intention de recommencer dès demain, bien qu'avec un but cette fois, à vivre dans la solitude. Même chez moi je ne laisserais pas les gens venir me voir dans mes instants de travail car le devoir de faire mon œuvre primait celui d'être poli ou même bon. Ils insisteraient sans doute, ceux qui ne m'avaient pas vu depuis si longtemps, venaient de me retrouver et me jugeaient guéri. Ils insisteraient, venant quand le labeur de leur journée, de leur vie, serait fini ou interrompu et ayant alors le même besoin de moi que j'avais eu autrefois de Saint-Loup et cela parce que, comme je m'en étais déjà aperçu à Combray quand mes parents me faisaient des reproches au moment où je venais de prendre à leur insu les plus louables résolutions, les cadrans intérieurs qui sont départis aux hommes ne sont pas tous réglés à la même heure, l'un sonne celle du repos en même temps que l'autre celle du travail, l'un celle du châtiment par le juge quand chez le coupable celle du repentir et du perfectionnement intérieur est sonnée depuis longtemps. Mais j'aurais le courage de répondre à ceux qui viendraient me voir ou me feraient chercher, que j'avais pour des choses essentielles au courant desquelles il fallait que je fusse mis sans retard, un rendez-vous urgent, capital, avec moi-même. Et pourtant, bien qu'il y ait peu de rapport entre notre moi véritable et l'autre, à cause de l'homonymat et du corps commun aux deux, l'abnégation qui vous fait faire le sacrifice des devoirs

176

plus faciles, même des plaisirs, paraît aux autres
de l'égoïsme. Et d'ailleurs n'était-ce pas pour m'occuper d'eux que je vivrais loin de ceux qui se plaindraient de ne pas me voir, pour m'occuper d'eux
plus à fond que je n'aurais pu le faire avec eux,
pour chercher à les révéler à eux-mêmes, à les réaliser. A quoi eut servi que pendant des années encore, j'eusse perdu des soirées à faire glisser sur
l'écho à peine expiré de leurs paroles, le son tout
aussi vain des miennes, pour le stérile plaisir d'un
contact mondain qui exclut toute pénétration.
Ne valait-il pas mieux que ces gestes qu'ils faisaient,
ces paroles qu'ils disaient, leur vie, leur nature,
j'essayasse d'en décrire la courbe et d'en dégager
la loi ? Malheureusement, j'aurais à lutter contre
cette habitude de se mettre à la place des autres
qui, si elle favorise la conception d'une œuvre,
en retarde l'exécution. Car par une politesse supérieure, elle pousse à sacrifier aux autres non seulement son plaisir, mais son devoir, quand se mettant
à la place des autres, le devoir quel qu'il soit, fût-ce
pour quelqu'un qui ne peut rendre aucun service
au front de rester à l'arrière s'il est utile, paraîtra
comme, ce qu'il n'est pas en réalité, notre plaisir.
Et bien loin de me croire malheureux de cette vie
sans amis, sans causerie, comme il est arrivé aux
plus grands de le croire, je me rendais compte que
les forces d'exaltation qui se dépensent dans l'amitié
sont une sorte de porte à faux visant une amitié
particulière qui ne mène à rien et se détournent
d'une vérité vers laquelle elles étaient capables de
nous conduire. Mais enfin quand des intervalles
de repos et de société me seraient nécessaires, je
sentais que plutôt que les conversations intellec-

tuelles que les gens du monde croient utiles aux
écrivains, de légères amours avec des jeunes filles
en fleurs seraient un aliment choisi que je pourrais
à la rigueur permettre à mon imagination semblable
au cheval fameux qu'on ne nourrissait que de roses !
Ce que tout d'un coup je souhaitais de nouveau,
c'est ce dont j'avais rêvé à Balbec, quand sans les
connaître encore, j'avais vu passer devant la mer
Albertine, Andrée et leurs amies. Mais hélas !
je ne pouvais plus chercher à retrouver celles que
justement en ce moment je désirais si fort. L'action
des années qui avait transformé tous les êtres que
j'avais vus aujourd'hui, et Gilberte elle-même,
avait certainement fait de toutes celles qui survi-
vaient, comme elle eût fait d'Albertine si elle n'avait
pas péri, des femmes trop différentes de ce que je me
rappelais. Je souffrais d'être obligé de moi-même
à atteindre celles-là, car le temps qui change les
êtres ne modifie pas l'image que nous avons gardée
d'eux. Rien n'est plus douloureux que cette opposition entre l'altération des êtres et la fixité du
souvenir, quand nous comprenons que ce qui a
gardé tant de fraîcheur dans notre mémoire n'en
peut plus avoir dans la vie, que nous ne pouvons,
au dehors, nous rapprocher de ce qui nous paraît
si beau au-dedans de nous, de ce qui excite en nous
un désir pourtant si individuel de le revoir. Ce
violent désir que la mémoire excitait en moi pour
ces jeunes filles vues jadis, je sentais que je ne pourrais espérer l'assouvir qu'à condition de le chercher
dans un être du même âge, c'est-à-dire dans un
autre être. J'avais pu souvent soupçonner que ce
qui semble unique dans une personne qu'on désire,
ne lui appartient pas. Mais le temps écoulé m'en

donnait une preuve plus complète, puisque après vingt ans, spontanément, je voulais chercher au lieu des filles que j'avais connues celles possédant maintenant la jeunesse que les autres avaient alors. D'ailleurs, ce n'est pas seulement le réveil de nos désirs charnels qui ne correspond à aucune réalité parce qu'il ne tient pas compte du temps perdu. Il m'arrivait parfois de souhaiter que par un miracle entrassent auprès de moi, restées vivantes contrairement à ce que j'avais cru, ma grand'mère, Albertine. Je croyais les voir, mon cœur s'élançait vers elles. J'oubliais seulement une chose c'est que si elles vivaient en effet Albertine aurait à peu près maintenant l'aspect que m'avait présenté à Balbec Mme Cottard et que ma grand'mère ayant plus de quatre-vingt-quinze ans, ne me montrerait rien du beau visage calme et souriant avec laquelle je l'imaginais encore maintenant, aussi arbitrairement qu'on donne une barbe à Dieu le Père, ou qu'on représentait au xviie siècle les héros d'Homère avec un accoutrement de gentilshommes et sans tenir compte de leur antiquité. Je regardai Gilberte et je ne pensai pas : « je voudrais la revoir », mais je lui dis qu'elle me ferait toujours plaisir en m'invitant avec des jeunes filles, sans que j'eusse d'ailleurs à leur rien demander que de faire renaître en moi les rêveries, les tristesses d'autrefois, peut-être un jour improbable, un chaste baiser. Comme Elstir aimait à voir incarnée devant lui, dans sa femme, la beauté vénitienne, qu'il avait si souvent peinte dans ses œuvres, je me donnais l'excuse d'être attiré par un certain égoïsme esthétique vers les belles femmes qui pouvaient me causer de la souffrance, et j'avais un certain sentiment d'ido-

179

lâtrie pour les futures Gilberte, les futures duchesses de Guermantes, les futures Albertine que je pourrais rencontrer, et qui, me semblait-il, pourraient m'inspirer, comme un sculpteur qui se promène au milieu de beaux marbres antiques. J'aurais dû pourtant penser qu'antérieur à chacune était mon sentiment du mystère où elles baignaient et qu'ainsi plutôt que de demander à Gilberte de me faire connaître des jeunes filles, j'aurais mieux fait d'aller dans ces lieux où rien ne nous rattache à elles, où entre elles et soi on sent quelque chose d'infranchissable, où à deux pas sur la plage, allant au bain, on se sent séparé d'elles par l'impossible. C'est ainsi que mon sentiment de mystère avait pu s'appliquer successivement à Gilberte, à la duchesse de Guermantes, à Albertine, à tant d'autres. Sans doute l'inconnu et presque l'inconnaissable était devenu le commun, le familier, indifférent ou douloureux, mais retenant de ce qu'il avait été un certain charme. Et à vrai dire, comme dans ces calendriers que le facteur nous apporte pour avoir ses étrennes, il n'était pas une de mes années qui n'ait eu à son frontispice ou intercalée dans ses jours, l'image d'une femme que j'y avais désirée ; image souvent d'autant plus arbitraire que parfois je n'avais vu cette femme, quand c'était par exemple la femme de chambre de Mme Putbus, Mlle d'Orgeville, ou telle jeune fille dont j'avais vu le nom, dans le compte rendu mondain d'un journal, parmi l'essaim des charmantes valseuses. Je la devinais belle, m'éprenais d'elle, et lui composais un corps idéal dominant de toute sa hauteur un paysage de la province où j'avais lu, dans l'*Annuaire des Châteaux*, que se trouvaient les propriétés de sa famille. Pour

180

les femmes que j'avais connues, ce paysage était au moins double. Chacune s'élevait, à un point différent de ma vie, dressée comme une divinité protectrice et locale, d'abord au milieu d'un de ces paysages rêvés dont la juxtaposition quadrillait ma vie et où je m'étais attaché à l'imaginer, ensuite, vue du côté du souvenir, entourée des sites où je l'avais connue et qu'elle me rappelait y restant attachée car si notre vie est vagabonde, notre mémoire est sédentaire, et nous avons beau nous élancer sans trêve, nos souvenirs, eux, rivés aux lieux dont nous nous détachons continuent à y continuer leur vie casanière, comme ces amis momentanés que le voyageur s'était faits dans une ville et qu'il est obligé d'abandonner quand il la quitte parce que c'est là qu'eux, qui ne partent pas, finiront leur journée et leur vie, comme s'il était là encore, au pied de l'église, devant la porte et sous les arbres du cours. Si bien que l'ombre de Gilberte s'allongeait, non seulement devant une église de l'Ile-de-France où je l'avais imaginée, mais aussi sur l'allée d'un parc, du côté de Méséglise, celle de Mme de Guermantes dans un chemin humide où montaient en quenouilles des grappes violettes et rougeâtres, ou sur l'or matinal d'un trottoir parisien. Et cette seconde personne, celle née non du désir, mais du souvenir, n'était pour chacune de ces femmes, unique. Car chacune, je l'avais connue à diverses reprises, en des temps différents, où elle était une autre pour moi, où moi-même j'étais autre, baignant dans des rêves d'une autre couleur. Or la loi qui avait gouverné les rêves de chaque année, maintenant assemblés autour d'eux les souvenirs d'une femme que j'y avais connue, tout

181

ce qui se rapportait par exemple à la duchesse de Guermantes au temps de mon enfance, était concentré, par une force attractive, autour de Combray, et tout ce qui avait trait à la duchesse de Guermantes qui allait tout à l'heure m'inviter à déjeuner, autour d'un sensitif tout différent ; il y avait plusieurs duchesses de Guermantes, comme il y avait eu depuis la dame en rose plusieurs Mmes Swann, séparées par l'éther incolore des années, et de l'une à l'autre desquelles je ne pouvais pas plus sauter que si j'avais eu à quitter une planète pour aller dans une autre planète que l'éther en sépare. Non seulement séparée, mais différente, parée des rêves que j'avais eus dans des temps si différents, comme d'une flore particulière, qu'on ne retrouvera pas dans une autre planète ; au point qu'après avoir pensé que je n'irais déjeuner ni chez Mme de Forcheville, ni chez Mme de Guermantes, je ne pouvais me dire, tant cela m'eût transporté dans un monde autre, que l'une n'était pas une personne différente de la duchesse de Guermantes qui descendait de Geneviève de Brabant, et l'autre de la Dame en rose que parce qu'en moi un homme instruit me l'affirmait avec la même autorité qu'un savant qui m'eût affirmé qu'une voie lactée de nébuleuses était due à la segmentation d'une seule et même étoile. Telle Gilberte à qui je demandais pourtant sans m'en rendre compte de me permettre d'avoir des amies comme elle avait été autrefois, n'était plus pour moi que Mme de Saint-Loup. Je ne songeais plus en la voyant au rôle qu'avait eu jadis dans mon amour, oublié lui aussi par elle, mon admiration pour Bergotte, pour Bergotte redevenu pour moi simplement l'auteur de ses livres, sans

que je me rappelasse (que dans des souvenirs rares
et entièrement séparés) l'émoi d'avoir été présenté
à l'homme, la déception, l'étonnement de sa conversation, dans le salon aux fourrures blanches, plein
de violettes, où on apportait si tôt, sur tant de con-
soles différentes, tant de lampes. Tous les souvenirs
qui composaient la première mademoiselle Swann
étaient en effet retranchés de la Gilberte actuelle,
retenus bien loin par les forces d'attraction d'un
autre univers, autour d'une phrase de Bergotte avec
laquelle ils faisaient corps et baignés d'un parfum
d'aubépine. La fragmentaire Gilberte d'aujourd'hui
écouta ma requête en souriant. Puis, en se mettant
à y réfléchir, elle prit un air sérieux en ayant l'air
de chercher dans sa tête. Et j'en fus heureux car
cela l'empêcha de faire attention à un groupe qui
se trouvait non loin de nous et dont la vue n'eût
pu certes lui être agréable. On y remarquait la
duchesse de Guermantes en grande conversation
avec une affreuse vieille femme que je regardais
sans pouvoir du tout deviner qui elle était : je n'en
savais absolument rien. « Comme c'est drôle de
voir ici Rachel », me dit à l'oreille Bloch qui passait
à ce moment. Ce nom magique rompit aussitôt
l'enchantement qui avait donné à la maîtresse de
Saint-Loup la forme inconnue de cette immonde
vieille et je la reconnus alors parfaitement. De même,
j'ai dit ailleurs que dès qu'on me nommait les
hommes dont je ne pouvais reconnaître les visages,
l'enchantement cessait et que je les reconnaissais.
Pourtant il y en eut un que même nommé je ne
pus reconnaître et je crus à un homonyme car il
n'avait aucune espèce de rapport avec celui que non
seulement j'avais connu autrefois mais que j'avais

retrouvé il y a quelques années. C'était pourtant
lui, blanchi seulement et engraissé mais il avait
rasé ses moustaches et cela avait suffi pour lui faire
perdre sa personnalité. Pour en revenir à Rachel,
c'était bien avec elle, devenue une actrice célèbre
et qui allait au cours de cette matinée réciter des
vers de Musset et de La Fontaine que la tante de
Gilberte, la duchesse de Guermantes causait en ce
moment. Or la vue de Rachel ne pouvait en tous
cas être bien agréable à Gilberte et je fus d'autant
plus ennuyé d'apprendre qu'elle allait réciter des
vers et de constater son intimité avec la duchesse.
Celle-ci, consciente depuis trop longtemps d'occuper
la première situation de Paris (ne se rendant pas
compte qu'une telle situation n'existe que dans les
esprits qui y croient et que beaucoup de nouvelles
personnes si elles ne la voyaient nulle part, si elles ne
lisaient son nom dans le compte rendu d'aucune fête
élégante, croiraient en effet qu'elle n'occupait aucune
situation) ne voyait plus, qu'en visites aussi rares
et aussi espacées qu'elle pouvait, le faubourg Saint-
Germain qui, disait-elle, « l'ennuyait à mourir » et
en revanche se passait la fantaisie de déjeuner avec
telle ou telle actrice qu'elle trouvait délicieuse.

La duchesse hésitait encore par peur d'une scène
de M. de Guermantes, devant Balthy et Mistinguett,
qu'elle trouvait adorables mais avait décidément
Rachel pour amie. Les nouvelles générations en
concluaient que la duchesse de Guermantes malgré
son nom devait être quelque demi castor qui n'avait
jamais été tout à fait du gratin. Il est vrai que pour
quelques souverains dont l'intimité lui était disputée par deux autres grandes dames, Mme de Guermantes se donnait encore la peine de les avoir à

déjeuner. Mais d'une part ils viennent rarement, connaissent des gens de peu, et la duchesse par la superstition des Guermantes à l'égard du vieux protocole (car à la fois les gens bien élevés l'assommaient, et elle tenait à la bonne éducation) faisait mettre : Sa Majesté a ordonné à la duchesse de Guermantes, a daigné, etc. Et les nouvelles couches ignorantes de ces formules en concluaient que la position de la duchesse était d'autant plus basse. Au point de vue de Mme de Guermantes, cette intimité avec Rachel pouvait signifier que nous nous étions trompés quand nous croyions Mme de Guermantes hypocrite et menteuse dans ses condamnations de l'élégance, quand nous croyions qu'au moment où elle refusait d'aller chez Mme de Sainte-Euverte, ce n'était pas au nom de l'intelligence mais du snobisme qu'elle agissait ainsi, ne la trouvant bête que parce que la marquise laissait voir qu'elle était snob, n'ayant pas encore atteint son but. Mais cette intimité avec Rachel pouvait signifier aussi que l'intelligence était en réalité chez la duchesse médiocre, insatisfaite et désireuse sur le tard, quand elle était fatiguée du monde, de réalisations, par ignorance totale des véritables réalités intellectuelles et une pointe de cet esprit de fantaisie qui fait à des dames très bien qui se disent : « comme ce sera amusant », finir leur soirée d'une façon à vrai dire assommante, en puisant la force d'aller réveiller quelqu'un, à qui finalement on ne sait que dire, près du lit de qui on reste un moment dans son manteau de soirée, après quoi, ayant constaté qu'il est fort tard, on finit par aller se coucher.

Il faut ajouter qu'une vive antipathie qu'avait depuis peu pour Gilberte la versatile duchesse pouvait lui faire prendre un certain plaisir à recevoir Rachel, ce qui lui permettait en plus de proclamer une des maximes des Guermantes à savoir qu'ils étaient trop nombreux pour épouser les querelles (presque pour prendre le deuil) les uns des autres, indépendance de « je n'ai pas à » qu'avait renforcée la politique qu'on avait dû adopter à l'égard de M. de Charlus lequel, si on l'avait suivi, vous eût brouillé avec tout le monde. Quant à Rachel, si elle s'était en réalité donné une grande peine pour se lier avec la duchesse de Guermantes (peine que la duchesse n'avait pas su démêler sous des dédains affectés, des impolitesses voulues, qui l'avaient piquée au jeu et lui avaient donné grande idée d'une actrice si peu snob), sans doute cela tenait d'une façon générale à la fascination que les gens du monde exercent à partir d'un certain moment sur les bohêmes les plus endurcis, parallèle à celle que ces bohêmes exercent eux-mêmes sur les gens du monde, double reflux qui correspond à ce qu'est dans l'ordre politique la curiosité réciproque et le désir de faire alliance entre peuples qui se sont combattus. Mais le désir de Rachel pouvait avoir une raison plus particulière. C'est chez Mme de Guermantes, c'est de Mme de Guermantes, qu'elle avait reçu jadis sa plus terrible avanie. Rachel l'avait peu à peu non pas oubliée mais pardonnée, mais le prestige singulier qu'en avait reçu à ses yeux la duchesse ne devait s'effacer jamais. L'entretien de l'attention duquel je désirais détourner Gilberte, fut du reste interrompu, car la maîtresse de maison vint chercher Rachel dont c'était le moment de réciter et qui bientôt ayant quitté la duchesse, parut sur l'estrade.

*
* *

Or, pendant ce temps, avait lieu à l'autre bout de Paris un spectacle bien différent. La Berma avait convié quelques personnes à venir prendre le thé pour fêter son fils et sa belle-fille. Mais les invités ne se pressaient pas d'arriver. Ayant appris que Rachel récitait des vers chez la princesse de Guermantes (ce qui scandalisait fort la Berma, grande artiste pour laquelle Rachel était restée une grue qu'on laissait figurer dans les pièces où elle-même, la Berma, jouait le premier rôle — parce que Saint-Loup lui payait ses toilettes pour la scène —, scandale d'autant plus grand que la nouvelle avait couru dans Paris que les invitations étaient au nom de la princesse de Guermantes mais que c'était Rachel qui en réalité recevait chez la princesse) la Berma avait récrit avec insistance à quelques fidèles pour qu'ils ne manquassent pas à son goûter, car elle les savait aussi amis de la princesse de Guermantes qu'ils avaient connue Verdurin. Or, les heures passaient et personne n'arrivait chez la Berma. Bloch à qui on avait demandé s'il voulait y venir avait répondu naïvement : « Non, j'aime mieux aller chez la princesse de Guermantes ». Hélas ! c'est ce qu'au fond de soi chacun avait décidé. La Berma atteinte d'une maladie mortelle qui la forçait à fréquenter peu de monde, avait vu son état s'aggraver quand, pour subvenir aux besoins de luxe de sa fille, besoins que son gendre souffrant et paresseux ne pouvait satisfaire, elle s'était remise à jouer. Elle savait qu'elle abrégeait ses jours mais voulait faire plaisir à sa fille à qui elle rapportait de gros cachets, à son gendre qu'elle détestait mais flattait, car, le sachant adoré par sa fille, elle craignait si elle le mécontentait qu'il la privât, par méchanceté, de voir celle-ci. La fille de la Berma, qui n'était cependant pas positivement cruelle et était aimée en secret par le médecin qui soignait sa mère, s'était laissée persuader que ces représentations de *Phèdre* n'étaient pas bien dangereuses pour la malade. Elle avait en quelque sorte forcé le médecin à le lui dire, n'ayant retenu que cela de ce qu'il lui avait répondu, et parmi des objections dont elle ne tenait pas compte ; en effet, le médecin avait dit ne pas voir grand inconvénient aux représentations de la Berma ; il l'avait dit parce qu'il sentait qu'il ferait ainsi plaisir à la jeune femme qu'il aimait, peut-être aussi par ignorance, parce qu'aussi il savait de toutes façons la maladie inguérissable, et qu'on se résigne volontiers à abréger le martyre des malades quand ce qui est destiné à l'abréger nous profite à nous-même, peut-être aussi par la bête conception que cela faisait plaisir à la Berma et devait donc lui faire du bien, bête conception qui lui parut justifiée quand ayant reçu une loge des enfants de la Berma et ayant pour cela lâché tous ses malades, il l'avait trouvée aussi extraordinaire de vie sur la scène qu'elle semblait moribonde à la ville. Et en effet nos habitudes nous permettent dans une large mesure, permettent même à nos organismes, de s'accommoder d'une existence qui semblerait au premier abord ne pas être possible. Qui n'a vu un vieux maître de manège cardiaque faire toutes les acrobaties auquel on n'aurait pu croire que son cœur résisterait une minute. La Berma n'était pas une moins vieille habituée

de la scène aux exigences de laquelle ses organes
étaient si parfaitement adaptés, qu'elle pouvait
donner, en se dépensant avec une prudence indis-
cernable pour le public l'illusion d'une bonne santé
troublée seulement par un mal purement nerveux
et imaginaire. Après la scène de la déclaration à
Hippolyte, la Berma avait beau sentir l'épouvantable nuit qu'elle allait passer, ses admirateurs
l'applaudissaient à toute force, la déclarant plus
belle que jamais. Elle rentrait dans d'horribles souffrances mais heureuse d'apporter à sa fille les billets
bleus, que par une gaminerie de vieille enfant de
la balle elle avait l'habitude de serrer dans ses bas,
d'où elle les sortait avec fierté, espérant un sourire,
un baiser. Malheureusement, ces billets ne faisaient
que permettre au gendre et à la fille de nouveaux
embellissements de leur hôtel contigu à celui de
leur mère, d'où d'incessants coups de marteau qui
interrrompaient le sommeil dont la grande tragé-
dienne aurait eu tant besoin. Selon les variations de
la mode, et pour se conformer au goût de M. de X.
ou de Y. qu'ils espéraient recevoir, ils modifiaient
chaque pièce. Et la Berma sentant que le sommeil
qui seul aurait calmé sa souffrance, s'était enfui,
se résignait à ne pas se rendormir, non sans un secret
mépris pour ces élégances qui avançaient sa mort,
rendaient atroces ses derniers jours. C'est sans doute
un peu à cause de cela qu'elle les méprisait, vengeance naturelle contre ce qui nous fait mal et que
nous sommes impuissants à empêcher. Mais c'est
aussi parce qu'ayant conscience du génie qui était
en elle, ayant appris dès son plus jeune âge l'insignifiance de tous ces décrets de la mode, elle était
quant à elle restée fidèle à la tradition qu'elle avait

189

toujours respectée, dont elle était l'incarnation,
qui lui faisait juger les choses et les gens comme
trente ans auparavant, et par exemple juger Rachel
non comme l'actrice à la mode qu'elle était devenue,
mais comme la petite grue qu'elle avait connue.
La Berma n'était pas du reste meilleure que sa fille,
c'est en elle que sa fille avait puisé, par l'hérédité et
par la contagion de l'exemple, qu'une admiration
trop naturelle rendait plus efficace, son égoïsme,
son impitoyable raillerie, son inconsciente cruauté.
Seulement, tout cela la Berma l'avait immolé
à sa fille et s'en était ainsi délivré. D'ailleurs la fille
de la Berma n'eût-elle pas eu sans cesse des ouvriers
chez elle, qu'elle eût fatigué sa mère, comme les
forces attractives féroces et légères de la jeunesse
fatiguent la vieillesse, la maladie qui se surmènent
à vouloir les suivre. Tous les jours c'était un déjeuner nouveau et on eût trouvé la Berma égoïste d'en
priver sa fille. même de ne pas assister au déjeuner
où on comptait pour attirer bien difficilement
quelques relations récentes et qui se faisaient tirer
l'oreille, sur la présence prestigieuse de la mère
illustre. On la « promettait » à ces mêmes relations,
pour une fête au dehors, afin de leur faire « une
politesse ». Et la pauvre mère, gravement occupée
dans son tête-à-tête avec la mort installée en elle,
était obligée de se lever de bonne heure, de sortir.
Bien plus, comme à la même époque Réjane, dans
tout l'éblouissement de son talent donna à l'étranger
des représentations qui eurent un succès énorme,
le gendre trouva que la Berma ne devait pas se
laisser éclipser, voulut que la famille ramassât la
même profusion de gloire et força la Berma à des
tournées où on était obligé de la piquer à la mor-

phine, ce qui pouvait la faire mourir à cause de l'état de ses reins. Ce même attrait de l'élégance, du prestige social, de la vie, avait le jour de la fête chez la princesse de Guermantes, fait pompe aspirante et avait amené là-bas, avec la force d'une machine pneumatique même les plus fidèles habitués de la Berma, où par contre et en conséquence, il y avait vide absolu et mort. Un seul jeune homme qui n'était pas certain que la fête chez la Berma ne fut, elle aussi, brillante, était venu. Quand la Berma vit l'heure passer et comprit que tout le monde la lâchait elle fit servir le goûter et on s'assit autour de la table mais comme pour un repas funéraire. Rien dans la figure de la Berma ne rappelait plus celle dont la photographie, m'avait, un soir de mi-carême, tant troublé. La Berma avait comme dit le peuple la mort sur le visage. Cette fois c'était bien d'un marbre de l'Erechtéion qu'elle avait l'air. Ses artères durcies étant déjà à demi pétrifiées, on voyait de longs rubans sculpturaux parcourir les joues, avec une rigidité minérale. Les yeux mourants vivaient relativement par contraste avec ce terrible masque ossifié et brillaient faiblement comme un serpent endormi au milieu des pierres. Cependant le jeune homme qui s'était mis à la table par politesse regardait sans cesse l'heure, attiré qu'il était par la brillante fête chez les Guermantes. La Berma n'avait pas un mot de reproche à l'adresse des amis qui l'avait lâchée et qui espéraient naïvement qu'elle ignorerait qu'ils étaient allés chez les Guermantes. Elle murmura seulement : « Une Rachel donnant une fête chez la princesse de Guermantes, il faut venir à Paris pour voir de ces choses-là. » Et elle mangeait silencieusement et avec une lenteur

191

solennelle, des gâteaux défendus, ayant l'air d'obéir à des rites funèbres. Le « goûter » était d'autant plus triste que le gendre était furieux que Rachel, que lui et sa femme connaissaient très bien, ne les eût pas invités. Son crève-cœur fut d'autant plus grand que le jeune homme invité lui avait dit connaître assez bien Rachel pour que s'il partait tout de suite chez les Guermantes, il pût lui demander d'inviter ainsi à la dernière heure, le couple frivole. Mais la fille de la Berma savait trop à quel niveau infime sa mère situait Rachel et qu'elle l'eût tuée de désespoir en sollicitant de l'ancienne grue une invitation. Aussi avait-elle dit au jeune homme et à son mari que c'était chose impossible. Mais elle se vengeait en prenant pendant ce goûter des petites mines exprimant le désir des plaisirs, l'ennui d'être privée d'eux par cette gêneuse qu'était sa mère. Celle-ci faisait semblant de ne pas voir les moues de sa fille et adressait de temps en temps d'une voix mourante une parole aimable au jeune homme, le seul invité qui fût venu. Mais bientôt la chasse d'air qui emportait tout vers les Guermantes, et qui m'y avait entraîné moi-même, fut la plus forte, il se leva et partit, laissant Phèdre ou la mort, on ne savait trop laquelle des deux c'était, achever de manger avec sa fille et son gendre, les gâteaux funéraires.

*
* *

La conversation que nous tenions Gilberte et moi fut interrompue par la voix de Rachel qui venait de s'élever. Le jeu de celle-ci était intelligent car il présupposait la poésie que l'actrice était en train

de dire comme un tout existant avant cette récitation et dont nous n'entendions qu'un fragment,
comme si l'artiste, passant sur un chemin, s'était
trouvée pendant quelques instants à portée de notre
oreille. Néanmoins les auditeurs avaient été stupéfaits en voyant cette femme avant d'avoir émis
un seul son, plier les genoux, tendre les bras, en
berçant quelque être invisible, devenir cagneuse,
et tout d'un coup pour dire des vers fort connus,
prendre un ton suppliant.

L'annonce d'une poésie que presque tout le
monde connaissait avait fait plaisir. Mais quand on
avait vu Rachel avant de commencer chercher
partout des yeux d'un air égaré, lever les mains
d'un air suppliant et pousser comme un gémisse-
ment à chaque mot, chacun se sentit gêné, presque
choqué de cette exhibition de sentiments. Personne
ne s'était dit que réciter des vers pouvait être
quelque chose comme cela. Peu à peu on s'habitue,
c'est-à-dire qu'on oublie la première sensation de
malaise, on dégage ce qui est bien, on compare
dans son esprit diverses manières de réciter, pour
se dire ceci c'est mieux, ceci moins bien. La première fois de même, dans une cause simple, lorsqu'on
voit un avocat s'avancer, lever en l'air un bras d'où
retombe la toge, commencer d'un ton menaçant,
on n'ose pas regarder les voisins. Car on se figure
que c'est grotesque, mais après tout c'est peut-être
magnifique et on attend d'être fixé. Tout le monde
se regardait ne sachant trop quelle tête faire ;
quelques jeunesses mal élevées étouffèrent un fou
rire ; chacun jetait à la dérobée sur son voisin le
regard furtif que dans les repas élégants, quand on
a auprès de soi un instrument nouveau, fourchette

à homard, râpe à sucre, etc., dont on ne connaît pas le but et le maniement, on attache sur un convive plus autorisé qui, espère-t-on, s'en servira avant vous et vous donnera ainsi la possibilité de l'imiter. Ainsi fait-on encore quand quelqu'un cite un vers qu'on ignore mais qu'on veut avoir l'air de connaître et à qui, comme en cédant le pas devant une porte on laisse à un plus instruit, comme une faveur, le plaisir de dire de qui il est. Tels en entendant l'actrice, chacun attendait la tête baissée et l'œil investigateur que d'autres prissent l'initiative de rire ou de critiquer, ou de pleurer ou d'applaudir. Mme de Forcheville, revenue exprès de Guermantes d'où la duchesse, comme nous le verrons, était à peu près expulsée, avait pris une mine, attentive, tendue, presque carrément désagréable, soit pour montrer qu'elle était connaisseuse et ne venait pas en mondaine, soit par hostilité pour les gens moins versés dans la littérature qui eussent pu lui parler d'autre chose, soit par contention de toute sa personne afin de savoir si elle « aimait » ou si elle n'aimait pas, ou peut-être parce que tout en trouvant cela « intéressant », elle n' « aimait » pas, du moins, la manière de dire certains vers. Cette attitude eut dû être plutôt adoptée, semble-t-il, par la princesse de Guermantes. Mais comme c'était chez elle, et que devenue aussi avare que riche elle était décidée à ne donner que cinq roses à Rachel, elle faisait la claque. Elle provoquait l'enthousiasme et faisait la presse en poussant à tous moments des exclamations ravies. Là seulement elle se retrouvait Verdurin, car elle avait l'air d'écouter les vers pour son propre plaisir, d'avoir eu l'envie qu'on vînt les lui dire, à elle toute seule, et qu'il y eût par hasard

194

là cinq cents personnes, à qui elle avait permis de venir comme en cachette assister à son propre plaisir. Cependant, je remarquai sans aucune satisfaction d'amour-propre car elle était devenue vieille et laide, que Rachel me faisait de l'œil, avec une certaine réserve d'ailleurs. Pendant toute la récitation, elle laissa palpiter dans ses yeux un sourire réprimé et pénétrant qui semblait l'amorce d'un acquiescement qu'elle eût souhaité venir de moi. Cependant, quelques vieilles dames peu habituées aux récitations poétiques, disaient à un voisin : « vous avez vu ? » faisant allusion à la mimique solennelle, tragique, de l'actrice, et qu'elles ne savaient comment qualifier. La duchesse de Guermantes sentit le léger flottement et décida de la victoire en s'écriant : « c'est admirable ! » au beau milieu du poème qu'elle crut peut-être terminé. Plus d'un invité tint alors à souligner cette exclamation d'un regard approbateur et d'une inclinaison de tête pour montrer moins peut-être leur compréhension de la récitante que leurs relations avec la duchesse. Quand le poème fut fini, comme nous étions à côté de Rachel, j'entendis celle-ci remercier Mme de Guermantes et en même temps, profitant de ce que j'étais à côté de la duchesse, elle se tourna vers moi et m'adressa un gracieux bonjour. Je compris alors qu'au contraire des regards passionnés du fils de M. de Vaugoubert que j'avais pris pour le bonjour de quelqu'un qui se trompait, ce que j'avais pris chez Rachel pour un regard de désir n'était qu'une provocation contenue à se faire reconnaître et saluer par moi. Je répondis par un salut souriant au sien. « Je suis sûre qu'il ne me reconnaît pas », dit en minaudant la récitante

195

à la duchesse. « Mais si, dis-je avec assurance, je vous ai reconnue tout de suite. »

Si pendant les plus beaux vers de La Fontaine cette femme qui les récitait avec tant d'assurance n'avait pensé, soit par bonté, ou bêtise, ou gêne, qu'à la difficulté de me dire bonjour, pendant les mêmes beaux vers Bloch n'avait songé qu'à faire ses préparatifs pour pouvoir dès la fin de la poésie bondir comme un assiégé qui tente une sortie, et passant sinon sur le corps du moins sur les pieds de ses voisins, venir féliciter la récitante, soit par une conception erronée du devoir, soit par désir d'ostentation.

« C'était bien beau », dit-il à Rachel, et ayant dit ces simples mots, son désir étant satisfait, il repartit et fit tant de bruit pour regagner sa place que Rachel dut attendre plus de cinq minutes avant de réciter la seconde poésie. Quand elle eut fini celle-ci, les *Deux Pigeons*, Mme de Monrieuval s'approcha de Mme de Saint-Loup qu'elle savait fort lettrée sans se rappeler assez qu'elle avait l'esprit subtil et sarcastique de son père, et lui demanda : « C'est bien la fable de La Fontaine, n'est-ce pas ? » croyant bien l'avoir reconnue mais n'étant pas absolument certaine, car elle connaissait fort mal les fables de La Fontaine et de plus croyait que c'était des choses d'enfants qu'on ne récitait pas dans le monde. Pour avoir un tel succès l'artiste avait sans doute pastiché des fables de La Fontaine pensait la bonne dame. Or, Gilberte, jusque-là impassible, l'enfonça sans le vouloir dans cette idée, car n'aimant pas Rachel et voulant dire qu'il ne restait rien des fables avec une diction pareille, elle le dit de cette nuance trop subtile qui était celle de son père et qui laissait les personnes naïves dans le doute sur ce qu'il voulait dire. Généralement plus moderne, quoique fille de Swann, — comme un canard couvé par une poule — elle était assez lakiste et se contentait de dire : « Je trouve d'un touchant, c'est d'une sensibilité charmante. » Mais à Mme de Monrieuval, Gilberte répondit sous cette forme fantaisiste de Swann à laquelle se trompaient les gens qui prennent **tout** au pied de la lettre : « Un quart est de l'invention de l'interprète, un quart de la folie, un quart n'a aucun sens, le reste est de La Fontaine », ce qui permit à Mme de Monrieuval de soutenir que ce qu'on venait d'entendre n'était pas les *Deux Pigeons* de La Fontaine mais un arrangement où tout au plus un quart était de La Fontaine, ce qui n'étonna personne vu l'extraordinaire ignorance de ce public.

Mais un des amis de Bloch étant arrivé en retard, celui-ci eut la joie de lui demander s'il n'avait jamais entendu Rachel, de lui faire une peinture extraordinaire de sa diction, en exagérant et en trouvant tout d'un coup à raconter, à révéler à autrui cette diction moderniste, un plaisir étrange qu'il n'avait nullement éprouvé à l'entendre. Puis Bloch, avec une émotion exagérée, félicita de nouveau Rachel sur un ton de fausset et de proclamer son génie, présenta son ami qui déclara n'admirer personne autant qu'elle, et Rachel qui connaissait maintenant des dames de la haute société et sans s'en rendre compte les copiait, répondit : « Oh ! je suis très flattée, très honorée par votre appréciation. » L'ami de Bloch lui demanda ce qu'elle pensait de la Berma. « Pauvre femme, il paraît qu'elle est dans la dernière misère. Elle n'a pas été, je ne dirai pas sans talent car ce n'était pas au fond du vrai talent, elle n'aimait que des horreurs, mais enfin elle a été utile, certainement ; elle jouait d'une façon assez vivante, et puis c'était une brave personne, généreuse, qui s'est ruinée pour les autres. Voilà bien longtemps qu'elle ne fait plus un sou, parce que le public n'aime pas du tout ce qu'elle fait. Du reste » ajouta-t-elle en riant, « je vous dirai que mon âge ne m'a permis de l'entendre naturellement que tout à fait dans les derniers temps et quand j'étais moi-même trop jeune pour me rendre compte. » — « Elle ne disait pas très bien les vers ? » hasarda l'ami de Bloch pour flatter Rachel qui répondit : « Oh ça, elle n'a jamais su en dire un ; c'était de la prose, du chinois, du volapuk, tout, excepté un vers. D'ailleurs je vous dirai que bien entendu je ne l'ai entendue que très peu, sur sa fin », ajouta-t-elle pour se rajeunir, « mais on m'a dit qu'autrefois ce n'était pas mieux, au contraire. »

Je me rendais compte que le temps qui passe n'amène pas forcément le progrès dans les arts. Et de même que tel auteur du xviie siècle qui n'a connu ni la Révolution française, ni les découvertes scientifiques, ni la guerre, peut être supérieur à tel écrivain d'aujourd'hui et que peut-être même Fagon était un aussi grand médecin que du Boulbon (la supériorité du génie compensant ici l'infériorité du savoir) de même la Berma était comme on dit à cent pics au-dessus de Rachel et le temps en la mettant en vedette en même temps qu'Elstir avait consacré son génie.

Il ne faut pas s'étonner que l'ancienne maîtresse de Saint-Loup débinât la Berma. Elle l'eût fait quand elle était jeune. Ne l'eût-elle pas fait alors qu'elle l'eût fait maintenant. Qu'une femme du

198

monde de la plus haute intelligence, de la plus grande bonté se fasse actrice, déploie dans ce métier nouveau pour elle de grands talents, n'y rencontre que des succès, on s'étonnera si on se trouve auprès d'elle après longtemps d'entendre non son langage à elle, mais celui des comédiennes, leur rosserie spéciale envers les camarades, tout ce qu'ajoutent à l'être humain quand ils ont passé sur lui « trente ans de théâtre ». Rachel se comportait de même tout en ne sortant pas du monde.

Madame de Guermantes au déclin de sa vie, avait senti s'éveiller en soi des curiosités nouvelles. Le monde n'avait plus rien à lui apprendre. L'idée qu'elle y avait la première place était, nous l'avons vu, aussi évidente pour elle que la hauteur du ciel bleu par-dessus la terre. Elle ne croyait pas avoir à affermir une position qu'elle jugeait inébranlable. En revanche lisant, allant au théâtre, elle eût souhaité avoir un prolongement de ces lectures, de ces spectacles ; comme jadis dans l'étroit petit jardin où on prenait de l'orangeade, tout ce qu'il y avait de plus exquis, dans le grand monde, venait familièrement parmi les brises parfumées du soir et les nuages de pollen entretenir en elle le goût du grand monde, de même maintenant un autre appétit lui faisait souhaiter savoir les raisons de telle polémique littéraire, connaître ses auteurs, voir des actrices. Son esprit fatigué réclamait une nouvelle alimentation. Elle se rapprocha pour connaître les uns et les autres de femmes avec qui jadis elle n'eût pas voulu échanger de cartes et qui faisaient valoir leur intimité avec le directeur de telle revue dans l'espoir d'avoir la duchesse. La première actrice invitée crut être la seule dans un milieu extraordinaire, lequel parut plus médiocre à la seconde quand elle vit celle qui l'y avait précédée. La duchesse, parce qu'à certains soirs elle recevait des souverains, croyait que rien n'était changé à sa situation. En réalité, elle la seule d'un sang vraiment sans alliage, elle qui étant née Guermantes pouvait signer Guermantes — Guermantes quand elle ne signait pas la duchesse de Guermantes, elle qui à ses belles-sœurs même semblait quelque chose de plus précieux que tout, comme un Moïse sauvé des eaux, un Christ échappé en Égypte, un Louis XVII enfui du Temple, le pur du pur, maintenant sacrifiant sans doute par ce besoin héréditaire de nourriture spirituelle qui avait fait la décadence sociale de Mme de Villeparisis, elle était devenue elle-même une Mme de Villeparisis chez qui les femmes snobs redoutaient de rencontrer telle ou tel, et de laquelle les jeunes gens constatant le fait accompli sans savoir ce qui l'a précédé croyaient que c'était une Guermantes d'une moins bonne cuvée, d'une moins bonne année, une Guermantes déclassée. Dans les milieux nouveaux qu'elle fréquentait, restée bien plus la même qu'elle ne croyait, elle continuait à croire que s'ennuyer facilement était une supériorité intellectuelle mais elle l'exprimait avec une sorte de violence qui donnait à sa voix quelque chose de rauque. Comme je lui parlais de Brichot : « Il m'a assez embêtée pendant vingt ans », et comme Mme de Cambremer disait : « Relisez ce que Schopenhauer dit de la musique », elle nous fit remarquer cette phrase en disant avec violence : « Relisez est un chef-d'œuvre ! Ah ! non ça par exemple, il ne faut pas nous la faire ». Alors le vieux d'Albon sourit en reconnaissant une des formes de l'esprit Guermantes.

LE TEMPS RETROUVÉ

« On peut dire ce qu'on veut, c'est admirable, cela a de la ligne, du caractère, c'est intelligent, personne n'a jamais dit les vers comme ça », dit la duchesse en parlant de Rachel, craignant que Gilberte ne débinât. Celle-ci s'éloigna vers un autre groupe pour éviter un conflit avec sa tante laquelle, d'ailleurs, ne dit sur Rachel que des choses fort ordinaires. Mais puisque les meilleurs écrivains cessent souvent aux approches de la vieillesse, ou après un excès de production, d'avoir du talent, on peut bien excuser les femmes du monde, de cesser à partir d'un certain moment d'avoir de l'esprit. Swann ne retrouvait plus dans l'esprit dur de la duchesse de Guermantes, le « fondu » de la jeune princesse des Laumes. Sur le tard, fatiguée au moindre effort, Mme de Guermantes disait énormément de bêtises. Certes, à tout moment et bien des fois au cours même de cette matinée, elle redevenait la femme que j'avais connue et parlait des choses mondaines avec esprit. Mais à côté de cela, bien souvent il arrivait que cette parole pétillante sous un beau regard et qui pendant tant d'années avait tenu sous son sceptre spirituel les hommes les plus éminents de Paris, scintillât encore mais pour ainsi dire à vide. Quand le moment de placer un mot venait, elle s'interrompait pendant le même nombre de secondes qu'autrefois, elle avait l'air d'hésiter, de produire, mais le mot qu'elle lançait alors ne valait rien. Combien peu de personnes d'ailleurs s'en apercevaient, la continuité du procédé leur faisait croire à la survivance de l'esprit, comme il arrive à ces gens qui, superstitieusement attachés à une marque de pâtisserie, continuent à faire venir leurs petits fours d'une même maison

sans s'apercevoir qu'ils sont devenus détestables.
Déjà, pendant la guerre, la duchesse avait donné
des marques de cet affaiblissement. Si quelqu'un
disait le mot culture, elle l'arrêtait, souriait, allu-
mait son beau regard, et lançait : « la KKKKultur »,
ce qui faisait rire les amis qui croyaient retrouver
là l'esprit des Guermantes. Et certes, c'était le
même moule, la même intonation, le même sourire
qui avaient jadis ravi Bergotte, lequel du reste,
s'il avait vécu, eût aussi gardé ses coupes de phrase,
ses interjections, ses points suspensifs, ses épithètes,
mais pour ne rien dire. Mais les nouveaux venus
s'étonnaient et parfois disaient, s'ils n'étaient pas
tombés un jour où elle était drôle et en pleine possession de ses moyens : « Comme elle est bête ! »
La duchesse, d'ailleurs, s'arrangeait pour canaliser
son encanaillement et ne pas le laisser s'étendre
à celles des personnes de sa famille desquelles elle
tirait une gloire aristocratique. Si au théâtre elle
avait pour remplir son rôle de protectrice des arts,
invité un ministre ou un peintre et que celui-ci
ou celui-là lui demandât naïvement si sa belle-sœur
ou son mari n'étaient pas dans la salle, la duchesse
timorée, avec les apparences superbes de l'audace,
répondait insolemment : « Je n'en sais rien. Dès que
je sors de chez moi, je ne sais plus ce que fait ma
famille. Pour tous les hommes politiques, pour tous
les artistes, je suis veuve. » Ainsi s'évitait-elle que
le parvenu trop empressé s'attirât des rebuffades
— et lui attirât à elle-même des réprimandes —
de M. de Marsantes et de Basin.

Je dis à Mme de Guermantes que j'avais rencontré
M. de Charlus. Elle le trouvait encore plus « baissé »
qu'il n'était, les gens du monde faisant des diffé-

rences en ce qui concerne l'intelligence, non seulement entre divers gens du monde chez lesquels elle est à peu près semblable, mais même chez une même personne à différents moments de sa vie. Puis elle ajouta : « Il a toujours été le portrait de ma belle-mère ; c'est encore plus frappant maintenant ». Cette ressemblance n'avait rien d'extraordinaire. On sait en effet que certaines femmes se projettent en quelque sorte elles-mêmes en un autre être avec la plus grande exactitude, la seule erreur est dans le sexe. Erreur dont on ne peut pas dire : *felix culpa*, car le sexe réagit sur la personnalité et chez un homme le féminisme devient afféterie, la réserve, susceptibilité, etc. N'importe, dans la figure fût-elle barbue, dans les joues même congestionnées sous les favoris, il y a certaines lignes superposables à quelque portrait maternel. Il n'est guère de vieux Charlus qui ne soit une ruine où l'on ne reconnaisse avec étonnement sous tous les empâtements de la graisse et de la poudre de riz quelques fragments d'une belle femme, en sa jeunesse éternelle.

« Je ne peux pas vous dire comme ça me fait plaisir de vous voir », reprit la duchesse. « Mon Dieu, quand est-ce que je vous avais vu la dernière fois... » — « En visite chez Mme d'Agrigente où je vous trouvais souvent ». — « Naturellement, j'y allais souvent mon pauvre petit, comme Basin l'aimait à ce moment-là. C'est toujours chez sa bonne amie du moment qu'on me rencontrait le plus parce qu'il me disait : « Ne manquez pas d'aller lui faire une visite ». Au fond cela me paraissait un peu inconvenant cette espèce de « visite de digestion » qu'il m'envoyait faire une fois qu'il avait consommé. J'avais fini assez vite par m'y habituer, mais ce qu'il y avait de plus ennuyeux c'est que j'étais obligée de garder des relations après qu'il avait rompu les siennes. Ça me faisait toujours penser aux vers de Victor Hugo : « Emporte le bonheur et laisse-moi l'ennui ». Comme dans la poésie j'entrais tout de même avec un sourire mais vraiment ce n'était pas juste, il aurait dû me laisser à l'égard de ses maîtresses le droit d'être volage, car en accumulant tous ses laissés pour compte, j'avais fini par ne plus avoir une après-midi à moi. D'ailleurs ce temps me semble doux relativement au présent. Mon Dieu qu'il se soit remis à me tromper, ça ne pourrait que me flatter parce que ça me rajeunit. Mais je préférais son ancienne manière. Dame, il y avait trop longtemps qu'il ne m'avait trompée, il ne se rappelait plus la manière de s'y prendre ! Ah ! mais nous ne sommes pas mal ensemble tout de même, nous nous parlons, nous nous aimons même assez, me dit la duchesse, craignant que je n'eusse compris qu'ils étaient tout à fait séparés et comme on dit de quelqu'un qui est très malade : « mais il parle encore très bien, je lui ai fait la lecture ce matin pendant une heure », elle ajouta : « Je vais lui dire que vous êtes là, il voudra vous voir ». Et elle alla près du duc qui assis sur un canapé auprès d'une dame causait avec elle. Mais en voyant sa femme venir lui parler, il prit un air si furieux qu'elle ne put que se retirer. « Il est occupé, je ne sais pas ce qu'il fait, nous verrons tout à l'heure, me dit Mme de Guermantes préférant me laisser me débrouiller. Bloch s'étant approché de nous et ayant demandé de la part de son américaine qui était une jeune duchesse qui était là, je répondis que c'était la nièce de M. de Bréauté, nom sur lequel Bloch

à qui il ne disait rien demanda des explications. »
« Ah ! Bréauté, s'écria Mme de Guermantes, en s'adressant à moi, vous vous rappelez, mon Dieu, que tout
cela est loin », puis, se tournant vers Bloch : « Hé bien,
c'était un snob. C'étaient des gens qui habitaient
près de chez ma belle-mère. Cela ne vous intéresserait pas, c'est amusant pour ce petit, ajouta-t-elle
en me désignant, qui a connu tout ça autrefois en
même temps que moi », ajouta Mme de Guermantes
me montrant par ces paroles, de bien des manières,
le longtemps qui s'était écoulé. Les amitiés, les opinions de Mme de Guermantes s'étaient tant renouve-
lées depuis ce moment-là qu'elle considérait son
charmant Babel comme un snob. D'autre part, il
ne se trouvait pas seulement reculé dans le temps,
mais chose dont je ne m'étais pas rendu compte
quand à mes débuts dans le monde, je l'avais cru
une des notabilités essentielles de Paris qui resterait
toujours associé à son histoire mondaine comme celui
de Colbert à celle du règne de Louis XIV, il avait
lui aussi sa marque provinciale, il était un voisin
de campagne de la vieille duchesse avec lequel la
princesse des Laumes s'était liée comme tel. Pourtant ce Bréauté dépouillé de son esprit, relégué
dans ses années si lointaines qu'il datait, ce qui
prouvait qu'il avait été entièrement oublié depuis
par la duchesse, et dans les environs de Guermantes,
était entre la duchesse et moi, ce que je n'eusse jamais
cru le premier soir à l'Opéra-Comique quand il
m'avait paru un Dieu nautique habitant son antre
marin, un lien, parce qu'elle se rappelait que je
l'avais connu, donc que j'étais son ami à elle, sinon
sorti du même monde qu'elle, du moins vivant
dans le même monde qu'elle depuis bien plus long-

205

temps que bien des personnes présentes, qu'elle se le rappelait, et assez imparfaitement cependant pour avoir oublié certains détails qui m'avaient à moi semblé alors essentiels, que je n'allais pas à Guermantes et n'étais qu'un petit bourgeois de Combray, au temps où elle venait à la messe de mariage de M\ll{e} Percepied, qu'elle ne m'invitait pas, malgré toutes les prières de St-Loup, dans l'année qui suivit son apparition à l'Opéra-Comique. A moi cela me semblait capital, car c'est justement à ce moment là que la vie de la duchesse de Guermantes m'apparaissait comme un Paradis où je n'entrerais pas, mais pour elle, elle lui apparaissait comme sa même vie médiocre de toujours, et puisque j'avais, à partir d'un certain moment, dîné souvent chez elle, que j'avais d'ailleurs été, avant cela même, un ami de sa tante et de son neveu, elle ne savait plus exactement à quelle époque notre intimité avait commencé et ne se rendait pas compte du formidable anachronisme qu'elle faisait en faisant commencer cette amitié quelques années trop tôt. Car cela faisait que j'eusse connu la Mme de Guermantes du nom de Guermantes impossible à connaître, que j'eusse été reçu dans le nom aux syllabes dorées, dans le faubourg St-Germain, alors que tout simplement j'étais allé dîner chez une dame qui n'était déjà plus pour moi qu'une dame comme une autre, et qui m'avait fait quelquefois inviter non à descendre dans le royaume sous-marin des néréides mais à passer la soirée dans la baignoire de sa cousine. « Si vous voulez des détails sur Bréauté, qui n'en valait guère la peine, ajouta-t-elle en s'adressant à Bloch, demandez-en à ce petit qui le vaut cent fois : il a dîné cinquante fois avec lui chez moi. N'est-ce pas que c'est chez moi que vous l'avez connu. En tous cas c'est chez moi que vous avez connu Swann ». Et j'étais aussi surpris qu'elle pût croire que j'avais peut-être connu M. Bréauté ailleurs que chez elle, donc que j'allasse dans ce monde-là avant de la connaître, que de voir qu'elle croyait que c'était chez elle que j'avais connu Swann. Moins mensongèrement que Gilberte quand elle disait de Bréauté : « C'est un vieux voisin de campagne, j'ai plaisir à parler avec lui de Tansonville », alors qu'autrefois à Tansonville, il ne les fréquentait pas, j'aurais pu dire : « C'est un voisin de campagne qui venait souvent nous voir le soir », de Swann qui en effet me rappelait tout autre chose que les Guermantes. « Je ne saurais pas vous dire », reprit-elle ! « C'était un homme qui avait tout dit quand il parlait d'Altesses. Il avait un lot d'histoires assez drôles sur des gens de Guermantes, sur ma belle-mère, sur Madame de Varambon avant qu'elle fût auprès de la princesse de Parme. Mais qui sait aujourd'hui qui était Madame de Varambon ? Ce petit-là, oui, il a connu tout ça, mais tout ça c'est fini, ce sont des gens dont le nom même n'existe plus et qui d'ailleurs ne mériteraient pas de survivre ». Et je me rendais compte, malgré cette chose une que semble le monde, et où en effet les rapports sociaux arrivent à leur maximum de concentration et où tout communique, comme il y reste des provinces, ou du moins comme le Temps en fait qui changent de nom, qui ne sont plus compréhensibles pour ceux qui y arrivent seulement quand la configuration a changé. « C'était une bonne dame qui disait des choses d'une bêtise inouïe », reprit en parlant de Mme de Varambon la duchesse qui insensible à cette poésie de l'incompréhensible, qui est un effet du temps, dégageait en toute chose l'élément drôle, assimilable à la littérature genre Meilhac, à l'esprit des Guermantes. « A un moment, elle avait la manie d'avaler tout le temps des pastilles qu'on donnait dans ce temps-là contre la toux et qui s'appelaient, » ajouta-t-elle, en riant elle-même d'un nom si spécial, si connu autrefois, si inconnu aujourd'hui des gens à qui elle parlait, « des pastilles Géraudel. « Madame de Varambon lui disait ma belle-mère, en avalant tout le temps comme cela des pastilles Géraudel, vous vous ferez mal à l'estomac ». « Mais Madame la Duchesse, répondit Mme de Varambon, comment voulez-vous que cela fasse mal à l'estomac puisque cela va dans les bronches ». Et puis c'est elle qui disait : « La duchesse a une vache si belle qu'on la prend toujours pour étalon. » Et Mme de Guermantes eût volontiers continué à raconter des histoires de Mme de Varambon dont nous connaissions des centaines, mais nous sentions bien que ce nom n'éveillait dans la mémoire ignorante de Bloch aucune des images qui se levaient pour nous aussitôt qu'il était question de Mme de Varambon, de M. de Bréauté, du prince d'Agrigente et à cause de cela même excitait peut-être chez lui un prestige que je savais exagéré mais que je trouvais compréhensible, non pas parce que je l'avais moi-même subi, nos propres erreurs et nos propres ridicules ayant rarement pour effet de nous rendre, même quand nous les avons percés à jour, plus indulgents à ceux des autres.

Le passé s'était tellement tranformé dans l'esprit de la duchesse ou bien les démarcations qui existaient dans le mien avaient été toujours si absentes du sien que ce qui avait été événement pour moi avait passé inaperçu d'elle, qu'elle pouvait supposer non seulement que j'avais connu Swann chez elle et M. de Bréauté ailleurs, me faisant ainsi un passé d'homme du monde qu'elle reculait même trop loin. Car cette notion du temps écoulé que je venais d'acquérir, la duchesse l'avait aussi et même avec une illusion inverse de celle qui avait été la mienne de le croire plus court qu'il n'était, elle au contraire exagérait, elle le faisait remonter trop haut, notamment sans tenir compte de cette infinie ligne de démarcation entre le moment où elle était pour moi un nom, puis l'objet de mon amour — et le moment où elle n'avait été pour moi qu'une femme du monde quelconque. Or, je n'étais allé chez elle que dans cette seconde période où elle était pour moi une autre personne. Mais à ses propres yeux ces différences échappaient et elle n'eût pas trouvé plus singulier que j'eusse été chez elle deux ans plus tôt, ne sachant pas qu'elle était alors pour moi une autre personne, sa personne n'offrant pas pour elle-même, comme pour moi, de discontinuité.

Je dis à la duchesse de Guermantes, en lui racontant que Bloch avait cru que c'était l'ancienne princesse de Guermantes qui recevait : « Cela me rappelle la première soirée où je suis allé chez la princesse de Guermantes, où je croyais ne pas être invité et qu'on allait me mettre à la porte et où vous aviez une robe toute rouge et des souliers rouges ». « Mon Dieu, que c'est vieux, tout cela, me répondit la duchesse, accentuant pour moi l'impression du temps écoulé ». Elle regardait dans le lointain avec mélancolie et pourtant insista particulièrement sur la robe rouge. Je lui demandai de me la décrire, ce qu'elle fit complaisamment. « Maintenant cela ne se porterait plus du tout. C'étaient des robes qui se portaient dans ce temps-là. » « Mais est-ce que ce n'était pas joli, lui dis-je ». Elle avait toujours peur de donner un avantage contre elle par ses paroles, de dire quelque chose qui la diminuât. « Mais si, moi je trouvais cela très joli. On n'en porte pas, parce que cela ne se fait plus en ce moment. Mais cela se reportera, toutes les modes reviennent, en robes, en musique, en peinture », ajouta-t-elle avec force car elle croyait une certaine originalité à cette philosophie. Cependant la tristesse de vieillir lui rendit sa lassitude qu'un sourire lui disputa : « Vous êtes sûr que c'étaient des souliers rouges, je croyais que c'était des souliers d'or ». J'assurai que cela m'était infiniment présent à l'esprit, sans dire la circonstance qui me permettait de l'affirmer. « Vous êtes gentil de vous rappeler cela, me dit-elle d'un air tendre », car les femmes appellent gentillesse se souvenir de leur beauté comme les artistes admirer leurs œuvres. D'ailleurs, si lointain que soit le passé, quand on est une femme de tête comme la duchesse, il peut ne pas être oublié. « Vous rappelez-vous, » me dit-elle en remerciement de mon souvenir pour sa robe et ses souliers, « que nous vous avons ramené Basin et moi. Vous aviez une jeune fille qui devait venir vous voir après minuit. Basin riait de tout son cœur en pensant qu'on vous faisait des visites à cette heure-là. » Je me rappelais en effet que ce soir-là Albertine était venue me voir après la soirée de la princesse de Guermantes, je me le rappelais aussi bien que la duchesse, moi à qui Albertine était maintenant aussi indifférente qu'elle l'eût été à Mᵐᵉ de Guermantes, si Mᵐᵉ de Guermantes eût su que la jeune fille à cause de qui je n'avais

pas pu entrer chez eux était Albertine. C'est que
longtemps après que les pauvres morts sont sortis
de nos cœurs, leur poussière indifférente continue
à être mêlée, à servir d'alliage, aux circonstances
du passé. Et sans plus les aimer il arrive qu'en évoquant une chambre, une allée, un chemin, où ils
furent à une certaine heure, nous sommes obligés,
pour que la place qu'ils occupaient soit remplie,
de faire allusion à eux, même sans les regretter,
même sans les nommer, même sans permettre qu'on
les identifie. (Mme de Guermantes n'identifiait guère
la jeune fille qui devait venir ce soir-là, n'avait jamais
su son nom et n'en parlait qu'à cause de la bizarrerie
de l'heure et de la circonstance). Telles sont les formes
dernières et peu enviables de la survivance.

Si les jugements que la duchesse porta ensuite sur
Rachel furent en eux-mêmes médiocres, ils m'intéres-
sèrent en ce que, eux aussi, marquaient une heure
nouvelle sur le cadran. Car la duchesse n'avait pas
plus complètement que Rachel perdu le souvenir de
la soirée que celle-ci avait passé chez elle, mais ce
souvenir n'y avait pas subi une moindre transformation. « Je vous dirai, me dit-elle, que cela m'intéresse
d'autant plus de l'entendre et de l'entendre accla-
mée, que je l'ai dénichée, appréciée, prônée, imposée
à une époque où personne ne la connaissait et où
tout le monde se moquait d'elle. Oui, mon petit,
cela va vous étonner, mais la première maison où
elle s'est fait entendre en public, c'est chez moi !
Oui, pendant que tous les gens prétendus d'avant-
garde comme ma nouvelle cousine », dit-elle en
montrant ironiquement la princesse de Guermantes
qui pour Oriane restait Mme Verdurin, « l'auraient
laissé crever de faim sans daigner l'entendre, je

l'avais trouvée intéressante et je lui avais fait offrir
un cachet pour venir jouer chez moi devant tout ce
que nous faisions de mieux comme gratin. Je peux
dire d'un mot un peu bête et prétentieux, car au fond
le talent n'a besoin de personne, que je l'ai lancée.
Bien entendu elle n'avait pas besoin de moi ». J'es-
quissai un geste de protestation et je vis que Mme de
Guermantes était toute prête à accueillir la thèse
opposée : « Si ? Vous croyez que le talent a besoin
d'un appui ? Au fond vous avez peut-être raison.
C'est curieux, vous dites justement ce que Dumas
me disait autrefois. Dans ce cas je suis extrêmement
flattée si je suis pour quelque chose, pour si peu
que ce soit, non pas évidemment dans le talent,
mais dans la renommée d'une telle artiste ». Mme de
Guermantes préférait abandonner son idée que le
talent perce tout seul comme un abcès, parce que
c'était plus flatteur pour elle, mais aussi parce que
depuis quelque temps recevant des nouveaux venus,
et étant du reste fatiguée, elle s'était faite assez
humble, interrogeant les autres, leur demandant leur
opinion pour s'en former une. « Je n'ai pas besoin
de vous dire reprit-elle, que cet intelligent public,
qui s'appelle le monde, ne comprenait absolument
rien à cela. On protestait, on riait. J'avais beau leur
dire : « c'est curieux, c'est intéressant, c'est quelque
chose qui n'a encore jamais été fait, on ne me croyait
pas, comme on ne m'a jamais cru pour rien. C'est
comme la chose qu'elle jouait, c'était une chose de
Maeterlinck, maintenant c'est très connu, mais à
ce moment-là tout le monde s'en moquait, eh bien
moi je trouvais ça admirable. Ça m'étonne même
quand j'y pense qu'une paysanne comme moi qui n'ai
que l'éducation des filles de province, ait aimé du pre-

mier coup ces choses-là. Naturellement, je n'aurais pas pu dire pourquoi, mais ça me plaisait, ça me remuait, tenez, Basin qui n'a rien d'un sensible avait été frappé de l'effet que ça me produisait. Il m'avait dit : « Je ne veux plus que vous entendiez ces absurdités, ça vous rend malade ». Et c'était vrai parce qu'on me prend pour une femme sèche et que je suis au fond un paquet de nerfs ».

*
* *

A ce moment se produisit un incident inattendu. Un valet de pied vint dire à Rachel que la fille de la Berma et son gendre demandaient à lui parler. On a vu que la fille de la Berma avait résisté au désir qu'avait son mari de faire demander une invitation à Rachel. Mais après le départ du jeune homme invité, l'ennui du jeune couple auprès de leur mère s'était accru, la pensée que d'autres s'amusaient, les tourmentait, bref, profitant d'un moment où la Berma s'était retirée dans sa chambre, crachant un peu de sang, ils avaient quatre à quatre revêtu des vêtements plus élégants, fait appeler une voiture et étaient venus chez la princesse de Guermantes sans être invités. Rachel se doutant de la chose et secrètement flattée prit un ton arrogant et dit au valet de pied qu'elle ne pouvait pas se déranger, qu'ils écrivissent un mot pour dire l'objet de leur démarche insolite. Le valet de pied revint portant une carte où la fille de la Berma avait griffonné qu'elle et son mari n'avaient pu résister au désir d'entendre Rachel et lui demandaient de les laisser entrer. Rachel sourit de la niaiserie de leur prétexte et de son propre triomphe. Elle fit répondre qu'elle était désolée mais

213

qu'elle avait terminé ses récitations. Déjà dans l'antichambre où l'attente du couple s'était prolongée,
les valets de pieds commençaient à se gausser des deux
solliciteurs éconduits. La honte d'une avanie, le
souvenir du rien qu'était Rachel auprès de sa mère,
poussèrent la fille de la Berma à poursuivre à fond
une démarche que lui avait fait risquer d'abord
le simple besoin du plaisir. Elle fit demander comme
un service à Rachel, dût-elle ne pas avoir à l'entendre,
la permission de lui serrer la main. Rachel était en
train de causer avec un prince italien qu'on disait
séduit par l'attrait de sa grande fortune dont quelques relations mondaines dissimulaient un peu l'origine ; elle mesura le renversement des situations
qui mettait maintenant les enfants de l'illustre
Berma à ses pieds. Après avoir narré à tout le monde
d'une façon plaisante cet incident, elle fit dire au
jeune couple d'entrer, ce qu'il fit sans se faire prier,
ruinant d'un seul coup la situation sociale de la
Berma comme il avait détruit sa santé. Rachel l'avait
compris, et que son amabilité condescendante donnerait la réputation, à elle de plus de bonté, au jeune
couple de plus de bassesse que n'eût fait son refus.
Aussi les reçut-elle à bras ouverts avec affectation ; disant d'un air de protectrice en vue et qui
sait oublier sa grandeur : « Mais je crois bien ! c'est
une joie. La princesse sera ravie ». Ne sachant pas
qu'on croyait au Théâtre que c'était elle qui invitait,
peut-être avait-elle craint qu'en refusant l'entrée
aux enfants de la Berma ceux-ci doutassent, au lieu
de sa bonne volonté, ce qui lui eût été bien égal,
de son influence. La duchesse de Guermantes s'éloigna instinctivement, car au fur et à mesure que quelqu'un avait l'air de rechercher le monde, il baissait

dans l'estime de la duchesse. Elle n'en avait plus en ce moment que pour la bonté de Rachel et eût tourné le dos aux enfants de la Berma si on les lui avait présentés. Rachel cependant composait déjà dans sa tête la phrase gracieuse dont elle accablerait le lendemain la Berma dans les coulisses : « J'ai été navrée, désolée, que votre fille fasse antichambre. Si j'avais compris ! Elle m'envoyait bien cartes sur cartes ». Elle était ravie de porter ce coup à la Berma. Peut-être eût-elle reculé si elle eût su que ce serait un coup mortel. On aime à faire des victimes, mais sans se mettre précisément dans son tort, et en les laissant vivre. D'ailleurs où était son tort ? Elle devait dire en riant quelques jours plus tard : « c'est un peu fort, j'ai voulu être plus aimable pour ses, enfants qu'elle n'a jamais été pour moi, et pour un peu on m'accuserait de l'avoir assassinée. Je prends la duchesse à témoin ». Il semble pour les grands artistes que tous les mauvais sentiments et tout le factice de la vie de théâtre passent en leurs enfants sans que chez eux le travail obstiné soit un dérivatif comme chez la mère ; les grandes tragédiennes meurent souvent victimes de complots domestiques noués autour d'elles, comme il leur arrivait tant de fois à la fin des pièces qu'elles jouaient.

*
* *

Gilberte, nous l'avons vu, avait voulu éviter un conflit avec sa tante au sujet de Rachel. Elle avait bienfait : il n'était déjà pas facile de prendre devant Mme de Guermantes la défense de la fille d'Odette, tant son animosité était grande, et cela parce que la manière nouvelle dont la duchesse m'avait dit être trompée, était la manière dont le duc la trompait, si extraordinaire que cela pût paraître à qui savait l'âge d'Odette, avec Mme de Forcheville.

Quand on pensait à l'âge que devait avoir maintenant Mme de Forcheville, cela semblait en effet, extraordinaire. Mais peut-être Odette avait-elle commencé la vie de femme galante très jeune. Et puis il y a des femmes qu'à chaque décade on retrouve, en une nouvelle incarnation, ayant de nouvelles amours, parfois alors qu'on les croyait mortes, faisant le désespoir d'une jeune femme, que pour elles abandonne son mari.

La vie de la duchesse ne laissait pas d'ailleurs d'être très malheureuse et pour une raison qui par ailleurs avait pour effet de déclasser parallèlement la société que fréquentait M. de Guermantes. Celui-ci qui depuis longtemps calmé par son âge avancé, et quoique il fût encore robuste, avait cessé de tromper Mme de Guermantes, s'était épris de Mme de Forcheville sans qu'on sût bien les débuts de cette liaison.

Mais celle-ci avait pris des proportions telles que le vieillard, imitant dans ce dernier amour, la manière de ceux qu'il avait eus autrefois, séquestrait sa maîtresse au point que si mon amour pour Albertine avait répété avec de grandes variations, l'amour de Swann pour Odette, l'amour de M. de Guermantes rappelait celui que j'avais eu pour Albertine. Il fallait qu'elle déjeûnât, qu'elle dinât avec lui, il était toujours chez elle ; elle s'en parait auprès d'amis qui sans elle n'eussent jamais été en relation avec le duc de Guermantes et qui venaient là pour le connaître, un peu comme on va chez une cocotte pour connaître un souverain son amant. Certes,

Mme de Forcheville était depuis longtemps devenue
une femme du monde. Mais recommençant à être
entretenue sur le tard, et par un si orgueilleux
vieillard qui était tout de même chez elle le personnage important, elle se diminuait à chercher seulement à avoir les peignoirs qui lui plussent, la cuisine
qu'il aimait, à flatter ses amis en leur disant qu'elle
lui avait parlé d'eux, comme elle disait à mon grand
oncle qu'elle avait parlé de lui au Grand-Duc qui lui
envoyait des cigarettes, en un mot elle tendait,
malgré tout l'acquis de sa situation mondaine, et
par la force de circonstances nouvelles à redevenir,
telle qu'elle était apparue à mon enfance, la dame en
rose. Certes, il y avait bien des années que mon oncle
Adolphe était mort. Mais la substitution autour de
nous d'autres personnes aux anciennes, nous em-
pêche-t-elle de recommencer la même vie ? Ces circonstances nouvelles, elle s'y était prêtée sans doute
par cupidité, mais aussi parce que assez recherchée
dans le monde quand elle avait une fille à marier,
laissée de côté dès que Gilberte eut épousé St-Loup,
elle sentit que le duc de Guermantes qui eût tout fait
pour elle, lui amènerait nombre de duchesses peut-
être enchantées de jouer un tour à leur amie Oriane,
et peut-être enfin piquée au jeu par le mécontentement de la duchesse sur laquelle un sentiment féminin de rivalité la rendait heureuse de prévaloir.
Des neveux fort difficiles du duc de Guermantes, les
Courvoisier, Mme de Marsantes, la princesse de Tra-
nia, allaient chez Mme de Forcheville dans un espoir
d'héritage, sans s'occuper de la peine que cela pouvait faire à Mme de Guermantes, dont Odette, piquée
par ses dédains disait tout le mal possible. Cette
liaison avec Mme de Forcheville, liaison qui n'était

qu'une imitation de ses liaisons plus anciennes, venait de faire perdre au duc de Guermantes pour la deuxième fois, la possibilité de la Présidence du Jockey et un siège de membre libre à l'Académie des Beaux-Arts, comme la vie de M. de Charlus, publiquement associée à celle de Jupien lui avait fait manquer la présidence de l'Union et celle aussi de la Société des amis du vieux Paris. Ainsi les deux frères si différents dans leurs goûts étaient arrivés à la déconsidération à cause d'une même paresse, d'un même manque de volonté, lequel était sensible mais agréablement chez le duc de Guermantes leur grand-père, membre de l'Académie française mais qui chez les deux petits fils, avait permis à un goût naturel et à un autre qui passe pour ne l'être pas, de les désocialiser.

Le vieux duc ne sortait plus, car il passait ses journées et ses soirées chez Odette. Mais aujourd'hui, comme elle-même s'était rendue à la matinée de la princesse de Guermantes, il était venu un instant pour la voir, malgré l'ennui de rencontrer sa femme. Je ne l'eusse sans doute pas reconnu, si la duchesse quelques instants plus tôt ne me l'eût clairement désigné en allant jusqu'à lui. Il n'était plus qu'une ruine, mais superbe, et plus encore qu'une ruine, cette belle chose romantique que peut être un rocher dans la tempête. Fouettée de toutes parts par les vagues de souffrance, de colère de souffrir, d'avancée montante de la mer qui la circonvenaient, sa figure effritée comme un bloc gardait le style, la cambrure que j'avais toujours admirés ; elle était rongée comme une de ces belles têtes antiques trop abîmées mais dont nous sommes trop heureux d'orner un cabinet de travail. Elle paraissait seulement appartenir à

218

une époque plus ancienne qu'autrefois, non seulement à cause de ce qu'elle avait pris de rude et de rompu dans sa matière jadis plus brillante, mais parce que à l'expression de finesse et d'enjouement, avait succédé une involontaire, une inconsciente expression, bâtie par la maladie, de lutte contre la mort, de résistance, de difficulté à vivre. Les artères ayant perdu toute souplesse avaient donné au visage jadis épanoui une dureté sculpturale. Et sans que le duc s'en doutât, il découvrait des aspects de nuque, de joue, de front, où l'être comme obligé de se raccrocher avec acharnement à chaque minute semblait bousculé dans une tragique rafale, pendant que les mèches blanches de sa chevelure moins épaisse, venaient souffleter de leur écume, le promontoire envahi du visage. Et comme ces reflets étranges, uniques, que seule l'approche de la tempête où tout va sombrer, donnent aux roches qui avaient été jusque là d'une autre couleur, je compris que le gris plombé des joues raides et usées, le gris presque blanc et moutonnant des mèches soulevées, la faible lumière encore départie aux yeux qui voyaient à peine, étaient des teintes non pas irréelles, trop réelles au contraire, mais fantastiques et empruntées à la palette, de l'éclairage, inimitable dans ses noirceurs effrayantes et prophétiques, de la vieillesse, de la proximité de la mort. — Le duc ne resta que quelques instants, assez pour que je comprisse qu'Odette, toute à des soupirants plus jeunes, se moquait de lui. Mais, chose curieuse, lui qui jadis était presque ridicule quand il prenait l'allure d'un roi de théâtre avait pris un aspect véritablement grand, un peu comme son frère, à qui la vieillesse en le désemcombrant de tout l'accessoire le faisait ressembler.

219

Et comme son frère, lui jadis orgueilleux, bien que
d'une autre manière, semblait presque respectueux,
quoique aussi d'une autre façon. Car il n'avait pas
subi la déchéance de M. de Charlus, réduit à saluer
avec une politesse de malade oublieux ceux qu'il
eût jadis dédaignés, mais il était très vieux, et quand
il voulut passer la porte et descendre l'escalier pour
sortir, la vieillesse qui est tout de même l'état le
plus misérable pour les hommes et qui les précipite
de leur faîte le plus semblablement aux rois des
tragédies grecques, la vieillesse en le forçant à s'arrêter, dans le chemin de croix que devient la vie des
impotents menacés, à essuyer son front ruisselant,
à tâtonner, en cherchant des yeux une marche qui
se dérobait parce qu'il aurait eu besoin pour ses pas
mal assurés, pour ses yeux ennuagés, d'un appui,
lui donnait à son insu l'air de l'implorer doucement
et timidement des autres, la vieillesse l'avait fait
encore plus qu'auguste, suppliant.

Ainsi, dans le faubourg St-Germain, ces positions en apparence imprenables du duc et de la
duchesse de Guermantes, du baron de Charlus
avaient perdu leur inviolabilité, comme toutes
choses changent en ce monde, par l'action d'un
principe intérieur auquel on n'avait pas pensé,
chez M. de Charlus l'amour de Charlie qui l'avait
rendu esclave des Verdurin, puis le ramollissement,
chez Mme de Guermantes, un goût de nouveauté
et d'art, chez M. de Guermantes un amour exclusif
comme il en avait déjà eu de pareils dans sa vie que
la faiblesse de l'âge rendait plus tyrannique et aux
faiblesses duquel, la sévérité de salon de la duchesse
où le duc ne paraissait plus et qui d'ailleurs ne fonc-
tionnait plus guère, n'opposait plus son démenti,

son rachat mondain. Ainsi change la figure des choses de ce monde, ainsi le centre des empires et le cadastre des fortunes, et la charte des situations, tout ce qui semblait définitif est-il perpétuellement remanié et les yeux d'un homme qui a vécu peuvent-ils contempler le changement le plus complet là où justement il lui paraissait le plus impossible.

Ne pouvant se passer d'Odette, toujours installé chez elle dans le même fauteuil d'où la vieillesse et la goutte le faisait difficilement lever, M. de Guermantes la laissait recevoir des amis qui étaient trop contents d'être présentés au duc, de lui laisser la parole, de l'entendre parler de la vieille société, de la marquise de Villeparisis, du duc de Chartres.

Par moments, sous le regard des tableaux anciens réunis par Swann dans un arrangement de « collectionneur » qui achevait le caractère démodé de cette scène avec ce duc si « Restauration » et cette cocotte tellement « Second Empire », dans un des peignoirs qu'il aimait, la dame en rose l'interrompait d'une jacasserie : il s'arrêtait net, plantait sur elle un regard féroce. Peut-être s'était-il aperçu qu'elle aussi comme la duchesse disait quelquefois des bêtises ; peut-être dans une hallucination de vieillard croyait-il que c'était un trait d'esprit intempestif de Mme de Guermantes qui lui coupait la parole et se croyait-il à l'hôtel de Guermantes, comme ces fauves enchaînés qui se figurent un instant être encore libres dans les déserts de l'Afrique. Levant brusquement la tête, de ses petits yeux jaunes qui avaient l'éclat d'yeux de fauves, il fixait sur elle un de ces regards qui quelquefois chez Mme de Guermantes, quand celle-ci parlait trop, m'avaient fait trembler. Ainsi le duc regardait-il un instant l'audacieuse dame en rose.

Mais celle-ci lui tenait tête, ne le quittait pas des yeux, et au bout de quelques instants qui semblaient longs aux spectateurs, le vieux fauve dompté se rappelant qu'il était non pas libre chez la duchesse, dans ce Sahara dont le paillasson du palier marquait l'entrée, mais chez Mme de Forcheville, dans la cage du jardin des plantes, rentrait dans ses épaules sa tête d'où pendait encore une épaisse crinière dont on n'aurait pu dire si elle était blonde ou blanche, et reprenait son récit. Il semblait n'avoir pas compris ce que Mme de Forcheville avait voulu dire et qui d'ailleurs généralement n'avait pas grand sens. Il lui permettait d'avoir des amis à dîner avec lui. Par une manie empruntée à ses anciennes amours, qui n'était pas pour étonner Odette habituée à avoir eu la même de Swann, et qui me touchait moi, en me rappelant ma vie avec Albertine, il exigeait que ces personnes se retirassent de bonne heure afin qu'il pût dire bonsoir à Odette le dernier. Inutile de dire qu'à peine était-il parti, elle allait en rejoindre d'autres. Mais le duc ne s'en doutait pas ou préférait ne pas avoir l'air de s'en douter ; la vue des vieillards baisse comme leur oreille devient plus dure, leur clairvoyance s'obscurcit, la fatigue même fait faire relâche à leur vigilance. Et à un certain âge c'est en un personnage de Molière — non pas même en l'Olympien amant d'Alcmène mais en un risible Géronte — que se change inévitablement Jupiter. D'ailleurs Odette trompait M. de Guermantes, et aussi le soignait, sans charme, sans grandeur. Elle était médiocre dans ce rôle comme dans tous les autres. Non pas que la vie ne lui en eût souvent donné de beaux, mais elle ne savait pas les jouer. En attendant elle jouait celui de recluse. De fait, chaque fois

222

que je voulus la voir dans la suite je n'y pus réussir, car M. de Guermantes voulant à la fois concilier les exigences de son hygiène et de sa jalousie, ne lui permettait que les fêtes de jour à condition encore que ce ne fussent pas des bals. Cette réclusion où elle était tenue, elle me l'avoua avec franchise pour diverses raisons. La principale est qu'elle s'imaginait, bien que je n'eusse écrit que des articles ou publié que des études, que j'étais un auteur connu, ce qui lui faisait même naïvement dire, se rappelant le temps où j'allais avenue des Acacias, pour la voir passer et plus tard chez elle : « Ah ! si j'avais pu deviner que ce petit serait un jour un grand écrivain ! » Or, ayant entendu dire que les écrivains se plaisent auprès des femmes pour se documenter, se faire raconter des histoires d'amour, elle redevenait maintenant avec moi simple cocotte pour m'intéresser : « Tenez, une fois il y avait un homme qui s'était toqué de moi et que j'aimais éperdument aussi. Nous vivions d'une vie divine. Il avait un voyage à faire en Amérique, je devais y aller avec lui. La veille du départ, je trouvai que c'était plus beau de ne pas laisser diminuer un amour qui ne pourrait pas toujours rester à ce point. Nous eûmes une dernière soirée où il était persuadé que je partais, ce fut une nuit folle, j'avais près de lui des joies infinies et le désespoir de sentir que je ne le reverrais pas. Le matin j'étais allé donner mon billet à un voyageur que je ne connaissais pas. Il voulait au moins l'acheter. Je lui répondis : non, vous me rendez un tel service en me le prenant, je ne veux pas d'argent ». Puis c'était une autre histoire. « Un jour j'étais dans les Champs-Élysées, M. de Bréauté que je n'avais vu qu'une fois se mit à me regarder avec une telle insistance que je m'arrêtai et lui demandai pourquoi il se permettait de me regarder comme ça. Il me répondit, « je vous regarde parce que vous avez un chapeau ridicule ». C'était vrai. C'était un petit chapeau avec des pensées, les modes de ce temps-là étaient affreuses. Mais j'étais en fureur, je lui dis, « Je ne vous permets pas de me parler ainsi ». Il se mit à pleuvoir. Je lui dis : « Je ne vous pardonnerais que si vous aviez une voiture ». « Hé bien, justement j'en ai une et je vais vous accompagner ». « Non, je veux bien de votre voiture, mais pas de vous ». Je montai dans la voiture, il partit sous la pluie. Mais le soir il arriva chez moi. Nous eûmes deux années d'un amour fou ». Elle reprit : « Venez prendre une fois le thé avec moi, je vous raconterai comment j'ai fait la connaissance de M. de Forcheville. Au fond dit-elle d'un air mélancolique, j'ai passé ma vie cloîtrée parce que je n'ai eu de grands amours que pour des hommes qui étaient terriblement jaloux de moi. Je ne parle pas de M. de Forcheville, car au fond. c'était un médiocre et je n'ai jamais pu aimer véritablement que des gens intelligents. Mais voyez-vous, M. Swann était aussi jaloux que l'est ce pauvre duc ; pour celui-ci je me prive de tout parce que je sais qu'il n'est pas heureux chez lui. Pour M. Swann c'était parce que je l'aimais follement, et je trouve qu'on peut bien sacrifier la danse, et le monde, et tout le reste à ce qui peut faire plaisir ou seulement éviter des soucis à un homme qu'on aime. Pauvre Charles, il était si intelligent, si séduisant, exactement le genre d'hommes que j'aimais ». Et c'était peut-être vrai. Il y avait eu un temps où Swann lui avait plu, justement celui où elle n'était pas « son genre ». A vrai dire, « son genre » même plus

tard, elle ne l'avait jamais été. Il l'avait pourtant
alors tant et si douloureusement aimé. Il était surpris plus tard de cette contradiction. Elle ne doit
pas en être une si nous songeons combien est forte
dans la vie des hommes la proportion des souffrances
par des femmes « qui n'étaient pas leur genre ».
Peut-être cela tient-il à bien des causes ; d'abord
parce qu'elles ne sont pas votre genre, on se laisse
d'abord aimer sans aimer, par là on laisse prendre
sur sa vie une habitude qui n'aurait pas eu lieu avec
une femme qui eût été votre genre et qui se sentant
désirée, se fût disputée, ne nous aurait accordé que
de rares rendez-vous, n'eût pas pris dans notre
vie cette installation dans toutes nos heures qui plus
tard si l'amour vient et qu'elle vienne à nous manquer,
pour une brouille, pour un voyage où on nous laisse
sans nouvelles, ne nous arrache pas un seul lien mais
mille. Ensuite cette habitude est sentimentale parce
qu'il n'y a pas grand désir physique à la base, et
si l'amour naît, le cerveau travaille bien davantage :
il y a un roman au lieu d'un besoin. Nous ne nous
méfions pas des femmes qui ne sont pas notre genre,
nous les laissons nous aimer et si nous les aimons
ensuite nous les aimons cent fois plus que les autres,
sans avoir même près d'elles la satisfaction du désir
assouvi. Pour ces raisons et bien d'autres, le fait que
nous ayons nos plus gros chagrins avec les femmes
qui ne sont pas notre genre, ne tient pas seulement
à cette dérision du destin qui ne réalise notre bonheur que sous la forme qui nous plaît le moins.
Une femme qui est notre genre est rarement dangereuse, car elle ne veut pas de nous, nous contente,
nous quitte vite, ne s'installe pas dans notre vie, et
ce qui est dangereux et procréateur de souffrances

dans l'amour, ce n'est pas la femme elle-même, c'est sa présence de tous les jours, la curiosité de ce qu'elle fait à tous moments, ce n'est pas la femme, c'est l'habitude. J'eus la lâcheté d'ajouter que ce qu'elle disait de Swann était gentil et noble de sa part, mais je savais combien c'était faux et que sa franchise se mêlait de mensonges. Je pensais avec effroi au fur et à mesure qu'elle me racontait ses aventures, à tout ce que Swann avait ignoré, dont il aurait tant souffert parce qu'il avait fixé sa sensibilité sur cet être là, et qu'il devinait à en être sûr, rien qu'à ses regards, quand elle voyait un homme ou une femme, inconnus et qui lui plaisaient. Au fond elle le faisait seulement pour me donner, ce qu'elle croyait des sujets de nouvelles ! Elle se trompait, non qu'elle n'eût de tout temps abondamment fourni les réserves de mon imagination, mais d'une façon bien plus involontaire et par un acte émané de moi-même qui dégageait d'elle à son insu les lois de sa vie.

M. de Guermantes ne gardait ses foudres que pour la duchesse sur les libres fréquentations de laquelle Mᵐᵉ de Forcheville ne manquait pas d'attirer l'attention irritée du duc. Aussi la duchesse était-elle fort malheureuse. Il est vrai que M. de Charlus à qui j'en avais parlé une fois prétendait que les premiers torts n'avaient pas été du côté de son frère, que la légende de pureté de la duchesse était faite en réalité d'un nombre incalculable d'aventures habilement dissimulées. Je n'avais jamais entendu parler de cela. Pour presque tout le monde Mᵐᵉ de Guermantes était une femme toute différente. L'idée qu'elle avait été toujours irréprochable gouvernait les esprits. Entre ces deux idées je ne pouvais décider laquelle était conforme à la vérité, cette vérité

226

que presque toujours les trois quarts des gens ignorent. Je me rappelais bien certains regards bleus et
vagabonds de la duchesse de Guermantes dans
la nef de Combray, mais vraiment aucune des
deux idées n'était réfutée par eux et l'une et l'autre
pouvait leur donner un sens différent et aussi accep-
table. Dans ma folie, enfant, je les avais pris un
instant pour des regards d'amour, adressés à moi.
Depuis j'avais compris qu'ils n'étaient que des regards
bienveillants d'une suzeraine pareille à celle des
vitraux de l'église pour ses vassaux. Fallait-il maintenant croire que c'était ma première idée qui avait
été la vraie, et que si plus tard jamais la duchesse
ne m'avait parlé d'amour, c'est parce qu'elle avait
craint de se compromettre avec un ami de sa tante
et de son neveu plus qu'avec un enfant inconnu rencontré par hasard à Saint-Hilaire de Combray ?

*
* *

La duchesse avait pu un instant être heureuse
de sentir son passé plus consistant parce qu'il était
partagé par moi, mais à quelques questions que je
lui posai à nouveau sur le provincialisme de M. de
Bréauté, que j'avais à l'époque peu distingué de
M. de Sagan, ou de M. de Guermantes, elle reprit
son point de vue de femme du monde, c'est-à-dire
de contemptrice de la mondanité. Tout en me parlant la duchesse me faisait visiter l'Hôtel. Dans des
salons plus petits on trouvait des intimes qui pour
écouter la musique avaient préféré s'isoler. Dans
un petit salon empire où quelques rares habits noirs
écoutaient assis sur un canapé, on voyait à côté
d'une Psyché supportée par une Minerve, une chaise

longue, placée de façon rectiligne, mais à l'intérieur
incurvée comme un berceau et où une jeune femme
était étendue. La mollesse de sa pose que l'entrée de
la duchesse ne lui fit même pas déranger, contrastait avec l'éclat merveilleux de sa robe empire en
une soierie nacarat devant laquelle les plus rouges
fuchsias eussent pâli et sur le tissu nacré de laquelle
des insignes et des fleurs semblaient avoir été enfon-
cés longtemps car leur trace y restait en creux.
Pour saluer la duchesse elle inclina légèrement sa
belle tête brune. Bien qu'il fît grand jour, comme elle
avait demandé qu'on fermât les grands rideaux,
en vue de plus de recueillement pour la musique,
on avait, pour ne pas se tordre les pieds, allumé sur
un trépied une urne où s'irisait une faible lueur,
En réponse à ma demande, la duchesse de Guermantes me dit que c'était Mme de St-Euverte.
Alors je voulus savoir ce qu'elle était à la madame de
St-Euverte que j'avais connue. Mme de Guermantes
me dit que c'était la femme d'un de ses petits neveux,
parut supporter l'idée qu'elle était née La Rochefoucauld, mais nia avoir elle-même connu des
St-Euverte. Je lui rappelai la soirée que je n'avais
sue il est vrai que par ouï dire, où princesse des Laumes
elle avait retrouvé Swann. Mme de Guermantes m'affirma n'avoir jamais été à cette soirée. La duchesse
avait toujours été un peu menteuse et l'était devenue
davantage. Mme de St-Euverte était pour elle un
salon — d'ailleurs assez tombé avec le temps —
qu'elle aimait à renier. Je n'insistai pas. « Non,
qui vous avez pu entrevoir chez moi parce qu'il
avait de l'esprit, c'est le mari de celle dont vous
parlez et avec qui je n'étais pas en relations ». « Mais
elle n'avait pas de mari ». « Vous vous l'êtes figuré

parce qu'ils étaient séparés, mais il était bien plus agréable qu'elle. » Je finis par comprendre qu'un homme énorme, extrêmement grand, extrêmement fort, avec des cheveux tout blancs, que je rencontrais un peu partout et dont je n'avais jamais su le nom était le mari de Mme de St-Euverte. Il était mort l'an passé. Quant à la nièce j'ignore si c'est à cause d'une maladie d'estomac, de nerfs, d'une phlébite, d'un accouchement prochain, récent ou manqué, qu'elle écoutait la musique étendue sans se bouger pour personne. Le plus probable est que fière de ses belles soies rouges, elle pensait faire sur sa chaise longue un effet genre Récamier. Elle ne se rendait pas compte qu'elle donnait pour moi la naissance à un nouvel épanouissement de ce nom St-Euverte, qui à tant d'intervalle marquait la distance et la continuité du Temps. C'est le Temps qu'elle berçait dans cette nacelle où fleurissaient le nom de St-Euverte et le style Empire en soie de fuchsias rouges. Ce style empire Mme de Guermantes déclarait l'avoir toujours détesté ; cela voulait dire qu'elle le détestait maintenant, ce qui était vrai car elle suivait la mode bien qu'avec quelque retard. Sans compliquer en parlant de David qu'elle connaissait peu, toute jeune fille elle avait cru M. Ingres le plus ennuyeux des poncifs, puis brusquement le plus savoureux des maîtres de l'Art nouveau, jusqu'à détester Delacroix. Par quels degrés elle était revenue de ce culte à la réprobation importe peu, puisque ce sont là des nuances des goûts que le critique d'art reflète dix ans avant la conversation des femmes supérieures. Après avoir critiqué le style empire, elle s'excusa de m'avoir parlé de gens aussi insignifiants que les St-Euverte et de niaiseries comme le côté provin-

cial de Bréauté car elle était aussi loin de penser
pourquoi cela m'intéressait que Mme de St-Euverte
de La Rochefoucauld, cherchant le bien de son
estomac ou un effet ingresque, était loin de soupçonner que son nom m'avait ravi, celui de son mari,
non celui plus glorieux de ses parents, et que je lui
voyais comme une fonction dans cette pièce pleine
d'attributs de bercer le temps. « Mais comment puis-je
vous parler de ces sottises, comment cela peut-il vous
intéresser » s'écria la duchesse. Elle avait dit cette
phrase à mi-voix et personne n'avait pu entendre ce
qu'elle disait. Mais un jeune homme (qui devait m'intéresser dans la suite par un nom bien plus familier de
moi autrefois que celui de St-Euverte) se leva d'un
air exaspéré et alla plus loin pour écouter avec plus
de recueillement. Car c'était la sonate à Kreutzer
qu'on jouait, mais s'étant trompé sur le programme,
il croyait que c'était un morceau de Ravel qu'on lui
avait déclaré être beau comme du Palestrina, mais
difficile à comprendre. Dans sa violence à changer de
place, il heurta, à cause de la demi obscurité, un
bonheur du jour ce qui n'alla pas sans faire tourner
la tête à beaucoup de personnes pour qui cet exercice si simple de regarder derrière soi interrompait
un peu le supplice d'écouter « religieusement »
la sonate à Kreutzer. Et Mme de Guermantes et
moi, cause de ce petit scandale, nous nous hâtâmes
de changer de pièce. « Oui, comment ces riens là
peuvent-ils intéresser un homme de votre mérite ?.
C'est comme tout à l'heure quand je vous voyais causer avec Gilberte de St-Loup. Ce n'est pas digne de
vous. Pour moi c'est exactement rien, cette femme
là, ce n'est même pas une femme, c'est ce que je
connais de plus factice et de plus bourgeois au

monde car, même à sa défense de l'actualité, la duchesse mêlait ses préjugés d'aristocrate. D'ailleurs devriez-vous venir dans des maisons comme ici. Aujourd'hui encore je comprends parce qu'il y avait cette récitation de Rachel, ça peut vous intéresser. Mais si belle qu'elle ait été elle ne donne pas devant ce public là. Je vous ferai déjeuner seule avec elle. Alors vous verrez l'être que c'est. Mais elle est cent fois supérieur à tout ce qui est ici. Et après déjeuner elle vous dira du Verlaine. Vous m'en direz des nouvelles. » Elle me vanta surtout ses après-déjeuners où il y avait tous les jours X et Y. Car elle en était arrivée à cette conception des femmes à « salons » qu'elle méprisait autrefois (bien qu'elle le niât aujourd'hui) et dont la grande supériorité, le signe d'élection selon elle, étaient d'avoir chez elle « tous les hommes ». Si je lui disais que telle grande dame à « salons » ne disait pas du bien, quand elle vivait, de Mᵐᵉ Howland, la duchesse éclatait de rire devant ma naïveté « naturellement l'autre avait chez elle tous les hommes et celle-ci cherchait à les attirer. » Elle reprit : « Mais dans de grandes machines comme ici, non, ça me passe que vous veniez. A moins que ce ne soit pour faire des études... » ajouta-t-elle d'un air de doute, de méfiance, et sans trop s'aventurer car elle ne savait pas très exactement en quoi consistait le genre d'opérations improbables auquel elle faisait allusion.

« Est-ce que vous ne croyez pas, dis-je à la duchesse, que ce soit pénible à Mᵐᵉ de Saint-Loup d'entendre ainsi comme elle vient de le faire l'ancienne maîtresse de son mari ? » Je vis se former dans le visage de Mᵐᵉ de Guermantes cette barre oblique qui relie par des raisonnements ce qu'on vient d'entendre à des pensées peu agréables. Raisonnements inexprimés il est vrai mais toutes les choses graves que nous disons ne reçoivent jamais de réponse ni verbale, ni écrite. Les sots seuls sollicitent en vain deux fois de suite une réponse à une lettre qu'ils ont eu le tort d'écrire et qui était une gaffe ; car à ces lettres là il n'est jamais répondu que par des actes, et la correspondante qu'on croit inexacte vous dit Monsieur quand elle vous rencontre au lieu de vous appeler par votre prénom. Mon allusion à la liaison de Saint-Loup avec Rachel n'avait rien de si grave et ne put mécontenter qu'une seconde Mme de Guermates en lui rappelant que j'avais été l'ami de Robert et peut-être son confident au sujet des déboires qu'avait procurés à Rachel sa soirée chez la duchesse. Mais celle-ci ne persista pas dans ses pensées, la barre orageuse se dissipa, et Mme de Guermantes me répondit à ma question relative à Mme de Saint-Loup : « Je vous dirai que je crois que ça lui est d'autant plus égal, que Gilberte n'a jamais aimé son mari. C'est une petite horreur, Elle a aimé la situation, le nom, être ma nièce, sortir de sa fange après quoi elle n'a pas eu d'autre idée que d'y rentrer. Je vous dirai que ça me faisait beaucoup de peine à cause du pauvre Robert parce qu'il avait beau ne pas être un aigle, il s'en apercevait très bien, et d'un tas de choses. Il ne faut pas le dire parce qu'elle est malgré tout ma nièce, je n'ai pas la preuve positive qu'elle le trompait, mais il y a eu un tas d'histoires. Mais si je vous dis, que je le sais, avec un officier de Méséglise, Robert a voulu se battre. Mais c'est pour tout ça que Robert s'est engagé. La guerre lui est apparue comme une délivrance de ses chagrins de famille, si vous voulez ma pensée,

232

il n'a pas été tué, il s'est fait tuer. Elle n'a eu aucune espèce de chagrin, elle m'a même étonné par un rare cynisme dans l'affectation de son indifférence, ce qui m'a fait beaucoup de chagrin, parce que j'aimais bien le pauvre Robert. Ça vous étonnera peut-être parce qu'on me connaît mal, mais il m'arrive encore de penser à lui. Je n'oublie personne. Il ne m'a jamais rien dit, mais il avait bien compris que je devinais tout. Mais voyons, si elle avait aimé tant soit peu son mari, pourrait-elle supporter avec ce flegme de se trouver dans le même salon que la femme dont il a été l'amant éperdu pendant tant d'années, on peut dire toujours, car j'ai la certitude que ça n'a jamais cessé, même pendant la guerre. Mais elle lui sauterait à la gorge », s'écria la duchesse, oubliant qu'elle-même en faisant inviter Rachel et en rendant possible la scène qu'elle jugeait inévitable si Gilberte eût aimé Robert agissait cruellement. « Non, voyez-vous, conclut-elle, c'est une cochonne ». Une telle expression était rendue possible à Mme de Guermantes par la pente agréable qu'elle descendait du milieu des Guermantes à la société des comédiennes, et aussi parce qu'elle greffait cela sur un genre xviiie siècle qu'elle jugeait plein de verdeur, enfin parce qu'elle se croyait tout permis. Mais cette expression lui était aussi dictée par la haine qu'elle éprouvait pour Gilberte, par un besoin, de la frapper, à défaut de matériellement, en effigie. Et en même temps la duchesse pensait justifier par là toute la conduite qu'elle tenait à l'égard de Gilberte ou plutôt contre elle, dans le monde, dans la famille, au point de vue même des intérêts et de la succession de Robert. Mais parfois les jugements qu'on porte reçoivent des faits qu'on ignore et qu'on n'eût pu supposer une justification apparente. Gilberte qui tenait sans doute un peu de l'ascendance de sa mère (et c'est bien cette facilité que j'avais sans m'en rendre compte escomptée, en lui demandant de me faire connaître de très jeunes filles) tira après réflexion de la demande que j'avais faite, et sans doute pour que le profit ne sortît pas de la famille, une conclusion plus hardie que toutes celles que j'avais pu supposer, et revenant vers moi me dit : « Si vous le permettez, je vais aller chercher ma fille pour vous la présenter. Elle est là-bas qui cause avec le petit Mortemart et d'autres bambins sans intérêt. Je suis sûre qu'elle sera une gentille amie pour vous ». Je lui demandai si Robert avait été content d'avoir une fille : « Oh ! il était tout fier d'elle. Mais naturellement je crois tout de même qu'étant donné ses goûts, dit naïvement Gilberte, il aurait préféré un garçon. » Cette fille, dont le nom et la fortune pouvaient faire espérer à sa mère qu'elle épouserait un prince royal et couronnerait toute l'œuvre ascendante de Swann et de sa femme, choisit plus tard comme mari, un homme de lettres obscur, car elle n'avait aucun snobisme et fit redescendre cette famille plus bas que le niveau d'où elle était partie. Il fut alors extrêmement difficile de faire croire aux générations nouvelles que les parents de cet obscur ménage avaient eu une grande situation.

L'étonnement que me causèrent les paroles de Gilberte et le plaisir qu'elles me firent furent bien vite remplacés, tandis que Mme de Saint-Loup s'éloignait vers un autre salon, par cette idée du Temps passé, qu'elle aussi à sa manière me rendait et sans même que je l'eusse vue, Mlle de Saint-Loup. Comme

la plupart des êtres d'ailleurs, n'était-elle pas comme
sont dans les forêts les « étoiles » des carrefours où
viennent converger des routes venues, pour notre
vie aussi, des points les plus différents. Elles étaient
nombreuses pour moi, celles qui aboutissaient à
Mlle de Saint-Loup et qui rayonnaient autour d'elle.
Et avant tout venaient aboutir à elle les deux
grands « côtés » où j'avais fait tant de promenades
et de rêves — par son père Robert de Saint-Loup
le côté de Guermantes, par Gilberte sa mère, le
côté de Méséglise qui était le côté de chez Swann.
L'un, par la mère de la jeune fille et les Champs-
Elysées, me menait jusqu'à Swann, à mes soirs de
Combray, au côté de Méséglise, l'autre par son père
à mes après-midis de Balbec où je le revoyais près
de la mer ensoleillée. Déjà entre ces deux routes
des transversales s'établissaient. Car ce Balbec réel
où j'avais connu Saint-Loup, c'était en grande partie
à cause de ce que Swann m'avait dit sur les églises,
sur l'église persane surtout que j'avais tant voulu
y aller et d'autre part, par Robert de Saint-Loup,
neveu de la duchesse de Guermantes, je rejoignais
à Combray encore, le côté de Guermantes. Mais à
bien d'autres points de ma vie encore conduisait
Mlle de Saint-Loup, à la Dame en rose qui était
sa grand-mère et que j'avais vue chez mon grand
oncle. Nouvelle transversale ici car le valet de chambre de ce grand oncle et qui m'avait introduit ce
jour-là et qui plus tard m'avait par le don d'une
photographie permis d'identifier la dame en rose,
était l'oncle du jeune homme que non seulement
M. de Charlus, mais le père même de Mlle de Saint-
Loup avait aimé, pour qui il avait rendu sa mère
malheureuse. Et n'était-ce pas le grand-père de Mlle de

Saint-Loup Swann qui m'avait le premier parlé de la musique de Vinteuil de même que Gilberte m'avait la première parlé d'Albertine. Or, c'est en parlant de la musique de Vinteuil à Albertine que j'avais découvert qui était sa grande amie et commencé avec elle cette vie qui l'avait conduite à la mort et m'avait causé tant de chagrins. C'était du reste aussi le père de Mlle de Saint-Loup qui était parti tâcher de faire revenir Albertine. Et même je revoyais toute ma vie mondaine, soit à Paris dans le salon des Swann ou des Guermantes, soit tout à l'opposé à Balbec chez les Verdurin faisant ainsi s'aligner à côté des deux côtés de Combray, les Champs-Elysées, et la belle terrasse de la Raspelière. D'ailleurs quels êtres avons-nous connus qui pour raconter notre amitié avec eux, ne nous obligent à les placer nécessairement dans tous les sites les plus différents de notre vie ? Une vie de Saint-Loup peinte par moi se déroulerait dans tous les décors et intéresserait toute ma vie, même les parties de cette vie où il fut étranger, comme ma grand'mère ou comme Albertine. D'ailleurs si à l'opposé qu'ils fussent les Verdurin tenaient à Odette par le passé de celle-ci, à Robert de Saint-Loup par Charlie, et chez eux quel rôle n'avait pas joué la musique de Vinteuil. Enfin Swann avait aimé la sœur de Legrandin, lequel avait connu M. de Charlus, dont le jeune Cambremer avait épousé la pupille. Certes s'il s'agit uniquement de nos cœurs le poète a eu raison de parler des fils mystérieux que la vie brise. Mais il est encore plus vrai qu'elle en tisse sans cesse entre les êtres, entre les événements, qu'elle entrecroise ces fils, qu'elle les redouble pour épaissir la trame si bien qu'entre le moindre point de notre passé et tous les autres, un riche réseau de sou-

venirs ne laisse que le choix des communications. On
peut dire qu'il n'y avait pas si je cherchais à ne pas en
user inconsciemment, mais à me rappeler ce qu'elle
avait été, une seule des choses qui nous servaient
en ce moment qui n'avait été une chose vivante et
vivant d'une vie personnelle pour nous, transformée ensuite à notre usage en simple matière indus-
trielle. Et ma présentation à Mlle de Saint-Loup
allait avoir lieu chez Mme Verdurin devenue princesse de Guermantes ! Avec quel charme je repensais
à tous nos voyages avec Albertine dont j'allais
demander à Mlle de Saint-Loup d'être un succédané
— dans le petit tram, ver Doville, pour aller chez
Mme Verdurin, cette même Mme Verdurin qui avait
noué et rompu avant mon amour pour Albertine,
celui du grand-père et de la grand-mère de Mlle de
Saint-Loup. Tout autour de nous étaient des tableaux
de cet Elstir qui m'avait présenté à Albertine.
Et pour mieux fondre tous mes passés, Mme Verdurin tout comme Gilberte avait épousé un Guermantes.

Nous ne pourrions pas raconter nos rapports avec
un être que nous avons même peu connu sans faire
se succéder les sites les plus différents de notre vie.
Ainsi chaque individu — et j'étais moi-même un
de ces individus, — mesurait pour moi la durée par
la révolution qu'il avait accomplie non seulement
autour de soi-même, mais autour des autres et notamment par les positions qu'il avait occupé successivement par rapport à moi.

Et sans doute tous ces plans différents suivant
lesquels le Temps depuis que je venais de le ressaisir, dans cette fête, [disposait [ma vie, en] me
faisant songer que dans un livre qui voudrait en

237

raconter une, il faudrait user par opposition à la psychologie plane dont on use d'ordinaire, d'une sorte de psychologie dans l'espace, ajoutaient une beauté nouvelle à ces résurrections, que ma mémoire opérait tant que je songeais seul dans la bibliothèque, puisque la mémoire, en introduisant le passé dans le présent sans le modifier, tel qu'il était au moment où il était le présent, supprime précisément cette grande dimension du Temps suivant laquelle la vie se réalise.

Je vis Gilberte s'avancer. Moi, pour qui le mariage de Saint-Loup, les pensées qui m'occupaient alors et qui étaient les mêmes ce matin, était d'hier, je fus étonné de voir à côté d'elle une jeune fille d'environ seize ans, dont la taille élevée mesurait cette distance que je n'avais pas voulu voir.

Le temps incolore et insaisissable s'était, afin que, pour ainsi dire, je puisse le voir et le toucher, matérialisé en elle et l'avait pétri comme un chef-d'œuvre, tandis que parallèlement sur moi, hélas ! il n'avait fait que son œuvre. Cependant Mlle de Saint-Loup était devant moi. Elle avait les yeux profonds, nets, forés et perçants. Je fus frappé que son nez, fait comme sur le patron de celui de sa mère et de sa grand'mère, s'arrêtât juste par cette ligne tout à fait horizontale sous le nez, sublime quoique pas assez courte. Un trait aussi particulier eût fait reconnaître une statue entre des milliers, n'eût-on vu que ce trait-là, et j'admirais que la nature fût revenue à point nommé pour la petite fille, comme pour la mère, comme pour la grand' mère, donner en grand et original sculpteur ce puissant et décisif coup de ciseau. Ce nez charmant, légèrement avancé en forme de bec, avait la courbe, non point de celui de Swann mais de celui de Saint-Loup. L'âme de ce Guermantes s'était évanouie ; mais la charmante tête aux yeux perçants de l'oiseau envolé, était venue se poser sur les épaules de Mlle de Saint-Loup, ce qui faisait longuement rêver ceux qui avaient connu son père. Je la trouvais bien belle : pleine encore d'espérances. Riante, formée des années mêmes que j'avais perdues, elle ressemblait à ma jeunesse.

Enfin cette idée de temps, avait un dernier prix pour moi, elle était un aiguillon, elle me disait qu'il était temps de commencer si je voulais atteindre ce que j'avais quelquefois senti au cours de ma vie, dans de brefs éclairs, du côté de Guermantes, dans mes promenades en voiture avec Mme de Ville-parisis et qui m'avaient fait considérer la vie comme digne d'être vécue. Combien me le semblait-elle davantage, maintenant qu'elle me semblait pouvoir être éclaircie, elle qu'on vit dans les ténèbres, ramenée au vrai de ce qu'elle était, elle qu'on fausse sans cesse, en somme réalisée dans un livre. Que celui qui pourrait écrire un tel livre serait heureux, pensais-je ; quel labeur devant lui. Pour en donner une idée, c'est aux arts les plus élevés et les plus différents qu'il faudrait emprunter des comparaisons ; car cet écrivain qui d'ailleurs pour chaque caractère aurait à en faire apparaître les faces les plus opposées, pour faire sentir son volume comme celui d'un solide, devrait préparer son livre, minutieusement, avec de perpétuels regroupements de forces, comme pour une offensive, le supporter comme une fatigue, l'accepter comme une règle, le construire comme une église, le suivre comme un régime, le vaincre comme un obstacle, le con-

quérir comme une amitié, le suralimenter comme
un enfant, le créer comme un monde, sans laisser
de côté ces mystères qui n'ont probablement leur
explication que dans d'autres mondes et dont le
pressentiment est ce qui nous émeut le plus dans
la vie et dans l'art. Et dans ces grands livres-là,
il y a des parties qui n'ont eu le temps que d'être
esquissées, et qui ne seront sans doute jamais finies,
à cause de l'ampleur même du plan de l'architecte.
Combien de grandes cathédrales restent inachevées.
Longtemps, un tel livre, on le nourrit, on fortifie
ses parties faibles, on le préserve, mais ensuite
c'est lui qui grandit, qui désigne notre tombe, la
protège contre les rumeurs et quelque peu contre
l'oubli. Mais pour en revenir à moi-même, je pensais
plus modestement à mon livre et ce serait même
inexact que de dire en pensant à ceux qui le liraient,
à mes lecteurs. Car ils ne seraient pas, comme je l'ai
déjà montré, mes lecteurs, mais les propres lecteurs
d'eux-mêmes, mon livre n'étant qu'une sorte de ces
verres grossissants comme ceux que tendait à un
acheteur l'opticien de Combray, mon livre grâce
auquel je leur fournirais le moyen de lire en eux-
mêmes. De sorte que je ne leur demanderais pas de me
louer ou de me dénigrer, mais seulement de me dire
si c'est bien cela, si les mots qu'ils lisent en eux-
mêmes sont bien ceux que j'ai écrits (les divergences
possibles à cet égard ne devant pas du reste prove-
nir toujours de ce que je me serais trompé mais
quelquefois de ce que les yeux du lecteur ne seraient
pas de ceux à qui mon livre conviendrait pour bien
lire en soi-même). Et changeant à chaque instant
de comparaison, selon que je me représentais mieux,
et plus matériellement la besogne à laquelle je me

livrerais, je pensais que sur ma grande table de bois blanc, je travaillerais à mon œuvre, regardé par Françoise. Comme tous les êtres sans prétention qui vivent à côté de nous ont une certaine intuition de nos tâches et comme j'avais assez oublié Albertine pour avoir pardonné à Françoise ce qu'elle avait pu faire contre elle, je travaillerais auprès d'elle, et presque comme elle (du moins comme elle faisait autrefois : si vieille maintenant elle n'y voyait plus goutte) car épinglant de ci de là un feuillet supplémentaire, je bâtirais mon livre, je n'ose pas dire ambitieusement comme une cathédrale, mais tout simplement comme une robe. Quand je n'aurais pas auprès de moi tous mes papiers toutes mes paperoles, comme disait Françoise, et que me manquerait juste celui dont j'aurais eu besoin, Françoise comprendrait bien mon énervement, elle qui disait toujours qu'elle ne pouvait pas coudre si elle n'avait pas le numéro du fil et les boutons qu'il fallait, et puis, parce que à force de vivre ma vie, elle s'était faite du travail littéraire une sorte de compréhension instinctive, plus juste que celle de bien des gens intelligents, à plus forte raison que celle des gens bêtes. Ainsi quand j'avais autrefois fait mon article pour le *Figaro*, pendant que le vieux maître d'hôtel, avec une figure de commisération qui exagère toujours un peu ce qu'a de pénible un labeur qu'on ne pratique pas, qu'on ne conçoit même pas et même une habitude qu'on n'a pas comme les gens qui vous disent : « comme ça doit vous fatiguer d'éternuer comme ça », plaignait sincèrement les écrivains en disant : « quel casse-tête ça doit être », Françoise, au contraire, devinait mon bonheur et respectait mon travail. Elle se

fâchait seulement que je contasse d'avance mes
articles à Bloch, craignant qu'il me devançât et
disant : « Tous ces gens-là, vous n'avez pas assez
de méfiance, c'est des copiateurs ». Et Bloch se
donnait en effet un alibi rétrospectif en me disant
chaque fois que je lui avais esquissé quelque chose
qu'il trouvait bien : « Tiens, c'est curieux, j'ai fait
quelque chose de presque pareil, il faudra que je te
lise cela. » (Il n'aurait pas pu me le lire encore,
mais allait l'écrire le soir même).

A force de coller les uns aux autres ces papiers
que Françoise appelait mes paperoles, ils se déchi-
raient çà et là. Au besoin Françoise pourrait m'aider
à les consolider de la même façon qu'elle mettait
des pièces aux parties usées de ses robes ou qu'à
la fenêtre de la cuisine, en attendant le vitrier
comme moi l'imprimeur, elle collait un morceau
de journal à la place d'un carreau cassé.

Elle me disait en me montrant mes cahiers rongés
comme le bois où l'insecte s'est mis : « C'est tout
mité, regardez, c'est malheureux, voilà un bout de
page qui n'est plus qu'une dentelle, et l'examinant
comme un tailleur, je ne crois pas que je pourrai
la refaire, c'est perdu. C'est dommage, c'est peut-
être vos plus belles idées. Comme on dit à Combray,
il n'y a pas de fourreurs qui s'y connaissent aussi
bien comme les mites. Elles se mettent toujours
dans les meilleures étoffes. »

D'ailleurs, comme les individualités (humaines
ou non) seraient dans ce livre faites d'impressions
nombreuses, qui prises de bien des jeunes filles,
de bien des églises, de bien des sonates, serviraient
à faire une seule sonate, une seule église, une seule
jeune fille, ne ferais-je pas mon livre de la façon

que Françoise faisait ce bœuf mode, apprécié par M. de Norpois et dont tant de morceaux de viande ajoutés et choisis enrichissaient la gelée. Et je réaliserais ce que j'avais tant désiré dans mes promenades du côté de Guermantes et cru impossible, comme j'avais cru impossible en rentrant de m'habituer jamais à me coucher sans embrasser ma mère ou plus tard à l'idée qu'Albertine aimât les femmes, idée avec laquelle j'avais fini par vivre sans même m'apercevoir de sa présence, car nos plus grandes craintes, comme nos plus grandes espérances, ne sont pas au-dessus de nos forces et nous pouvons finir par dominer les unes et réaliser les autres. — Oui, à cette œuvre, cette idée du temps que je venais de former disait qu'il était temps de me mettre. Il était grand temps, cela justifiait l'anxiété qui s'était emparée de moi dès mon entrée dans le salon quand les visages grimés m'avaient donné la notion du temps perdu ; mais était-il temps encore ? L'esprit a ses paysages dont la contemplation ne lui est laissée qu'un temps. J'avais vécu comme un peintre montant un chemin qui surplombe un lac dont un rideau de rochers et d'arbres lui cache la vue. Par une brèche il l'aperçoit, il l'a tout entier devant lui, il prend ses pinceaux. Mais déjà vient la nuit où l'on ne peut plus peindre et sur laquelle le jour ne se relèvera plus !

Une condition de mon œuvre telle que je l'avais conçue tout à l'heure dans la bibliothèque était l'approfondissement d'impressions qu'il fallait d'abord recréer par la mémoire. Or celle-ci était usée. Puis, du moment que rien n'était commencé, je pouvais être inquiet, même si je croyais avoir encore devant moi, à cause de mon âge, quelques années, car mon heure pouvait sonner dans quelques minutes. Il fallait partir en effet de ceci que j'avais un corps, c'est-à-dire que j'étais perpétuellement menacé d'un double danger extérieur, intérieur. Encore ne parlè-je ainsi que pour la commodité du langage. Car le danger intérieur, comme celui d'une hémorragie cérébrale est extérieur aussi, étant du corps. Et avoir un corps c'est la grande menace pour l'esprit. La vie humaine et pensante, dont il faut sans doute moins dire qu'elle est un miraculeux perfectionnement de la vie animale et physique, mais plutôt qu'elle est une imperfection encore aussi rudimentaire qu'est l'existence commune des protozoaires en polypiers, que le corps de la baleine, etc., dans l'organisation de la vie spirituelle, est telle que le corps enferme l'esprit dans une forteresse ; bientôt la forteresse est assiégée de toutes parts et il faut à la fin que l'esprit se rende. Mais pour me contenter de distinguer les deux sortes de danger menaçant l'esprit et pour commencer par l'extérieur, je me rappelais que souvent déjà dans ma vie, il m'était arrivé dans les moments d'excitation intellectuelle où quelque circonstance avait suspendu chez moi toute activité physique, par exemple quand je quittais en voiture à demi gris, le restaurant de Rivebelle pour aller à quelque casino voisin, de sentir très nettement en moi l'objet présent de ma pensée, et de comprendre qu'il dépendait d'un hasard non seulement que cet objet n'y fût pas encore entré, mais qu'il fût avec mon corps même anéanti. Je m'en souciais peu alors. Mon allégresse n'était pas prudente, pas inquiète. Que cette joie fût dans une seconde et entrât dans le néant peu m'importait. Il n'en était plus de même

244

maintenant ; c'est que le bonheur que j'éprouvais ne tenait pas d'une tension purement subjective des nerfs qui nous isole du passé, mais au contraire d'un élargissement de mon esprit en qui se reformait, s'actualisait le passé et me donnait, mais hélas ! momentanément, une valeur d'éternité. J'aurais voulu léguer celle-ci à ceux que j'aurais pu enrichir de mon trésor. Certes, ce que j'avais éprouvé dans la bibliothèque et que je cherchais à protéger, c'était plaisir encore, mais non plus égoïste, ou du moins d'un égoïsme (car tous les altruismes féconds de la nature se développent selon un mode égoïste, l'altruisme humain qui n'est pas égoïste est stérile, c'est celui de l'écrivain qui s'interrompt de travailler pour recevoir un ami malheureux, pour accepter une fonction publique, pour écrire des articles de propagande) utilisable pour autrui.

Je n'avais plus mon indifférence des retours de Rivebelle, je me sentais accru de cette œuvre que je portais en moi (comme de quelque chose de précieux et de fragile qui m'eût été confié et que j'aurais voulu remettre intact aux mains auxquelles il était destiné et qui n'étaient pas les miennes). Et dire que tout à l'heure, quand je rentrerais chez moi, il suffirait d'un choc accidentel pour que mon corps fût détruit, et que mon esprit, d'où la vie se retirerait fût obligé de lâcher à jamais les idées qu'en ce moment il enserrait, protégeait anxieusement de sa pulpe frémissante et qu'il n'avait pas eu le temps de mettre en sûreté dans un livre. Maintenant, me sentir porteur d'une œuvre, rendait pour moi un accident où j'aurais trouvé la mort plus redoutable, même (dans la mesure où cette œuvre me semblait nécessaire et durable) absurde,

en contradiction avec mon désir, avec l'élan de ma
pensée, mais pas moins possible pour cela puisque
les accidents étant produits par des causes matérielles peuvent parfaitement avoir lieu au moment où des volontés fort différentes, qu'ils
détruisent sans les connaître, les rendent détestables, comme il arrive chaque jour dans les incidents
les plus simples de la vie où pendant qu'on désire
de tout son cœur ne pas faire de bruit à un ami
qui dort, une carafe placée trop au bord de la table
tombe et le réveille.

Je savais très bien que mon cerveau était un
riche bassin minier, où il y avait une étendue
immense et fort diverse de gisements précieux.
Mais aurais-je le temps de les exploiter ? J'étais la
seule personne capable de le faire. Pour deux raisons : avec ma mort eût disparu non seulement le
seul ouvrier mineur capable d'extraire les mine-
rais, mais encore le gisement lui-même ; or, tout
à l'heure, quand je rentrerais chez moi, il suffirait
de la rencontre de l'auto que je prendrais avec un
autre pour que mon corps fût détruit et que mon
esprit fût forcé d'abandonner à tout jamais mes
idées nouvelles. Or, par une bizarre coïncidence,
cette crainte raisonnée du danger naissait en moi
à un moment où, depuis peu, l'idée de la mort
m'était devenue indifférente. La crainte de n'être
plus moi m'avait fait jadis horreur et à chaque
nouvel amour que j'éprouvais — pour Gilberte, pour
Albertine —, parce que je ne pouvais supporter l'idée
qu'un jour l'être qui les aimait n'existerait plus,
ce qui serait comme une espèce de mort. Mais à force
de se renouveler cette crainte s'était naturellement
changée en un calme confiant.

LE TEMPS RETROUVÉ

Si l'idée de la mort dans ce temps-là m'avait, ainsi, assombri l'amour, depuis longtemps déjà le souvenir de l'amour m'aidait à ne pas craindre la mort. Car je comprenais que mourir n'était pas quelque chose de nouveau, mais qu'au contraire depuis mon enfance j'étais déjà mort bien des fois. Pour prendre la période la moins ancienne, n'avais-je pas tenu à Albertine plus qu'à ma vie ? Pouvais-je alors concevoir ma personne sans qu'y continuât mon amour pour elle ? Or je ne l'aimais plus, j'étais, non plus l'être qui l'aimait, mais un être différent qui ne l'aimait pas, j'avais cessé de l'aimer quand j'étais devenu un autre. Or je ne souffrais pas d'être devenu cet autre, de ne plus aimer Albertine ; et certes, ne plus avoir un jour mon corps ne pouvait me paraître en aucune façon quelque chose d'aussi triste que m'avait paru jadis de ne plus aimer un jour Albertine. Et pourtant, combien cela m'était égal maintenant de ne plus l'aimer. Ces morts successives, si redoutées du moi qu'elles devaient anéantir, si indifférentes, si douces, une fois accomplies, et quand celui qui les craignait n'était plus là pour les sentir, m'avaient fait depuis quelque temps comprendre combien il serait peu sage de m'effrayer de la mort. Or c'était maintenant qu'elle m'était devenue depuis peu indifférente, que je recommençais de nouveau à la craindre, sous une autre forme il est vrai, non pas pour moi, mais pour mon livre, à l'éclosion duquel, était au moins pendant quelque temps indispensable cette vie que tant de dangers menaçaient. Victor Hugo dit : « Il faut que l'herbe pousse et que les enfants meurent ». Moi je dis que la loi cruelle de l'art est que les êtres meurent et que nous-mêmes mourions en épuisant toutes les souffrances pour que pousse l'herbe non de l'oubli mais de la vie éternelle, l'herbe drue des œuvres fécondes, sur laquelle les générations viendront faire gaiement sans souci de ceux qui dorment en-dessous, leur « déjeuner sur l'herbe ». J'ai dit des dangers extérieurs ; des dangers intérieurs aussi. Si j'étais préservé d'un accident venu du dehors, qui sait si je ne serais pas empêché de profiter de cette grâce par un accident survenu au-dedans de moi par quelque catastrophe interne, quelque accident cérébral, avant que fussent écoulés les mois nécessaires pour écrire ce livre.

L'accident cérébral n'était même pas nécessaire. Des symptômes, sensibles pour moi par un certain vide dans la tête, et par un oubli de toutes choses que je ne retrouvais plus que par hasard, comme quand en rangeant des affaires, on en trouve une qu'on avait oubliée, qu'on n'avait même pas pensé à chercher, faisaient de moi un thésauriseur dont le coffre-fort crevé eût laissé fuir au fur et à mesure ses richesses.

Quand tout à l'heure je reviendrais chez moi par les Champs-Élysées, qui me disait que je ne serais pas frappé par le même mal que ma grand' mère, un après-midi où elle était venue y faire avec moi une promenade qui devait être pour elle la dernière, sans qu'elle s'en doutât, dans cette ignorance qui est la nôtre, que l'aiguille est arrivée sur le point précis où le ressort déclanché de l'horlogerie va sonner l'heure. Peut-être la crainte d'avoir déjà parcouru presque toute entière la minute qui précède le premier coup de l'heure, quand déjà celui-ci se prépare, peut-être cette crainte du coup qui serait en train de s'ébranler dans mon cerveau, était-elle comme une obscure connaissance de ce qui allait être, comme un reflet dans la conscience de l'état précaire du cerveau dont les artères vont céder, ce qui n'est pas plus impossible que cette soudaine acceptation de la mort qu'ont des blessés, qui, quoiqu'ils aient gardé leur lucidité, que le médecin et le désir de vivre cherchent à les tromper disent, voyant ce qui va être : je vais mourir, je suis prêt et écrivent leurs adieux à leur femme.

Cette obscure connaissance de ce qui devait être me fut donnée par la chose singulière qui arriva avant que j'eusse commencé mon livre, et qui m'arriva sous une forme dont je ne me serais jamais douté. On me trouva un soir où je sortis, meilleure mine qu'autrefois, on s'étonna que j'eusse gardé tous mes cheveux noirs. Mais je manquai trois fois de tomber en descendant l'escalier. Ce n'avait été qu'une sortie de deux heures, mais quand je fus rentré, je sentis que je n'avais plus ni mémoire ni pensée, ni force, ni aucune existence. On serait venu pour me voir, pour me nommer roi, pour me saisir, pour m'arrêter, que je me serais laissé faire sans dire un mot, sans rouvrir les yeux, comme ces gens atteints au plus haut degré du mal de mer et qui, traversant sur un bateau la mer Caspienne, n'esquissent même une résistance si on leur dit qu'on va les jeter à la mer. Je n'avais à proprement parler aucune maladie, mais je sentais que je n'étais plus capable de rien comme il arrive à des vieillards alertes la veille et qui, s'étant fracturé la cuisse, ou ayant eu une indigestion, peuvent mener encore quelque temps dans leur lit une existence qui n'est plus qu'une préparation plus ou moins longue à une mort désormais inéluctable. Un des moi,

249

celui qui jadis allait dans un de ces festins de barbares
qu'on appelle dîners en ville et où pour les hommes
en blanc, pour les femmes à demi nues et emplu-
mées, les valeurs sont si renversées que quelqu'un
qui ne vient pas dîner après avoir accepté, ou seulement n'arrive qu'au rôti, commet un acte plus
coupable que les actions immorales dont on parle
légèrement pendant ce dîner, ainsi que des morts
récentes, et où la mort ou une grave maladie sont
les seules excuses à ne pas venir, à condition qu'on
ait fait prévenir à temps pour l'invitation du qua-
torzième, qu'on était mourant, ce moi-là en moi
avait gardé ses scrupules et perdu sa mémoire.
L'autre moi, celui qui avait conçu son œuvre,
en revanche se souvenait. J'avais reçu une invitation de Mᵉ Molé et appris que le fils de Mᵐᵉ Sazerat était mort. J'étais résolu à employer une de ces
heures après lesquelles je ne pourrais plus prononcer
un mot, la langue liée comme ma grand'mère pendant son agonie ou avaler du lait, à adresser mes
excuses à Mᵉ Molé et mes condoléances à Mᵐᵉ Sazerat. Mais au bout de quelques instants j'avais
oublié que j'avais à le faire. Heureux oubli car la
mémoire de mon œuvre veillait et allait employer
à poser mes premières fondations l'heure de survivance qui m'était dévolue. Malheureusement en
prenant un cahier pour écrire, la carte d'invitation
de Mᵐᵉ Molé glissait près de moi. Aussitôt le moi
oublieux mais qui avait la prééminence sur l'autre,
comme il arrive chez tous les barbares scrupuleux
qui ont dîné en ville, repoussait le cahier, écrivait
à Mᵐᵉ Molé (laquelle d'ailleurs m'eût sans doute
fort estimé si elle l'eût appris, d'avoir fait passer
ma réponse à son invitation avant mes travaux

d'architecte). Brusquement un mot de ma réponse me rappelait que Mme Sazerat avait perdu son fils, je lui écrivais aussi, puis ayant ainsi sacrifié un devoir réel à l'obligation factice de me montrer poli et sensible, je tombais sans forces, je fermais les yeux, ne devant plus que végéter pour huit jours. Pourtant, si tous mes devoirs inutiles auxquels j'étais prêt à sacrifier le vrai, sortaient au bout de quelques minutes de ma tête, l'idée de ma construction ne me quittait pas un instant. Je ne savais pas si ce serait une église où des fidèles sauraient peu à peu apprendre des vérités et découvrir des harmonies, le grand plan d'ensemble, ou si cela resterait comme un monument druidique au sommet d'une île, quelque chose d'infréquenté à jamais. Mais j'étais décidé à y consacrer mes forces qui s'en allaient, comme à regret et comme pour pouvoir me laisser le temps d'avoir, tout le pourtour terminé, fermé « la porte funéraire ». Bientôt je pus montrer quelques esquisses. Personne n'y comprit rien. Même ceux qui furent favorables à ma perception des vérités que je voulais ensuite graver dans le temple, me félicitèrent de les avoir découvertes au « microscope » quand je m'étais au contraire servi d'un télescope pour apercevoir des choses très petites en effet, mais parce qu'elles étaient situées à une grande distance et qui étaient chacune un monde. Là où je cherchais les grandes lois, on m'appelait fouilleur de détails. D'ailleurs à quoi bon faisais-je cela, j'avais eu de la facilité jeune et Bergotte avait trouvé mes pages de collégien « parfaites »[1], mais au lieu de travailler, j'avais vécu

---

1. « Allusion au 1er livre de l'auteur *Les Plaisirs et les Jours*. »

dans la paresse, dans la dissipation des plaisirs
dans la maladie, les soins, les manies, et j'entre
prenais mon ouvrage à la veille de mourir, sans rien
savoir de mon métier. Je ne me sentais plus la force
de faire face à mes obligations avec les êtres, ni à
mes devoirs envers ma pensée et mon œuvre, encore
moins envers tous les deux. Pour les premiers l'oubli des lettres à écrire simplifiait un peu ma tâche.
La perte de la mémoire m'aidait un peu en faisant
des coupes dans mes obligations, mon œuvre les
remplaçait. Mais tout d'un coup, au bout d'un mois,
l'association des idées ramenait avec mes remords
le souvenir et j'étais accablé du sentiment de mon
impuissance. Je fus étonné d'être indifférent aux
critiques qui m'étaient faites, mais c'est que depuis
le jour où mes jambes avaient tellement tremblé
en descendant l'escalier, j'étais devenu indifférent
à tout, je n'aspirais plus qu'au repos, en attendant
le grand repos qui finirait par venir. Ce n'était
pas parce que je reportais après ma mort l'admiration qu'on devait, me semblait-il, avoir pour mon
œuvre, que j'étais indifférent aux suffrages de l'élite
actuelle. Celle d'après ma mort pourrait penser
ce qu'elle voudrait. Cela ne me souciait pas davantage. En réalité, si je pensais à mon œuvre et point
aux lettres auxquelles je devais répondre, ce n'était
plus que je misse entre les deux choses, comme au
temps de ma paresse, et ensuite au temps de mon
travail, jusqu'au jour où j'avais dû me retenir à la
rampe de l'escalier, une grande différence d'importance. L'organisation de ma mémoire, de mes
préoccupations était liée à mon œuvre, peut-être
parce que tandis que les lettres reçues étaient
oubliées l'instant d'après, l'idée de mon œuvre était

dans ma tête, toujours la même, en perpétuel devenir. Mais elle aussi m'était devenue importune.
Elle était pour moi comme un fils dont la mère
mourante doit encore s'imposer la fatigue de s'occuper sans cesse, entre les piqûres et les ventouses.
Elle l'aime peut-être encore, mais ne le sait plus
que par le devoir excédant qu'elle a de s'occuper
de lui. Chez moi les forces de l'écrivain n'étaient
plus à la hauteur des exigences égoïstes de l'œuvre.
Depuis le jour de l'escalier, rien du monde, aucun
bonheur, qu'il vînt de l'amitié des gens, des progrès
de mon œuvre, de l'espérance de la gloire, ne par-
venaient plus à moi que comme un si pâle soleil,
qu'il n'avait plus la vertu de me réchauffer, de me
faire vivre, de me donner un désir quelconque, et
encore était-il trop brillant, si blême qu'il fût, pour
mes yeux qui préféraient se fermer, et je me retour-
nais du côté du mur. Il me semble pour autant que je
sentais le mouvement de mes lèvres, que je devais avoir
un petit sourire infime d'un coin de la bouche quand
une dame m'écrivait : « J'ai été *surprise* de ne pas
avoir de réponse à ma lettre ». Néanmoins, cela me
rappelait la lettre et je lui répondais. Je voulais
tâcher pour qu'on ne pût me croire ingrat de mettre
ma gentillesse actuelle au niveau de la gentillesse
que les gens avaient pu avoir pour moi. Et j'étais
écrasé d'imposer à mon existence agonisante les
fatigues surhumaines de la vie.

Cette idée de la mort s'installa définitivement en
moi comme fait un amour. Non que j'aimasse la
mort, je la détestais. Mais après y avoir songé
sans doute de temps en temps comme à une femme
qu'on n'aime pas encore, maintenant sa pensée
adhérait à la plus profonde couche de mon cerveau

si complètement, que je ne pouvais m'occuper d'une chose sans que cette chose traversât d'abord l'idée de la mort et même si je ne m'occupais de rien et restais dans un repos complet, l'idée de la mort me tenait compagnie aussi incessante que l'idée du moi. Je ne pense pas que le jour où j'étais devenu un demi-mort, c'étaient les accidents qui avaient caractérisé cela, l'impossibilité de descendre un escalier, de me rappeler un nom, de me lever, qui avaient causé par un raisonnement même inconscient l'idée de la mort, que j'étais déjà à peu près mort, mais plutôt que c'était venu ensemble, qu'inévitablement ce grand miroir de l'esprit reflétait une réalité nouvelle. Pourtant je ne voyais pas comment des maux que j'avais on pouvait passer sans être averti à la mort complète. Mais alors je pensais aux autres, à tous ceux qui chaque jour meurent sans que l'hiatus entre leur maladie et leur mort nous semble extraordinaire. Je pensais même que c'était seulement parce que je les voyais de l'intérieur (plus encore que par les tromperies de l'espérance) que certains malaises ne me semblaient pas mortels pris, un à un, bien que je crusse à ma mort, de même que ceux qui sont le plus persuadés que leur terme est venu sont néanmoins persuadés aisément que s'ils ne peuvent pas prononcer certains mots, cela n'a rien à voir avec une attaque, une crise d'aphasie, mais vient d'une fatigue de la langue, d'un état nerveux analogue au bégaiement, de l'épuisement qui a suivi une indigestion.

Moi, c'était autre chose que les adieux d'un mourant à sa femme, que j'avais à écrire, de plus long et à plus d'une personne. Long à écrire. Le jour tout au plus pourrais-je essayer de dormir. Si je travaillais, ce ne serait que la nuit. Mais il me faudrait beaucoup de nuits, peut-être cent, peut-être mille. Et je vivrais dans l'anxiété de ne pas savoir si le Maître de ma destinée, moins indulgent que le sultan Sheriar, le matin quand j'interromprais mon récit, voudrait bien surseoir à mon arrêt de mort et me permettrait de reprendre la suite le prochain soir. Non pas que je prétendisse refaire en quoi que ce fut les *Mille et une Nuits*, pas plus que les *Mémoires* de Saint-Simon écrits eux aussi la nuit, pas plus qu'aucun des livres que j'avais tant aimés et desquels, dans ma naïveté d'enfant, superstitieusement attaché à eux comme à mes amours je ne pouvais sans horreur imaginer une œuvre qui serait différente. Mais comme Elstir Chardin, on ne peut refaire ce qu'on aime qu'en le renonçant. Sans doute mes livres, eux aussi, comme mon être de chair, finiraient un jour par mourir. Mais il faut se résigner à mourir. On accepte la pensée que dans dix ans soi-même, dans cent ans ses livres, ne seront plus. La durée éternelle n'est pas plus promise aux œuvres qu'aux hommes. Ce serait un livre aussi long que les *Mille et une Nuits* peut-être, mais tout autre. Sans doute, quand on est amoureux d'une œuvre, on voudrait faire quelque chose de tout pareil, mais il faut sacrifier son amour du moment, et ne pas penser à son goût mais à une vérité qui ne nous demande pas nos préférences et nous défend d'y songer. Et c'est seulement si on la suit qu'on se trouve parfois rencontrer ce qu'on a abandonné, et avoir écrit en les oubliant les Contes arabes ou les Mémoires de Saint-Simon d'une autre époque. Mais était-il encore temps pour moi, n'était-il pas trop tard ?

En tous cas, si j'avais encore la force d'accom-

255

plir mon œuvre, je sentais que la nature des circonstances qui m'avaient aujourd'hui même au
cours de cette matinée chez la princesse de Guermantes donné à la fois l'idée de mon œuvre et la
crainte de ne pouvoir la réaliser marquerait certainement avant tout dans celle-ci la forme que j'avais
pressentie autrefois dans l'église de Combray, au
cours de certains jours qui avaient tant influé
sur moi et qui nous reste habituellement invisible,
la forme du Temps. Cette dimension du Temps que
j'avais jadis pressentie dans l'église de Combray,
je tâcherais de la rendre continuellement sensible
dans une transcription du monde qui serait forcément bien différente de celle que nous donnent
nos sens si mensongers. Certes, il est bien d'autres
erreurs de nos sens, on a vu que divers épisodes de
ce récit me l'avaient prouvé, qui faussent pour nous
l'aspect réel de ce monde. Mais enfin je pourrais,
à la rigueur, dans la transcription plus exacte que
je m'efforcerais de donner, ne pas changer la place
des sons, m'abstenir de les détacher de leur cause
à côté de laquelle l'intelligence les situe après coup,
bien que faire chanter la pluie au milieu de la
chambre et tomber en déluge dans la cour l'ébul-
lition de notre tisane, ne doit pas être en somme
plus déconcertant que ce qu'ont fait si souvent les
peintres quand ils peignent très près ou très loin
de nous, selon que les lois de la perspective, l'in-
tensité des couleurs et la première illusion du regard
nous les font apparaître, une voile ou un pic que le
raisonnement déplacera ensuite de distances quelquefois énormes.

Je pourrais, bien que l'erreur soit plus grave,
continuer comme on fait à mettre des traits dans le

visage d'une passante, alors qu'à la place du nez, des joues et du menton, il ne devrait y avoir qu'un espace vide sur lequel jouerait tout au plus le reflet de nos désirs. Et même si je n'avais pas le loisir de préparer, chose déjà bien plus importante, les cent masques qu'il convient d'attacher à un même visage, ne fût-ce que selon les yeux qui le voient et le sens où ils en lisent les traits et pour les mêmes yeux selon l'espérance ou la crainte, ou au contraire l'amour et l'habitude qui cachent pendant tant d'années les changements de l'âge, même enfin si je n'entreprenais pas, ce dont ma liaison avec Albertine suffisait pourtant à me montrer que sans cela tout est factice et mensonger, de représenter certaines personnes non pas au dehors mais en dedans de nous où leurs moindres actes peuvent amener des troubles mortels, et de faire varier aussi la lumière du ciel moral, selon les différences de pression de notre sensibilité, ou selon la sérénité de notre certitude sous laquelle un objet est si petit, alors qu'un simple nuage de risque en multiplie en un moment la grandeur, si je ne pouvais apporter ces changements et bien d'autres (dont la nécessité, si on veut peindre le réel a pu apparaître au cours de ce récit) dans la transcription d'un univers qui était à redessiner tout entier, du moins ne manquerais-je pas avant toute chose d'y décrire l'homme comme ayant la longueur non de son corps mais de ses années, comme devant, tâche de plus en plus énorme et qui finit par le vaincre, les traîner avec lui quand il se déplace. D'ailleurs, que nous occupions une place sans cesse accrue dans le Temps, tout le monde le sent, et cette universalité ne pouvait que me réjouir puisque c'est la vérité, la vérité soupçonnée par chacun que je devais chercher à élucider. Non seulement tout le monde sent que nous occupons une place dans le Temps, mais cette place, le plus simple la mesure approximativement comme il mesurerait celle que nous occupons dans l'espace. Sans doute, on se trompe souvent dans cette évaluation, mais qu'on ait cru pouvoir la faire, signifie qu'on concevait l'âge comme quelque chose de mesurable.

Je me disais aussi : « Non seulement est-il encore temps, mais suis-je en état d'accomplir mon œuvre ? » La maladie qui, en me faisant comme un rude directeur de conscience mourir au monde, m'avait rendu service (car si le grain de froment ne meurt après qu'on l'a semé, il restera seul, mais s'il meurt, il portera beaucoup de fruits), la maladie qui, après que la paresse m'avait protégé contre la facilité allait peut-être me garder contre la paresse, la maladie avait usé mes forces et comme je l'avais remarqué depuis longtemps au moment où j'avais cessé d'aimer Albertine, les forces de ma mémoire. Or la recréation par la mémoire d'impressions qu'il fallait ensuite approfondir, éclairer, transformer en équivalents d'intelligence, n'était-elle pas une des conditions, presque l'essence même de l'œuvre d'art telle que je l'avais conçue tout à l'heure dans la bibliothèque ? Ah ! si j'avais encore eu les forces qui étaient intactes dans la soirée que j'avais alors évoquée en apercevant François le Champi. C'était de cette soirée, où ma mère avait abdiqué, que datait avec la mort lente de ma grand'mère, le déclin de ma volonté, de ma santé. Tout s'était décidé au moment où ne pouvant plus supporter d'attendre au lendemain pour poser mes lèvres sur

le visage de ma mère, j'avais pris ma résolution,
j'avais sauté du lit et étais allé, en chemise de nuit,
m'installer à la fenêtre par où entrait le clair de
lune jusqu'à ce que j'eusse entendu partir M. Swann.
Mes parents l'avaient accompagné, j'avais entendu
la porte s'ouvrir, sonner, se refermer. A ce moment
même, dans l'hôtel du prince de Guermantes, ce
bruit de pas de mes parents reconduisant M. Swann,
ce tintement rebondissant, ferrugineux, interminable,
criard et frais de la petite sonnette qui m'annonçait
qu'enfin M. Swann était parti et que maman allait
monter, je les entendais encore, je les entendais
eux-mêmes, eux situés pourtant si loin dans le
passé. Alors, en pensant à tous les événements qui
se plaçaient forcément entre l'instant où je les avais
entendus et la matinée Guermantes, je fus effrayé
de penser que c'était bien cette sonnette qui tintait
encore en moi, sans que je pusse rien changer aux
criaillements de son grelot, puisque, ne me rappelant plus bien comment ils s'éteignaient, pour le
réapprendre, pour bien l'écouter, je dus m'efforcer
de ne plus entendre le son des conversations que les
masques tenaient autour de moi. Pour tâcher de
l'entendre de plus près, c'est en moi-même que j'étais
obligé de redescendre. C'est donc que ce tintement
y était toujours et aussi, entre lui et l'instant présent, tout ce passé indéfiniment déroulé que je ne
savais pas que je portais. Quand il avait tinté
j'existais déjà et depuis, pour que j'entendisse encore
ce tintement, il fallait qu'il n'y eût pas eu discontinuité, que je n'eusse pas un instant pris de repos,
cessé d'exister, de penser, d'avoir conscience de
moi, puisque cet instant ancien tenait encore à moi,
que je pouvais encore le retrouver, retourner jusqu'à

lui, rien qu'en descendant plus profondément en moi. C'était cette notion du temps incorporé, des années passées non séparées de nous, que j'avais maintenant l'intention de mettre si fort en relief dans mon œuvre. Et c'est parce qu'ils contiennent ainsi les heures du passé que les corps humains peuvent faire tant de mal à ceux qui les aiment, parce qu'ils contiennent tant de souvenirs, de joies et de désirs déjà effacés pour eux, mais si cruels pour celui qui contemple et prolonge dans l'ordre du temps le corps chéri dont il est jaloux, jaloux jusqu'à en souhaiter la destruction. Car après la mort le Temps se retire du corps et les souvenirs — si indifférents, si pâlis — sont effacés de celle qui n'est plus et le seront bientôt de celui qu'ils torturent encore, eux qui finiront par périr quand le désir d'un corps vivant ne les entretiendra plus.

J'éprouvais un sentiment de fatigue profonde à sentir que tout ce temps si long non seulement avait sans une interruption été vécu, pensé, secrété par moi, qu'il était ma vie, qu'il était moi-même, mais encore que j'avais à toute minute à le maintenir attaché à moi, qu'il me supportait, que j'étais juché à son sommet vertigineux, que je ne pouvais me mouvoir, sans le déplacer avec moi.

La date à laquelle j'entendais le bruit de la sonnette du jardin de Combray si distant et pourtant intérieur, était un point de repère dans cette dimension énorme que je ne savais pas avoir. J'avais le vertige de voir au-dessous de moi et en moi pourtant comme si j'avais des lieues de hauteur, tant d'années.

Je venais de comprendre pourquoi le duc de Guermantes, dont j'avais admiré, en le regardant

260

assis sur une chaise, combien il avait peu vieilli
bien qu'il eût tellement plus d'années que moi au-
dessous de lui, dès qu'il s'était levé et avait voulu
se tenir debout avait vacillé sur des jambes flageo-
lantes comme celles de ces vieux archevêques sur
lesquels il n'y a de solide que leur croix métallique
et vers lesquels s'empressent les jeunes séminaristes,
et ne s'était avancé qu'en tremblant comme une
feuille, sur le sommet peu praticable de quatre-
vingt-trois années, comme si les hommes étaient
juchés sur de vivantes échasses grandissant sans
cesse, parfois plus hautes que des clochers, finissant
par leur rendre la marche difficile et périlleuse, et
d'où tout d'un coup ils tombent. Je m'effrayais
que les miennes fussent déjà si hautes sous mes pas,
il ne me semblait pas que j'aurais encore la force
de maintenir longtemps attaché à moi ce passé
qui descendait déjà si loin, et que je portais si
douloureusement en moi ! Si du moins il m'était
laissé assez de temps pour accomplir mon œuvre,
je ne manquerais pas de la marquer au sceau de ce
Temps dont l'idée s'imposait à moi avec tant de
force aujourd'hui, et j'y décrirais les hommes, cela
dût-il les faire ressembler à des êtres monstrueux,
comme occupant dans le Temps une place autrement
considérable que celle si restreinte qui leur est réservée dans l'espace, une place, au contraire, prolongée
sans mesure, puisqu'ils touchent simultanément,
comme des géants, plongés dans les années, à des
époques vécues par eux, si distantes, — entre lesquelles tant de jours sont venus se placer — dans
le Temps.

FIN

ACHEVÉ D'IMPRIMER
LE 22 SEPTEMBRE 1927
PAR F. PAILLART A
ABBEVILLE (SOMME)

ÉDITIONS DE LA NOUVELLE·REVUE FRANÇAISE

LES CAHIERS
MARCEL PROUST

publiés sous la direction de RAMON FERNANDEZ

Les Cahiers Marcel Proust publieront tous ce qui concerne l'œuvre et la personnalité de Marcel Proust : répertoire des personnages et des noms de lieu, afin de guider le lecteur, le critique et l'étudiant, correspondance, dédicaces, inédits de Proust, études inédites sur Proust, biographie, iconographie, bibliographie, etc. On conçoit l'opportunité de cette entreprise. Il ne suffit pas de lire l'œuvre maîtresse de Proust pour apprécier complètement sa valeur littéraire : la vie, les entretiens, les écrits privés de Proust sont les compléments indispensables de cette œuvre, car peu de grands esprits furent plus uns et plus logiques que celui qui a dénoncé nos illogismes et nos intermittences. Chacune de ses lettres, de ses dédicaces est une petite œuvre qui éclaire la grande, une création de l'intelligence et de la sensibilité. Il n'est pas jusqu'au plus banal de ses pneumatiques qui ne renferme quelque trait précieux. Le plus modeste de ses amis peut, en rapportant une remarque de lui, préciser tel passage d'A la Recherche du Temps Perdu.

Mais précisément parce que, dans ce qui nous reste de Proust en dehors de son œuvre, on ne peut séparer a priori l'essentiel de l'accidentel, il serait infiniment regrettable que ces documents demeurassent éparpillés. Le Temps Retrouvé va paraître, la critique va pouvoir contempler l'œuvre toute entière dans son exacte perspective ; déjà des universitaires nous ont fait savoir qu'ils avaient l'intention de consacrer des thèses à tel ou tel aspect du génie proustien : n'est-il pas souhaitable dans l'intérêt de la mémoire de Proust comme dans l'intérêt de ses critiques et de ses admirateurs, que tous les Proustiana soient rassemblés et ordonnés dans une collection qui sera le prolongement de l'œuvre et comme l'ombre qui en soulignera les traits lumineux ?

Les Cahiers Marcel Proust font appel à tous ceux qui ont pieusement conservé des documents ou des souvenirs significatifs, à tous ceux aussi qui ont quelque chose à dire sur l'œuvre. RAMON FERNANDEZ.

Chacun des volumes de cette Collection, au format in-16 jésus (format des ouvrages de Proust) sera présenté avec couverture imprimée en noir et rouge sur papier bleu. Il sera tiré sous cette couverture : 10 exemplaires sur japon impérial, 30 exemplaires sur Hollande et des exemplaires sur pur fil dont le tirage ne dépassera pas 500 exemplaires. En outre il sera tiré, sous la couverture classique blanche à filets noir et rouges, 100 exemplaires sur pur fil réimposés au format in-4° tellière, pour lesquels les « Bibliophiles de la Nouvelle Revue Française » auront un droit de priorité dans la souscription.

Étant donné la très grande diversité qu'il y aura dans l'importance matérielle du texte de chacun de ces volumes, nous ne pouvons établir de prix uniforme.

Vient de paraître : HOMMAGE A MARCEL PROUST